प्रेमाश्रम

(उपन्यास)

वाणी प्रकाशन

21-ए, दरियागंज, नई दिल्ली-110002

फोन: 23273167, 23275710 फैक्स: 23275710

e-mail : vani_prakashan@yahoo.com

vani_prakashan@mantraonline.com

प्रेमाश्रम

प्रेमचंद

वाणी प्रकाशन

प्रकाशन के उत्कृष्टतम 61 वर्ष

vaniprakashan.com

पेपरबैक पहला संस्करण : 2002
पेपरबैक दूसरा संस्करण : 2005
पेपरबैक तीसरा संस्करण : 2018
पेपरबैक चौथा संस्करण : 2024

वाणी प्रकाशन

4695, 21-ए, दरियागंज, नयी दिल्ली-110 002

फ़ोन : +91 11 23273167, 23275710

शाखाएँ

अशोक राजपथ, पटना-800 004, बिहार
कॉफ़ी हाउस कैम्पस, महात्मा गांधी मार्ग, प्रयागराज-211 001, उत्तर प्रदेश
महात्मा गांधी अन्तरराष्ट्रीय हिन्दी विश्वविद्यालय, वर्धा-442 001, महाराष्ट्र
36/ए, शेक्सपियर सरणी, रानी बिरला गर्ल्स कॉलेज के पास, कोलकाता-700 017, प. बंगाल

sales@vaniprakashan.in
vaniprakashan@gmail.com

PREMASHRAM
by Premchand

ISBN : 978-93-88434-17-1
Novel

मूल्य : ₹ 325

जी.एस. ऑफ़सेट, दिल्ली-110 095 में मुद्रित

वाणी प्रकाशन का लोगो मक़बूल फ़िदा हुसेन की कूची से

सन्ध्या हो गई है। दिन भर के थके-माँदे बैल खेत से आ गए हैं। घरों से धुएँ के काले बादल उठने लगे। लखनपुर में आज परगने के हाकिम की परताल थी। गाँव के नेतागण दिन भर उनके घोड़े के पीछे-पीछे दौड़ते रहे थे। इस समय वह अलाव के पास बैठे हुए नारियल पी रहे हैं और हाकिमों के चरित्र पर अपना-अपना मत प्रकट कर रहे हैं। लखनपुर बनारस नगर से बाहर मील पर उत्तर की ओर एक बड़ा गाँव है। यहाँ अधिकांश कुर्मी और ठाकुरों की बस्ती है, दो-चार घर अन्य जातियों के भी हैं।

मनोहर ने कहा, भाई हाकिम तो अँगरेज अगर यह न होते तो इस देश वाले हाकिम हम लोगों को पीसकर पी जाते।

दुखरन भगत ने इस कथन का समर्थन किया—जैसा उनका अकबाल है, वैसा ही नारायण ने स्वभाव भी दिया है। न्याय करना यही जानते हैं, दूध का दूध और पानी का पानी, घूस-रिसवत से कुछ मतलब नहीं। आज छोटे साहब को देखो, मुँह-अँधेरे घोड़े पर सवार हो गए और दिन भर परताल की। तहसीलदार, पेसकार, कानूनगोय एक भी उनके साथ नहीं पहुँचता था।

सुक्खू कुर्मी ने कहा—यह लोग अँगरेजों की क्या बराबरी करेंगे? बस खाली गाली देना और इजलास पर गरजना जानते हैं। घर से तो निकलते ही नहीं। जो कुछ चपरासी या पटवारी ने कह दिया वही मान गए। दिन भर पड़े-पड़े आलसी हो जाते हैं।

मनोहर—सुनते हैं अँगरेज लोग घी नहीं खाते।

सुक्खू—घी क्यों नहीं खाते? बिना घी दूध के इतना बूता कहाँ से होगा? वह मसक्कत करते हैं, इसी से उन्हें घी-दूध पच जाता है। हमारे दशी हाकिम खाते तो बहुत हैं पर खाट पर पड़े रहते हैं। इसी से उनका पेट बढ़ जाता है।

दुखरन भगत—तहसीलदार साहब तो ऐसे मालूम होते हैं जैसे कोल्हू। अभी पहले आए थे तो कैसे दुबले-पतले थे, लेकिन दो ही साल में उन्हें न जाने कहाँ की मोटाई लग गई।

सुक्खू—रिसवत का पैसा देह फुला देता है।

मनोहर—यह कहने की बात है। तहसीलदार एक पैसा भी नहीं लेते।

सुक्खू—बिना हराम की कौड़ी खाए देह फूल ही नहीं सकती।

मनोहर ने हँसकर कहा—पटवारी की देह क्यों नहीं फूल जाती, चुचके आम बने हुए हैं।

सुक्खू—पटवारी सैकड़े-हजार की गठरी थोड़े ही उड़ाता है जब बहुत दाँव-पेच किया तो दो-चार रुपये मिल गए। उसकी तनख्वाह तो कानूनगोय ले लेते हैं। इसी छीनझपट पर

निर्वाह करता है, तो देह कहाँ से फूलेगी? तकावी में देखा नहीं, तहसीलदार साहब ने हजारों पर हाथ फेर दिया।

दुखरन—कहते हैं कि विद्या से आदमी की बुद्धि ठीक हो जाती है, पर यहाँ उलटा ही देखने में आता है। यह हाकिम और अमले तो पढ़े-लिखे विद्वान् होते हैं, लेकिन किसी को दया-धर्म का विचार नहीं होता।

सुक्खू—जब देश के अभाग आते हैं तो सभी बातें उलटी हो जाती हैं। जब बीमार के मरने के दिन आ जाते हैं तो औषधि भी औगुन करती है।

मनोहर—हमीं लोग तो रिसवत देकर उनकी आदत बिगाड़ देते हैं। हम न दें तो वह कैसे पाएँ! बुरे तो हम हैं। लेने वाला मिलता हुआ धन थोड़े ही छोड़ देगा? यहाँ तो आपस में ही एक दूसरे को खाए जाते हैं। तुम हमें लूटने को तैयार हम तुम्हें लूटने को तैयार। इसका और क्या फल होगा?

दुखरन—अरे तो हम मूरख, गँवार, अपढ़ हैं, वह लोग तो विद्यावान हैं। उन्हें न सोचना चाहिए कि यह गरीब लोग हमारे ही भाईबन्द हैं। हमें भगवान् ने विद्या दी है, तो इन पर निगाह रखें। इन विद्यावानों से तो हम मूरख ही अच्छे। अन्याय सह लेना अन्याय करने से तो अच्छा है।

सुक्खू—यह विद्या का दोष नहीं, देश का अभाग है।

मनोहर—न विद्या का दोष है, न देश का अभाग, यह हमारी फूट का फल है। सब अपना दोष है। विद्या से और कुछ नहीं होता तो दूसरों का धन ऐंठना तो आ जाता है। मूरख रहने से तो अपना धन गँवाना पड़ता है।

सुक्खू—हाँ, तुमने यह ठीक कहा कि विद्या से दूसरों का धन लेना आ जाता है। हमारे बड़े सरकार जब तक रहे दो साल की मालगुजारी बाकी पड़ जाती थी, तब भी डाँट-डपट कर छोड़ देते थे। छोटे सरकार जब से मालिक हुए हैं, देखते हो कैसा उपद्रव कर रहे हैं! रात-दिन जाफा, बेदखली, अखराज की धूम मची हुई है।

दुखरन—कारिन्दा साहब कल कहते थे कि अबकी इस गाँव की बारी है, देखो क्या होता है?

मनोहर—होगा क्या, तुम हमारे खेत चढ़ोगे, हम तुम्हारे खेत पर चढ़ेंगे, छोटे सरकार की चाँदी होगी। सरकार की आँखें तो तब खुलतीं जब कोई किसी के खेत पर दाँव न लगाता। सब कौल कर लेते। लेकिन यह कहाँ होने वाला है। सब से पहले तो सुक्खू महतो दौड़ेंगे।

सुक्खू—कौन कहे कि मनोहर न दौड़ेंगे।

मनोहर—मुझसे चाहे गंगाजली उठवा लो, मैं खेत पर न जाऊँगा और जाऊँगा कैसे, कुछ घर में पूँजी भी तो हो। अभी रब्बी में महीनों की देर है और घर अनाज का दाना नहीं है। गुड़ एक सौ रुपये से कुछ ऊपर ही हुआ है, लेकिन बैल बैठाऊँ हो गया है, डेढ़ सौ लगेंगे तब कहीं एक बैल आएगा।

दुखरन—क्या जाने क्या हो गया कि अब खेती में बरक्कत ही नहीं रही। पाँच बीघे रब्बी बोयी थी, लेकिन दस मन की भी आशा नहीं है और गुड़ का तुम जानते ही हो, जो हाल हुआ। कोल्हाड़े में ही विसेसर साह ने तौल लिया। बाल बच्चों के लिए शीरा तक न

बचा। देखें भगवान् कैसे पार लगाते हैं।

अभी यही बातें हो रही थीं कि गिरवर महाराज आते हुए दिखाई दिए। लम्बा डील था, भरी हुआ बदन, तनी हुई छाती, सिर पर एक पगड़ी, बदन पर एक चुस्त मिरजई। मोटा-सा लट्ठ कन्धे पर रखे हुए थे। उन्हें देखते ही सब लोग माँचों से उतरकर जमीन पर बैठ गए। यह महाशय जमींदार के चपरासी थे। जबान से सबके दोस्त, दिल से सब के दुश्मन थे। जमींदार के सामने जमींदार की-सी कहते थे, असामियों के सामने असामियों की-सी। इसलिए उनके पीठ पीछे लोग चाहे उनकी कितनी ही बुराइयाँ करें, मुँह पर कोई कुछ न कहता था।

सुक्खू ने पूछा—कहो महाराज किधर से?

गिरधर ने इस ढंग से कहा, मानो वह जीवन से असंतुष्ट हैं—किधर से बतायें ज्ञान बाबू के मारे नाकों दम है। अब हुकुम हुआ है कि असामियों को घी के लिए रुपये दे दो। रुपये सेर का भाव कटेगा। दिन भर दौड़ते हो गया।

मनोहर—कितने का घी मिला?

गिरधर—अभी तो खाली रुपया बाँट रहे हैं। बड़े सरकार की बरसी होनी वाली है। उसी की तैयारी है। आज कोई 50 रुपये बाँटे हैं।

मनोहर—लेकिन बाजार-भाव तो दस छटाँक का है।

गिरधर—भाई हम तो हुक्म के गुलाम है। बाजार में छटाँक भर बिके, हमको तो सेर भर लेने का हुक्म है। इस गाँव में भी 50 रुपये देने हैं। बोलो सुक्खू महतो कितना लेते हो?

सुक्खू ने सिर नीचा करके कहा, जितना चाहे दे दो, तुम्हारी जमीन में बसे हुए हैं, भाग के कहाँ जाएँगे?

गिरधर—तुम बड़े असामी हो। भला दस रुपये तो लो और दुखरन भगत, तुम्हें कितना दें?

दुखरन—हमें भी पाँच रुपये दे दो।

मनोहर—मेरे घर तो एक ही भैंस लगती है, उसका दूध बाल-बच्चों में उठ जाता है, घी होता ही नहीं। अगर गाँव में कोई कह दे कि मैंने एक पैसे का भी घी बेचा है तो 50 रुपये लेने पर तैयार हूँ।

गिरधर—अरे क्या 5 रुपये भी न लोगे? भला भगत के बराबर तो हो जाओ।

मनोहर—भगत के घर में भैंस लगती है, घी बिकता है, वह जितना चाहें ले लें। मैं रुपये ले लूँ तो मुझे बाजार में दस छटाँक का मोल लेकर देना पड़ेगा।

गिरधर—जो चाहो करो, पर सरकार का हुक्म तो मानना ही पड़ेगा। लालगंज में 30 रुपये दे आया हूँ। वहाँ गाँव में एक भैंस भी नहीं है। लोग बाजार से ही लेकर देंगे। पड़ाव में 20 रुपये दिए हैं। वहाँ भी जानते हो किसी के भैंस नहीं है।

मनोहर—भैंस न होगी तो पास रुपये होंगे। यहाँ तो गाँठ में कौड़ी भी नहीं है।

गिरधर—जब जमींदार की जमीन जोतते हो तो उसके हुक्म के बाहर नहीं जा सकते।

मनोहर—जमीन कोई खैरात जोतते हैं। उसका लगान देते हैं। एक किस्त भी बाकी पड़ जाए तो नालिस होती है।

गिरधर—मनोहर, घी तो तुम दोगे दोड़ते हुए, पर चार बातें सुनकर। जमींदार के गाँव में रहकर उससे हेकड़ी नहीं चल सकती। अभी कारिन्दा साहब बुलाएँगे तो रुपये भी दोगे, हाथ-पैर भी पड़ोगे, मैं सीधे कहता हूँ तो तेवर बदलते हो।

मनोहर ने गरम होकर कहा—कारिन्दा कोई काटू है न जमींदार कोई हौवा है। यहाँ कोई दबेल नहीं है। जब कौड़ी-कौड़ी लगान चुकाते है तो धौंस क्यों सहें?

गिरधर—सरकार को अभी जानते नहीं हो। बड़े सरकार का जमाना अब नहीं है। इनके चंगुल में एक बार आ जाओगे तो निकलते न बनेगा।

मनोहर की क्रोधाग्नि और भी प्रचण्ड हुई। बोला, अच्छा जाओ, तोप पर उड़वा देना। गिरधर महाराज उठ खड़े हुए। सुक्खू और दुखरन ने अब मनोहर के साथ बैठना उचित न समझा। वह भी गिरधर के साथ चले गए। मनोहर ने इन दोनों आदमियों को तीव्र दृष्टि से देखा और नारियल पीने लगा।

लखनपुर के जमींदारों का मकान काशी में औरंगाबाद के निकट था। मकान के दो खण्ड आमने-सामने बने हुए थे। एक जनाना मकान था, दूसरी मरदानी बैठक। दोनों खण्डों के बीच की जमीन बेल-बूटे से सजी हुई थी, दोनों ओर ऊँची दीवारें खींचीं हुई थीं; लेकिन दोनों ही खण्ड जगह-जगह टूट-फूट गये थे। कहीं कोई कड़ी टूट गई थी और उसे थूनियों के सहारे रोका गया था, कहीं दीवार फट गई थी और कहीं छत धँस पड़ी थी एक वृद्ध रोगी की तरह जो लाठी के सहारे चलता हो। किसी समय यह परिवार नगर में बहुत प्रतिष्ठित था, किन्तु ऐश्वर्य के अभिमान और कुल-मर्यादा पालन ने उसे धीरे-धीरे इतना गिरा दिया कि अब मोहल्ले का बनिया पैसे-धेले की चीज भी उनके नाम पर उधार न देता था। लाला जटाशंकर मरते-मरते मर गए, पर जब घर से निकले तो पालकी पर। लड़के-लड़कियों के विवाह किए तो हौसले से। कोई उत्सव आता तो हृदय सरिता की भाँति उमड़ आता था, कोई मेहमान आ जाता तो उसे सर-आँखों पर बैठाते, साधु-सत्कार और अतिथि-सेवा में उन्हें हार्दिक आनन्द होता था। इसी मर्यादा-रक्षा में जायदाद का बड़ा भाग बिक गया, कुछ रेहन हो गया और अब लखनपुर के सिवा चार और छोटे-छोटे गाँव रह गए थे जिनसे कोई चार हजार वार्षिक लाभ होता था।

लाला जटाशंकर के एक छोटे भाई थे। उनका नाम प्रभाशंकर था। यही सियाह और सफेद के मालिक थे। बड़े लाला साहब को अपनी भागवत और गीता से परमानुराग था। घर का प्रबन्ध छोटे भाई के हाथों में था। दोनों भाइयों में इतना प्रेम था कि उनके बीच में कभी कटु वाक्यों की नौबत न आई थी। स्त्रियों में तू-तू मैं-मैं होती थी, किन्तु भाइयों पर इसका असर न पड़ता था। प्रभाशंकर स्वयं कितना ही कष्ट उठाएँ अपने भाई से कभी भूलकर शिकायत न करते थे। जटाशंकर भी उनके किसी काम में हस्तक्षेप न करते थे।

लाला जटाशंकर का एक साल पूर्व देहान्त हो गया था। उनकी स्त्री उनके पहले ही

मर चुकी थी। उनके दो पुत्र थे, प्रेमशंकर और ज्ञानशंकर। दोनों के विवाह हो चुके थे। प्रेमशंकर चार-पाँच वर्षों से लापता थे। उनकी पत्नी श्रद्धा घर में पड़ी उनके नाम को रोया करती थी। ज्ञानशंकर ने गत वर्ष बी.ए. की उपाधि प्राप्त की थी और इस समय हारमोनियम बजाने में मग्न रहते थे। उनके एक पुत्र था, मायाशंकर। लाला प्रभाशंकर की स्त्री जीवित थी। उनके तीन बेटे और दो बेटियाँ। बड़े बेटे दयाशंकर सब-इन्स्पेक्टर थे। विवाह हो चुका था। बाकी दोनों लड़के अभी मदरसे में अँगरेजी पढ़ते थे। दोनों पुत्रियाँ भी कुँवारी थीं।

प्रेमशंकर ने बी.ए. की डिग्री लेने के बाद अमेरिका जाकर आगे पड़ने की इच्छा की थी, पर जब अपने चाचा को इसका विरोध करते देखा तो एक दिन चुपके से भाग निकले। घर वालों से पत्र-व्यवहार करना भी बन्द कर दिया उनके पीछे ज्ञानशंकर ने बाप और चाचा से लड़ाई ठानी। उनकी फजूलखर्चियों की आलोचना किया करते। कहते, क्या आप हमारे लिए कुछ भी नहीं छोड़ जाएँगे? क्या आपकी यह इच्छा है कि हम रोटियों को मोहताज हो जाएँ? किन्तु इसका जवाब यही मिलता, भाई हम लोग तो जिस प्रकार अब तक निभाते आए हैं उसी प्रकार निभाएँगे। यदि तुम इससे उत्तम प्रबन्ध कर सकते हो तो करो, जरा हम भी देखें। ज्ञानशंकर उस समय कॉलेज में थे, यह चुनौती सुनकर चुप हो जाते थे। पर जब से वह डिग्री लेकर आए थे और इधर उनके पिता का देहान्त हो चुका था, धर के प्रबन्ध में संशोधन करने का यत्न शुरू किया था, जिसका फल यह हुआ था कि उस मेल-मिलाप में बहुत कुछ अन्तर पड़ चुका था, जो पिछले साठ वर्षों से चला आता था। न चाचा का प्रबन्ध भतीजे को पसन्द था, न भतीजे का चाचा को। आए दिन शाब्दिक संग्राम होते रहते। ज्ञानशंकर कहते, आपने सारी जायदाद चौपट कर दी। हम लोगों को कहीं का न रखा। सारा जीवन खाट पर पड़े-पड़े पूर्वजों की कमाई खाने में काट दिया। मर्यादा-रक्षा की तारीफ तो तब थी जब अपने बाहुबल से कुछ करते, या जायदाद को बचाकर करते। घर बेचकर तमाशा देखना और कौन-सा मुश्किल काम है। लाला प्रभाशंकर यह कटु वाक्य सुनकर अपने भाई को याद करते और उनका नाम लेकर रोने लगते। यह चोटें उनसे सही न जाती थीं।

लाला जटाशंकर की बरसी के लिए प्रभाशंकर ने दो हजार का अनुमान किया था। एक हजार ब्राह्मणों का भोज होने वाला था। नगर भर के समस्त प्रतिष्ठित पुरुषों को निमन्त्रण देने का विचार था। इसके सिवा चाँदी के बर्तन, कालीन, पलंग, वस्त्र आदि महापात्र देने के लिए बन रहे थे। ज्ञानशंकर इसे धन का अपव्यय समझते थे। उनकी राय थी कि इस कार्य में दो सौ रुपये से अधिक खर्च न किया जाए। जब घर की दशा ऐसी चिन्ताजनक है तो इतने रुपये खर्च करना सर्वथा अनुचित है; किन्तु प्रभाशंकर कहते थे, जब मैं मर जाऊँ तब तुम चाहे अपने बाप को एक-एक बूँद पानी के लिए तरसाना; पर जब तक मेरे दम में दम है, मैं उनकी आत्मा को दुखी नहीं कर सकता। सारे नगर में उनकी उदारता की धूम थी। बड़-बड़े उनके सामने सिर झुका लेते थे। ऐसे प्रतिभाशाली पुरुष की बरसी भी यथायोग्य होनी चाहिए। यही हमारी श्रद्धा और प्रेम का अन्तिम प्रमाण है।

ज्ञानशंकर के हृदय में भावी उन्नति की बड़ी-बड़ी अभिलाषाएँ थीं। वह अपने परिवार को फिर समृद्धि और सम्मान के शिखर पर ले जाना चाहते थे। घोड़े और फिटन की उन्हें बड़ी-बड़ी आकांक्षा थी। वह शान से फिटन पर बैठकर निकलना चाहते थे कि हठात् लोगों

की आँखें उनकी तरफ उठ जाएँ और लोग कहें कि लाला जटाशंकर के बेटे हैं। वह अपने दीवानखाने को नाना प्रकार की सामग्रियों से सजाना चाहते थे। मकान को भी आवश्यकतानुसार बढ़ाना चाहते थे। वह घण्टों एकाग्र बैठे हुए इन्हीं विचारों में मग्न रहते थे। चैन से जीवन व्यतीत हो, यही उनका ध्येय था। वर्तमान दशा में मितव्ययिता के सिवा उन्हें कोई दूसरा उपाय न सूझता था। कोई छोटी-मोटी नौकरी करने में वह अपमान समझते थे; वकालत से उन्हें अरुचि थी और उच्चाधिकारों का द्वार उनके लिए बन्द था। उनका घराना शहर में चाहे कितना ही सम्मानित हो पर देश-विधाताओं की दृष्टि में उसे वह गौरव प्राप्त न था जो उच्चाधिकार-सिद्धि का अनुष्ठान है। लाला जटाशंकर तो विरक्त ही थे और प्रभाशंकर केवल जिलाधीशों की कृपा-दृष्टि को अपने लिए काफी समझते थे। इसका फल जो कुछ हो सकता था वह उन्हें मिल चुका था। उनके बड़े बेटे दयाशंकर सब-इन्सपेक्टर हो गए थे। ज्ञानशंकर कभी-कभी इस अकर्मण्यता के लिए अपने चाचा से उलझा करते थे—आपने अपना सारा जीवन नष्ट कर दिया। लाखों की जायदाद भोग-विलास में उड़ा दी। सदा आतिथ्य सत्कार और मर्यादा-रक्षा पर जान देते रहे। अगर इस उत्साह का एक अंश भी अधिकारी वर्ग के सेवा-सत्कार में समर्पण करते तो आज मैं डिप्टी कलेक्टर होता ख़ानेवाले खा-खाकर चल दिए। अब उन्हें याद भी नहीं रहा कि आपने कभी उन्हें खिलाया या नहीं। खस्ता कचौड़ियाँ और सोने के पत्र लगे हुए पान के बीड़े खिलाने से परिवार की उन्नति नहीं होती, इसके और ही रास्ते हैं। बेचारे प्रभाशंकर यह तिरस्कार सुनकर व्यथित होते और कहते, बेटा, ऐसी-ऐसी बातें करके हमें न जलाओ। तुम फिटन और घोड़ा, कुर्सी और मेज, आईने और तस्वीरों पर जान देते हो। तुम चाहते हो कि हम अच्छे से अच्छा खाएँ, अच्छे से अच्छा पहनें, लेकिन खाने पहनने से दूसरों को क्या सुख होगा? तुम्हारे धन और सम्पत्ति से दूसरे क्या लाभ उठाएँगे? हमने भोग-विलास में जीवन नहीं बिताया। वह कुल-मर्यादा की रक्षा थी। विलासिता यह है, जिसके पीछे तुम उन्मत्त हो। हमने जो कुछ किया नाम के लिए किया। घर में उपवास हो गया है, लेकिन जब कोई मेहमान आ गया तो उसे सिर और आँखों पर लेते थे। तुमको बस अपना पेट भरने की, अपने शौक की, अपने विलास की धुन है। यह जायदाद बनाने के नहीं बिगाड़ने के लक्षण हैं। अन्तर इतना ही है कि हमने दूसरों के लिए बिगाड़ा तुम अपने लिए बिगाड़ोगे।

मुसीबत यह थी कि ज्ञानशंकर की स्त्री विद्यावती भी इन विचारों में अपने पति से सहमत न थी। उसके विचार बहुत-कुछ लाला प्रभाशंकर से मिलते थे। उसे परमार्थ पर स्वार्थ से अधिक श्रद्धा थी। उसे बाबू ज्ञानशंकर को अपने चाचा से वाद-विवाद करते देखकर खेद होता था और अक्सर मिलने पर वह उन्हें समझाने की चेष्टा करती थी। पर ज्ञानशंकर उसे झिड़क दिया करते थे। वह इतने शिक्षित होकर भी स्त्री का आदर उससे अधिक न करते थे, जितना अपने पैर के जूतों का। अतएव उनका दाम्पत्य जीवन भी, जो चित्त की शान्ति का एक प्रधान साधन है, सुखकर न था।

मनोहर अक्खड़पन की बातें तो कर बैठा; किन्तु जब क्रोध शान्त हुआ तो मालूम हुआ कि मुझसे बड़ी भूल हुई। गाँव वाले सब-के-सब मेरे दुश्मन हैं। वह इस समय चौपाल में बैठे मेरी निन्दा कर रहे होंगे। कारिंदा न जाने कौन-से उपद्रव मचाए। बेचारे दुर्जन को

बात-की-बात में मटियामेट कर दिया, तो फिर मुझे बिगाड़ते क्या देर लगती है। मैं अपनी जबान से लाचार हूँ। कितना ही उसे बस में रखना चाहता हूँ, पर नहीं रख सकता। यही न होता कि जहाँ और सब लेना-देना है वहाँ दस रुपये और हो जाते, नक्कू तो न बनता।

लेकिन इन विचारों ने एक क्षण में फिर पलटा खाया। मनुष्य जिस काम को हृदय से बुरा नहीं समझता, उसके कुपरिणाम का भय एक गौरवपूर्ण धैर्य की शरण लिया करता है। मनोहर अब इस विचार से अपने को शान्ति देने लगा, मैं बिगड़ जाऊँगा तो बला से, पर किसी की धौंस तो न सहूँगा, किसी के सामने सिर तो नीचा नहीं करता। जमींदार भी देख लें कि गाँव में सब-के-सब भाँड ही नहीं हैं। अगर कोई मामला खड़ा किया तो अदालत में हाकिम के सामने सारा भण्डा फोड़ दूँगा, जो कुछ होगा, देखा जाएगा।

इसी उधेड़बुन में वह भोजन करने लगा। चौके में एक मिट्टी के तेल का चिराग जल रहा था; किन्तु छत में धुआँ इतना भरा हुआ था कि उसका प्रकाश मन्द पड़ गया था। उसकी स्त्री बिलासी ने एक पीतल की थाली में बथुए की भाजी और जौ की कई मोटी-मोटी रोटियाँ परस दीं। मनोहर इस भाँति रोटियाँ तोड़-तोड़ मुँह में रखता था, जैसे कोई दवा खा रहा हो। इतनी ही रुचि से वह घास भी खाता। बिलासी ने पूछा, क्या साग अच्छा नहीं? गुड़ दूँ?

मनोहर—नहीं, साग तो अच्छा है।

बिलासी—क्या भूख नहीं?

मनोहर—भूख क्यों नहीं है, खा तो रहा हूँ।

बिलासी—खाते तो नहीं हो, जैसे औंघ रहे हो। किसी से कुछ कहा-सुनी तो नहीं हुई है?

मनोहर—नहीं, कहा-सुनी किससे होती?

इतने में एक युवक कोठरी में आकर खड़ा हो गया। उसका शरीर खूब गठीला हृष्ट-पुष्ट था, छाती चौड़ी और भरी हुई थी। आँखों से तेज झलक रहा था। उसके गले में सोने का यन्त्र था और दाहिने बाँह में चाँदी का एक अनन्त। यह मनोहर का पुत्र बलराज था।

बिलास—कहाँ घूम रहे हो? आओ, खा लो, थाली परसूँ।

बलराज ने धुएँ से आँखें मलते हुए कहा, काहे दादा, आज गिरधर महाराज तुमसे क्यों बिगड़ रहे थे? लोग कहते हैं कि बहुत लाल-पीले हो रहे थे?

मनोहर—कुछ नहीं; तुमसे कौन कहता था?

बलराज—सभी लोग तो कह रहे हैं। तुमसे घी माँगते थे; तुमने कहा, मेरे पास घी नहीं है, बस इसी पर तन गए।

मनोहर—अरे तो कोई झगड़ा थोड़े ही हुआ। गिरधर महाराज ने कहा, तुम्हें घी देना पड़ेगा, हमने कह दिया, जब घी हो जाएगा तब देंगे, अभी तो नहीं है। इसमें भला झगड़ने की कौन सी बात थी?

बलराज—झगड़ने की बात क्यों नहीं है। कोई हमसे क्यों घी माँगे? किसी का दिया खाते हैं कि किसी के घर माँगने जाते हैं? अपना तो एक पैसा नहीं छोड़ते, तो हम क्यों धौंस सहें? न हुआ मैं, नहीं तो दिखा देता। क्या हमको भी दुर्जन समझ लिया है?

मनोहर की छाती अभिमान से फूली जाती थी, पर इसके साथ ही यह चिन्ता भी थी कि कहीं यह कोई उजड्डपन न कर बैठे। बोला, चुपके से बैठकर खाना खा लो, बहुत बहकना अच्दा नहीं होता। कोई सुन लेगा तो वहाँ जाकर एक की चार जड़ आएगा। यहाँ कोई मित्र नहीं है।

बलराज–सुन लेगा तो क्या किसी से छिपा के कहते हैं। जिसे बहुत घमण्ड हो आकर देख ले। एक-एक का सिर तोड़ के रख दें। यही न होगा, कैद होकर चला आऊँगा। इससे कौन डरता है? महात्मा गांधी भी तो कैद हो आए हैं।

बिलासी ने मनोहर की ओर तिरस्कार के भाव से देखकर कहा, तुम्हारी कैसी आदत है कि जब देखो एक-न-एक बखेड़ा मचाए ही रहते हो। जब सारा गाँव घी दे रहा है तब हम क्या गाँव से बाहर हैं? जैसे बन पड़ेगा देंगे। इसमें कोई अपनी हेठी थोड़े ही हुई जाती है। हेठा तो नारायण ने ही बना दिया है। तो क्या अकड़ने से ऊँचे हो जाएँगे? थोड़ा-सा हाँड़ी में है, दो-चार दिन में और बटोर लूँगी, जाकर तौल आना।

बलराज–क्यों दे आएँ? किसी के दबैल हैं।

बिलास– नहीं, तुम तो लाट गवर्नर हो। घर में भूनी भाँग नहीं, उस पर इतना घमण्ड?

बलराज–हम दरिद्र सही, किसी से माँगने तो नहीं जाते?

बिलासी–अरे जा बैठ, आया है बड़ा जोधा बनके। ऊँट जब तक पहाड़ पर नहीं चढ़ता तब तक समझता है कि मुझसे ऊँचा और कौन होगा? जमींदार से बैर कर गाँव में रहना सहज नहीं है। (मनोहर से) सुनते हो महापुरुष; कल कारिंदा के पास जाके कह सुन आओ।

मनोहर–मैं तो अब नहीं जाऊँगा।

बिलासी–क्यों?

मनोहर–क्यों क्या, अपनी खुशी है। जाएँ क्या, अपने ऊपर तालियाँ लगवाएँ?

बिलासी–अच्छा, तो मुझे जाने दोगे?

मनोहर–तुम्हें भी नहीं जाने दूँगा। कारिन्दा हमारा कर ही क्या सकता है? बहुत करेगा अपना सिकमी खेत छोड़ा लेगा। न दो हल चलेंगे, एक ही सही।

यद्यपि मनोहर बढ़-बढ़ कर बातें कर रहा था, पर वास्तव में उसका इन्कार अब परास्त तर्क के समान था। यदि बिना दूसरों की दृष्टि में अपमान उठाए बिगड़ा हुआ खेल बन जाए तो उसे कोई आपत्ति नहीं थी। हाँ, वह स्वयं क्षमा प्रार्थना करने में अपनी हेठी समझता था। एक बार तनकर फिर झुकना उसके लिए बड़ी लज्जा की बात थी। बलराज की उद्दण्डता उसे शान्त करने में हानि के भय से भी अधिक सफल हुई थी।

प्रातः काल बिलासी चौपाल जाने को तैयार हुई; पर न मनोहर साथ चलने को राजी होता था, न बलराज। अकेली जाने की उसकी हिम्मत न पड़ती थी। इतने में कादिर मियाँ ने घर में प्रवेश किया। बूढ़े आदमी थे, ठिंगना डील, लम्बी दाढ़ी, घुटने के ऊपर तक धोती, एक गाढ़े की मिरजई पहने हुए थे। गाँव के नाते से वह मनोहर के बड़े भाई होते थें बिलासी ने उन्हें देखते ही थोड़ा-सा घूँघट निकाल लिया।

कादिर ने चिन्तापूर्ण भाव से कहा, अरे मनोहर, कल तुम्हें क्या सूझ गई? जल्दी जाकर

कारिन्दा साहब को मना लो, नहीं तो फिर कुछ करते-धरते न बनेगी। सुना है वह तुम्हारी शिकायत करने मालिकों के पास जा रहे हैं। सुक्खू भी साथ जाने को तैयार है। नहीं मालूम, दोनों में क्या साँठ-गाँठ हुई है।

बिलासी—भाई जी, यह बूढ़े हो गए; लेकिन इनका लड़कपन अभी नहीं गया। कितना समझाती हूँ, बस अपने ही मन की करते हैं। इन्हीं की देखा-देखी एक लड़का है वह भी हाथ से निकला जाता है। जिससे देखो उसी से उलझ पड़ता है। भला इनसे पूछा जाए कि सारे गाँव ने घी के रुपये लिये तो तुम्हें नाहीं करने में क्या पड़ी थी?

कादिर—इनकी भूल है और क्या? दस रुपये हमें भी लेने पड़े, क्या करते? और यह कोई नयी बात थोड़ी ही है? बड़े सरकार थे तब भी तो एक-न-एक बेगार लगी ही रहती थी।

मनोहर—भैया, तब की बातें जाने दों तब साल-दो-साल की देन बाकी पड़ जाती थी। मुदा मालिक कभी कुड़की बेदखली नहीं करते थे। जब कोई काम-काज पड़ता था, तब हमको नेवता मिलता था। लड़कियों के ब्याह के लिए उनके यहाँ से लकड़ी, चारा और 25 रु. बँधा हुआ था। यह सब जानते हो कि नहीं? जब वह अपने लड़कों की तरह पालते थे तो रैयत भी हँसी-खुशी उनकी बेगार करती थी। अब यह बातें तो गईं, बस एक-न-एक पच्चड़ लगा ही रहता है। तो जब उनकी ओर से यह कड़ाई है तो हम भी कोई मिट्टी के लोंदे थोड़े ही हैं?

कादिर—तब की बातें छोड़ो, अब जो सामने है उसे देखो। चलो, जल्दी करो, मैं इसीलिए तुम्हारे पास आया हूँ। मेरे बैल खेत में खड़े हैं।

मनोहर—दादा, मैं तो न जाऊँगा।

बिलासी—इनकी चूड़ियाँ मैली हो जायँगी, चलो मैं चलती हूँ।

कादिर और बिलासी दोनों चौपाल चले। वहाँ इस वक्त बहुत से आदमी जमा थे। कुछ लोग लगान के रुपये दाखिल करने आए। कुछ घी के रुपये लेने के लिए और केवल तमाशा देखने और ठकुरसुहाती करने के लिए। कारिन्दे का नाम गुलाम गौस खाँ था। वह बृहदाकार मनुष्य थे, साँवला रंग, लम्बी दाढ़ी, चेहरे से कठोरता झलकती थी। अपनी जवानी में वह पलटन में नौकर थे और हवलदार के दरजे तक पहुँचे थे। जब सीमा प्रान्त में कुछ छेड़छाड़ हुई तब बीमारी की छुट्टी लेकर घर भाग आए और यहीं से इस्तीफा पेश कर दिया। वह अब भी अपने सैनिक जीवन की कथाएँ मजे ले-ले कर कहते थे। इस समय वह तख्त पर बैठे हुए हुक्का पी रहे थे। सुक्खू और दुखरन तख्त के नीचे बैठे हुए थे।

सुक्खू ने कहा, हम मजदूर ठहरे, हम घमण्ड करें तो हमारी भूल है। जमींदार की जमीन में बसते हैं, उसका दिया खाते हें, उससे बिगड़ कहाँ जाएँगे—क्यों दुखरन?

दुखरन—हाँ, ठीक ही है।

सुक्खू—नारायण हमें चार पैसे दें, दस मन अनाज दें तो क्या हम अपने मालिकों से लड़ें, मारे घमण्ड के धरती पर पैर न रखें?

दुखरन—यही मद तो आदमी को खराब करता है। इसी मद ने रावण को मिटाया, इसी के कारण जरासंध और दुरयोधन का सर्वनाश हो गया। तो भला हमारी-तुम्हारी कौन

बात है?

इतने में कादिर मियाँ चौपाल में आए। उनके पीछे-पीछे बिलासी भी आई। कादिर ने कहा, खाँ साहब, यह मनोहर की घरवाली आई है, जितने रुपये चाहें घी के लिए दे दें। बेचारी डर के मारे आती न थी।

गौस खाँ ने कटु स्वर से कहा, वह कहाँ है मनोहर, क्या उसे आते शरम आती थी?

बिलासी ने दीनता पूर्वक कहा, सरकार उनकी बातों का कुछ ख्याल न करें आपकी गुलामी करने को मैं तैयार हूँ?

कादिर—यूँ तो गऊ है, किन्तु आज न जाने उसके सिर कैसे भूत सवार हो गया। क्यों सुक्खू महतो, आज तक गाँव में किसी से लड़ाई हुई है?

कादिर—अब बैठा रो रहा है। कितना समझाया कि चल के खाँ साहब से कसूर माफ करा ले; लेकिन शरम से आता नहीं है।

गौस खाँ—शर्म नहीं, शरारत है। उसके सिर पर जो भूत चढ़ा हुआ है उसका उतार मेरे पास है। उसे गरूर हो गया।

कादिर—अरे खाँ साहब, बेचारा मजूर गरूर किस बात पर करेगा? मूरख उजड्ड आदमी है, बात करने का सहूर नहीं है।

गौस खाँ—तुम्हें वकालत करने की जरूरत नहीं। मैं अपना काम खूब जानता हूँ। इस तरह दबने लगा तब तो मुझसे कारिन्दागिरी हो चुकी। आज एक ने तेवर बदले हैं, कल उसके दूसरे भाई शेर हो जाएँगे। फिर जमींदारी को कौन पूछता है। अगर पलटन में किसी ने ऐसी शरारत की होती तो उसे गोली मार दी जाती। जमींदार से आँखें बदलना खाला जी का घर नहीं है।

यह कहकर गौस खाँ टाँगन पर सवार होने चले। बिलासी रोती हुई उनके सामने हाथ बाँधकर खड़ी हो गई और बोली, सरकार कहीं की न रहूँगी। जो डाँड़ चाहें लगा दीजिए, जो सजा चाहे दीजिए, मालिकों के कान में यह बात न डालिए। लेकिन खाँ साहब ने सुक्खू महतो को हत्थे पर चढ़ा लिया था। वह सूखी करुणा को अपनी कपट-चाल में बाधक बनाना नहीं चाहते थे। तुरन्त घोड़े पर सवार हो गए और सुक्खू को आगे-आगे चलने का हुक्म दिया। कादिर मियाँ ने धीरे से गिरधर महाराज के कान में कहा, क्या महाराज, बेचारे मनोहर का सत्यानाश करके ही दम लोगे?

गिरधर ने गौरवयुक्त भाव से कहा, जब तुम हमसे आँखें दिखलाओगे तो हम भी अपनी-सी करके रहेंगे। हमसे कोई एक अंगुल दबे तो हम उससे हाथ भर दबने को तैयार हैं। जो हमसे जौ भर तनेगा हम उससे गज भर तन जाएँगे।

कादिर— यह तो सुपद ही है, तुम हक से दबने लगोगे तो तुम्हें कौन पूछेगा? मुदा अब मनोहर के लिए कोई राह निकालो। उसका सुभाव तो जानते हो। गुस्सैल आदमी है। पहले बिगड़ जाता है, फिर बैठकर रोता है। बेचारा मिट्टी में मिल जाएगा।

गिरधर—भाई, अब तो तीर हमारे हाथ से निकल गया।

कादिर—मनोहर की हत्या तुम्हारे ऊपर ही पड़ेगी।

गिरधर—एक उपाय मेरी समझ में आता है। जाकर मनोहर से कह दो कि मालिक

के पास जाकर हाथ-पैर पड़े। वहा मैं भी कुछ कह-सुन दूँगा। तुम लोगों के साथ नेकी करने का जी तो नहीं चाहता, काम पड़ने पर घिघियाते हो, काम निकल गया तो सीधे ताकते भी नहीं। लेकिन अपनी-अपनी करनी अपने साथ है। जाकर उसे भेज दो।

कादिर और बिलासी मनोहर के पास गए। वह शंका और चिन्ता की मूर्ति बना हुआ उसी रास्ते की ओर ताक रहा था। कादिर ने जाते ही यहाँ का समाचार कहा और गिरधर महाराज का आदेश भी सुना दिया। मनोहर क्षण भर सोचकर बोला, वहाँ मेरी और भी दुर्गति होगी। अब तो सिर पर पड़ी ही है। जो कुछ भी होगा देखा जाएगा।

कादिर—नहीं, तुम्हें जाना चाहिए। मैं भी चलूँगा।

मनोहर—मेरे पीछे तुम्हारी भी ले-दे होगी।

बिलासी ने कादिर की ओर अत्यन्त विनीत भाव से देखकर कहा, दादा जी, वह न जाएँगे, मैं ही तुम्हारे साथ चली चलूँगी।

कादिर—तुम क्या चलोगी, वहाँ बड़े आदमियों के सामने मुँह तो खुलना चाहिए।

बिलासी—न कुछ कहते बनेगा, रो तो लूँगी।

कादिर—यह न जाने देंगे?

बिलासी—जाने क्यों न देंगे, कुछ माँगती हूँ? इन्हें अपना बुरा-भला न सूझता हो, मुझे तो सूझता है।

कादिर—तो फिर देर न करनी चाहिए, नहीं तो वह लोग पहले से ही मालिकों का कान भर देंगे।

मनोहर ज्यों का त्यों मूरत की तरह बैठा रहा। बिलासी घर में गई, अपने गहने निकालकर पहने, चादर ओढ़ी और बाहर निकलकर खड़ी हो गई। कादिर मियाँ संकोच में पड़े हुए थे। उन्हें आशा थी कि अब भी मनोहर उठेगा; किन्तु जब वह अपनी जगह से जरा भी न हिला तब धीरे-धीरे आगे चले। बिलासी भी पीछे-पीछे चली। पर रह कर कातर नेत्रों से मनोहर की ओर ताकती जाती थी। जब वह गाँव के बाहर निकल गए, तो मनोहर कुछ सोचकर उठा और लपका हुआ कादिर मियाँ के समीप आकर बिलासी से बोला, जा घर बैठ, मैं जाता हूँ।

तीसरा पहर था। ज्ञानशंकर दीवानखाने में बैठे हुए एक किताब पढ़ रहे थे कि कहार ने आकर कहा, बाबू साहब पूछते हैं, कै बजे हैं? ज्ञानशंकर ने चिढ़कर कहा, जा कह दे, आपको नीचे बुलाते हैं? क्या सारे दिन सोते रहेंगे?

इन महाशय का नाम बाबू ज्वालासिंह था। ज्ञानशंकर के सहपाठी थे और आज ही इस जिले में डिप्टी कलेक्टर होकर आए। दोपहर तक दोनों मित्रों में बातचीत होती रही। ज्वालासिंह रात भर के जागे थे, सो गए। ज्ञानशंकर को नींद नहीं आई। इस समय उनकी छाती पर साँप सा लोट रहा था। सब के सब बाजी लिये जाते हैं और मैं कहीं का न हुआ। कभी अपने ऊपर क्रोध आता, कभी अपने पिता और चाचा के ऊपर। पुराना सौहार्द द्वेष का रूप ग्रहण करता जाता था। यदि इस समय अकस्मात् ज्वालासिंह के पद-च्युत होने का

समाचार मिल जाता तो शायद ज्ञानशंकर के हृदय को शान्ति होती। वह इस क्षुद्र भाव को मन में न आने देना चाहते थे। अपने को समझते थे कि यह अपना-अपना भाग्य है। अपना मित्र कोई ऊँचा पद पाए तो हमें प्रसन्न होना चाहिए, किन्तु उनकी विकलता इन सद् विचारों से न मिटती थी और बहुत यत्न करने पर भी परस्पर सम्भाषण में उनकी लघुता प्रकट हो जाती थी। ज्वालासिंह को विदित हो रहा था कि मेरी यह तरक्की इन्हें जला रही है, किन्तु यह सर्वथा ज्ञानशंकर की ईर्ष्या-वृत्ति का ही दोष न था। ज्वालासिंह के बात-व्यवहार में वह पहले की सी स्नेहमय सरलता न थी; वरन् उसकी जगह एक अज्ञात सहृदयता, एक कृत्रिम वात्सल्य, एक गौरव-युक्त सधुता पाई जाती थी, जो ज्ञानशंकर के घाव पर नमक का काम कर रही थी। इसमें सन्देह नहीं कि ज्वालासिंह का यह दुःस्वभाव इच्छित न था, वह इतनी नीच प्रकृति के पुरुष न थे, पर अपनी सफलता ने उन्हें उन्मत्त कर दिया था। इधर ज्ञानशकर इतने उदार न थे कि इससे मानव चरित्र के अध्ययन का आनन्द उठाते।

कहान के जाने के क्षण भर पीछे ज्वालासिंह उतर पड़े और बोले, यार बताओ क्या समय है? जरा साहब से मिलने जाना है। ज्ञानशंकर ने कहा, अजी मिल लेना ऐसी क्या जल्दी है?

ज्वालासिंह– नहीं भाई, एक बार मिलना जरूरी है, जरा मालूम तो हो जाए किस ढंग का आदमी है, खुश कैसे होता है?

ज्ञान–वह इस बात से खुश होता है कि आप दिन में तीन बार उसके द्वार पर नाक रगड़ें।

ज्वालासिंह ने हँसकर कहा, तो कुछ मुश्किल नहीं, मैं पाँच बार सिजदे किया करूँगा।

ज्ञान–और वह इस बात से खुश होता है कि आप कायदे-कानून को तिलांजलि दीजिए, केवल उसकी इच्छा को कानून समझिए।

ज्वालासिंह–ऐसा ही करूँगा।

ज्ञान–इनकम टैक्स बढ़ाना पड़ेगा। किसी अभियुक्त को भूल कर भी छोड़ा तो बहुत बुरी तरह खबर लेगा।

ज्वाला–भाई, तुम बना रहे हो, ऐसा क्या होगा।

ज्ञान–नहीं, विश्वास मानिए, वह ऐसा ही विचित्र जीव है।

ज्वाला–तब तो उसके साथ मेरा निबाह कठिन है।

ज्ञान–जरा भी नहीं। आज आप ऐसी बातें कर रहे हैं, कल को उसके इशारों पर नाचेंगे। इस घमण्ड में न रहिए कि आपको अधिकार प्राप्त हुआ है, वास्तव में आपने गुलामी लिखाई है। यहाँ आपको आत्मा की स्वाधीनता से हाथ धोना पड़ेगा, न्याय और सत्य का गला घोंटना पड़ेगा, यही आपकी उन्नति और सम्मान के साधन हैं। मैं तो ऐसे अधिकार पर लात मारता हूँ। यहाँ तो अल्लाह-ताला भी आसमान से उतर आएँ और अन्याय करने को कहें तो उनका हुक्म न मानूँ।

ज्वालासिंह समझ गए कि यह जले हुए दिल के फफोले हैं बोले, अभी ऐसी दूर की ले रहे हो, कल को नामजद हो जाओ, तो यह बातें भूल जाएँ।

ज्ञानशंकर–हाँ बहुत सम्भव है, क्योंकि मैं भी तो मनुष्य हूँ, लेकिन संयोग से मेरे

इस परीक्षा में पड़ने की कोई सम्भावना नहीं है और हो भी तो मैं आत्मा की रक्षा करना सर्वोपरि समझूँगा।

ज्वालासिंह गरम होकर बोले, आपको यह अनुभव करने का क्या अधिकार है कि और लोग अपनी आत्मा का आपसे कम आदर करते हैं? मेरा विचार तो यह है कि संसार में रहकर मनुष्य आत्मा की जितनी रक्षा कर सकता है, उससे अधिकार उसे वंचित नहीं कर सकता। अगर आप समझते हों कि वकालत या डॉक्टरी विशेष रूप से आत्म-रक्षा के अनुकूल हैं तो आपकी भूल है। मेरे चाचा साहब वकील हैं, बड़े भाई साहब डॉक्टरी करते हैं, पर वह लोग केवल धन कमाने की मशीनें हैं; मैंने उन्हें कभी असत्-सत् के झगड़े में पड़ते हुए नहीं पाया।

ज्ञानशंकर– वह चाहें तो आत्मा की रक्षा कर सकते हैं।

ज्वालासिंह–बस, उतनी ही जितनी कि एक सरकारी नौकर कर सकता है। वकील को ही ले लीजिए, यदि विवेक की रक्षा करे तो रोटियाँ चाहे भले खाए, समृद्धिशाली नहीं हो सकता। अपने पेशे में उन्नति करने के लिए उसे अधिकारियों का कृपापात्र बनना परमावश्यक है और डॉक्टरों का तो जीवन ही रईसों की कृपा पर निर्भर है, गरीबों से उन्हें क्या मिलेगा? द्वार पर सैकड़ों गरीब रोगी खड़े रहते हैं, लेकिन जहाँ किसी रईस का आदमी पहुँचा, वह उनको छोड़कर फिटन पर सवार हो जाते हैं। इसे मैं आत्मा की स्वाधीनता नहीं कह सकता।

इतने में गौस खाँ, गिरधर महाराज और सुक्खू ने कमरे में प्रवेश किया। गौस तो सलाम करके फर्श पर बैठ गए, शेष दोनों आदमी खड़े रहे। लाला प्रभाशंकर बरामदे में बैठे हुए थे। पूछा, आदमियों को घी के रुपये बाँट दिए?

गौस खाँ–जी हाँ, हुजूर के इकबाल के सब रुपये तकसीम हो गए, मगर इलाके में चन्द आदमी ऐसे सरकश हो गए हैं कि खुदा की पनाह। अगर उनकी तंबीह न की गई तो एक दिन मेरी इज्जत में फर्क आ जाएगा और क्या अजब है जान से भी हाथ धोऊँ।

ज्ञानशंकर–(विस्मित होकर) देहात में भी यह हवा चली?

गौस खाँ ने रोनी सूरत बनाकर कहा, हूजूर, कुछ न पूछिए, गिरधर महाराज भाग न खड़े हों तो इनके जान की खैरियत नहीं थी।

ज्ञान–उन आदमियों को पकड़ के पिटवाया क्यों नहीं?

गौस–तो थानेदार साहब के लिए थैली कहाँ से लाता?

ज्ञान–आप लोगों को तो सैकड़ों हथकण्डे मालूम हैं, किसी भी शिकंजे में कस लीजिए?

गौस–हुजूर, मौरूसी असामी हैं। यह सब जमींदार को कुछ नहीं समझते। उनमें एक का नाम मनोहर है। बीस बीघे जोतता है और कुल 50 रु. लगान देता है। आज उसी आराजी का किसी दूसरे असामी से बन्दोबस्त हो सकता तो 100 रुपये कहीं नहीं गए थे।

ज्ञानशंकर ने चचा की ओर देखकर पूछा, आपके अधिकांश असामी दखलदार क्यों कर हो गए?

प्रभाशंकर ने उदासीनता से कहा, जो कुछ किया इन्हीं कारिन्दों ने किया होगा, मुझे क्या खबर?

ज्ञानशंकर—(व्यंग्य से) तभी तो इलाका चौपट हो गया।

प्रभाशंकर ने झुँझलाकर कहा, अब तो भगवान् की दया से तुमने हाथ-पैर सँभाले, इलाके का प्रबन्ध क्यों नहीं करते?

ज्ञान—आपके मारे जब मेरी कुछ चले तब तो।

प्रभा—मुझसे कसम ले लो, जो तुम्हारे बीच कुछ बोलूँ, यह काम करते बहुत दिन हो गए, इसके लिए लोलुप नहीं हूँ।

ज्ञान—तो फिर मैं भी दिखा दूँगा कि प्रबन्ध से क्या हो सकता है?

इसी समय कादिर खाँ और मनोहर आकर द्वार पर खड़े हो गए। गौस खाँ ने कहा, हुजूर यह वही असामी है, जिसका अभी मैं जिक्र कर रहा था।

ज्ञानशंकर ने मनोहर की ओर क्रोध से देखकर कहा, क्यों रे, जिस पत्तल पर खाता है उसी में छेद करता है? 100 रुपये की जमीन 50 रुपये में जोतता है, उस पर जब थोड़-सा बल खाने का अवसर पड़ा तो जामे से बाहर हो गया?

मनोहर की जबान बन्द हो गई। रास्ते में जितनी बातें कादिर खाँ ने सिखाई थीं, वह सब भूल गईं।

ज्ञानशंकर ने उसी स्वर में कहा, दुष्ट कहीं का! तू समझता होगा कि मैं दखलदार हूँ, जमींदार मेरा कर ही क्या सकता है? लेकिन मैं तुझे दिखा दूँगा कि जमींदार क्या कर सकता है? तेरा इतना हियाब है कि तू मेरे आदमियों पर हाथ उठाए?

मनोहर निर्बल क्रोध से काँप और सोच रहा था, मैंने घी के रुपये नहीं लिये, वह कोई पाप नहीं है। मुझे लेना चाहिए था, दबाव के भय से नहीं, केवल इसलिए कि बड़े सरकार हमारे ऊपर दया रखते थे। उसे लज्जा आई कि मैंने ऐसे दयालु स्वामी की आत्मा के साथ कृतघ्नता की, किन्तु इसका दण्ड गाली और अपमान नहीं है। उसका अपमानाहत हृदय उत्तर देने के लिए व्यग्र होने लगा! किन्तु कादिर ने उसे बोलने का अवसर न दिया। बोला, हुजूर, हम लोगों की मजाल ही क्या है कि सरकार के आदमियों के सामने सिर उठा सकें? हाँ, अपढ़ गँवार ठहरे बातचीत करने का सहूर नहीं है, उजड्डपन की बातें मुँह से निकल आती हैं। क्या हम नहीं जानते कि हुजूर चाहें तो आज हमारा ठिकाना न लगे! अब तो यह विनती है कि जो खता हुई, माफी दी जाए।

लाला प्रभाशंकर को मनोहर पर दया आ गई, सरल प्रकृति के मनुष्य थे। बोले, तुम लोग हमारे पुराने असामी हो, क्या नहीं जानते हो कि असामियों पर सख्ती करना हमारे यहाँ का दस्तूर नहीं है? ऐसा ही कोई काम आ पड़ता है तो तुमसे बेगार ली जाती है और तुम हमेशा उसे हँसी-खुशी देते रहे हो। अब भी उसी तरह निभाते चलो। नहीं तो भाई, अब जमाना नाजुक है, हमने तो भली-बुरी तरह अपना निभा दिया, मगर इस तरह लड़कों से न निभेगी। उनका खून गरम ठहरा, इसलिए सब सँभलकर रहो, चार बातें सह लिया करो, जाओ, फिर ऐसा काम न करना। घर से कुछ खाकर चले न होगे। दिन भी चढ़ आया, यही खा-पी कर विश्राम करो, दिन ढले चले जाना।

प्रभाशंकर ने अपने निर्द्वन्द्व स्वभाव के अनुसार इस मामले को टालना चाहा; किन्तु ज्ञानशंकर ने उनकी ओर तीव्र नेत्रों से देखकर कहा, आप मेरे बीच में क्यों बोलते हैं? इस

नरमी ने तो इन आदमियों को शेर बना दिया है। अगर आप इस तरह मेरे कामों में हस्तक्षेप करते रहेंगे तो मैं इलाके का प्रबन्ध कर चुका। अभी आपने वचन दिया है कि इलाके से कोई सरोकार न रखूँगा। अब आपको बोलने का कोई अधिकार नहीं हैं।

प्रभाशंकर यह तिरस्कार न सह सके, रुष्ट होकर बोले, अधिकार क्यों नहीं है? क्या मैं मर गया हूँ?

ज्ञानशंकर—नहीं, आपको कोई अधिकार नहीं है। आपने सारा इलाका चौपट कर दिया, अब क्या चाहते हैं कि जो बचा-खुचा है, उसे धूल में मिला दें।

प्रभाशंकर के कलेजे में चोट लग गई। बोले, बेटा! ऐसी बातें करके क्यों दिल दुखाते हो? तुम्हारे पूज्य पिता मर गए, लेकिन कभी मेरी बात नही दुलखी। अब तुम मेरी जबान बन्द कर देना चाहते हो, किन्तु यह नहीं हो सकता कि मैं अन्याय देखा करूँ और मुँह न खोलूँ। जब तक जीवित हूँ, तुम यह अधिकार मुझसे नहीं छीन सकते।

ज्वालासिंह ने दिलासा दिया, नहीं साहब, आप घर के मालिक हैं, यह आपकी गोद के पाले हुए लड़के हैं, इनकी अबोध बातों पर ध्यान न दीजिए। इसकी भूल है जो कहते हैं कि आपका कोई अधिकार नहीं है। आपको सब कुछ अधिकार है, आप घर के स्वामी हैं।

गौस खाँ ने कहा, हुजूर का फर्माना बहुत दुरुस्त है। आप खानदान के सरपस्त और मुरब्बी हैं। आपके मन्सब से किसे इनकार हो सकता है?

ज्ञानशंकर समझ गए कि ज्वालासिंह ने मुझसे बदला ले लिया; उन्हें यह खेद हुआ कि ऐसी अविनय मैंने क्यों की! खेद केवल यह था कि ज्वालासिंह यहाँ बैठे थे और उनके सामने वह असज्जनता नहीं प्रकट करना चाहते थे। बोले, अधिकार से मेरा यह आशय नहीं था जो आपने समझा। मैं केवल यह कहना चाहता था कि जब आपने इलाके का प्रबन्ध मेरे सुपुर्द कर दिया है तो मुझी को करने दीजिए। यह शब्द अनायास मेरे मुँह से निकल गया। मैं इसके लिए बहुत लज्जित हूँ। भाई ज्वालासिंह, मैं चचा साहब का जितना अदब करता हूँ उतना अपने पिता का भी नहीं किया। मैं स्वयं गरीब आदमियों पर सख्ती करने का विरोधी हूँ। इस विषय में आप मेरे विचारों से भलीभाँति परिचित हैं। किन्तु इसका यह आशय नहीं है कि हम दीनपालन की धुन में इलाके से ही हाथ धो बैठें? पुराने जमाने की बात और थी। तब जीवन संग्राम इतना भयंकर न था, हमारी आवश्यकताएँ परिमित थीं, सामाजिक अवस्था इतनी उन्नत न थी और सबसे बड़ी बात तो यह है कि भूमि का मूल्य इतना चढ़ा हुआ न था। मेरे कई गाँव जो दो-दो हजार पर बिक गए हैं, उनके दाम आज बीस-बीस हजार लगे हुए हैं। उन दिनों असामी मुश्किल से मिलते थे, अब एक टुकड़े कि लिए सौ-सौ आदमी मुँह फैलाए हुए हैं। यह कैसे हो सकता है कि इस आर्थिक दश का असर जमींदार पर न पड़े?

लाला प्रभाशंकर को अपने अप्रिय शब्दों का बहुत दुःख हुआ, जिस भाई को वे देवतुल्य समझते थे, उसी के पुत्र से द्वेष करने पर उन्हें बड़ी ग्लानि हुई। बोले, भैया, इन बातों को तुम जितना समझोगे, मैं बूढ़ा आदमी उतना क्या समझूँगा? तुम घर के मालिक हो। मैंने भूल की कि बीच में कूद पड़ा। मेरे लिए एक टुकड़ा रोटी के सिवा और किसी

चीज की आवश्यकता नहीं है। तुम जैसे चाहो वैसे घर को सँभालो।

थोड़ी देर तक सब लोग चुप-चाप बैठे रहे। अन्त में गौस खाँ ने पूछा, हुजूर, मनोहर के बारे में क्या हुक्म होता है?

ज्ञानशंकर—इजाफा लगान का दावा कीजिए?

कादिर—सरकार, बड़ा गरी आदमी है, मर जाएगा?

ज्ञानशंकर—अगर इसकी जोत में कुछ सिकमी जमीन हो तो निकाल लीजिए?

कादिर—सरकार, बेचारा बिना मारे मर जाएगा।

ज्ञानशंकर—उसकी परवाह नहीं, असामियों की कमी नहीं है।

कादिर—सरकार जरा...

ज्ञानशंकर—बस कह दिया कि जबान मत खोलो।

मनोहर अब तक चुपचाप खड़ा था। प्रभाशंकर की बात सुनकर उसे आशा हुई थी कि यहाँ आना निष्फल नहीं हुआ। उनकी विनयशीलता ने वशीभूत कर लिया था। ज्ञानशंकर के कटु व्यवहार के सामने प्रभाशंकर की नम्रता उसे देवोचित प्रतीत होती थी। उसके हृदय में उत्कण्ठा हो रही थी कि अपना सर्वस्व लाकर इनके सामने रख दूँ और कह दूँ कि यह मेरी ओर से बड़े सरकार की भेंट है। लेकिन ज्ञानशंकर के अन्तिम शब्दों ने इन भावनाओं को पद-दलित कर दिया। विशेषतः कादिर मियाँ का अपमान उसे असह्य हो गया। तेवर बदल बोला, दादा, इस दरबार से अब दया-धर्म उठ गया। चलो, भगवान् की जो इच्छा होगी, वह होगा। जिसने मुँह चीरा वह खाने को भी देगा। भीख नहीं तो परदेश तो कहीं नहीं गया है?

यह कहकर उसने कादिर का हाथ पकड़ा और उसे जबरदस्ती खींचता हुआ दीवानखाने से बाहर निकल गया। ज्ञानशंकर को इस समय इतना क्रोध आ रहा था कि यदि कानून का भय न होता तो वह उसे जीता चुनवा देते। अगर इसका कुछ अंश मनोहर को डाँटने-फटकारने में निकल जाता तो कदाचित् उनकी ज्वाला कुछ शान्त हो जाती, किन्तु अब हृदय में खौलने के सिवा उनके निकलने का कोई रास्ता न था। उनकी दशा उस बालक की-सी हो रही थी, जिसका हमजोली उसे दाँत काटकर भाग गया हो। इस ज्ञान से उन्हें शान्ति न होती थी कि मैं इस मनुष्य के भाग का विधाता हूँ, आज इसे पैरों तले कुचल सकता हूँ। क्रोध को हुई चन से विशेष रुचि होती है।

ज्वालासिंह मौनी बैठे थे। उन्हें आश्चर्य हो रहा था कि ज्ञानशंकर में इतनी दयाहीन स्वार्थपरता कहाँ से आ गई? अभी क्षण भर पहले यह महाशय न्याय और लोक-सेवा का कैसा महत्त्वपूर्ण वर्णन कर रहे थे। इतनी ही देर में यह कायापलट। विचार और व्यवहार में इतना अन्तर? मनोहर चला गया तो ज्ञानशंकर से बोले, इजाफा लगान का दावा कीजिएगा तो क्या उसकी ओर से उज्रदारी न होगी? आप केवल एक असामी पर दावा नहीं कर सकते।

ज्ञानशंकर—हाँ, यह बात ठीक कहते हैं। खाँ साहब, आप उन असामियों की एक सूची तैयार कीजिए, जिन पर कायदे के अनुसार इजाफा हो सकता है। क्या हरज है, लगे हाथ सारे गाँव पर दावा हो जाए।

ज्वालासिंह ने मनोहर की रक्षा के लिए यह शंका की थी। उसका यह विपरीत फल

देखकर उन्हें फिर कुछ कहने का साहस न हुआ। उठकर ऊपर चले गए।

एक महीना बीत गया, गौस खाँ ने असामियों की सूची न तैयार की और न ज्ञानशंकर ने ही फिर ताकीद की। गौस खाँ के स्वहित और स्वामिहित में विरोध हो रहा था और ज्ञानशंकर सोच रहे थे कि जब इजाफे से सारे परिवार का लाभ होगा तो मुझको क्या पड़ी है कि बैठे-बिठाए सिर-दर्द मोल लूँ। सैकड़ों गरीबों का गला तो मैं दबाऊँ और चैन सारा घर करे। वह इस सारे अन्याय का लाभ अकेले ही उठाना चाहते थे, और लोग भी शरीक हों, यह यह उन्हें स्वीकार नहीं था। अब उन्हें रात-दिन यही दुश्चिन्ता रहती थी कि किसी तरह चचा साहब रो अलग हो जाऊँ। यह विचार सर्वथा उनके स्वार्थानुकूल था। उनके ऊपर केवल तीन प्राणियों के भरण-पोषण का भार था—आप, स्त्री और भावज। लड़का अभी दूध पीता था। इलाके की आमदनी का बड़ा भाग प्रभाशंकर के काम आता था। जिनके तीन पुत्र थे, दो पुत्रियाँ एक बहू, एक पोता और और स्त्री-पुरुष आप। ज्ञानशंकर अपने पिता के परिवार-पालन पर झुँझलाया करते। आज से तीन साल पहले वह अलग हो गए होते तो आज हमारी दशा ऐसी खराब न होती। चचा के सिर जो पड़ती उसे झेलते, खाते चाहे उपवास करते, हमसे तो कोई मतलब न रहता बल्कि उस दशा में हम उनकी कुछ सहायता करते तो वह इसे ऋण समझते, नहीं तो आज झाड़-लीप कर हाथ काला करने के सिवा और क्या मिला? प्रभाशंकर दुनिया देखे हुए थे। भतीजे का यह भाव देखकर दबते थे, अनुचित बातें सुनकर भी अनुसुनी कर जाते। दयाशंकर उनकी कुछ सहायता, करने के बदले उलटे उन्हीं के सामने हाथ फैलाते रहते थे, इसलिए दब कर रहने में ही उनका कल्याण था।

ज्ञानशंकर दम्भ और द्वेष के आवेग में बहने लगे। एक नौकर चचा का काम करता तो दूसरे को खामखाह अपने किसी न किसी काम में उलझा रखते। इसी फेर में पड़े रहते कि चचा के आठ प्राणियों पर जितना व्यय होता है उतना मेरे तीन प्राणियों पर हो। भोजन करने जाते तो बहुत-सा खाना जूठा करके छोड़ देते। इतने पर भी सन्तोष न हुआ तो दो कुत्ते पाले। उनहें साथ बैठाकर खिलाते। यहाँ तक कि प्रभाशंकर डॉक्टर के यहाँ से कोई दवा लाते तो आप उतने ही मूल्य की औषधि अवश्य लाते, चाहे उसे फेंक ही क्यों न दें! इतने अन्याय पर भी चित्त को शान्ति न होती थी। चाहते थे कि महिलाओं में भी बमचख मचे। विद्या की शालीनता उन्हें नागवर मालूम होती, उसे समझाते कि तुम्हें अपने भले-बुरे की जरा भी परवा नहीं। मरदों को इतना अवकाश कहाँ कि जरा-जरा-सी बात पर ध्यान रखें। यह स्त्रियों का खास काम है, यहाँ तक कि इसी कारण उन्हें घर में आग लगाने का दोष लगाया जाता है, लेकिन तुम्हें किसी बात की सुधि ही नहीं रहती। आँखों से देखती हो कि घी घड़ा लुढ़का जाता है, पर जबान नहीं हिलती। विद्यावती यह शिक्षा पाकर भी उसे ग्रहण न करती थी।

इसी बीच में एक ऐसी घटना हो गई, जिसने इस विरोधाग्नि को और भी भड़का दिया। दयाशंकर यों तो पहले से ही अपने थाने में अन्धेर मचाए हुए थे। लेकिन जब से ज्वालासिंह उनके इलाके के मजिस्ट्रेट हो गए थे तब से तो वह पूरे बादशाह बन बैठे थे।

उन्हें यह मालूम ही था कि डिप्टी साहब ज्ञानशंकर के मित्र हैं। इतना सहारा मेलजोल पैदा करने के लिए काफी था। कभी उनके पास चिड़िया भेजते; कभी मछलियाँ, कभी दूध-घी। स्वयं उनसे मिलने जाते तो मित्रवत् व्यवहार करते। इधर सम्मान बढ़ा तो भय कम हुआ, इलाके को लूटने लगे। ज्वालासिंह के पास शिकायतें पहुँचीं, लेकिन वह लिहाज के मारे न तो दयाशंकर से और न उनके घरवालों से ही इनकी चर्चा कर सके। लोगों ने जब देखा कि डिप्टी साहब भी हमारी फरियाद नहीं सुनते तो हार मानकर चुप हो बैठे। दयाशंकर और भी शेर हुए। पहले दाँव-घात देखकर हाथ चलाते थे, अब निःशंक हो गए। यहाँ तक कि प्याला लबालब हो गया। इलाके में एक भारी डाका पड़ा। वह उसकी तहकीकात करने गए। एक जमींदार पर सन्देह हुआ तुरन्त उसके घर की तलाशी लेनी शुरू की, चोरी का कुछ माल बरामद हो गया। फिर क्या था, उसी दम उसे हिरासत में ले लिया। जमींदार ने कुछ दे-दिला कर बला टाली। पर अभिमानी मनुष्य था, यह अपमान न सहा गया। उसने दूसरे दिन ज्वालासिंह के इजलास में दारोगा साहब पर मुकदमा दायर कर दिया। इलाके में आग सुलग रही थी, हवा पाते ही भड़क उठी। चारों तरफ से झूठे-सच्चे इस्तगासे होने लगे। अन्त में ज्वालासिंह को विवश होकर इन मामलों की छानबीन करनी पड़ी, सारा रहस्य खुल गया। उन्होंने पुलिस के अधिकारियों को रिपोर्ट की। दयाशंकर मुअत्तल हो गए, उन पर रिसवत लेने और झूठे मुकदमे बनाने के अभियोग चलने लगे। पाँसा पलट गया; उन्होंने जमींदार को हिरासत में लिया था। अब खुद हिरासत में आ गए। लाला प्रभाशंकर उद्योग से जमानत मंजूर हो गई, लेकिन अभियोग इतने सप्रमाण थे कि दयाशंकर के उद्योग से जमानत मंजूर हो गई, लेकिन अभियोग इतने सप्रमाण थे कि दयाशंकर के बचने की बहुत कम आशा थी। वह स्वयं निराश थे। सिट्टी-पट्टी भूल गई, मानो किसी ने बुद्धि हर ली हो। जो जबान थाने की दीवारों को कम्पित कर दिया करती थी, वह अब हिलती भी न थी। वह बुद्धि जो हवा में किले बनाती रहती, अब इस गुत्थी को भी न सुलझा सकती थी। कोई कुछ पूछता तो शून्य भाव से दीवार की ओर ताकने लगते। उन्हें खेद न था, लज्जा न थी, केवल विस्मय था कि मैं इस दलदल में कैसे फँस गया? वह मौन दशा में बैठे सोचा करते, मुझसे यह भूल हो गई, अमुक बात बिगड़ गई, नहीं तो कदापि नहीं फँसता। विपत्ति में भी जिस हृदय में सद्ज्ञान न उत्पन्न हो वह सूखा वृक्ष है, जो पानी पाकर पनपता नहीं बल्कि सड़ जाता है। ज्ञानशंकर इस दुरवस्था में अपने सम्बन्धियों की सहायता करना अपना धर्म समझते थे; किन्तु इस विषय में उन्हें किसी से कुछ कहते हुए संकोच ही नहीं होता, वरन् जब कोई दयाशंकर के व्यवहार की आलोचना करने लगता, तब वह उसका प्रतिवाद करने के बदले उससे सहमत हो जाते थे।

लाला प्रभाशंकर ने बेटे को बरी कराने के लिए कोई बात उठा नहीं रखी। वह रात-दिन इसी चिन्ता में डूबे रहते थे। पुत्र-प्रेम तो था ही पर कदाचित् उससे भी अधिक लोकनिन्दा की लाज थी। जो घराना सारे शहर में सम्मानित हो उसका यह पतन हृदय-विदारक था। जब वह चारों तरफ से दौड़-धूप कर निराश हो गए तब एक दिन ज्ञानशंकर से बोले, आज जरा ज्वालासिंह के पास चले जाते; तुम्हारे मित्र हैं, शायद कुछ रियायत करें।

ज्ञानशंकर ने विस्मित भाव से कहा, मेरा इस वक्त-उनके पास जाना सर्वथा अनुचित है।

ज्ञानशंकर—मैं जानता हूँ और इसीलिए अब तक तुमसे जिक्र नहीं किया लेकिन अब इसके बिना काम नहीं चलता दिखाई देता। डिप्टी साहब अपने इजलास से बरी कर दें फिर आगे हम देख लेंगे। वह चाहें तो सबूतों को निर्बल बना सकते हैं।

ज्ञान—पर आप इसकी कैसे आशा रखते हैं कि मेरे कहने से वह अपने ईमान का खून करने पर तैयार हो जाएँगे।

प्रभाशंकर ने आग्रह पूर्वक कहा, मित्रों के कहने सुनने का बड़ा असर होता है।

बूढ़ों की बातें बहुधा वर्तमान सभ्य प्रथा के प्रतिकूल होती हैं। युवकगण इन बातों पर अधीर हो उठते हैं। उन्हें बूढ़ों का यह अज्ञान-अक्षम्य-सा जान पड़ता है ज्ञानशंकर चिढ़कर बोले, जब आपकी समझ में बात ही नहीं आती तो मैं क्या करूँ मैं अपने को दूसरों की निगाह में गिराना नहीं चाहता।

प्रभाशंकर ने पूछा, क्या अपने भाई की सिफारिश करने से अपमान होता है?

ज्ञानशंकर ने कटु भाव से कहा, सिफारिश चाहे किसी काम के लिए हो, नीची बात है, विशेष करके ऐसे मामले में।

प्रभाशंकर बोले, इसका अर्थ तो यह है कि मुसीबत में भाई से मदद की आशा न रखनी चाहिए।

'मुसीबत उन कठिनाइयों का नाम है जो दैवी और अनिवार्य कारणों से उत्पन्न हों, जान-बूझ कर आग में कूदना मुसीबत नहीं है।'

'लेकिन जो जान-बूझ कर आग में कूदे, क्या उसकी प्राण-रक्षा न करनी चाहिए?'

इतने में बड़ी बहू दरवाजे पर आकर खड़ी हो गई और बोली, चलकर लल्लू (दयाशंकर) को जरा समझा क्यों नहीं देते? रात को भी खाना नहीं खाया और इस वक्त अभी तक हाथ-मुँह नहीं धोया। प्रभाशंकर खिन्न होकर बोले, कहाँ तक समझाऊँ? समझाते-समझाते तो हार गया। बेटा! मेरे चित्त की इस समय जो दशा है, वह बयान नहीं कर सकता। तुमने जो बातें कहीं हैं वह बहुत माकूल हैं, लेकिन मुझ पर इतनी दया करो, आज डिप्टी साहब के पास जरा चले आओ। मेरा मन कहता है, कि तुम्हारे जाने से कुछ-न-कुछ उपकार अवश्य होगा।

ज्ञानशंकर बगलें झाँक रहे थे कि बड़ी बहू बोल उठी, यह जा चुके। लल्लू कहते थे कि ज्ञान झूठ भी जाकर कुछ कह दें तो सारा काम बन जाए, लेकिन इन्हें क्या परवाह है, चाहे कोई चूल्हे भाड़ में जाए। फँसाना होता तो चाहे दौड़-धूप करते भी, बचाने कैसे जाएँ, हेठी न हो जाएगी।

प्रभाशंकर ने तिरस्कार के भाव से कहा, क्या बेबात की बात कहती हो? अन्दर जाकर बैठती क्यों नहीं?

बड़ी बहू ने कुटिल नेत्रों से ज्ञानशंकर को देखते हुए कहा, मैं तो बलाग बात कहती हूँ, किसी को भला लगे या बुरा। जो बात इनके मन में है वह मेरी आँखों के सामने है।

ज्ञानशंकर मर्माहत होकर बोले, चाचा साहब! आप सुनते हैं इनकी बातें? यह मुझे इतना नीच समझती हैं।

बड़ी बहू ने मुँह बनाकर कहा, यह क्या सुनेंगे, कान भी हों? सारी उम्र गुलामी करते

कटी, अब भी वही आदत पड़ी हुई है। तुम्हारा हाल मैं जानती हूँ।

प्रभाशंकर ने व्यथित होकर कहा, ईश्वर के लिए चुप रहो। बड़ी बहू त्योरियाँ चढ़ा कर बोली, चुप क्यों रहूँ, किसी का डर है? यहाँ तो जान पर बनी हुई है और यह अपने घमण्ड में भूले हुए हैं। ऐसे आदमी का तो मुँह देखना पाप है।

प्रभाशंकर ने भतीजे की ओर दीनता से देखकर कहा, बेटा, यह इस समय आपे में नहीं हैं। इनकी बातों का बुरा मत मानना। लेकिन ज्ञानशंकर ने ये बातें न सुनीं, चाची के कठोर वाक्य उनके हृदय को मथ रहे थे। बोले, तो मैं आप लोग के साथ रहकर कौन-सा स्वर्ग का सुख भोग रही हूँ।

बड़ी बहू–जो अभिलाषा मन में हो वह निकाल डालो। जब अपनापन ही नहीं, तो एक घर में रहने से थोड़े ही एक हो जाएँगे!

ज्ञान–आप लोगों की यही इच्छा है तो यही सही, मुझे निकाल दीजिए।

बड़ी बहू–हमारी इच्छा है? आज महीनों से तुम्हारा रंग देख रही हूँ। ईश्वर ने आँखें दी हैं, धूप में बाल नहीं सफेद किए हैं। हम लोग तुम्हारी आँख में काँटे की तरह खटकते हैं। तुम समझते हो यह लोग हमारा सर्वस्व खाए जाते हैं। जब तुम्हारे मन में इतना कमीनापन आ गया तो फिर–

प्रभाशंकर ने ठण्डी साँस लेकर कहा, या ईश्वर, मुझे मौत क्यों नहीं आ जाती बड़ी बहू ने पति को कुपित नेत्रों से देखकर कहा, तुम्हें, यह बहुत प्यारे हैं, तो जाकर इनकी जूतियाँ सीधी करो। जो आदमी मुसीबत में साथ न दे, वह दुश्मन है, उससे दूर रहना ही अच्छा है।

ज्ञान–तो यह धमकी किसे देती हो? कल के बदले आज ही हिस्सा बाँट कर लो!

बड़ी बहू–क्या तुम समझते हो कि हम तुम्हारा दिया खाती हैं?

बड़ी बहू–नहीं, तुम्हें यही घमण्ड है।

ज्ञान–अगर यही घमण्ड है तो क्या अन्याय है। जितना आपका खर्च है उतना मेरा कभी नहीं है।

बड़ी बहू ने पति की ओर देखकर व्यंग्य भाव से कहा–कुछ सुन रहे हो सपूत की बातें! बोलते क्यों नहीं? क्या मुँह में दही जमा हुआ है। बाप हजारों रुपये साल साधू-भिखारियों को खिला दिया करते थे। मरते दम तक पालकी के बारह कहार दरवाजे से नहीं टले। इन्हें आज हमारी रोटियाँ अखर रही हैं। लाला हमारा बस मानो कि आज रईसों की तरह चैन कर रहे हो, नहीं तो मुँह में मक्खियाँ आती-जातीं।

प्रभाशंकर यह बातें न सुन सके। उठकर बाहर चले गए। बड़ी बहू मोर्चे पर अकेले ठहर न सकीं, घर में चली गईं। लेकिन ज्ञानशंकर वहीं बैठे रहे। उनके हृदय में एक दाह-सी हो रही थी। इतनी निष्ठुरता! इतनी कृतघ्नता! मैं कमीना हूँ, मैं दुश्मन हूँ, मेरी सूरत देखना पाप है। जिन्दगी-भर हमको नोचा-खसोटा, आज यह बातें! यह घमण्ड! देखता हूँ यह घमंड कब तक रहता है? इसे तोड़ न दिया तो कहना! ये लोग सोचते होंगे, मालिक तो हम हैं, कुञ्जियाँ तो हमारे पास हैं, इसे जो देंगे, वह ले लेगा। एक-एक चीज का आधा करा लूँगा। बुढ़िया के पास जरूर रुपये हैं। पिता जी ने सब कुछ इन्हीं लोगों पर छोड़ दिया था। इसने

काट-कपट कर दस-बीस हजार जमा कर लिया है। बस, उसी का घमण्ड है, और कोई बात नहीं। द्वेष में दूसरों को धनी समझने की विशेष चेष्टा होती है।

ज्ञानशंकर इन कुकल्पनाओं से भरे हुए बाहर आए तो चाचा को दीवानखाने में मुंशी ईजादहुसैन से बातें करते पाया। यह मुंशी ज्वालासिंह के इजलास के अहलमद थे—बड़े बातूनी, बड़े चलते-पुर्जे, वह कह रहे थे आप घबराएँ नहीं, खुदा ने चाहा तो बाबू दयाशंकर बेदाग बरी हो जाएँगे। मैंने महरी की मारफत उनकी बीवी को ऐसा चंग पर चढ़ाया है कि वह दारोगा जी को बिला बरी कराए डिप्टी साहब का दामन न छोड़ेंगी। सौ-दो सौ रुपये खर्च हो जाएँगे, मगर क्या मुजायका, आबरू तो बच जाएगी। अकस्मात् ज्ञानशंकर को वहाँ देखकर वह कुछ झेंप गए।

प्रभाशंकर बोले, रुपये जितने दरकार हों ले जाएँ, आपकी कोशिश से बात बन गई तो हमेशा आपका शुक्रगुजार रहूँगा।

ईजाद हुसेन ने ज्ञानशंकर को देखते हुए कहा, बाबू ज्वालासिंह दोस्ती का कुछ हक तो जरूर ही अदा करेंगे। जबान से चाहे कितने ही बेनियाज बनें लेकिन दिन में वह आपका बहुत लेहाज करते हैं। मैं भी इस पर खूब रंग चढ़ाता हूँ। कल आपका जिक्र करते हुए मैंने कहा, वह तो दो-तीन दिन से दाना-पानी तर्क किए हुए हैं। यह सुनकर कुछ गौर करने लगे, बाद अजाँ उठकर अन्दर चले गए।

प्रभाशंकर ने मुंशी को श्रद्धापूर्ण नेत्रों से देखा, पर ज्ञानशंकर ने तुच्छ दृष्टि से देखा और ऊपर चले गए। विद्यावती उनकी राह देख रही थी, बोली, आज देख क्यों कर रहे हो? भोजन तो कभी से तैयार है।

ज्ञानशंकर ने उदासीनता से कहा, क्या खाऊँ, कुछ मिले भी? मालिक और मालकिन दोनों ने आज से मेरा निबटारा कर दिया। उन्हें मेरी सूरत देखने से पाप लगता है। ऐसों के साथ रहने से तो मर जाना अच्छा है।

विद्यावती ने सशंक होकर पूछा, क्या बात हुई?

ज्ञानशंकर ने इस प्रश्न का उत्तर विस्तार के साथ दिया। उन्हें आशा थी कि इन बातों से विद्या की शान्तिप्रियता को आघात पहुँचेगा, किन्तु उन्हें कितनी निराशा हुई। जब उसने सारी कथा सुनने के बाद कहा, तुम्हें ज्वालासिंह के यहाँ चले जाना चाहिए था। चाचा जी की बात रह जाती। ऐसे ही अवसरों पर तो अपने-पराए की पहचान होती है। तुम्हारी ओर से आना-कानी देखकर उन लोगों को क्रोध आ गया होगा। क्रोध में आदमी अपने मन की बात नहीं कहता। वह केवल दूसरों का दिल दुखाना चाहता है।

ज्ञानशंकर खिन्न होकर बोले, तुम्हारी बातें सुनकर जी चाहता है कि अपना और तुम्हारा दोनों का सिर फोड़ लूँ। उन लोगों के कटु वाक्यों को फूल-पान समझ लिया, मुझी को उपदेश देने लगी। मुझे तो यह लज्जा आ रही है कि इस गुरगे ईजाद हुसैन ने मेरी तरफ से जाने क्या रद्दे जमाये होंगे और तुम मुझे सिफारिश करने की शिक्षा देती हो। मैं ज्वालासिंह को जता देना चाहता हूँ कि इस विषय में सर्वथा स्वतन्त्र हूँ। गरजमन्द बनकर उनकी दृष्टि में नीचा बनना नहीं चहता।

विद्या ने विस्मित होकर पूछा, क्या उनसे यह कहने जाओगे?

ज्ञानशंकर—आवश्य जाऊँगा। दूसरे की आबरू के लिए अपनी प्रतिष्ठा क्यों खोऊँ?

विद्या—भला वह अपने मन में क्या कहेंगे? क्या इससे तुम्हारा द्वेष न प्रकट होगा?

ज्ञानशंकर—तुम मुझे जिना मूर्ख समझती हो, उतना नहीं हूँ। मुझे मालूम है कौन बात किस ढ़ंग से करनी चाहिए।

विद्या चिन्तित नेत्रों से भूमि की ओर देखने लगी। उसे पति की संकीर्णता पर खेद हो रहा था, लेकिन कुछ और कहते डरती थी कि हीं उसकी दुष्कामना और भी दृढ़ न हो जाए। इतने में दयाशंकर की स्त्री भोजन करने के लिए बुलाने आई। उधर श्रद्धा ने जाकर बड़ी बहू को मनाना शुरू किया। विद्या ने लाला प्रभाशंकर को मनाने के लिए तेजशंकर को भेजा, पर इनमें कोई भी भोजन करने न उठा। प्रभाशंकर को यह ग्लानि हो रही थी कि मेरी स्त्री ने ज्ञानशंकर को अप्रिय बातें सुनाईं। बड़ी बहू को शोक था कि मेरे पुत्र का कोई हितैषी नहीं और ज्ञानशंकर को यह जलन थी कि यह लोग मेरा खाकर मुझी को आँखें दिखाते हैं। क्षुधाग्नि के साथ क्रोधाग्नि भी भड़क जाती थी।

विवाद में हम बहुधा अत्यन्त नीतिपरायण बन जाते हैं, पर वास्तव में इससे हमारा अभिप्राय यही होता है, कि विपक्षी की जबान बन्द कर दें। इन चन्द घण्टों में ही ज्ञानशंकर की नीतिपरायणता ईर्षाग्नि में परिवर्तित हो चुकी थी। जिस प्राणी के हित के लिए ज्वालासिंह से कुछ कहना उन्हें असंगत जान पड़ता था, उसी के अहित के लिए वह वहाँ जाने को तैयार हो गए। उन्होंने इस प्रसंग में सारी बातें मन में निश्चित कर ली थीं, इस प्रश्न को ऐसी कुशलता से उठाना चाहते थे कि नीयत का परदा न खुलने पाए।

दूसरे दिन प्रातः काल ज्यों ही नौ बजे ज्ञानशंकर ने पैरगाड़ी सँभाली और घर से निकले। द्वार पर लाला प्रभाशंकर अपने दोनों पुत्रों के साथ टहल रहे थे। ज्ञानशंकर ने मन में कहा, बुड्ढा साठ वर्ष का हो गया है; पर अभी तक वही जवानी की ऐंठ है। कैसा अकड़कर चलता है! अब देखता हूँ, मिश्री और मक्खन कहाँ मिलता है? लौंडे मेरी ओर कैसे घूर रहे हैं। मानो निगल जाएँगे। वर्षा का आगमन हो चुका था, घटा उमड़ी हुई थी। मानो समुद्र आकाश पर चढ़ गया हो। सड़कों पर इतना कीचड़ था कि ज्ञानशंकर की पैरगाड़ी मुश्किल से निकल सकी, छींटों से कपड़े खराब हो गए। उन्हें म्युनिसिपैलिटी के सदस्यों पर क्रोध आ रहा था कि सब के सब स्वार्थी, खुशामदी और उचक्के हैं। चुनाव के समय भिखारियों की तरह द्वार-द्वार घूमते-फिरते हैं, लेकिन मेम्बर होते ही राजा बन बैठते हैं। कठिन तपस्या का फल यह निर्वाण पद प्राप्त हो जाता है। यह बड़ी भूल है कि मेम्बरों को एक निर्दिष्ट काल के लिए रखा जाता है। वोटरों को अधिकार होना चाहिए कि जब किसी सदस्य को जी चुराते-देखें तो उसे पदच्युत कर दें। यह मिथ्या है कि उस दशा में कोई कर्तव्यपरायण मनुष्य मेम्बरी के लिए खड़ा न होगा। जिन्हें राष्ट्रीय उन्नति की धुन है, वह प्रत्येक अवस्था में जाति-सेवा के लिए तैयार रहेंगे। मेरे विचार में जो लोग सच्चे अनुराग से काम करना चाहते हैं वह बन्धन से और भी खुश होंगे। इससे उन्हें अपनी अकर्मण्यता से बचने का एक साधन मिल जाएगा। और यदि हमें जाति-सेवा का अनुराग नहीं तो म्युनिसिपल हाल में बैठने की तृष्णा क्यों हो। क्या इससे इज्जत होती है? सिपाही बन कर कोई लड़ने से जी चुराए, यह उसकी कीर्ति नहीं, अपमान है।

ज्ञानशंकर इन्हीं विचारों में मग्न थे कि ज्वालासिंह का बंगला आ गया। वह घोड़े पर हवा खाने जा रहे थे। साईस घोड़ा कैसे खड़ा था। ज्ञानशंकर को देखते ही बड़े प्रेम से मिले और इधर-उधर की बातें करने लगे। उन्हें भ्रम हुआ कि यह महाशय अपने भाई की सिफारिश करने आए होंगे। इसलिए उन्हें इस तरह बातों में लगाना चाहते थे कि उस मुकदमे की चर्चा ही न आने पाए। उन्हें दयाशंकर के विरुद्ध कोई सबल प्रमाण न मिला था। यह वह जानते थे कि दयाशंकर का जीवन उज्ज्वल नहीं है, परन्तु यह अभियोग सिद्ध न होता था, उनको बरी करने का निश्चय कर चुके थे। ऐसी दशा में वह किसी को यह विचार करने का अवसर नहीं देना चाहते थे कि मैंने अनुचित पक्षपात किया है। ज्ञानशंकर के आने से जनता के सन्देह की पुष्टि हो सकती थी। जनता को ऐसे समाचार बड़ी आसानी से मिल जाते हैं। अरदली और चपरासी अपना गौरव बढ़ाने के लिए ऐसी खबरें बड़ी तत्परता से फैलाते हैं। बोले, कहिए, आपके असामी सीधे हो गए।

ज्ञानशंकर—जी नहीं, उन्हें काबू में करना इतना सहज नहीं है। चाचा साहब ने उन्हें सिर चढ़ा दिया है। मैं इधर ऐसे झमेले में पड़ा रहा कि उस विषय में कुछ करने का अवकाश ही न मिला।

ज्वालासिंह डरे कि भूमिका तो नहीं है। तरन्त पहलू बदलकर बोले, भाई साहब, मैंने यह नौकरी क्या कर ली। एक जंजाल सिर ले लिया। प्रातः काल से सन्ध्या तक सिर उठाने की फुरसत नहीं मिलती। बहुधा दस-ग्यारह बजे रात तक काम करना पड़ता है। और इतना ही होता तो भुगत भी लेता, इसके साथ चिन्ता भी लगी रहती है कि ऊपरवाले खुश रहें। आप जानते ही हैं, अबकी वर्षा बहुत हुई है, मेरे इलाके के सैकड़ों गाँवों में बाढ़ आ गई। खेतों का तो कहना ही क्या, किसानों की झोंपड़ियाँ तक बह गईं। जमींदारों ने आधी मालगुजारी की छूट की प्रार्थना की है और यह सर्वथा न्यायानुकूल है। किन्तु हाकिमों की यह इच्छा मालूम होती है कि इन दरखास्तों को दाखिल दफ्तर कर दिया जाए। यद्यपि वह प्रत्यक्ष ऐसा करते नहीं, पर हानियों की जाँच में इतनी बाधाएँ डालते है कि जाँच व्यर्थ हो जाती है। अब यदि मैं जानकर अनजान बनूँ और स्वछन्दता से जाँच करूँ तो अवश्य ही मुझ पर फटकार पड़ेगी। लोग सन्देह की दृष्टि से देखने लगेंगे। यहाँ की हवा ही कुछ ऐसी बिगड़ी हुई है कि मनुष्य इस अन्याय से किसी भाँति बच नहीं सकता। अपने अन्य सहवर्गियों की दशा देखकर बस यही इच्छा होती है कि इस्तीफा देकर घर की राह लूँ, मनुष्य कितना स्वार्थ-प्रिय और कितना चापलूस बन सकता है, इसका यहाँ से उत्तम उदाहरण और कहीं न मिल सकेगा। यदि साहब बहादुर जरा-सा इशारा कर दें कि आमदनी के टैक्स की जाँच अच्छी तरह की जाए तो विश्वास मानिए हमारे मित्रगण दो ही दिन में टैक्स को बढ़ाकर दुगुना-तिगुना कर देंगे। यदि इशारा हो जाए कि अबकी तकाबी जरा हाथ रोक कर दी जाए तो समझ लीजिए कि वह बन्द हो जाएगी। इन महानुभावों की बातें सुन कर ऐसी घृणा होती है कि इनका मुँह न दूखँ। न कोई वैज्ञानिक निरूपण, न कोई राजनीतिक या आर्थिक बात, न कोई साहित्य की चर्चा। बस मैंने यह किया, साहब ने यह कहा, तो मैंने उत्तर दिया। आपसे यथार्थ कहता हूँ, कोई छँटा हुआ शोहदा भी अपनी कपट-लीलाओं की डींग यों न मारेगा। खेद तो यह है कि इस रोग से पुराने विचार के बुड्ढे ही ग्रसित नहीं, हमारा नवशिक्षित वर्ग उनसे कहीं

अधिक रोग से जर्जरित देख पड़ता है। मालें, मिल और स्पेन्सर सभी इस स्वार्थ सिद्धान्त के सामने दब जाते हैं। अजी, यहाँ ऐसे-ऐसे भद्र पुरुष पड़े हुए हैं जो खानसामों और अरदलियों की पूजा किया करते हैं, केवल इसलिए कि वह साहब से उनकी प्रशंसा किया करें। जिसे अधिकार मिल गया वह समसझने लगता है, अब मैं हाकिम हूँ अब जनता से देशबन्धुओं से मेरा कोई सम्बन्ध नहीं है। अँगरेज अधिकारियों के सम्मुख जाएगें तो नम्रता, विनय और शील के पुराने बन जाएँगे, मानो ईश्वर के दरबार में खड़े हैं, पर जब दौरे पर निकलेंगे तो प्रजा और जमींदारों पर ऐसा रोब जमाएँगे मानो उनके भाग्य के विधाता हैं।

ज्वालासिंह ने स्थिति को खूब बढ़ाकर दर्शाया, क्योंकि इस विषय में वह ज्ञानशंकार के विचारों से परिचित थे। उनका अभिप्राय केवल यह था कि इस समय दयाशंकर के अभियोग की चर्चा न आने पाए।

ज्ञानशंकर ने प्रसन्न होकर कहा, मैंने तो आपसे पहले ही दिन कहा था, किन्तु आपको विश्वास न आता था। अभी तो आपको केवल अपने सहवर्गियों की कपट नीति का अनुभव हुआ है। कुछ दिन और रहिए तो अपने अधीनस्थ कर्मचारियों की चालें देखकर तो आप दंग रह जाएँगे। यह सब आपको कठपुतली बनाकर नचाएँगे। बदनामी से बचने का इसके सिवा और उपाय नहीं है कि उन्हें मुँह न लगाया जाए। आपका अहलमद ईजाद हुसेन एक ही घाघ है, उससे होशियार रहिएगा। वह तरह-तरह से आपको अपने पंजे में लाने की कोशिश करेगा। आज ही उसके मुँह से ऐसी बातें सुनी हैं जिनसे विदित होता है कि वह आपको धोखा दे रहा है। उसने आपसे कदाचित् मेरी ओर से दयाशंकर की सिफारिश की है। यद्यपि मुझे दयाशंकर से उतनी ही सहानुभूति है जितनी भाई की भाई के साथ हो सकती है तथापि मैं ऐसा धृष्ट नहीं हूँ कि मित्रता से अनुचित लाभ उठाकर न्याय का बाधक बनूँ। मैं कुमार्ग के पक्ष कदापि न ग्रहण करूँगा; चाहे मेरे पुत्र के ही सम्बन्ध में क्या न हो। मैं मनुष्यत्व को भ्रातृ प्रेम से उच्चतर समझता हूँ। मैं उन आदमियों में हूँ कि यदि ऐसी दशा में आपको सहृदयता की ओर झुका हुआ देखूँ तो आपको उससे बाज रखूँ।

ज्वालासिंह मनोविज्ञान के ज्ञाता थे। समझ गए कि यह महाशय इस समय अपने चाचा से बिगड़े हुए हैं। यह नीतिपरायणता उसी का बुखार है। द्वेष और वैमनस्य कहाँ तक छिपाया जा सकता है, इसका अनुभव हो गया। उनकी दृष्टि में ज्ञानशंकर की जो प्रतिष्ठा थी वह लुप्त हो गई। भाई का अपने भाई की सिफारिश करना सर्वथा स्वाभाविक और मानवचरित्रानुकूल है। इसे वह बहुत बुरा नहीं समझते थे किन्तु भाई का अहित करने के लिए नैतिक सिद्धान्तों का आश्रय लेना वह एक अमानुषिक व्यापार समझते थे। ऐसे दुष्प्रकृति मनुष्यों को जो आठों पहर न्याय और सत्य की हाँक लगाते फिरते हों मर्माहत करने का यह अच्छा अवसर मिला! बोले, आपको भ्रम हुआ है। ईजाद हुसेन न मुझसे इस विषय में कोई बातचीत नहीं की और न इसकी जरूरत ही थी; क्योंकि मैं अपने फैसले में दयाशंकर को पहले ही निरपराध लिख चुका हूँ। और सबको यह भलीभाँति मालूम है कि मैं किसी की नहीं सुनता। मैंने पक्षपात-रहित होकर यह धारणा की है और मुझे आशा है कि आप यह सुनकर प्रसन्न होंगे।

ज्ञानशंकर का मुख पीला पड़ गया, मानो किसी न उनके घर में आग लगाने का समाचार

कह दिया हो। हृदय में तीर सा चुभ गया। अवाक् रह गए।

ज्वालासिंह—गवाह कमजोर थे। मुकदमा बिलकुल बनावटी था।

ज्ञानशंकर—यह सुनकर असीम आनन्द हुआ। आपको हजारों धन्यवाद। चाचा साहब तो सुनकर खुशी से बावले हो जाएँगे।

ज्वालासिंह इस चुटकी से पीड़ित होकर बोले, यह कानून की बात है।

ज्ञानशंकर—आप चाहे जो कुछ कहें, पर मैं तो इसे अनुग्रह ही समझूँगा। मित्रता कानून की सीमाओं को अज्ञात रूप से विस्तृत कर देती है, इसके सिवा आप लोगों को भी तो पुलिस का दबाव मानना पड़ता है। उनके द्रोही बनने से आप लोगों के मार्ग में कितनी बाधाएँ पड़ती हैं, इसे भी तो विचारना पड़ता है।

ज्वालासिंह इस व्यंग्य से और भी तिलमिला उठे। गर्व से बोले, यहाँ जो कुछ करते हैं न्याय के बल पर करते हैं। पुलिस क्या, ईश्वर के दबाव को भी नहीं मान सकते। आपकी इन बातों में कुछ वैमनस्य की गन्ध आती है। मुझे सन्देह होता है कि दयाशंकर का मुक्त होना आपको अच्छा नहीं लगा।

ज्ञानशंकर ने उत्तेजित होकर कहा, यदि आपको ऐसा सन्देह है तो यह कहने के लिए मुझे क्षमा कीजिए कि इतने दिनों तक साथ रहने पर भी आप मुझसे सर्वथा अपरिचित हैं। मेरी प्रकृति कितनी ही दुर्बल हो, पर अभी इस अधोगति को नहीं पहुँची है कि अपने भाई की ओर हाथ उठाए। मगर यह कहने में भी मुझे संकोच नहीं है कि भ्रातृ-स्नेह की अपेक्षा मेरी दृष्टि में राष्ट्र-हित का महत्त्व कहीं अधिक है और जब इन दोनों में विरोध होगा तो मैं राष्ट्र-हित की ओर झुकूँगा। यदि आप इसे वैमनष्य या ईर्ष्या समझें तो यह आपकी सज्जनता है। मेरी नीति-शिक्षा ने मुझे यही सिखाया है और यथासाध्य उसका पालन करना मैं आपना कर्त्तव्य समझता हूँ। जब एक व्यक्ति-विशेष से जनता का अपकार होता हो तो हमारा धर्म है कि उस व्यक्ति का तिरस्कार करें और उसे सीधे मार्ग पर लाएँ, चाहे वह कितना ही आत्मीय हो। संसार के इतिहास में ऐसे उदाहरण अप्राप्य नहीं हैं, जहाँ राष्ट्रीय कर्त्तव्य ने कुल हित पर बिजय पाई है, ऐसी दशा में जब आप मुझ पर दुराग्रह का दोषारोपण करते हैं तो मैं इसके सिवा और क्या कह सकता हूँ कि आपकी नीति शिक्षा और ईथिक्स ने आपको कुछ भी लाभ नहीं पहुँचाया।

यह कहकर ज्ञानशंकर बाहर निकल आए। जिस मनोरथ से वह इतने सवेरे यहाँ आए थे उसके यों विफल हो जाने से उनका चित्त बहुत खिन्न हो रहा था! हाँ, यह अवश्य था कि मैंने इन महाशय के दाँत खट्टे कर दिए, अब यह फिर मुझसे ऐसी बातें करने का साहस न कर सकेंगे। ज्वालासिंह ने भी उन्हें रोकने की चेष्टा नहीं की। वह सोच रहे थे कि इस मनुष्य में बुद्धि-बल और दुर्जनता का कैसा विलक्षण समावेश हो गया? चातुरी कपट के साथ मिलकर दो-आतशा शराब बन जाती है। इस फटकार से कुछ तो आँखें खुली होंगी। समझ गए होंगे कि कूटनीति के परखने वाले संसार में लोप नहीं हो गए।

ज्ञानशंकर यहाँ से चले तो उनकी दशा उस जुआरी की-सी थी जो जुए में हार गया हो और सोचता हो कि ऐसी कौन-सी वस्तु दाँव पर लगाऊँ कि मेरी जीत हो जाए। उनका चित्त उद्विग्न हो रहा था। ज्वालासिंह को यद्यपि उन्हेंने तुर्की-बतुर्की जवाब दिया था फिर

भी उन्हें प्रतीत होता था कि मैं कोई गहरी चोट न कर सका। अब ऐसी कितनी ही बातें याद आ रही थीं। जिनसे ज्वालासिंह के हृदय पर आघात किया जा सकता था। और कुछ नहीं तो रिश्वत का ही दोष लगा देता खैर, फिर कभी देखा जाएगा। अब उन्हें राष्ट्र-प्रेम और मनुष्यत्व का वह उच्चादर्शक भी हास्यास्पद-सा जान पड़ता था, जिसके आधार पर उन्होंने ज्वालासिंह को लज्जित करना चाहा था। वह ज्यों-ज्यों इस सारी स्थिति का निरूपण करते थे; उन्हें ज्वालासिंह का व्यवहार सर्वथा। असंगत जान पड़ता था। मान लिया कि उन पर मेरी ईर्ष्या का रहस्य खुल गया तो सहृदयता और शालीनता इसमें थी कि वह मुझ पर सहानुभूति प्रकट करते, मेरे आँसू पोंछते। ईर्ष्या भी मानव स्वभाव का एक ही अंग है, चाहे वह कितना ही अवहेलनीय क्यों न हो। यदि कोई मनुष्य इसके लिए मेरा अपमान करे तो इसका कारण उसकी आत्मिक वचित्रता नहीं वरन् मिथ्याभिमान है। ज्वालासिंह कोई ऋषि नहीं, देवता नहीं, और न यह सम्भव है कि ईर्ष्या-वेग से कभी उनका हृदय प्रवाहित न हुआ हो। उनकी यह गर्वपूर्ण नीतिज्ञता और धर्मपरायणता स्वयं इस ईर्ष्या का फल है, जो उनके हृदय में अपनी मानसिक लघुता के ज्ञान से प्रज्वलित हुई है।

यह सोचते हुए वह घर पहुँचे तो अपने दोनों छोटे चचेरे भाइयों को अपने कमरे में किताबें उलटते-पुलटते देखा। यद्यपि यह कोई असाधारण बात न थी, पर ज्ञानशंकर इस समय मानसिक अशान्ति सी पीड़ित हो रहे थे। जल गए और दोनों लड़कों को डाँटकर भगा दिया। इन लोगों ने अवश्य मुझे छेड़ने के लिए इन शैतानों को यहाँ भेज दिया। नीचे इतना बड़ा दीवानखाना है, दो कमरे हैं, क्या उनके लिए इतना काफी नहीं कि मेरे पास एक छोटे-से कमरे को भी नहीं देख सकते। क्या इस पर भी दाँत है? मुझे घर से निकालने की ठानी है क्या? इस मामले को अभी न साफ कर लेना चाहिए। यह कदापि नहीं हो सकता कि मुझे लोग दबाते जाएँ और मैं चूँ न करूँ। मन में यह निश्चय करके उन्होंने तत्क्षण अपने चाचा के नाम यह पत्र लिखा—

मान्यवर, यह बात मेरे लिए असह्य है कि आपके सुपुत्र मेरी अनुपस्थिति में मेरे कमरे में आकर ऊधम मचाएँ और मेरी वस्तुओं का सर्वनाश करें। मैं चाहता हूँ कि आज घर का बँटवारा हो जाए और लड़कों को ताकीद कर दी जाए कि वह भूलकर भी मेरे मकान में पदक्षेप न करें, अन्यथा मैं उनकी ताड़ना करूँ, तो आपको या चाची को मुझसे शिकायत करने का कोई अधिकार न रहेगा। इसका ध्यान रखिएगा कि मुझे जो भाग मिले वह गार्हस्थ्य आवश्यकताओं के अनुकूल हो, और सबसे बड़ी बात यह है कि वह पृथक् हो, जिसमें मैं उसको अपना सकूँ और आते-जाते उठते-बैठते, आग्नेय नेत्रों और व्यंग्य सरों का लक्ष्य न बनूँ।

यह पत्र कहार को देकर वह उत्तर का इन्तजार करने लगे। सोच रहे थे कि देखें, बुड्ढा अबकी क्या चाल चल रहा है? एक क्षण में कहार ने उसका जवाब लाकर उनके हाथों में रख दिया—

'बेटा, मेरे लड़के तुम्हारे लड़के हैं। उन्हें दण्ड देने का तुमको पूर अधिकार है, इसकी शिकायत मुझे न कभी हुई है न होगी। बल्कि तुम्हारा मुझ पर अनुग्रह होगा, यदि कभी-कभी इनकी खबर लेते रहो। रहा घर का बँटवारा, उसे मैं तुम्हारे ऊपर छोड़ता हूँ। घर तुम्हारा

है, मैं भी तुम्हारा हूँ, जो टुकड़ा चाहो मुझे दे दो, मुझे कोई आपत्ति न होगी। हाँ, यह ध्यान रखना कि मैं बाहर बैठने का आदी हूँ, इसलिए दीवानखाने के बरामदे में मेरे लिए एक चौकी की जगह दे देना। बस, यही मेरी हार्दिक अभिलाषा थी कि मेरे जीवनकाल में यह विच्छेद न होता, पर तुम्हारी यदि यही इच्छा है और तुम इसी में प्रसन्न हो तो मैं क्या कर सकता हूँ।'

ज्ञानशंकर ने पुर्जे को जेब में रख लिया और मुस्कराए। बुड्ढा कैसा घाघ है, इन्हीं नम्रताओं से उसने पिताजी को उल्लू बना लिया था, मुझसे भी वही चाल चल रहा है, पर मैं ऐसा गौखा नहीं हूँ। समझे होंगे कि जरा दब जाऊँ तो वह आप ही दब जाएगा! यहाँ ऐसी विषम शालीनता का पाठ नहीं पढ़ा है। विवश होकर दबना तो समझ में आता है, पर किसी के खातिर से दबना, केवल समय के हाथों की कठपुतली बनना, यह निरी भावुकता है!

ज्ञानशंकर बैठकर सोचने लगे, कैसे इस समस्या की पूर्ति करूँ, केवल यह एक कमरा नीचे के दीवानखाने और उसके बगल के दोनों कमरों की समता नहीं कर सकता। ऊपर के दो कमरों पर दयाशंकर का अधिकार है। पर ऊपर तीनों कमरे मेरे, नीचे के तीनों कमरे उनके। यहाँ तो बड़ी सुगमता से विभाग हो गया। किंतु जनाने घर में यह पार्थक्य इतना सुलभ नहीं। पद की कम-से-कम दो दीवारें खींचनी पड़ेंगी। पूर्व की ओर निकास के लिए एक द्वार खोलना पड़ेगा, और इसमें झंझट है। म्युनिसिपैलिटी महीनों का अलसेट लगा देगी। क्या हर्ज है, यदि मैं दीवानखाने के नीचे-ऊपर के दोनों भागों पर सन्तोष कर लूँ? जनाना मकान इससे बड़ा अवश्य है, पर न जाने कब का बना हुआ है। थोड़े ही दिनों में उसे फिर बनवाना पड़ेगा। दीवारें अभी से गिरने लगी हैं। नित्य मरम्मत होती ही रहती है। छत भी टपकती है। बस, मेरे लिए दीवानखाना ही अच्छा है। चाचा साहब का इसमें गुजर नहीं हो सकता, उन्हें विवश होकर जनाना मकान लेना पड़ेगा। यह बात मुझे खूब सूझी, अपना अर्थ भी सिद्ध हो जाएगा। और उदारता का श्रेय भी हाथ रहेगा।

मन में यह निश्चय करके वह स्त्रियों से परामर्श करने के लिए अन्दर गए। वह सभ्यता के अनुसार स्त्रियों की सम्मति अवश्य लेते थे, पर 'बीटो' का अधिकार अपने हाथ में रखते और प्रत्येक अवसर पर उसका उपयोग करने के कारण वह अबाध्य सम्मति का गला घोंट देते थे। वह अन्दर गए तो उन्हें बड़ा करुणाजनक दृश्य दिखाई दिया। दयाशंकर कचहरी जा रहे थे और बड़ी बहू आँखों में आँसू भरे उनको विदा कर रही थीं। दोनों बहनें उनके पैरों से लिपटकर रो रही थीं। उनकी पत्नी अपने कमरे के द्वार पर घूँघट निकाले उदास खड़ी थी। संकोचवश पति के पास न आ सकती थी। श्रद्धा भी खड़ी रो रही थी। आज अभियोग का फैसला सुनाया जाने वाला था। मालूम नहीं क्या होगा। घर लौटकर आना बदा है या फिर का मुंह देखना नसीब न होगा। दयाशंकर अत्यन्त कातर देख पड़ते थे। ज्ञानशंकर को देखते ही उनके नेत्र सजल हो गए, निकट आकर बोले, भैया, आज मेरा हृदय शंका से काँप रहा है। ऐसा जान पड़ता है, आप लोगों के दर्शन न होंगे। मेरे अपराधों को क्षमा कीजिएगा, कौन जाने फिर भेंट हो या न हो, दया का क्या आसरा? यह घर अब आपके सुपर्द है।

ज्ञानशंकर उनकी यह बातें सुनकर पिघल गए। अपने हृदय की संकीर्णता क्षुद्रता पर ग्लानि उत्पन्न हुई। तस्कीन देते हुए बोले, ऐसी बातें मुँह से न निकलो, तुम्हारा बाल भी बाँका न होगा। ज्वालासिंह कितने ही निर्दयी बनें, पर मेरे एहसानों को नहीं भूल सकते। और सच्ची बात तो यह है कि मैं अभी तुम्हारे ही सम्बन्ध में बातें करके उनके पास से आ रहा हूँ, तुम अवश्य ही बरी हो जाओगे। उन्होंने स्पष्ट शब्दों में मुझे इसका विश्वास दिलाया है। चलता तो मैं भी तुम्हारे साथ, किन्तु मेरे जाने से काम बिगड़ जाएगा।

दयाशंकर ने अविश्वासपूर्ण कृतज्ञता के भाव से उनकी ओर देखकर कहा, हाकिमों की बात का क्या भरोसा?

ज्ञानशंकर–ज्वालासिंह उन हाकिमों में नहीं हैं।

दयाशंकर–यह न कहिए, बड़ा बेमुरौवत आदमी है।

ज्ञानशंकर ने उनके हृदयस्थ अविश्वास को तोड़कर कहा, यही हृदय की निर्बलता हमारे अपराधों का ईश्वरीय दंड है, नहीं तो तुम्हें इतना अविश्वास न होता।

ज्ञानशंकर लज्जित होकर वहाँ से चले गए। ज्ञानशंकर ने भी उनसे और कुछ न कहा–उन्होंने हारी हुई बाजी को जीतना चाहा था, पर सफल न हुए। वह इस बात पर मन में झुँझलाए कि यह लोग मुझे उच्च भावों के योग्य नहीं समझते। मैं इनकी दृष्टि में विषैला सर्प हूँ। जब मुझ पर अविश्वास है तो फिर जो कुछ करना है वह खुल्लम-खुल्ला क्यों न करूँ? आत्मीयता का स्वाँग भरना व्यर्थ है। इन भावों से यह लोग अब हत्थे चढ़ने वाले नहीं। सद्भावों का अंकुर जो एक क्षण के लिए उनके हृदय में विकसित हुआ था, इन दुष्कामनाओं से झुलस गया। वह विद्या के पास गए तो उसने पूछा, आज सबेरे कहाँ गए थे?

ज्ञानशंकर–जरा ज्वालासिंह से मिलने गया था।

विद्या–तुम्हारी ये बातें मुझे अच्छी नहीं लगतीं।

ज्ञान–कौन-सी बातें?

विद्या–यही, अपने घर के लोगों की हाकिमों से शिकायत करना। भाइयों में खटपट सभी जगह होती है, मगर कोई इस तरह भाई की जड़ नहीं काटता।

ज्ञानशंकर ने होंठ चबाकर कहा, तुमने मुझे इतना कमीना, इतना कपटी समझ लिया है?

विद्या दृढ़ता से बोली, अच्छा, मेरी कसम खाओ कि तुम इसलिए ज्वालासिंह के पास नहीं गए।

ज्ञानशंकर ने कठोर स्वर में कहा, मैं तुम्हारे सामने अपनी सफाई देना आवश्यक नहीं समझता।

यह कहकर ज्ञानशंकर चारपाई पर बैठ गए। विद्या ने पते की बात कही थी और इसने उन्हें मर्माहत कर दिया था। उन्हें इस समय विदित हुआ कि सारे घर के लोग, यहाँ तक कि मेरी स्त्री भी मुझे कितना नीच समझती है।

विद्या ने फिर कहा, अरे तो यहाँ कोई दूसरा थोड़े ही बैठा हुआ है, जो सुन लेगा।

ज्ञानशंकर–चुप भी रहो, तुम्हारी ऐसी बातों से बदन में आग लग जाती है। मालूम

नहीं, तुम्हें कब बात करने की तमीज आएगी। क्या हुआ, आज भोजन न मिलेगा क्या? दोपहर तो होने को आई।

विद्या—आज तो भोजन बना ही नहीं। तुम्हीं ने घर बाँटने के लिए चाचा जी को कोई चिट्ठी लिखी थी। तब से वह बैठे हुए रो रहे हैं।

ज्ञान—उनका रोने का जी चाहता है तो रोएँ! हम लोगों को भूखों मारेंगे क्या?

विद्या ने पति को तिरस्कार की दृष्टि से देखकर कहा, घर में जब ऐसा रार मचा हो तो खाने-पीने की इच्छा किसे होती है? चचा जी जो इस दशा में देखकर किसके घट के नीचे अन्न जाएगा। एक तो लड़के पर विपत्ति, दूसरे घर में यह द्वेष। जब से तुम्हारी चिट्ठी पाई है, सिर नहीं उठाया! तुम्हें अलग होने की यह धुन क्यों समाई?

ज्ञान—इसीलिए कि जो थोड़ी बहुत जायदाद बच रही है वह भी इस भाड़ में न जल जाए। पहले घर में छह हजार सालाना की जायदाद थी। अब मुश्किल से दो हजार की रह गई है। इन दोनों ने सब खा-पीकर बराबर कर दिया।

विद्या—तो यह लोग कोई पराए तो नहीं हैं।

ज्ञान—तुम जब ऐसी बड़ी-बड़ी बातें करने लगती हो तो मालूम होता है, धन्नासेठ की बेटी हो। तुम्हारे बाप के पास तो लाखों की सम्पत्ति है, क्यों नहीं उसमें थोड़ी-सी हमें दे देते, वह तो कभी बात नहीं पूछते और तुम्हारे पैरों तले गंगा बहती है।

विद्या—पुरुषार्थी लोग दूसरों की सम्पत्ति पर मुँह नहीं फैलाते। अपने बाहु-बल का भरोसा रखते हैं।

ज्ञान—लजाती तो नहीं हो, ऊपर से बढ़-बढ़ कर बातें करती हो। यह क्यों नहीं कहती कि घर की जायदाद प्राणों से भी प्रिय होती है और उसकी रक्षा प्राणों से भी अधिक की जाती है? नहीं तो ढाई लाख सालाना जिसके घर में आता हो, उसके लिए बेटी-दामाद पर दो-चार हजार खर्च कर देना कौन-सी बड़ी बात है? लाला साहब तो पैसे को यों दाँतों से पकड़ते हैं और तुम इतनी उदार बनती हो माने जायदाद का कुछ मूल्य ही नहीं।

इतने में श्रद्धा आ गई और ज्ञानशंकर घर के बँटवारे के विषय में उससे बातें करने लगे।

लाला प्रभाशंकर का क्रोध ज्यों ही शान्त हुआ वह अपने कटु वाक्यों पर बहुत लज्जित हुए। बड़ी बहू की तीखी बातें ज्यों-ज्यों उन्हें याद आती थीं ग्लानि और बढ़ती जाती थी। जिस भाई के प्रेम और अनुराग से उनका हृदय परिपूर्ण था। जिसके मृत्यु-शोक का घाव अभी भरने न पाया था, जिसका स्मरण आते ही आँखों से अश्रुधारा बहने लगती थी उसके प्राणाधार पुत्र के साथ उन्हें अपना यह बर्ताव बड़ी कृतघ्नता का मालूम होता था। रात को उन्होंने कुछ न खाया। सिर पीड़ा का बहाना करके लेट रहे! कमरे में धुंधला प्रकाश था। उन्हें ऐसा जाना पड़ा; मानो लाल जटाशंकर द्वार पर खड़े उनकी ओर तिरस्कार की दृष्टि से देख रहे हैं। वह घबड़ाकर उठ बैठे, साँस वेग से चलने लगी। बड़ी प्रबल इच्छा हुई कि इसी दम चलकर ज्ञानशंकर से क्षमा माँगूँ, किन्तु रात ज्यादा हो गई थी, बेचारे एक ठण्डी साँस लेकर

फिर लेट रहे। हाँ! जिस भाई ने जिन्दगी भर में मेरी ओर कड़ी निगाह से भी नहीं देखा उसकी आत्मा को मेरे कारण ऐसा विषाद हो! मैं कितना अत्याचारी, कितना संकीर्ण हृदय, कितना कुटिल प्रकृति हूँ।

प्रातःकाल उन्होंने बड़ी बहू से पूछा, राम ज्ञानू ने कुछ खाया था या नहीं?

बड़ी बहू–रात चूल्हा ही नहीं जला, किसी ने भी नहीं खाया!

प्रभाशंकर–तुम लोग खाओ या न खाओ, लेकिन उसे क्यों भूखा मारती हो; भला ज्ञानू अपने मन में क्या कहता होगा? मुझे कितना नीच समझ रहा होगा!

बड़ी बहू–नहीं तो अब तक मानो वह तुम्हें देवता समझता था। तुम्हारी आँखों पर पर्दा पड़ा होगा, लेकिन मैं इस छोकरे का रुख साल भर से देख रही हूँ। अचरज यही है कि वह अब तक कैसे चुप रहा? आखिर वह क्या समझकर अलग हो रहा है! यही न कि हम लोग पराए हैं! उसे इसकी लेशमात्र भी परवा नहीं कि इन लोगों का निर्वाह कैसे होगा? उसे तो बस रुपये की हाय-हाय पड़ी है, चाहे चचा, भाई, भतीजे जीएँ या मरें। ऐसे आदमी का मुँह देखना पाप है।

प्रभाशंकर – फिर वही बात मुँह से निकालती हो। अगर वह अपना आधा हिस्सा माँगता है तो क्या बुरा करता है? यही तो संसार की प्रथा हो रही है।

बड़ी बहू–तुम्हारी तो बुद्धि मारी गई है। कहाँ तक कोई समझाए!जैसे कुछ सूझता ही नहीं। हमारे लड़के की जान पर बनी हुई है। घर विध्वंस हुआ जाता है। दाना-पानी हराम हो रहा है। वहाँ आधी रात तक हारमोनियम बजता है! मैं तो उसे काला नाग समझती हूँ, जिसके विष का उतार नहीं। यदि कोई हमारे गले पर छुरा भी चला दे तो उसकी आँखों में आँसू न आए। तुम यहाँ बैठे पछता रहे हो और वह टोले-महल्ले में घूम-घूम तुम्हें बदनाम कर रहा है? सब तुम्हीं को बुरा कह रहे हैं।

प्रभा– यह सब तुम्हारी मिथ्या कल्पना है, उसका हृदय इतना क्षुद्र नहीं है।

बड़ी बहू–तुम इस तरह बैठे स्वर्ग-सपना देखते रहोगे और वह एक दिन सब सम्बन्धियों को बटोरकर बाँट-बखरे की बात छेड़ देगा, फिर कुछ करते-धरते न बनेगा। राय कमलानन्द से भी पत्र-व्यवहार कर रहा है। मेरी बात मानो, अपने सम्बन्धियों को भी सचेत कर दो। पहले से सजग रहना अच्छा है।

प्रभाशंकर ने गौरवोन्मत्त होकर कहा, यह हमसे मरते दम तक न होगा। मैं ऐसा निर्लज्ज नहीं हूँ कि अपने घर की फूट का ढिंढोरा पीटता फिरूँ? ज्ञानशंकर मुझसे चाहे जो भाव रखे, किन्तु मैं उसे अपना ही समझता हूँ। हम दोनों भाई एक दूसरे के लिए प्राण देते रहे। आज भैया के पीछे मैं इतना बेशर्म हो जाऊँ कि दूसरों से पंचायत कराता फिरूँ? मझे ज्ञानशंकर से ऐसे द्वेष की आशा नहीं, लेकिन यदि उसके हाथों मेरा अहित भी हो जाय तो मुझे लेशमात्र भी दुःख न होगा। अगर भैया पर हमारा बोझ न होता तो उनका जीवन बड़े सुख से व्यतीत हो सकता था। उन्हीं का लड़का है। यदि उसके सुख और सन्तोष के लिए हमें थोड़ा-सा कष्ट भी हो तो बुरा न मानना चाहिए, हमारे सिर उसके ऋण से दबे हुए हैं। मैं छोटी-छोटी बातों के लिए उससे रार मचाना अनुचित समझता हूँ।

बड़ी बहू ने इसका प्रतिवाद न किया, उठकर वहाँ से चली गई। प्रभाशंकर उन्हें और

भी लज्जित करना चाहते थे। कुछ देर तक वहीं बैठे रहे कि आज आए तो दिल का बुखार निकालूँ, लेकिन जब देर हुई तो उकताकर बाहर चले गए। वह पहले कितनी ही बार बड़ी बहू से ज्ञानशंकर की शिकायत कर चुके थे। उसके फैशन और ठाट के लिए वह कभी खुशी से रुपये न देते थे, किन्तु जब वह बड़ी बहू या अपने घर के किसी अन्य व्यक्ति को ज्ञानशंकर से विरोध करते देखते, तो उनकी न्याय वृत्ति प्रज्वलित हो जाती थी और वह उमंग में आकर सज्जनता और उदारता की ऐसी डींग मारने लगते थे। जिसको व्यवहार में लाने का कदाचित् उन्हें कभी साहस न होगा।

बाहर आकर वह आँगन में टहलने लगे और तेजशंकर को यह देखने को भेजा कि ज्ञानशंकर क्या कर रहे हैं। वह उनसे क्षमा माँगना चाहते थे, किन्तु जब उन्हें पैरगाड़ी पर सवार कहीं जाते देखा, तो कुछ न कह सके। ज्ञानशंकर के तेवर कुछ बदले हुए थे, आँखों में क्रोध झलक रहा था। प्रभाशंकर ने सोचा, इतने सबेरे यह कहाँ जा रहे हैं, अवश्य कुछ दाल में काला है। उन्होंने अपनी चिड़िया के पिंजरे उतार लिये और दाने चुगाने लगे। पहाड़ी मैंने के हरिभजन का आनन्द उठाने में वह अपने को भूल जाया करते थे। इसके बाद स्नान करके रामायण का पाठ करने लगे। इतने में दस बजे गए और कहान ने ज्ञानशंकर का पत्र लाकर उनके सामने रख दिया। उन्होंने तुरन्त पत्र को उठा लिया और पढ़ने लगे। उनकी ईशवन्दना में व्यवाहारिक कामों से कोई बाधा न पड़ती थी। इस पत्र को पढ़कर उनके शरीर में ज्वाला-सी लग गई। उसका एक-एक शब्द चिनगारी के समान हृदय पर लगता था। ज्ञानशंकर कितना दम्भी और ईर्ष्यालु है, इसका कुछ अनुमान हुआ। ज्ञात हुआ कि बड़ी बहू ने उसकी प्रकृति के विषय में जो आलोचना की थी वह सर्वथा सत्य थी। यह दुस्साहस! यह पत्र उसकी कलम से कैसे निकला! उसने मेरी गर्दन पर तलवार भी चला दी होती तो भी मैं इतना द्वेष न कर सकता। इतना योग्य और चतुर होने पर भी उसका हृदय इतना संकीर्ण है। विद्या का फल तो यह होना चाहिए कि मनुष्य में धैर्य और सन्तोष का विकास हो, ममत्व का दमन हो, हृदय उदार हो न कि स्वार्थपरता, क्षुद्रता और शीलहीनता का भूत सिर चढ़ जाए। लड़कों ने शरारत की थी, डाँट देते, झगड़ा मिटता। क्यों जरा-सी बात की बतंगड़ बनाया। अब स्पष्ट विदित हो रहा है कि साथ निर्वाह न होगा। मैं कहाँ तक दबा करूँगा, मैं कहाँ तक सिर झुकाऊँगा? खैर उनकी जैसी इच्छा हो करें। मैं अपनी ओर से ऐसी कोई बात न करूँगा जिससे मेरी पीठ में धूल लगे। मकान बाँटने को कहते हैं। इससे बड़ा अनर्थ और क्या होगा? घर का पर्दा खुल जाएगा, सम्बन्धियों में घर-घर चर्चा होगी! हा दुर्भाग्य! घर में दो चूल्हे जलेंगे! जो बात कभी न हुई थी, वह अब होगी! मेरे और मेरे प्रिय भाई के पुत्र के बीच पड़ोसी का नाता रह जाएगा। वह जो जीवनपर्यन्त साथ रहे, साथ, खेले, साथ हँसे, अब अलग हो जाएँगे। किन्तु इसके सिवा और उपाय ही क्या है! लिख दूँ कि तुम जैसे चाहो घर को बाँट लो? क्यों कहूँ कि मैं यह मकान लूँगा, यह कोठा लूँगा। जब अलग ही होते हैं तो जहाँ तक हो सके आपस में मनमुटाव न होने दें। यह सोच लाला प्रभाशंकर ने ज्ञानशंकर को उत्तर दिया। उन्हें अब भी आशा थी कि मेरे उत्तर की नम्रता का ज्ञानशंकर पर अवश्य कुछ-न-कुछ असर होगा। क्या आश्चर्य है कि अलग होने का विचार उसके दिल से अलग हो जाय! यह विचार कर उन्होंने पत्र का उत्तर लिख दिया और जवाब

का इन्तजार करने लगा।

ग्यारह बजे तक कोई जवाब न आया, दयाशंकर कचहरी जाने लगे। बड़ी बहू आ कर बोली, लल्लू के साथ तुम भी चले जाओ। आज तजबीज सुनाई जाएगी। जाने कैसी पड़े, कैसी न पड़े। प्रभाशंकर ने अपने जीवन में कभी कचहरी के अन्दर कदम न रखा था। दोनों भाइयों की प्रतिज्ञा थी कि चाहे कुछ भी क्यों न हो, कचहरी का मुँह न देखेंगे। यद्यपि इस प्रतिज्ञा के कारण उन्हें कितनी ही बार हानियाँ उठानी पड़ी थीं, कितनी ही बार बल खाना पड़ा था, विरोधियों के सामने झुकना पड़ा था, तथापि उन्होंने अब तक प्रतिज्ञा का पालन किया था। बड़ी बहू की बात सुनकर प्रभाशंकर बड़े असमंजस में पड़े रहे। न तो जाते ही बनता था, न इन्कार करते ही बनता था। बगलें झाँकने लगे। दयाशंकर ने उन्हें दुविधा में देखकर कुछ उदासीन भाव से कहा, आपका जी न चाहता हो न चलिए, मुझ पर जो कुछ पड़ेगी देख लूँगा।

बड़ी बहू—नहीं, चले जाएँगे, हरज क्या है?

दयाशंकर—जब कभी कचहरी न गए तो अब कैसे जा सकते हैं। प्रतिज्ञा न टूट जाएगी?

बड़ी बहू—भला, ऐसी प्रतिज्ञा बहुत देखी हैं। लाऊँ कपड़े?

दयाशंकर—नहीं, मैं अकेले ही चला आऊँगा, आपके चलने की जरूरत नहीं।

यह कहकर दयाशंकर चले गए। बड़ी बहू भी पति को अश्रद्धा की दृष्टि से देखते हुए घर में चली गई। प्रभाशंकर मन में बड़ी बहू पर झुँझला रहे थे कि इसने मेरे कचहरी जाने का प्रश्न क्यों उठाया! मैं वहाँ जाकर क्या बना लेता, हाकिम की कलम को कपड़ नहीं लेता न उससे कुछ विनय-प्रार्थना ही कर सकता था। और फिर जब कभी न गया तो अब क्यों जाऊँ? जिसने काँटे बोये हैं वह उनके फल खायगा। इस फिक्र में कहाँ तक जान दूँ?

वह इसी खिन्नावस्था में बैठे थे। ज्ञानशंकर का दूसरा पत्र पहुँचा। उन्होंने सम्पूर्ण दीवानखाना लेने का निश्चय किया था। प्रभाशंकर ने सोचा मेरी नम्रता उसके क्रोध को शान्त कर देगी। उस आशा के प्रतिकूल जब वह प्रस्ताव सामने आया तो उनका चित्त अस्थिर हो गया। पत्र के निश्चयात्मक शब्दों ने उन्हें संज्ञाहीन कर दिया। बौखला गए। क्रोध की जगह उनके हृदय में एक विवशता का संचार हुआ। क्रोध प्रत्याघात की सामर्थ्य का द्योतक है। उनमें यह शक्ति निर्जीव हो गई थी। उस प्रस्ताव की भयंकर मूर्ति ने संग्राम की कल्पना तक मिटा दी। उस बालक की-सी दशा हो गई जो हाथी को सामने देखकर मारे भय के रोने लगें, उसे भागने तक की सुध न रहे। उनका समस्त जीवन भ्रातृ-प्रेम की सुखद छाया में व्यतीत हुआ था। वैमनस्य और विरोध की यह ज्वाला-सम धूप असह्य हो गई! एक दीन प्रार्थी की भाँति ज्ञानशंकर के पास गए और करुण स्वर में बोले, ज्ञानू ईश्वर के लिए इतनी बेमुरौवती न करो। मेरी वृद्धावस्था पर दया करो। मेरी आत्मा पर ऐसा निर्दय आघात न करो। तुम सारा मकान ले लो, मेरे बाल-बच्चों के लिए जहाँ चाहो थोड़ा-सा स्थान दे दो, मैं उसी में अपना निर्वाह कर लूँगा। मेरे जीवन भर इसी प्रकार चलने दो। जब मर जाऊँ तो जो इच्छा हो करना। एक थाली में न खाओ, एक घर में तो रहो, इतना सम्बन्ध तो बनाए रखो। मुझे दीवानखाने जरूरत नहीं है। भला सोचो तो तुम दीवानखाने में जाकर रहोगे

तो विरादरी के लोग क्या कहेंगे? नगरवाले क्या कहेंगे? सब कुछ हो गया है, पर अभी तक तुम्हारी कुल-मर्यादा बनी हुई है। हम दोनों भाई नगर में राम-लखन की जोड़ी कहलाते थे। हमारे प्रेम और एकता की सारे नगर में उपमा दी जाती थी। किसी को यह कहने का अवसर मत दो कि एक भाई की आँखें बन्द होते ही आपस में ऐसी अनबन हो गई कि अब एक घर में रह भी नहीं सकते। मेरी यह प्रार्थना स्वीकार करो।

ज्ञानशंकर पर इन विनयपूर्ण शब्दों का कुछ भी असर न हुआ। उनके विचार में यह विकृत भावुकता थी, जो मानसिक दुर्बलता का चिह्न है। हाँ, उस पर कृत्रिमता का सन्देह नहीं हो सकता था। उन्हें विश्वास हो गया कि चाचा साहब को इस समय हार्दिक वेदना हो रही है। वृद्धजनों का हृदय कुछ कोमल हुआ करता है। इन्होंने जन्म भर कुल-प्रतिष्ठा तथा मान-मर्यादा के देवता की उपासना की है। इस समय अपकीर्ति का भय चित्त को अस्थिर कर रहा है। बोले, मुझे आपकी आज्ञा शिरोधार्य है, पर यह तो विचार कीजिए कि इस पुराने घर में दो परिवारों का निर्वाह हो भी कैसे सकता है? रसोई का मकान केवल एक ही है। ऊपर सोने के लिए तीन कमरे हैं। आँगन कहने को तो है; किन्तु वायु और प्रकाश का प्रवेश केवल एक में ही होता है। स्नान-गृह भी एक है। इन कष्टों को नित्य नहीं झेला जा सकता। हमारी आयु इतनी दीर्घ नहीं है कि उसका एक भाग कष्टों को ही भेंट किया जाय। आपकी कोमल आत्मा को इस परिवर्तन से दुःख अवश्य होगा और मुझे आपसे पूर्ण सहानुभूति है, किन्तु भावुकता के फेर में पड़कर अपने शारीरिक सुख और शान्ति का बलिदान करना मुझे पसन्द नहीं। यदि आप भी इस विषय पर निष्पक्ष होकर विचार करेंगे तो मुझसे सहमत हो जाएँगे।

प्रभाशंकर—मुझे तो इस बदनामी के सामने यह असुविधाएँ कुछ भी नहीं मालूम होती। जैसे अब तक काम चलता आ रहा है, उसी भाँति अब भी चल सकता है।

ज्ञानशंकर—आपके और मेरे जीवन-सिद्धान्तों में बड़ा अन्तर है। आप भावों की आराधना करते हैं, मैं विचार का उपासक हूँ। आप निन्दा के भय से प्रत्येक आपत्ति के सामने सिर झुकाएँगे, मैं अपनी विचार स्वतन्त्रता के सामने लोकमत की लेश-मात्र भी परवाह नहीं करता! जीवन आन्नद से व्यतीत हो, यह हमारा अभीष्ट है। यदि संसार स्वार्थपरता कहकर इसकी हँसी उड़ाए, निन्दा करे तो मैं उसकी सम्मति को पैरों तले कुचल डालूँगा। आपकी शिष्टता का आधार ही आत्मघात है। आपके घर में चाहे उपवास होता हो, किन्तु कोई मेहमान आ जाए तो आप ऋण लेकर उसका सत्कार करेंगे। मैं ऐसे मेहमान को दूर से ही प्रणाम करूँगा। आपके यहाँ जाड़े में मेहमान लोग प्रायः बिना ओढ़ना-बिछौना लिये ही चले आते हैं। आप स्वयं जाड़ा खाते हैं, पर मेहमान के ओढ़ने-बिछौने का प्रबन्ध अवश्य करते हैं! मेरे लिए यह अवस्था दुस्सह है। किसी मनुष्य को चाहे वह हमारा निजी सम्बन्धी ही क्यों न हो, यह अधिकार नहीं है कि वह इस प्रकार मुझे असमंजस में डाले। मैं स्वयं किसी से यह आशा नहीं रखता। मैं तो इसे भी सर्वथा अनुचित समझता हूँ कि कोई असमय और बिना पूर्व सूचना के मेरे घर आए, चाहे वह मेरा भाई ही क्यों न हो। आपके यहाँ नित्य दो-चार निठल्ले नातेदार पड़े खाट तोड़ा किए, आपकी जायदाद मटियामेट हो गई, पर आपने कभी इशारे से भी उनकी अवहेलना नहीं की। मैं ऐसी घास-पात को कदापि न जमने

दूँगा, जिससे जीवन के पौधे का ह्रास हो। लेकिन वह प्रथा अब कालविरुद्ध हो गई। यह जीवन-संग्राम का युग है और यदि हमको संसार में जीवित रहना है तो हमें विवश होकर नवीन और पुरुषोचित्त सिद्धान्तों के अनुकूल बनना पड़ेगा।

ज्ञानशंकर ने नई सभ्यता की जिन विशेषताओं का उल्लेख किया, उनका वह स्वयं व्यवहार न कर सकते थे। केवल उनमें मानसिक भक्ति रखते थे। प्राचीन प्रथा को मिटाना उनकी सामर्थ्य से परे था। निन्दा और परिहास से सिद्धान्त में चाहे न डरते हों पर प्रत्यक्ष उसकी अवज्ञा न कर सकते थे। आतिथ्य-सत्कार और कुटुम्ब-पालन को मन में चाहे अपव्यय समझते हों , पर उनके मित्रों तथा सम्बन्धियों को कभी उनकी शिकायत नहीं हुई। किन्तु साधारणतः उनका सम्भाषण विवाद का रूप धारण कर लिया करता था, इसलिए वह आवेश में ऐसे सिद्धान्तों का समर्थन करने लगते थे, जिनका अनुकरण करने का उन्हें कभी साहस न होता। लाला प्रभाशंकर समझ गए कि इसके सामने मेरी कुछ न चलेगी। इसके मन में जो बात-ठन गई है उसे पूरा करके छोड़ेगा। जिसे कुल-मर्यादा की परवाह नहीं, उससे अदारता की आशा रखना व्यर्थ है। दुखित भाव से बोले, बेटा, मैं पुराने जमाने का आदमी हूँ, तुम्हारी इन नई-नई बातों को नहीं समझता। हम तो अपनी मान-मर्यादा को प्राणों से भी प्रिय समझते थे। यदि घर में एक-दूसरे का सिर काट लेते तो भी अलग होने का नाम नहीं लेते। लेकिन तुम्हारी इसमें हानि हो रही है तो जो इच्छा हो करो; मुझे कोई आपत्ति नहीं है। हाँ, इतना फिर भी कहूँगा कि अभी दो-चार दिन रुक जाओ। जहाँ इतने दिनों तकलीफ उठाई है, दो-चार दिन और उठा लो। आज लल्लू के मुकदमे का फैसला सुनाया जाएगा। हम लोगों के हाथ-पैर फूले हुए हैं, दाना-पानी हराम हो रहा है, जरा यह आग ठण्डी हो जाने दो।

ज्ञानशंकर में आत्मश्लाघा की मात्रा अधिक थी। उन्हें स्वभावतः तुच्छता से घृणा थी। पर यही ममत्व अपना गौरव और सम्मान बढ़ाने के लिए उन्हें कभी-कभी धूर्तता की प्रेरणा किया करता था; विशेषतः जब उसके प्रकट होने की कोई सम्भावना न होती थी। सहानुभूतिपूर्ण भाव से बोले, इस विषय में आप निश्चिंत रहें, दयाशंकर केवल मुक्त ही नहीं , बरी हो जाएँगे। उधर के गवाह जैसे बिगड़े हैं। वह आपको मालूम ही है; तिस पर भी सबको शंका थी कि ज्वालासिंह जरूर दबाव में आ जाएँगे। ऐसी दशा में मुझे कैसे चैन आ सकता था। मैं आज प्रातःकाल उनके पास गया था और परमात्मा ने मेरी लाज रख ली। यह कोई कहने की बात नहीं है, पर मैंने अपने सामने फैसला लिखवा कर पढ़ लिया, तब उनका पिण्ड छोड़ा। पहले तो महाशय देर तक बगले झाँकते रहे, पर मैंने ऐसा फटकारा कि अन्त में लज्जित होकर उन्हें फैसला लिखना ही पड़ा। मैंने कहा महाशय, आपने मेरी ही बदौलत बी. ए. की डिगरी पाई है, इस मत भूलिए। यदि आप मेरा इतना भी लिहाज न करेंगे तो मैं समझूँगा कि एहसान उठ गया।

प्रभाशंकर ने ज्ञान बाबू को श्रद्धा-पूर्ण नेत्रों से देखा। उन्हें ऐसा जान पड़ा कि भैया साक्षात् सामने खड़े हैं। और मेरे सिर पर रक्षा का हाथ रखे हुए हैं। अगर अवस्था बाधक न होती तो वह ज्ञानशंकर के पैरों पर गिर पड़ते और उसे आँसू की बूँदों से तर कर देते। उन्हें लज्जा आई कि मैंने ऐसे कर्त्तव्यपरायण, ऐसे न्यायशील, ऐसे दयालु, ऐसे देवतुल्य पुरुष का तिरस्कार किया! यह मेरी उद्दण्डता थी कि मैंने उससे दयाशंकर की सिफारिश करने

का आग्रह किया। यह सर्वथा अनुचित था आजकल के सुशिक्षित युवक-गण अपना कर्त्तव्य स्वयं समझते हैं और अपनी इच्छानुकूल उसका पालन करते हैं, यही कारण है कि उन्हें किसी की प्रेरणा अप्रिय लगती है। बोले, बेटा, यह समाचार सुनकर मुझे कितना हर्ष हो रहा है, वह प्रकट नहीं कर सकता। तुमने मुझे प्राणदान और दिया कुल-मर्यादा रख ली। मेरा रोम-रोम तुम्हारा अनुगृहीत है! मुझे अब विश्वास हो गया है कि भैया देवलोक में बैठे हुए भी मेरी रक्षा कर रहे हैं। मुझे अत्यन्त खेद है कि मैंने तुम्हें कटु शब्द कहे; परमात्मा मुझे इसका, दण्ड दे, मेरे अपराध क्षमा करो। बुड्ढे आदमी चिड़चिड़े हुआ करते हैं, उनकी बातों का बुरा न मानना चाहिए। मैंने अब तक तुम्हारा अंतर-स्वरूप न देखा था, तुम्हारे उच्चादर्शों से अनभिज्ञ था। मुझे यह स्वीकार करते हुए खेद होता है कि मैं तुम्हें अपना अशुभचिन्त समझने लगा था। मुझे तुम्हारी सज्जनता, तुम्हारा भ्रातृ-स्नेह और तुम्हारी उदारता का अनुभव हुआ। मुझे इस मतिभ्रम का सदैव पछताव रहेगा।

यह कहते-कहते लाला प्रभाशंकर का गला भर आया। हृदय पर जमा हुआ बर्फ पिघल गया, आँखों से जल-बिन्दु गिरने लगे। किन्तु ज्ञानशंकर के मुख से सान्त्वना का का एक शब्द भी न निकला। वह इस कपटाभिनय का रंग भी गहरा न कर सके। प्रभाशंकर की सरलता, श्रद्धालुता और निर्मलता के आकाश में उन्हें अपनी स्वार्थान्धता, कपटशीलता और मलिनता अत्यन्त कालिमा पूर्ण और ग्लानिमय दिखाई देने लगी। वह स्वयं अपनी ही दृष्टि में गिर गए, इस कपट-काण्ड का आन्नद न उठा सके। शिक्षित आत्मा इतनी दुर्बल नहीं हो सकती, इस विशुद्ध वात्सल्य ध्वनि ने उनकी सोई हुई आत्मा को एक क्षण के लिए जगा दिया। उसने आँखें खोलीं देखा कि मन मुझे काँटों में घसीटे लिये चला जाता है। वह अड़ गई, धरती पर पैर जमा दिए और निश्चय कर लिया कि इससे आगे न बढ़ूँगी।

सहसा सैयद ईजाद हुसेन मुस्कराते हुए दीवानखाने में आए। प्रभाशंकर ने उनकी ओर आशा भरे नेत्रों से देखकर पूछा, कहिए कुशल तो है?

ईजद—सब खुदा का फजलो करम है। लाइए, मुँह मीठा कराइए। खुदा गवाह है कि सुबह से अब तक पानी का एक कतरा भी हलक के नीचे गया हो। बारे खुदा ने आबरू रख ली, बाजी अपनी रही, बेदाग छुड़ा लाए, आँच तक न लगी। हक यह है कि जितनी उम्मीद न थी उससे कुछ ज्यादा ही कामयाबी हुई मुझे ज्वालासिंह से ऐसी उम्मीद न थी।

प्रभाशंकर—ज्ञानू, यह तुम्हारी सद्प्रेरणा का फल है। ईश्वर तुम्हें चिरंजीव करे।

ईजाद—बेशक, बेशक, इस कामयाबी का सेहरा आप के ही सिर है। मैंने भी जो कुछ किया है आपकी बदौलत किया है। आपका आज सुबह को उनके पास जाना काम कर गया। कल मैंने इन्हीं हाथों से तजवीज लिखी थी। वह सरासर हमारे खिलाफ थी। आज जो तजवीज उन्होंने सुनाई, वह कोई और ही चीज है, यह सब आपकी मुलाकात का नतीजा है। आपने उनसे जो बातें कीं और जिस तरीके से उन्हें रास्ते पर लाए उसकी हर्फ-बहर्फ इत्तला मुझे मिल चुकी है। अगर आपने इतनी साफगोई से काम न लिया होता तो वह हजरत पंजे में आनेवाले न थे।

प्रभाशंकर—बेटा, आज भैया होते तो तुम्हारा यह सदुद्योग देखकर उनकी गज भर की छाती हो जाती। तुमने उनका सिर ऊँचा कर दिया।

ज्ञानशंकर देख रहे थे कि ईजाद हुसेन चचा साहब के साथ कैसे दाँव खेल रहा है और मेरा मुँह बन्द करने के लिए कैसी कपट नीति से काम ले रहा है। मगर कुछ बोल न सकते थे। चोर-चोर मौसेरे भाई हो जाते हैं। उन्हें अपने ऊपर क्रोध आ रहा था कि मैं ऐसे दुर्बल प्रकृति के मनुष्य को उसके कुटिल स्वार्थ-साधन में योग देने पर बाध्य हो रहा हूँ। मैंने कीचड़ में पैर रखा और प्रतिक्षण नीचे की ओर फिसलता चला जाता हूँ।

जब तक इलाके का प्रबन्ध लाला प्रभाशंकर के हाथों में था, वह गौस खाँ को अत्याचार से रोकते रहते थे। अब ज्ञानशंकर मालिक और मुख्तार थे। उनकी स्वार्थप्रियता ने खाँ साहब को अपनी अभिलाषाएँ पूर्ण करने का अवसर प्रदान कर दिया था। वर्षान्त पर उन्होंने बड़ी निर्दयता से लगान वसूल किया। एक कौड़ी भी बाकी न छोड़ी। जिसने रुपये न दिए या न दे सका, उस पर नालिश की, कुर्की कराई और एक का डेढ़ वसूल किया। शिकमी असामियों को समूल उखाड़ दिया और उनकी भूमि पर लगान बढ़ाकर दूसरे आदमियों को सौंप दिया। मौरूसी और दखलीकार असामियों पर भी कर-वृद्धि के उपाय सोचने लगे। वह जानते थे कि कर-वृद्धि भूमि की उत्पादक-शक्ति पर निर्भर है और इस शक्ति को घटाने-बढ़ाने के लिए केवल थोड़ी-सी वाक्चतुरता की आवश्यकता होती है। सारे इलाके में हाहाकार मच गया। कर-वृद्धि के पिशाब को शान्त करने के लिए लोग नाना प्रकार के अनुष्ठान करने लगे। प्रभात से सन्ध्या तक खाँ साहब का दरबार लगा रहता! वह स्वयं मसनद लगाकर विराजमान होते। मुंशी मौजीलाल पटवारी उनके दाहिनी ओर बैठते और सूक्खू चौधरी बायीं ओर। यह महानुभाव गाँव के मुखिया, सबसे बड़े किसान और सामर्थी पुरुष थे। असामियों पर उनका बहुत दबाव था, इसलिए नीतिकुशल खाँ साहब ने उन्हें अपना मन्त्री बना लिया था। यह त्रिमूर्ति समस्त इलाके की भाग्य विधायक थी।

खाँ साहब पहले अपने अवकाश का समय भोग-विलास में व्यतीत करते थे। अब यह समय कुरान का पाठ करने में व्यतीत होता था। जहाँ कोई फकीर यहा भिक्षुक द्वार पर खड़ा भी न होने पाता था, वहाँ अब अभ्यागतों का उदारतापूर्ण सत्कार किया जाता था। कभी-कभी वस्त्रदान भी होता। लोकि सिद्धि ने परलोक बनाने की सदिच्छा उत्पन्न कर दी थी!

अब खाँ साहब को विदित हुआ कि इस इलाके को विद्रोही समझने में मेरी भूल थी। ऐसा विरला ही कोई असामी था जिसने उनकी चौखट पर मस्तक न नवाया हो। गाँव में दस-बारह घर ठाकुरों के थे। उनमें लगान बड़ी कठिनाई से वसूल होता था। किन्तु इजाफा लगाने की खबर पाते ही वह भी दब गए। डपटसिंह उनके नेता थे। वह दिन में दस-पाँच बार खाँ साहब को सलाम करने आया करते थे। दुखरन भगत शिव जी को जल चढ़ाने जाते समय पहले चौपाल का दर्शन करना अपना परम कर्त्तव्य समझते थे। बस, अब समस्त इलाके में कोई विद्रोही था तो मनोहर था और कोई उसका बन्धु था तो कादिर। वह खेत से लौटता तो कादिर के घर जा बैठता और अपने दिनों को रोता। इन दोनों मनुष्यों को साथ बैठे देखकर सुक्खू चौधरी की छाती पर साँप लोटने लगता था। वह यह जानना चाहते थे कि इन दोनों में क्या बातें हुआ करती हैं। अवश्य दोनों मेरी ही बुराई करते होंगे। उन्हें देखते ही दोनों चुप हो जाते थे, इससे चौधरी के सन्देह की और भी पुष्टि हो जाती थी।

खाँ साहब ने कादिर का नाम शैतान रख छोड़ा था और मनोहर को काला नाग कहा करते थे। काले नाग का तो उन्हें बहुत भय नहीं था, क्योंकि एक चोट से उसका काम तमाम कर सकते थे, मगर शैतान से डरते थे। क्योंकि उस पर चोट करना दुस्तर था। उस जवार में कादिर का बड़ा मान था। वह बड़ा नीतिकुशल, उदार और दयालु था। इसके अतिरिक्त उसे जड़ी-बूटियों का अच्छा ज्ञान था। यहाँ हकीम वैद्या, डॉ. जो कुछ था वही था। रोग-निदान में भी उसे पूर्ण अभ्यास था। इससे जनता की उसमें विशेष श्रद्धा थी। एक बार लाला जटाशंकर कठिन नेत्र-रोग से पीड़ित थे। बहुत प्रयत्न किए, पर कुछ लाभ न हुआ, कादिर की जड़ी-बूटियों ने एक ही सप्ताह में इस असाध्य रोग का निवारण कर दिया। खाँ साहब को भी एक बार कादिर के ही नुस्खे ने प्लेग से बचा लिया था। खाँ साहब इस उपकार से तो नहीं, पर कादिर की सर्वप्रियता से सशंक रहते थे। वह सदैव इसी उधेड़-बुन में रहते थे कि इस शैतान को कैसे पंजे में लाऊँ।

किन्तु कादिर निश्चिंत और निश्शंक अपने काम में लगा रहता था। उसे एक क्षण के लिए भी यह भय न होता था कि गाँव के जमींदार और कारिन्दा मेरे शत्रु हो रहे हैं और उनकी शत्रुता मेरा सर्वनाश कर सकती है। यदि इस समय भी दैवयोग से खाँ साहब बीमार पड़ जाते, तो वह उनका इशारा पाते ही तुरन्त उनके उपचार और सेवाशुश्रूषा में दत्तचित्त हो जाता। उसके हृदय में राग और द्वेष न था और न इस बात की ही परवाह थी कि मेरे विषय में कैसे-कैसे मिथ्यालाप हो रहे हैं! वह गाँव में विद्रोहाग्नि भड़का सकता था; खाँ साहब और उनके सिपाहियों की खबर ले सकता था। गाँव में ऐसे उद्दंड नवयुवक थे, जो इस अनिष्ट के लिए आतुर थे, किन्तु कादिर उन्हें सँभाले रहता था। दीन रक्षा उसका लक्ष्य था, किन्तु क्रोध और द्वेष को उभाड़कर नहीं, वरन् सद्व्यवहार तथा सत्य प्रेरणा से।

मनोहर की दशा इसके प्रतिकूल थी। जिस दिन से वह ज्ञानशंकर की कठोर बातें सुनकर लौटा था, उसी दिन से विकृत भावनाएँ उसके हृदय और मस्तिष्क में गूँजती रहती थीं। एक दीन मर्माहत पक्षी था, जो घावों से तड़प रहा था! वह अपशब्द उसे एक क्षण भी नहीं भूलते थे। वह ईंट का जवाब पत्थर से देना चाहता था। वह जानता था कि सबलों से बैर बढ़ाने में मेरा ही सर्वनाश होगा, किन्तु इस समय उसकी अवस्था उस मनुष्य की-सी हो रही थी, जिसके झोंपड़े में आग लगी हो और वह उसके बुझाने में असमर्थ होकर शेष भागों में भी आग लगा दे कि किसी प्रकार इस विपत्ति का अंत हो। रोगी अपने रोग को असाध्य देखता है, तो पथ्यापथ्य की बेड़ियों को तोड़ कर मृत्यु की ओर दौड़ता है। मनोहर चौपाल के सामने से निकलता तो अकड़कर चलने लगता। अपनी चारपाई पर बैठे हुए कभी खाँ साहब या गिरधर महाराज को आते देखता, तो उठकर सलाम करने के बदले पैर फैलाकर लेट जाता। सावन में उसके पेड़ों के आम पके, उसमें सब आम तोड़कर घर में रख लिए, जमींदार का चिरकाल से बँधा हुआ चतुर्थांश न दिया और जब गिरधर महाराज माँगने आए तो उन्हें दुत्कार दिया। वह सिद्ध करना चाहता था कि मुझे तुम्हारी धमकियों की जरा भी परवाह नहीं है, कभी-कभी नौ-दस बजे रात तक उसके द्वार पर गाना होता, जिसका अभिप्राय केवल खाँ साहब और सुक्खू चौधरी को जलाना था। बलराज को अब वह स्वेच्छाचार प्राप्त हो गया, जिसके लिए पहले उसे झिड़कियाँ खानी पड़ती थीं। उसके रंगीले सहचरों का यहाँ

खूब आदर-सत्कार होता, भंग छनती, लकड़ी के खेल होते, लावनी और ख्याल की तानें उड़तीं डफली बजती। मनोहर जवानी के जोश के साथ इन जमघटों में सम्मिलित होता। ये ही दोनों पक्षों के विचार विनिमय के माध्यम थे। खाँ साहब को एक-एक बात की सूचना यहाँ हो जाती थी। यहाँ का एक-एक शब्द वहाँ पहुँच जाता था। यह गुप्त चालें आग पर तेल छिड़कती रहती थीं। खाँ साहब ने एक दिन कहा, आजकल तो उधर गुलछर्रे उड़ रहे हैं, बेदखली का सम्मन पहुँचेगा तो होश ठिकाने हो जाएगा। मनोहर ने उत्तर दिया, बेदखली की धमकी दूसरों को दें, यहाँ हमारे खेत के मेड़ों पर कोई आया तो उसके बाल-बच्चे उसके नाम को रोएँगे।

एक दिन सन्ध्या समय, मनोहर द्वार पर बैठा हुआ बैलों के लिए कड़वी छाँट रहा था और बलराज अपनी लाठी में तेल लगाता था कि ठाकुर डपटसिंह आकर माचे पर बैठ गए और बोले, सुनते हैं डिप्टी ज्वालासिंह हमारे बाबू साहब के पुराने दोस्त हैं! छोटे सरकार के लड़के थानेदार थे, उनका मुकदमा उन्हीं के इजलास में था। वह आज बरी हो गए।

मनोहर—रिसवत तो साबित हो गई थी न?

डपटसिंह—हाँ, साबित हो गई थी। किसी को उनके बरी होने की आशा न थी। पर बाबू शंकर ने ऐसी सिफारिस पहुँचाई कि डिप्टी साहब को मुकदमा खारिज करना पड़ा।

मनोहर—हमारे परगने का हाकिम भी तो वही डिप्टी है।

डपट— हाँ, इसी को तो चिन्ता है। इजाफा लगान का मामला उसी के इजलास में जाएगा और ज्ञान बाबू अपना पूरा जोर लगाएँगे?

मनोहर—तब क्या करना होगा?

डपट—कुछ समझ में नहीं आता।

मनोहर—ऐसा कोई कानून नहीं बन जाता कि बेसी का मामला इन हाकिमों के इजलास में न पेश हुआ करे। हाकिम लोग आप भी तो जमींदार होते हैं, इसलिए वह जमींदारों का पक्ष करते हैं। सुनते हैं, लाट साहब के यहाँ कोई पंचायत होती है। यह बातें उस पंचायत में कोई नहीं कहता?

डपट—वहाँ भी तो सब जमींदार होते हैं, काश्तकारों की फरयाद कौन करेगा?

मनोहर—हमने तो ठान लिया है कि एक कौड़ी भी बेसी न देंगे।

बलराज ने लाठी कन्धे पर रखकर कहा, कौन इजाफा करेगा, सिर तोड़ के रख दूँगा।

मनोहर—तू क्यों बीच में बोलता है? तुझसे तो हम नहीं पूछते। यह तो न होगा कि साँझ हो गई है, लाओ भैंस दुह लूँ, बैल की नाद में पानी डाल दूँ। बे बात की बात बकता है। (ठाकुर से) यह लौंडा घर का रत्ती भर काम नहीं करता। बस खाने भर का घर से नाता है, मटरगस किया करता है।

डपट—मुझसे क्या कहते हो मेरे यहाँ तो तीन-तीन मूसलचन्द हैं।

मनोहर—मैं तो एक कौड़ी बेसी न दूँगा, और न खेत ही छोड़ूँगा। खेतों के साथ जान भी जाएगी और दो-चार के साथ लेकर जाएगी।

बलराज—किसी ने हमारे खेतों की ओर आँख भी उठाई तो कुशल नहीं।

मनोहर—फिर बीच में बोला?

बलराज—क्यों न बोलूँ, तुम तो दो-चार दिन के मेहमान हो, जो कुछ पड़ेगी। वह तो हमारे ही सिर पड़ेगी। जमींदार कोई बादशाह नहीं है कि चाहे जितनी जबरदस्ती करे और वह मुँह न खोलें। इस जमाने में तो बादशाहों का भी इतना अख्तियार नहीं, जमींदार किस गिनती में है! कचहरी-दरबार में कहीं सुनाई नहीं है तो (लाठी दिखला कर) यह तो कहीं नहीं गई है।

डपट—कहीं खाँ साहब यह बातें सुन लें तो गजब हो जाए।

बलराज—तुम खाँ साहब से डरो, यहाँ उनके दबैल नहीं हैं। खेत में चाहे कुछ उपज हो या न हो, बेसी होती चली जाए, ऐसा क्या अन्धेर है? 'सरकार के घर कुछ तो न्याय होगा, किस बात पर बेसी मंजूर करेगी।

डपट—अनाज का भाव नहीं चढ़ गया है?

बलराज—भाव चढ़ गया है तो मजदूरों की मजदूरी भी चढ़ गई है, बैलों का दाम भी तो चढ़ गया है, लोहे-लक्कड़ का दाम भी तो चढ़ गया है, यह किसके घर से आएगा?

इतने में तो कादिर मियाँ घास का गट्ठर सिर पर रखे हुए आकर खड़े हो गए। बलराज की बातें सुनीं तो मुस्कराकर बोले, भाँग का दाम भी तो चढ़ गया है। चरस भी महँगी हो गई है, कत्था-सुपारी भी तो दूने दामों में बिकती हैं, इसे क्यों छोड़े जाते हो?

मनोहर—हाँ, कादिर दादा, तुमने हमारे मन की कही।

बलराज—तो क्या अपनी जवानी में तुम लोगों ने बूटी-भाँग न पी होगी? या सदा इसी तरह एक जून चबेना और दूसरी जून रोटी-साग खाकर दिन काटे हैं? और फिर तुम जमींदार के गुलाम बने रहो तो उस जमाने में और कर ही क्या सकते थे? न अपने खेत में काम करते, किसी दूसरे के खेत में मजदूरी करते। अब तो शहरों में मजदूरों की माँग है, रुपया रोज खाने को मिलता है, रहने को पक्का घर अलग। अब हम जमींदारों की धौंस क्यों सहें, क्यों भर पेट खाने को तरसें?

कादिर—क्यों मनोहर, क्या खाने को नहीं देते?

बलराज—यह भी कोई खाना है कि एक आदमी खाय और घर के सब आदमी उपास करें? गाँव में सुक्खू चौधरी को छोड़कर और किसी के घर दोनों बेला चूल्हा जलता है? किसी कबो एक जून चबेना मिलता है, कोई चुटकी भर सत्तू फाँककर रह जाता है। दूसरी बेला भी पेट भर रोटी नहीं मिलती।

कादिर—भाई, बलराज बात तो सच्ची कहता है। इस खेती में कुछ रह नहीं गया, मजदूरी भी नहीं पड़ती। अब मेरे ही घर देखो, कुल छोटे-बड़े मिलाकर दस आदमी हैं, पाँच-पाँच रुपये भी कमाते तो दह सौ रुपये साल भर के होते। खा-पी कर पचास रुपये बचे ही रहते। लेकिन इस खेती में रात-दिन लगे रहते हैं, फिर भी किसी को भर पेट दाना नहीं मिलता।

डपट—बस, एक मरजाद रह गई है, दूसरों की मजूरी नहीं करते बनती, इसी बहाने से किसी तरह निबाह हो जाता है। नहीं तो बलराज की उमिर में हम लोग खेत के डाँढ़ पर न जाते थे। न जाने क्या हुआ कि जमीन की बरक्कत ही उठ गई। जहाँ बीघा पीछे बीस-बीस मन होते थे, वहाँ अब चार-पाँच मन से आगे नहीं जाता।

मनोहर—सरकार को यह हाल मालूम होता तो जरूर काश्तकारों पर निगाह करती।

कादिर—मालूम क्यों नहीं है? रत्ती-रत्ती का पता लगा लेती है।

डपट—(हँसकर) बलराज से कहो, सरकाल के दरबार में हम लोगों की ओर से फरियाद कर आए।

बलराज—तुम लोग तो ऐसी हँसी उड़ाते हो, मानो कास्तकार कुछ होता ही नहीं। वह जमींदार की बेगार ही भरने के लिए बनाया गया है; लेकिन मेरे पास जो पत्र आता है, उसमें लिखा है कि रूस देश में कास्तकारों का राज है, वह जो चाहते हैं करते हैं। उसी के पास कोई और देश बलगारी है। वहाँ अभी हाल की बात है, कास्तकारों ने राजा को गद्दी से उतार दिया है और अब किसानों और मजदूरों की पंचायत राज करती है।

कादिर—(कूतूहल से) तो चलो ठाकुर! उसी देश में चलें वहाँ मालगुजारी न देनी पड़ेगी।

डपट—वहाँ के कास्तकार बड़े चतुर और बुद्धिमान होंगे तभी राज सँभालते होंगे।

कादिर— मुझे तो विश्वास नहीं आता।

मनोहर—हमारे पत्र में झूठी बातें नहीं होती।

बलराज—पत्रवाले झूठी बातें लिखें तो सजा पा जाएँ।

मनोहर—जब उस देश के किसान राजा का बन्दोबस्त कर लेते हैं, तो क्या हम लोग लाट साहब से अपना रोना भी न रो सकेंगे?

कादिर—तहसीलदार साहब के सामने तो मुँह खुलता नहीं, लाट साहब से कौन फरियाद करेगा?

बलराज—तुम्हारा मुँह न खुले, मेरी तो लाट साहब से बातचीत हो, तो सारी कथा कह सुनाऊँ।

कादिर—अच्छा, अबकी हाकिम लोग दौरे पर आएँगे, तो हम तुम्हीं को उनके सामने खड़ा कर देंगे।

यह कहकर कादिर खाँ घर की ओर चले। बलराज ने भी लाठी कन्धे पर रखी और उनके पीछे चला।

बलराज—अच्छा तो बीच में न पड़ोगे न?

कादिर—तो क्या तुम लोग सचमुच मार-पीट पर उतारू हो क्या? हमारी बात न मानोगे तो मैं जाकर थाने में इत्तला कर दूँगा। यह मुझसे नहीं हो सकता कि तुम लोग गाँव में आग लगाओ और मैं देखता रहूँ।

बलराज—तो तुम्हारी सलाह है नित यह अन्याय सहते जाएँ!

कादिर—जब अल्लाह को मन्जूर होगा तो आप-ही-हाप सब उपाय हो जाएगा।

जिस भाँति सूर्यास्त के पीछे विशेष प्रकार के जीवधारी; जो न पशु हैं न पक्षी, जीविका की खोज में निकल पड़ते हैं, अपनी लम्बी श्रेणियों से आकाश मण्डल को आच्छादित कर लेते हैं, उसी भाँति कार्तिक का आरम्भ होते ही एक अन्य प्रकार के जन्तु देहातों में निकल पड़ते हैं और अपने खेमों तथा छोलदारियों से समस्त ग्राममण्डल को उज्ज्वल कर देते हैं। वर्षा के आदि में राजसिक कीट और पतंग का उद्‌भव होता है, उसके अन्त में तामसिक कीट और पतंग का। उनका उत्थान होते ही देहातों में भूकम्प-सा आ जाता है और लोग भय से प्राण छिपाने लगते हैं।

इसमें सन्देह नहीं कि अधिकारियों के यह दौरे सदिच्छाओं से प्रेरित होकर होते हैं। उनका अभिप्राय है जनता की वास्तविक दशा का ज्ञान प्राप्त करना न्यायप्रार्थी के द्वार तक पहुँचता, प्रजा के दुःखों को सुनना, उनकी आवश्यकताओं को देखना, उनके कष्टों का अनुमान करना, उनके विचारों से परिचित होना। यदि यह अर्थ सिद्ध होते तो यह दौरे वसन्तकाल से भी अधिक प्राण-पोषक होते, लोग वीणा, पखावज से , ढोल-मजीरे से उनका अभिवादन करते। किन्तु जिस भाँति प्रकाश की रश्मियाँ पानी में वक्रगामी हो जाती हैं, उसी भाँति सदिच्छाएँ भी बहुधा मानवीय दुर्बलताओं के सम्पर्क से विषम हो जाया करती हैं। सत्य और न्याय पैरों के नीचे आ जाता है, लोभ और सवार्थ की विजय हो जाती है! अधिकारी वर्ग और उनके कर्मचारी विरहिणी की भाँति इस सुख काल के दिन गिना करते हैं। शहरों में तो उनकी दाल नहीं गलती, या गलती है तो बहुत कम! वहाँ प्रत्येक वस्तु के लिए उन्हें जेब में हाथ डालना पड़ता है, किन्तु देहातों में जेब की जगह उनका हाथ अपने सोटे पर होता है या किसी दीन किसान की गर्दन पर! स्वप्न में भी दर्शन नहीं होता था, उन पदार्थों की यहाँ केवल जिह्वा और बाहु के बल से रेल-पेल हो जाती है। जितना खा सकते हैं, खाते हैं, बार-बार खाते हैं, और जो नहीं खा सकते, वह घर भेजते हैं। घी से भरे हुए कनस्तर, दूध से भरे हुए मटके, उपले और लकड़ी घास और चारे से लदी हुई गाड़ियाँ शहरों में आने लगती हैं। घरवाले हर्ष से फूले नहीं समाते, अपने भाग्य को सराहते हैं, क्योंकि अब दुःख के दिन गए और सुख के दिन आए। उनकी तरी वर्षा के पीछे आती है, वह खुश्की में तरी का आनन्द उठाते हैं। देहातवालों के लिए वह बड़े संकट के दिन होते हैं, उनकी शामत आ जाती है, मार खाते हैं, बेगार में पकड़े जाते है; दासत्व के दारुण निर्दय आघातों से आत्मा का भी ह्रास हो जाता है।

अगहन का महीना था, साँझ हो गई थी। कादिर खाँ के द्वार पर अलाव लगी हुई थी। कई आदमी उसके इर्द-गिई बैठे हुए बातें कर रहे थे। कादिर ने बाजार के तम्बाकू की निन्दा की , दुखरन भगत ने उनका अनुमोदन किया। इसके बाद डपटसिंह पत्थर और बेलन के कोल्हुओं के गुण-दोष की विवेचना करने लगे, अन्त में लोहे ने पत्थर पर विजय पाई।

दुखरन बोले, आजकल रात को मटर में सियार और हरिन बड़ा उपद्रव मचाते हैं। जाड़े के मारे उठा नहीं जाता।

कादिर—अब की ठण्ड पड़ेगी। दिन को पछुआ चलता है। मेरे पास तो कोई कम्बल भी नहीं , वही एक दोहर लपेटे पड़ा रहता हूँ। पुआल न हो गया होता तो रात को अकड़ जाता।

डपट—यहाँ किसके पास कम्बल है। उसी एक पुराने धुस्से की भुगुत है। लकड़ी भी इतनी नहीं मिलती कि रात भर तापें।

मनोहर—अबकी बेटी के ब्याह में इमली का पेड़ कटवाया था। क्या सब जल गई?

डपट—नहीं बची तो बहुत थी, पर कल डिप्टी ज्वालासिंह के लश्कर में चली गई। खाँ साहब से कितना कहा कि इसे मत ले जाइए, पर उनकी बला सुनती है। चपरासियों को ढेर दिखा दिया। बात की बात में सारी लकड़ी उठ गई।

मनोहर–तुमने चपरासियों से कुछ कहा नहीं?

डपट–क्या कहता, दस-पाँच मन लकड़ी के पीछे अपनी जान साँसत में डालता! गालियाँ खाता, लश्कर में पकड़ा जाता, मार पड़ती ऊपर से, तब तुम भी पास न फटकते। दोनों लड़के और झपट तो गरम हो पड़े थे, लेकिन मैंने उन्हें डाँट दिया। जबरदस्त का ठेंगा सिर पर।

कादिर–हाकिमों का दौर क्या है, हमारी मौत है। बकरीद में कुर्बानी के लिए ज़ो बकरा पाल रखा था, वह कल लश्कर में पकड़ गया। रब्बी बूचड़ पाँच रुपये नगद देता था, मगर मैंने न दिया था। इस बखत सात से कम का माल न था।

मनोहर–यह लोग बड़ा अन्धेर मचाते हैं इंतजाम करने, इन्साफ करने; लेकिन हमारे गले पर छुरी चलाते। इससे कहीं अच्छा तो यही था कि दौरे बन्द हो जाते। यही न होता कि मुकदमे वालों को सदर जाना पड़ता, इस साँसत से तो जान बचती।

कादिर–इसमें हाकिमों का कसूर नहीं। यह सब उनके लश्करवालों की धाँधली है। वही सब हाकिमों को भी बदनाम कर देते हैं।

मनोहर–कैसी बातें कहते हो दादा? यह सब मिलीभगत है। हाकिम का इशारा न होता तो मजाल है कि कोई लश्करी पराई चीज पर हाथ डाल सके। सब कुछ हाकिमों की मर्जी से होता है और उनकी मर्जी क्यों न होगी? सेत का माल किसको बुरा लगता है?

डपट–ठीक बात है। जिसकी जितनी आमद होती है वह उतना ही और मुँह फैलाता है।

दुखरन–परमात्मा यह अन्धेर देखते हैं, और कोई जतन नहीं करते। देखें बिसेसर साह को अबकी कितनी घटी आती है।

डपट–परसाल तो पूरे तीन सौ की चपत पड़ी थी। वही अबकी भी समझो, अगर जिन्स ही तक रहे तो इतना घाटा न पड़े, मगर यहाँ तो इलायची, कत्था, सुपारी, मेवा और मिश्री सभी कुछ चाहिए और सब टके सेर। लोग खाने के इतने शौकीन बनते हैं, पर यह नहीं होता कि वे सब चीजें अपने साथ रखें।

मनोहर–शहर में खरे दाम लगते हैं, यहाँ जी में आया दिया न दिया।

कादिर–कल लश्कर का एक चपरासी बिसेसर के यहाँ साबूदाना माँग रहा था। बिसेसर हाथ जोड़ता था, पैरों पड़ता था कि मेरे यहाँ नहीं है, लेकिन चपरासी एक न सुनता था, कहता था जहाँ से चाहो मुझे लाकर दो। गालियाँ देता था, डण्डा दिखाता था। बारे बलराज पहुँच गया। जब वह कड़ा पड़ा तो चपरासी मियाँ नरम पड़े, और भुनभुनाते चले गए।

दुखरन–बिसेसर की एक बार मरम्मत हो जाती तो अच्छा होता। गाँव भर का गला मरोड़ता है, यह उसकी सजा है।

डपट–और हम-तुम किसका गला मरोड़ते हैं?

मनोहर ने चिन्तित भाव से कहा, बलराज अब सरकारी आदमियों के मुँह आने लगा। कितना समझा के हार गया मानता नहीं।

कादिर–यह उमिर हो ऐसी होती है।

यही बातें हो रही थीं कि एक बटोही आकर अलाव के पास खड़ा हो गया। उसके

पीछे-पीछे एक बुढ़िया लाठी टेकती हुई आई और अलाव से दूर सिर झुकाकर बैठ गई।

कादिर ने पूछा—कहो भाई, कहाँ घर है?

घर तो देवरी पार, अपनी बुढ़िया माता को लिये अस्पताल जाता था। मगर वह जो सड़क के किनारे बगीचे में डिप्टी साहब का लश्कर उतरा है, वहाँ पहुँचा तो चपरासी ने गाड़ी रोक ली और हमारे कपड़े-लत्ते फेंक-फाँक कर लकड़ी लादने लगे, कितनी अरज-बिनती की, बुढ़िया बीमार है, रातभर का चला हूँ, आज अस्पताल नहीं पहुँचा तो कल न जाने इसका क्या हाल हो। मगर कौन सुनता है? मैं रोता ही रहा, वहाँ गाड़ी लद गई। तब मुझसे कहने लगे, गाड़ी हाँक। क्या करूँ अब गाड़ी हाँक सदर जा रहा हूँ। बैल और गाड़ी उनके भरोसे छोड़कर आया हूँ जब लकड़ी पहुँचा के लौटूँगा तब अस्पताल जाऊँगा। तुम लोगों को हो सके तो बुढ़िया के लिए खटिया दे दो और कहीं पड़ रहने का ठिकाना बता दो। इतना पुण्य करो, मैं बड़ी विपत्तियों में हूँ।

दुखरन—यह बड़ा अन्धेर है। यह लोग आदमी काहे के, पूरे राक्षस हैं, जिन्हें दयाधरम का विचार नहीं।

डपट—दिन भर के थके-माँदे बैल हैं, न जाने कहाँ गाड़ी ले जानी पड़ेगीं और न जाने जब लौटोगे। तब तक बुढ़िया अकेली पड़ी रहेगी? जाने कैसी पड़े कैसी न पड़े! हम लोग कितने भी हों, हैं तो पराए ही, घर के आदमी की और बात है।

मनोहर—मेरा तो ऐसा ही जी चाहता है कि इस दम डिप्टी साहब के सामने चला जाऊँ और ऐसी खरी-खरी सुनाऊँ कि वह भी याद करेंगे। बड़े हाकिम की पोंग बने हैं। इन्साफ तो क्या करेंगे, उल्टे और गरीबों को पीसते हैं। खटिया की तो कोई बात नहीं है और न जगह की ही कमी है, लेकिन यह अकेली रहेंगी कैसे?

बटोही—कैसे बताऊँ? जो भाग्य में लिखा है वही होगा।

मनोहर—यहाँ से कोई तुम्हारी गाड़ी हाँक ले जाए तो कोई हरज है?

बटोही—ऐसा हो जाए तो क्या पूछना। है कोई आदमी?

मनोहर—आदमी बहुत हैं, कोई न कोई चला जाएगा।

कादिर—तुम्हारा हलवाहा तो खाली है, उसे भेज दो।

मनोहर—हलवाहे से बैल सधे न सधे, मैं ही चला जाऊँगा।

कादिर—तुम्हारे ऊपर मुझे विश्वास नहीं आता। कहीं झगड़ा कर बैठो तो और बन जाए। दुखरन भगत, तुम चले जाओ तो अच्छा हो।

दुखरन ने नाक सिकोड़कर कहा, मुझे तो जानते ही, रात को कहीं नहीं जाता। भजन-भाव की यही बेला है।

कादिर—चला तो मैं जाता, लेकिन मेरा मन कहता है कि बूढ़ी को अच्छा करने का जस मुझी को मिलेगा। कौन जाने अल्लाह को यहीं मंजूर हो। मैं उन्हें अपने घर लिये जाता हूँ। जो कुछ बन पड़ेगा करूँगा। गाड़ी हसनू से हँकवाए देता हूँ। बैलों को चारा-पानी देना है, बलराज को थोड़ी देर के लिए भेज देना।

कादिर के बरौठे में वृद्धा की चारपाई पड़ गई। कादिर का लड़का हसनू गाड़ी हाँकने के लिए पड़ाव की तरफ चला। इतने में सुक्खू चौधरी और गौस खाँ दो चपरासियों के साथ

आते दिखाई दिए। दूसरी ओर से बलराज भी आकर खड़ा हो गया।

गौस खाँ ने कहा, सब लोग यहाँ बैठे गलचौड़ कर रहे हो, कुछ लश्कर की भी खबर है? देखो, यही चपरासी लोग दूध के लिए आए हैं, उसका बन्दोबस्त करो।

कादिर–कितना दूध चाहिए?

एक चपरासी–कम-से-कम दस सेर।

कादिर–दस सेर! इतना दूध तो चाहे गाँव भर में न निकले। दो ही चार आदमियों के पास भैंसें हैं और वह भी दुधार नहीं हैं। मेरे यहाँ तो दोनों जून में सेर भर से ज्यादा नहीं होता।

चपरासी–भैंसें हमारे सामने लाओ, दूध तो हमारा चपरास निकालता है। हम पत्थर से दूध निकाल लें। चोरों के पेट की बात तक निकाल लेते हैं, भैंसें तो फिर भैंसें हैं। इस चपरास में वह जादू है, कि चाहे तो जंगल में मंगल कर दे। लाओ, भैंसें यहाँ खड़ी करो।

गौस खाँ–इतने तूल-कलाम की क्या जरूरत है? दूध का इन्तजाम हो जाएगा। दो सेर सुक्खू देने को कहते हैं। कादिर के यहाँ दो सेर मिल ही जाएगा, दुखरन भगत दो सेर देगें; मनोहर और डपटसिंह भी दो-दो सेर दे देंगे। बस हो गया।

कादिर–मैं दो-चार सेर का बीमा नहीं लेता। यह दोनों भैंसें खड़ी हैं। जितना दूध दे दें उतना ले लिया जाए।

दुखरन–मेरी तो दोनों भैंसे गाभिन हैं। बहुत देंगी तो आधा सेर। पुवाल तो खाने को पाती हैं और वह भी आधा पेट। कहीं चराई हैं नहीं, दूध कहाँ से हो?

डपटसिंह–सुक्खू चौधरी जितना देते हैं, उसका आधा मुझसे ले लीजिए। हैसियत के हिसाब से न लीजिएगा।

गौस खाँ–तुम लोगों की यह निहायत बेहूदी आदत है कि हर बात में लाग-डाँट करने लगते हो। शराफत और नरमी से आधा भी न दोगे, लेकिन सख्ती से पूरा लिये हाजिर हो जाओगे। मैंने तुमसे दो सेर कह दिया है; इतना तुम्हें देना होगा।

डपट–इस तरह आप मालिक हैं, भैंसें खेल ले जाइए, लेकिन दो सेर दूध मेरे यहाँ न होगा।

गौस खाँ–मनोहर तुम्हारी भैंसें दुधार हैं?

मनोहर ने अभी जवाब न दिया था कि बलराज बोल उठा, मेरी भैंसें बहुत दुधार हैं, मन भर दूध देती हैं, लेकिन बेगार के नाम से छटाँक भर भी न देंगी।

मनोहर–तू चुपचाप क्यों नहीं रहता? तुमसे कौन पूछता है? हमसे जितना हो सकेगा देंगे, तुमसे मतलब?

चपरासी ने बलराज की ओर अपमान-जनक क्रोध से देखकर कहा, महतो, अभी हम लोगों के पंजे में नहीं पड़े हो। एक बार पड़ जाओगे तो आटे-दाल का भाव मालूम हो जाएगा। मुँह से बातें न निकलेंगी।

दूसरा चपरासी–मालूम होता है, सिर पर गरमी चढ़ गई है तभी इतना ऐंठ रहा है। इसे लश्कर ले चलो तो गरमी उतर जाए।

बलराज ने मर्माहत होकर कहा, मियाँ, हमारी गरमी पाँच-पाँच रुपल्ली के चपरासियों

के मान की नहीं है, जाओ, अपने साहब बहादुर के जूते सीधे करो, जो तुम्हारा काम है; हमारी गरमी के फेर में न पड़ो; नहीं तो हाथ लग जाएँगे। उस जन्म के पापों का दण्ड भोग रहे हो, लेकिन अब भी तुम्हारी आँखें नहीं खुलतीं?

बलराज ने यह शब्द ऐसी सगर्व गम्भीरता से कहे कि दोनों चपरासी खिसिया से गए। इस घोर अपमान का प्रतिकार करना कठिन था। यह मानो वाद को वाणी की परिधि से निकालकर कर्म के क्षेत्र में लाने की ललकार थी। व्यंगाघात शाब्दिक कलह की चरम सीमा है। उसका प्रतिकार मुँह से नहीं हाथ से होता है। लेकिन बलराज की चौड़ी छाती और पुष्ट भुजदण्ड देखकर चपरासियों को हाथापाई करने का साहस न हो सका। गौस खाँ से बोला, खाँ साहब, आप इस लौंडे को देखते हैं, कैसा बढ़ा जाता है? इसे समझा दीजिए, हमारे मुँह न लगे। ऐसा न हो शामत आ जाए और छह महीने तक चक्की पीसनी पड़े। हम आप लोगों का मुलाहिजा करते हैं, नहीं तो इस हेकड़ी का मजा चखा देते।

गौस खाँ—सुनते हो मनोहर, अपने बेटे की बात? भला सोचो तो डिप्टी साहब के कानों में यह बात पड़ जाए तो तुम्हारा क्या हाल हो? कहीं एक पत्ती का साया भी न मिलेगा।

मनोहर ने दीनता से खाँ साहब की ओर देखकर कहा, खाँ साहब, मैं तो इसे सब तरह से समझा-बुझा कर हार गया। न जाने क्या हाल करने पर तुला है? (बलराज से) अरे, तू यहाँ से जाएगा कि नहीं?

बलराज—क्यों जाऊँ, मुझे किसी का डर नहीं है। यह लोग डिप्टी साहब से मेरी शिकायत करने की धमकी देते हैं। मैं आप ही उनके पास जाता हूँ। इन लोगों को उन्होंने कभी ऐसा नादिरशाही हुक्म न दिया होगा कि जाकर गाँव में आग लगा दो। और मान लें कि वह ऐसा कड़ा हुक्म दे भी दें , तो इन लोगों को तो सोचना चाहिए कि गरीब किसान भी हमारे भाई बन्द हैं, इन्हें व्यर्थ न सताएँ। लेकिन इन लोगों को तो पैसे के लोभ और चपरास के मद ने ऐसा अन्धा बना दिया है कि कुछ सूझता ही नहीं। आज उस बेचारी बुढ़िया का क्या हाल होगा, मरेगी कि जिएगी; नौकरी तो की है पाँच रुपये की, काम है बस्ते ढोना, मेज साफ करना, साहब के पीछे-पीछे खिदमतगारों की तरह चलना और बनते हैं रईस!

मनोहर—तू चुप होगा कि नहीं?

एक चपरासी—नहीं, इसे खूब गालियाँ दे लेने दो, जिसमें इसके दिल की हवस निकल जाय। इसका मजा कल मिलेगा। खाँ साहब, आपने सुना है, आपको गवाही देनी पड़ेगी। आपका इतना मुलाहिजा बहुत किया। होगा, दूध का कुछ इन्तजाम।

गौस खाँ—नहीं जी, दूध लो, और दस सेर से ज्यादा। यही लोग झख मारेंगे। क्या बताएँ आज इस छोकड़े की बदौलत हमको तुम लोगों के सामने इतना शर्मिन्दा होना पड़ा। इस गाँव की कुछ हवा ही बिगड़ी हुई। मैं खूब समझता हूँ। यह लोग जो भी बिल्ली बने बैठे हुए हैं, इन्हीं के शह देने से लौंडे को इतनी ज़ुर्रत हुई है; नहीं तो इसकी मजाल थी कि यों टर्राता। बछड़ा खूँटे के ही बल कूदता है। खैर, अगर मेरा नाम गौस खाँ है तो एक-एक से समझूँगा।

इस तिरस्कार का आशातीत प्रभाव हुआ। सब दहल उठे। वह अविनय-शीलता, जो पहले सबके चेहरे से झलक रही थी, लुप्त हो गई। मनोहर तो ऐसा सिटपिटा गया, मानो

सैकड़ों जूते पड़े हों। इस खटाई ने सबके नशे उतार दिए।

कादिर खाँ बोल—मनोहर, जाओ, जितना दूध है सब यहाँ भेज दो।

गौस खाँ—हमको मनोहर के दूध की जरूरत नहीं है।

बलराज—यहाँ देता ही कौन है?

मनोहर खिसिया गया। उठ खड़ा हुआ और बोला, अच्छा ले अब तू ही बोल, जो तेरे जी में आए कर, मैं जाता हूँ। अपना घर-द्वार सँभाला मेरा निवाह तेरे साथ न होगा। चाहे घर को रख, चाहे आग लगा दे।

यह कहकर वह सशंक क्रोध से भरा हुआ वहाँ से चल दिया। बलराज भी धीरे-धीरे अपने अखाड़े की ओर चला। वहाँ इस समय सन्नाटा था। मुगदर की जोड़ी रखी हुई थी। एक पत्थर की नाल जमीन पर पड़ी हुई थी, और लेजिम आम की डाल से लटक रहा था। बलराज ने कपड़े उतारे और लँगोट कसकर अखाड़े में उतरा लेकिन आज व्यायाम में उसका मन न लगा। चपरासियों की बात एक फोड़े का भाँति उसके हृदय में टीस रही थी। यद्यपि उसने चपरासियों को निर्भय होकर उत्तर दिया था, लेकिन उसे इसमें तनिक भी सन्देह न था कि गाँव के अन्य पुरुषों को, यहाँ तक कि मेरे पिता को भी, मेरी बातें उद्दंड प्रतीत हुईं। सब के सब कैसा सन्नाटा खींचे बैठे रहे। मालूम होता था किसी के मुँह में जीभ ही नहीं है, तभी तो यह दुर्गति हो रही है! अगर कुछ दम हो तो आज इतने पीसे-कुचले क्यों जाते? और तो और, दादा ने भी मुझी को डाँटा। न जाने इनके मन में इतना डर क्यों समा गया है? पहले तो ये इतने कायर न थे। कछाचित् अब मेरी चिन्ता इन्हें सताने लगी। लेकिन मझे अवसर मिला तो स्पष्ट कह दूँगा कि तुम मेरी ओर से निश्िंचत रहो। मुझे परमात्मा ने हाथ-पैर दिए हैं। मेहनत कर सकता हूँ और दो को खिलाकर खा सकता हूँ। तुम्हें अगर अपने खेत इतने प्यारे हैं कि उनके पीछे तुम अत्याचार और अपमान सहने पर तैयार हो तो शौक से सहो, लेकिन मैं ऐसे खेतों पर लात मारता हूँ। अपने पसीने की रोटी खाऊँगा और अकड़कर चलूँगा। अगर कोई आँख दिखाएगा तो उसकी आँख निकाल लूँगा। यह बुड्ढा गौस खाँ कैसी लाल-पीली आँख कर रहा था, मालूम होता है इनकी मृत्यु मेरे ही हाथों लिखी हुई है। मुझपर दो चोट कर चुके हैं। अब देखता हूँ कौन आथ निकालते हैं। इनका क्रोध मुझी पर उतरेगा। कोई चिन्ता नहीं, देखा जाएगा। दोनों चपरासी मन में फूले ही न समाए होंगे कि सारा गाँव कैसा रोब में आ गया, पानी भरने को तैयार है। गाँव वालों ने भी लल्लो-चप्पों की होगी, कोई परवाह नहीं। चपरासी मेरा कर ही क्या सकते हैं? लेकिन मुझे कल प्रातःकाल डिप्टी साहब के पास जाकर उनसे सब हाल कह देना चाहिए। विद्वान् पुरुष हैं। दीन जनों पर उन्हें अवश्य दया आएगी। अगर वह गाड़ियों के पकड़ने की मनाही कर दें तो क्या पूछना? उन्हें यह अत्याचार कभी पसन्द न आता होगा। यह चपरासी लोग उनसे छिपा कर यों जबरदस्ती करते हैं। लेकिन कहीं उन्होंने मुझे अपने इजलास से खड़े-खड़े निकलवा दिया तो? बड़े आदमियों को घमण्ड बहुत होता। कोई हरज नहीं, मैं सड़क पर खड़ा हो जाऊँगा और देखूँगा कि कैसे कोई मुसाफिरों की गाड़ी पकड़ता है! या तो दो-चार का सिर तोड़ के रख दूँगा या आप वहीं मर जाऊँगा। अब बिना गरम पड़े काम नहीं चल सकता। वह दादा बुलाने आ रहे हैं।

बलराज अपने बाप के पीछे-पीछे घर पहुँचा। रास्ते में कोई बात-चीत नहीं हुई। बिलासी बलराज को देखकर बोली, कहाँ जाके बैठ रहे? तुम्हारे दादा कब से खोज रहे हैं। चलो रोटी तैयार है।

बलराज–अखाड़े की ओर चला गया था।

बिलासी –तुम अखाड़े मत जाया करो।

बलराज–क्यों?

बिलासी–क्यों क्या, देखते नहीं हो, सबकी आँखों में कैसे चुभते हो? जिन्हें तुम अपना हितू समझते हो, वह सब के सब तुम्हारी जान के घातक हैं। तुम्हें आग में ढकेल कर आप तमाशा देखेंगे। आज ही तुम्हें सरकारी आदमियों से भिड़ाकर कैसा दबक गए?

बलराज ने इस उपदेश का कुछ उत्तर न दिया। चौके पर जा बैठा। उसके एक ओर मनोहर था और दूसरी ओर जरा हटकर उसका हलवाहा रंगी चमार बैठा हुआ था। बिलासी ने जौ की मोटी-मोटी रोटियाँ, बथुआ का शाक और अरहर की दाल तीनों थालियों में परस दीं। तब एक फूल के कटोरे में दूध लाकर बलराज के सामने रख दिया।

बलराज–क्या और दूध नहीं है?

बिलासी–दूध कहाँ है, बेगार में नहीं चला गया?

बलराज–अच्छा, यह कटोरा रंगी के सामने रख दो।

बिलासी–तुम खा लो, रंगी एक दूध न खाएगा तो दुबला न हो जाएगा।

बलराज बेगार का हाल सुनकर क्रोध से आग हो रहा था। कटोरे को उठाकर आँगन की ओर जोर से फेंक दिया। वह तुलसी के चबूतरे से टकराकर टूट गया। बिलासी ने दौड़ कर कटोरा उठा लिया और पछताते हुए बोली, तुम्हें क्या हो गया है? राम, राम, ऐसा सुन्दर कटोर चूर-चूर कर दिया। कहीं सनक तो नहीं गए हो?

बलराज–हाँ, सनक ही गया हूँ।

बिलासी–किस बात पर कटोरे को पटक दिया?

बलराज–इसीलिए कि जो हमसे अधिक काम करता है उसे हमसे अधिक खाना चाहिए। हमने तुमसे बार-बार कह दिया है कि रसोई में जो कुछ थोड़ा-बहुत हो, वह सबके सामने आना चाहिए। अच्छा खाएँ, बुरा खाएँ तो सब खाएँ लेकिन तुम्हें न जाने क्यों यह बात भूल जाती है? अब याद रहेगी। रंगी कोई बेगार का आदमी नहीं है, घर का आदमी है। वह मुँह से चाहे न कहे, पर मन में अवश्य कहता होगा कि छाती फाड़कर काम मैं करूँ और मूछों पर ताव देकर खाएँ यह लोग। ऐसे दूध-घी खाने पर लानत है।

रंगी ने कहा–भैया, नित तो दूध खाता हूँ, एक दिन न सही। तुम हक-नाहक इतने खफा हो गए।

इसके बाद तीनों आदमी चुपचाप खाने लगे। खा-पी कर बलराज और रंगी ऊख की रखवाली करने मण्डिया की तरफ चले। यहाँ बलराज ने चरस निकाली और दोनों ने खूब दम लगाए। जब दोनों ऊख के छिलके के बिछावन पर कम्बल ओढ़ कमर लेटे तो रंगी बोला, काहे भैया, आज तुमसे लश्कर के चपरासियों से कुछ कहा सुनी हो गई थी क्या?

बलराज–हाँ, हुज्जत हो गई। दादा ने मने न किया होता तो दोनों को मारता।

रंगी—तभी दोनों तुम्हें बुरा-भला कहते चले जाते थे। मैं उधर से क्यारी में पानी खोलकर आता था। मुझे देखकर दोनों चुप हो गए। मैंने इतना सुना; अगर यह लौंडा कल सड़क पर गाड़ियाँ पकड़ने में कुछ तकरार करे तो बस चोरी का इलजाम लगाकर गिरफ्तार कर लो। एक पचास बेंत पड़ जाएँ तो इसकी शेखी उतर जाए।'

बलराज—अच्छा, यह सब यहाँ तक मेरे पीछे पड़े हुए हैं। तुमने अच्छा किया कि मुझे चेता दिया, मैं कल सवेरे ही डिप्टी साहेब के पास जाऊँगा।

रंगी—क्या करने जाओगे भैया। अच्छा आदमी नहीं है। बड़ी कड़ी सजा देता है। किसी को छोड़ना तो जानता ही नहीं। तुम्हें क्या करना है? जिसकी गाड़ियाँ पकड़ी जाएँगी वह आप निबट लेगा।

बलराज—वाह, लोगों में इतना ही बूता होता तो किसी की गाड़ी पकड़ी ही क्यों जाती? सीधे का मुँह कुत्ता चाटता है। यह चपरासी भी तो आदमी ही है!

रंगी—तो तुम काहे को दूसरे के बीच में पड़ते हो? तुम्हारे दादा आज बहुत उदास थे और अम्माँ रोती रहीं।

बलराज—क्या जाने, क्यों रंगी, जब से दुनिया का थोड़ा-बहुत हाल जानने लगा हूँ, मुझसे अन्याय नहीं देखा जाता। जब किसी जबरे को किसी गरीब का गला दबाते देखता हूँ तो मेरे बदन में आग-सी लग जाती है। यही जी चाहता है कि चाहे आपनी जान रहे या जाय, इस जबरे का सिर नीचा कर दूँ। सिर पर एक भूत-सा सवार हो जाता है। जानता हूँ कि अकेला चला भाड़ नहीं फोड़ सकता; पर मन काबू से बाहर हो जाता है।

इसी तरह की बातें करते दोनों सो गए। प्रातः काल बलराज घर गया, कसरत की, दूध पिया और ढीला कुर्ता पहन, पगड़ी बाँध डिप्टी साहब के पड़ाव की ओर चला। मनोहर अब तक उससे रूठे बैठे थे, अब जब्त न कर सके। पूछा, कहाँ जाते हो?

बलराज—जाता हूँ डिप्टी साहब के पास।

मनोहर—क्यों सिर पर भूत सवार है? अपना काम क्यों नहीं देखते।

बलराज—देखूँगा कि पढ़े -लिखे लोगों का मिजाज कैसा होता है?

मनोहर—धक्के खाओगे, और कुछ नहीं!

बलराज—धक्के तो चपरासियों के खाते हैं, इसकी क्या चिन्ता? कुत्ते की जात पहचानी जाएगी।

मनोहर ने उसी ओर निराशापूर्ण स्नेह की दृष्टि से देखा और कन्धे पर कुदाल रख कर हार की ओर चल दिया। बलराज को मालूम हो गया कि अब यह मुझे छोड़ा हुआ साँड़ समझ रहे हैं, पर वह अपनी धुन में मस्त था। मनोहर का यह विचार कि इस समय समझाने का उतना असर न होगा, जितना विरक्ति-भाव का, निष्फल हो गया। वह ज्योंही घर से बाहर निकला, बलराज ने भी लट्ठ कन्धे पर रखा और कैम्प की ओर चला। किसी हाकिम के सम्मुख जाने का यह पहला ही अवसर था। मन में अनेक विचार आते थे। मालूम नहीं, मिलें या न मिलें, कहीं मेरी बातें सुनकर बिगड़ न जाएँ, मुझे देखते ही सामने से निकलवा न दें, चपरासियों ने मेरी शिकायत अवश्य की होगी। क्रोध में भरे बैठे होंगे। बाबू ज्ञानशंकर से इनकी दोस्ती भी तो है। उन्होंने भी हम लोगों की ओर से उनके कान खूब भरे होंगे।

मेरी सूरत देखते ही जल जाएँगे। उँह, जो कुछ हो, एक नया अनुभव तो हो जाएगा। यही पढ़े-लिखे लोग तो हैं जो सभाओं में और लाट साहब के दरबार में हम लोगों की भलाई की रट लगाया करते हैं, हमारे नेता बनते हैं। देखूँगा कि यह लोग अपनी बातों के कितने धनी हैं।

बलराज कैम्प में पहुँचा तो देखा कि जगह-जगह लकड़ी के अलाव जल रहे हैं, कहीं पानी गरम हो रहा है, कहीं चाय बन रही है। एक बूचड़ बकरे का मांस काट रहा है दूसरी ओर बिसेसर साह बैठे जिन्स तौल रहे हैं। चारों ओर घड़े और हाँडियाँ टूटी पड़ी थीं। एक वृक्ष की छाँह में कितने ही आदमी सिकुड़े बैठे थे, जिनके मुकदमों की आज पेशी होने वाली थी, बलराज पेड़ों की आड़ में होता हुआ ज्वाला सिंह के खेमे के पास जा पहुँचा। उसे यह धड़का लगा हुआ था कि कहीं उन दोनों चपरासियों की निगाह मुझ पर न पड़ जाए। वह खड़ा सोचने लगा कि डिप्टी साहब के सामने कैसे जाऊँ? उस पर इस समय एक रोब छाया हुआ था। खेमे के सामने जाते हुए पैर काँपते थे। अचानक उसे गौस खाँ और सुक्खू चौधरी एक पेड़ के नीचे आग तापते दिखाई पड़े। अब वह खेमे के पीछे खड़ा न रह सका। उनके सामने धक्के खाना या डाँट सुनना मर जाने से भी बुरा था। वह जी कड़ा करके खेमे के सामने चला गया और ज्वालासिंह को सलाम करके चुपचाप खड़ा हो गया।

बाबू ज्वालासिंह एक न्यायशील और दयालु मनुष्य थे, किन्तु इन दो-तीन महीनों के दौरे में उन्हें अनुभव हो गया था कि बिना कड़ाई के मैं सफलता के साथ अपने कर्त्तव्य का पालन नहीं कर सकता। सौजन्य और शालीनता निज के कामों से चाहे कितनी ही सराहनीय हो, लेकिन शासन-कार्य में यह सद्गुण अवगुण बन जाते हैं। लोग उनसे अनुचित लाभ उठाने लगते हैं, उन्हें अपनी स्वार्थ-सिद्धि का साधन बना लेते हैं। अतएव न्याय और शील में परस्पर विरोध हो जाता है। रसद और बेगार के विषय में भी अधीनस्थ कर्मचारियों की चापलूसियाँ उनकी न्याय-नीति पर विजय पा गई थीं, और वह अज्ञात-भाव से स्वेच्छाचारी अधिकारियों के वर्तमान साँचे में ढल गए थे। उन्हें अपने विवेक पर पहले से ही गर्व था, अब इसने आत्मश्लाघा का रूप धारण किया था। वह जो कुछ कहते या करते थे उसके विरुद्ध एक शब्द भी न सुनना चाहते थे। इससे उनकी राय पर कोई असर न पड़ता था। वह निस्पृह मनुष्य थे और न्याय-मार्ग से जौ भर भी न टलते थे। उन्हें स्वाभाविक रूप से यह विचार होता था, किसी को मुझसे शिकायत नहीं होनी चाहिए। अपने औचित्य-पालन का विश्वास और अपनी गौरवशील प्रकृति उन्हें प्रार्थियों के प्रति अनुदार बना देती थी। बलराज को सामने देखकर बोले, कौन हो? यहाँ क्यों खड़े हो?

बलराज ने झुक कर सलाम किया। उसकी उद्दण्डता लुप्त हो गई थी। डरता हुआ बोला, हुजूर, से कुछ बोलना चाहता हूँ। ताबेदार का घर इसी लखनपुर में है।

ज्वालासिंह—क्या कहना है?

बलराज—कुछ नहीं, इतना ही पूछना चाहता हूँ कि सरकार को आज कितनी गाड़ियों की जरूरत होगी?

ज्वालासिंह—क्या तुम गाड़ियों के चौधरी हो?

बलराज—जी नहीं, चपरासी लोग सड़क पर जाकर मुसाफिरों की गाड़ियों को रोकते

हैं और उन्हें दिक करते हैं। मैं चाहता हूँ कि सरकार को जितनी गाड़ियाँ दरकार हों, उतनी आस-पास के गाँवों से खोज लाऊँ। उनका सरकार से जो किराया मिलता हो वह दे दिया जाय तो मुसाफिरों को रोकना न पड़े।

ज्वालासिंह ने अपना सामान लादने के लिए ऊँट रख लिए थे, किन्तु यह जानते थे कि मातहतों और चपरासियों को अपना असबाब लादने के लिए गाड़ियों की जरूरत होती है। उन्हें इसका खर्चा सरकार से नहीं मिलता। अतएव वे लोग गाड़ियाँ न रोकें, तो उनका काम ही न चले। यह व्यवहार चाहे प्रजा को कष्ट पहुँचाए, पर क्षम्य है। उनके विचार में यह कोई ऐसी ज्यादती न थी। सम्भव था कि यही प्रस्ताव किसी सम्मानित पुरुष ने किया होता, तो वह उस पर विचार करते, लेकिन एक अक्खड़ गँवार, मूर्ख देहाती को उनसे यह शिकायत करने का साहस हो, वह उन्हें न्याय का पाठ पढ़ाने का दावा करे, यह उनके आत्माभिमान के लिए असह्य था। चिढ़कर बोले, जाकर सरिश्तेदार से पूछो।

बलराज—हुजूर ही उन्हें बुलाकर पूछ लें। मुझे वह न बताएँगे।

ज्वालासिंह—मुझे इस सिर-दर्द की फुर्सत नहीं है।

बलराज के तीवर पर बल पड़ गए। शिक्षित समुदाय की नीति-परायणता और सज्जनता पर उसकी जो श्रद्धा थी, वह क्षण-मात्र में भंग हो गई। इन सद्भावों की जगह उसे अधिकार और स्वेच्छाचार का अहंकार अकड़ता दीख पड़ा। अहंकार के सामने सिर झुकाना उसने न सीखा था। उसने निश्चय किया कि जो मनुष्य इतना अभिमानी हो और मुझे इतना नीच समझे, वह आदर के योग्य नहीं है। इनमें और गौस खाँ या मामूली चपरासियों में अन्तर ही क्या रहा? ज्ञान और विवेक की ज्योति कहाँ गई? निःशंक होकर बोला—सरकार इसे सिर-दर्द समझते हैं और यहाँ हम लोगों की जान पर बनी हुई है। हुजूर धर्म के आसन पर बैठे हैं, और चपरासी लोग परजा को लूटते फिरते हैं। मुझे आपसे यह विनती करने का हौसला हुआ, तो इसलिए कि मैं समझता था, आप दीनों की रक्षा करेंगे। अब मालूम हो गया कि हम अभागों का सहायक परमात्मा के सिवा और कोई नहीं।

यह कहकर वह बिना सलाम किए ही वहाँ से चल दिया। उसे एक नशा-सा हो गया था। बातें अवज्ञापूर्ण थीं, पर उनमें स्वाभिमान और सदिच्छा कूट-कूट कर भरी हुई थी। ज्वालसिंह में अभी तक सहृदयता का सम्पूर्णतः पतन न हुआ था। क्रोध की जगह उनके मन में सद्भावना का विकास हुआ। अब तक इनके यहाँ स्वार्थी और खुशामदी आदमियों का ही जमघट रहता था। ऐसे एक भी स्पष्टवादी मनुष्य से उनका सम्पर्क न हुआ था। जिस प्रकार मीठे पदार्थ खाने ऊबकर हमारा मन कड़वी वस्तुओं की ओर लपकता है, उसी भाँति ज्वालासिंह को ये कड़वी बातें प्रिय लगीं। उन्होंने उनके हृदय-नेत्रों के सामने से पदाभिमान का पर्दा हटा दिया। जी में तो आया कि इस युवक को बुलाकर उससे खूब बातें करूँ, किन्तु अपनी स्थिति का विचार करके रुक गए। वह बहुत देर तक बैठे हुए इन बातों पर विचार करते रहे। अन्तिम शब्दों ने उनकी आत्मा को एक ठोंका दिया था और वह जाग्रत हो गई थी। मन में अपने कर्त्तव्य का निश्चय कर लेने के बाद उन्होंने अहलमद साहब को बुलाया। सैयद ईजाद हुसेन ने बलराज को जाते देख लिया! कल का सारा वृत्तान्त उन्हें मालूम ही था। ताड़ गए कि लौंडा डिप्टी साहब के पास फरियाद लेकर आया होगा। पहले तो शंका

हुई, कहीं डिप्टी साहब इसकी बातों में न आ गए हों। लेकिन जब उसकी बातों से ज्ञात हुआ कि डिप्टी साहब ने उल्टे और फटकार सुनाई तो धैर्य हुआ। बलराज को डाँटने लगे। वह अपने अफसरों के इशारे के गुलाम थे और उन्हीं की इच्छानुसार अपने कर्त्तव्य का निर्माण किया करते थे।

बलराज इस समय ऐसा हताश हो रहा था कि पहले थोड़ी देर तक वह चुपचाप खड़ा ईजाद हुसेन की कठोर बातें सुनता रहा। अन्त में गम्भीर भाव से बोला, आप क्या चाहते हैं कि हम लोगों पर अन्याय भी हो और हम फरियाद भी न करें?'

ईजाद हुसेन–फरियाद का मजा तो चख लिया। अब चालान होता है तो देखें कहाँ जाते हो। सरकारी आदमियों से मुजाहिम होना कोई खाला जी का घर नहीं है। डिप्टी साहब को तुम लोगों की सरकशी का रत्ती-रत्ती हाल मालूम है। बाबू ज्ञानशंकर ने सारा कच्चा चिट्ठा उनसे बयान कर दिया है। वह तो मौके की तलाश में थे। आज शाम तक सारा गाँव बँधा जाता है। गौस खाँ को सीधा पा लिया है, इसी से शेर हो हो गए। अब सारी कसर निकल जाती है। इतने बेंत पड़ेंगे कि धज्जियाँ उड़ जाएँगी।

बलराज–ऐसा कोई अँधेरा है कि हाकिम लोग बेकसूर किसी को सजा दे दें।

ईजाद हुसेन–हाँ हाँ, ऐसा ही अन्धेर है। सरकारी आदमियों को हमेशा बेगार मिली है और हमेशा मिलेगी।। तुम गाड़ियाँ न दोगे तो वह क्या अपने सिर पर असबाब लादेंगे? हमें जिन-जिन चीजों की जरूरत होगी, तुम्हीं से ने जाएँगी। हँसकर दो रोकर दो। समझ गए...।

इतने में एक चपरासी ने कहा, चलिए आपको सरकार याद करते हैं। ईज़ाद हुसेन पान खाए हुए थे। तुरन्त कुल्ली की, पगड़ी बाँधी और ज्वालासिंह के सामने जाकर सलाम किया।

ज्वालासिंह ने कहा, मीर साहब, चपरासियों को ताकीद कर दीजिए कि अब से कैम्प के लिए बेगार में गाड़ियाँ न पकड़ा करें। आप लोग अपना सामान मेरे ऊँटों पर रखा कीजिए। इससे आप लोगों को चाहे थोड़ी-सी तकलीफ हो, लेकिन यह मुनासिब नहीं मालूम होता कि अपनी आसाइश के लिए दूसरों पर जब्र किया जाय।

ईजाद हुसेन–हुजूर बहुत बजा फरमाते हैं। आज से गाड़ियाँ पकड़ने की सख्त मुमानियत कर दी जाएगी। बेशक यह सरासर जुल्म है।

ज्वालासिंह–चपरासियों से कह दीजिए कि मेरे इजलास के खेमे में रात को सो रहा करें। बेगार में पुआल लेने की जरूरत नहीं। गरीब किसान यहीं पुआल काट-काट कर जानवरों की खिलाते हैं, इसलिए उन्हें इसका देना नागवार गुजरता है।

ईजाद हुसेन–हुजूर का फर्माना बजा है। हुक्काम को ऐसा ही गरीब परवार होना चाहिए। लोग जमींदारों की सख्तियों से यों ही परेशान रहते हैं। उस पर हुक्काम की बेगार तो और भी सितम हो जाता है।

ज्वालासिंह के हृदय में ज्ञानशंकर के ताने अभी तक खटक रहे थे। यदि थोड़े से कष्ट से उन पर छींटे उड़ाने को सामग्री हाथ आ जाए तो क्या पूछना! ज्वाला सिंह इस द्वेष के आवेग को न रोक सके। एक बार गाँव में जाकर उनकी दशा आँखों से देखने का

निश्चय किया।

आठ बज चुके थे, किन्तु अभी तक चारों ओर कुहरा छाया हुआ था, लखनपुर के किसान आज छुट्टी-सी मना रहे थे। जगह-जगह अलाव के पास बैठे हुए लोग कल की घटना की आलोचना कर रहे थे। बलराज की धृष्टता पर टिप्पणियाँ हो रही थीं। इतने में ज्वालासिंह चपरासियों और कर्मचारियों के साथ गाँव में आ पहुँचे। गौस खाँ और उनके दोनों चपरासी पीछे-पीछे चले आते थे। उन्हें देखते ही स्त्रियाँ अपने अधमँजे बर्तन छोड़-छोड़ कर घरों में घुसीं। बाल-वृद्धा भी इधर-उधर दबक गए। कोई द्वार पर कूड़ा उठाने लगा, कोई रास्ते में पड़ी हुई खाट उठाने लगा। ज्वालासिंह गाँव भ्रमण करते हुए सूक्खू चौधरी के कोल्हुआड़े में आकर खड़े हो गए। सुक्खू चारपाई लेने दौड़े। गौस खाँ ने एक आदमी को कुरसी लाने के लिए चौपाल दौड़ाया। लोगों ने चारों ओर से आ-आ कर ज्वालासिंह को घेर लिया। अमंगल के भय से सबके चेहरे पर हवाइयाँ उड़ रही थीं।

ज्वालासिंह—तुम्हारी खेती इस साल कैसी है?

सुक्खू चौधरी को नेतृत्व का पद प्राप्त था। ऐसे अवसरों पर वही अग्रसर हुआ करते थे। पर वह अभी तक घर में से चारपाई निकाल रहे थे, जो वृहदाकार होने के कारण द्वार से निकल न सकती थी। इसलिए कादिर खाँ को प्रतिनिधि का आसन ग्रहण करना पड़ा। उन्होंने विनीत भाव से उत्तर दिया, हजूर अभी तक अच्छी है, आगे अल्लाह मालिक है।

ज्वालासिंह—यहाँ मुझे आबपाशी के कुएँ बहुत कम नजर आते हैं, क्या जमींदार की तरफ से इसका इन्तजाम नहीं है?

कादिर—हमारे जमींदार तो हुजूर हम लोगों को बड़ी परवस्ती करते हैं, अल्लाह उन्हें सलामत रखें। हम लोग आप ही आलस के मारे कोई फिकर नहीं करते।

ज्वालासिंह—मुंशी गौस खाँ तुम लोगों की सरकशी की बहुत शिकायत करते हैं। बाबू ज्ञानशंकर भी तुम लोगों से खुश नहीं हैं, यह क्या बात है? तुम लोग वक्त पर लगान नहीं देते और जब तकाजा किया जाता है, तो फिसाद और असादा हो जाते हो। तुम्हें मालूम है कि जमींदार चाहे तो तुमसे एक के दो वसूल कर सकता है।

गजाधर अहीर ने दबी जबान से कहा, तो कौन कहे कि छोड़ देते हैं।

ज्वालासिंह—क्या कहते हो? सामने आकर कहा।

कादिर—कुछ नहीं हुजूर, यही कहता है कि हमारी मजाल है जो अपने मालिक के सामने सिर उठाएँ। हम तो उनके तावेदार हैं, उनका दिया खाते हैं, उनकी जमीन में बसते हैं, भला उनसे सरकशी करके अल्लाह को क्या मुँह दिखाएँगे? रही बकाया, सो हजूर जहाँ तक होता है साल तमाम तक कौड़ी-कौड़ी चुका देते हैं हाँ, जब कोई काबू नहीं चलता तो कभी थोड़ी बहुत बाकी रह भी जाती है।

ज्वालासिंह ने इसी प्रकार से और भी कई प्रश्न किए, किन्तु उनका अभीष्ट पूरा न हो सका। किसी की जबान से गौस खाँ या बाबू ज्ञानशंकर के विरुद्ध एक भी शब्द न निकला। अन्त में हार मानकर वह पड़ाव को चल दिए।

अपनी पारिवारिक सदिच्छा का ऐसा उत्तम प्रमाण देने के बाद ज्ञानशंकर को बँटवारे के विषय में अब कोई असुविधा न रही, लाला प्रभाशंकर ने उन्हीं की इच्छानुसार करने का निश्चय कर लिया। दीवानखाना उनके लिए खाली कर दिया। लखनपुर मोसल्लम उनके हिस्से में दे दिया और घर की अन्य सामग्रियाँ भी उन्हीं की मर्जी के मुताबिक बाँट दीं। बड़ी बहू की ओर से विरोध की शंका थी, लेकिन इस एहसान ने उनकी जबान ही नहीं बन्द कर दी, वरन् उनके मनोमालिन्य को भी मिटा दिया। प्रभाशंकर अब बड़ी बहू से नौकरों से, मित्रों से, सम्बन्धियों से ज्ञानशंकर की प्रशंसा किया करते और प्रायः अपनी आत्मीयता को किसी-न किसी उपहार के स्वरूप में प्रकट करते। एक दुशाला, एक चाँदी का थाल, कई सुन्दर चित्र, एक बहुत अच्छा ऊनी कालीन और ऐसी ही विविध वस्तुएँ उन्हें भेंट कीं। उन्हें स्वादिष्ट पदार्थों से बड़ी रुचि थी। नित्य नाना प्रकार के मुरब्बे चटनियाँ, अचार बनाया करते थे। इस कला में प्रवीण थे। आप भी शौक से खाते थे और दूसरों को खिलाकर आनन्दित होते थे। ज्ञानशंकर के लिए नित्य कोई-न-कोई स्वादिष्ट पदार्थ बनाकर भेजते। यहाँ तक कि ज्ञानशंकर इन सद्भावों से तंग आ गए। उनकी आत्मा अभी तक उनकी कपट-नीति पर उनको लज्जित किया करती थी। यह खातिरदारियाँ उन्हें अपनी कुटिलता की याद दिलाती थीं। और इससे उनका चित्त दुखी होता था। अपने चाचा की सरल हृदयता और सज्जनता के सामने अपनी धूर्तता और मलीनता अत्यन्त घृणित जान पड़ती थी।

लखनपुर ज्ञानशंकर की चिर अभिलाषाओं का स्वर्ग था। घर की सारी सम्पत्ति में ऐसा उपजाऊ, ऐसा समृद्धिपूर्ण और कोई गाँव नहीं था जो शहर से मिला हुआ, पक्की सड़क के किनारे और जलवायु भी उत्तम। यहाँ कई हलों की सीर थी, एक कच्चा पर सुन्दर मकान भी था और सबसे बड़ी बात यह है कि यहाँ इजाफा लगान की बड़ी गुन्जाइश थी। थोड़े उद्योग से उनका नफा दूना हो सकता था। दो-चार कच्चे कुएँ खुदवाकर इजाफे की कानूनी शर्त पूरी की जा सकती थी। बँटवारे को एक सप्ताह भी न हुआ था कि ज्ञानशंकर ने गौस खाँ को बुलाया, जमाबन्दी की जाँच की, इजाफा बेदखली की परत तैयार की और असामियों पर मुकदमा दायर करने का हुक्म दे दिया। अब तक सीर बिलकुल न होती थी। इसका प्रबन्ध किया। वह चाहते थे कि अपने हल, बैल , हलवाहे रखे जाएँ और विधिपूर्वक खेती की जाए। किन्तु खाँ साहब ने कहा, इतने आडम्बर की जरूरत नहीं, बेगार में बड़ी सुगमता से सीर हो सकती है। सीर के लिए बेगार जमींदार का हक है, उसे क्यों छोड़िए?

लेकिन सुव्यवस्था रूपी मधुर गान में एक कटु स्वर भी था, जिससे उसका लालित्य भंग हो जाता था। यह विद्यावती का असहयोग था। उसे अपने पति की स्वार्थपरता एक आँख न भाती थी। कभी-कभी यह मतिभेद विवाद और कलह का भी रूप धारण कर लेता था।

फागुन का महीना था। लाला प्रभाशंकर धूमधान से होली मनाया करते थे। अपने घरवालों के लिए, नए कपड़े लाए तो ज्ञानशंकर के परिवार के लिए भी लेते आए थे। लगभग पचास वर्षों से वह घर भर के लिए नए वस्त्र लाने के आदी हो गए थे। अब अलग हो जाने पर भी वह उस प्रथा को निभाते रहना चाहते थे। ऐसे आन्नद के अवसर पर द्वेष-भाव को जाग्रत रखना उनके लिए अत्यन्त दुखकर था। विद्या ने यह कपड़े तो रख लिए, पर

इसके बदले में प्रभाशंकर के लड़कों लड़कियों, और बहू के लिए एक-एक जोड़ी धोती की व्यवस्था की। ज्ञानशंकर ने यह प्रस्ताव सुना तो चिढ़कर बोले, यदि यही करना है तो उनके कपड़े लौटा क्यों नहीं देतीं?

विद्या—भला कपड़े लौटा दोगे तो वह अपने मन में क्या कहेंगे? वह बेचारे तो तुमसे मिलने को दौड़ते हैं और भागे-भागे फिरते हो। तुम्हें रुपये का ही ख्याल है न? तुम कुछ मत देना, मैं अपने पास से दूँगी।

ज्ञान—जब तुम धन्ना सेठों की तरह बातें करने लगती हो तो बदन में आग सी लग जाती है! उन्होंने कपड़े भेजे तो कोई एहसान नहीं किया। दूकानों का साल भर का किराया पेशगी लेकर हड़प चुके हैं। यह चाल इसीलिए चल रहे हैं कि मैं मुँह भी न खोल सकूँ और उनका बड़प्पन भी बना रहे। अपनी गाँठ से करते तो मालूम होता।

विद्या—तुम दूसरों की कीर्ति को कभी-कभी ऐसा मिटाने लगते हो कि मुझे तुम्हारी अनुदारता पर दुःख होता है। उन्होंने अपना समझकर उपहार दिया, तुम्हें इसमें उनकी चाल सूझ गई।

ज्ञान—मुझे भी घर में बैठे सुख-भोग की सामग्रियाँ मिलतीं तो मैं तुमसे अधिक उदार बन जाता। तुम्हें क्या मालूम है कि मैं आजकल कितनी मुश्किल से गृहस्थी का प्रबन्ध कर रहा हूँ? लखनपुर से जो थोड़ा बहुत मिला उसी में गुजर हो रहा है। किफायत से न चलता तो अब तक सैकड़ों का कर्ज हो गया होता। केवल अदालत के लिए सैकड़ों रुपये की जरूरत है। बेदखली और इजाफे के कागज-पत्र तैयार हैं, पर मुकदमे दायर करने के लिए हाथ में कुछ भी नहीं। उधर गाँव वाले भी बिगड़े हुए हैं, ज्वालासिंह ने अब के दौरे में उन्हें ऐसा सिर चढ़ा दिया कि मुझे कुछ समझते ही नहीं। मैं तो इन चिन्ताओं में मरा जाता हूँ और तुम्हें एक खुराफात सूझा करती है।

विद्या—मैं तुमसे रुपये तो नहीं माँगती!

ज्ञान—मैं अपने और तुम्हारे रुपयों में कोई भेद नहीं समझता। हाँ, जब राव साहब तुम्हारे नाम कोई जायदाद लिख देंगे तो समझने लगूँगा।

विद्या—मैं तुम्हारा एक पैसा नहीं चाहती।

ज्ञान—माना, लेकिन वहाँ से भी तुम रोकड़ नहीं लाती हो। साल में सौ-पचास रुपये मिल जाते होंगे, इतने पर ही तुम्हारे पैर जमीन पर नहीं पड़ते। छिछले ताल की तरह उबलने लगती हो।

विद्या—तो क्या चाहते हो कि वह तुम्हें अपना घर उठाकर दे दें?

ज्ञान—वह बेचारे आप तो अघा लें, मुझे क्या देंगे? मैं तो ऐसे आदमी को पशु से गया-गुजरा समझता हूँ जो आप तो लाखों उड़ाए और अपने निकटतम सम्बन्धियों की बात भी न पूछे। वह तो अगर मर भी जाएँ तो मेरी आँखों में आँसू न आएँ।

विद्या—तुम्हारी आत्मा संकुचित है, यह मुझे आज मालूम हुआ।

ज्ञान—ईश्वर की धन्यवाद दो कि मुझसे विवाह हो गया, नहीं तो कोई बात भी न पूछता। लाला बरसों तक दही-दही हाँकते रहे, पर कोई सेंत भी न पूछता था।

विद्यावती इस मर्माघात को न सही सकी, क्रोध के मारे उसका चेहरा तमतमा उठा।

वह झमककर वहाँ से चली जाने को उठी कि इतने में महरी ने एक तार का लिफाफा लाकर ज्ञानशंकर के हाथ में रख दिया। लिखा था–

"पुत्र का स्वर्गवास हो गया, जल्द आओ।"

ज्ञानशंकर ने तार का कागज जमीन पर फेंक दिया और लम्बी साँस खींच कर बोले, हा! शोक! परमात्मा, यह तुमने क्या किया!

विद्या ठिठक गई।

ज्ञानशंकर ने विद्या से कहा, विद्या हम लोगों पर वज्र गिर पड़ा हमारा...

विद्या ने कातर नेत्रों से देखकर कहा, मेरे घर पर तो कुशल है।

ज्ञानशंकर–हाय प्रिये, किस मुँह से कहूँ कि सब कुशल हैं! वह घर उजड़ गया उस घर का दीपक बुझ गया! बाबू रागानन्द अब इस संसार में नहीं हैं। हा, ईश्वर!

विद्या के मुँह से सहसा एक चीख निकल गई। विह्वल होकर भूमि पर गिर पड़ी और छाती पीट-पीट कर विलाप करने लगी। श्रद्धा दोड़ी हुई आई। महरियाँ जमा हो गईं। बड़ी बहू ने रोना सुना तो अपनी बहू और पुत्रियों के साथ आ पहुँची। कमरे में स्त्रियों की भीड़ लग गई। मायाशंकर माता को रोते देखकर चिल्लाने लगा। सभी स्त्रियों के मुख पर शोक की आभा थी और नेत्रों में करुणा का जल। कोई ईश्वर को कोसती थी, कोई समय की निन्दा करती थी। अकाल मृत्यु कदाचित् हमारी दृष्टि में ईश्वर का सबसे बड़ा अन्याय है। यह विपत्ति हमारी श्रद्धा और भक्ति का नाश कर देती है, हमें ईश्वरद्रोही बना देती है। हमें उनकी सहन पड़ गई है। लेकिन हमारी अन्याय पीड़ित आँखें भी यह दारुण दृश्य सहन नहीं कर सकतीं। अकाल मृत्यु हमारे हृदय पट पर सबसे कठोर दैवी आघात है। यह हमारे न्याय-ज्ञान पर सबसे भयंकर बलात्कार है।

पर हा स्वार्थ संग्राम! यह निर्दय वज्र-प्रहार ज्ञानशंकर को सुखद पुष्प वर्षा के तुल्य जान पड़ा। उन्हें क्षणिक शोक अवश्य हुआ, किन्तु तुरन्त ही हृदय में नई आकाँक्षाएँ तरंगें मारने लगी। अब तक उनका जीवन लक्ष्यहीन था। अब उसमें एक महान् लक्ष्य का विकास हुआ। विपुल सम्पत्ति का मार्ग निश्चित हो गया। ऊसर भूमि में हरियाली लहरें मारने लगीं। राय कमलानन्द के अब और कोई पुत्र न था। दो पुत्रियों में एक विधवा और निःसन्तान थी। विद्या को ही ईश्वर ने संतान दी थी और मायाशंकर अब राय साहब का वारिस था। कोई आश्चर्य नहीं कि ज्ञानशंकर को यह शोकमय व्यापार अपने सौभाग्य की ईश्वर कृत व्यवस्था जान पड़ती थी। वह मायाशंकर को गोद में ले कर नीचे दीवानखाने में चले आए और विरासत के सम्बन्ध में स्मृतिकारों की व्यवस्था का अवलोकन करने लगे। वह अपनी आशाओं की पुष्टि और शंकाओं का समाधान करना चाहते थे। कुछ दिनों तक कानून पढ़ा था, कानूनी किताबों का उनके पास अच्छा संग्रह था। पहले। मनुस्मृति खोली, सन्तोष न हुआ। मिताक्षरा का विधान देखा, शंका और भी बड़ी याज्ञवल्क्य ने भी विषय का कुछ सन्तोषप्रद स्पष्टीकरण न किया। किसी वकील की सम्मति आवश्यक जान पड़ी। वह इतने उतावले ही रहे थे कि तत्काल कपड़े पहन कर चलने को तैयार हो गए। कहार से कहा, माया को ले जा, बाजार की सैर करा ला। कमरे से बाहर निकले ही थे कि याद आया, तार का जवाब नहीं दिया फिर कमरे में गए। समवेदना का तार लिखा, इतने में लाला प्रभाशंकर

और दयाशंकर आ पहुँचे, ज्ञानशंकर को इस समय उनका आना जहर-सा लगा। प्रभाशंकर बोले, मैं तो अभी सुना। सन्नाटे में आ गया। बेचारे रायसाहब को बुढ़ापे में यह बुरा धक्का लगा। घर ही वीरान हो गया।

ज्ञानशंकर–ईश्वर की लीला विचित्र है!

प्रभाशंकर–अभी उम्र ही क्या थी! बिलकुल लड़का था। तुम्हारे विवाह में देखा था, चेहरे से तेज बरसता था। ऐसा प्रतापी लड़का मैंने नहीं देखा।

ज्ञानशंकर–इसी से तो ईश्वर के न्याय विधान पर से विश्वास उठ जाता है।

दयाशंकर–आपकी बड़ी साली के तो कोई लड़का नहीं है न?

ज्ञानशंकर ने विरक्त भाव से कहा, नहीं।

दयाशंकर– तब तो चाहे माया ही वारिस हो।

ज्ञानशंकर ने उनका तिरस्कार करते हुए कहा, कैसी बात करते हो? कहाँ कौन सी बात, कहाँ कौन सी बात? ऐसी बातों का यह समय नहीं है।

दयाशंकर लज्जित हो गए। ज्ञानशंकर को अब यह विलम्ब असह्य होने लगा। पैरगाड़ी उठाई और दोनों आदमियों को बरामदे में ही छोड़कर डॉक्टर इरफानअली के बँगले की ओर चल दिए, जो नामी बैरिस्टर थे।

बैरिस्टर साहब का बँगला खूब सजा हुआ था। शाम हो गई थी, वह हवा खाते जा रहे थे। मोटर तैयार थी; लेकिन मुवक्किलों से जान न छूटती थी, वह इस सयम अपने आफ़िस में आराम कुर्सी पर लेटे हुए सिगार पी रहे थे और अपने छोटे टेरियर को गोद में लिये उसके सिर में थपकियाँ देते जाते थे। मुवक्किल लोग दूसरे कमरे में बैठे थे। वह बारी-बारी से डॉक्टर साहब के पास आकर अपना वृत्तांत कहते जाते थे। ज्ञानशंकर को बैठे-बैठे आठ बजे गए। तब जाकर उनकी बारी आई। उन्होंने ऑफिस में जाकर अपना मामला सुनाना शुरू किया। क्लर्क ने उनकी सब बातें नोट कर लीं। इसकी फीस 5 रुपये हुई। डॉक्टर साहब की सम्मति के लिए दूसरे दिन बुलाया। उसकी फीस 500 रुपये थी। यदि उस सम्मति पर कुछ शंकाएँ हों तो उसके समाधान के लिए प्रति घण्टा 200 रूपये देने पड़ेगे। ज्ञानशंकर को मालूम न था कि डॉक्टर साहब के समय का मूल्य इतना अधिक है। मन में पछताए कि नाहक इस झमेले में फँसा। क्लर्क की फीस तो उसी दम दे दी और घर से रुपये लाने का बहाना करके वहाँ से निकल आए, लेकिन रास्ते में सोचने लगे, इनकी राय जरूर पक्की होती होगी, तभी तो उसका इतना मूल्य है। नहीं तो इतने आदमी उन्हें घेरे क्यों रहते। कदाचित् इसीलिए कल बुलाया है। खूब छान-परताल करके तब राय देंगे। अटकल-पच्चू बातें कहनी होतीं तो अभी न कह देते। अँगरेजी नीति में यही तो गुण है कि दाम चौकस लेते हैं, पर माल खरा देते हैं। सैकड़ों नजीरें देखनी पड़ेंगी, हिन्दू शस्त्रों का मन्थन करना पड़ेगा, तब जाके तत्त्व हाथ आएगा, रुपये का कोई प्रबन्ध करना चाहिए। उसका मुँह देखने से काम न चलेगा। एक बात निश्चित रूप से मालूम तो हो जाएगी। यह नहीं कि मैं तो धोखे में निश्चित बैठा रहूँ और वहाँ दाल न गले, सरी आशाएँ नष्ट हो जाएँ। मगर यह व्यवसाय है उत्तम। आदमी चाहे तो सोने की दीवार खड़ी कर दे। मुझे शामत सवार हुई कि उसे छोड़ बैठा, नहीं तो आज क्या मेरी आमदनी दो हजार मासिक से कम होती? जब

निरे काठ के उल्लू तक हजारों पर हाथ साफ करते हैं तो क्या मेरी ही न चलती? इस जमींदारी का बुरा हो। इसने मुझे कहीं का न रखा।

वह घर पहुँचे तो नौ बजे चुके थे। विद्या अपने कमरे में अकेले उदास पड़ी थी महरियाँ काम-धन्धे में लगी हुई थीं और पड़ोसिनें विदा हो गई थीं। ज्ञानशंकर ने विद्या का सिर उठाकर अपनी गोद में रख लिया और गद्गद स्वर से बोले, मुँह देखना भी न बदा था।

विद्या ने रोते हुए कहा, उनकी सूरत एक क्षण के लिए भी आँखों से नहीं उतरती। ऐसा जान पड़ता है, वह मेरे सामने खड़े मुस्करा रहे हैं।

ज्ञान—मेरा तो अब सांसारिक वस्तुओं पर भरोसा ही नहीं रहा। यही जी चाहता कि सब कुछ छोड़छाड़ के कहीं चल दूँ।

विद्या—कल शाम की गाड़ी से चलो। कुछ रुपये लेते चलने होंगे। मैं उनके षोडशे में कुछ दान करना चाहती हूँ।

ज्ञान—हाँ, हाँ, जरूर। अब उनकी आत्मा को सन्तुष्ट करने का हमारे पास वही तो एक साधन रह गया है।

विद्या—उन्हें घोड़े की सवारी का बहुत शौक था। मैं एक घोड़ा उनके नाम पर देना चाहती हूँ।

ज्ञान—बहुत अच्छी बात है। दो-ढाई सौ में घोड़ गिल जाएगा।

विद्यावती ने डरते-डरते यह प्रस्ताव किया था। ज्ञानशंकर ने उसे सहर्ष स्वीकार करके उसे मुग्ध कर दिया।

ज्ञानशंकर इस अपव्यय को इस समय काटना अनुचित समझते थें यह अवसर ही ऐसा था। अब वह विद्याा का निरादर तथा अवहेलना न कर सकते थे।

राय बहादुर कमलानन्द लखनऊ के एक बड़े रईस और तालुकेदार थे। वार्षिक आय एक लाख के लगभग थी। अमीनाबाद में उनका विशाल भवन था। शहर में उनकी और भी कई कोठियाँ थीं, पर वह अधिकांश नैनीताल या मसूरी में रहा करते थे। यद्यपि उनकी पत्नी का देहान्त उनकी युवावस्था में हो गया, पर उन्होंने दूसरा विवाह न किया था। मित्रों और हितसाधकों ने बहुत घेरा पर वह पुनर्विवाह के बन्धन में न पड़े। विवाह का उद्देश्य सन्तान है और जब ईश्वर ने उन्हें एक पुत्र और दो पुत्रियाँ प्रदान कर दीं तो फिर विवाह करने की क्या जरूरत? उन्होंने अपनी बड़ी लड़की गायत्री का विवाह गोरखपुर के एक बड़े रईस से किया। उत्सव में लाखों रुपये खर्च कर दिये। पर जब विवाह के दो ही साल पीछे गायत्री विधवा हो गई। उसके पति को किसी घर के ही प्राणी ने लोभवश विष दे दिया—तो राय साहब ने विद्या को किसी साधारण कुटुम्ब में ब्याहने का निश्चय किया, जहाँ जीवन इतना कंटकमय न हो। यही कारण था कि ज्ञानशंकर को यह सौभाग्य प्राप्त हुआ। स्वर्गीय बाबू रामानन्द अभी तक कुँवारे ही थे। उनकी अवस्था बीस वर्ष से अधिक हो गई थी, पर राय साहब उनका विवाह करने को कभी उत्सुक न हुए। वह उनके मानसिक तथा शारीरिक विकास में कोई कृत्रिम बाधा न डालना चाहते थे।। पर शोक! रामानन्द घुड़दौड़ में सम्मिलित होने

के लिए पूना गए हुए थे। वहाँ घोड़े पर से गिर पड़े, मर्मस्थानों पर कड़ी चोट आ गई। लखनऊ पहुँचने के दो ही दिन बाद उनका प्राणान्त हो गया। राय साहब की सारी सदकल्पनाएँ विनष्ट हो गईं, आशाओं का दीपक बुझ गया।

किन्तु राय साहब उन प्राणियों में न थे, जो शोक-सन्ताप के ग्रास बन जाते हैं। इसे विराग कहिए, चाहे प्रेम-शिथिलता, या चित्त की स्थिरता। दो ही चार दिनों में उनका पुत्र-शोक जीवन की अविश्रान्त कर्म-धारा में विलीन हो गया।

राय साहब बड़े रसिक पुरुष थे। घुड़दौड़ और शिकार, सरोद और सितार से उन्हें समान प्रेम था। साहित्य और राजनीति के भी ज्ञाता थे। अवस्था साठ वर्ष के लगभग थी, पर इन विषयों में उनका उत्साह लेशमात्र भी क्षीण न हुआ। अस्तबल में दस-बारह चुने हुए घोड़े थे, विविध प्रकार की कई बग्गियाँ, दो मोटरकार, दो हाथी। दर्जनों कुत्ते पाल रखे थे। इनके अतिरिक्त बाज, शिकरे आदि शिकारी चिड़ियों की एक हवाई सेना भी थी। उनके दीवानखाने में अस्त्र-शस्त्र की श्रृंखला देखकर जान पड़ता था, मानो शस्त्रालय है। घुड़दौड़ में वह अच्छे-अच्छे सहसवारों से पाला मारते थे। शिकार में उनके निशाने अचूक पड़ते थे। पोलो के मैदान में उनकी चपलता और हाथों की सफाई देख कर आश्चर्य होता था। श्रव्य कलाओं में भी वह इससे कम प्रवीण न थे। शाम को जब वह सितार लेकर बैठते तो उनकी सिद्धि पर अच्छे-अच्छे उस्ताद भी चकित हो जाते थे। उनके स्वर में अलौकिक माधुर्य था। वे संगीत के सूक्ष्म तत्त्वों के वेत्ता थे। उनके ध्रुपद की अलाप सुनकर बड़े-बड़े कलावन्त भी सिर धुनने लगते थे। काव्यकला में भी उनकी कुशलता और मार्मिकता कवियों को लज्जित कर देती थी, उनकी रचनाएँ अच्छे-अच्छे कवियों से टक्कर लेती थीं। संस्कृत, फारसी, हिन्दी, उर्दू, अँगरेजी सभी भाषाओं के वे पण्डित थे। स्मरणशक्ति विलक्षण थी। कविजनों के सहस्रों शेर, दोहे, कवित्त, पद्य कठस्थ थे और बातचीत में वह उनका बड़ी सुरुचि से उपयोग करते थे। इसीलिए उनकी बातें सुनने में लोगों को आन्नद मिलता था। इधर दस-बारह वर्षों से राजनीति में भी प्रविष्ट हो गए थे। कौंसिल भवन में उनका स्थान प्रथम श्रेणी में था। उनकी राय सदैव निर्भीक होती थी। वह अवसर या समय के भक्त न थे। राष्ट्र या शासन के दास न बनकर सर्वदा अपनी विचार-शक्ति से काम लेते थे। इसी कारण कौंसिल में उनकी बड़ी शान थी। यद्यपि यह बहुत कम बोलते थे, और राजनीति भवन से बाहर उनकी आवाज कभी न सुनाई देती थी, किन्तु जब बोलते थे तो अच्छे ही बोलते थे। ज्ञानशंकर को उनके बुद्धि-चमत्कार और ज्ञान विस्तार पर अचम्भा होता था। यदि आँखों देखी बात न होती तो किसी एक व्यक्ति में इतने गुणों की चर्चा सुनकर उन्हें विश्वास न होता। इस सत्संग से उनकी आँखें खुल गईं। उन्हें अपनी योग्यता और चतुरता पर बड़ा गर्व था। इन सिद्धियों ने उसे चूर-चूर कर दिया। पहले दो सप्ताह तक तो उन पर श्रद्धा का एक नशा छाया रहा। राय साहब जो कुछ कहते वह सब उन्हें प्रामाणिक जान पड़ता था। पग-पग पर, बात-बात में उन्हें अपनी त्रुटियों दिखाई देतीं और लज्जित होना पड़ता। यहाँ तक कि साहित्य और दर्शन में भी, जो उनके मुख्य विषय थे, राय साहब के विचारों पर मनन करने के लिए उन्हें बहुत कुछ सामग्री मिल जाती थी। सबसे कुतूहल की बात तो यह थी कि ऐसे दारुण शोक को बोझ के नीचे राय साहब क्योंकर सीधे रह सकते थे। उनके विलास उपवन पर इस

दुस्सह झोंके का जरा भी अवसर न दिखाई देता था।

किन्तु शनैः-शनैः ज्ञानशंकर को राय साहब की इस बहुज्ञता से अश्रद्धा होने लगी। आठों पहर अपनी हीनता का अनुभव असह्य था। उनके विचार में अब राय साहब का इन अमोद-प्रमोद विषयों में लिप्त रहना शोभा नहीं देता था। यावज्जीवन विलासिता में लीन रहने के बाद अब उन्हें विरक्त हो जाना चाहिए था। इस आमोद-लिप्सा की भी कोई सीमा है? इस सजीविता नहीं कह सकते, यह निश्चलता नहीं, इसे धैर्य कहना ही उपयुक्त है। धैर्य कभी सजीवता और वासना का रूप नहीं धारण करता। वह हृदय पर विरक्ति, उदसीनता और मलीनता का रंग फेर देता है। वह केवल हृदयदाह है, जिससे आँसू तक सूख जाता है। वह शोक भी अन्तिम अवस्था है। कोई योगी, सिद्ध, महात्मा भी जवान बेटे का दाग दिल पर रखते हुए इतना अविचलित नहीं रह सकता। यह नग्न इंद्रियोपासना है अहंकार ने महात्मा का दमन कर दिया, ममत्व ने हृदय के कोमल भावों का सर्वनाश कर दिया है। ज्ञानशंकर को अब रायसाहब की एक-एक बात में क्षुद्र विलासिता की झलक दिखाई देती। वह उनके प्रत्येक व्यवहार को तीव्र समालोचना की दृष्टि से देखते।

परन्तु एक महीना गुजर जाने पर भी ज्ञानशंकर ने कभी बनारस जाने की इच्छा नहीं प्रकट की। यद्यपि विद्यावती का उनके साथ जाने पर राजी न होना उनके यहाँ पड़े रहने का अच्छा बहाना था, पर वास्तव में इसका एक दूसरा ही कारण था, जिसे अन्तःकरण में भी व्यक्त करने का उन्हें साहस न होता था। गायत्री के कोमल भाव और मृदुल रसमई बातों का उनके चित्त पर आकर्षण होने लगा था। उसका विकसित लावण्यमय सौंदर्य अज्ञात रूप से उनके हृदय की खींचता जाता था, और वह पतंग की भाँति, परिणाम से बेखबर इस दीपक की ओर बढ़ते चले जाते थे। उन्हें गायत्री प्रेमाकांक्षा और प्रेमानुरोध की मूर्ति दिखाई देती थी, और यह भ्रम उनकी लालसा को और भी उत्तेजित करता रहता था। घर में किसी बड़ी-बूढ़ी स्त्री के न होने के कारण उनका आदर-सत्कार गायत्री ही करती थी और ऐसे स्नेह और अनुराग के साथ कि ज्ञानशंकर को इसमें प्रेमादेश का रसमय आनन्द मिलता था। सूखद कल्पनाएँ मनोहर रूप धारण करके उनकी दृष्टि के सामने नृत्य करने लगती थीं। उन्हें अपना जीवन कभी इतना सुखमय न मालूम हुआ था। हृदय सागर में कभी ऐसी प्रबल तरंगें न उठी थीं। उनका मन केवल प्रेमवासनाओं का आनन्द न उठाता था। वह गायत्री की अतुल सम्पत्ति का भी सुख-भोग करता था। उनकी भावी उन्नति का भवन निर्माण हो चुका था, यदि वह इस उद्यान से सुसज्जित हो जाए तो उसकी शोभा कितनी अपूर्व होगी? उसका दृश्य कितना विस्तृत, कितना मनोहर होगा।

ज्ञानशंकर की दृष्टि में आत्मसंयम का महत्त्व बहुत कम था। उनका विचार था कि संयम और नियम मानव-चरित्र के स्वाभाविक विकास के बाधक हैं वहीं पौधा सघन वृक्ष हो सकता है जो समीर और लू, वर्षा और पाले में समान रूप से खड़ा रहे। उसकी वृद्धि के लिए अग्निमय प्रचण्ड वायु उतनी ही आवश्यक है जितनी शीतल मन्द समीर; शुष्कता उतनी ही प्राणपोषक है, जितनी आर्द्रता। चरित्रोन्नति के लिए भी विविध प्रकार की परिस्थितियाँ अनिवार्य हैं। दरिद्रता को काला नाग क्यों समझें। चरित्र-संगठन के लिए यह सम्पत्ति से कहीं महत्त्वपूर्ण है। यह मनुष्य में दृढ़ता और संकल्प, दया और सहानुभूति के भाव उदय

करती है। प्रत्येक अनुभव चरित्र के किसी न किसी अंग की पुष्टि करता है, यह प्राकृतिक नियम है। इसमें कृत्रिम बाधाओं के डालने से चरित्र विषम हो जाता है। यहाँ तक कि क्रोध और ईर्ष्या, असत्य और कपट में भी बहुमूल्य शिक्षा के अंकुर छिपे रहते हैं। जब तक सितार का प्रत्येक तार चोट न खाय, सुरीली ध्वनि नहीं निकल सकती। मनोवृत्तियों को रोकना ईश्वरीय नियमों में हस्तक्षेप करना है इच्छाओं का दमन करना आत्म-हत्या के समान है। इससे चरित्र संकुचित हो जाता है। बन्धनों के दिन अब नहीं रहे ; यह अबाध, उदार, विराट उन्नति का समय है। त्याग और बहिष्कार उस समय के लिए उपयुक्त था, जब लोग संसार को असार, स्वप्नवत् समझते थे। यह सांसारिक उन्नति का काल है, धर्माधर्म का विचार संकीर्णता का द्योतक है। सांसारिक उन्नति हमारा अभीष्ट है। प्रत्येक साधन जो अभीष्ट सिद्धि में हमारा सहायक हो ग्राह्य है। इन विचारों ने ज्ञानशंकर को विवेक-शून्य बना दिया था। हाँ, वर्तमान अवस्था का यह प्रभाव था कि वह निंदा और उपहास से डरते थे, हालाँकि यह भी उनके विचारों में मानसिक दुर्बलता थी।

गायत्री उन स्त्रियों में न थी जिसके लिए पुरुषों का हृदय एक खुला हुआ पृष्ठ होता है। उसका पति एक दुराचारी मनुष्य था। पर गायत्री को कभी उस पर सन्देह नहीं हुआ, उसके मनोभावों की तह तक कभी नहीं पहुँची और यद्यपि उसे मरे हुए तीन साल बीत चुके थे; पर वह अभी तक आध्यात्मिक श्रद्धा से उसकी स्मृति की आराधना किया करती थी। उसका निष्फल हृदय वासनायुक्त प्रेम के रहस्यों से अनभिज्ञ था। किन्तु इसके साथ ही सगर्वता उसके स्वभाव का प्रधान अंग थी। वह अपने को उससे कहीं ज्यादा विवेकशील और मर्मज्ञ समझती थी, जितनी वह वास्तव में थी। उसके मनोवेग और विचार जल के नीचे बैठनेवाले रोड़े नहीं, सतह पर तैरने वाले बुलबुले थे। ज्ञानशंकर एक रूपवान, सौम्य, मृदुमुख मनुष्य थे। गायत्री सरल भाव से इन गुणों पर मुग्ध थी। वह उनसे मुस्कराकर कहती, तुम्हारी बातों में जादू है, तुम्हारी बातों से कभी मन तृप्त नहीं होता। ज्ञानशंकर के सम्मुख विद्या से कहती, ऐसा पति पाकर भी तू अपने भाग्य को नहीं सराहती? यद्यपि ज्ञानशंकर उससे दो-चार ही मास छोटे थे, पर उसकी छोटी बहन के पति थे, इसलिए वह उन्हें छोटे भाई के तुल्य समझती थी। वह उनके लिए अच्छे-अच्छे भोज्य पदार्थ आप बनाती, दिन में कई बार जलपान करने के लिए घर में बुलाती थी। उसे धार्मिक और वैज्ञानिक विषयों से विशेष रुचि थी। ज्ञानशंकर से इसी विषय की बातें करने और सुनने में उसे हार्दिक आनन्द प्राप्त होता था। वह साली के नाते से प्रथानुसार उनसे दिल्लगी भी करती, उन पर भावमय चोटें करती और हँसती थी। मुँह लटकाकर उदास बैठना उसकी आदत न थी। वह हँस मुख, विनयशील, सरल-हृदय, विनोद-प्रिय रमणी थी, जिसके हृदय में लीला और क्रीड़ा के लिए कहीं जगह न थी।

किन्तु उसका यह सरल-सीधा व्यवहार ज्ञानशंकर की मलिन दृष्टि में परिवर्तित हो जाता था। उज्ज्वलता में वैचित्र्य और समता में विषमता दीख पड़ती थी। उन्हें गायत्री संकेत द्वारा कहती हुई मालूम होती, 'आओ, इस उजड़े हुए हृदय को आबाद करो। आओ, इस अन्धकारमय कुटीर को आलोकित करो।' इस प्रेमाह्वान का अनादर करना उनके लिए असाध्य था। परन्तु स्वयं उनके हृदय ने गायत्री को यह निमन्त्रण नहीं दिया, कभी अपना प्रेम उस

पर अर्पण नहीं किया—उन्हें बहुधा क्लब में देर हो जाती, ताश की बाजी अधूरी न छोड़ सकते थे ; कभी सैर-सपाटें में विलम्ब हो जाता, किन्तु वह स्वयं विकल न होते, यही सोचते कि गायत्री विकल हो रही होगी। अग्नि गायत्री के हृदय में जलती थी, उन्हें केवल उसमें हाथ सेंकना था। उन्हें इस प्रयास में तवहीं उल्लास होता था, जो किसी शिकारी को शिकार में, किसी खिलाड़ी को बाजी की जीत में होता है। वह प्रेम न था, वशीकरण की इच्छा थी। इस इच्छा और प्रेम में बड़ा भेद है, इच्छा अपनी ओर खींचती है, प्रेम स्वयं खिंच जाता है। इच्छा में ममत्व है, प्रेम में आत्मसर्मण। ज्ञानशंकर के हृदयस्थल में यही वशीकरण-चेष्टा किलोलें कर रही थी।

गायत्री भोली सही, अज्ञ न सही, पर शनैः-शनैः उसे ज्ञानशंकर से लगाव होता जाता था। यदि कोई भूलकर भी विष खा ले, तो उसका असर क्या कुछ कम होगा। ज्ञानशंकर को बाहर से आने में देर होती, तो उसे बेचैनी होने लगती, किसी काम में जी नहीं लगता, वह अटारी पर चढ़कर उनकी बाट जोहती। वह पहले विद्यावती के सामने हँस-हँस कर उनसे बातें करती थी, कभी उनसे अकेले भेंट हो जाती तो उसे कोई बात ही न सूझती थी। अब वह अवस्था न थी। उसकी बात अब एकान्त की खोज में रहती। विद्या की उपस्थिति उन दोनों को मौन बता देती थी। अब वह केवल वैज्ञानिक तथा धार्मिक तथा धार्मिक चर्चाओं पर आबद्ध न होते। बहुधा स्त्री-पुरुष के पारस्परिक सम्बन्ध की मीमांसा किया करते और कभी-कभी ऐसे तमार्मिक प्रसंगों का सामना करना पड़ता कि गायत्री लज्जा से सिर झुका लेती।

एक दिन सन्ध्या समय गायत्री बगीचे में आरामकुर्सी पर लेटी हुई एक पत्र पढ़ रही थी, जो अभी डाक से आया था। यद्यपि लू का चलना बन्द हो गया था, पर गर्मी के मारे बुरा हाल था। प्रत्येक वस्तु से ज्वाला-सी निकल रही थी। वह पत्र को उठाती थी और फिर गर्मी से विकल होकर रख देती थी। अन्त में उसने एक परिचारिका को पंखा झलने के लिए बुलाया और अब पत्र को पढ़ने लगी। उसके मुख़्तार-आम ने लिखा था, सरकार यहाँ जल्द आएँ। यहाँ कई मामले आ पड़े हैं जो आपकी अनुमति के बिना तै नहीं हो सकते। हरिहरपुर के इलाके में बिल्कुल वर्षा नहीं हुई, यह आपको ज्ञात ही है। अब वहाँ के असामियों से लगान वसूल करना अत्यन्त कठिन हो रहा है। वह सोलहो आने छूट की प्रार्थना करते हैं। मैंने जिलाधीश से इस विषय में अनुरोध किया, पर उसका कुछ फल न हुआ। वह अवश्य छूट कर देंगे। यदि आप आकर स्वयं जिलाधीश से मिलें तो शायद सफलता हो। यदि श्रीमान् राय साहब यहाँ पधारने का कष्ट उठाएँ तो निश्चय ही उनका प्रभाव कठिन को सुगम कर दे। असामियों के इस आन्दोलन से हलचल मची हुई है। शंका है कि छूट न हुई तो उत्पात होने लगेगा। इसलिए आपका जिलाधीश साक्षात् करना परमावश्यक है।

गायत्री सोचने लगी, यहीं जमींदारी क्या है, जी का जंजाल है। महीने में आध महीने के लिए भी कहीं जाएँ तो हाय-हाय-सी होने लगती है। असामियों में यह धुन न जाने कैसे समा गई कि जहाँ देखो वहीं उपद्रव करने पर तत्पर दिखाई देते हैं। सरकार को इन पर कड़ा हाथ रखना चाहिए। जरा भी शह मिली और यह काबू से बाहर हुए। अगर इस इलाके में असामियों की छूट हो गई तो मेरा 20-25 हजार का नुक़सान हो जाएगा। इसी तरह

और इलाके में भी उपद्रव के डर से छूट हो जाए तो मैं तो कहीं की न रहूँ कुछ वसूल न होगा तो मेरा खर्च कैसे चलेगा? माना कि मुझे उस इलाके की मालगुजारी न देनी पड़ेगी, पर और भी तो कितने ही रुपये पृथक्-पृथक् नामों से देने पड़ते हैं, वह तो देने ही पड़ेंगे। वह किस घर से आएँगे? छूट भी हो जाए, मगर लूँगी असामियों से ही।

पर मेरा जी वहाँ कैसे लगेगा। यह बातें वहाँ कहाँ सुनने को मिलेंगी, अकेले पड़े-पड़े जी उकताया करेगा। जब तक ज्ञानशंकर यहाँ रहेंगे तब तक तो मैं गोरखपुर जाती नहीं। हाँ, जब वह चले जाएँगे तो मजबूरी है। नुकसान ही न होगा? बला से। जीवन के दिन आनन्द से तो कट रहे हैं; धर्म और ज्ञान की चर्चा सुनने में आती है। कल बाबू साहब मुझसे चिढ़ गए होंगे, लेकिन मेरा मन तो अब भी स्वीकार नहीं करता कि विवाह केवल एक शारीरिक सम्बन्ध और सामाजिक व्यवस्था है। वह स्वयं कहते हैं कि मानव शरीर का कई सालों सम्पूर्णतः रूपान्तर हो जाता है। शायद आठ वर्ष कहते थे। यदि विवाह केवल दैहिक सम्बन्ध हो तो इस नियमित समय के बाद उसका अस्तित्व ही नहीं रहता। इसका तो यह आशय है कि आठ वर्षों के बाद पति और पत्नी इस धर्म-बन्धन से मुक्त हो जाते हैं; एक का दूसरे पर कोई अधिकार नहीं रहता। आज फिर यही प्रश्न उठाऊँगी। लो, आप ही आ गए। बोली, कहिए कहीं जाने को तैयार हैं क्या?

ज्ञान—आज यहाँ थिएट्रिकल कम्पनी का तमाशा होने वाला है। आपसे पूछने आया हूँ कि आपके लिए भी जगह रिजर्व कराता आऊँ? आज बड़ी भीड़ होगी।

गायत्री—विद्या से पूछा, वह जाएगी?

ज्ञान—वह तो कहती है कि माया के साथ लेकर जाने में तकलीफ होगी। मैंने भी आग्रह नहीं किया।

गायत्री— तो अकेले जाने पर मुझे भी कुछ आनन्द न आएगा।

ज्ञान—आप न जाएँगी तो मैं भी न जाऊँगा।

गायत्री—तब तो मैं कदापि न जाऊँगी। आपकी बातों में मुझे थिएटर से अधिक आनन्द मिलता है। आइए, बैठिए। कल की बात अधूरी रह गई थी। आप कहते थे, स्त्रियों में आकर्षण-शक्ति पुरुषों से अधिक होती है ; पर आपने इसका कोई कारण नहीं बताया था।

ज्ञान—इसका कारण तो स्पष्ट ही है। स्त्रियों का जीवन-क्षेत्र परिमित होता है और पुरुषों का विस्तृत। इसीलिए स्त्रियों की सारी शक्तियाँ केन्द्रस्थ हो जाती हैं और पुरुषों की विच्छिन्न।

गायत्री—लेकिन ऐसा होता तो पुरुषों को स्त्रियों के अधीन रहना चाहिए था। वह उन पर शासन क्योंकर करते?

ज्ञान—तो क्या आप समझती हैं कि मर्द स्त्रियों पर शासन करते हैं? ऐसी बात तो नहीं है। वास्तव में मर्द ही स्त्रियों के अधीन होते हैं। स्त्रियाँ उनके जीवन की विधाता होती हैं। देह पर उनका शासन चाहे न हो, हृदय पर उन्हीं का साम्राज्य होता है।

गायत्री— तो फिर मर्द इतने निष्ठुर क्यों हो जाते हैं?

ज्ञान—मर्दों पर निष्ठुरता का दोष लगाना न्याय-विरुद्ध है। वह उस समय तक सिर नहीं उठा सकते, जब तक या तो स्त्री स्वयं उन्हें मुक्त न कर दे, अथवा किसी दूसरी स्त्री

की प्रबल विद्युत शक्ति उन पर प्रभाव न डाले।

गायत्री–(हँसकर) अपने तो सारा दोष स्त्रियों के सिर रख दिया।

ज्ञानशंकर ने भावुकता से उत्तर दिया, अन्याय तो वह करती हैं, फरियाद कौन सुनेगा?

इतने में विद्यावती मायाशंकर को गोद में लिये आकर खड़ी हो गई। माया चार वर्ष का हो चुका था, पर अभी तक कोई बच्चा न होने के कारण वह शैशवावस्था के आनन्द को भोगता था।

गायत्री ने पूछा, क्यों विद्या, आज थिएटर देखने चलती हो?

विद्या कोई अनुरोध करेगा तो चली चलूँगी, नहीं तो मेरा जी नहीं चाहता।

ज्ञान–तुम्हारी इच्छा हो तो चलो, मैं अनुरोध नहीं करता।

विद्या–तो फिर मैं भी नहीं जाती।

गायत्री–मैं अनुरोध करती हूँ, तुम्हें चलना पड़ेगा। बाबू जी, आप जगहें रिजर्व करा लीजिए।

नौ बजे रात को तीनों फिटन पर बैठकर थिएटर को चले। माया भी साथ था। फिटन कुछ दूर चली आई तो वह पानी-पानी चिल्लाने लगा। ज्ञानशंकर ने विद्या से कहा, लड़के को लेकर चली थीं, तो पानी की एक सुराही क्यों नहीं रख ली?

विद्या–क्या जानती थी कि घर से निकलते ही इसे प्यास लग जाएगी।

ज्ञान–पानदान रखना तो न भूल गई?

विद्या–इसी से तो मैं कहती थी कि मैं न चलूँगी।

गायत्री–थिएटर के हाते में बर्फ-पानी सब कुछ मिल जाएगा।

माया यह सुनकर और अधीर हो गया। रो-रोकर दुनिया सिर पर उठा ली। ज्ञानशंकर ने उसे बढ़ावा दिया। वह और भी गला फाड़-फाड़कर बिल-बिलाने लगा।

ज्ञान–जब अभ्झी से यह हाल है, तो दो बजे रात तक न जाने क्या होगा?

गायत्री–कौन जागता रहेगा? जाते ही जाते तो सो जाएगा।

ज्ञान–गोद में आराम से तो सो सकेगा नहीं, रह-रहकर चौंकेगा और रोयेगा। सारी सभा घबड़ा जाएगी। लोग कहेंगे, यह पुछल्ला अच्छा साथ लेते आए।

विद्या–कोचवान से कह क्यों नहीं देते कि गाड़ी लौटा दे, मैं न जाऊँगी।

ज्ञान–यह सब बातें पहले ही सोच लेनी चाहिए थीं न? गाड़ी यहाँ से लौटेगी तो आते-आते दस बज जाएँगें। आधा तमाशा ही गायब हो जाएगा। वहाँ पहुँच जाएँ तो जी चाहे मजे से तमाशा देखना, माया को इसी गाड़ी में पड़े रहने देना या उचित समझना तो लौट आना।

गायत्री–वहाँ तक जाकर के लौटना अच्छा नहीं लगता।

ज्ञान–मैंने तो सब कुछ इन्हीं की इच्छा पर छोड़ दिया।

गायत्री–क्या वहॉ कोई आराम कुर्सी न मिल जाएगी?

विद्या–यह सब झंझट करने की जरूरत ही क्या है? मैं लौट आऊँगी। मैं तमाशा देखने को उत्सुक न थी, तुम्हारी खातिर से चली आई थी।

थिएटर का पण्डाल आ गया। खूब जमाव था। ज्ञानशंकर उतर पड़े। गायत्री ने विद्या

से उतरने को कहा, पर वह आग्रह करने पर भी न उठी। कोचवान को पानी लाने को भेजा। इतने में ज्ञानशंकर लपके हुए आए, और बोले, भाभी, जल्दी कीजिए, घण्टी हो गई। तमाशा आरम्भ होने वाला है। जब तक यह माया को पानी पिलाती है, आप चल कर बैठ जाइए, नहीं तो शायद जगह ही न मिले।

यह कहकर वह गायत्री को लिये हुए पण्डाल में घुस गए। पहले दरजे के मरदाने और जनाने भागों के बीच में केवल एक चिक का परदा था। चिक के बाहर ज्ञानशंकर बैठे और चिक के पास ही भीतर गायत्री को बैठाया। वही दोनों जगहें उन्होंने रिजर्व (स्वरक्षित) करा रखी थीं।

गायत्री जल्दी से गाड़ी से उतरकर ज्ञानशंकर के साथ चली आई थी। विद्या अभी आएगी, यह उसे निश्चय था। लेकिन जब उसे बैठे कई मिनट हो गए, विद्या न दिखाई दी और अन्त में ज्ञानशंकर ने आकर कहा, वह चली गई, तो उसे बड़ा क्षोभ हुआ। समझ गई कि वह रूठकर चली गई। अपने मन में मुझे ओछी, निष्ठुर समझ रही होगी। मुझे भी उसी के साथ लौट जाना चाहिए था। उसके साथ तमाशा देखने में हर्ज नहीं था। लोग यह अनुमान करते हैं कि मैं उसकी खातिर से आई हूँ, किन्तु उसके लौट जाने पर मेरा यहाँ रहना सर्वथा अनुचित है। घर की लौंडिया और महरियाँ तक हँसेंगी और हँसना यथार्थ है, दादा जी न जाने मन में क्या सोचेंगे। मेरे लिए अब तीर्थ-यात्रा, गंगा-स्नान पूजा-पाठ, दान और व्रत है। यह विहार-विलास सोहागिन के लिए है। मुझे अवश्य लौट जाना चाहिए। लेकिन बाबू जी से इतना जल्द लौटने को कहूँगी तो वह मुझ पर अवश्य झुँझलाएँगे कि नाहक इसके साथ आया। बुरी फँसी। कुछ देर यहाँ बैठे बिना अब किसी तरह छुटकारा न मिलेगा।

यह निश्चय करके वह बैठी। लेकिन जब अपने आगे-पीछे दृष्टि पड़ी तो उसे वहाँ एक पल भी बैठना दुस्तर जान पड़ा। समस्त जनाना भाग वेश्याओं से भरा हुआ था। एक-से-एक सुन्दर, एक-से-एक रंगीन। चारों ओर से खस और मेहँदी की लपटें आ रही थीं। उनका आभरण और शृंगार , उनका ठाट-बाट, उनके हाव-भाव, उनकी मन्द-मुस्कान, सब गायत्री को घृणोत्पादक प्रतीत होते थे। उसे भी अपने रूप-लावण्य पर घमण्ड था, पर इस सौन्दर्य-सरोवर में वह एक जल-कल के समान विलीन हो गई थी। अपनी तुच्छता का ज्ञान उसे और भी व्यक्त करने लगा। यह कुलटाएँ कितनी ढीठ, कितनी निर्लज्ज हैं। इसकी शिकायत नहीं कि इन्होंने क्यों ऐसे पापमय, ऐसे नारकीय पथ पर पग रखा। यह अपने पूर्व कर्मों का फल है। दुरवस्था जो न कराए थोड़ा; लेकिन यह अभिमान क्यों? ये इठलाती किस बिरते पर हैं? मालूम होता है, सब-की-सब नवाबजादियाँ हों। इन्हें तो शर्म से सिर झुकाए रहना चाहिए था। इनके रोम-रोम से दीनता और लज्जा टपकनी चाहिए थी। पर ग्रह ऐसी प्रसन्न हैं मानो संसार में इनसे सुखी और काई है ही नहीं। पाप एक करुणाजनक वस्तु है, मानवीय विवशता का द्योतक है। उसे देखकर दया आती है; लेकिन पाप के साथ निर्लज्जता और मदान्धता एक पैशाचिक लीला है, दया और धर्म की सीमा से बाहर।

गायत्री अब पल भर भी न ठहर सकी। ज्ञानशंकर से बोली, मैं बाहर जाती हूँ, यहाँ नहीं बैठा जाता, मुझे घर पहुँचा दीजिए।

उसे संशय था कि ज्ञानशंकर वहाँ ठहरने के लिए आग्रह करेंगे। चलेंगे भी तो क्रुद्ध

होकर। पर यह बात न थी। ज्ञानशंकर सहर्ष उठ खड़े हुए। बाहर आकर एक बग्घी किराए पर की और घर चले।

गायत्री ने इतना जल्द थिएटर से लौट आने के लिए क्षमा माँगी। फिर वेश्याओं की बेशरमी की चर्चा की, पर ज्ञानशंकर ने कुछ उत्तर न दिया। उन्होंने आज मन में एक विषम कल्पना की थी और इस समय उसे कार्य रूप में लाने के लिए अपनी सम्पूर्ण शक्तियों को इस प्रकार एकाग्र कर रहे थे, मानो किसी नदी में कूद रहे हों। उनका हृदयाकाश मनोविकार की काली घटाओं से आच्छादित हो रहा था, जो इधर महीनों से जमा हो रही थीं। वह ऐसे ही अवसर की ताक में थे। उन्होने अपना कार्यक्रम स्थिर कर लिया। लक्षणों से उन्हें गायत्री के सहयोग का भी निश्चय होता जाता था। उसका थिएटर देखने पर राजी हो जाना, विद्या के साथ घर न लौटना, उनके साथ अकेले बग्घी में बैठना इसके प्रत्यक्ष प्रमाण थे। कदाचित् उन्हें अवसर देने के ही लिए वह इतनी जल्द लौटी थीं; क्योंकि घर की फिटन पर लौटने से काम के विघ्न पड़ने का भय था। ऐसी अनुकूल दशा में आगा-पीछा करना, उनके विचार में वह कापुरुषता थी; जो अभीष्ट सिद्धि की घातक है। उन्होंने किताबों में पढ़ा था कि पुरुषोचित उद्दंडता वशीकरण का सिद्धमन्त्र है। तत्क्षण उनकी विकृत-चेष्टा प्रज्वलित हो गई, आँखों से ज्वाला निकलने लगी, रक्त खौलने लगा, साँस वेग से चलने लगी। उन्होने अपने घुटने से गायत्री की जाँघ में एक ठोंका दिया। गायत्री ने तुरन्त पैर समेट लिए, उसे कुचेष्टा की लेश-मात्र भी शंका न हुई। किन्तु एक क्षण के बाद ज्ञानशंकर ने अपने जलते हुए हाथ से उसकी कलाई पकड़कर धीरे से दबा दी। गायत्री ने चौंककर हाथ खींच लिया, मानो किसी विषधर ने काट खाया हो, और भयभीत नेत्रों से ज्ञानशंकर को देखा। सड़क पर बिजली की लालटेनें जल रही थीं। उनके प्रकाश में ज्ञानशंकर के चेहरे पर एक सन्तप्त उग्रता, एक प्रदीप्त दुस्साहस दिखाई दिया। उसका चित्त अस्थिर हो गया, आँखों में अन्धेरा छा गया, सारी देह पसीने से तर हो गई। उसने कातर नेत्रों से बाहर की ओर झाँका। समझ न पड़ा कि कहाँ हूँ, कब घर पहुँचूँगी। निर्बल क्रोध की एक लहर नसों में दौड़ गई और आँखों से बह निकली। उसे फिर ज्ञानशंकर की ओर ताकने का साहस न हुआ। उनसे कुछ कह न सकी। उसका क्रोध भी शान्त हो गया। वह संज्ञाशून्य हो गई। सारे मनोवेग शिथिल पड़ गए। केवल आत्मवेदना का ज्ञान आरे के समान हृदय को चीर रहा था। उसकी वह वस्तु लुट गई जो उसे जान से भी अधिक प्रिय थी, जो उसके मन की रक्षक, उसके आत्म-गौरव की पोषक; धैर्य का आधार और उसके जीवन का अवलम्ब थी। उसका जी डूबा जाता था। सहसा उसे जान पड़ा कि अब मैं किसी को मुँह दिखाने के योग्य नहीं रही। अब तक उसका ध्यान अपने अपमान के इस बाह्य स्वरूप की ओर नहीं गया था। अब उसे ज्ञात हुआ कि यह केवल मेरा आत्मिक पतन ही नहीं है, उसने मेरी आत्मा को कलुषित नहीं किया, वरन् मेरी बाह्य प्रतिष्ठा का भी सर्वनाश कर दिया। इस अवगति ने उसके डूबते हुए हृदय को थाम लिया। गोली खाकर दम तोड़ता हुआ पक्षी भी छुरी को देखकर तड़प जाता है।

गायत्री जरा सँभल गई, उसने ज्ञानशंकर की ओर सजल आँखों से देखा। कहना चाहती थी, जो कुछ तुमने किया उसका बदला तुम्हें परमात्मा देंगे। लेकिन यदि सौजन्यता का अल्पांश भी रह गया है तो मेरी लाज रखना, सतीत्व का नाश तो हो गया पर लोकसम्मान की रक्षा

करना...किन्तु शब्द न निकले, अश्रु-प्रवाह में विलीन हो गए।

ज्ञानशंकर को भी मालूम हो गया कि मैंने धोखा खाया। मेरी उद्विग्नता ने सारा काम चौपट कर दिया। अभी तक उन्हें अपनी अधोगति पर लज्जा न आई थी पर गायत्री की सिसकियाँ सुनीं तो हृदय पर चोट-सी लगी। अन्तरात्मा जाग्रत हो गई, शर्म से गर्दन झुक गई। कुवासना लुप्त हो गई। अपने पाप की अधमता का ज्ञान हुआ। ग्लानि और अनुताप के भी शब्द मुँह तक आए, पर व्यक्त न हो सके। गायत्री की ओर देखने का भी हौंसला न पड़ा। अपनी मलिनता और दुष्टता अपनी ही दृष्टि में ही मालूम होने लगी। मैं कैसा दुरात्मा हूँ। मेरे विवेक, ज्ञान और सद्विचार ने आत्महिंसा के सामने सिर झुका दिया। मेरी उच्चशिक्षा और उच्चादर्श का यही परिणाम होना था! अपने नैतिक पतन के ज्ञान ने आत्म-वेदना का संचार कर दिया। उनकी आँखों से आँसू की धारा प्रवाहित हो गई।

दोनों प्राणी खिड़कियों के सिर निकाले रोते रहे, यहाँ तक कि गाड़ी घर पर पहुँच गई।

आँधी का पहला वेग जब शान्त हो जाता है, तब वायु के प्रचण्ड झोंके, बिजली की चमक और कड़क बन्द हो जाती है और मूसलाधार वर्षा होने लगती है। गायत्री के चित्त की शान्ति भी द्रवीभूत हो गई थी। हृदय में रुधिर की जगह आँसुओं का संचार हो रहा था।

आधी रात बीत गई, पर उसके आँसू न थमे। उसका आत्मगौरव आज नष्ट हो गया। पति-वियोग के बाद उसकी सुदृढ़ स्मृति ही गायत्री के जीवन-सुख की नींव थी। वही साधु-कल्पना उसकी उपास्य थी। वह इस हृदय-कोश को, जहाँ यह अमूल्य रत्न संचित था, कुटिल आकांक्षाओं की दृष्टि से बचाती रहती थी। इसमें सन्देह नहीं कि वह वस्त्राभूषणों से प्रेम रखती थी, उत्तम भोजन करती थी और सदैव प्रसन्न चित्त रहती थी, किन्तु इसका कारण उसकी विलासप्रियता नहीं, वरन् अपने सतीत्व का अभिमान था। उसे संयम और आचार का स्वांग भरने से घृणा थी। वह थिएटर भी देखती थी, आनन्दोत्सवों में भी शरीक होती थी। आभरण, सुरुचि और मनोरंजन की सामग्रियों का त्याग करने की वह आवश्यकता न समझती थी, क्योंकि उसे अपनी चित्तस्थिति पर विश्वास था। वह एकाग्र होकर अपने इलाके का प्रबन्ध करती थी।

जब उसके आँसू थमे तो वह इस दुर्घटना के कारण और उत्पत्ति पर विचार करने लगी और शनैः-शनैः उसे विदित होने लगा कि इस विषय में मैं सर्वथा निरपराध नहीं हूँ। ज्ञानशंकर कदापि यह दुस्साहस न कर सकते, यदि उन्हें मेरी दुर्बलता पर विश्वास न होता। उन्हें यह विश्वास क्योंकर हुआ? मैं इन दिनों उनसे बहुत स्नेह करने लगी थी। यह अनुचित था। कदाचित् इसी सम्पर्क ने उनके मन में यह भ्रम अंकुरित किया। तब उसे वह बातें याद आतीं जो उन संगतों में हुआ करती थीं। उनका झुकाव उन्हीं विषयों की ओर होता था, जिन्हें एकान्त और संकोच की जरूरत है। उस समय वह बातें सर्वथा दोष रहित जान पड़ती थीं, पर अब उनके विचार से ही गायत्री को लज्जा आती थी। उसे अब ज्ञात हुआ कि मैं अज्ञान दशा में धीरे-धीरे ढाल की ओर चली जाती थी और अगर यह गहरी खाई

सहसा न आ पड़ती, तो मुझे अपने पतन का अनुभव ही न होता। उसे आज मालूम हुआ कि मेरा प्रति-प्रेम-बन्धन जर्जर हो गया, नहीं तो मैं इन वार्ताओं के आकर्षण से सुरक्षित रहती। वह अधीर होकर उठी और अपने पति के सम्मुख जाकर खड़ी हो गई। इस चित्र को वह सदैव अपने कमरे में लटकाए रहती थी उसने ग्लानिमय नेत्रों से चित्र को देखा और तब काँपते हुए हाथों से उतार कर छाती से लगाए देर तक खड़ी रोती रही। इस आत्मिक आलिंगन से उसे एक विचित्र सन्तोष प्राप्त हुआ। ऐसा मालूम हुआ मानो कोई तड़पते हुए हृदय पर मरहम रख रहा है और कितने कोमल हाथों से। वह उस चित्र को अलग न कर सही, उसे छाती से लगाए हुए बिछावन पर लेट गई। उसका हृदय इस समय पति-प्रेम से आलोकित हो रहा था। वह एक समाधि की अवस्था में थी। उसे ऐसा प्रतीत होता था कि यद्यपि पतिदेव यहाँ अदृश्य हैं, तथापि उनकी आत्मा अवश्य यहाँ भ्रमण कर रही है। शनैः-शनैः उसकी कल्पना सचित्र हो गई। वह भूल गई कि मेरे स्वामी को गरे तीन वर्ष व्यतीत हो गए। वअ अकुला कर उठ बैठी। उसे ऐसा जान पड़ा कि उनके वक्ष से रक्त स्रावित हो रहा है और कह रहे हैं, 'यह तुम्हारी कुटिलता का घाव है। तुम्हारी पवित्रता और सत्यता मेरे लिए रक्षास्त्र थी। वह ढाल आज टूट गई और बेवफाई की कटार हृदय में चुभ गई। मुझे तुम्हारे सतीत्व पर अभिमान था। वह अभिमान आज चूर-चूर हो गया। शोक! मेरी हत्या उन्हीं हाथों से हुई जो कभी मेरे गले में पड़े थे। आज तुमसे नाता टूटता है, भूल जाओ कि मैं कभी तुम्हारा पति था।' गायत्री स्वप्न दशा में उसी कल्पित व्यक्ति के सम्मुख हाथ फैलाए हुए विनय कर रही थी। शंका से उसके हाथ-पाँव फूल गए और वह चीख मार भूमि पर गिर पड़ी।

वह कई मिनट तक बेसुध पड़ी रही। जब होश आया तो देखा कि विद्या लौंडियाँ, महरियाँ सब जमा हैं और डॉक्टर को बुलाने के लिए आदमी दौड़ाया जा रहा है।

उसे आँखें खोलते देखकर विद्या 'झपटकर उसके गले से लिपट गई और बोली, बहन तुम्हें क्या हो गया था? और तो कभी ऐसा न हुआ था!

गायत्री—कुछ नहीं, एक बुरा स्वप्न देख रही थी। लाओ, थोड़ा-सा पानी पीऊँगी, गला सूख रहा है।

विद्या—थिएटर में कोई भयानक दृश्य देखा होगा।

गायत्री—नहीं, मैं भी तुम्हारे आने के थोड़ी ही देर पीछे चली आई थी। जी नहीं लगा। अभी थोड़ी ही रात गई है क्या? बाबूजी ध्रुपद अलाप रहे हैं।

विद्या—बारह तो कब के बज चुके, पर उन्हें किसी के मरने-जीने की क्या चिन्ता? उन्हें तो अपने राग-रंग से मतलब है। महरी ने जाकर तुम्हारा हाल कहा तो एक आदमी को डॉक्टर के यहाँ दौड़ा दिया और फिर गाने लगे।

गायत्री—यह तो उनकी पुरानी आदत है, कोई नई बात थोड़े ही है। रम्मन बाबू का यहाँ बुरा हाल हो रहा था और वह डिनर में गए हुए थे। जब दूसरे दिन मैंने बातों-बातें में इसकी चर्चा की तो बोले, मैं वचन दे चुका था और जाना मेरा कर्त्तव्य था। मैं अपने व्यक्तिगत विषयों को सार्वजनिक जीवन से बिलकुल पृथक् रखना चाहता हूँ।

विद्या—उस साल जब अकाल पड़ा और प्लेग भी फैला, तब हम लोग इलाके पर गए।

तुम गोरखपुर थीं। उन दिनों बाबू जी की निर्दयता देखकर मेरे रोएँ खड़े हो जाते थे। असामियों के रुपये वसूल न होते और हमारे यहाँ नित्य नाच-रंग होता था। बाबू जी को उड़ाने के लिए रुपये न मिलते तो वह चिढ़कर असामियों पर गुस्सा उतारते। सौ-सौ मनुष्यों को एक पाँति में खड़ा करके हण्टर से मारने लगते। बेचारे तड़प-तड़प कर रह जाते; पर उन्हें तनिक भी दया न आती थी। इसी मारपीट ने इन्हें निर्दय बना दिया है। जीवन-मरण तो परमात्मा के हाथ है, लेकिन मैं इतना अवश्य कहूँगी कि भैया की अकाल मृत्यु इन्हीं दिनों की हाय का फल है।

गायत्री—तुम बाबू जी पर अन्याय करती हो। उनका कोई कसूर नहीं, आखिर रुपये कैसे वसूल होते? निर्दयता अच्छी बात नहीं, किन्तु जब इसके बिना काम ही न चले तो क्या किया जाए? तुम्हारे जीजा कैसे सज्जन थे, द्वार पर से किसी भिक्षुक को निराश न लौटने देते। सत्कार्यों में हजारों रुपये खर्च कर डालते थे। कोई ऐसा दिन न जाता कि सौ-पचास साधुओं को भोजन न कराते हों। हजारों रुपये तो चन्दे दे डालते थे। लेकिन उन्हें भी असामियों पर सख्ती करनी पड़ती थी। मैंने स्वयं उन्हें असामियों की मुश्कें कसके पिटवाते देखा है। जब कोई और उपाय न सूझता तो उनके घरों आग लगवा देते थे और अब मुझे भी वही करना पड़ता है। उस समय मैं समझती थी कि वह व्यर्थ इतना जुल्म करते हैं। उन्हें समझाया करती थी, पर जब अपने माथे पड़ गई तो अनुभव हुआ कि यह नीच बिना मार खाए रुपये नहीं देते। घर में रुपये रखे रहते हैं; पर जब तक दो चार लात-घूँसे न खा लें, या गालियाँ न सुन लें, देने का नाम नहीं लेते। यह उनकी आदत है।

विद्या—मैं यह न मानूँगी। किसी को मार खाने की आदत नहीं हुआ करती।

गायत्री—लेकिन किसी को मारने की भी आदत नहीं होती। यह सम्बन्ध ही ऐसा है कि एक ओर तो प्रजा में भय, अविश्वास और आत्महीनता के भावों को पुष्ट करता है और दूसरी ओर जमींदारों को अभिमानी, निर्दय और निरंकुश बना देता है।

विद्या ने इसका कुछ जवाब न दिया। दोनों बहनें एक ही पलंग पर लेटीं। गायत्री के मन में कई बार इच्छा हुई कि आज की घटना को विद्या से बयान कर दूँ। उनके हृदय पर एक बोझा-सा रखा था। इसे वह हल्का करना चाहती थी। ज्ञानशंकर को विद्या की दृष्टि में गिराना भी अभीष्ट था। यद्यपि उसका स्वयं अपमान होता था, लेकिन ज्ञानशंकर को लज्जित और निदिंत करने के लिए वह इतना मूल्य देने पर तैयार थी; किन्तु बात मुँह तक आकर लौट जाती थी। और गायत्री को कोई बात न सूझती थी। अकस्मात् उसे एक विचार सूझ पड़ा। उसने विद्या को हिलाकर कहा, क्या सोने लगीं? मेरा जी चाहता है कि कल-परसों तक यहाँ से चली जाऊँ।

विद्या ने कहा, इतना जल्द! भला जब तक मैं रहूँ तब तक तो रहो।

गायत्री—नहीं, अब यहाँ जी नहीं लगता। वहाँ काम-काज भी तो देखना है।

विद्या—लेकिन अभी तक तो तुमने बाबू जी से इसकी चर्चा भी नहीं की।

गायत्री—उसने क्या कहना है? जाऊँ चाहे रहूँ, दोनों एक ही है।

विद्या—तो फिर मैं भी न रहूँगी, तुम्हारे साथ ही चली जाऊँगी।

गायत्री—तुम कहाँ जाओगी? अब यही तुम्हारा घर है। तुम्हीं यहाँ की रानी हो। ज्ञानबाबू

से कहो, इलाके का प्रबन्ध करें। दोनों प्राणी यहीं सूखपूर्वक रहो।

विद्या–समझा तो मैंने भी यही था, लेकिन विधाता की इच्छा कुछ और ही जान पड़ती है। कई दिन से बराबर देख रही हूँ कि पण्डित परमानन्द नित्य आते हैं। चिन्ताराम भी आते जाते हैं। ये लोग कोई न कोई षड्यन्त्र रच रहे हैं। तुम्हारे चले जाने से इन्हें और भी अवसर मिल जाएगा।

गायत्री–तो क्या बाबू जी को फिर विवाह करने की सूझी है क्या?

विद्या–मुझे तो ऐसा ही मालूम होता है।

गायत्री–अगर यह विचार उनके मन में आया है तो वह किसी के रोके न रुकेंगे। मेरा लिहाज वे करते हैं, पर इस विषय में वह शायद ही मेरी राय लें। उन्हें मालूम है कि उन्हें क्या राय दूँगी।

विद्या–तुम रहतीं तो उन्हें कुछ न कुछ संकोच अवश्य होता।

गायत्री–मुझे इसकी आशा नहीं वहाँ रहूँगी तो कम-से-कम वहाँ देख-रेख तो करती रहूँगर, तीन महीने हो गए, लोगों ने न जाने क्या-क्या उपद्रव खड़े किए होंगे। एक दर्जन नातेदार द्वार पर डटे पड़े रहते हैं। एक-महाशय नाते में मेरे मामू होते हैं, वे सुबह से शाम तक मछलियों का शिकार किया करते हैं। एक महाशय नाते में मेरे मामू होते हैं, वे सुबह से शाम तक मछनिलयों का शिकार किया करते हैं। दूसरे महाशय मेरी फूफी के सुपुत्र हैं, वे मेरे ससुर के समय से ही वहाँ रहते हैं। उनका काम मुहल्ले भर की स्त्रियों को घूरना और उनसे दिल्लगी करना है। एक तीसरे महाशय मेरी ननद के छोटे देवर हैं, रिश्वत के बाजार के दलाल हैं। इस काम से जो समय बचता है वह भंग पीने-पिलाने में लगाते हैं। इन लोगों में बड़ा भी गुण यह है कि सन्तोषी हैं। आनन्द से भोजन-वस्त्र मिलता जाय इसके सिवा उन्हें कोई चिन्ता नहीं। हाँ, जमींदारी का घमण्ड सबको है, सभी असामियों पर रोब जमाना चाहते हैं, उनका गला दबाने के लिए सब तत्पर रहते हैं। बेचारे किसानों को, जो अपने परिश्रम की रोटियाँ खाते हैं, इन निठल्लों का अत्याचार केवल इसलिए सहना पड़ता है कि वह मेरे दूर के नातेदार हैं। मुफ्तखोरी ने उन्हें इतना आत्मशून्य बना दिया है कि चाहे जितनी रुखाई से पेश आओ टलने का नाम न लेंगे। अधिक नहीं तो दस परिवार ऐसे होंगे जो मेरी मृत्यु का स्वप्न देखने में जीवन के दिन काट रहे हैं। उनका बस चले तो मुझे विष दे दें। किसी के यहाँ से कोई सौगात आए, मैं उसे हाथ तक नहीं लगाती। उनका काम बस यही है कि बैठे-बैठे उत्पात किया करें, मेरे काम में विघ्न डाला करें। कोई असामियों को फोड़ता है, कोई मेरे नौकर को तोड़ता है, कोई मुझे बदनाम करने पर तुला हुआ है। तुम्हें सुनकर हँसी आएगी, कई महाशय विरासत की आशा में डेवढ़े-दूने सूद पर ऋण लेकर पेट पालते हैं। कुछ नहीं बन पड़ता तो उपवास करते हैं, किन्तु विरासत का अभिमान जीविका की कोई आयोजना नहीं करने देता। इन लोगों ने मेरी अनुपस्थिति में न जाने क्या-क्या गुल खिलाए होंगे। अभी मुझे जाने दो। बाबू जी भी जल्द ही पहाड़ पर चले जाएँगे। यदि ऐसी ही कोई जरूरत आ पड़े तो मुझे पत्र लिखना, चली जाऊँगी।

दो दिन गायत्री ने किस प्रकार काटे। ज्ञानशंकर ने फिर बात-चीत की नौबत नहीं आई। तीसरे दिन वह विदा हुई। राय साहब स्टेशन तक पहुँचाने आए। ज्ञानशंकर भी साथ

थे। गायत्री गाड़ी में बैठी। राय साहब खिड़की पर झुके हुए आम और खरबूजे, लीचियाँ और अंगूर ले-लेकर गाड़ी में भरते जाते थे। गायत्री बार-बार कहती थीं कि इतने फल क्या होंगे, कौन-सी बड़ी यात्रा है, किन्तु राय साहब एक न सुनते थे। यह भी रियासत की एक आन थी।

सन्ध्या हो गई थी। वह मन को दृढ़ किये हुए राय साहब के कमरे में गए, किन्तु देखा तो वहाँ एक और महाशय विद्यमान थे। यह किसी कम्पनी का प्रतिनिधि था। और राय साहब से उसके हिस्से लेने का अनुरोध कर रहा था। किन्तु राय साहब की बातों से ज्ञात होता था कि वह हिस्से लेने को तैयार नहीं हैं। अंत में एजेंट ने पूछा—आखिर आपको इतनी शंका क्यों है? क्या आपका विचार है कि कम्पनी की जड़ मजबूत नहीं है?

राय साहब— जिस काम में सेठ जगतराम और मिस्टर मनचूरजी शरीक हों उसके विषय में यह संदेह नहीं हो सकता।

एजेण्ट—तो क्या आप समझते हैं कि कम्पनी का संचालन उत्तम रीति न होगा?

राय साहब—कदापि नहीं?

एजेण्ट—तो फिर आपको उसका साझीदार बनने में क्या आपत्ति है? मैं आपकी सेवा में कम से कम पाँच सौ हिस्सों की आशा लेकर आया था। जब आप ऐसे विचारशील सज्जन व्यापारिक उद्योग से पृथक रहेंगे तो इस अभागे देश की उन्नति सदैव एक मनोहर स्वप्न ही रहेगी।

राय साहब—मैं ऐसी व्यापारिक संस्थाओं को देशोद्धार की कुंजी नहीं समझता।

ऐजेण्ट—(आश्चर्य से) क्यों?

राय साहब—इसलिए कि सेठ जगतराम और मिस्टर मनचूरजी का विभव देश का विभव नहीं है। आपकी यह कम्पनी धनवानों को और भी धनवान बनायेगी, पर जनता को इससे बहुत लाभ पहुँचने की सम्भावना। निस्सन्देह नहीं। आप कई हजार कुलियों को काम में लगा देंगे, पर यह मजूरे अधिकांश किसान ही होंगे और मैं किसानों को कुली बनाने का कट्टर विरोधी हूँ। मैं नहीं चाहता कि वे लोभ के वश अपने बाल-बच्चों को छोड़कर कम्पनी की छावनियों में जाकर रहें और अपना आचरण भ्रष्ट करें। अपने गांव में उनकी एक विशेष स्थिति होती है। उनमें आत्म-प्रतिष्ठा का भाव जाग्रत रहता है। बिरादरी का भय उन्हें कुमार्ग से बचाता है। कम्पनी की शरण में जाकर वह अपने घर के स्वामी नहीं, दूसरे के गुलाम हो जाते हैं, और बिरादरी के बन्धनों से मुक्त होकर नाना प्रकार की बुराइयाँ करने लगते हैं। कम से कम मैं अपने किसानों को इस परीक्षा में नहीं डालना चाहता।

एजेण्ट—क्षमा कीजिएगा, आपने एक ही पक्ष का चित्र खींचा है। कृपा करके दूसरे पक्ष का भी अवलोकन कीजिए। हम कुलियों को जैसे, वस्त्र, जैसा भोजन, जैसे घर देते हैं, वैसे गाँव में रह कर उन्हें कभी नसीब नहीं हो सकता। हम उनको दवा दारू का, उनकी सन्तानों की शिक्षा का, उन्हें बुढ़ापे में सहारा देने का उचित प्रबन्ध करते हैं। यहाँ तक कि हम उनके मनोरंजन और व्यायाम की भी व्यवस्था कर देते। हैं। वह चाहे तो टेनिस और फुटबाल खेल सकते हैं, चाहे तो पार्कों में सैर कर सकते हैं। सप्ताह में एक दिन गाने-बजाने के लिए समय से कुछ पहले ही छुट्टी दे दी जाती है। जहाँ तक मैं समझता हूँ कि पार्कों

में रहने के बाद कोई कुली फिर खेती करने की परवाह न कहेगा।

राय साहब—नहीं, मैं इसे कदापि स्वीकार नहीं कर सकता। किसान कुली बनकर अभी अपने भाग्य-विधाता को धन्यवाद नहीं दे सकता, उसी प्रकार जैसे कोई आदमी व्यापार का स्वतन्त्र सुख भोगने के बाद नौकरी की पराधीनता को पसन्द नहीं कर सकता। सम्भव है कि अपनी दीनता उसे कुली बने रहने पर मजबूर करे, पर मुझे विश्वास है कि वह इस दासता से मुक्त होने का अवसर पाते ही तुरन्त अपने घर की राह लेगा और फिर उसी टूटे-फूटे झोंपड़े में अपने बाल-बच्चों के साथ रहकर सन्तोष के साथ कालक्षेप करेगा। आपको इसमें सन्देह हो तो आप कृषक-कुलियों से एकान्त में पूछकर अपना समाधान कर सकते हैं। मैं अपने अनुभव के आधार पर यह बात कहता हूँ कि आप लोग इस विषय में यूरोपवालों का अनुकरण करके हमारे जातीय जीवन के सद्गुणों का सर्वनाश कर रहे हैं। यूरोप में इंडस्ट्रियलिज्म (औद्योगिकता) की जो उन्नति हुई उसके विशेष कारण थे। वहाँ के किसानों की दशा उस समय गुलामों से भी नई-गुजरी थी, वह जमींदार के बन्दी होते थे। इस कठिन कारावास के देखते हुए धनपतियों की कैद गनीमत थी। हमारे किसानों की आर्थिक दशा चाहे कितनी ही बुरी क्यों न हो, पर वह किसी के गुलाम नहीं हैं। अगर कोई उन पर अत्याचार करे तो वह अदालतों में उससे मुक्त हो सकते हैं। नीति की दृष्टि में किसान और जमींदार दोनों बराबर हैं।

एजेण्ट—मैं श्रीमान् से विवाद करने की इच्छा तो नहीं रखता, पर मैं स्वयं छोटा-मोटा किसान हूँ और मुझ किसानों की दशा का यथार्थ ज्ञान है। आप योरोप के किसानों को गुलाम कहते हैं, लेकिन यहाँ के किसानों की दशा उससे अच्छी नहीं है। नैतिक बन्धनों के होते हुए भी जमींदार कृषकों पर नाना प्रकार के अत्याचार करते हैं और कृषकों की जीविका का और कोई द्वार हो तो वह इन आपत्तियों को भी कभी न झेल सकें।

राय साहब—जब नैतिक व्यवस्थाएँ विद्यमान हैं तो विदित है कि उनका उपयोग करने के लिए किसानों को केवल उचित शिक्षा की जरूरत है, और शिक्षा का प्रचार दिनों-दिन बढ़ रहा है। मैं मानता हूँ कि जमींदार के हाथों किसानों की बड़ी दुर्दशा होती है। मैं स्वंय इस विषय में सर्वथा निर्दोष नहीं हूँ, बेगार लेता हूँ डाँड़-बीज भी लेता हूँ, बेदखली या इजाफा का कोई अवसर हाथ से नहीं जाने देता असामियों पर अपना रोब जमाने के लिए अधिकारियों की खुशामद भी करता हूँ, साम, दाम, दण्ड, भेद सभी से काम लेता हूँ, पर इसका कारण क्या है? वही पुरानी प्रथा, किसानों की मूर्खता और नैतिक अज्ञान। शिक्षा का यथेष्ट प्रचार होते ही जमींदारों के हाथ से यह सब मौके निकल जाएँगे। मनुष्य स्वार्थी जीव है और यह असम्भव है कि जब तक उसे धींगा-धीगी के मौके मिलते रहें, वह उनसे लाभ न उठाए। आपका यह कथन सत्य है, किसानों को यह बिडम्बनाएँ इसलिए सहनी पड़ती हैं कि उनके लिए जीविका के और सभी द्वार बन्द हैं। निश्चय ही उनके लिए जीवन-निर्वाह के अन्य साधनों का अवतरण होना चाहिए, नहीं तो उनका पारस्परिक द्वेष और संघर्ष उन्हें हमेशा जमींदारों का गुलाम बनाए रखेगा; चाहे कानून उनकी कितनी रक्षा और सहायता क्यों न करे। किन्तु यह साधन ऐसे होने चाहिए जो उनके आचार-व्यवहार को भ्रष्ट न करें। उन्हें घर से निर्वासित करके दुर्व्यसनों के जाल में न फँसाएँ, उनके आत्माभिमान का सर्वनाश

न करें! और यह उसी दशा में हो सकता है जब घरेलू शिल्प का प्रचार किया जाए और वह अपने गाँव में कुल और बिरादरी की तीव्र दृष्टि के सम्मुख अपना-अपना काम करते रहें।

एजेण्ट—आपका अभिप्राय कॉटेज इण्डस्ट्री (गृहउद्योग या कुटीर शिल्प) से है। समाचार-पत्रों में कहीं-कहीं इनकी चर्चा भी हो रही है; किन्तु इनका सबसे बड़ा पक्षपाती भी यह दावा नहीं कर सकता कि इसके द्वारा आप विदेशी वस्तुओं का सफलता के साथ अवरोध कर सकते हैं।

राय साहब--इसके लिए हमें विदेशी वस्तुओं पर कर लगाना पड़ेगा। यूरोप-वाले दूसरे देशों से कच्चा माल ले जाते हैं, जहाज का किराया देते हैं। मजदूरों कसे कड़ी मजूरी देनी पड़ती है, उस पर हिस्सेदारों को नफा खूब चाहिए। हमारा घरेलू शिल्प इन समस्त बाधाओं से मुक्त रहेगा और कोई कारण नहीं कि उचित संगठन के साथ वह विदेशी व्यापार पर विजय न पा सके। वास्तव में हमने कभी इस प्रश्न पर ध्यान ही नहीं दिया। पूँजीवाले लोग इस समस्या पर विचार करते हुए डरते हैं। वे जानते हैं कि घरेलू शिल्प हमारे प्रभुत्व का अन्त कर देगा, इसीलिए वह वह इसका विरोध करते रहते हैं।

ज्ञाननशंकर ने इस विवाद में भाग न लिया। राय साहब की युक्तियाँ अर्थशास्त्र के सिद्धान्त के प्रतिकूल थीं, पर इस समय उन्हें उनका खण्डन करने का अवकाश न था। जब एजेण्ट ने अपनी दाल गलते न देखी तो विदा हो गए। राय साहब ज्ञानशंकर को उत्सुक देखकर समझ गए कि यह कुछ कहना चाहते हैं, पर संकोचवश चुप हैं। बोले , आप कुछ कहना चाहते हैं तो कहिए, मुझे फुर्सत है।

ज्ञानशंकर की जबान न खुल सकी। उनहें अब ज्ञात हो रहा था कि मैं जो कथन करने आया हूँ, वह सर्वथा असंगत है, सज्जनता के बिलकुल विरुद्ध। राय साहब को कितना दुःख होगा और वह मुझे मन में कितना लोभी और क्षुद्र समझेंगे। बोले, आपसे हेठा नहीं हूँ।

उन्होंने कुछ जवाब न दिया। राय साहब को भी इन बातों के कहने का खेद हुआ। ज्ञानशंकर का मन रखने के लिए इधर-उधर की बातें करने लगे। नैनीताल का भी जिक्र आ गया। उन्होंने अपने साथ चलने को कहा। ज्ञानशंकर राजी हो गए। इसमें दो लाभ थे। एक तो वह राय साहब को नजरबन्द कर सकेंगे दूसरे, वह उच्चाधिकारियों पर अपनी योग्यता का सिक्का बिठा सकेंगे। सम्भव है, राय साहब की सिफारिश उन्हें किसी ऊँचे पद पर पहुँचा दे। यात्र की तैयारियाँ करने लगे।

यद्यपि गाँववालों ने गौस खाँ पर जरा भी आँच न आने दी थी, लेकिन ज्वालासिंह का उनके बर्ताव के विषय में पूछ-ताछ करना उनके शान्ति-हरण के लिए काफी था। चपरासी, नाजिर, मुंशी सभी चकित हो रहे थे कि इस अक्खड़ लौंडे ने डिप्टी साहब पर न जाने क्या जादू कर दिया कि उनकी काया ही पलट गई। ईंधन, पुआल, हाँड़ी, बर्तन, दूध-दही, मांस-मछली, साग-भाजी सभी चीजें बेगार में लेने को मना करते हैं। तब तो हमारा गुजारा हो चुका।

ऐसा भत्ता ही कौन बहुत मिलता है। यह लौंडा एक ही पाजी निकला। एक तो हमें फटकारें सुनाईं, उप पर यह और रद्दा जमा गया। चलकर डिप्टी साहब से कह देना चाहिए। आज यह दुर्दशा हुई है, दूसरे गाँव में इससे भी बुरा हाल होगा। हम लोग पानी को तरस जाएँगे। अतएव ज्यों ही ज्वालासिंह लौटकर आए सब के सब उनके सामने जाकर खड़े हो गए। ईजाद हुसेन को फिर उनका मुखपात्र बनना पड़ा।

ज्वालासिंह ने रुष्ट भाव से देख कर पूछा , कहिए आप लोग कैसे चले? कुछ कहना चाहते हैं? मीर साहब आपने इन लोगों को मेरा हुक्म सुना दिया है न?

ईजाद हुसेन—जी हाँ, यही हुक्म सुनकर तो यह लोग घबराए हुए आपकी खिदमत में हाजिर हुए हैं। कल इस गाँव में एक सख्त वारदात हो गई। गाँव के लोग चपरासियों से लड़ने पर आमादा हो गए। ये लोग जान बचाकर चले न आए होते तो फौजदारी हो जाती। इन लोगों ने इसकी इत्तला करके हुजूर के आराम में खलल डालना मुनासिब नहीं समझा, लेकिन आज मुमानियत सुनकर इनके होश उड़ गए हैं। पहले ही बेगार आसानी से न मिलती थी,अब जो लोग इस हुक्म की खबर पाएँगे तो और भी शेर हो जाएँगे। कल जो हंगामा हुआ उसका बानी-मबानी वही नौजवान था जो सुबह हुजूर की खिदमत में हाजिर हुआ था। उसकी कुछ तंबीह होनी निहायत जरूरी है।

ज्वालासिंह—उसकी बातों से तो मालूम होता था कि चपरासियों ने ही उसके साथ सख्ती की थी।

एक चपरासी—वह तो कहेगा ही, लेकिन खुदा गवाह है, हम लोग भाग न आए होते तो जान की खैर न थी। ऐसी जिल्लत आज तक कभी न हुई थी। हम लोग चार-चार पैसे के मुलाजिम हैं, पर हाकिमों के इकबाल से बड़ों-बड़ों की कोई हकीकत नहीं समझते।

गौस खाँ—हुजूर, वह लौंडा इन्तहा दर्जे का शरीर है। उसके मारे हम लोगों का गाँव में रहना दुश्वार हो गया है। रोज एक-न-एक तूफान खड़ा किए रहता है।

दूसरा चपरासी—हुजूर ही लोगों की गुलामी में उम्र कटी, लेकिन कभी ऐसी दुर्गति न हुई थी।

ईजाद हुसेन—हुजूर की रिआया-परवरी में कोई शक नहीं। हुक्काम को रहम-दिल होना ही चाहिए; लेकिन हक तो यह है कि बेगार बन्द हो जाए तो इन टके के आदमियों का किसी तरह गुजर ही न हो।

ज्वालासिंह—नहीं, मैं इन्हें तकलीफ नहीं देना चाहता। मेरी मंशा सिर्फ यह है कि रिआया पर बेजा सख्ती न हो। मैंने इन लोगों को जो हुक्म दिया है, उसमें उनकी जरूरतों का काफी लिहाज रखा है। मैं यह नहीं समझता कि सदर में यह लोग जिन चीजों के बगैर गुजर कर सकते हैं उनकी देहात में आकर क्यों जरूरत पड़ती है।

चपरासी—हुजूर, हम लोगों को जैसे चाहें रखें, आपके गुलाम हैं पर इसमें हुजूर की बेरोबी होती है।

गौस खाँ—जी हाँ, यह देहाती लोग उसे हाकिम ही नहीं समझते जो इनके साथ नरमी से पेश आए। हुजूर को हिन्दुस्तानी समझकर ही यह लोग ऐसी दिलेरी करते हैं। अँगरेजी हुक्काम आते हैं तो कोई चूँ भी नहीं करता। अभी दो हफ्ते होते हैं, पादरी साहब तशरीफ

लाए थे और हफ्ते भर रहे, लेकिन सारा गाँव हाथ बाँधे खड़ा रहता था।

ईजाद हुसेन–आप बिल्कुल दुरुस्त फरमाते हैं। हिन्दुस्तानी हुक्काम को यह लोग हाकिम ही नहीं समझते, जब तक वह इनके साथ सख्ती न करें।

ज्वालासिंह ने अपनी मर्यादा बढ़ाने के लिए ही अँगरेजी रहन-सहन ग्रहण किया था। वह अपने को किसी अँगरेज से कम न समझते थे। अंग्रेजों से मिलने जाते तो टोपी हाथ में ले लेते। जूते उतारने के अपमान से बच जाते। रेलगाड़ी में अंग्रेजों के ही साथ बैठते थे। लोग अपनी बोलचाल में उन्हें साहब ही कहा करते थे। हिन्दुस्तानी समझना उन्हें गाली देना था। गौस खाँ और ईजाद हुसेन की बातें निशाने पर बैठ गयीं। अकड़कर बोले, अच्छा यह बात है तो मैं भी दिखा देता हूँ कि मैं किसी अँगरेज से कम नहीं हूँ, यह लोग भी समझेंगे कि किसी हिन्दुस्तानी हाकिम से काम पड़ा था। अब तक तो मैं यही समझता था कि सारी खता हमीं लोगों की है। अब मालूम हुआ कि यह देहातियों की शरारत है। अहलमद साहब, आप हल्के के सब-इन्स्पेक्टर को रूबकार लिखिए कि वह फौरन इस मामले की तहकीकात करके अपनी रिपोर्ट पेश करें।

चपरासी–ज्यादा नहीं तो हुजूर इन लोगों से मुचलका तो जरूर ले ही लिया जाए।

गौस खाँ–इस लौंडे की गोशमाली जरूरी है।

ज्वालासिंह–जब तक रिपोर्ट न आ जाय मैं कुछ नहीं करना चाहता।

परिणाम यह हुआ कि सन्ध्या समय बाबू दयाशंकर जी फिर बहाल होकर इसी हलके में नियुक्त हुए थे लखनपुर आ पहुँचे। कई कान्स्टेबल भी साथ थे। इन लोगों ने चौपाल में आसन जमाए। गाँव के सब आदमी जमा किए गए। मगर बलराज का पता न था। वह और रंगी दोनों नील गायों को भगाने गए थे। दारोगा जी ने बिगड़कर मनोहर से कहा, तेरा बेटा कहाँ है? सारे फिसाद की जड़ तो वही है, तूने कहीं भगा तो नहीं दिया? उसे जल्द हाजिर कर, नहीं तो वारण्ट जारी कर दूँगा।

मनोहर ने अभी उत्तर नहीं दिया था कि किसी ने कहा, वह बलराज आ गया। सबकी आँखें उसकी ओर उठीं। दो कान्स्टेबलों ने लपककर उसे पकड़ लिया और दूसरे दो कान्स्टेबलों ने उसकी मुश्कें कसनी चाही। बलराज ने दीन भाव से मनोहर की ओर देखा। उसकी आँखों में भयंकर संकल्प तिलमिला रहा था।

वह कह रही थीं कि यह अपमान मुझसे नहीं सहा जा सकता। मैं अब जान पर खेलता हूँ। आप क्या कहते हैं? मनोहर ने बेटे की यह दशा देखी तो रक्त खौल उठा। बावला हो गया। कुछ न सूझा कि मैं क्या कर रहा हूँ। बाज की तरह टूटकर बलराज के पास पहुँचा और दोनों कान्स्टेबलों को धक्का देकर बोला, छोड़ दो, नहीं तो अच्छा न होगा।

इतना कहते-कहते उसकी जबान बन्द हो गई और आँखों से आँसू निकल पड़े। सूक्खू चौधरी मन में फूले न समाते थे। उन्हें वह दिन निकट दिखाई दें रहा था, जब मनोहर के दसों बीघे खेत पर उनके हल चलेंगे। दुखरन भगत काँप रहे थे कि मालूम नहीं क्या आफत आ गई। डपटसिंह सोच रहे थे कि भगवान् करे मार-पीट हो जाए तो इन लोगों की खूब कुन्दी की जाए और बिसेसर साह थर-थर काँप रहे थे। केवल कादिर खाँ को मनोहर से सच्ची सहानुभूति थी। मनोहर की उद्दण्डता से उसके हृदय पर एक चोट-सी लगी। सोचा,

मार-पीट हो गई तो फिर कुछ बनाए न बनेगी। तुरन्त जाकर दयाशंकर के कानों में कहा, हुजूर हमारे मालिक हैं। हम लोग आप की ही रिआया हैं। सिपाहियों को मने कर दें, नहीं तो खून हो जाएगा। आप जो हुक्म देंगे उसके लिए मैं हाजिर हूँ। दयाशंकर उन आदमियों में न थे, जो खोकर भी कुछ नहीं सीखते। उन्हें अपने अभियोग ने एक बड़ी उपकारी शिक्षा दी थी। पहले वह यथासम्भव रिश्वत अकेले ही हजम कर लिया करते थे। इससे थाने के अन्य अधिकारी उनसे द्वेष किया करते थे, अब उन्होंने बाँटकर खाना सीखा था। इससे सारा थाना उन पर जान देता था। इसके अतिरिक्त अब वह पहले भी भाँति अश्लील शब्दों का व्यवहार न करते थे। उन्हें अब अनुभव हो रहा था कि सज्जनता केवल नैतिक महत्व की वस्तु नहीं है, उसका आर्थिक महत्त्व भी कम नहीं है, सारांश यह कि अब उनके स्वभाव में अनर्गलता की जगह गम्भीरता का समावेश हो गया था। वह इस झमेले में सारे गाँव को समेटकर अपना स्वार्थ सिद्ध करना चाहते थे। कान्स्टेबलों का अत्याचार यइस उद्देश्य में बाधक हो सकता था। अतएव उन्होंने सिपाहियों को शान्त किया और बयान लिखने लगे। पहले चपरासियों के बयान हुए। उन्होंने अपना सारा क्रोध बलराज पर उतारा। गौस खाँ और उनके दोनों शहनों ने भी इसी से मिलता-जुलता बयान दिया। केवल बिन्दा-महाराज का बयान कुछ कमजोर था। अब गाँववालों के इजहार की बारी आई। पहले तो इन लोगों ने समझा था कि सारे गाँव पर आफत आनेवाली है, लेकिन विपक्षियों के बयान से विदित हुआ कि सब उद्योग बलराज को फँसाने के लिए किए जा रहे हैं। बलराज पर उसकी सहृदयता के कारण समस्त गाँव जान देता था। पारस्परिक स्नेह और सहृदयता भी ग्राम्य जीवन का एक शुभ लक्षण है। उस अवसर पर केवल सच्ची बात कहने से ही बलराज की जान बचती थी, अपनी ओर से कुछ घटाने या बढ़ाने की जरूरत न थी। अतएव लोगों ने साहस से काम लिया और सारी घटना सच कह सुनाई; केवल बलराज के कठोर शब्दों पर पर्दा डाल दिया। विपक्षियों ने उन्हें फोड़ने में कोई बात उठा न रखी, पर कादिर खाँ की दृढ़ता ने किसी को विचलित न होने दिया।

आठ बजते-बजते तहकीकात समाप्त हो गई। बलराज को हिरासत में लेने के लिए प्रमाण न मिले। गौस खाँ दाँत पीसकर रह गए। दरोगा जी चौपाल से उठकर अन्दर के कमरे में जा बैठे। गाँव के लोग एक-एक करके सरकने लगे। डपटसिंह ने अकड़ कर कहा, गाँव में फूट न हो तो कोई कुछ नहीं कर सकता। दरोगा जी कैसी जिरह करते थे कि कोई फूट जाय।

दुखरन—भगवानृ चाहेंगे तो अब कुछ न होगा। मेल बड़ी चीज है।

मनोहर—भाई, तुम लोगों ने मेरी आबरू रख ली, नहीं तो कुशल नहीं थी।

डपटसिंह—लश्करवालों ने समझा था जैसे दूसरे गाँववालों को दबा लेते हैं, वैसे ही इन लोगों को दबा लेंगे।

दुखरन—इस गाँव पर महावीर स्वामी का साया है, इसे क्या कोई खा कर दबाएगा?

मनोहर—कादिर भैया, जब दोनों कान्स्टेबलों ने बालू का हाथ पकड़ा तो मेरे बदन में जैसे आग लग गई। अगर वह छोड़ न देते तो चाहे जान से जाता, पर एक की तो जान लेकर ही छोड़ता।

डपट—अचरज तो यह है कि बलराज से इतना जब्त कैसे हुआ?

बलराज—मेरी तो जैसे सिट्टी-पिट्टी भूल गई थी? मालूम होता था हाथों में दम नहीं है। हाँ, जब वह सब दादा से हाथापाई करने लगे तब मुझसे जब्त न हो सका।

दुखरन—चलो, भगवान् की दया से सब अच्छा ही हुआ। अब कोई चिन्ता नहीं।

यह बातें करते हुए लोग अपने-अपने घर गए। मनोहर अभी भोजन करके चिलम पी ही रहा था कि बिन्दा महाराज आकर बैठ गए। यह बड़ा सहृदय मनुष्य था। था तो जमींदार का नौकर, पर उसकी सहानुभूति सदैव असामियों के साथ रहती थी। मनोहर उसे देखते ही खाट पर से उठ बैठा, बिलासी घर में से निकल आई और बलराज , जो ऊख की गँडेरियाँ काट रहा था, हाथ में गड़ासा लिये आकर खड़ा हो गया। आजकल ऊख पेरी जाती थी। पहर रात रहे कोल्हू खड़े हो जाते थे।

मनोहर ने पूछा, कहो महाराज, कैसे चले? चौपाल में क्या हो रहा है?

बिन्दा—तुम्हारा गला रेतने की तैयारियों हो रही हैं। दरोगा जी ने गाँव के मुखिया लोगों को बुलाया है और सबसे अपना-अपना बयान बदलने के लिए कहा है। धमका रहे हैं कि बयान न बदलोगे तो सबसे मुचलका ले लेंगे। उस पर सौ रुपये की थैली अलग माँगते हैं। डर के मारे सबकी नानी मर रही हैं बयान बदलने पर तैयार हैं। मैंने सोचा चलकर तुम्हें खबर तो दे दूँ। जमींदार के चाकर हैं तो क्या, पर हैं तो हम और तुम एक।

मनोहर के पाँव तले से जमीन निकल गई। बिलासी सन्नाटे में आ गई, बलराज के भी होश उड़ गए। गरीबों ने समझा था, बला टल गई। अपने काम-धन्धे में लगे हुए थे। इस समाचार ने आँधी के झोंके की तरह आकर नौका को डावाँडोल कर दिया। किसी के मुँह से आवाज न निकली।

बिन्दा ने फिर कहा, सबों ने कैसा अच्छा बयान दिया था। मैंने समझा था, वह अपनी बात पर अड़े रहेंगे, पर सब कायर निकले। एक ही धमकी में पानी हो गए।

मनोहर—मेरे ऊपर कोई गरह दशा आई हुई है और क्या? इस लौंडे के पीछे देखें क्या-क्या दुर्गति होती है।

बिन्दा—रात तो बहुत हो गई है; पर बन पड़े तो लोगों के पास जाओ अरज-बिनती करो। कौन जाने मान ही जाएँ।

बलराज ने तनकर कहा, न। किसी भकुए के पास जाने का काम नहीं। यहीं न होगा, मेरी सजा हो जाएगी। ऐसे कायरों से भगवान् बचाएँ। मुचलके के नाम से जिनके प्राण सूखे जाते हैं, उनका कोई भरोसा नहीं। यहाँ मर्द हैं, सजा से नहीं डरते। कोई चोरी नहीं की है, डाका नहीं मारा है, सच्ची बात के पीछे सजा से नहीं डरते। सजा नहीं गला कट जाय तब भी डरने वाले नहीं।

मनोहर—अरे बाबा, चुप भी रह। आया है बड़ा मर्द बनके! जब तेरी उमिर थी तो हम भी आकाश पर दिया जलाते थे, पर अब वह कलेजा कहाँ से लाएँ?

बिन्दा—इन लड़कों की बातें ऐसी ही होती हैं। यह क्या जानें, माँ-बाप के दिल पर क्या गुजरती है। जाओ, कहो-सुनो, धिक्कारो, आँखें चार होने पर कुछ न कुछ मुरौवत आ ही जाती है।

बिलासी—हाँ, अपनीवाली कर लो। आगे जो भाग में बदा है वह तो होगा ही।

नौ बज चुके थे। प्रकृति कुहरे के सागर में डूबी हुई थी। घरों के द्वार बन्द हो चुके थे। अलाव भी ठण्डे हो गए थे। केवल सुक्खू चौधरी के कोल्हाड़े में गुड़ पक रहा था। कई आदमी भट्ठे के सामने आग ताप रहे थे। गाँव की गरीब स्त्रियाँ अपने-अपने घड़े लिये गरम रस की प्रतीक्षा कर रही थीं। इतने में मनोहर आकर सुक्खू के पास बैठ गया। चौधरी अभी चौपाल से लौटै थे और अपने मेलियों से दरोगा जी की सज्जनता की प्रशंसा कर रहे थे। मनोहर को देखते ही बात बदल दी और बोले, आओ मनोहर, बैठो। मैं तो आप ही तुरम्हारे पास आने वाला था। कड़ाह की चासनी देखने लगा। इन लोगों को चासनी की परख नहीं है। कल एक पूरा ताव बिगड़ गया। दरोगा जी तो बहुत मुह फैला रहे हैं। कहते हैं, सबसे मुचलका लेंगे। उस पर सौ की थैली अलग माँगते हैं। हाकिमों के बीच में बोलना जान जोखिग है। जरा-सी सुई का पहाड़ हो गया। मुचलका का नाम सुनते ही सब लोग थरथरा रहे हैं ; अपने-अपने बयान बदलने पर तैयार हो रहे हैं।

मनोहर—तब तो बल्लू के फँसने में कोई कसर ही नहीं रही।

सुक्खू—हाँ, बयान बदल जाएँगे तो उसका बचना मुश्किल है। इसी मारे मैंने अपना बयान न दिया था। खाँ साहब बहुत दम-भरोसा देते रहे, पर मैंने कहा, मैं न इधर हूँ, न उधर हूँ। न आपसे बिगाड़ करूँगा, न गाँव से बुरा बनूँगा। इस पर बुरा मान गए। सारा गाँव समझता है कि खाँ साहब से मिला हुआ हूँ, पर कोई बता दे कि उनसे मिलकर गाँव की क्या बुराई की? हाँ, उनके पास उठता-बैठता हूँ इतने से ही जब मेरा बहुत-सा काम निकलता है तब व्यवहार क्यों तोड़ूँ? मेल से जो काम निकलता है वह बिगाड़ करने से नहीं निकलता हमारा सिर जमींदार के पैरों तले रहता है। ऐसे देवता को राजी रखने ही में अपनी भलाई है।

मनोहर—अब मेरे लिए कौन-सी राह निकालते हो?

सूक्खू—मैं क्या कहूँ गाँव का हाल तो जानते ही हो। तुम्हारी खातिर कोई न मानेगा। बस, या तो भगवान का भरोसा है या अपनी गाँठ का।

मनोहर ने सुक्खू से ज्यादा बातचीत नहीं की। समझ गया कि यह मुझे मुड़वाना चाहते हैं। कुछ दरोगा को देंगे, कुछ गौस खाँ के साथ मिलकर आप खा जाएँगे। इन दिनों उसका हाथ बिलकुल खाली था। नई गोली लेनी पड़ी, सब रुपये हाथ से निकल गए। खाँ साहब ने सिकमी खेत निकाल लिए थे। इसलिए रब्बी की भी आशा कम थी। केवल ऊख का भरोसा था लेकिन बिसेसर साह के रुपये चुकाने थे और लगान भी बेबाक करना था। गुड़ से इससे अधिक और कुछ न हो सकता था दूसरा ऐसा कोई महाजन न था जिससे रुपये उधार मिल सकते। वह यहाँ से उठकर डपटसिंह के घर की ओर चला, पर अभी तक कुछ निश्चय न कर सका था। उनसे क्या कहूँगा। वह भटके हुए पथिक की भाँत एक पगडंडी पर चला जा रहा था, बिलकुल बेखबर कि यह रास्ता मुझे कहाँ लिये जाता है, केवल इसलिए कि एक जगह खड़े रहने से चलते रहना अधिक सन्तोषप्रद था। क्या हानि है, यदि लोग मुचलका देने पर राजी हो जाएँ। यह विधान इतना दूरस्थ था कि वहाँ तक उसका विचार भी न पहुँच सकता था।

डपटसिंह के दालान में एक मिट्टी के तेल की कुप्पी जल रही थी। भूमि पर पुआल बिछी हुई थी और कई आदमी और लड़के एक मोटे टाट का टुकड़ा ओढ़े, सिमटे पड़े थे। एक कोने में कुतिया बैठी हुई पिल्लों को दूध पिला रही थी। डपटसिंह अभी सोये न थे। सोच रहे थे कि सुक्खू के कोल्हाड़े से गरम रस आ जाए तो पीकर सोए। उनके छोटे भाई झपटसिंह कुप्पी के सामने रामायण लिये आँखें गड़ा-गड़ा कर पढ़ने का उद्योग कर रहे थे। मनोहर को देखकर बोले, आओ महतो, तुम तो बड़े झमेले में पड़ गए।

मनोहर—अब तो तुम्हीं लोग बचाओ तो बच सकते हैं।

डपट—तुम्हें बचाने के लिए हमने कौन-सी बात उठा रखी? ऐसा बयान दिया कि बलराज पर कोई दाग नहीं आ सकता था, पर भाई मुचलका तो नहीं दे सकते। आज मुचलका दे दें, कल को गौस खाँ झूठों कोई सवाल दे दें तो सजा हो जाए।

मनोहर—नहीं भैया, मुचलका देने को मैं आप ही न कहूँगा डपटसिंह मनोहर के सदिच्छुक थे, पर इस समय उसे प्रकट न कर सकते थे। बोले, परमात्मा बैरी को भी कपूत सन्तान न दे। बलराज ने कील झूठ-मूठ बतबढ़ाव न किया होता तो तुम्हें क्यों इस तरह लोगों की चिरौरी करनी पड़ती।

हठात् कादिर खाँ की आवाज यह कहते हुए सुनाई दी, बड़ा न्याय करते हो ठाकुर, बलराज ने झूठ-मूठ बतबताव किया था तो उसी घड़ी में डाँट क्यों न दिया? तब तो तुम भी बैठे मुस्कराते रहे और आँखों से इस्तालुक देते रहे। आज जब बात बिगड़ गई है तो कहते हो झूठ-मूठ बतबढ़ाव किया था। पहले तुम्हीं ने अपनी लड़की का रोना रोया था, मैंने अपनी रामकहानी कही थी। यही सब सुन-सुन कर बलराज भर बैठा था। ज्यों ही मौका मिला, खुल पड़ा। हमने और तुमने रो रोकर बेगार दी, पर डर के मारे मुँह न खोल सके। वह हिम्मत का जवान है, उससे बरदास न हुई। वह जब हम सभी लोगों की खातिर आगे बढ़ा तो यह कहाँ का न्याय है कि मुचलके के डर से उसे आग में झोंक दें?

डपटसिंह ने विस्मित होकर कहा—तो तुम्हारी सलाह है कि मुचलका दे दिया जाए?

कादिर—नहीं मेरी सलाह नहीं है। मेरी सलाह है कि हम लोग अपने-अपने बयान पर डरे रहें। अभी कौन जानता है कि मुचलका देना ही पड़ेगा। लेकिन अगर ऐसा हो तो हमें पीठ न फेरनी चाहिए। भला सोचो, कितना बड़ा अन्धेर है कि हम लोग मुचलके के डर से अपने बयान बदल दें। अपने ही लड़के को कुएँ में ढकेल दें।

मनोहर ने कादिर मियाँ को अश्रुपूर्ण नेत्रों से देखा। उसे ऐसा जान पड़ा मानो यह कोई देवता है। कादिर की सम्मति जो साधारण न्याय पर स्थिर थी, उसे अलौकिक प्रतीत हुई। डपटसिंह को भी यह सलाह सयुक्तिक ज्ञात हुई। मुचलके की शंका कुछ कम हुई। मन में अपनी स्वार्थपरता पर लज्जित हुए, तिस पर भी मन से यह विचार न निकल सका कि प्रस्तुत विषय का सारा भार बलराज के सिर है। बोले—कादिर भाई, यह तो तुम नाहक कहते हो कि मैंने बलराज को इस्तालुक दिया। मैंने बलराज से कब कहा कि तुम लश्कर वालों से तूलकलाम करना। यह रार तो उसने आप ही बढ़ाई। उसका स्वभाव ही ऐसा कड़ा ठहरा। आज को सिपाहियों से उलझा है, कल को किसी पर हाथ ही चला दे तो हम लोग कहाँ तक उसकी हिमायत करते फिरेंगे?

कादिर—तो मैं तुमसे कब कहता हूँ कि उसकी हिमायत करो। वह बुरी राह चलेगा तो आप ठोकर खाएगा। मेरा कहना यही है कि हम लोग अपनी आँखों की देखी और कानों की सुनी बातों में किसी के भय से उलट-फेर न करें। अपनी जान बचाने के लिए फरेब न करें। मुचलके की बात ही क्या, हमारा धरम है कि अगर सच कहने के लिए जेहल भी जाना पड़े तो सच से मुँह न मोड़ें।

डपटसिंह को अब निकलने का कोई रास्ता न रहा, किन्तु फिर भी इस निश्चय को व्यावहारिक रूप में मानने का कोई सम्भावित मार्ग निकल आने की आशा बनी हुई थी। बोले, अच्छा मान लो हम और तुम अपने बयान पर अड़े रहे, लेकिन बिसेसर और दुखरन को क्या करोगे? वह किसी विध न मानेंगे।

कादिर—उनको भी खींचे लाता हूँ, मानेंगे कैसे नहीं। अगर अल्लाह का डर है तो कभी निकल ही नहीं सकते।

यह कहकर कादिर खाँ चले गए और थोड़ी देर में दोनों आदमियों को साथ लिये आ पहुँचे। बिसेसर साह ने तो आते ही डपटसिंह की ओर प्रश्नसूचक दृष्टि से आँखें नचा कर देखा, मानो पूछना चाहते थे कि तुम्हारी क्या सलाह है, और दुखरन भगत, जो दोनों जून मन्दिर में पूजा करने जाया करते थे। और जिन्हें राम चर्चा से कभी तृप्ति न होती थी, इस तरह सिर झुकाकर बैठ गए, मानो उन पर वज्रपात हो गया है या कादिर खाँ उन्हें किसी गहरी खोह में गिरा रहे हैं।

इन्हें यहाँ बैठाकर कादिर खाँ ने अपनी पगड़ी से थोड़ी-सी तमाखू निकाली, अलाव से आग लाए और दो-तीन दम लगाकर चिलम को डपटसिंह की ओर बढ़ाते हुए बोले, कहो भगत, कल दरोगा जी के पास चलकर क्या करना होगा।

दुखरन—जो तुम लोग करोगे वही मैं भी करूँगा, हाँ, मुचलका न देना पड़े। कादिर ने फिर उसी युक्ति से काम लिया, जो डपटसिंह को समाधान करने में सफल हई थी! सीधे किसान वितंडावादी नहीं होते। वास्तव में इन लोगों के ध्यान में यह बात ही न आई थी कि बयान का बदलना प्रत्यक्ष जाल है। कादिर खाँ ने इस विषय का निदर्शन किया तो उन लोगों की सरल सत्य-भक्ति जाग्रत हो गई। दुखरन शीघ्र ही उनसे ससहमत हो गए। लेकिन बिसेसर पर उनके भाषण का कुछ असर न हुआ। साहजी के यहाँ शक्कर और अनाज का कारबार होता था। डेवढ़ी-सवाई चलती थी, लेन-देन करते थे, दो हल की खेती होती थी; गाँजा-भाँग, चरस आदि का ठीका भी ले लिया था, पर उनका भेषभाव उन्हें अधिकारियों के पंजे से बचाता रहता था। बोले, भाई, तुम लोगों का साथ देने में मैं कहीं का न रहूँगा; चार पैसे का लेन-देन है। नरमी-गरमी, डाँट-डपट किए बिना काम नहीं चल सकता। रुपये लेते समय तो लोग सगे भाई बन जाते हैं, पर देने की बारी आती है तो कोई सीधे मुँह बात नहीं करता। यह रोजगार ही ऐसा है कि अपने घर की जमा देकर दूसरों से बैर मोल लेना पड़ता है। आज मुचलका हो जाए, कल को कोई मामला खड़ा हो जाए, तो गाँव में सफाई के गवाह तक न मिलेंगे और फिर संसार में रहकर अधर्म से कहाँ तक बचेंगे? यह तो कपट लोक है। अपने मतलब के लिए दंगा, फरेब, जाल सभी कुछ करना पड़ता है। आज़ धर्म का विचार करने लगूँ, तो कल ही सौ रुपये साल का टिकट बंध जाए, असामियों

से कौड़ी न वसूल हो और सारा कारबार मिट्टी में मिल जाए। इस जमाने में जो रोज़गार रह गया है इसी बेईमानी का रोजगार है। क्या हम हुए, क्या तुम हुए, सबका एक ही हाल है, सभी सनकी गाँठों में मिट्टी और लकड़ी भरते हैं, तेलहन और अनाज में मिट्टी और कंकर मिलाते हैं। क्या यह बेईमानी नहीं है? अनुचित बात कहता होऊँ तो मेरे मुँह पर थप्पड़ मारो। तुम लोगो को जैसा गौं पड़े वैसा करो, पर मैं मुचलका देने पर किसी तरह राजी नहीं हो सकता।

स्वार्थ नीति का जादू निर्बल आत्माओं पर खूब चलता है। दुखरन और डपटसिंह को यह बातें अतिशय न्याय-संगत जान पड़ी। यही विचार उनके हृदय में भी थे, पर किसी कारण से व्यक्त न हो सके थे। दोनों ने एक-दूसरे को मार्मिक दृष्टि से देखा। डपटसिंह बोले, भाई, बात तो सच्ची करते हो, संसार में रहकर सीधी राह पर कोई नहीं चल सकता। अधर्म से बचना चाहे तो किसी जंगल-पहाड़ में जाकर बैठे। यहाँ निबाह नहीं।

कादिर खाँ समझ गए कि साहु जी पर धर्म और न्याय का कुछ बस न चलेगा। यह उस वक्त तक काबू में न आएँगे जब तक इन्हें यह न सूझेगा कि बयान बदलने में कौन-कौन-सी बाधाएँ उपस्थित हो सकती हैं। बोले, साहु जी, तुम जो बात कहते हो। संसार में रहकर अधर्म से कहाँ तक कोई बचेगा? रात-दिन तो छलकपट करते रहते हैं! जहाँ इतने पापों का दण्ड भोगना है, एक पाप और सही। लेकिन यहाँ धर्म का ही विचार नहीं है न। डर तो यह है कि बयान बदलकर हम लोग किसी और संकट में न फँस जाएँ। पुलिस वाले किसी के नहीं होते। हम लोगों का पहला बयान दारोगा जी के पास रखा हुआ है। उस पर हमारे दसखत और अँगूठे के निशान भी मौजूद हैं। दूसरा बयान लेकर वह हम लोगों को जालसाजी में गिरफ्तार कर लें तो सोचो कि क्या हो? सात बरस से कम की सजा न होगी। न भैया, इससे तो मुचलका ही अच्छा। आँख से देखकर मक्खी क्यों निगलें?

विसेसर साह की आँखें खुलीं। और लोग भी चकराए। कादिर खाँ की यह युक्ति काम कर गई। लोग समझ गए कि हम लोग बुरे फँस गए हैं और किसी तरह से निकल नहीं सकते। बिसेसर का मुँह लटक गया मानो रुपये की थैली गिर गई हो। बोले, दारोगा जी ऐसे आदमी तो नहीं जान पड़ते। कितना ही हैं तो हमारे मालिक हैं, कुछ-न-कुछ मुलाहिजा तो करेंगे ही, लेकिन किसी के मन का हाल परमात्मा ही जान सकता है। कौन जाने, उनके मन में कपट समा जाए तब तो हमारा सत्यानाश ही हो जाए। तो यही सलाह पक्की कर लो कि न बयान बदलेंगे, न दारोगा जी के पास जाएँगे। अब तो जाल में फँस गए हैं। फड़फड़ाने से फँदे और भी बन्द हो जाएँगे। चुपचाप राम आसरे बैठे रहना ही अच्छा है।

इस प्रकार आपस में सलाह करके लोग अपने-अपने घर गए। कादिर खाँ की व्यवहार पटुता ने विजय पाई।

बाबू दयाशंकर नियमानुसार आठ बजे सोकर उठे और रात की खुमारी उतारने के बाद इन लोगों कीर राह देखने लगे। जब नौ बजे तक किसी की सूरत न दिखाई दी तो गौस खाँ से बोले, कहिए खाँ साहब, यह सब न आएँगे क्या? देर बहुत हुई।

गौस खाँ—क्या जाने कल सबों में क्या मिस्कौट हुई। क्यों सुक्खू, रात मनोहर तुम्हारे पास आया था न?

सूक्ख–हाँ, आया तो था, पर कुछ मामले की बातचीत नहीं हुई। कादिर मियाँ बड़ी रात तक सबके घर-घर घूमते रहे। उन्होंने सबों को मन्त्र दिया होगा।

गौस खाँ–जरूर उसकी शरारत है। कल पहर रात तक सब लोग बयान बदलने पर आमादा थे। मालूम होता है जब लोग यहाँ से गए हैं तो उसे पट्टी पढ़ाने का मौका मिल गया। मैं जानता तो सबों को यहीं बुलाता। यह मलऊन कभी अपनी हरकत से बाज नहीं आता। हमेशा भाँजी मारा करता है।

दया–अच्छी बात है, तो मैं अब रिपोर्ट लिख डालता हूँ। मुखे गाँव वालों की तरफ से किसी किस्म की ज्यादती का सबूत नहीं मिलता।

गौस खाँ–हुजूर, खुदा के लिए ऐसी रिपोर्ट न लिखें, वरना यह सब और शेर हो जाएँगे। हुजमर, महज अफसर नहीं हैं, मेरे आका भी तो हैं। गुलाम ने बहुत दिनों तक हुजूर का नमक खाया है, ऐसा कुछ कीजिए कि यहाँ मेरा रहना दुश्वार न हो जाय। मैं तो हुजूर और बाबू ज्ञानशंकर को एक ही समझता हूँ। मैं यहीं चाहता हूँ कि बलराज को कम-से-कम एक माह की सजा हो जाए और बाकी से मुचलका ले लिया जाय। यह इनायत खास मुझ पर होगी। मेरी धाक बँध जाएगी। और आइन्दा से हुक्काम की बेगार में जरा भी दिक्कत न होगी।

दयाशंकर–आपका फरमान बजा है, पर मैं इस वक्त न आपके पास आका की हैसियत में हूँ और न मेरा काम हुक्काम के लिए बेगार पहुँचाना है। मैं तशवीश करने आया हूँ और किसी के साथ रू-रिआयत नहीं कर सकता। यह तो आप जानते ही हैं कि मैंने मुफ्त कलम उठाने का सबक नहीं पढ़ा। किसी पर जब्र नहीं करता, सख्ती नहीं करता, सिर्फ काम की मजदूरी चाहता हूँ और खुशी से जो मुझसे काम लेना चाहे उजरत पेश करे। और मुझे महज अपनी फिक्र तो नहीं मेरे मातहत और भी तो कितने ही छोटी-छोटी तनख्वाहों के लोग हैं। उनका गुजर कैसे हो? गाँव वालों से मेरी कोई दुश्मनी नहीं, बल्कि वह गरीब तो मेरे पुराने वफादार असामी हैं। मैं मच्छर नहीं कि डंक मारता फिरूँ। कसम खा चुका हूँ, कि अब एक सौ से कम की तरफ निगाह न उठाऊँगा, यह रकम चाहे आप दें या काला चोर दे। मेरे सामने रकम आनी चाहिए। गुनाहें बेलज्जत नहीं कर सकता।

गौस खाँ ने बहुत मिन्नत समाअत की अपनी हीन दशा का रोना रोया, आनी दुरवस्था का पचड़ा गाया, पर दारोगा जी टस से मस न हुए। खाँ साहब ने लोगों को नीचा दिखाने का निश्चय किया था, इसी में उनका कल्याण था। दारोगा जी के पूजार्पण के सिवा अन्य कोई उपाय न था। सोचा, जब मेरी धाक जम जाएगी तो ऐसे-ऐसे कई सौ का वारा-न्यारा कर दूँगा। कुछ रुपये अपने सन्दूक से निकाले , कुछ सुक्खू चौधरी से लिये और दारोगा जी की खिदमत में पेश किए। यह रुपये उन्होंने अपने गाँव में एक मसजिद बनवाने के लिए जमा किए। थे। निकालते हुए हार्दिक बेदना हुई, पर समस्या ने विवश कर दिया था। दयाशंकर ने काले-काले रुपयों का ढेर देखा तो चेहरा खिल उठा। बोले, अब आपकी फतह है। वह रिपोर्ट लिखता हूँ कि मिस्टर ज्वालासिंह भी फड़क जाएँ। मगर आपने यह रुपये जमीन में दफन कर रखे थे क्या?

गौस खाँ–अब हुजूर कुछ न पूछें। बरसों की कमाई है। ये पसीने के दाग हैं।

दयाशंकर–(हँसकर) आपके पसीने के दाग तो न होंगे, हाँ असामियों के खूने-जिगर के दाग हैं।

दस बजे रिपोर्ट तैयार हो गई। दो दिन तक सारे गाँव में कुहराम मचा रहा। लोग तलब हुए। फिर सबके बयान हुए। अन्त में सबसे सौ-सौ रुपये के मुचलके ले लिए गए। कादिर खाँ का घर से बाहर निकलना मुश्किल हो गया।

शाम हो गई थी। बाबू ज्वालासिंह शिकार खेलने गए हुए थे। फैसला कल सुनाया जाने वाला था। गौस खाँ ईजाद हुसेन के पास आकर बैठ गए और बोले, क्या डिप्टी साहब अभी शिकार से वापस नहीं आए?

ईजाद हुसेन–कहीं घड़ी रात तक लौटेंगे। हुकूमत का मजा तो दौरे में ही मिलता है। घण्टे आध घण्टे कचहरी की, बाकी सरे दिन मटरगश्ती करते रहे रोजनामचा भरने को लिख दिया, परताल करते रहे।

गौस खाँ–आपको तो मालूम ही हुआ होगा, दारोगा जी ने मुझे आज खूब पथरा।

ईजाद–इन हिन्दुओं से खुदा समझें। यह बल के मतअस्सिब होते हैं। हमारे साहब बहादुर भी बड़े मुन्सिफ बनते हैं, मबर जब कोई जबह खाली होती है तो वह हिन्दू को ही देते हैं। अर्दली चपरासी मजीद को आप जानते होंगे। अभी हाल में उसने जिल्दबन्दी की दुकान खोल ली, नौकरी से इस्तीफा दे दिया। आपने उसकी जग पर एक गँवार अहीर को मुकर्रर कर लिया। है तो अर्दली चपरासी पर उसका काम है गायें दुहना, उन्हें चारा-पानी देना। दौरे के चौकीदारों में दो कहार रख लिये हैं। उनसे खिदमतगारी का काम लेते हैं। जब इन हथकण्डों से काम चले तो बेगार की जरूरत ही क्या? हम लोगों को अलबत्ता हुक्म मिला है। बेगार न लिया करो।

सूर्य अस्त हुए। खाँ साहब को याद आ गया कि नमाज का वक्त गुजरा जाता है। वजू किया और एक पेड़ के नीचे नमाज पढ़ने लगे।

इतने में बिसेसर साह ने रावटी के द्वार पर आकर अहलमद साहब को अदब से सलाम किया। स्थूल शरीर, गाढ़े की मिर्जई, उस पर गाढ़े की दोहर, सिर पर एक मैली-सी पगड़ी, नंगे पाँव, मुख मलिन, स्वार्थपूर्ण विनय की मूर्ति बने हुए थे। एक चपरासी ने डाँट कर कहा, यहाँ घुसे चले आते हो? कुछ अफसरों का अदब-लिहाज भी है।

बिसेसर साह दो-तीन पग पीछे हट गए और हाथ बाँधकर बोले, सरकार एक बिनती है। हुक्म हो तो अरज करूँ।

ईजाद–क्या कहते हो। तुम लोगों के मारे तो दम मारने की फुर्सत नहीं जब देखो, एक-न-एक आदमी शैतान की तरह सिर पर सवार रहता है।

बिसेसर–हुजूर, बड़ी देर से खड़ा हूँ।

ईजाद–अच्छा, खैर अपना मतलब कहो।

बिसेसर–यही अरज है हुजूर कि मुझसे मुचलका न लिया जाय। बड़ा गरीब हूँ सरकार, मिट्टी में मिल जाऊँगा।

अहलमद साहब के यहाँ ऐसे गरज के बावले, आँख के अन्धे, गाँठ के पूरे नित्य ही आया करते थे। वह उनके कल-पुरजे खूब जानते थे। पहले मुँह फेरा, फिर अपनी विवशता

प्रकट की पर भाव ऐसा शीलपूर्ण बनाए रखा कि शिकार हाथ से निकल न जाए। अन्त में मामले पर आए। रुपये लेते हुए ऐसा मुँह बनाया, मानो दे रहे हों। साह जी को दिलासा देकर बिदा किया।

चपरासी ने पूछा, क्या इससे मुचलका न लिया जाएगा?

ईजाद—लिया क्यों न जाएगा? फैसला लिखा हुआ तैयार है। इसके लिए जैसे-सौ, वैसे एक सौ बीस। मैंने उससे यह हर्गिज नहीं कहा कि तुम्हें मुचलका से निजात दिला दूँगा। महज इतना कह दिया कि तुम्हारे लिए अपने इमकान भर कोशिश करूँगा। उसकी तसकीन इतने से ही हो गई तो मुझे ज्यादा दर्द सर की क्या जरूरत थी? रिश्वत को लोग नाहक बदनाम करते हैं। इस वक्त मैं इससे रुपये न लेता, तो इसकी न जाने क्या हालत होती। मालूम नहीं कहाँ-कहाँ दौड़ता और क्या-क्या करता? रुपये देकर इसके सिर का बोझ हलका हो गया। और दिल पर से बोझ उतर गया। इस वक्त आराम से खाएगा। और मीठी नींद सोएगा। कल कह दूँगा, भाई, क्या करूँ, बहुत हाथ-पैर मारे; पर डिप्टी साहब राजी न हुए। मौका देखूँगा तो एक चाल और चलूँगा। कहूँगा, डिप्टी साहब को कुछ नजर दिए बिना काम पूरा न होगा। सौ रुपये पेश करो तो तुम्हारा मुचलका रद्द करा दूँ। यह चाल चल गई तो पौ बाहर हैं। इसी का नाम 'हम खुर्मा व हम सवाब है। मैंने कोई ज्यादती नहीं की, कोई जब्र नहीं किया। यह गैबी इमदाद है। इसी से मैं हिन्दुओं के मसलए तनीसुख का कायल हूँ। जरूर इससे पहले की जिन्दगी में इस आदमी पर मेरे कुछ रुपये आते होंगे। आए दिन ऐसे शिकार फँसा करते हैं, गोया उन्हें रुपयों से कोई चिढ़ है। दिल में उनकी हिमाकत पर हँसता हूँ और अल्लाह का शुक्र अदा करता हूँ कि ऐसे बन्दे न पैदा करता तो हम जैसों का गुजर क्योंकर होता।

राय साहब को नैनीताल आए हुए एक महीना हो गया। "एक सुरम्य झील के किनारे हरे-भरे वृक्षों के कुन्ज में उनका बँगला स्थित है, जिसका एक हजार रुपया मासिक किराया देना पड़ता है। कई घोड़े हैं, कई मोटर गाड़ियाँ, बहुत-से नौकर। यहाँ वह राजाओं की भाँति शान से रहते हैं। कभी हिमराशियों की सैर, कभी शिकार, कभी झील में बजरों की बहार, कभी पोली और गल्फ, कभी सरोद और सितार कभी पिकनिक और पार्टियाँ, नित्य नए जल्से, नए प्रमोद होते रहते हैं। राय साहब बड़ी उमंग के साथ इन विनोदों की बहार लूटते हैं। उनके बिना किसी महफिल, किसी जल्से का रंग नहीं जमता। वह सभी बरातों के दूल्हे हैं। व्यवस्थापक सभा की बैठकें नियमित समय पर हुआ करती हैं, पर मेम्बरों के राग-रंग को देखकर यह अनुमान करना कठिन है कि वह आमोद को अधिक महत्त्व का विषय समझते हैं या व्यवस्थाओं के सम्पादक को।

किन्तु ज्ञानशंकर के हृदय की कली यहाँ भी न खिली। राय साहब ने उन्हें यहाँ के समाज से परिचित करा दिया। उन्हें नित्य दावतों और जल्सों में अपने साथ ले जाते, अधिकारियों से उनके गुणों की प्रशंसा करते, यहाँ तक कि उन्हें लेडियों से भी इण्ट्रोड्यूस कराया। इससे ज्यादा वह और क्या कर सकते थे? इस भित्ति पर दीवार उठाना उनका काम था, पर उनकी

दशा उस पौधे की-सी थी जो प्रतिकूल परिस्थिति में जाकर माली के सुव्यवस्था करने पर भी दिनों-दिन सूखता जाता है। ऐसा जान पड़ता था कि वह किसी गहन घाटी में रास्ता भूल गए हैं। रत्न जटित लेडियों के सामने वह शिष्टाचार के नियमों के ज्ञाता होने पर भी झेंपने लगते थे। राय साहब उन्हें प्रायः एकान्त में सभ्य व्यवहार के उपदेश किया करते। स्वयं नमूना बन उन्हें सिखाते , पुरुषों से क्योंकर बिना प्रयोजन ही मुस्कुराकर बातें करनी चाहिए, महिलाओं के रूप-लावण्य की क्योंकर सराहना करनी चाहिए, किन्तु अवसर पड़ने पर ज्ञानशंकर का मतिहरण हो जाता था। उन्हें आश्चर्य होता था कि राय साहब इस वृद्धावस्था में लेडियों के साथ कैसे घुल-मिल जाते हैं, कि अन्दाज से बातें करते हैं कि बनावट का ध्यान भी नहीं हो सकता, मानो इसी जलवायु में उनका पालन-पोषण हुआ है।

एक दिन वह झील के किनारे एक बेंच पर बैठे हुए थे। कई लेडियाँ एक बजरे पर जल-क्रीड़ा कर रही थीं। इन्हें पहचानकर उन्होंने इशारे से बुलाया और सैर करने की दावत दीं। इस समय ज्ञानशंकर की मुखाकृति देखते ही बनती थी। उन्हें इन्कार करने के शब्द न मिले। भय हुआ कि कहीं असभ्यता न समझी जाय। झेंपते हुए बजरे में जा बैठे, पर सूरत बिगड़ी हुई, देख और ग्लानि की सजीव मूर्ति। हृदय पर एक पहाड़ का बोझ रखा हुआ था। लेडियों ने उनकी यह दशा देखी, तो आड़े हाथों लिया और इतनी फबतियाँ उड़ाईं, इतना बनाया कि इस समय कोई ज्ञानशंकर को देखता तो पहचान न सकता। मालूम होता था। आकृति ही बिगड़ गई है। मानो कोई बन्दर का बच्चा नटखट लड़कों के हाथों पड़ गया हो। आँखों में आँसू भरे एक कोने में दबके सिमटे बैठे हुए अपने दुर्भाग्य को रो रहे थे। बारे किसी तरह इस विपत्ति से मुक्ति हुई, जान में जान आई। कान पकड़े कि फिर लेडियों के निकट न जाऊँगा।

शनैः-शनैः ज्ञानशंकर को इन खेल-तमाशों से अरुचि होने लगी। अंगूर खट्टे हो गए। ईर्ष्या , जो अपनी क्षुद्रताओं की स्वीकृति है, हृदय का काँटा बन गई। रात-दिन इसकी टीस रहने लगी। उच्चाकांक्षाएँ उन्हें पर्वत के पादस्थल तक ले गईं लेकिन ऊपर न ले जा सकीं। वहीं हिम्मत हारकर बैठ गए और उस धुन के पूरे, साहसी पुरुष की निन्दा करने लगे, जो गिरते-पड़ते ऊपर चले जाते थे। यह क्या पागलपन है! लोग ख्वाहमख्वाह अँगरेजियत के पीछे लट्ठ लिये फिरते हैं। थोड़ी-सी ख्याति और सत्त के लिए इतना झंझट और इतने रंग-रोगन पर भी असलियत का कहीं पता नहीं। सब-के-सब बहुरूपिए मालूम होते हैं। अँगरेज लोग इनके मुँह पर चाहे न हँसें, पर मित्र-मण्डली में सब इन पर तालियाँ बजाते होंगे। और तो और लोग लेडियों के साथ नाचने पर भी मरते हैं। कैसी निर्लज्जता है, कैसी बेहयाई, जाति के नाम पर धब्बा लगाने वाली। राय साहब भी विचित्र जीव हैं। इस अवस्था में आपको भी नाचने की धुन है। ऐसा मालूम होता है मानो उच्छृंखलता सन्देह होकर दूसरों का मुँह चिढ़ा रही है। डॉक्टर चन्द्रेशेखर कहने को तो दर्शन के ज्ञाता हैं, पुरुष और प्रकृति जैसे गहन विषयों पर लच्छेदार वक्तृताएँ देते हैं, लेकिन नाचने लगते हैं तो सारा पाण्डित्य धूल में मिल जाता है वह जो राजा साहब हैं इन्द्रकुमार सिंह, मटके की भाँति तोंद निकली हुई है। लेकिन आप भी अपना नृत्य-कौशल दिखाने पर उधार खाए हुए हैं। और तुर्रा यह कि सब-के-सब जाति के सेवक और देश के भक्त बनते हैं। जिसे देखिए भारत की दुर्दशा पर

आँसू बहाता नजर आता है। यह लोग विलासमय होटलों में शराब और लेमोनेड पीते हुए देश की दरिद्रता और अधोगति का रोना रोता हैं। यह भी फैशन में दाखिल हो गया है।

इस भाँति ज्ञानशंकर की ईर्ष्या देशानुराग के रूप में प्रकट हुई। असफल लेख समालोचक बन बैठा। अपनी असमर्थता ने साम्यवादी बना दिया। यह सभी रँगे हुए सियार हैं, लुटेरों का जत्था है। किसी को खबर नहीं कि गरीबों पर क्या बीत रही है? किसी के हृदय में दया नहीं। कोई राजा है, कोई ताल्लुकेदार , कोई महाजन, सभी गरीब को खून चूसते हैं, गरीबों के झोंपड़ों में सेंध मारते हैं और यहाँ आकर देश की अवनति का पचड़ा गाते हैं। भला यही है कि अधिकारी वर्ग इन महानुभावों को मुँह नहीं लगाते। कहीं वह इनकी बातों में आ जाएँ और देश का भाग्य इनके हाथों में दे दें तो जाति का कहीं नाम-निशान न रहे। यह सब दिन दहाड़े लूट खाएँ, कोई इन भलेमानसों से पूछे, आप जो यहाँ लाखों रुपये सैर सपाटों में उड़ा रहे हैं, उससे जाति को क्या लाभ हो रहा है? यही धन यदि जाति पर अर्पण करते तो जाति तुम्हें धन्यवाद देती और तुम्हें पूजती, नहीं तो उसे खबर भी नहीं कि तुम कौन हो और क्या करते हो। उनके लिए तुम्हारा होना न होना दोनों बराबर हैं। प्रार्थी को इस बात से सन्तोष नहीं होता कि तुम दूसरों से सफारिश करके उसे कुछ दिला दोगे, उसे सन्तोष होगा जब तुम स्वयं अपने आप से थोड़ा सा निकालकर उसे दे दो।

ये द्रोहात्मक विचार ज्ञानशंकर के चित्त को मथने लगे। वाणी उन्हें प्रकट करने के लिए व्याकुल होने लगी। एक दिन वह डॉक्टर चन्द्रशेखर से उलझ पड़े। इसी प्रकार एक दिन राजा इन्द्रकुमार से विवाद कर बैठे और मिस्टर हरिदास बैरिस्टर से तो एक दिन हाथापाई की नौबत आ गई। परिणाम यह हुआ कि लोगों ने ज्ञानशंकर का बहिष्कार करना शुरू किया; यहाँ तक कि राय साहब के बँगले पर आना भी छोड़ दिया। किन्तु जब ज्ञानशंकर ने अपने विचारों को एक प्रसिद्ध अँगरेजी पत्रिका में प्रकाशित कराया तो सारे नैनीताल में हलचल मच गई। जिसके मस्तिष्क से ऐसे उत्कृष्ट भाव प्रकट हो सकते थे, उसे झक्की या बक्की समझना असम्भव था। शैली ऐसी सजीव, चुटकियाँ ऐसी तीव्र , व्यंग्य ऐसे मीठे और उक्तियाँ ऐसी मार्मिक थीं कि लोगों को उसकी चोटों में भी आनन्द आता था। नैनीताल का एक वृहत् चित्र था। चित्रकार ने प्रत्येक चित्र के मुख पर उसका व्यक्तित्व ऐसी कुशलता से अंकित कर दिया था कि लोग मन-ही-मन कटकर रह जाते थे। लेख में ऐसे कटाक्ष थे कि उसके कितने ही वाक्य लोगों की जबान पर चढ़ गए।

ज्ञानशंकर को शंका थी कि कही यह लेख छपते ही समस्त नैनीताल उनके सिर हो जाएगा; किन्तु यह शंका निस्सार सिद्ध हुई। जहाँ लोग उनका निरादर और अपमान करते थे, वहाँ अब उनका आदर और मान करने लगे। एक-एक करके लोगों ने उनके पास आकर अपने अविनय की क्षमा माँगी। सब-के-सब एक दूसरे पर की गई चोटों का आनन्द उठाते थे। डॉक्टर चन्द्रशेखर और राजा इन्द्रकुमार में बड़ी घनिष्ठता थी, किन्तु राजा साहब पर दोमुँहे साँप की फबती डॉक्टर महोदय को लोट-पोट कर देती थी। राजा साहब भी डॉक्टर महाशय की प्रौढ़ा से उपमा पर मुग्ध हो जाते थे। उनकी घनिष्ठता इस द्वेषमय आनन्द में बाधक न होती थी। यह चोटें और चुटकियाँ सर्वथा निष्फल न हुईं। सैर-तमाशों में लोगों का उत्साह कुछ कम हो गया। अगर अन्तःकरण से नहीं तो केवल ज्ञानशंकर को खुश करने

के लिए लोग उनसे सार्वजनिक प्रस्तावों में सम्मति लेने लगे। ज्ञानशंकर का साहस और भी बढ़ा। वह खुल्लम-खुल्ला लोगों को फटकारें सुनाने लगे। निन्दक से उपदेशक बन बैठे। उनमें आत्मगौरव का भाव उदय हो गया। अनुभव हुआ कि इन बड़े-बड़े उपाधिधारियों और अधिकारियों पर कितनी सुगमता से प्रभुत्व जमाया जा सकता है। केवल एक लेख ने उनकी धाक बिठा दी। सेवा और दया के जो पवित्र भाव उन्होंने चित्रित किए, उनका स्वयं उनकी आत्मा पर भी असर हुआ। शोक! इस अवस्था का शीघ्र ही अन्त हो गया। क्वार का आरम्भ होते ही नैनीताल से डेरे कूच होने लगे और क्वार तक सब बस्ती उजाड़ हो गई। ज्ञानशंकर फिर उसी कुटिल स्वार्थ की उपासना करने लगे। उनका हृदय दिनों-दिन कृपण होने लगा। नैनीताल में भी वह मन-ही-मन राय साहब की फजूलखर्चियों पर कुड़बुड़ाया करते थे। लखनऊ आकार उनकी संकीर्णता शब्दों में व्यक्त होने लगी। जुलाहे का क्रोध दाढ़ी पर उतरता। कभी मुख्तार से, कभी मुहर्रिर से, कभी नौकरों से उलझ पड़ते। तुम लोग रियासत लूटने पर तुल हुए हो, जैसे मालिक वैसे नौकर, सभी की आँखों में सरसों फूली हुई है। मुफ्त का माल उड़ाते क्या लगता है? जब पसीना गारकर कमाते तो खर्च करते अखर होती। राय साहब रामलीला-सभा के प्रधान थे। इस अवसर पर हजारों रुपये खर्च करते, नौकरों को नई-नई वरदियाँ मिलतीं, रईसों की दावत की जाती, राजगद्दी के दिन भोज किया जाता ज्ञानशंकर यह धन का अपव्यय देखकर जलते रहते थे। दीपमालिका के उत्सव की तैयारियाँ देखकर वह ऐसे हताश हुए कि एक सप्ताह के लिए इलाके की सैर करने चले गए।

दिसम्बर का महीना था और क्रिसमस के दिन। राय साहब अँगरेज अधिकारियों को डालियाँ देने की तैयारियों में तल्लीन हो रहे थे। ज्ञानशंकर उन्हें डालियाँ सजाते देख कर इस तरह मुँह बनाते, मानो वह कोई महाघृणित काम कर रहे हैं। कभी-कभी दबी जबान से उनकी चुटकी भी ले लेते। उन्हें छेड़कर तर्क वितर्क करना चाहते। राय साहब पर इन भावों का जरा भी असर न होता। वह ज्ञानशंकर की मनोवृत्तियों से परिचित जान पड़ते थे। शायद उन्हें जलाने के लिए ही वह इस समय इतने उत्साहशील हो गए थे। यह चिन्ता ज्ञानशंकर की नींद हराम करने के लिए काफी थी। उस पर जब उन्हें विश्वस्त सूत्र से मालूम हुआ कि राय साहब पर कई लाख का कर्ज है तो वह नैराश्य से विह्वल हो गए। एक उद्विग्न दशा में विद्या के पास आकर बोले, मालूम होता है यह मरते दम तक कौड़ी कफन को न छोड़ेंगे। मैं आज ही इस विषय में इनसे साफ-साफ बातें करूँगा और कह दूँगा कि यदि आप अपना हाथ न रोकेंगे तो मुझसे भी जो कुछ बन पड़ेगा कर डालूँगा।

विद्या—उनकी जायदाद है, तुम्हें रोक-टोक करने का क्या अधिकार है। कितना ही उड़ाएँगे तब भी हमारे खाने भर को बचा ही रहेगा। भाग्य में जितना बदा है, उससे अधिक थोड़े ही मिलेगा।

ज्ञान—भाग्य के भरोसे बैठकर अपनी तबाही तो नहीं देखी जाती।

विद्या—भैया जीते होते तब?

ज्ञान—तब दूसरी बात थी। मेरा इस जायदाद से कोई सम्बन्ध न रहता। मुझको उसके बनने-बिगड़ने की चिन्ता न रहती। किसी चीज पर अपनेपन की छाप लगते ही हमारा उससे आत्मिक सम्बन्ध हो जाता है।

किन्तु हा दुर्दैव! ज्ञानशंकर की विषाद-चिन्ताओं का यहीं तक अन्त न था। अभी तक उनकी स्थिति एक आक्रमणकारी सेना की-सी थी। अपने घर का कोई खटका न था। अब दुर्भाग्य ने उनके घर पर छापा मारा। उनकी स्थिति रक्षाकारिणी सेना की-सी हो गई। उनके बड़े भाई प्रेमशंकर कई वर्ष से लापता थे। ज्ञानशंकर को निश्चय हो गया था कि वह अब संसार में नहीं हैं। फाल्गुन का महीना था। अनायास प्रेमशंकर का एक पत्र पाकर पहले तो ज्ञानशंकर प्रेमोल्लास में मग्न हो गए। इतने दिनों के वियोग के बाद भाई से मिलने की आशा ने चित्त को गद्गद कर दिया। पत्र लिये हुए विद्या के पास आकर यह शुभ समाचार सुनाया। विद्या बोली, धन्य भाग! भाभी जी की मनोकामना ईश्वर ने पूरी कर दी! इतने दिन कहाँ थे?

ज्ञान–वहीं अमेरिका में कृषिशास्त्र का अभ्यास करते रहे। दो साल तक एक कृषिशाला में काम भी किया है।

विद्या–तो आज अभी 15 तारीख है। हम लोग कल परसों तक यहाँ से चल दें। ज्ञानशंकर ने केवल इतना कहा, 'हाँ, और क्या' और बाहर चले गए। उनकी प्रफुल्लता एक ही क्षण में लुप्त हो गई थी और नई चिन्ताएँ आँखों के सामने फिरने लगी थीं, जैसे कोई जीर्ण रोगी किसी उत्तेजक औषधि के असर से एक क्षण के लिए चैतन्य होकर फिर उसी जीर्णावस्था में विलीन हो जाता है। उन्होंने अब तक जो मनसूबे बाँधे थे, जीवन का जो मार्ग स्थिर किया था, उसमें अपने सिवा किसी अन्य व्यक्ति के लिए जगह न रखी थी। वह सब कुछ अपने लिए चाहते थे। अब इन व्यवस्थाओं में दो परिवारों का निर्वाह होना कठिन था। लखनपुर के दो हिस्से करने पड़ेंगे! ज्यों-ज्यों वह इस विषय पर विचार करते थे, समस्या और भी जटिल होती जाती थी, चिन्ताएँ और भी वषम होती जाती थी। यहाँ तक कि शाम होते-होते उन्हें अपनी अवस्था असह्य प्रतीत होने लगी। वे अपने कमरे में उदास बैठे हुए थे कि राय साहब आकर बोले, तुमने तो अभी कपड़े भी न पहने, क्या सैर करने न चलोगे?

ज्ञान–जी नहीं, आज जी नहीं चाहता।

राय–कैसरबाग में आज बैण्ड होगा। हवा कितनी प्यारी है!

ज्ञान–मुझे आज क्षमा कीजिए।

राय–अच्छी बात है, मैं भी न जाऊँगा। आजकल कोई लेख लिख रहे हो या नहीं?

ज्ञान–जी नहीं, इधर तो कुछ नहीं लिखा।

राय–तो अब कुछ लिखे। विषय और सामग्री मैं देता हूँ। सिपाही की तलवार में मोरचा न लगना चाहिए। पहला लेख तो इस साल के बजट पर लिख दो और दूसरा गायत्री पर।

ज्ञान–मैंने तो आजकल कोई बजट सम्बन्धी लेख आद्योपान्त पढ़ा नहीं, उस पर कलम क्योंकर उठाऊँ।

राय–अजी, तो उसमें करना ही क्या है?बजट को कौन पढ़ता है और कौन समझता है? आप केवल शिक्षा के लिए और धन की आवश्यकता दिखाइए शिक्षा के महत्त्व का थोड़ा-सा उल्लेख कीजिए, स्वास्थ्य-रक्षा के लिए और धन माँगिए और उसके मोटे-मोटे नियमों पर

दो चार टिप्पणियाँ कर दीजिए। पुलिस के व्यय में वृद्धि अवश्य ही हुई होगी। मानी हुई बात है। आप उसमें कमी पर जोर दीजिए। और नई नहरें निकालने की आवश्यकता दिखाकर लेख समाप्त कर दीजिए। बस, अच्छी-खासी बजट की समालोचना हो गई। लेकिन यह बातें ऐसे विनम्र शब्दों में लिखिए और अर्थसचिव की योग्यता की और कार्यपटुता की ऐसी प्रशंसा कीजिए की वह बुलबुल हो जाएँ और समझें कि मैंने उसके मन्तव्यों पर खूब विचार किया है। शैली तो आपकी सजीव है ही, इतना यत्न और कीजिएगा कि एक-एक शब्द से मेरी बहुज्ञता और पाण्डित्य टपके। इतना बहुत है, हमारा कोई प्रस्ताव माना तो जाएगा नहीं, फिर बजट के लेखों को पढ़ना और उस पर विचार करना व्यर्थ है।

ज्ञान—और गायत्री देवी के विषय में क्या लिखना होगा?

राय—बस, एक संक्षिप्त-सा जीवन वृत्तान्त हो। कुछ मेरे कुल का, कुछ उसके कुल का हाल लिखिए, उसकी शिक्षा का जिक्र कीजिए। फिर उसके पति की मृत्यु का वर्णन करने के बाद उसके सुप्रबन्ध और प्रजा-रंजन का जरा बढ़ाकर विस्तार के साथ उल्लेख कीजिए। गत तीन वर्षों में विविध कामों में उसने जितने चन्दे दिए हैं और अपने असामियों की सुदशा के लिए जो व्यवस्थाएँ की हैं, उनके नोट मेरे पास मौजूद हैं। उससे आपको बहुत मदद मिलेगी। उस ढाँचे को सजीव और सुन्दर बनाना आपका काम है। अन्त में लिखिएगा कि एसी सुयोग्य और विदुषी महिला का अब तक किसी पद से सम्मानित न होना, शासनकर्ताओं की गुणग्राहकता का परिचय नहीं देता है। सरकार का कर्त्तव्य है कि उन्हें किसी उचित उपाधि से विभूषित करके सत्कार्यों में प्रोत्साहित करें, लेकिन जो कुछ लिखिए जल्द लिखिए, विलम्ब से काम बिगड़ जाएगा।

ज्ञान—बजट की समालोचना तो मैं कल तक लिख दूँगा लेकिन दूसरे लेख में अधिक समय लगेगा। मेरे बड़े भाई, जो बहुत दिनों से गायब थे, पहली तारीख को घर आ रहे हैं। उनके आने से पहले हमें वहाँ पहुँच जाना चाहिए।

राय—वह तो अमेरिका चले गए थे?

ज्ञान—जी हाँ, वहीं से पत्र लिखा है।

राय—कैसे आदमी हैं?

ज्ञान—इस विषय में क्या कह सकता हूँ? आने पर मालूम होगा कि उनके स्वाभाव में क्या परिवर्तन हुआ है। यों तो बहुत शान्त प्रकृति और विचारशील थे।

राय—लेकिन आप जानते हैं कि अमेरिका की जलवायु बन्धु-प्रेम के भाव की पोषक नहीं है। व्यक्तिगत स्वार्थ वहाँ के जीवन का मूल तत्त्व है और आपके भाई साहब पर उसका असर जरूर ही पड़ा होगा।

ज्ञान—देखना चाहिए, मैं अपनी तरफ से तो उन्हें शिकायत का मौका न दूँगा।

राय—आप दें या न दें, वह स्वयं ढूँढ़ निकालेगा। सम्भव है, मेरी शंका निर्मूल हो। मेरी हार्दिक इच्छा है कि निर्मूल हो पर मेरा अनुभव है कि विदेश में बहुत दिनों तक रहने से प्रेम का बन्धन शिथिल हो जाता है।

ज्ञानशंकर अब अपने मनोभावों को छिपा न सके। खुलकर बोले—मुझे भी यही भय है। जब छः साल में उन्होंने घर पर एक पत्र तक नहीं लिखा तो विदित ही है कि उनमें

आत्मीयता का आधिक्य नहीं है। आप मेरे पितातुल्य हैं, आपसे पर्दा क्या है? इनके आने से सारे मंसूबे मिट्टी में मिल गए। मैं समझा था, चाचा साहब से अलग होकर दो-चार वर्षों में मेरी दशा कुछ सुधर जाएगी। मैंने ही चाचा साहब को अलग होने पर मजबूर किया, जायदाद की बाँट भी अपनी इच्छा के अनुसार की, जिसके लिए चाचा साहब की सन्तान मुझे सदैव कोसती रहेगी। किन्तु सब किया कराया बेकार गया।

राय साहब—कहीं उन्होंने गत वर्षों के मुनाफे का दावा कर दिया तो आप बड़ी मुश्किल में फँस जाएँगे। इस विषय में वकीलों की सम्मति लिये बिना आप कुछ न कीजिएगा।

इस भाँति ज्ञानशंकर की शंकाओं को उत्तेजित करने में राय साहब का आशय क्या था, इसका समझना कठिन है। शायद यह उनके हृद्गत भावों की थाह लेना चाहते थे अथवा उनकी क्षुद्रता और स्वार्थपरता का तमाशा देखने का विचार था। वह तो यह चिनगारी दिखाकर हवा खाने चल दिए। बेचारे ज्ञानशंकर अग्नि-दाह में जलने लगे। उन्हें इस समय नाना प्रकार की शंकाएँ हो रही थीं। उनका वह तत्क्षण समाधान करना चाहते थे। क्या भाई साहब गत वर्षों के मुनाफे का दावा कर सकते हैं? यदि वह ऐसा करें, तो मेरे लिए भी निकास का कोई उपाय है या नहीं? क्या राय साहब को अधिकार है कि रियासत पर ऋणों का बोझ लादते जाएँ? उनकी फजूलखर्ची को रोकने की कोई कानूनी तदबीर हो सकती है या नहीं? इन प्रश्नों से ज्ञानशंकर के चित्त में घोर अशान्ति हो रही थीं, उनकी मानसिक वृत्तियाँ जल रही थी। वह उठकर राय साहब के पुस्तकालय में गए और एक कानून की किताब निकालकर देखने लगे। इस किताब से शंका निवृत्त न हुई। दूसरी किताब निकाली, यहाँ तक कि थोड़ी देर में मेज पर किताबों का ढेर लग गया। कभी इस पोथी के पन्ने उलटते थे, कभी उस पोथी के, किन्तु किसी प्रश्न का सन्तोषप्रद उत्तर न मिला। हताश होकर वे इधर-उधर ताकने लगे। घड़ी पर निगाह पड़ी। दस बजना चाहते थे। किताब समेटकर रख दीं। भोजन किया, लेटे, किन्तु नींद कहाँ? चित्त की चंचलता निद्रा की बाधक है। अब तक वह स्वयं अपने जीवन-सागर के रक्षा-तट थे। उनकी सारी आकांक्षाएँ इसी तट पर विश्राम किया करती थीं। प्रेमशंकर ने आकर इस रक्षा-तट को विध्वंस कर दिया था और उन नौकाओं को डावाँडोल। भैया क्योंकर काबू में आएँगे? खुशामद से? कठिन है, वह एक ही घाघ हैं। नम्रता और विनय से? असम्भव। नम्रता का जवाब सद्व्यवहार हो सकता है, स्वार्थ त्याग नहीं। फिर क्या कलह और अपवाद से? कदापि नहीं, इससे मेरा पक्ष और भी निर्बल हो जाएगा। इस प्रकार भटकते-भटकते उछल पड़े। वाह! मैं भी कितना मन्द-बुद्धि हूँ। बिरादरी इन महाशय को घर में पैर तो रखने देगी नहीं, यह बेचारे मुझसे क्या छेड़ छाड़ करेंगे? आश्चर्य है, अब तक यह छोटी-सी बात भी मेरे ध्यान में न आई। राय साहब को भी न सूझी। बनारस आते ही लाला पर चारों ओर से बौछारें पड़ने लगेंगी, उनके वहाँ पैर भी न जमने पाएँगे। प्रकट में मैं उनसे भ्रातृवत् व्यवहार करता रहूँगा, बिरादरी की संकीर्णता और अन्याय पर आँसू बहाऊँगा, लेकिन परोक्ष में उसकी कील घुमाता रहूँगा। महीने दो महीने में आप ही भाग खड़े होंगे। शायद श्रद्धा भी उनसे खिंच जाय। उसे कुछ उत्तेजित करना पड़ेगा। धार्मिक प्रवृत्ति की स्त्री है। लोकमत का असर उस पर अवश्य पड़ेगा। बस, मेरा मैदान साफ है। इन महाशय से डरने की कोई जरूरत नहीं। अब मैं निर्भय होकर भ्रातृ-स्नेह आचरण कर

सकता हूँ।

इस विचार से ज्ञानशंकर इतने उत्फुल्ल हुए कि जी चाहा चलकर विद्या को जगाऊँ, पर जब्त से काम लिया। इस चिन्ता-सागर से निकलकर अब उन्हें शंका होने लगी कि गायत्री की अप्रसन्नता भी मेरा भ्रम है। मैं स्त्रियों के मनोभावों से सर्वथा अपरिचित हूँ। सम्भव है, मैंने उतावलापन किया हो, पर यह कोई ऐसा अपराध न था कि गायत्री उसे क्षमा न करती। मेरे दुस्साहस पर अप्रसन्न होना उसके लिए स्वाभाविक बात थी। कोई गौरवशाली रमणी इतनी सहज रीति से वशीभूत नहीं हो सकती। अपने सतीत्व-रक्षा का विचार स्वभावतः उसकी प्रेम वासना को दबा देता है। ऐसा न हो तो भी वह अपनी उदासीनता और अनिच्छा प्रकट करने के लिए कठोरता का स्वाँग भरना आवश्यक समझती है। शायद इससे उसका अभिप्राय प्रेम-परीक्षा होता है। वह एक अमूल्य वस्तु है! और अपनी दर गिराना नहीं चाहती। मैं अपनी असफलता से ऐसा दबा कि फिर सिर उठाने की हिम्मत ही न पड़ी। वह यहाँ कई दिन रही। मुझे जाकर उससे क्षमा माँगनी चाहिए थी। वह क्रुद्ध होती तो शायद मुझे झिड़क देती। वह स्वयं निर्दोष बनना चाहती थी और सारा दोष मेरे सिर रखती। मुझे यह वाक्प्रहार सहना चाहिए था और थोड़े दिनों में मैं उसके हृदय का स्वामी होता। यह तो मुझसे हुआ नहीं, उलटे आप ही रूठ बैठा, स्वयं उससे आँखें चुराने लगा। उसने अपने मन में मुझे बोंदा, साहसहीन, निरा बुद्धू समझा होगा। खैर, अब कसर पूरी हुई जाती है। यह मानो अन्तःप्रेरणा है। इस जीवन-चरित्र के निकलते ही उसकी अवज्ञा और अभिमान का अन्त हो जाएगा। मान-प्रतिष्ठा पर जान देती है। राय साहब स्वयं स्त्री के भेष में अवतरित हुए हैं। उसकी यह आकांक्षा पूरी हुई तो फूली न समाएगी और जो कहीं रानी की पदवी मिल गई तो वह मेरा पानी भरेगी। भैया के झमेले से छुट्टी पाऊँ तो यह खेल शुरू करूँ। मालूम नहीं, अपने पत्रों में कुछ मेरा कुशल-समाचार भी पूछती है या नहीं। चलूँ, विद्या से पूछूँ। अबकी वह इस प्रबल इच्छा को न रोक सके। विद्या बगल के कमरे में सोती थी। जाकर उसे जगाया। चौंककर उठ बैठी और बोली, क्या है? अभी तक सोए नहीं?

ज्ञान—आज नींद ही नहीं आती। बातें करने को जी चाहता है। राय साहब शायद अभी तक नहीं आए।

विद्या—वह बारह बजे के पहले कभी आते हैं कि आज ही आ जाएँगे! कभी-कभी एक दो बज जाते हैं।

ज्ञान—मुझे जरा सी झपकी आ गई थी। क्या देखता हूँ कि गायत्री सामने खड़ी है, फूट-फूट कर रो रही है, आँखें खुल गईं। तब से करवटें बदल रहा हूँ। उनकी चिट्ठियाँ तो तुम्हारे पास आती हैं न?

विद्या—हाँ, सप्ताह में एक चिट्ठी जरूर आती है। बल्कि मैं जवाब देने में पिछड़ जाती हूँ।

ज्ञान—कभी कुछ मेरे हालचाल भी पूछती हैं?

विद्या—वाह, ऐसा कोई पत्र नहीं होता, जिसमें तुम्हारी क्षेम-कुशल न पूछती हों।

ज्ञान—बुलातीं तो एक बार उनसे जाकर मिल आता।

विद्या— तुम जाओ तो वह तुम्हारी पूजा करें। तुमसे उन्हें बड़ा प्रेम है। ज्ञानशंकर

को अब भी नींद नहीं आई, किन्तु सुख-स्वप्न देख रहे थे।

प्रातः काल था। ज्ञानशंकर स्टेशन पर गाड़ी का इन्तजार कर रहे थे। अभी गाड़ी के आने में आध घण्टे की देर थी। एक अँगरेजी पत्र लेकर पढ़ना चाहा पर उसमें जी न लगा। दवाओं के विज्ञापन अधिक मनोरंजन थे। दस मिनट में उन्होंने सभी विज्ञापन पढ़ डाले। चित्त चंचल हो रहा था। बेकार बैठना मुश्किल था। इसके लिए बड़ी एकाग्रता की आवश्यकता होती है। आखिर खोंचे की चाट खाने में उनके चित्त को शान्ति मिली। बेकारी में मन बहलाने का यही सबसे सुगम उपाय है।

जब वह फिर प्लेटफार्म पर आए तो सिगनल डाउन हो चुका था। ज्ञानशंकर का हृदय धड़कने लगा। गाड़ी आते ही पहले और दूसरे दरजे की गाड़ियों में झाँकने लगे, किन्तु प्रेमशंकर इन कमरों में न थे। तीसरे दरजे की सिर्फ दो गाड़ियाँ थीं।

वह इन्हीं गाड़ियों के कमरे में बैठे हुए थे। ज्ञानशंकर को देखते ही दौड़कर उनके गले लिपट गए। ज्ञानशंकर को इस समय अपने हृदय में आत्मबल और प्रेमभाव प्रवाहित होता जान पड़ता था। सच्चे भ्रातृ-स्नेह ने मनोमालिन्य को मिटा दिया। गला भर आया और अश्रुजल बहने लगा। दोनों भाई दो-तीन मिनट तक इसी भाँति रोते रहे। ज्ञानशंकर ने समझा था कि भाई साहब के साथ बहुत-सा आडम्बर होगा, ठाट-बाट के साथ आते होंगे, पर उनके वस्त्र और सफर का सामान बहुत मामूली था। हाँ, उनका शरीर पहले से कहीं हृष्ट-पुष्ट था और यद्यपि वह ज्ञानशंकर से पाँच साल बड़े थे, पर देखने में उनसे छोटे मालूम होते थे, और चेहरे पर स्वास्थ्य की कान्ति झलक रही थी।

ज्ञानशंकर अभी तक कुलियों को पुकार ही रहे थे कि प्रेमशंकर ने अपना सब सामान उठा लिया और बाहर चले। ज्ञानशंकर संकोच के मारे पीछे हट गए कि किसी जान-पहचान के आदमी से भेंट न हो जाए।

दोनों आदमी ताँगे पर बैठे; तो प्रेमशंकर बोले, छह साल के बाद आया हूँ, पर ऐसा मालूम होता है कि यहाँ से गए थोड़े ही दिन हुए हैं। घर पर तो सब कुशल हैं न?

ज्ञान—जी हाँ, सब कुशल हैं। आपने तो इतने दिन हो गए, एक पत्र भी न भेजा, बिल्कुल भुला दिया। आपके ही वियोग में बाबूजी के प्राण गए।

प्रेम—वह शोक समाचार तो मुझे यहाँ के समाचार पत्र से मालूम हो गया था, पर कुछ ऐसे ही कारण थे कि आ न सका! "हिन्दुस्तान रिव्यू" में तुमने नैनीताल के जीवन पर जो लेख लिखा था, उसे पढ़कर मैंने आने का निश्चय किया। तुम्हारे उन्नत विचारों ने ही मुझे खींचा, नहीं तो सम्भव है, मैं अभी कुछ दिन और न आता। तुम पॉलिटिक्स (राजनीति) में भाग लेते हो न?

ज्ञान—(संकोच भाव से) अभी तक तो मुझे इसका अवसर नहीं मिला। हाँ, उसकी स्टडी (अध्ययन) करता रहता हूँ।

प्रेम—कौन-सा प्रोफेशन (पेश) अख्तियार किया?

ज्ञान—अभी तो घर के ही झंझटों से छुट्टी नहीं मिली। जमींदारी के प्रबन्ध के लिए

मेरा घर रहना जरूरी था। आप जानते हैं यह जंजाल है। एक न एक झगड़ा लगा ही रहता है। चाहे उससे लाभ कुछ न हो पर मन की प्रवृत्ति आलस्य की ओर हो जाती है। जीवन के कर्म-क्षेत्र में उतरने का साहस नहीं होता। यदि यह अवलम्बन न होता तो अब तक मैं अवश्य वकील होता।

प्रेम—तो तुम भी मिल्कियत के जाल में फँस गए और अपनी बुद्धि-शक्तियों का दुरुपयोग कर रहे हो? अभी जायदाद के अन्त होने में कितनी कसर है?

ज्ञान—चाचा साहब का बस चलता तो कभी का अन्त हो चुका होता, पर शायद अब जल्द अन्त न हो। मैं चाचा साहब से अलग हो गया हूँ।

प्रेम—खेद के साथ? वह तुमने क्या किया। तब तो उनका गुजर बड़ी मुश्किल से होता होगा?

ज्ञान—कोई तकलीफ नहीं है। दयाशंकर पुलिस में है और जायदाद से दो हजार मिल जाते हैं।

प्रेम उन्हें अलग होने का दुःख तो बहुत हुआ होगा। वस्तुतः मेरे भागने का मुख्य कारण उन्हीं का प्रेम था। तुम तो उस वक्त शायद स्कूल में पढ़ते थे, मैं कॉलेज से ही स्वराज्य आन्दोलन में अग्रसर हो गया। उन दिनों नेतागण स्वराज्य के नाम से काँपते थे। इस आन्दोलन में प्रायः नवयुवक ही सम्मिलित थे। मैंने साल भर बड़े उत्साह से काम किया। पुलिस ने मुझे फँसाने का प्रयास शुरू किया। मुझे ज्यों ही मालूम हुआ कि मुझ पर अभियोग चलाने की तैयारियाँ हो रही हैं, त्यों ही मैंने जान लेकर भागने में ही कुशल समझी। मुझे फँसे देखकर बाबू जी तो चाहे धैर्य से काम लेते, पर चचा साहब निस्सन्देह आत्म-हत्या कर लेते। इसी भय से मैंने पत्र-व्यवहार बन्द कर दिया कि ऐसा न हो, पुलिस यहाँ लोगों को तंग करे। बिना देशाटन किए अपनी पराधीनता का यथेष्ट ज्ञान नहीं होता। जिन विचारों के लिए मैं यहाँ राजद्रोही समझा जाता था, उससे कहीं स्पष्ट बातें अमेरिका वाले अपने शासकों को नित्य सुनाया करते हैं, बल्कि वहाँ शासन की समालोचना जितनी ही निर्भीक हो, उतनी ही आदरणीय समझी जाती है। इस बीच में यहाँ भी विचार-स्वातन्त्र्य की कुछ वृद्धि हुई है। तुम्हारा लेख इसका उत्तम प्रमाण है। इन्हीं सुव्यवस्थाओं ने मुझे आने पर प्रोत्साहित किया और सत्य तो यह है कि अमेरिका से दिनोंदिन अभक्ति होती जाती थी। वहाँ धन और प्रभुत्व की इतनी क्रूर लीलाएँ देखीं कि अन्त में उनसे घृणा हो गई। यहाँ के देहातों और छोटे शहरों का जीवन उससे कहीं सुखकर है। मेरा विचार भी सरल जीवन व्यतीत करने का है। हाँ, यथासाध्य कृषि की उन्नति करना चाहता हूँ।

ज्ञान—यह रहस्य आज खुला। अभी तक मैं और घर से सभी लोग यही समझते थे कि आप केवल विद्योपार्जन के लिए गए हैं। मगर आज कल तो स्वराज्य आन्दोलन बहुत शिथिल पड़ गया। स्वराज्यवादियों की जबान ही बन्द कर दी गई है।

प्रेम—यह तो कोई बुरी बात नहीं, अब लोग बातें करने की जगह काम करेंगे। हमें बातें करते एक युग बीत गया। मुझे भी शब्दों पर विश्वास नहीं रहा। हमें अब संगठन की, परस्पर-प्रेम व्यवहार की और सामाजिक अन्याय को मिटाने की जरूरत है। हमारी आर्थिक दशा भी खराब हो रही है। मेरा विचार कृषि विधान में संशोधन करने का है। इसलिए मैंने

अमेरिका में कृषिशास्त्र का अध्ययन किया है।

यों बातें करते हुए दोनों भाई मकान पर पहुँचे। प्रेमशंकर को अपना घर बहुत छोटा दिखाई दिया। उनकी आँखें अमेरिका की गगनस्पर्शी अट्टालिकाओं को देखने की आदी हो रही थीं। उन्हें कभी अनुमान ही न हुआ था कि मेरा घर इतना पस्त है। कमरे में आए तो उसकी दशा देखकर और भी हताश हो गए। जमीन पर फर्श तक न था। दो-तीन कुर्सियों जरूर थीं, लेकिन बाबा आदम के जमाने की, जिन पर गर्द जमी हुई थी। दीवारों पर तस्वीरें नई थीं, लेकिन बिल्कुल भद्दी और अस्वाभाविक। यद्यपि वह सिद्धान्तों रूप से विलास वस्तुओं की अवहेलना करते थे, पर अभी तक रुचि उनकी ओर से न हटी थी।

लाला प्रभाशंकर उनकी राह देख रहे थे। आकर उनके गले से लिपट गए और फूट-फूटकर रोने लगे। महल्ले के और सज्जन भी मिलने आ गए। दो-ढाई घण्टों तक प्रेमशंकर उन्हें अमेरिका के वृत्तान्त सुनाते रहे। कोई वहाँ से हटने का नाम न लेता था। किसी को यह ध्यान न होता था कि ये बेचारे सफर करके आ रहे हैं। इनके नहाने खाने का समय आ गया है, यह बातें फिर सुन लेंगे। आखिर ज्ञानशंकर को साफ-साफ कहना पड़ा कि आप लोग कृपा करके भाई साहब को भोजन करने का समय दीजिए, बहुत देर हो रही है।

प्रेमशंकर ने स्नान किया, सन्ध्या की और ऊपर भोजन करने गए। इन्हें आशा थी कि श्रद्धा भोजन परसेगी, वहीं उससे भेंट होगी, खूब बातें करूँगा। लेकिन यह आशा पूरी न हुई। एक चौकी पर कालीन बिछा हुआ था, थाल परसा रखा था, पर श्रद्धा वहाँ उनका स्वागत करने के लिए न थी। प्रेमशंकर को उसकी इस प्रेम शून्यता पर बड़ा दुःख हुआ। उनके लौटने का एक मुख्य कारण श्रद्धा से प्रेम था। उसकी याद इन्हें हमेशा तड़पाया करती थी, उसकी प्रेम-मूर्ति सदैव उनके हृदय नेत्रों के सामने रहती थी। उन्हें प्रेम के बाह्याडम्बर से घृणा थी। वह अब भी स्त्रियों की श्रद्धा, पति-भक्ति, लज्जाशीलता और प्रेमनुराग पर मोहित थे। उन्हें श्रद्धा को नीचे दीवानखाने में देखकर खेद होता, पर उसे यहाँ न देखकर उनका हृदय व्याकुल हो गया। यह लज्जा नहीं, हया नहीं, प्रेम शैथिल्य है। इतने मर्माहत हुए कि जी चाहा इसी क्षण यहाँ से चला जाऊँ और फिर आने का नाम न लूँ पर धैर्य से काम लिया। भोजन पर बैठे। ज्ञानशंकर से बोले, आओ भाई बैठो। माया कहाँ है, उसे भी बुलाओ, एम मुद्दत के बाद आज सौभाग्य प्राप्त हुआ है।

ज्ञानशंकर ने सिर नीचा करके कहा—आप भोजन कीजिए, मैं फिर खा लूँगा।

प्रेम—ग्यारह तो बज रहे हैं, अब कितनी देर करोगे? आओ, बैठ जाओ। इतनी चीजें मैं अकेले कहाँ तक खाऊँगा? मुझे अब धैर्य नहीं है। बहुत दिनों के बाद चपातियों के दर्शन हुए हैं। हलुआ, समोसे, खीर आदि का तो स्वाद ही मुझे भूल गया। अकेले खाने में मुझे आनन्द नहीं आता। यह कैसा अतिथि सत्कार है कि मैं तो यहाँ भोजन करूँ और तुम कहीं और। अमेरिका में तो मेहमान इसे अपना घोर अपमान समझता।

ज्ञान—मुझे तो इस समय क्षमा ही कीजिए। मेरी पाचन-शक्ति दुर्बल है, बहुत पथ्य से रहता हूँ।

प्रेमशंकर भूल ही गए थे कि समुद्र में जाते ही हिन्दू-धर्म धुल जाता है। अमेरिका से चलते समय उन्हें ध्यान भी न था कि बिरादरी मेरा बहिष्कार करेगी, यहाँ तक कि मेरा

सहोदर भाई मुझे अछूत समझेगा। पर इस समय उनके बराबर आग्रह करने पर भी ज्ञानशंकर उनके साथ भोजन करने नहीं बैठे और एक-न-एक बहाना करके टालते रहे तो उन्हें भूली हुई बात याद आ गई। सामने के बर्तनों ने इस विचार को पुष्ट कर दिया, फूल या पीतल का कोई बर्तन न था। सब बर्तन चीनी के थे और गिलास शीशे का। शंकित भाव से बोले, आखिर यह बात क्या है कि तुम्हें मेरे साथ बैठने में क्या आपत्ति है? कुछ छूत-छात का विचार तो नहीं है?

ज्ञानशंकर ने झेंपते हुए कहा, अब मैं आपसे क्या कहूँ? हिन्दुओं को तो आप जानते ही हैं, कितने मिथ्यावादी होते हैं। आपके लौटने का समाचार जब से मिला है, सारी बिरादरी में एक तूफान-सा उठा हुआ है। मुझे स्वयं विदेशी यात्रा में कोई आपत्ति नहीं है। मैं देश और जाति की उन्नति के लिए इसे जरूरी समझता हूँ और स्वीकार करता हूँ कि इस नाकेबन्दी से हमको बड़ी हानि हुई है, पर मुझे इतना साहस नहीं है कि बिरादरी से विरोध कर सकूँ।

प्रेम—अच्छा यह बात है! आश्चर्य है कि अब तक क्यों मेरी आँखों पर परदा पड़ा रहा? अब मैं ज्यादा आग्रह न करूँगा। भोजन करता हूँ, पर खेद यह है कि तुम इतने विचारशील होकर बिरादरी के गुलाम बने हुए हो; विशेषकर जब तुम मानते हो कि इस विषय में बिरादरी का बन्धन सर्वथा असंगत है। शिक्षा का फल यह होना चाहिए कि तुम बिरादरी के सूत्रधार बनो, उसको सुधारने का प्रयास करो, न यह कि उसके दबाव से अपने सिद्धान्तों को बलिदान कर दो। यदि तुम स्वाधीन भाव से समुद्र यात्रा को दूषित समझते तो मुझे कोई आपत्ति न होती। तुम्हारे विचार और व्यवहार अनुकूल होते। लेकिन अन्तःकरण से किसी बात से कायल होकर केवल निन्दा या उपहास के भय से उसको व्यवहार न करना तुम जैसे उदार पुरुष को शोभा नहीं देता। अगर तुम्हारे धर्म में किसी मुसाफिर की बातों पर विश्वास करना मना न हो तो मैं तुम्हें यकीन दिलाता हूँ कि अमेरिका में मैंने कोई ऐसा कर्म नहीं किया जिसे हिन्दू-धर्म निषिद्ध ठहराता हो। मैंने दर्शन शास्त्रों पर कितने ही व्याख्यान दिए, अपने रस्म-रिवाज और और वर्णाश्रम धर्म का समर्थन करने में सदैव तत्पर रहा, यहाँ तक कि पर्दे की रस्म की भी सराहना करता रहा; और मेरा मन इसे कभी नहीं मान सकता कि यहाँ किसी को मुझे विधर्मी समझने का अधिकार है। मैं अपने धर्म और मत का वैसा ही भक्त हूँ, जैसा पहले था—बल्कि उससे ज्यादा। इससे अधिक मैं अपनी सफाई नहीं दे सकता।

ज्ञान—इस सफाई की तो कोई जरूरत ही नहीं; क्योंकि यहाँ लोगों को विदेशी-यात्रा पर अश्रद्धा है, वह किसी तर्क या सिद्धान्त के अधीन नहीं है। लेकिन इतना तो आपको मानना पड़ेगा कि हिन्दू-धर्म कुछ रीतियों और प्रथाओं पर अवलम्बित है और विदेश में आप उनका पालन समुचित रीति से नहीं कर सकते। आप वेदों से इनकार कर सकते हैं, ईसा मूसा के अनुयायी बन सकते हैं, किन्तु इन रीतियों को नहीं त्याग सकते। इसमें सन्देह नहीं कि दिनों-दिन यह बन्धन ढीले होते जाते हैं और इसी देश में ऐसे कितने सज्जन हैं जो प्रत्येक व्यवहार का भी उलंघन करके हिन्दू बने हुए हैं किन्तु बहुमत उनकी उपेक्षा करता है। और उनको निन्द्य समझता है। इसे आप मेरी आत्मभीरुता या अकर्मण्यता समझें, किन्तु मैं बहुमत के साथ चलना अपना कर्त्तव्य समझता हूँ। मैं बलप्रयुक्त सुधार का कायल नहीं हूँ। मेरा विचार है कि हम बिरादरी में रहकर उससे कहीं अधिक सुधार कर सकते हैं जितना

स्वाधीन होकर।

प्रेमशंकर ने इसका कुछ जवाब न दिया। भोजन करके लेटे तो अपनी परिस्थिति पर विचार करने लगे। मैंने समझा था यहाँ शान्तिपूर्वक अपना काम करूँगा, कम-से-कम अपने घर में कोई मुझसे विरोध न करेगा; किन्तु देखता हूँ, यहाँ कुछ दिन घोर अशान्ति का सामना करना पड़ेगा। ज्ञानशंकर के उदारतापूर्ण लेख ने मुझे भ्रम में डाल दिया। खैर कोई चिन्ता नहीं, बिरादरी मेरा कर ही क्या सकती है? उसमें रहकर मुझमें कौन-स सुर्खाब के पर लग जाएँगे। अगर कोई मेरे साथ नहीं खाता तो न खाय; मैं भी उसके साथ न खाऊँगा। कोई मुझसे सहवास नहीं करता, न करे, मैं भी उससे किनारे रहूँगा। वाह! परदेश क्या गया, मानो कोई पाप किया; पर पापियों को तो कोई बिरादरी से च्युत नहीं करता। धर्म बेचने वाले, ईमान बेचनेवाले, सन्तान बेचने वाले बँगले में रहते हैं, कोई उनकी ओर कड़ी आँख से देख नहीं सकता। ऐसे पतितों; ऐसे भ्रष्टाचारियों में रहने के लिए मैं अपनी आत्मा का सर्वनाश क्यों करूँ?

अकस्मात् उन्हें ध्यान आया, कहीं श्रद्धा भी मेरा बहिष्कार न कर रही हो! इन अनुदार भावों का उस पर भी असर न पड़ा हो! फिर तो मेरा जीवन नष्ट हो जाएगा। इस शंका ने उन्हें घोर चिन्ता में डाल दिया और तीसरे पहर तक उनकी व्यग्रता इतनी बढ़ी कि वह स्थिर न रहे सके। माया से श्रद्धा का कमरा पूछकर ऊपर चढ़ गए।

श्रद्धा इस समय अपने द्वार पर इस भाँति खड़ी थी, जैसे पथिक रास्ता भूल गया हो। उसका हृदय आनन्द से नहीं, एक अव्यक्त भय से काँप रहा था। यह शुभ दिन देखने के लिए तपस्या की थी। यह आकांक्षा उसके अन्धकारमय जीवन का दीपक, उसी डूबती हुई नौका की लंगर थी। महीने के तीन दिन और दिन के चौबीस घण्टे यही मनोहर स्वप्न देखने में कटते थे। विडम्बना यह थी कि वे आकांक्षाएँ और कामनाएँ पूरी होने के लिए नहीं, केवल तड़पाने के लिए थीं। वह दाह और सन्तोष शान्ति का इच्छुक न था। श्रद्धा के लिए प्रेमशंकर केवल एक कल्पना थे। इसी कल्पना पर वह प्राणार्पण करती थी उसकी भक्ति केवल उनकी स्मृति पर थी, जो अत्यन्त मनोरम, भावमय और अनुरागपूर्ण थी। उनकी उपस्थिति ने इस सुखद कल्पना और मधुर स्मृति का अन्त कर दिया। वह जो उनकी याद पर जान देती थी, अब उनकी सत्ता से भयभीत थी, क्योंकि वह कल्पना धर्म और सतीत्व की पोषक थी, और यह सत्ता उनकी घातक। श्रद्धा को सामाजिक अवस्था और समयोचित आवश्यकताओं का ज्ञान था। परम्परागत बन्धनों को तोड़ने के लिए जिस विचार स्वातन्त्र्य और दिव्य ज्ञान की जरूरत थी उससे वह रहित थी। वह एक साधारण हिन्दू अबला थी। वह अपने प्राणों से अपने प्राणप्रिय स्वामी के हाथ धो सकती थी; किन्तु अपने धर्म की अवज्ञा करना अथवा लोक-निन्दा को सहन करना उसके लिए असम्भव था। जब उसने सुना था कि प्रेमशंकर घर आ रहे हैं, उसकी दशा उस अपराधी की-सी हो रही थी, जिसके सिर पर नंगी तलवार लटक रही हो। आज जब से वह नीचे आकर बैठे थे उसके आँसू एक क्षण के लिए भी न थमते थे। उसका हृदय काँप रहा था कि कहीं वह ऊपर न आते हों, कहीं वह आकर मेरे सम्मुख खड़े न हो जाएँ, मरे अंग को स्पर्श न कर लें! मर जाना इससे कहीं आसान था। मैं उनके सामने कैसे खड़ी हूँगी, मेरी आँखें क्योंकर उनसे मिलेंगी, उनकी

बातों का क्योंकर जवाब दूँगी? वह इन्हीं जटिल चिन्ताओं में मग्न खड़ी थी इतने में प्रेमशंकर उसके सामने आकर खड़े हो गए। श्रद्धा पर अगर बिजली गिर पड़ती , भूमि उसके पैरों के नीचे से सरक जाती अथवा कोई सिंह आकर खड़ा हो जाता तो भी वह इतनी असावधान होकर अपने कमरे में भाग न जाती। वह तो भीतर जाकर एक कोने में खड़ी हो गई। भय से उसका एक-एक रोम काँप रहा था। प्रेमशंकर सन्नाटे में आ गए। कदाचित् आकाश सामने से लुप्त हो जाता तो भी उन्हें इतना विस्मय न होता। वह क्षण भर मूर्तिवत् खड़े रहे और एक ठण्डी सांस लेकर नीचे की ओर चले। श्रद्धा के कमरे में जाने, उससे कुछ पूछने या कहने का साहस उन्हें न हुआ इस दुरानुराग ने उनका उत्साह भंग कर दिया, उन काव्यमय स्वप्नों का नाश कर जो बरसों से उनकी चैतन्यावस्था के सहयोगी बने हुए थे। श्रद्धा ने किवाड़ की आड़ से उन्हें जीने की ओर जाते देखा। हा! इस समय उसके हृदय पर क्या बीत रही थी, कौन जान सकता है? उसका प्रिय पति जिसके वियोग में उसने सात वर्ष रो-रो कर काटे थे सामने से भग्न हृदय, हताश चला जा रहा था और वह इस भाँति सशंक खड़ी थी मानो आगे कोई जलागार है। धर्म पैरों को बढ़ने न देता था। प्रेम उन्मत्त तरंगों की भाँति बार-बार उमड़ता था, पर धर्म की शिलाओं से टकराकर लौट आता था। एक बार वह अधीर होकर चली कि प्रेमशंकर का हाथ पकड़कर फेर लाऊँ, द्वार तक आई, पर आगे न बढ़ सकी। धर्म ने ललकारकर कहा, प्रेम नश्वर है, निस्सार है, कौन किसका पति और कौन किसकी पत्नी? यह सब माया जाल है। मैं अविनाशी हूँ, मेरी रक्षा करो। श्रद्धा स्तम्भित हो गई। मन में स्थिर किया जो स्वामी सात समुन्दर पार गया; वहाँ न जाने क्या खाया, क्या पीया, न जाने किसके साथ रहा, अब उससे क्या नाता? किन्तु प्रेमशंकर जीने से नीचे उतर गए तब श्रद्धा मूर्छित होकर गिर गई। उठती हुई लहरें टीले को न तोड़ सकीं, पर तटों को जल मग्न कर गईं।

प्रेमशंकर यहाँ दो सप्ताह ऐसे रहे, जैसे कोई जल्द छूटने वाला कैदी। जरा भी जी न लगता था। श्रद्धा की धार्मिकता से उन्हें जो आघात पहुँचा था उसकी पीड़ा एक क्षण के लिए भी शान्त न होती थी। बार-बार इरादा करते कि फिर अमेरिका चला जाऊँ और फिर जीवन पर्यन्त आने का नाम न लूँ। किन्तु यह आशा कि कदाचित् देश और समाज की अवस्था का ज्ञान श्रद्धा में सद्विचार उत्पन्न कर दे, उसका दामन पकड़ लेती थी। दिन-के-दिन दीवानखाने में पड़े रहते, न किसी से मिलना, न जुलना, कृषि-सुधार के इरादे स्थगित हो गए। उस पर विपत्ति यह थी कि ज्ञानशंकर बिरादरी वालों के षड्यन्त्रों के समाचार लाकर उन्हें और भी उद्विग्न करते रहते थे। एक दिन खबर लाए कि लोगों ने एक महती सभा करके आपको समाज-च्युत करने का प्रस्ताव पास कर दिया। दूसरे दिन ब्राह्मणों की एक सभा की खबर लाए, जिसमें उन्होंने निश्चय किया था कि कोई प्रेमशंकर के घर पूजा-पाठ करने न जाए। इसके एक दिन पीछे श्रद्धा के पुरोहित जी ने आना छोड़ दिया। ज्ञानशंकर बातों-बातों में यह भी जना दिया करते थे कि आपके कारण मैं बदनाम हो रहा हूँ और शंका है कि लोग मुझे भी त्याग दें।

भाई के साथ तो यह व्यवहार था, और विरादरी के नेताओं के पास आकर प्रेमशंकर के झूठे आक्षेप करते, वह देवताओं को गालियाँ देते हैं, कहते हैं मांस सब एक है, चाहे किसी का हो। खाना खाकर कभी हाथ-मुँह तक नहीं धोते, कहते हैं, चमार भी कर्मानुसार ब्राह्मण हो सकता है। यह बातें सुन-सुन कर बिरादरी वालों की द्वेषाग्नि और भी भड़कती थी, यहाँ तक कि कई मनचले नवयुवक तो इस पर उद्यत थे कि प्रेमशंकर को कहीं अकेले पा जाएँ तो उनकी अच्छी तरह खबर लें। 'तिलक' एक स्थानीय पत्र था। उसमें इस विषय पर खूब जहर उगला जाता था। ज्ञानशंकर नित्य वह पत्र लाकर अपने भाई को सुनाते और यह सब केवल इस लिए कि वह निराश और भयभीत होकर यहाँ से भाग खड़े हों और मुझे जायदाद में हिस्सा न देना पड़े। प्रेमशंकर साहस और जीवट के आदमी थे।

लाला जी को जब अवकाश मिलता, वह प्रेमशंकर के पास आ बैठते और अमेरिका के वृत्तान्त बड़े शौक से सुनते। प्रेमशंकर दिनों-दिन उनकी सज्जनता पर मुग्ध होते जाते थे। ज्ञानशंकर तो सदैव उनका छिद्रान्वेषण किया करते पर उन्होंने भूलकर भी ज्ञानशंकर के खिलाफ जबान नहीं खोली। वह प्रेमशंकर के विचार से सहमत न होते थे; यही सलाह दिया करते थे कि कहीं सरकारी नौकरी कर लो।

एक दिन प्रेमशंकर को उदास और चिन्तित देखकर लाला जी बोले, क्या यहाँ जी नहीं लगता?

प्रेम—मेरा विचार है कि कहीं अलग मकान लेकर रहूँ। यहाँ मेरे रहने से सबको कष्ट होता है।

प्रभा—तो मेरे घर उठ चलो, वह भी तुम्हारा ही घर है। मैं भी कोई बेगाना नहीं हूँ वहाँ तुम्हें कोई कष्ट न होगा। हम लोग इसे अपना धन्य भाग समझेंगे कहीं नौकरी के लिए लिखा?

प्रेम—मेरा इरादा नौकरी करने का नहीं है।

प्रभा—आखिर तुम्हें नौकरी से इतनी नफरत क्यों है? नौकरी कोई बुरी चीज है?

प्रेम—जी नहीं, मैं उसे बुरा नहीं कहता। पर मेरा मन उससे भागता है।

प्रभा—तो मन को समझाना चाहिए न? आज सरकारी नौकरी का जो मान-सम्मान है, वह और किसका है? और फिर आमदनी अच्छी, काम कम, छुट्टी ज्यादा। व्यापार में नित्य हानि का भय, जमींदारी में नित्य अधिकारियों की खुशामद और असामियों के बिगड़ने का खटका। नौकरी इन पेशों से उत्तम है। खेती-बारी का शौक उस हालत में भी पूरा हो सकता है। यह तो रईसों के मनोरंजन की सामग्री है। अन्य देशों के हालात तो नहीं जानता, पर यहाँ किसी रईस के लिए खेती करना अपमान की बात है। मुझे भूखों मरना कबूल है, पर दूकानदारी या खेती कबूल नहीं है।

प्रेम—आपका कथन सत्य है, पर मैं अपने मन से मजबूर हूँ। मुझे थोड़ी-सी जमीन की तलाश है, पर इधर कहीं नजर नहीं आती।

प्रभा—अगर इसी पर मन लगा है तो करके देख लो। क्या करूँ, मेरे पास शहर के निकट जमीन नहीं है, नहीं तुम्हें हैरान न होना पड़ता। मेरे गाँव में करना चाहो तो जितनी जमीन चाहो उतनी मिल सकती है; मगर दूर है।

इसी हैस-बैस में चैत का महीना गुजर गया। प्रेमशंकर में कृषि-प्रयोगशाला की आवश्यकता की ओर रईसों का ध्यान आकर्षित करने के लिए समाचार-पत्रों में कई, विद्वतापूर्ण लेख छपवाये। इन लेखों का बड़ा आदर हुआ। उन्हें पत्रों ने उद्धृत किया, उन पर टीकाएँ कीं और कई अन्य भाषाओं में उनके अनुवाद भी हुए। इसका फल यह हुआ कि तालुकेदार एसोसिएशन ने अपने वार्षिकोत्सव के अवसर पर प्रेमशंकर को कृषि-विषयक एक निबन्ध पढ़ने के लिए निमन्त्रित किया। प्रेमशंकर आनन्द से फूले न समाए। बड़ी खोज और परिश्रम से एक निबन्ध लिया और लखनऊ आ पहुँचे। कैसरबाग में इस उत्सव के लिए एक विशाल पण्डाल बनाया गया था। राय कमलानन्द इस सभा के मन्त्री चुने गए थे। मई का महीना था। गरमी खूब पड़ने लगी थी। मैदान में सन्ध्या समय तक लू चला करती थी। घर में बैठना नितान्त दुरूह था। रात के आठ बजे प्रेमशंकर राय साहब के निवास स्थान पर पहुँचे। राय साहब ने तुरन्त उन्हें अन्दर बुलाया वह इस समय अपने दीवानखाने के पीछे की ओर एक छोटी-सी कोठरी में बैठ हुए थे। ताक पर एक धुँधला-सा दीपक जल रहा था। गर्मी इतनी थी कि जान पड़ता था अग्निकुण्ड है। पर इस आग की भट्ठी में राय साहब एक मोटा ऊनी कम्बल ओढ़े हुए थे। उनके मुख पर विलक्षण तेज था और नेत्रों से दिव्य प्रकाश प्रस्फुटित हो रहा था। प्रतिभा और सौम्य की सजीव मूर्ति मालूम होते थे। उनका शारीरिक गठन और दीर्घकाय किसी पहलवान को भी लज्जित कर सकता था। उनके गले में एक रुद्राक्ष की माला थी, बगल में एक चाँदी का प्याला और गडुआ रखा हुआ था। तख्ते के एक ओर दो मोटे ताजे जवान बैठे पंजा लड़ा रहे थे और उसकी दूसरी ओर तीन कोमलांगी रमणियाँ वस्त्राभूषणों से सजी हुई विराज रही थीं इन्द्र का अखाड़ा था, जिसमं इन्द्र, काले देव और अप्सराएँ सभी अपना-अपना पार्ट खेल रहे थे।

प्रेमशंकर को देखते ही राय साहब ने उठकर बड़े तपाक से उनका स्वागत किया। उनके बैठने के लिए कुर्सी मँगाई और बोले, क्षमा कीजिए, मैं इस समय देवोपासना कर रहा हूँ, पर आपसे मिलने के लिए ऐसा उत्कंठित था कि एक क्षण का विलम्ब भी न सह सका। आपको देखकर चित्त प्रसन्न हो गया। सारा संसार ईश्वर का विराट् स्वरूप है। जिसने संसार को देख लिया, उसने ईश्वर के विराट् स्वरूप को देख लिया। यात्रा अनुभूत ज्ञान प्राप्त करने का सर्वोत्तम साधन है। कुछ जलपान के लिए मँगाऊँ?

प्रेम—जी नहीं, अभी जलपान कर चुका हूँ।

राय साहब—समझ गया, आप भी जवानी में बूढ़े हो गए। भोजन-आहार का यही पथ्यापथ्य बिचार बुढ़ापा है। जवान वह है जो भोजन के उपरान्त फिर भोजन करे, ईंट-पत्थर तक भक्षण कर ले। जो एक बार जलपान करके फिर नहीं खा सकता, जिसके लिए कुम्हड़ा बादी है, करेला गरम, कटहल गरिष्ठ, उसे मैं बूढ़ा ही समझता हूँ। मैं सर्वभक्षी हूँ और इसी का फल है कि साठ वर्ष की आयु होने पर भी मैं जवान हूँ।

यह कहकर राय साहब ने लोटा मुँह से लगाया और कई घूँट गट-गट पी गए, फिर प्याले में से कई चमचे निकालकर खाए और जीभ चटकाते हुए बोले, यह न समझिए कि मैं स्वादेंद्रिय का दास हूँ। मैं इच्छाओं का दास नहीं, स्वामी बनकर रहता हूँ यह दमन करने का साधन मात्र है। तैराक वह है जो पानी में गोते लगाए। योद्धा वह है जो मैदान में उतरे।

बवा से भागकर बवा से बचने का कोई मूल्य नहीं। ऐसा आदमी बवा की चपेट में आकर फिर नहीं बच सकता वास्तव में रोग-विजेता वही है जिसकी स्वाभाविक अग्नि, जिसकी अन्तरस्थ ज्वाला, रोग-कीटों को भस्म कर दे। इस लोटे में आग की चिनगारियाँ हैं, पर मेरे लिए शीतल जल है। इस प्याले में वह पदार्थ है, जिसका एक चमचा किसी योगी को भी उन्मत्त कर सकता है, पर मेरे लिए सूखे साग के तुल्य है; मैं शिव और शक्ति का उपासक हूँ। विष को दूध-घी समझता हूँ। हमारी आत्मा ब्रह्म का ज्योतिस्वरूप है। उसे मैं देश तथा इच्छाओं और चिन्ताओं से मुक्त रखना चाहता हूँ। आत्मा के लिए पूर्ण अखण्ड स्वतन्त्रता सर्वश्रेष्ठ वस्तु है। मेरे किसी काम का कोई निर्दिष्ट समय नहीं। जो इच्छा होती है, करता हूँ आपको कोई कष्ट तो नहीं है, आराम से बैठिए।

प्रेम—बहुत आराम से बैठा हूँ।

राय साहब—आप इस मर्ति को देखकर चौंकते होंगे। पर मेरे लिए यह मिट्टी के खिलौने हैं। विषयासक्त आँखें इनके रूप-लावण्य पर मिटती हैं, मैं उस ज्योति को देखता हूँ जो इनके घट में व्यापक है। बाह्यरूप कितना ही सुन्दर क्यों न हो, मुझे विचलित नहीं कर सकता। वह भकुए हैं, जो गुफाओं और कन्दराओं में बैठकर तप और ध्यान के स्वांग भरते हैं। वे कायर हैं, प्रलोभनों से मुँह छिपानेवाले, तृष्णाओं से जान बचानेवाले। वे क्या जानें कि आत्मा-स्वातन्त्र्य क्या वस्तु है? चित्त की दृढ़ता और मनोबल का उन्हें अनुभव ही नहीं हुआ। वह सूखी पत्तियाँ हैं जो हवा के एक झोंके से जमीन पर गिर पड़ती हैं। योग कोई दैहिक क्रिया नहीं है, आत्म-शुद्धि, मनोबल और इन्द्रिय-दमन ही सच्चा योग, सच्ची तपस्या है वासनाओं में पड़कर अविचलित रहना ही सच्चा वैराग्य है। उत्तम पदार्थों का सेवन कीजिए; मधुर गान का आनन्द उठाइए, सौन्दर्य की उपासना कीजिए; परन्तु मनोवृत्तियों का दास न बनिए; फिर आप सच्चे वैरागी हैं (दोनों पहलवानों से) पण्डा जी! तुम बिलकुल बुद्धू ही रहे। यह महाशय अमेरिका का भ्रमण कर आए हैं, हमारे दामाद हैं। इन्हें कुछ अपनी कविता सुनाओ, खूब फड़कते हुए कवित्त हों।

दोनों पण्डे खड़े हो गए और स्वर मिलाकर एक कवित्त पढ़ने लगे। कवित्त क्या था, अपशब्दों का पोथा और अश्लीलता का अविरल प्रवाह था। एक-एक शब्द बेहयायी और बेशर्मी में डूबा हुआ था। मुँहफट भाँड़ भी लज्जास्पद अंगों का ऐसा नग्न, ऐसा घृणोत्पादक वर्णन न कर सकते होंगे। कवि ने समस्त भारतवर्ष के कबीर और फाग का इत्र, समस्त कायस्थ समाज की वैवाहिक गजलों का सत, समस्त भारतीय नारि-वृन्द की प्रथा-प्रणीत गालियों का निचोड़ और समस्त पुलिस विभाग के कर्मचारियों के अपशब्दों का जौहर खींचकर रख दिया था और वह गन्दे कवित्त इन पण्डों के मुँह से ऐसी सफाई से निकल रहे थे, मानो फूल झड़ रहे हैं। राय साहब मूर्तिवत् बैठे थे, हँसी का तो कहना क्या, ओठों पर मुस्कराहट का चिह्न भी न था। तीनों वेश्याओं ने शर्म से सिर झुका लिया, किन्तु प्रेमशंकर हँसी को न रोक सके। हँसते-हँसते उनके पेट में बल पड़ गए।

पण्डों के चुप होते ही समाजियों का आगमन हुआ। उन्होंने अपने साज मिलाए, तबले पर थाप पड़ी, सारंगियों ने स्वर मिलाया और तीनों रमणियाँ ध्रुपद अलापने लगीं। प्रेमशंकर को स्वर लालित्य का वही आनन्द मिल रहा था जो किसी गँवार को उज्ज्वल रत्नों के देखने

से मिलता है। इस आनन्द में रसज्ञता न थी ; किन्तु मर्मज्ञ राय साहब मस्त हो-होकर झूम रहे थे और कभी-कभी स्वयं गाने लगते थे।

आधी रात तक मधुर अलाप की तानें उठती रहीं। जब प्रेमशंकर ऊँघ-ऊँघ कर गिरने लगे तब सभा विसर्जित हुई। उन्हें राय साहब की बहुज्ञता और प्रतिभा पर आश्चर्य हो रहा था, इस मनुष्य में कितना बुद्धि-चमत्कार, कितना आत्मबल, कितनी सिद्धि, कितनी सजीवता है और जीवन का कितना विलक्षण आदर्श!

दूसरे दिन प्रेमशंकर सोकर उठे तो आठ बजे थे। मुँह-हाथ धोकर बरामदे में टहलने लगे कि सामने से राय साहब एक मुश्की घोड़े पर सवार आते दिखाई दिए। शिकारी वस्त्र पहने हुए थे। कन्धे पर बन्दूक थी। पीछे-पीछे शिकारी कुत्तों का झुण्ड चला आ रहा था। प्रेमशंकर को देखकर बोले, आज किसी भले आदमी का मुँह देखा था। एक बार भी खाली नहीं गया। निश्चय कर लिया था कि जलपान के समय तक लौट आऊँगा। आप कुछ अनुमान कर सकते हैं कितनी दूर आ रहा हूँ? पूरे बीस मील का धावा किया है। तीन घण्टे से ज्यादा कभी नहीं चलता मालूम है न आज तीन बजे से जलसा शुरू होगा।

प्रेम–जी हाँ, डेलीगेट लोग (प्रतिनिधिगण) आ गए होंगे?

राय–(हँसकर) मुझे अभी तक कुछ खबर नहीं और मैं ही स्वागत-कारिणी समिति का प्रधान हूँ। मेरे मुख्तार साहब ने सब प्रबन्ध कर दिया होगा। अभी तक मैंने कुछ भी नहीं सोचा कि वहाँ क्या कहूँगा? बस मौके पर जो कुछ मुँह में आएगा, बक डालूँगा।

प्रेम–आपकी सूझ बहुत अच्छी होगी?

राय–जी हाँ, मेरे एसोसिएशन में ऐसा कोई नहीं है, जिसकी सूझ अच्छी न हो। इस गुण में एक से एक बढ़कर हैं। कोषाध्यक्ष को आय-व्यय का पता नहीं, पर सभा के सामने वह पूरा ब्योरा दिखा देंगे। यही हाल औरों का भी है। जीवन इतना अल्प है कि आदमी को अपने ही ढोल पीटने से छुट्टी नहीं मिलती, जाति का मंजीरा कौन बजाए?

प्रेम–ऐसी संस्थाओं से देश का क्या उपकरण होगा?

राय–उपकार क्यों नहीं, क्या आपके विचार में जाति का नेतृत्व निरर्थक वस्तु है? आज-कल तो यही उपाधियों का सदर दरवाजा हो रहा है। सरल भक्तों का श्रद्धास्पद बनना क्या कोई मामूली बात है? बेचारे जाति के नाम पर मरनेवाल सीधे-सादे लोग दूर-दूर से हमारे दर्शनों को आते हैं। हमारी गाड़ियाँ खींचते हैं, हमारी पदरज को माथे पर चढ़ाते हैं। क्या यह छोटी बात है? और फिर हममें कितने ही जाति के सेवक ऐसे भी हैं जो सारा हिसाब मन में रखते हैं, उनसे हिसाब पूछिए तो वह अपनी तौहीन समझेंगे और इस्तीफे की धमकी देंगे। इसी संस्था के सहायक मन्त्री की वकालत बिलकुल नहीं चलती; पर अभी उन्होंने बीस हजार का एक बँगला मोल लिया है। जाति से ऐसे भी लेना है, चाहे इस बहाने से लीजिए, चाहे उस बहाने से!

प्रेम–मुझे अपना निबन्ध पढ़ने का समय कब मिलेगा?

राय–आज तो मिलता नहीं। कल गार्डन पार्टी है। हिज एक्सेलेन्सी और अन्य अधिकारी वर्ग निमन्त्रित हैं। सारा दिन उसी तैयारी में लग जाएगा। परसों सब चिड़ियाँ उड़ जाएँगी, कुछ इने-गिने लोग रह जाएँगे, तब आप शौक से अपना लेख सुनाइएगा।

यहीं बातें हो रही थीं कि राजा इन्द्रकुमार सिंह का आगमन हुआ। राय साहब ने उनका स्वागत करके पूछा, नैनीताल कब तक चलिएगा।

राजा साहब—मैं तो सब तैयारियाँ करके चला हूँ। यहीं से हिज एक्सेलेन्सी के साथ चला जाऊँगा। क्या मिस्टर ज्ञानशंकर नहीं आए?

प्रेम—जी हाँ, उन्हें अवकाश नहीं मिला।

राजा—मैंने समाचार-पत्रों में आपके लेख देखे थे। इसमें सन्देह नहीं कि आप कृषि-शास्त्र के पण्डित हैं, पर आप जो प्रस्ताव कर रहे हैं वह यहाँ के लिए कुछ बहुत उपयुक्त नहीं जान पड़ता। हमारी सरकार ने कृषि की उन्नति के लिए कोई बात उठा नहीं रखी। जगह-जगह पर प्रयोगशालाएँ खोलीं, सस्ते दामों में बीज बेचती है, कृषि सम्बन्धी आविष्कारों का पत्रों द्वारा प्रचार करती है। इस काम के लिए कितने ही निरीक्षक नियुक्त किए हैं, कृषि के बड़े-बड़े कॉलेज खोल रखे हैं? पर उनका फल कुछ न निकला। जब वह करोड़ों रुपये व्यय करके कृतकार्य न हो सकी तो आप दो लाख की पूँजी से क्या कर लेंगे? आपके बनाए हुए यन्त्र कोई सेंत भी न लेगा। आपकी रासायनिक खादें पड़ी सड़ेंगी। बहुत हुआ, आप पाँच-सात सैकड़े मुनाफे दे देंगे। इससे क्या होता है? जब हम दो चार कुएँ खोदवाकर, पटवारी से मिलकर, कर्मचारियों का सत्कार करके आसानी से अपनी आमदनी बढ़ा सकते हैं, तो यह झंझट कौन करे।

प्रेम—मेरा उद्देश्य कोई व्यापार खोलना नहीं है। मैं तो केवल कृषि की उन्नति के लिए धन चाहता हूँ। सम्भव है आगे चलकर लाभ हो, पर अभी तो मुनाफे की कोई आशा नहीं।

राजा—समझ गया, यह केवल पुण्य-कार्य होगा।

प्रेम—जी हाँ, यही मेरा उद्देश्य है। मैंने अपने उन लेखों में और इस निबन्ध में भी यही बात साफ-साफ कह दी है।

राजा—तो फिर आपने श्रीगणेश करने में ही भूल की। आपको पहले इस विषय में लाट साहब की सहानुभूति प्राप्त करनी चाहिए थी। तब दो की जगह आपको दस लाख बात की बात में मिल जाते। बिना सरकारी प्रेरणा के यहाँ ऐसे कामों में सफलता नहीं होती। यहाँ आप जितनी संस्थाएँ देख रहे हैं, उनमें किसी का जन्म स्वाधीन रूप से नहीं। यहाँ की यही प्रथा है। राय साहब यदि आपको हिज एक्सेलेन्सी से मिला दें और उनकी आप पर कृपादृष्टि हो जाए तो कल ही रुपये का ढेर लग जाए।

राय—मैं बड़ी खुशी से तैयार हूँ।

प्रेम—मैं इस संस्था को सरकारी सम्पर्क से अलग रखना चाहता हूँ।

राजा—ऐसी दशा में आप इस एसोसिएशन से सहायता की आशा न रखें कम-से-कम मेरा यही विचार है; क्यों राय साहब?

राय—आपका कहना यथार्थ है।

प्रेम—तो फिर मेरा निबन्ध पढ़ना व्यर्थ है।

राजा—नहीं, व्यर्थ नहीं है। सम्भव है, आप इसके द्वार आगे चलकर सरकारी सहायता पा सकें। हाँ, राय साहब, प्रधान जी का जुलूस निकालने की तैयारी हो रही है न? वह

तीसरे पहर की गाड़ी से आनेवाले हैं।

प्रेमशंकर निराश हो गए। ऐसी सभी में अपना निबन्ध पढ़ना अन्धों के आगे रोना था। वह तीन दिन लखनऊ रहे और एसोसिएशन के अधिवेशन में शरीक रहे, किन्तु न तो अपना लेख पढ़ा और न किसी ने उनसे पढ़ने के लिए जोर दिया। वहाँ तो सभी अधिकारियों के सेवा-सत्कार में ऐसे दत्तचित्त थे, माने बारात आई हो। बल्कि उनका वहाँ रहना सबको अखरता था। सभी समझते थे कि यह महाशय मन में हमारा तिरस्कार कर रहे हैं। लोगों को किसी गुप्त रीति से यह भी मालूम हो गया था कि यह स्वराज्यवादी हैं। इस कारण से किसी ने उनसे निबन्ध पढ़ने के लिए आग्रह नहीं किया, यहाँ तक कि गार्डन पार्टी में उन्हें निमन्त्रण भी किया। यह रहस्य लोगों पर उनके आने के एक दिन पीछे खुला था; नहीं तो कदाचित् उनके पास लेख पढ़ने का आदेश-पत्र भी न भेजा जाता। प्रेमशंकर ऐसी दशा में में वहाँ क्योंकर ठहरते? चौथे दिन घर चले आए। दो-तीन दिन तक उनका चित्त बहुत खिन्न रहा, किन्तु इसलिए नहीं कि उन्हें आशातीत सफलता न हुई, बल्कि इसलिए कि उन्होंने सहायता के लिए रईसों के सामने हाथ फैला कर अपने स्वाभिमान की हत्या की। यद्यपि अकेले पड़े-पड़े उनका जी बहुत उकताता था, पर इसके साथ ही यह अवस्था आत्म-चिन्तन के बहुत अनुकूल थी। निःस्वार्थ सेवा करना मेरा कर्त्तव्य है। प्रयोगशाला स्थापित करके मैं कुछ स्वार्थ भी सिद्ध करना चाहता था। कुछ लाभ होता, कुछ नाम होता। परमात्मा ने उसी का मुझे यह दण्ड दिया है। सेवा का क्या यही एक साधन है? मैं प्रयोगशाला के ही पीछे क्यों पड़ा हुआ हूँ? बिना प्रयोगशाला के भी कृषि-सम्बन्धी विषयों का प्रचार किया जा सकता है। रोग-निवारण क्या सेवा नहीं है? इन प्रश्नों ने प्रेमशंकर के सदुत्साह को उत्तेजित कर दिया। वह प्रायरु घर से निकल जाते और आस-पास के देहातों में जा कर किसानों से खेती-बारी के विषय में वार्तालाप करते। उन्हें अब मालूम हुआ कि यहाँ के किसानों को जितना मूर्ख समझा जाता है, वे उतने मूर्ख नहीं हैं! उन्हें किसानों से कितनी ही नई बातों का ज्ञान हुआ। शनैः-शनैः वह दिन-दिन भर घर से बाहर रहने लगे। कभी-कभी दूर के देहातों में चले जाते; दो-दो तीन-तीन दिनों तक न लौटते।

जेठ का महीना था। आकाश से आग बरसती थी। राज्याधिकारी वर्ग पहाड़ों पर ठण्डी हवा खा रहे थे। भ्रमण करने वाले कर्मचारियों के दौरे भी बन्द थे; पर प्रेमशंकर की तातील न थी। उन्हें बहुधा दोपहर का समय पेड़ों की छाँह में काटना पड़ता, कभी दिन का दिन निराहार बीत जाता, पर सेवा की धुन ने उन्हें शारीरिक सुखों से विरक्त कर दिया था। किसी गाँव में हैजा फैलने की खबर मिलती, कहीं कीड़े ऊख के पौदे का सर्वनाश किए डालते थे। कहीं आपस में लठियाव होने का समाचार मिलता। प्रेमशंकर डाकियों की भाँति इन सभी स्थानों पर जा पहुँचते और यथासाध्य कष्ट-निवारण का प्रयास करते। कभी-कभी लखनपुर तक का धावा मारते। जब आषाढ़ में मेह बरसा तो प्रेमशंकर को अपने काम में बड़ी असुविधा होने लगी। वह एक विशेष प्रकार के धानों का प्रचार करना चाहते थे। तरकारियों के बीज भी वितरण करने के लिए मँगा रखे थे। उन्हें बोने और उपजाने की विधि बतलानी भी

जरूरी थी। इसलिए उन्होंने शहर से चार-पाँच मील पर वरणा किनारे हाजीगंज में रहने का निश्चय किया। गाँव से बाहर फूस का एक झोंपड़ा पड़ गया। दो-तीन खाटें आ गईं। गाँववालों की उन पर असीम भक्ति थी। उनके निवास को लोगों ने अहोभाग्य समझा। उन्हें सब लोग अपना रक्षक, अपना इष्टदेव समझते थे और उनके इशारे पर जान देने को तैयार रहते थे।

यद्यपि प्रेमशंकर को यहाँ बड़ी शान्ति मिलती थी, पर श्रद्धा की याद कभी-कभी विकल कर देती थी। वह सोचते, यदि वह भी मेरे साथ होती तो कितने आनन्द से जीवन व्यतीत होता। उन्हें यह ज्ञात हो गया था कि ज्ञानशंकर ने ही मेरे विरुद्ध उसके कान भरे हैं, अतएव उन्हें अब उस पर क्रोध के बदले दया आती थी। उन्हें एक बार उससे मिलने और उसके मनोगत भावों को जानने की बड़ी आकांक्षा होती थी। कई बार इरादा किया कि एक पत्र लिखूँ पर यह सोचकर कि जवाब दे या न दे, टाले जाते थे। इस चिन्ता के अतिरिक्त अब धनाभाव से भी कष्ट होता था। अमेरिका से जितने रुपये लाए थे, वह इन चार महीनों में खर्च हो गए थे और यहाँ नित्य ही रुपयों का काम लगा रहता था। किसानों से अपनी कठिनाइयाँ बयान करते हुए इन्हें संकोच होता था। वह अपने भोजनादि का बोझ भी डालना पसन्द न करते थे और न शहर के किसी रईस से ही सहायता माँगने का साहस होता था। अन्त में उन्होंने निश्चय किया कि ज्ञानशंकर से अपने हिस्से का मुनाफा माँगना चाहिए। उन्हें मेरे हिस्से की पूरी रकम उड़ा जाने का क्या अधिकार है? श्रद्धा के भरण-पोषण के लिए वह अधिक-से-अधिक मेरा आधा हिस्सा ले सकते हैं। तभी भी मुझे एक हजार के लगभग मिल जाएँगे। इस वक्त काम चलेगा, फिर देखा जाएगा, निस्सन्देह इस आमदनी पर मेरा कोई हक नहीं है, मैने उसका अर्जन नहीं किया, लेकिन मैं उसे अपने भोग-विलास के निमित्त तो नहीं चाहता, उसे लेकर परमार्थ में खर्च करना आपत्तिजनक नहीं हो सकती। पहले प्रेमशंकर की निगाह इस तरफ कभी नहीं गई थी, वह इन रुपयों को ग्रहण करना अनुचित समझते थे। पर अभाव बहुधा सिद्धान्तों और धारणाओं का बाधक है। सोचा था कि पत्र में सब कुछ साफ-साफ लिख दूँगा, पर लिखने बैठे तो केवल इतना लिखा कि मुझे रुपयों की बड़ी जरूरत है। आशा है, मेरी कुछ सहायता करेंगे। भावों को लेखबद्ध करने में हम बहुत विचारशील हो जाते हैं।

ज्ञानशंकर को यह पत्र मिला तो जामे से बाहर हो गए। श्रद्धा को सुनाकर बोले, यह तो नहीं होता कि कोई उद्यम करें, बैठे-बैठे सुकीर्ति का आनन्द उठाना चाहते हैं। जानते होंगे कि यहाँ रुपये बरस रहे हैं। बस हर्रे-फिटकरी के मुनाफा हाथ आ जाता है। और यहाँ अदालत के खर्च के मारे कचूमर निकला जाता है। एक हजार रुपये कर्ज ले कर खर्च कर चुका और अभी पूरा साल पड़ा है। एक बार हिसाब-किताब देख लें तो आँखे खुल जाएँ; मालूम हो जाए कि जमींदारी परोसा हुआ थाल नहीं है। सैकड़ों रुपये साल कर्मचारियों की नजर-नियाज गें उड़ जाते हैं।

यह कहते हुए उसी गुस्से में पत्र का उत्तर लिखने नीचे गए। उन्हें अपनी अवस्था और दुर्भाग्य पर क्रोध आ रहा था। राय कमलानन्द की चेतावनी बार-बार याद आती थी। वही हुआ, जो उन्होंने कहा था।

प्रभाशंकर ने लौटना चाहा, पर प्रभाशंकर ने उन्हें साग्रह रोक लिया। हाजीगंज में

एक सज्जन ठाकुर भवानीसिंह रहते थे। उनके यहाँ भोजन का प्रबन्ध किया गया। पूरियाँ मोटी थीं और भाजी भी अच्छी न बनी थी; किन्तु दूध बहुत स्वादिष्ट था। प्रभाशंकर ने मुस्कराकर कहा, यह पूरियाँ हैं या लिट्टी? मुझे तो दो-चार दिन भी खानी पड़ें तो काम तमाम हो जाए। हाँ, दूध की मलाई अच्छी है।

प्रेम–मैं तो यहाँ रोटियों बना लेता हूँ। दोपहर को दूध पी लिया करता हूँ।

प्रभा–तो यह कहो तुम योगाभ्यास कर रहे हो। अपनी रूचि का भोजन न मिले तो फिर जीवन का सुख ही क्या रहा?

प्रेम–क्या जाने, मैं तो रोटियाँ से ही सन्तुष्ट हो जाता हूँ। कभी-कभी तो मैं शाक या दाल भी नहीं बनाता। सूखी रोटियाँ बहुत मीठी लगती हैं। स्वास्थ्य के विचार से भी रूखा-सूखा भोजन उत्तम है।

प्रभा–यह सब नए जमाने के ढकोसले हैं। लोगों की पाचन शक्ति निर्बल हो गई है। इसी विचार से अपने को तस्कीन दिया करते हैं। मैंने तो आजीवन चटपटा भोजन किया है, पर कभी कोई शिकायत नहीं हुई।

भोजन करने के बाद कुछ इधर-उधर की बातें होने लगीं। लाला जी थके थे, सो गए, किन्तु दोनों लड़कों को नींद नहीं आती थी। प्रेमशंकर बोले, क्यों तेजशंकर, क्या नींद नहीं आती? मैट्रिक में हो न? इसके बाद क्या करने का विचार है?

तेजशंकर–मुझे क्या मालूम? दादा जी की जो राय होगी, वही करूँगा?

प्रेम–और तुम क्या करोगे पद्मशंकर?

पद्म–मेरा तो पढ़ने में जी नहीं लगता। जी चाहता है, साधू हो जाऊँ।

प्रेम–(मुस्करा कर) अभी से?

पद्म–जी हाँ, खूब पहाड़ों पर विचरूँगा। दूर-दूर के देशों की सेर करूँगा। भैया भी तो साधु होने को कहते हैं।

प्रेम– तो तुम दोनों साधु हो जाओगे और गृहस्थी का सारा बोझ चाचा साहब के सिर पर छोड़ दोगे।

तेज– मैंने कब साधु होने को कहा पद्मू? झूठ बोलते हो।

पद्म–रोज तो कहते हो, इस वक्त लजा रहे हो।

तेज–बड़े झूठे हो।

पद्म–अभी तो कल ही कह रहे थे कि पहाड़ों पर जाकर योगियों से मन्त्र जगाना सीखेंगे।

प्रेम–मन्त्र जगाने से क्या होगा?

पद्म–वाह! मन्त्र में इतनी शक्ति है कि चाहें तो अभी गायब हो जाएँ, जमीन में गड़ा हुआ धन देख लें। एक मन्त्र तो ऐसा है कि चाहें तो मुरदों जिला दें। बस, सिद्धि चाहिए। खूब चैन रहेगा। यहाँ तो बरसों पढ़ेंगे, तब जाकर कहीं नौकरी मिलेगी। और वहाँ तो एक मन्त्र भी सिद्ध हो गया तो फिर चाँदी ही चाँदी है।

प्रेम–क्यों जी तेजू, तुम भी इन मिथ्या बातों पर विश्वास करते हो?

तेज–जी नहीं, यह पद्म यों ही बाही-तबाही बकता फिरता है, लेकिन इतना कह

सकता हूँ कि आदमी मन्त्र जगाकर बड़े-बड़े काम कर सकता है। हाँ डर न जाए, नहीं तो जान जाने का डर रहता है।

प्रेम—यह सब गपोड़ा है। खेद है, तुम विज्ञान पढ़कर इन गपोड़ों पर विश्वास करते हो। संसार में सफलता का सबसे जागता हुआ मन्त्र अपना उद्योग, अध्यवसाय और दृढ़ता है, इसके सिवा और सब मन्त्र झूठे हैं।

दोनों लड़कों ने इसका कुछ उत्तर न दिया। उनके मन में मन्त्र की बात बैठ गई थी। और तर्क द्वारा उन्हें कायल करना कठिन था।

इनके सो जाने के बाद प्रेमशंकर ने सन्दूकची खोलकर देखा। गहने सभी सोने के थे। रुपये गिने तो पूरे तीन हजार थे। इस समय प्रेमशंकर के सम्मुख श्रद्धा एक देवी का रूप में खड़ी मालूम होती थी। उसकी मुखश्री एक विलक्षण ज्योति से प्रदीप्त थी। त्याग और अनुराग की विशाल मूर्ति थी, जिसके कोमल नेत्रों में भक्ति और प्रेम की किरणें प्रस्फुटित हो रही थीं। प्रेमशंकर का हृदय विह्वल हो गया। उन्हें अपनी निष्ठुरता पर बड़ी ग्लानि उत्पन्न हुई। श्रद्धा की भक्ति के सामने अपनी कटुता और अनुदारता अत्यन्त निन्द्य प्रतीत होने लगी। उन्होंने सन्दूकची बन्द करके खाट के नीचे रख दी और लेटे तो सोचने लगे, इन गहनों को क्या करूँ? कुल सम्पत्ति पाँच हजार से कम की नहीं है। इसे मैं ले लूँ तो श्रद्धा निरवलम्ब हो जाएगी। लेकिन मेरी दशा सदैव ऐसी ही थोड़े रहेगी। अभी ऋण समझकर ले लूँ, फिर कभी सूद समेत चुका दूँगा। पचीस वर्ष ऊसर लूँ तो दो-ढाई हजार में तय हो जाए। एक हजार खाद डालने और रेह निकालने में लग जाएँगे। एक हजार में बैलों की गोइयाँ और दूसरी सामग्रियाँ आ जाएँगी। दस बीघे में एक सुन्दर बाग लगा दूँ, पन्द्रह बीघे में खेती करूँ। दो साल तो चाहे उपज कम हो, लेकिन आगे चलकर दो-ढाई हजार वार्षिक की आय होने लगेगी। अपने लिए मुझे 200 रुपये साल भी बहुत हैं, शेष रुपये अपने जीवनोद्देश्य के पूरे करने में लगेंगे। सम्भव है, तब तक कोई सहायक भी मिल जाए। लेकिन उस दशा में कोई सहायता भी न करे तो मेरा काम चलता रहेगा। हाँ, एक बात का ध्यान ही न रहा। मैं यह ऊसर ले लूँ तो फिर इस गाँव में गोचर भूमि कहाँ रहेगी? यही ऊसर तो यहाँ के पशुओं का मुख्य आधार है। नहीं इसके लेने का विचार छोड़ देना चाहिए। अब तो हाथ में रुपये आ गए हैं। कहीं न कहीं जमीन मिल ही जाएगी। हाँ, अच्छी जमीन होगी तो इतने रुपयों में दस बीघे से ज्यादा न मिल सकेगी। दस बीघे में मेरा काम कैसे चलेगा?

प्रेमशंकर इसी उधेड़-बुन में पड़े हुए थे। मूसलाधार मेघ बरस रहा था। सन्ध्या हो गई थी। आकाश पर काली घटा छाई हुई थी। प्रेमशंकर सोच रहे थे, बड़ी देर हुई, अभी तक आदमी जवाब लेकर नहीं लौटा। कहीं पानी न बरसने लगे, नहीं तो इस वक्त आ भी न सकेगा, देखूँ क्या जवाब देते हैं? सूखा जवाब तो क्या देंगे, हाँ, मन में अवश्य झुँझलाएँगे। अब मुझे भी निस्संकोच होकर लोगों से सहायता माँगनी चाहिए। अपने बल पर यह बोझ मैं नहीं सम्भाल सकता थोड़ी सी जमीन मिल जाती, मैं स्वयं कुछ पैदा करने लगता तो यह दशा न रहती जमीन तो यहाँ बहुत कम है। हाँ, पचास बीघे का यह ऊसर अलबत्ता है, लेकिन जमींदार साहब से सौदा पटना कठिन है। वह ऊसर के लिए 200 रुपये बीघे नजराना माँगेंगे। फिर इसकी रेह निकालने और पानी के निकास के लिए नालियाँ बनाने में हजारों

का खर्च है। क्या बताऊँ, ज्ञानू ने मेरे सारे मंसूबे चौपट कर दिए, नहीं लखनपुर यहाँ से कौन बहुत दूर था? मैं पन्द्रह बीस बीघे की सीर भी कर लेता तो मुझे किसी की मदद की दरकार न होती।

यह इन्हीं विचारों में डूबे थे कि सामने से एक एक्का आता हुअद दिखाई दिया। पहले तो कई आदमियों ने एक्केवान को ललकारा। क्यों खेत में एक्का लाता है? आँखें फूटी हुई हैं? देखता नहीं, खेत बोया हुआ है? पर जब एक्का प्रेमशंकर के झोंपड़े की ओर मुड़ा तो लोग चुप हो गए। इस पर लाला प्रभाशंकर और उनके दोनों उड़के पद्मशंकर और तेजशंकर बैठे हुए थे। प्रेमशंकर ने दौड़कर उनका स्वागत किया। प्रभाशंकर ने उन्हें छाती से लगा लिया और पूछा, अभी तुम्हारा आदमी ज्ञानू का जवाब लेकर तो नहीं आया?

प्रेम—जी नहीं, अभी तो नहीं आया, देर बहुत हुई

प्रभा—मेरे ही हाथ बाजी रही। मैं उसके एक घण्टा पीछे चला हूँ। यह लो, बड़ी बहू ने यह लिफाफा और सन्दूकची तुम्हारे पास भेजी है। मगर यह तो बताओ, यह बनवास क्यों कर रहे हो? तुम्हारे एक छोड़ दो-दो घर हैं। उनमें न रहना चाहो तो तुम्हारे कई मकान किराए पर उठे हुए हैं, उनमें से जिसे कहो खाली करा दूँ। आराम से शहर में रहो। तुम्हें इस दशा में देखकर मेरा हृदय फटा जाता है। यह फूस का झोंपड़ा, बीहड़ स्थान, न कोई आदमी न आदमजाद! मुझसे तो यहाँ एक क्षण भी न रहा जाए। हफ्तों घर की सुधि नहीं लेते। मैं तुम्हें यहाँ न रहने दूँगा। हम तो महल में रहें और तुम यों बनवास करो। (सजल नेत्र होकर) यह सब मेरा दुर्भाग्य है। मेरे कलेजे के टुकड़े हुए जाते हैं। भाई साहब जब तक जीवित रहे, मैं अपने ऊपर गर्व करता था। समझता था कि मेरी बदौलत एका बना हुआ है। लेकिन उनके उठते ही घर की श्री उठ गई। मैं दो-चार साल भी उस मेल को न निभा सका। वह भाग्यशाली थे, मैं अभागा हूँ और क्या कहूँ।

प्रेमशकर ने बड़ी उत्सुकता से लिफाफा खोला और पढ़ने लगे। लाला जी की तरफ उनका ध्यान न था।

'प्रिय प्राणपति, दासी का प्रणाम स्वीकार कीजिए। आज जब तक विदेश में थे, वियोग के दुःख को धैर्य के साथ सहती रही, पर आपका यह एकान्त निवास नहीं सहा जाता। मैं यहाँ आपसे बोलती न थी, आपसे मिलती न थी, पर आपको आँखों से देखती तो थी, आपकी सेवा तो कर सकती थी। आपने यह सुअदसर भी मुझसे छीन लिया। मुझे तो संसार की हँसी का डर था, आपको भी संसार की हँसी का डर है? मुझे आपसे मिलते हुए अनिष्ट की आशंका होती है। धर्म को तोड़कर कौन प्राणी सुखी रह सकता है? आपके विचार तो ऐसे नहीं, फिर आप क्यों मेरी सुधि नहीं लेते?

यहाँ लोग आपके प्रायश्चित्त करने की चर्चा कर रहे हैं। मैं जानती हूँ, आपको बिरादरी का भय नहीं है, पर यह भी जानती हूँ कि आप मुझ पर दया और प्रेम रखते हैं। क्या मेरी खातिर इतना न कीजिएगा?—मेरे धर्म को न निभाइएगा?

इन सन्दूकची में मेरे कुछ गहने और रुपये हैं—गहने अब किसके लिए पहनूँ? कौन देखेगा? यह तुच्छ भेंट है, इसे स्वीकार कीजिए। यदि आप ने लेंगे, तो समझूँगी कि आपने मुझसे नाता तोड़ दिया।

—आपकी अभागिनी, श्रद्धा।'

प्रेमशंकर के मन में पहले विचार हुआ कि सन्दूकची को वापस कर दूँ और लिख दूँ कि मुझे तुम्हारी मदद की जरूरत नहीं। क्या मैं ऐसा निर्लज्ज हो गया कि जो स्त्री मेरे साथ इतनी निष्ठुरता से पेश आए उसी के सामने मदद के लिए हाथ फैलाऊँ? लेकिन एक ही क्षण में यह विचार पलट गया। उसके स्थान पर यह शंका, हुई कि कहीं इसने मन में कुछ और तो नहीं ठान ली है? यह पत्र किसी विषम संकल्प का सूचक तो नहीं है? वह अस्थिर चित्त होकर इधर-उधर टहलने लगे। सहसा लाला प्रभाशंकर से बोले, आपको तो मालूम होगा ज्ञानशंकर का बर्ताव उसके साथ कैसा है?

प्रभा—बेटा, यह बात मुझसे मत पूछो। हाँ, इतना कहूँगा कि तुम्हारे यहाँ रहने से बहुत दुखी है। तुम्हें मालूम है कि उसको तुमसे कितना प्रेम है। तुम्हारे लिए उसने बड़ी तपस्या की है। उसके ऊपर तुम्हारी अकृपा नितान्त अनुचित है।

प्रेम—मुझे वहाँ रहने में कोई उज्र नहीं है। हाँ, ज्ञानशंकर के कुटिल व्यवहार से दुःख होता है और फिर वहाँ बैठकर यह काम न होगा। किसानों के साथ रहकर मैं उनकी जितनी सेवा कर सकता हूँ, अलग रहकर नहीं कर सकता। आपसे केवल यह प्रार्थना करता हूँ कि आप उसे बुलाकर उसकी तस्कीन कर दीजिएगा। मेरे विचार से उसका व्यवहार कितना ही अनुचित क्यों न हो, पर मैं उसे निरपराध समझता हूँ। यह दूसरों के बहकाने का फल है। मुझे शंका होती है कि वह जान पर न खेल जाए।

प्रभा—मगर तुम्हें वचन देना होगा कि सप्ताह में कम-से-कम एक बार वहाँ अवश्य जाया करोगे।

प्रेम—इसका पक्का वादा करता हूँ। सहसा उनके कानों में बादलों के गर्जने की सी आवाज आने लगी, मानो किसी बड़े पुल पर रेलगाड़ी चली जा रही हो। लेकिन जब देर तक इस ध्वनि का तार न टूटा और थोड़ी देर में गाँव की ओर से आदमियों के चिल्लाने और रोने की आवाजें आने लगीं, तो वह घबड़ाकर उठे और गाँव की तरफ नजर दौड़ाई। गाँव में हलचल मची हुई थी। लोग हाथों में सन और अरहर के डण्ठलों की मशालें लिए इधर-उधर दौड़ते-फिरते थे। कुछ लोग मशालें लिये नदी की तरफ दौड़ते जाते थे। एक क्षण में मशालों का प्रतिबिम्ब सा दीखने लगा, जैसे गाँव में पानी लहरें मार रहा हो। प्रेमशंकर समझ गए कि बाढ़ आ गई।

अब विलम्ब करने का समय न था वह तुरन्त गाँव की तरफ चले।

हाहाकार मचा हुआ था। गाँच के समस्त प्राणी, युवा, वृद्धा, बाल मन्दिर के चबूतरे पर खड़े यह विध्वंसकारी मेघलीला देख रहे थे। प्रेमशंकर को देखते ही लोग चारों ओर आकर खड़े हो गए। स्त्रियाँ रोने लगीं।

प्रेमशंकर—बाढ़ अबकी ही आई है या और भी कभी आई थी?

भवानीसिंह—हर दूसरे-तीसरे साल आ जाती है। कभी-कभी तो साल में दो-दो बेर आ जाती है।

प्रेमशंकर—इसके रोकने का कोई प्रयत्न नहीं किया गया?

भवानीसिंह—इसका एक ही उपाय है। नदी के किनारे बाँध बना दिया जाए। लेकिन कम से कम तीन हजार का खर्च है, वह हमारे किए नहीं हो सकता। इतनी सामर्थ्य ही नहीं। कभी बाढ़ आती है, कभी सूखा पड़ता है। धन कहाँ से आए?

प्रेमशंकर—जमींदार से इस विषय में तुम लोगों ने कुछ नहीं कहा?

भवानी—उनके कभी दर्शन ही नहीं होते; किससे कहें? सेठ जी ने यह गाँव उन्हें पिण्ड-दान में दे दिया था; बस, आप तो गया जी में बैठे रहते हैं। साल में दो बार उनका मुंशी आकर लगान वसूल कर ले जाता है। उससे कहो तो कहता है, हम कुछ नहीं जानते, पण्डा जी जानें। हमारे सिर पर चाहे जो पड़े, उन्हें अपने काम से काम है।

प्रेमशंकर—अच्छा इस वक्त क्या उपाय करना चाहिए? कुछ बचा या सारा डूब गया?

भवानी—अँधेरे में सब कुछ सूझ तो नहीं पड़ता, लेकिन अटकल से जान पड़ता है कि घर एक भी नहीं बचा। कपड़े-लत्ते, बर्तन-भाँड़े, खाट-खटोले सब बह गए। इतनी मुहलत ही नहीं मिली कि अपने साथ कुछ लाते। जैसे बैठे थे वैसे ही उठकर भागे। ऐसी बाढ़ कभी नहीं आई थी, जैसे आँधी आ जाए, बल्कि आँधी का हाल भी कुछ पहले मालूम हो जाता है, यहाँ तो कुछ पता ही न चला।

प्रेमशंकर—मवेशी भी बह गए होंगे?

भवानी—राम जाने, कुछ तुड़ाकर भागे होंगे, कुछ बह गए होंगे, कुछ बदन तक पानी में डूबे होंगे। पानी दस-पाँच अंगुल और चढ़ा तो उनका भी पता न लगेगा।

प्रेमशंकर—कम से कम उनकी रक्षा तो करनी चाहिए।

भवानी—हमें तो असाध्य जान पड़ता है।

प्रेमशंकर—नहीं हिम्मत न हारो। भला कुल कितने मर्द यहाँ होंगे?

भवानी—(आँखों से गिनकर) यही कोई चालीस-पचास।

प्रेम—तो पाँच-पाँच आदमियों की एक-एक टुकड़ी बना लो और सारे गाँव का एक चक्कर लगाओ। जितने जानवर मिलें उन्हें बटोर लो और और मेरे झोंपड़े के सामने ले चलो। वहाँ जमीन बहुत ऊँची है, पानी नहीं जा सकता। मैं भी तुम लोगों के साथ चलता हूँ। जो लोग इस काम के लिए तैयार हों, सामने निकल आएँ।

प्रेमशंकर के उत्साह ने लोगों को उत्साहित किया। तुरन्त पचास-साठ आदमी निकल आए। सबके हाथों में लाठियाँ थीं। प्रेमशंकर को लोगों ने रोकना चाहा, लेकिन वह किसी तरह न माने। एक लाठी हाथ में ले ली और आगे-आगे चले। पग-पग पर बहते हुए झोंपड़ों, गिरे हुए वृक्षों तथा बहती हुई चारपाइयों से टकराना पड़ता था। गाँव का नाम-निशान न था। गाँव वालों को अपने-अपने घरों का भी पता न चलता था। हाँ, जहाँ-तहाँ भैंसों और बैलों के डकारने की आवाज सुन पड़ती थी। कहीं-कहीं पशु बहते हुए भी मिलते थे। यह रक्षक दल सारी रात पशुओं के उद्धार का प्रयत्न करता रहा। उनका साहस अदम्य और उद्योग अविश्रान्त था। प्रेमशंकर अपनी टुकड़ी के साथ बारी-बारी से अन्य दलों की सहायता करते रहते थे। उनका धैर्य और परिश्रम देखकर निर्बल हृदय वाले भी प्रोत्साहित हो जाते थे। जब दिन निकला और प्रेमशंकर अपने झोंपड़े पर पहुँचे तब दो सौ से अधिक पशुओं

को आनन्द से बैठे जुगाली करते हुए देखा। लेकिन इतनी कड़ी मेहनत कभी न की थी। ऐसे थक गए थे कि खड़ा होना मुश्किल था। अंग-अंग में पीड़ा हो रही थी। आठ बजते-बजते उन्हें ज्वर हो आया। लाला प्रभाशंकर ने यह वृत्तान्त सुना तो असन्तुष्ट होकर बोले, बेटा परमार्थ करना बहुत अच्छी बात है, लेकिन इस तरह प्राण देकर नहीं। चाहे तुम्हें अपने प्राण का मूल्य इन जानवरों से कम जान पड़ता हो, लेकिन हम ऐसे-ऐसे लाखों पशुओं का तुम्हारे ऊपर बलिदान कर सकते हैं। श्रद्धा सुनेगी तो न जाने उसका क्या हाल होगा? यह कहते-कहते उनकी आँखें भर आईं।

तीन दिन तक प्रेमशंकर ने सिर न उठाया और न लाला प्रभाशंकर उनके पास से उठे। उनके सिरहाने बैठे हुए कभी विनयपत्रिका के पदों का पाठ करते, कभी हनुमान चालीसा का पाठ पढ़ते। हाजीपुर में दो ब्राह्मण भी थे। वह दोनों झोंपड़े में बैठे दुर्गा पाठ किया करते। अन्य लोग तरह-तरह की जड़ी बूटियाँ लाते। आस-पास के देहातों में भी जो उनकी बीमारी की खबर पाता, दौड़ा हुआ देखने आता। चौथे दिन ज्वर उतर गया, आकाश भी निर्मल हो गया और बाढ़ उतर गई।

प्रभात का समय था। लाला प्रभाशंकर ब्राह्मणों को दक्षिणा देकर घर चले गए थे। प्रेमशंकर अपनी चारपाई पर तकिए के सहारे बैठे हुए हाजीपुर की तरफ चिन्तामय नेत्रों से देख रहे थे। चार दिन पहले जहाँ एक हरा-भर लहलहाता हुआ गाँव था, जहाँ मीलों तक खेतों में सुखद हरियाली छाई हुई थी, जहाँ प्रातःकाल गाय-भैसों के रेवड़ के रेवड़ चरते दिखाई देते थे, जहाँ झोंपड़ों से चक्कियों की मधुर ध्वनि उठती थी और बालवृन्द मैदानों में खेलते-कूदते दिखाई देते थे, वहाँ एक निर्जन मरुभूमि थी। गाँव के अधिकांश प्राणी दूसरे गाँव में भाग गए थे और कुछ लोग प्रेमशंकर के झोंपड़े के सामने सिरकियाँ डाले पड़े थे। न किसी के पास अन्न था, न वस्त्र, बड़ा शोकमय दृश्य था। प्रेमशंकर सोचने लगे, कितनी विषम समस्या है! इन दीनों का कोई सहायक नहीं। आए दिन इन पर यही विपत्ति पड़ा करती है। और ये बेचारे इसका निवारण नहीं कर सकते। साल-दो-साल में जो कुछ तन पेट काटकर संचय करते हैं। वह जलदेव को भेंट देते हैं। कितना धन, कितने जीव इस भँवर में समा जाते हैं, कितने घर मिट जाते हैं, कितनी गृहस्थियों का सर्वनाश हो जाता है और यह केवल इसलिए कि इनको गाँव के किनारे एक सुदृढ़ बाँध बनाने का साहस नहीं है। न इतना धन है, न वह सहमति और सुसंगठन है, जो धन का अभाव होने पर भी बड़े-बड़े कार्य सिद्ध कर देता है। ऐसा बाँध यदि बन जाए तो उससे इसी गाँव की नहीं, आस-पास के कई गाँवों की रक्षा हो सकती है। मेरे पास इस समय चार-पाँच हजार रुपये हैं। क्यों न इस बाँध में हाथ लगा दूँ? गाँव के लोग धन न दे सकें, मेहनत तो कर सकते हैं। केवल उन्हें संगठित करना होगा। दूसरे गाँव के लोग भी निस्सन्देह इस काम में सहायता देंगे। ओह, कहीं यह बाँध तैयार हो जाए तो इन गरीबों का कितना कल्याण हो!

यद्यपि प्रेमशंकर बहुत अशक्त हो रहे थे, पर इस विचार ने उन्हें इतना उत्साहित किया कि तुरन्त उठ खड़े हुए और लोगों के बहुत रोकने पर भी हाथ में डण्डा लेकर नदी की ओर बाँध-स्थल पर निरीक्षण करने चल खड़े हुए। जेब में पेंसिल और कागज भी रख लिया। कई आदमी साथ हो लिए। नदी के किनारे खड़े-खड़े वह बहुत देर तक रस्सी से नाप-नाप

कर कागज पर बाँध का नक्शा खींचते और उसकी लम्बाई-चौड़ाई, गर्भ आदि का अनुमान करते रहे। उन्हें उत्साह के वेग में यह काम सहज जान पड़ता था, केवल काम छेड़ देने की जरूरत थी। उन्होंने वहीं खड़े-खड़े निश्चय किया कि वर्षा समाप्त होते ही श्री गणेश कर दूँगा। ईश्वर ने चाहा तो जाड़े में बाँध तैयार हो जाएगा। बाँध के साथ-साथ गाँव को भी पुनर्जीवित कर दूँगा। बाढ़ का भय तो न रहेगा, दीवारें मजबूत बनाऊँगा और उस पर फूस की जगह खपरैला का छाज रखूँगा।

भवानीसिंह ने कहा– बाबू जी, यह काम हमारे मान का नहीं है।

प्रेमशंकर–है क्यों नहीं; तुम्हीं लोगों से यह पूरा कराऊँगा। तुमने इसे असाध्य समझ लिया, इसी कारण इतनी मुसीबतें झेलते हो।

भवानी–गाँव में आदमी कितने हैं?

प्रेम–दूसरे गाँव वाले तुम्हारे मदद करेंगे, काम शुरू तो होने दो।

भवानी–जैसा बाँध आप सोच रहे हैं, पाँच-छह हजार से कम में न बनेगा।

प्रेम–रुपयों की कोई चिन्ता नहीं। कार्तिक आ रहा है, बस काम शुरू कर दो। दो-तीन महीने में बाँध तैयार हो जाएगा। रुपयों का प्रबन्ध जो कुछ मुझसे हो सकेगा मैं कर दूँगा।

भवानी–मजदूरों की मदद मिल जाए तो अगहन में ही बाँध तैयार हो सकता है।

प्रेम–इसका मैं वचन दे सकता हूँ। यहाँ साठ-सत्तर बीघे का अच्छा चक निकल आएगा।

भवानी–तब हम आपका झोंपड़ा भी यहीं बना देंगे। वह जगह ऊँची है, लेकिन कभी-कभी वहाँ भी बाढ़ आ जाती है।

प्रेम–तो आज ही भागे हुए लोगों को सूचना दे दो और पड़ोस के गाँव में भी खबर भेज दो।

गायत्री उन महिलाओं में थी जिनके चरित्र में रमणीयता और लालित्य के साथ पुरुषों का साहस और धैर्य भी मिला होता है। यदि वह कंघी और आईने पर जान देती थी तो कच्ची सड़कों के गर्द और धूल से भी न भागती थी। प्यानो पर मोहित थी तो देहातियों के बेसुरे अलाप का आनन्द भी उठा सकती थी। सरस साहित्य पर मुग्ध होती थी तो खसरा और खितौनी से भी जी न चुराती थी। लखनऊ से आए हुए उसे दो साल हो गए। लेकिन एक दिन भी अपने विशाल भवन में आराम से न बैठी। कभी इस गाँव जाती, कभी उस छावनी में ठहरती, कभी तहसील आना पड़ता, कभी सदर जाना पड़ता, बार-बार अधिकारियों से मिलने की जरूरत पड़ती। उसे अनुभव हो रहा था कि दूसरों पर शासन करने के लिए स्वयं झुकना पड़ता है। उसके इलाके में सर्वत्र लूट मची हुई थी, कारिन्दे असामियों को नोचे खाते थे। सोचती, क्या इन सब मुख्तारों और कारिन्दों का जवाब दे दूँ? मगर काम कौन करेगा? और यही क्या मालूम है कि इनकी जगह जो नए लोग आएँगे, वे इनसे ज्यादा नेकनीयत होंगे? मुश्किल तो यह कि प्रजा को इस अत्याचार से उतना कष्ट भी नहीं होता, जितना मुझे होता है। कोई शिकायत नहीं करता, कोई फरियाद नहीं करता, उन्हें अन्याय सहने की ऐसा अभ्यास हो गया है कि वह इसे भी जीवन की एक साधारण दशा समझते हैं।

उससे मुक्त होने का कोई यत्न भी हो सकता है, इसका उन्हें ध्यान भी नहीं होता।

इतना ही नहीं था। प्रजा गायत्री की सचेष्टाओं को सन्देह की दृष्टि से देखती थी। उनको विश्वास ही न होता था कि उनकी भलाई के लिए कोई जमींदार अपने नौकरों को दण्ड दे सकता है। वर्तमान अन्याय उनका ज्ञात विषय था, इसका उन्हें भय न था। सुधार के मन्तव्यों से भयभीत होते थे, यह उनके लिए अज्ञात विषय था। उन्हें शंका होती थी कि कदाचित् यह लोगों को निचोड़ने की कोई नई विधि है। अनुभव भी इस शंका को पुष्ट करता था। गायत्री का हुक्म था कि किसानों को नाम-मात्र सूद पर रुपये उधार दिए जाएँ, लेकिन कारिन्दे महाजनों से भी ज्यादा सूद लेते थे। उसने ताकीद कर दी थी कि बखारों से असामियों को अष्टांश पर अनाज दिया जाए। लेकिन वहाँ अष्टांश न देकर लोग दूसरों से सवाई-डेढ़ पर अनाज लाते थे। वह अपने इलाके भर में सफाई का प्रबन्ध भी करना चाहती थी। गोबर बटोरने के लिए गाँव से बाहर खत्ते बनवा दिए थे। मोरियों को साफ करने के लिए भंगी लगा दिए थे। लेकिन प्रजा इसे 'मुदाखतल बेजा' समझती थी और डरती थी कि कहीं रानी साहिबा हमारे घरों और खत्तों पर तो हाथ नहीं बढ़ रही हैं।

जाड़ों के दिन थे। गायत्री राप्ती नदी के किनारों के गाँवों का दौरा कर रही थी अबकी बाढ़ में कई गाँव डूब गए थे। कृषकों ने छूट की प्रार्थना की थी। सरकारी कर्मचारियों ने इधर-उधर देखकर लिख दिया था, छूट की जरूरत नहीं है। गायत्री अपनी आँखों से इन गाँवों की दशा देखकर यह निर्णय करना चाहती थी कि कितनी छूट होनी चाहिए। सन्ध्या हो गई थी। वह दिन भर की थकी-माँदी थी, बिन्दापुर की छावनी में उदास पड़ी हुई थी। सारा मकान खण्डहर हो गया था। इस छावनी की मरम्मत के लिए उसने कारिन्दों को सैकड़ों रुपये दिए थे। लेकिन उसकी दशा देखने से ज्ञात होता था कि बरसों से खपरैल भी नहीं बदला गया। दीवारें गिर गई थीं, कड़ियों के टूट जाने से जगह-जगह छत बैठ गई थी। आँगन में कूड़े के ढेर लगे हुए थे। यहाँ के कारिन्दों को वह बहुत ईमानदार समझती थी। उसके कुटिल व्यवहार पर चित्त बहुत खिन्न हो रहा था। सामने चौकी पर पूजा के लिए आसन बिछा हुआ था, लेकिन उसका उठने का जी न चाहता था कि इतने में एक चपरासी ने आकर कहा, सरकार, कानूनगो साहब आए हैं।

गायत्री उठकर आसन पर जा बैठी और इस भय से कि कहीं कानूनगो साहब चले न जाएँ, शीघ्रता से सन्ध्या समाप्त की और परदा कराके कानूनगो साहब को बुलाया।

गायत्री—कहिए खाँ साहब! मिजाज तो अच्छा है? क्या आजकल पड़ताल हो रही है?

कानूनगो—जी हाँ, आजकल हुजूर के ही इलाके का दौरा कर रहा हूँ।

गायत्री—आपके विचार में बाढ़ से खेती को कितना नुकसान हुआ?

कानूनगो—अगर सरकार के तौर पर पूछती हैं तो रुपये में एक आना, निज के तौर पर पूछती हैं तो रुपये में बारह आने।

गायत्री—आप लोग यह दोरंगी चाल क्यों चलते हैं? आप जानते नहीं कि इसमें प्रजा का कितना कसान होता है?

कानूनगो—हुजूर यह न पूछें। दो रंगी चाल न चलें और असली बात लिख दें तो एक दिन में नालायक बनाकर निकाल दिए जाएँ। हम लोगों से सच्चा हाल जानने के लिए तहकीकात

नहीं कराई जाती, बल्कि छिपाने के लिए। पेट की बदौलत सब कुछ करना पड़ता है।

गायत्री—पेट को गरीबों की हाय से भरना तो अच्छा नहीं। अगर अपनी तरफ से प्रजा की कुछ भलाई न कर सकें तो कम से कम अपने हाथों उनका अहित तो न करना चाहिए। इलाके का क्या हाल है?

कानूनगो—आपको सुनकर रंज होगा। सारन में हुजूर की कई बीघे सीर असामियों ने जोत ली है, जगराँव के ठाकुरों ने हुजूर के नए बाग को जोतकर खेत बना लिया है, मेंड़ें खोद डाली हैं। जब तक फिर से पैमाइश न हो कुछ पता नहीं चल सकता कि आपकी कितनी जमीन उन्होंने खाई है।

गायत्री—क्या वहाँ का कारिन्दा सो रहा है? मेरा तो इन झगड़ों से नाकोदम है।

कानूनगो—हुजूर की जानिब से पैमाइश की एक दरख्वास्त पेश हो जाए, बस, बाकी काम मैं कर लूँगा। हाँ, सदर कानूनगो साहब की कुछ खातिर करनी पड़ेगी। मैं हुजूर का गुलाम हूँ, ऐसी सलाह हरगिज न दूँगा जिससे हुजूर को नुकसान हो। इतनी अर्ज और करूँगा कि हुजूर एक मैनेजर रख लें। गुस्ताखी माफ, इतने बड़े इलाके का इन्तजाम करना हुजूर का काम नहीं है।

गायत्री—मैनेजर रखने की तो मुझे भी फिक्र है, लेकिन लाऊँ कहाँ से? कहीं वह महाशय भी कारिन्दों से मिल गए तो रही-सही बात भी बिगड़ जाएगी। उनका यह अन्तिम आदेश था कि मेरी प्रजा को कोई कष्ट न होने पाए। उसी आज्ञा को पालन करने के लिए मैं यों अपनी जान खपा रही हूँ। आपकी दृष्टि में कोई ऐसा ईमानदार और चतुर आदमी हो, जो मेरे सिर से यह भार उतार ले तो बतलाइए।

कानूनगो—बहुत अच्छा, मैं ख्याल रखूँगा। मेरे एक दोस्त हैं। ग्रेजुएट, बड़े लायक और तजरबेकार। खानदानी आदमी हैं। मैं उनसे जिक्र करूँगा। तो मुझे क्या हुक्म होता है? सदर कानूनगो साहब से बातचीत करूँ?

गायत्री—जी हाँ, कह तो रही हूँ। वही लाला साहब हैं न? लेकिन वह तो बेतरह मुँह फैलाते हैं।

कानूनगो—हुजूर खातिर जमा रखें, मैं उन्हें सीधा कर लूँगा। औरों के साथ वह चाहे कितना मुँह फैलाएँ, यहाँ उनकी दाल न गलने पाएगी। बस हुजूर के पाँच सौ रुपये खर्च होंगे। इतने में ही दोनों गाँवों की पैमाइश करा दूँगा।

गायत्री—(मुस्कुराकर) इसमें कम-से-कम आधा तो आपके हाथ जरूर लगेगा।

कानूनगो—मुआजल्लाह, जनाब यह क्या फरमाती हैं? मैं मरते दम तक हुजूर को मुगालता न दूँगा। हाँ, काम पूरा हो जाने पर हुजूर जो कुछ अपनी खुशी से अदा करेंगी वह सिर आँखों पर रखूँगा।

गायत्री—तो यह कहिए, पाँच सौ के ऊपर कुछ और भी आपको भेंट करना पड़ेगा। मैं इतना महँगा सौदा नहीं करती।

यही बातें हो रही थीं कि पण्डित लेखराज जी का शुभागमन हुआ। पंडितजी अचकन, रेशमी पगड़ी, रेशमी चादर, रेशमी धोती, पाँव में दिल्ली का सलेमशाही कामदार जूता, माथे पर चन्द्रबिन्दु, अधरों पर पान की लाली, आँखों पर सुनहरी ऐनक; केवड़ों में बसे हुए आकर

कुर्सी पर बैठ गए।

गायत्री—पण्डित जी महाराज को पालागन करती हूँ।

लेखराज—आर्शीर्वाद! आज तो सरकार को बहुत कष्ट हुआ।

गायत्री—क्या करूँ, मेरे पुरखों ने भी बिना खेती की खेती, बिना जमीन की जमींदारी, बिना धन की महाजनी प्रथा निकाली होती, तो मैं आपकी ही तरह चैन करती।

लेखराज—(हँसकर) कानूनगो साहब! आप सुनते हैं सरकार की बातें ऐसी चुन कर कह देती हैं कि उसका जवाब ही न बन पड़े। सरकार को परमात्मा ने रानी बनाया है, हम तो सरकार के द्वार के भिक्षुक हैं। सरकार ने धर्मशाला के शिलारोपण का शुभमुहूर्त पूछा था वह मैंने विचार लिया है। इसी पक्ष की एकादशी को प्रातःकाल सरकार के हाथ से नींव पड़ जानी चाहिए।

गायत्री—सुकीर्ति मेरे भाग्य में नहीं लिखी है। आपने किसी रईस को अपने हाथों सार्वजनिक इमारतों का आधार रखते देखा है? लोग अपने रहने के मकानों की नींव अधिकारियों से रखवाते हैं। मैं इस प्रथा को क्योंकर तोड़ सकती हूँ? जिलाधीश को शिलारोपण के लिए निमंत्रित करूँगी। उन्हीं के नाम पर धर्मशाला का नामकरण होगा। किसी ठीकेदार से भी आपने बातचीत की?

लेखराज—जी हाँ, मैंने एक ठीकेदार ठीक कर लिया है। सज्जन पुरूष है। इस शुभ कार्य को बिना लाभ के करना चाहता है। केवल लागत-मात्र लेगा।

गायत्री—आपने उसे नकशा दिखा दिया है न? कितने पर इस काम का ठीका लेना चाहता है?

लेखराज—वह कहता है दूसरा ठीकेदार जितना माँगे उससे मुझे सौ रुपये कम दिए जाएँ।

गायत्री—तो अब एक-दूसरा ठीकेदार लगाना पड़ा। वह कितना तखमीना करता है?

लेखरा— उसके हिसाब से 60 हजार पड़ेंगे। माल-मसाला अब अव्वल दर्जे का लगाएगा। 6 महीने में काम पूरा कर देगा!

गायत्री ने इस मकान का नकश लखनऊ में बनवाया था। वहाँ इसका तखमीना 40 हजार किया गया था। व्यंग भाव से बोली। तब तो वास्तव में आपका ठीकेदार बड़ा सज्जन पुरुष है। इसमें कुछ-न-कुछ तो आपके ठाकुर जी पर जरूर ही चढ़ाएँ जाएँगे।

लेखराज—सरकार तो दिल्लगी करती हैं। मुझे सरकार से यूँ ही क्या कम मिलता है कि ठीकेदार से कमीशन न ठहरता? कुछ इच्छा होगी तो माँग लूँगा, नीयत क्यों बिगाड़ूँ?

गायत्री—मैं इसका जवाब एक सप्ताह में दूँगी।

कानूनगो—और मुझे क्या हुक्म होता है? पण्डितजी, आपने भी तो देखा होगा, सारन और जगराँव में हुजूर की कितनी जमीन घिर गई है?

पण्डित—जी हाँ, क्यों नहीं, सौ बीघे से कम न दबी होगी।

गायत्री—मैं जमीन देखकर आपको इत्तला दूँगी। अगर आपस में समझौते से काम चल जाए तो रार बढ़ाने की जरूरत नहीं।

दोनों महानुभाव निराश होकर विदा हुए। दोनों मन-ही-मन गायत्री को कोस रहे थे।

कानूनगो ने कहा, चालाक औरत है, बड़ी मुश्किल से हत्थे पर चढ़ती है। लेखराज बोले, एक-एक पैसा दाँत से पकड़ती है। न जाने बटोरकर क्या करेगी? कोई आगे-पीछे भी तो नहीं है।

अँधेरा हो चला था। गायत्री सोच रही थी, इन लुटेरों से क्यों कर बचूँ? इनका सब चले तो दिन-दहाड़े लूट लें। इतने नौकर हैं, लेकिन ऐसा कोई नही, जिसे इलाके की उन्नति का ध्यान हो। ऐसा सुयोग्य आदमी कहाँ मिलेगा? मैं अकेली ही कहाँ-कहाँ दौड़ सकती हूँ। ठीके पर दे दूँ तो इससे अधिक लाभ हो सकता है। सब झंझटों से मुक्त हो जाऊँगी, लेकिन असामी मर मिटेंगे। ठीकेदार इन्हें पीस डालेगा। कृष्णार्पण दूँ, तो भी वही हाल होगा। कहीं ज्ञानशंकर राजी हो जाएँ तो इलाके के भाग जाग उठें। कितने अनुभवशील पुरुष हैं, कितने मर्मज्ञ, कितने सूक्ष्मदर्शी। वह आ जाएँ तो इन लुटेरों से मेरा गला छूट जाए। सारा इलाका चमन हो जाए। लेकिन मुसीबत तो यह है कि उनकी बातें सुनकर मेरी भक्ति और धार्मिक विश्वास डावाँडोल हो जाते हैं। अगर उनके साथ मुझे दो-चार महीने और लखनऊ रहने का अवसर मिलता तो मैं अब तक फैशनेबुल लेडी बन गई होती। उनकी वाणी में विचित्र प्रभाव है। मैं तो उनके सामने बावली-सी हो जाती हूँ। वह मेरा इतना अदब करते तो भी परछाईं की तरह उनके पीछे-पीछे लगी रहती थी, छेड़-छाड़ किया करती थी। न जाने उनके मन में मेरी ओर से क्या-क्या भावनाएँ उठीं हों। पुरुषों में बड़ा अवगुण है कि हास्य और विनोद को कुवृत्तियों से अलग नहीं रख सकते। इसका पवित्र आनन्द उठाना उन्हें आता ही नहीं। स्त्री जरा हँसकर बोली और उन्होंने समझा कि मुझ पर लट्टू हो गई। उन्हें जरा-सी उँगली पकड़ने को मिल जाए फिर तो पहुँचा पकड़ते देर नहीं लगती। अगर ज्ञानशंकर यहाँ आने पर तैयार हो गए तो उन्हें यहीं रखूँगी। यहीं से वह इलाके का प्रबन्ध करेंगे। जब कोई विशेष काम होगा तो शहर जाएँगे। वहाँ भी मैं उनसे दूर-दूर रहूँगी। भूलकर भी घर में न बुलाऊँगी। नहीं अब उन्हें उतनी धृष्टता का साहस ही न होगा। बेचारा कितना लज्जित था, मेरे सामने ताक न सकता था। स्टेशन पर मुझे विदा करने आया था, मगर दूर बैठा रहा, जबान तक न खोली।

गायत्री इन्हीं विचारों में मग्न थी कि एक चपरासी ने आज की डाक उसके सामने रख दी। डाक घर यहाँ से तीन कोस पर था। प्रतिदिन एक बेगार डाक लेने जाया करता था।

गायत्री ने पूछा—वह आदमी कहाँ है? क्यों रे अपनी मजूरी पा गया?

बेगार—हाँ सरकार, पा गया।

गायत्री—कम तो नहीं है?

बेगार—नहीं सरकार, खूब खाने को मिल गया।

गायत्री—कल तुम जाओगे कि कोई दूसरा आदमी ठीक किया जाए?

बेगार—सरकार मैं तो हाजिर ही हूँ, दूसरा क्यों जाएगा?

गायत्री चिट्ठियाँ खोलने लगी। अधिकांश चिट्ठियाँ सुगन्धित तेल और अन्य औषधियों के विज्ञापनों की थीं। गायत्री ने उन्हें उठाकर रद्दी की टोकरी में डाल दिया। एक पत्र राय कमलानन्द का था। इसे उसने उत्सुकता से खोला और पढ़ते ही उसकी आँखें आनन्दपूर्ण

गर्व से चमक उठीं, मुखमण्डल नव पुष्प के समान खिल गया। उसने तुरन्त वह पैकेट खोला जिसे वह अब तक किसी औषधालय का सूची पत्र समझ रही थी। पूर्व पृष्ठ खोलते ही उसे अपना चित्र दिखाई दिया। पहले लेख का शीर्षक था 'गायत्री देवी'। लेखक का नाम था ज्ञानशंकर बी. ए.। गायत्री अँगरेजी कम जानती थी। उसने लेख को बड़ी उत्सुकता से पढ़ना शुरू किया और यद्यपि बीस पृष्ठों से कम न थे, पर उसने आध घण्टे में ही सारा लेख समाप्त कर दिया और तब गौरवोन्मत्त नेत्रों से इधर-उधर देखकर एक लम्बी साँस ली। ऐसा आनन्दोन्माद उसे अपने जीवन में शायद ही प्राप्त हुआ हो। उसका मान-प्रेम कभी इतना उल्लसित न हुआ था। ज्ञानशंकर ने गायत्री के चरित्र, उसके सद्गुणों और सत्कार्यों का इतनी कुशलता से उल्लेख किया था कि भक्ति की जगह लेख में ऐतिहासिक गम्भीरता का रंग आ गया था। इसमें सन्देह नहीं कि एक-एक शब्द से श्रद्धा टपकती थी, किन्तु वाचक को यह विवेक-हीन प्रशंसा नहीं, ऐतिहासिक उदारता प्रतीत होती थी। इस शैली पर वाक्य-नैपुण्य सोने में सुगन्ध हो गया था। गायत्री बार-बार आईने में अपना स्वरूप देखती थी, उसके हृदय में एक असीम उत्साह प्रवाहित हो रहा था; मानो वह विमान पर बैठी हुई स्वर्ग को जा रही हो। उसकी धमनियों में रक्त की जगह उच्च भावों का संचार हुआ जान पड़ता था। इस समय उसके द्वार पर भिक्षुओं की एक सेना भी होती तो निहाल हो जाती। कानूनगो साहब अगर आ जाते तो पाँच सौ के बदले पाँच हजार ले भागते और पण्डित लेखराज का तखमीना दूना भी होता तो स्वीकार कर लिया जाता। उसने कई दिन से यहाँ कारिन्दे से बात न की थी, उससे रूठी हुई थी। इस समय उसने कई दिन से यहाँ कारिन्दे से बात न की थी, उससे रूठी हुई थी। इस समय उसे अपराधियों की भाँति खड़े देखा तो प्रसन्न मुख होकर बोली, कहिए, मुंशी जी आजकल तो कच्चे घड़े की खूब छनती होगी।

मुंशी जी धीरे-धीरे सामने आकर बोले, हुजूर जनेऊ की सौगन्ध है, जब से सरकार ने मना कर दिया मैंने उसकी सूरत तक न देखी।

यह कहते हुए उन्होंने अपने साहित्य-प्रेम का परिचय देने के लिए पत्रिका उठा ली और पन्ने उलटने लगे। अकस्मात् गायत्री का चित्र देखकर उछल पड़े। बोले सरकार, यह तो आपकी तस्वीर है। कैसा बनाया है कि अब बोली, अब बोली, क्या कुछ सरकार का हाल भी लिखा है?

गायत्री ने बेपरवाही से कहा, हाँ तस्वीर है तो हाल क्यों न होगा? करिन्दा दौड़ा हुआ बाहर गया और यह खबर सुनाई। कई कारिन्दे और चपरासी भोजन बना रहे थे, कोई भंग पीस रहा था, कोई गा रहा था। सब-के-सब आकर तस्वीर पर टूट पड़े। छीना-झपटी होने लगी, पत्रिका के कई पन्ने फट गए। यों गायत्री किसी को अपनी किताबें छूने नहीं देती थी, पर इस समय जरा भी न बोली।

एक मुँह लगे चपरासी ने कहा, सरकार कुछ हम लोगों को भी सुना दें।

गायत्री—यह मुझसे न होगा। सारा पोथा भरा हुआ है, कहाँ तक सुनाऊँगी? दो-चार दिन में इसका अनुवाद हिन्दी पत्र में छप जाएगा, तब पढ़ लेना।

लेकिन जब आदमियों ने एक स्वर होकर आग्रह करना शुरू किया तो गायत्री विवश हो गई। इधर-उधर से कुछ अनुवाद करके सुनाया। यदि उसे अँगरेजी की अच्छी योग्यता

होती तो कदाचित् वह अक्षरशः सुनाती।

एक कारिन्दे ने कहा, पत्रवालों को न जाने यह सब हाल कैसे मिल जाते हैं।

दूसरे कारिन्दे ने कहा, उनके गोइन्दे सब जगह बिचरते रहते हैं। कहीं कोई बात हो, चट उनके पास पहुँच जाती है।

गायत्री को इन वार्ताओं में असीम आनन्द आ रहा था। प्रातःकाल उसने ज्ञानशंकर को एक विनयपूर्ण पत्र लिखा। इस लेख की चर्चा न करके केवल अपनी विडम्बनाओं का वृत्तान्त लिखा और साग्रह निवेदन किया कि आप आकर मेरे इलाके का प्रबन्ध अपने हाथ में लें, इस डूबती हुई नौका को पार लगाएँ। उसका मनोमालिन्य मिट गया था। खुशामद अभिमान का सिर नीचा कर देती है। गायत्री अभिमान की पुतली थी। ज्ञानशंकर ने अपने श्रद्धाभाव से उसे वशीभूत कर लिया।

ज्ञानशंकर को गायत्री का पत्र मिला तो फूले न समाए। हृदय में भाँति-भाँति की मनोहर सुखद कल्पनाएँ तरंगे मारने लगीं। सौभाग्य देवी जीवन-संकल्प की भेंट लिये उनका स्वागत करने को तैयार खड़ी थी। उनका मधुर स्वप्न इतनी जल्दी फलीभूत होगा इसकी उन्हें आशा न थी। विधाता ने एक बड़ी रियासत के स्वामी बनने का अवसर प्रदान कर दिया था। यदि अब भी वह इससे लाभ ना उठा सकें तो उनका दुर्भाग्य।

किन्तु गोरखपुर जाने के पहले लखनपुर की ओर से निश्चिन्त हो जाना चाहते थे। जब से प्रेमशंकर ने उनसे अपने हिस्से का नफा माँगा था उनके मन में नाना प्रकार की शंकाएँ उठ रही थीं। लाला प्रभाशंकर का वहाँ आना-जाना और भी खटकता था। उन्हें सन्देह होता था कि वह बुड्ढा घाघ अवश्य कोई न कोई दाँव खेल रहा है। यह पितृवत् प्रेम अकारण नहीं। प्रेमशंकर चतुर हों, लेकिन इस चाणक्य के सामने अभी लौंडे हैं। इनकी कुटिल कामना यही होगी कि उन्हें फोड़कर लखनपुर के आठ आने अपने लड़कों के नाम हिब्बा करा लें या किसी दूसरे महाजन के यहाँ बय कराके बीच में दस-पाँच हजार की रकम उड़ा लें। जरूर यही बात है, नहीं तो जब अपनी ही रोटियों के लाले पड़े हैं तो यह पकवान बन-बन कर न जाते। अब तो श्रद्धा ही मेरी हारी हुई बाजी का फर्जी है। अब उसे यह पढ़ाऊँ कि तुम अपने गुजारे के लिए आधा लखनपुर अपने नाम करा लो। उनकी कौन चलाए; अकेले हैं ही, न जाने कब कहाँ चल दें तो तुम कहीं की न रहीं। यह चाल सीधी पड़ जाए तो अब भी लखनपुर अपना हो सकता है। श्रद्धा को तीर्थयात्रा करने के लिए भेज दूँगा। एक न एक दिन मर ही जाएगी। जीती भी रही तो हरद्वार में बैठी गांगा स्नान करती रहेगी। लखनपुर की ओर से मुझे कोई चिन्ता न रहेगी।

यों निश्चय करके ज्ञानशंकर अन्दर गए; दैवयोग से श्रद्धा उनकी इच्छानुसार अपने कमरे में अकेली बैठी हुई मिल गई। माया को कई दिन से ज्वर आ रहा था, विद्या अपने कमरे में बैठी हुई उसे पंखा झल रही थी।

ज्ञानशंकर चारपाई पर बैठकर श्रद्धा से बोले, देखी चचा साहब की धूर्तता! वह तो मैं पहले ही ताड़ गया था कि यह महशय कोई न कोई स्वाँग रच रहे हैं। सुना लखनपुर

के बय करने की बातचीत हो रही है।

श्रद्धा—(विस्मित होकर) तुमसे किसने कहा? चचा साहब को मैं इतना नीच नहीं समझती। मुझे पूरा विश्वास है कि वह केवल प्रेमवश वहाँ आते-जाते हैं।

ज्ञान—यह तुम्हारा भ्रम है। यह लोग ऐसे निःस्वार्थ प्रेम करने वाले जीव नहीं है। जिसने जीवन-पर्यन्त दूसरों को ही मूँड़ा हो वह अब अपना गँवाकर भला क्या प्रेम करेगा? मतलब कुछ और ही है। भैया का माल है, चाहे बेचें या रखें, चाहे चचा साहब को दे दें या लुटा दें, इसका उन्हें पूरा अधिकार है, मैं बीच में कूदनेवाला कौन होता हूँ? इतना अवश्य है कि तुम फिर कहीं की न रहोगी।

श्रद्धा—अगर तुम्हारा ही कहना ठीक हो तो मेरा इसमें क्या बस है?

ज्ञान—बस क्यों नहीं है? आखिर तुम्हारे गुजारे का भार तो उन्हीं पर है। तुम आठ आने लखनपुर अपने नाम लिखा सकती हो। भैया को कोई आपत्ति नहीं हो सकती। तुम्हें संकोच हो तो स्वयं जाकर उसने ममला तै कर सकता हूँ। मुझे विश्वास है कि भैया इनकार न करेंगे और करें तो भी मैं उन्हें कायल कर सकता हूँ। जब तुम्हारे नाम हो जाएगा तब उन्हें बय करने का अधिकार न रहेगा और चचा साहब की दाल भी न गलेगी।

श्रद्धा विचार में डूब गई। जब उसने कई मिनट तक सिर न उठाया तब ज्ञानशंकर ने पूछा, क्या सोचती हो? इसमें कोई हर्ज है? जायदाद नष्ट हो जाए, वह अच्छा है या घर में बनी रहे, वह अच्छा है?

अब श्रद्धा ने सिर उठाया और गौरव-पूर्ण भाव से बोली—मैं ऐसा नहीं कर सकती। उनकी जो इच्छा हो वह करें, चाहे अपना हिस्सा बेच दें या रखें। वह स्वयं बुद्धिमान हैं, जो उचित समझेंगे वह करेंगे, मैं उनके पाँव में बेड़ी क्यों डालूँ!

ज्ञानशंकर ने रुष्ट होकर उत्तर दिया, लेकिन यह सोचा है कि जायदाद निकल गई तो तुम्हारा निर्वाह क्योंकर होगा? वह कल ही फिर अमेरिका की राह लें तो?

श्रद्धा—मेरी कुछ चिन्ता न करो! वह मेरे स्वामी हैं, जो कुछ करेंगे। उसी में मेरी भलाई है। मुझे विश्वास ही नहीं होता कि वह मुझे निरलम्ब छोड़ जाएँगे।

ज्ञान—तुम्हारी जैसी इच्छा। मैंने ऊँच-नीच सुझा दिया; अगर पीछे से कोई बात बने-बिगड़े तो मेरे सिर दोष न रखना।

ज्ञानशंकर बाहर आए, उनका चित्त उद्विग्न हो रहा था। श्रद्धा के सन्तोष और पतिभक्ति ने उन्हें एक नई उलझन में डाल दिया। यह तो उन्हें मालूम था कि श्रद्धा मेरे प्रस्ताव को सुगमता से स्वीकार न करेगी, लेकिन उसमें इतना दृढ़ त्याग-भाव है इसका उन्हें पता न था। अपने मानव-प्रकृति ज्ञान पर उन्हें घमण्ड था, श्रद्धा के त्याग भाव ने उसे चूर कर दिया। ओह! स्त्रियाँ कितनी अविवेकिनी होती हैं। मैंने महीनों इसे तोते की भाँति पढ़ाया, उसका यह फल! वह अपने कमरे में देर तक बैठे सोचते रहे कि क्योंकर यह गुत्थी सुलझे? वह आज ही इस दुविधा का अन्त करना चाहते थे। यदि वह श्रद्धा का भार मुझ पर छोड़ाना चाहते हैं, तो उन्हें लखनपुर उसके नाम लिखना पड़ेगा। मैं उन्हें मजबूर करूँगा। खूब खुली-खुली बातें होंगी। इसी चिन्ता में पड़े रहे। यह संकोच भी होता था कि इतने दिनों के बाद मिलने भी चला तो स्वार्थ-वश होकर। जब से प्रेमशंकर हाजी-पुर रहने लगे थे, ज्ञानबाबू ने एक

बार भी वहाँ जाने का कष्ट न उठाया था कभी-कभी अपने घर पर ही उनसे मुलाकत हो जाती थी। मगर इधर तीन-चार महीनों से दोनों भाइयों से भेंट ही न हुई थी।

ज्ञानशंकर हाजीपुर पहुँचे, तो शाम हो गयी थी। पूस का महीना था। खेतों में चारों ओर हरियाली छायी हुई थी। सरसों, मटर, कुसुम, अल्सी के नीले-पीले फूल अपनी छटा दिखा रहे थे। कहीं चंचल तोतों के झुंड थे, कहीं उचक्के कौव के गोल। जगह-जगह पर सारस के जोड़े अहिंसापूर्ण विचार में मग्न खड़े थे। युवतियाँ सिरों पर घड़े रखे नदी से पानी ला रही थीं, कोई खेत में बथुआ का साग तोड़ रही थी, कोई बैलों को खिलाने के लिए हरियाली का गट्ठा सिर पर रखे चली आती थी। सरल शान्तिमय जीवन का पवित्र दृश्य था। शहर की चिल्ल-पों, दौड़ धूप के सामने यह शान्ति अतीव सुखद प्रतीत होती थी।

ज्ञानशंकर एक आदमी के साथ प्रेमशंकर के झोंपड़े में आए तो वहाँ सुरम्य शोभा देखकर चकित हो गए। नदी के किनारे एक ऊँचे और विस्तृत टीलें पर लताओं और बेलों से सजा हुआ ऐसा जान पड़ता था, मानो किसी उच्चात्मा का सन्तोषपूर्ण हृदय है। झोंपड़े के सामने जहाँ तक निगाह जाती थी, प्रकृति की पुष्पित और पल्लवित छटा दिखाई देती थी। प्रेमशंकर झोंपड़े के सामने खड़े बैलों को चारा डाल रहे थे। ज्ञानशंकर को देखते ही बड़े प्रेम से गले मिले और घर का कुशल-समाचार पूछने के बाद बोले, तुम तो जैसे भूल ही गए। इधर आने की कसम खा ली।

ज्ञानशंकर ने लज्जित होकर कहा, यहाँ आने का विचार तो कई दिन से था, पर अवकाश ही नहीं मिलता था। इसे अपने दुर्भाग्य से सिवा और क्या कहूँ, आप मुझसे इतने समीप हैं, फिर भी हमारे बीच में सौ कोस का अन्तर है। यह मेरी नैतिक दुर्बलता और बिरादरी का लिहाज है। मुझे बिरादरी के हाथों जितने कष्ट झेलने पड़े, वह मैं ही जानता हूँ। यह स्थान तो तो बड़ा रमणीक है। यह खेत किसके हैं?

प्रेमशंकर—इसी गाँव के असामियों के हैं। तुम्हें तो मालूम होगा, सावन में यहाँ बाढ़ आ गई थी। सारा गाँव डूब गया था, कितने ही बैल बह गए, यहाँ तक कि झोंपड़ों का भी पता न चला। तब से लोगों को सहकारिता की जरूरत मालूम होने लगी है। सब असामियों ने मिलकर बाँध बना लिया है और यह साठ बीघे का चक निकल आया। इसके चारों ओर ऊँची मेड़े खींच दी हैं। जिसके जितने बीघे खेत हैं, उसी परते से बाँट दी जाएगी। मुझे लोगों ने प्रबन्धकर्ता बना रखा है। इस ढंग से काम करने से बड़ी किफायत होती है। जो काम दस मजूर करते थे वही काम छह-सात मजदूरों से पूरा हो जाता है। जुताई और सिंचाई भी उत्तम रीति से हो सकती है। तुमने गायत्री देवी का वृत्तान्त खूब लिखा है, मैं पढ़कर मुग्ध हो गया।

ज्ञानशंकर—उन्होंने मुझे अपनी रियासत का प्रबन्ध करने को बुलाया है। मेरे लिए यह बड़ा अच्छा अवसर है। लेकिन जाऊँ कैसे? माया और उनकी माँ को तो साथ ले जा सकता हूँ; किन्तु भाभी किसी तरह जाने पर राजी नहीं हो सकतीं। शिकायत नहीं करता, लेकिन चाची से आजकल उनका बड़ा मेलजोल है। चाची और उनकी बहू दोनों ही उनके कान भरती हैं। उनका सरल स्वभाव है। दूसरों की बातों में आ जाती हैं। आजकल दोनों महिलाएँ उन्हें दम दे रही हैं कि लखनपुर का आधा हिस्सा अपने नाम करा लो। कौन जाने,

तुम्हारे पति फिर विदेश की राह लें तो तुम कहीं की न रहो। चचा साहब भी उसी गोष्ठी में हैं। आज ही कल में वह लोग यह प्रस्ताव आपके सामने लाएँगे। इसलिए आप से मेरी विनीत प्रार्थना है कि इस विषय में आप जो करना चाहते हों उससे मुझे सूचित कर दें। आपके ही फैसले पर मेरे जीवन की सारी आशाएँ निर्भर हैं। यदि आपने हिस्से को बय करने का निश्चय कर लिया हो, तो मैं अपने लिए कोई और राह निकालूँ।

प्रेमशंकर—चचा साहब के विषय में तुम्हें जो सन्देह है वह सर्वथा निर्मूल है। उन्होंने आज तक कभी मुझसे तुम्हारी शिकायत नहीं की। उनके हृदय में सन्तोष है और चाहे उनकी अवस्था अच्छी न हो, पर वह उससे असन्तुष्ट नहीं जान पड़ते। रहा लखनपुर के सम्बन्ध में मेरा इरादा। मैं यह सुनना ही नहीं चाहता कि मैं उस गाँव का जमींदार हूँ। तुम मेरी ओर से निश्चिंत रहो। यही समझ लो कि मैं हूँ ही नहीं। मैं अपने श्रम की रोटी खाना चाहता हूँ। बीच का दलाल नहीं बनना चाहता। अगर सरकारी पत्रों में मेरा नाम दर्ज ही हो गया हो तो मैं इस्तीफा देने को तैयार हूँ। तुम्हारी भाभी के जीवन-निर्वाह का भार तुम्हारे ऊपर रहेगा। मुझसे भी जो कुछ बन पड़ेगा तुम्हारी सहायता करता रहूँगा।

ज्ञानशंकर भाई की बातें सुनकर विस्मित हो गए। यद्यपि इन विचारों में मौलिकता न थी। उन्होंने साम्यवाद के ग्रन्थों में इसका विवरण देखा था, लेकिन उनकी समझ में यह केवल मानव-समाज का आदर्श-मात्र था। इस आदर्श को व्यावहारिक रूप में देख कर उन्हें आश्चर्य हुआ। वह अगर इस विषय पर तर्क करना चाहते तो अपनी सबल युक्तियों से प्रेमशंकर को निरुत्तर कर देते। लेकिन यह समय इन विचारों के समर्थन करने का था, न कि अपनी वाकपुटता दिखाने का। बोले, भाई साहब! यह समाज-संगठन का महान् आदर्श है, और मुझे गर्व है कि आप केवल विचार से नहीं व्यवहार से भी उसके भक्त हैं। अमेरिका की स्वतन्त्र भूमि में इन भावों का जाग्रत होना स्वाभाविक है। यहाँ तो घर से बाहर निकलने की नौबत ही नहीं आई। आत्म-बल और बुद्धि-सामर्थ्य से भी वंचित हूँ। मेरे संकल्प इतने पवित्र और उत्कृष्ट क्योंकर हो सकते हैं! मेरी संकीर्ण दृष्टि में तो यही जमींदारी, जिसे आप (मुस्कराकर) बीच की दलाली समझते हैं, जीवन का सर्वश्रेष्ठ रूप है। हाँ, सम्भव है आगे चलकर आपके सत्संग से मुझमें भी सद्विचार उत्पन्न हो जाएँ।

प्रेम—तुम अपने ही मन में विचार करो। यह कहाँ का न्याय है कि मिहनत तो कोई करे, उसकी रक्षा का भार किसी दूसरे पर हो, और रुपये उगाहें हम?

ज्ञान—बात तो यथार्थ है, लेकिन परम्परा से यह परिपाटी ऐसी चली आती है। इसमें किसी प्रकार का संशोधन करने का ध्यान ही नहीं होता।

प्रेम—तो तुम्हारा गोरखपुर जाने का कब तक इरादा है?

ज्ञान—पहले आप मुझे इसका पूरा विश्वास दिला दें कि लखनपुर के सम्बन्ध में आपने जो कहा है वह निश्चयात्मक है।

प्रेम—उसे तुम अटल समझो। मैंने तुमसे एक बार अपने हिस्से का गुनाफा माँगा था। उस समय मेरे विचार पक्के न थे। मेरा हाथ भी तंग था। उस पर मैं बहुत लज्जित हूँ। ईश्वर ने चाहा तो अब तुम मुझे इस प्रतिज्ञा पर दृढ़ पाओगे।

ज्ञान—तो होली तक गोरखपुर चला जाऊँगा। कोई हर्ज न हो तो आप भी घर चलें।

माया आपको बहुत पूछा करता है।

प्रेम—आज तो अवकाश नहीं, फिर कभी आऊँगा।

ज्ञानशंकर यहाँ से चले तो उनका चित्त बहुत प्रसन्न था। बहुत दिनों के बाद मेरे मन की अभिलाषा पूरी हुई। अब मैं पूरे लखनपुर का स्वामी हूँ। यहाँ अब कोई मेरा हाथ पकड़ने वाला नहीं। जो चाहूँ निर्विघ्न कर सकता हूँ। भैया के वचन पक्के हैं, अब वह कदापि दुलख नहीं सकते। वह इस्तीफा लिख देते तो बात और पक्की हो जाती, लेकिन इस पर जोर देने से मेरी क्षुद्रता प्रकट होगी। अभी इतना ही बहुत है, आगे चल कर देखा जाएगा।

ज्ञानशंकर लगभग दो बरस से लखनपुर पर इजाफा लगान करने का इरादा कर रहे थे, किन्तु हमेशा उनके सामने एक-न-एक बाधा आ खड़ी होती थी। कुछ दिन तो अपने चचा से अलग होने में लगे। जब उधर से बेफिक्र हुए तो लखनऊ जाना पड़ा। इधर प्रेमशंकर के आ जाने से एक नई समस्या उपस्थित हो गई। इतने दिनों के बाद अब उन्हें मनोनीत सुअवसर हाथ लगा। कागज-पत्र पहले से ही तैयार थे। नालिशों के दायर होने में विलम्ब न हुआ।

लखनपुर के लोग मुचलके के कारण बिगड़े हुए थे ही, यह नई विपत्ति सिर पर पड़ी तो और झल्ला उठे। मुचलके की मियाद इसी महीने में समाप्त होने वाली थी। वह स्वछन्दता से जवाबदेही कर सकते थे। सारे गाँव में एका हो गया। आग-सी लग गई। बूढ़े कादिर खाँ भी, जो अपनी सहिष्णुता के लिए बदनाम थे, धीरता से काम न ले सके। भरी हुई पंचायत में, जो जमींदार का विरोध करने के उद्देश्य से बैठी थी, बोले, इसी धरती पर सब कुछ होता है और सब कुछ इसी में समा जाता है। हम भी इसी धरती पर पैदा हुए हैं और एक दिन इसी में समा जाएँगे। फिर यह चोट क्यों सहें? धरती के लिए ही छत्रधारियों के सिर गिर जाते हैं, हम भी अपना सिर गिरा देंगे। इस काम में सहायता करना गाँव के सब प्राणियों का धर्म है, जिससे जो कुछ हो सके, दे। सब लोगों ने एक स्वर से कहा, हम सब तुम्हारे साथ हैं, जिस रास्ते कहोगे चलेंगे और इस धरती पर अपना सर्वस्व न्यौछावर कर देंगे।

निस्सन्देह गाँव वालों को मालूम था कि जमींदार को इजाफा करने का पूरा अधिकार है, लेकिन वह यह भी जानते थे कि यह अधिकार उसी दशा में होता है, जब जमींदार अपने प्रयत्न से भूमि की उत्पादक शक्ति बढ़ा दे। इस निर्मूल इजाफे को सभी अनर्थ समझते थे।

ज्ञानशंकर ने गाँव में यह एका देखा तो चौंके; लेकिन कुछ तो अपने दबाव और कुछ हाकिम परगना मिस्टर ज्वालासिंह के सहवासी होने के कारण उन्हें अपनी सफलता में विशेष संशय न था। लेकिन जब दावे की सुनवाई हो चुकने के बाद जवाबदेही शुरू हुई तो ज्ञानशंकर को विदित हुआ कि मैं अपनी सफलता को जितना सुलभ समझता था उससे कहीं अधिक कष्टसाध्य है। ज्वालासिंह कभी-कभी ऐसे प्रश्न कर बैठते और असामियों के प्रति ऐसा दया-भावप्रकट करते कि उनकी अभिरूचि का साफ पता चल जाता था। दिनों-दिन अवस्था ज्ञानशंकर के विपरीत होती जाती थी। वह स्वयं तो कचहरी न जाते, लेकिन प्रतिदिन का विवरण बड़े ध्यान से सुनते थे। ज्वालासिंह पर दाँत पीसकर रह जाते। ये महापुरुष मेरे सहपाठियों में है। हम बरसों तक साथ-साथ खेले हैं। हँसी दिल्लगी, धौल-धप्पा सभी कुछ

होता था। आज जो जरा अधिकार मिल गया तो ऐसे तोते की भाँति आँखें फेर लीं मानो कभी का परिचय ही नहीं है।

अन्त में जब उन्होंने देखा कि अब यत्न न किया तो काम बिगड़ जाएगा। तब उन्होंने एक दिन ज्वालासिंह से मिलने का निश्चय किया। कौन जाने मुझ पर रोब जमाने के लिए ही यह जाल फैला रहे हों। यद्यपि यह जानते थे कि सिंह किसी मुकदमे की जाँच की अवधि में वादियों से बहुत कम मिलते थे तथापि स्वार्थपरता की धुन में उन्हें इका भी ध्यान न रहा। सन्ध्या समय उनके बँगले पर जा पहुँचे।

ज्वालासिंह को इन दिनों सितार का शौक हुआ था। उन्हें अपनी शिक्षा में यह विशेष त्रुटि जान पड़ती थी। एक गत बजाने की बार-बार चेष्टा करते, पर तारों का स्वर न मिलता था। कभी यह कील घुमाते, कभी वह कील ढीली करते कि ज्ञानशंकर ने कमरे में प्रवेश किया। ज्वालासिंह ने सितार रख दिया और उनसे गले मिलकर बोले, आइए भाई जान, आइए। कई दिनों से आपकी याद आ रही थी। आजकल तो आपका लिटलेरी उमंग बढ़ा हुआ है। मैंने गायत्री देवी पर आपका लेख देखा। बस, यही जी चाहता था, आपकी कलम चूम लूँ। यहाँ सारी कचहरी में उसी की चर्चा है। ऐसा ओज, ऐसा प्रसादगुण, इतनी प्रतिभा, इतना प्रवाह बहुत कम किसी लेख में दिखाई देता है। कल मैं साहब बहादुर से मिलने गया था। उनकी मेज पर वही पत्रिका पड़ी थी। जाते-ही-जाते, उसी लेख की चर्चा छेड़ दी। ये लोग बड़े गुणग्राही होते हैं। यह कहाँ से ऐसे चुने हुए शब्द और मुहावरे लाकर रख देते हैं, मानो किसी ने सुन्दर फूलों का गुलदस्ता सजा दिया हो!

ज्वालासिंह की प्रशंसा उस रईस की प्रशंसा थी जो अपने कलावन्त के मधुर गान पर मुग्ध हो गया हो। ज्ञानशंकर ने सकुचाते हुए पूछा, साहब क्या कहते थे?

ज्वाला—पहले तो पूछने लगे, यह है कौन आदमी? जब मैंने कहा, यह मेरे सहपाठी और साथ के खिलाड़ी हैं तब उसे और भी दिलचस्पी हुई। पूछे क्या करते हैं, कहाँ रहते हैं? मेरी समझ में देहातों के बैंकों के सम्बन्ध में आपने जो रिमार्क किए हैं उनका उन पर बड़ा असर हुआ।

ज्ञान—(मुस्कराकर) भाई जान, आपसे क्या छिपाएँ। वह टुकड़ा मैनें एक अँगरेजी पत्रिका से कुछ काट-छाँट कर नकल कर लिया था।(सावधन होकर) कम-से-कम यह विचार मेरे न थे।

ज्वाला—आपको हवाला देना चाहिए था।

ज्ञान—विचारों पर किसी का अधिकर नहीं होता। शब्द तो अधिकांश मेरे ही थे।

ज्वाला—गायत्री देवी तो बहुत प्रसन्न हुई होंगी। कुछ वरदान देंगी या नहीं?

ज्ञान—उनका एक पत्र आया है। अपने इलाके का प्रबन्ध मेरे हाथों में देना चाहती है।

ज्वाला—वाह, क्या कहने! वेतन भी 500रु. से कम न होगा।

ज्ञान—वेतन का तो जिक्र न था। शायद इतना न दे सकें।

ज्वाला—भैया, अगर वहाँ 300 रु. भी मिलें तो आप हम हम लोगों से अच्छे रहेंगे। खूब सैर-सपाटे कीजिए, मोटर दौड़ाते फिरिए, और काम ही क्या है? हम लोगों की भाँति

कागज का पुलिन्दा तो सिर पर लादकर घर न लाना पड़ेगा। वहाँ कब तक जाने का विचार है?

ज्ञान–जाने को तो मैं तैयार हूँ, लेकिन जब आप गला छोड़ें।

ज्वालासिंह ने बात काटकर कहा, फैमिली को भी साथ ले जाइएगा न? अवश्य ले जाइए। मैंने भी एक सप्ताह हुए स्त्री को बुला लिया है। इस ऊजड़ में भूत की तरह अकेला पड़ा रहता था।

ज्ञान–अच्छा तो भाभी आ गयीं? बड़ा आनन्द रहेगा। कॉलेज में तो आप परदे के बड़े विरोधी थे?

ज्वाला–अब भी हूँ, पर विपत्ति यह है अन्य पुरुष के सामने आते हुए उनके प्राण निकल से जाते हैं। अरदली और नौकर से निस्संकोच बाते करती हैं, लेकिन मेरे मित्रों की परछाईं से भी भागती है। खींच-खाँच के लाऊँ भी तो सिर झुकाकर अपराधियों की भाँति खड़ी रहेंगी।

ज्ञान–अरे, तो क्या मेरी गिनती उन्हीं मित्रों में है?

ज्वाला–अभी तो आपसे भी झिझकेंगी। हाँ, आपसे दो-चार बार मुलाकात हो, आपके घर की स्त्रियाँ भी आने लगें तो सम्भव है संकोच न रहे। क्यों न मिसेज ज्ञानशंकर को यहाँ भेज दीजिए? गाड़ी भेज दूँगा। आपकी वाइफ़ को तो कोई आपत्ति न होगी?

ज्ञान–जी नहीं, वह बड़े शौक से आयेंगी।

ज्ञानशंकर को अपने मुकदमे के सम्बन्ध में और कुछ कहने का अवसर न मिला; लेकिन वहाँ से चले तो बहुत खुश थे। स्त्रियों के मेल-जोल से इन महाशय की नकेल मेरे हाथों में आ जायगी। जिस काल को चाहूँ घुमा सकता हूँ। उन्हें अब अपनी सफलता पर कोई संशय न रहा। लेकिन जब घर पर आकर उन्होंने विद्या से यह चर्चा की तो वह बोली, मुझे तो वहाँ जाते झेंप होती है, न कभी की जान-पहचान, न रीति न व्यवहार। मैं वहाँ जाकर क्या बातें करूँगी। गूँगी बनी बैठी रहूँगी। तुमने मुझसे न पूछा-ताछा, वादा कर आये?

ज्ञान–मिसेज ज्वालासिंह बड़ी मिलनसार हैं। उसने मिलकर तुम्हें बड़ा आनन्द आयेगा।

विद्या–अच्छा, और मुन्नी को (छोटी लड़की का नाम था) क्या करूँगी? यह वहाँ रोये-चिल्लाये और उन्हें बुरा लगे तो?

ज्ञान–महरी के साथ लेते जाना। वह लड़की को बाहर बगीचे में बहलाती रहेगी।

विद्या बहुत कहने-सुनने के अन्त में जाने पर राजी हो गयी। प्रातःकाल ज्वालासिंह की गाड़ी आ गयी। विद्या बड़े ठाट से उनके घर गयीं। दस बजते-बजते लौटी। ज्ञानशंकर ने बड़ी उत्सुकता से पूजा, कैसी मिलीं?

विद्या–बहुत अच्छी तरह। स्त्री क्या हैं देवी हैं। ऐसी हँसमुख, स्नेहमयी स्त्री तो मैंने देखी ही नहीं। छोड़ती ही न थीं। बहुत जिद की तो आने दिया। मुझे बिदा करने लगीं तो उनकी आँखों से आँसू निकलने लगे। मैं भी रो पड़ी। उर्दू, अँगरेजी सब पढ़ी हुई थीं। बड़ी सरल स्वभाव है। महरियों तक को तो तू नहीं कहतीं। शीलमणि नाम है।

ज्ञान–कुछ मेरी भी चर्चा हुई?

विद्या–हाँ, हुई क्यों नहीं? कहती थीं, मेरे बाबू जी के पुराने दोस्त हैं। तुम्हें उस दिन

चिक की आड़ से देखा था। तुम्हारी अचकन उन्हें पसन्द नहीं। हँसकर बोली, अचकन क्या पहनते हैं, मुसलमानों को पहनावा है। कोट क्यों नहीं पहनते?

ज्ञानशंकर की आशा उद्दीप्त हुई; लेकिन जब मुकदमा फिर तारीख पर पेशी हुआ तो ज्वालसिंह के व्यवहार में जरा भी अन्तर न था। बार-बार मुद्दई के गवाहों से अविश्वास सूचक प्रश्न करते, मुद्दई के वकील के प्रश्नों पर शंकाएँ करते। ज्ञानशंकर ने यह समाचार सुना तो चकित हो गये। यह तो विचित्र आदमी है। इधर भी चलता है, उधर भी मुझे नचाना चाहता है। यह पद पाकर दोरंगी चाल चलना सीख गया है। जी में आया, चल कर साफ-साफ कह दूँ, मित्रों से यह कपट अच्छा नहीं। या तो दुश्मन बन जाओ या दोस्त बने रहो। यह क्या कि मन में कुछ और मुख में कुछ और। इसी असमंजस में एक सप्ताह गुजर गया। दूसरी तारीख निकट आती जाती थी। ज्ञानशंकर का मन बहुत उद्विग्न था। उन्होंने मन में निश्चय कर लिया था कि इन्होंने फिर दोरंगी चाल चली तो अपना मुकदमा किसी दूसरे इजलास में उठा ले जाऊँगा। दबूँ क्यों?

लेकिन जब दूसरी तारीख को ज्वालासिंह ने लखनपुर जाकर मौके की जाँच करने के लिए फिर तारीख बढ़ा दी तो ज्ञानशंकर झुँझला उठे। क्रोध में भरे हुए विद्या से बोले, तुमने देखी इनकी शरारत? अब मौके की जाँच करने जा रहे हैं! अब नहीं रहा जाता। जाता हूँ, जरा दो-दो बातें कर आऊँ।

विद्या—तुम इतना अधीर क्यों हो रहे हो? क्या जाने वह दूसरों को दिखाने के लिए यह स्वाँग भर रहे हों। अपनी बदनामी को सभी डरते हैं।

ज्ञान—तो आखिर कब तक मैं फैसले का इन्तजार करता रहूँ? यहाँ बैठे बैठे मेरी कई सौ रुपये महीने की हानि हो रही है।

ज्ञानशंकर ने अभी तक तक विद्या से गायत्री के अनुरोध की जरा भी चर्चा न की थी। इस समय सहसा मुँह से बात निकल गयी। विद्या ने चौंककर पूछा, हानि कैसी हो रही है?

ज्ञानशंकर ने देखा, अब बातें बनाने से काम न चलेगा और फिर कब तक छिपाऊँगा। बोले, मुझे याद आता है, मैंने तुमसे गायत्री देवी के पत्र का जिक्र किया था। उन्होंने मुझे अपनी रियासत का मैनेजर बनाने का प्रस्ताव किया है और जल्द बुलाया है।

विद्या—तुमने स्वीकार भी कर लिया?

ज्ञान—क्यों न करता, क्या कोई हानि थी?

विद्या—जब तुम्हें स्वयं इतनी मोटी-सी बात भी नहीं सूझती तो मैं और क्या कहूँ। भला सोचो तो दुनिया क्या कहेगी। लोग यही समझेंगे कि अबला विधवा है, नातेदार जमा होकर लूट खाते हैं। तुम चाहे कितने ही निःस्पृह भाव से काम करो, लेकिन बदनामी से न बच सकोगे, अभी वह तुम्हारी बड़ी साली हैं, तुमसे कितना प्रेम करती हैं, कितनी बार तुमहारी चारपाई तक बिछा दी है। इस उच्चासन से गिरकर अब तुम उनके नौकर हो जाओगे और मुझे भी बहिन के पद से गिराकर नौकरानी बना दोगे। मान लिया कि वह भी तुम्हारी खातिर करेंगी, लेकिन मृदुभाव कहाँ? लोग उनसे तुम्हारी जा-बेजा शिकायतें करेंगे। मुलाहिजे के मारे वह तुमसे कुछ न कह सकेंगी, मन-ही-मन कुढ़ेंगी। मैं तुम्हें नौकरी के विचार से

जाने की कभी सलाह न दूँगी।

ज्ञान—कह चुकीं या और कहना है?

विद्या—कहने-सुनने की बात नहीं है, मुझे तुम्हारा वहाँ जाना सर्वथा अनुचित जान पड़ता है।

ज्ञान—अच्छा तो अब मेरी बात सुनो। मुझे वर्तमान और भविष्य की अवस्था का विचार करके यही उचित जान पड़ता है कि इस अवसर को हाथ से न जाने दूँ। जब मैं जी तोड़कर काम करूँगा, दो की जगह एक खर्च करूँगा, एक की जगह दो जमा करके दिखाऊँगा; तो गायत्री बावली नहीं है कि अनायास मुझ पर सन्देह करने लगे। और फिर मैं केवल नौकरी के इरादे से नहीं जाता, मेरे विचार कुछ और ही हैं।

विद्या ने सशंक दृष्टि से ज्ञानशंकर को देखकर पूछा, और क्या विचार है?

ज्ञान—मैं इस समृद्धिपूर्ण रियासत को दूसरे के हाथ में नहीं देखना चाहता। गायत्री के बाद जब उस पर दूसरों का ही अधिकार होगा तो मेरा क्यों न हो?

विद्या ने कुतूहल से देखकर कहा, तुम्हारा क्या हक है?

ज्ञान—मैं अपना हक जमाना चाहता हूँ। अब मैं चलता हूँ, जरा ज्वालासिंह से निबटता आऊँ।

विद्या—उसे क्या निबटोगे? उन्होंने कोई रिश्वत ली है?

ज्ञान—तो फिर इतना मित्रभाव क्यों दिखाते हैं।

विद्या—यह उनकी सज्जनता है। यह आवश्यक नहीं कि वह आपके लिए दूसरों पर अन्याय करें।

ज्ञान—यही बात मैं उनके मुँह से सुनना चाहता हूँ। इसका मुँहतोड़ जवाब मेरे पास है।

विद्या—अच्छा तो जाओ, जो जी में आये करो। फिर क्यों सलाह लेते हो?

ज्ञान—तुमसे सलाह नहीं लेता, इतनी ही बुद्धि होती तो फ़िर रोना काहे का था? स्त्रियाँ बड़े-बड़े काम कर दिखाती हैं। तुमसे इतना भी न हो सका कि शीलमणि से इस मुकदमे के सम्बन्ध में कुछ बाचचीत करतीं, तुम्हारी तो जरा-जरा सी बात में मान हानि होने लगती है।

विद्या—हाँ, मुझसे यह सब नहीं हो सकता। अपना स्वभाव ही ऐसा नहीं है।

ज्ञान—क्यों, इसमें क्या हर्ज था, अगर तुम एक बार हँसी-हँसी में कह देतीं कि तुम्हारे बाबूजी हमारी हजारों रुपये साल की क्षति कराये देते हैं। जरा उनको समझा क्यों नहीं देतीं?

विद्या—मुझे यह बातें बनानी नहीं आतीं, क्या करूँ? मैं इस विषय में शीलमणि से कुछ नहीं कह सकती।

ज्ञान—चाहे दावा खारिज हो जाय?

विद्या—चाहे जो कुछ हो।

ज्ञानशंकर बाहर आये तो सामने एक नयी समस्या आ खड़ी हुई। विद्या को कैसे राजी करूँ? मानता हूँ कि सम्बन्धियों के यहाँ नौकरी से कुछ हेठी अवश्य होती है। लेकिन इतनी नहीं कि उसके लिए कोई चिरकाल के मंसूबों को मिटा दे। विद्या की यह बुरी आदत

है कि जिस बात पर अड़ जाती है उसे किसी तरह से नहीं छोड़ती। मैं उधर चला जाऊँ और इधर यह रायसाहब से मेरी शिकायत कर दे तो बना-बनाया काम बिगड़ जाय। अब यह पहले की-सी सरला नहीं है। इसमें दिनों-दिन आत्म-सम्मान की मात्रा बढ़ती जाती है। इसे नाराज करने का यह अवसर नहीं।

यह इस चिन्ता में बैठे हुए थे कि शीलमणि की सवारी आ पहुँची। ज्ञानशंकर ने निश्चय किया, स्वयं चलकर उससे अपना समाचार कहूँ। अभी तीनों महिलाएँ कुशल समाचार ही पूछ रही थीं कि वह कुछ झिझकते हुए ऊपर आये और कमरे के द्वार पर चिलमन के सामने खड़े होकर शीलमणि से बोले, भाभी जी को प्रणाम करता हूँ।

विद्या उनका आशय समझ गयी। लज्जा से उसका मुखमण्डल अरुण वर्ण हो गया। वह वहाँ से उठकर ज्ञानशंकर को अवेहलनापूर्ण नेत्रों से देखते हुए दूसरे कमरे में चली गयी। श्रद्धा, मध्यस्थ का काम देने के लिए रह गयी।

ज्ञानशंकर बोले, भाई साहब तो पर्दे के भक्त नहीं हैं, और जब हम लोगों में इतनी घनिष्ठता हो गयी है तो यह हिसाब उठ जाना चाहिए। मुझे आपसे कितनी ही बातें कहनी हैं। परमात्मा ने आपको शील और विनय के गुणों से विभूषित किया है, इसीलिए मुझे आपसे निज के मामलों में जबान खोलने का साहस हुआ है। मुझे विश्वास है कि आप उसकी अवज्ञा न करेंगी। मेरा इए इजाफा लगान का मुकदमा भाई साहब के इजलास में दो महीनों से पेश है। मै। उनका इतना अदब करता हूँ कि इस विषय में उनसे कुछ कहते हुए संकोच होता है। यद्यपि मुझे वह भाई समझते हैं लेकिन किसी कारण से उन्हें भ्रम होता हुआ जान पड़ता है कि मेरा दावा झूठा है और मुझे भय है कि कहीं वह खारिज न कर दें। इसमें सन्देह नहीं कि दावे को खारिज करने का उन्हें बहुत दुःख होगा, लेकिन शायद उन्हें अब तक मेरी वास्तविक दशा काज्ञान नहीं है। वह यह नहीं जानते कि इससे मेरा कितना अपमान और कितना अनिष्ट होगा। आजकल की जमींदारी एक बला है। जीवन की सामग्रियाँ दिनों-दिन महँगी होती जाती हैं और मेरी आमदनी आज भी वही है जो तीस वर्ष पहले थी। ऐसी अवस्था में मेरे उद्धार का इसके सिवा और क्या उपाय है कि असामियों पर इजाफा लगान करूँ। अन्न मोतियों के मोल बिक रहा है। कृषकों की आमदनी दुगनी , बल्कि तिगुनी हो गयी है। यदि मैं उनकी बढ़ी हुई आमदनी में से एक हिस्सा माँगता हूँ तो क्या अन्याय करता हूँ? अगर मेरी जीत हुई तो सहज में ही मेरी आमदनी एक हजार बढ़ जायेगी। हार हुई तो असामियों की निगाह में गिर जाऊँगा। वह शेर हो जायेंगे और बात-बात पर मुझसे उलझेंगे। तब मेरे लिए इसके सिवा और मार्ग न रहेगा कि जमींदारी से इस्तीफा दे दूँ और मित्रों के सिर जा पड़ूँ।(मुस्कराकर) आप ही के द्वार पर अड्डा जमाऊँगा और यदि आप मार-मार कर हटायें, तो हटने का नाम न लूँगा।

शीलमणि ने यह विवरण ध्यानपूर्वक सुना और श्रद्धा से बोली, आप बाबू जी से कह दें, मुझे यह सुनकर बड़ा खेद हुआ। आपने पहले इसका जिक्र क्यों नहीं किया? विद्या ने भी इसकी चर्चा नहीं की, नहीं तो अब तक आपकी डिगरी हो गयी होती। किन्तु आप निश्चिन्त रहें। मैं आपको विश्वास दिलाती हूँ कि अपनी ओर से आपकी सिफारिश करने में कोई बात उठा न रखूँगी।

ज्ञान—मुझे आपसे ऐसी ही आशा थी। दो-चार दिन में भाई साहब मौका देखने जायेंगे। इसलिए उनसे जल्द की इसकी चर्चा कर दें।

शील—मैं आज जाते ही कहूँगी। आप इतमीनान रखें।

प्रभात का समय था। चैत का सुखद पवन प्रवाहित हो रहा था। बाबू ज्वालासिंह बरामदे में आरामकुर्सी पर लेटे हुए घोड़े का इन्तजार कर रहे थे। उन्हें आज मौका देखने के लिए लखनपुर जाना था। किन्तु मार्ग में एक बड़ी बाधा खड़ी हो गयी थी। कल सन्ध्या समय शीलमणि ने उनसे ज्ञानशंकर के मुकदमे की बात कही थी और तभी से वह बड़े असमंजस में पड़े हुए थे। सामने एक जटिल समस्या थी, न्याय या प्रणय, कर्त्तव्य या स्त्री की मान रक्षा। वह सोचते थे, मुझसे बड़ी भूल हुई कि इस मुकदमें को अपने इजलास में रखा। लेकिन मैं यह क्या जानता था कि ज्ञानशंकर यह कूटनीति ग्रहण करेंगे। बड़ा स्वार्थी मनुष्य है। इसी अभिप्राय से उसने स्त्रियों से मेल-जोल बढ़ाया।

शीलमणि यह चालें क्या जाने, शील में पड़कर वचन दे आयी। अब यदि उसकी बात नहीं रखता तो वह रो-रो कर जान ही दे दगी। उसे क्या मालूम कि इस अन्याय से मेरी आत्मा को कितना दुःख होगा। अभी तक जितनी गवाहियाँ सामने आयी हैं उनसे तो यही सिद्ध होता है कि ज्ञानशंकर ने असामियों को दबाने के लिए यह मुकदमा दायर किया है और कदाचित् बात भी यही है। बड़ा ही बना हुआ आदमी है। लेख तो ऐसा लिखता है कि मानो दीन-रक्षा के भावों में पगा हुआ है, किन्तु पक्का मतलबी है। गायत्री की रियासत का मैनेजर हो जायगा तो अन्धेर मचा देगा। नहीं, मुझसे यह अन्याय न हो सकेगा, देखकर मक्खी नहीं निगली जायगी। शलमणि रूठेगी तो रूठे। उसे स्वयं समझाना चाहिए था कि मुझे ऐसा वचन देने का कोई अधिकार नहीं था। लेकिन मुश्किल तो यह है कि वह केवल रोकर ही मेरा पिण्ड न छोड़गी। बात-बात पर ताने देगी। कदाचित् मैके की तैयारी भी करने लगे। यही उसकी बुरी आदत है कि या तो प्रेम और मृदुलता की देवी बन जायगी या बिगड़ेगी तो भालों से छेदने लगेगी। ज्ञानशंकर ने मुझे ऐसे संकट में डाल रखा है कि उससे निकलने का कोई मार्ग ही नहीं दिखता।

ज्वालासिंह इसी हैस-बैस में पड़े हुए थे कि अचानक ज्ञानशंकर सामने पैरगाड़ी पर आते दिखायी दिए। ज्वालासिंह तुरन्त कुर्सी से उठ खड़े हुए और साईस को जोर से पुकारा कि घोड़ा सामने लाकर खड़ा कर दिया। ज्वालासिंह उस पर कूदकर सवार हो गये। ज्ञानशंकर ने समीप आकर कहा, कहिए भाई साहब, आज सबेरे-सबेरे कहाँ चले?

ज्वाला—जरा लखनपुर जा रहा हूँ। मौका देखना है?

ज्ञान—धूप हो जायेगी।

ज्वाला—कोई परवाह नहीं।

ज्ञान—मैं भी साथ चलूँ?

ज्वाला—मुझे रास्ता मालूम है।

यह कहते हुए उन्होंने घोड़े को एड़ लगायी और हवा हो गए। ज्ञानशंकर समझ गये

कि मेरा मन्त्र अपना काम कर रहा है। यह अकृपा इसी का लक्षण है। ऐसा न होता तो आज भी मीठी-मीठी बातें होतीं। चलूँ, जरा शीलमणि को और पक्का कर आऊँ। यह इरादा करके वह ज्वालासिंह के कमरे जा बैठे। अरदली ने कहा, सरकार बाहर गये हैं।

ज्ञान—मैं जानता हूँ। मुझसे मुलाकाल हो गयी। जरा घर में मेरी इत्तला कर दो।

अरदली—सरकार का हुक्म नहीं है।

ज्ञान—मुझे पहचानते हो या नहीं?

अरदली—पहचानता क्यों नहीं हूँ।

ज्ञान—तो चौखट पर जाकर कहते क्यों नहीं?

अरदली—सरकार ने मना कर दिया है।

ज्ञानशंकर को अब विश्वास हो गया कि मेरी चाल ठीक पड़ी; ज्वालासिंह ने अपने को पक्षपात-रहित सिद्ध करने के लिए ही यह षड्यन्त्र रचा है। यह सोच ही रहे थे कि शीलमणि से क्योंकर मिलूँ कि इतने में महरी किसी काम से बाहर आयी और ज्ञानशंकर को देखते ही जाकर शीलमणि से कहा। शीलमणि ने तुरन्त उनके लिए पान भेजा और उन्हें दीवानखाने में बैठाया। एक क्षण के बाद वह खुद जाकर पर्दे की आड़ में खड़ी हो गयी और महरी से कहलाया, मैंने बाबू जी से आपकी सिफारिश कर दी है।

ज्ञानशंकर ने धन्यवाद देते हुए कहा, मुझे अब आप ही का भरोसा है।

शीलमणि बोली, आप घबरायें नहीं, मैं उन्हें एकदम चैन न लेने दूँगी। ज्ञानशंकर ने ज्यादा ठहरना उचित न समझा। खुशी-खुशी विदा हुए।

उधर बाबू ज्वालासिंह ने घोड़ा दोड़ाया तो चार मील पर रुके। उन्हें एक सिगार पीने की इच्छा हुई। जेब से सिगार-केस निकाला; लेकिन देखा तो दियासालाई न थी। उन्हें सिगार से बड़ा प्रेम था। अब क्या हो? इधर-उधर निगाह दौड़ायी तो सामने कुछ दूरी पर एक बहली जाती हुई दिखाई थी। घोड़े को बढ़ाकर बहली के पास आ पहुँचे। देखा तो उस पर प्रेमशंकर बैठे हुए थे। ज्वालासिंह का उनसे परिचय था। कई बार उनकी कृषि शाला की सैर करने गये थे और उनके सरल, सन्तोषमय जीवन का आदर करते थे। पूछा, कहिए महाशय, आज इधर कहाँ चले?

प्रेम—जरा लखनपुर जा रहा हूँ, और आप?

ज्वाला—मैं भी वहीं चलता हूँ।

प्रेम—अच्छा साथ हुआ। क्या कोई मुकदमा है?

ज्वालासिंह ने सिगार जलाकर मुकदमे का वृत्तान्त कह सुनाया।

प्रेमशंकर गौर से सुनते रहे, फिर बोले, आपने उन्हें समझाया नहीं कि गरीबों को क्यों तंग करते हो?

ज्वाला—मैं इस विषय में उनसे क्योंकर कुछ कहता? हाँ, स्त्रियों में जो बातें हुईं उनसे मालूम होता है कि वह अपने जरूरतों से मजबूर हैं, उनका खर्च नहीं चलता।

प्रेम—दो हजार साल की आमदनी तीन-चार प्राणियों के लिए तो कम नहीं होती।

ज्वाला—लेकिन इसमें आधा तो आपका है।

प्रेम—जी नहीं, मेरा कुछ नहीं है। मैंने उनसे साफ-साफ कह दिया है कि मैं इस जायदाद

में हिस्सा नहीं लेना चाहता।

ज्वालासिंह—(आश्चर्य से)क्या आपने उनके नाम हिब्बा कर दिया?

प्रेम—जी नहीं, लेकिन हिब्बा ही समझिए। मेरा सिद्धान्त है कि मनुष्य को अपनी मेहनत की कमाई खानी चाहिए। यही प्राकृतिक नियम है। किसी को यह अधिकार नहीं है कि वह दूसरों की कमाई को अपनी जीवन-वृत्ति का आधार बनाये।

ज्वाला—तो यह कहिए कि आप जमींदारी के पेशे को ही बुरा समझते हैं।

प्रेम—हाँ, मैं इसका भक्त नहीं हूँ। भूमि उसकी है जो उसको जोते। शासक को उसकी उपज में भाग लेने का अधिकार इसलिए है कि वह देश में शान्ति और रक्षा की व्यवस्था करता है, जिसके बिना खेती हो ही नहीं सकती। किसी तीसरे वर्ग का समाज में कोई स्थान नहीं है।

ज्वाला—महाशय, इन विचारों से तो आप देश में क्रान्ति मचा देंगे। आपके सिद्धान्त के अनुसार हमारे बड़े-बड़े जमींदारों, ताल्लुकेदारों और रईसों का समाज में कोई स्थान ही नहीं दिया। सब के सब डाकू हैं।

प्रेम—इसमें इनका कोई दोष नहीं, प्रभा का दोष है। इस प्रथा के कारण देश की कितनी आत्मिक और नैतिक अवनति हो रही है, इसका अनुमान नहीं किया जा सकता। हमारे समाज का वह भाग जो बल, बुद्धि, विद्या में सर्वोपरि है, जो हृदय और मस्तिष्क के गुणों से अलंकृत है, केवल इसी प्रथा के वश आलस्य, विलास और अविचार के बन्धनों में जकड़ा हुआ है।

ज्वालासिंह—कहीं आप इन्हीं बातों का प्रचार करने तो लखनपुर नहीं जा रहे हैं कि मुझे पुलिस की सहायता न माँगनी पड़े।

प्रेम—हाँ, शान्ति भंग कराने का अपराध मुझ पर हो तो जरूर पुलिस की सहायता लीजिए।

ज्वालासिंह—मुझे अब आप पर कड़ी निगाह रखनी पड़ेगी। मैं भी छोटा-मोटा जमींदार हूँ। आपसे डरना चाहिए। इस समय लखनपुर ही जाइएगा या आगे जाने का इरादा है?

प्रेम—इरादा तो यहीं से लौट आने का है, आगे जैसी जरूरत हो। इधर आस-पास के देहातों में एक महीने से प्लेग का प्रकोप हो रहा है। कुछ दवाएँ साथ लेता आया हूँ जरूरत होगी तो उसे बाँट दूँगा, कौन जाने मेरे ही हाथों दो-चार जानें बच जाएँ।

इसी प्रकार बातें करते हुए दोनों आदमी लखनपुर पहुँचे। गाँव खाली पड़ा था। लोग बागों में झोंपड़ियाँ डाले पड़े थे। इस छोटी-सी बस्ती में खूब चहल-पहल थी। उन दारुण दुःखों का चिह्न कहीं न दिखाई देता था, जिनसे लोगों के हृदय विदीर्ण हो गये थे। छप्परों के सामने महुए सुखाए जा रहे थे। चक्कियों की गरज, छाछ की तड़प, ओखली और मूसल की धमक उस जीवन-संग्राम की सूचना दे रही थी जो प्लेग के भीषण हत्याकांड की भी परवाह न करता था। लड़के आमों पर ढेले चला रहे थे। कोई स्त्री बरतन माँजती थी, कोई पड़ोसी के घर से आग लिये आती थी। कोई आदमी निठल्ला बैठा नजर न आता था।

प्रेमशंकर तो बस्ती में आते ही बहली से उतर पड़े और एक झोंपड़े के सामने खाट पर बैठ गये। ज्वालासिंह घोड़े से न उतरे। खाट पर बैठना अपमान की बात थी। जोर से

बोले, कहाँ है मुखिया? जाकर पटवारी को बुला जाये; हम मौका देखना चाहते हैं।

यह हुक्म सुनते ही कई आदमी झोंपड़ी से मरीजों को छोड़-छोड़ कर निकल आये। चारों ओर भगदड़-सी पड़ गयी। दो-तीन आदमी चौपाल की तरफ कुर्सी लेने दौड़े दो-तीन आदमी पटवारी की तलाश में भागे और गाँव के मान्य गण जवालासिंह को घेरकर खड़े हो गये। प्रेमशंकर की ओर किसी ने ध्यान भी न दिया। इतने में कादिर खाँ अपनी झोपड़ी से निकले और सुक्खू के कान में कुछ कहा। सुक्खू ने दुखरन भगत से कानाफूसी की, तब बिसेसर साह से सायँ-सायँ बातें हुईं, मानो लोग किसी महत्त्वपूर्ण प्रश्न पर विचार कर रहे हों दस मिनट के बाद सूक्खू चौधरी एक थाल लिये हुए आये। उसमें अक्षत, दही और कुछ रुपये रखे हुए थे। गाँव के पुरोहित जी ने प्रेमशंकर के माथे पर दही-चावल का टीका लगाया और थाल उनके सामने रख दिया।

ज्वालासिंह कुर्सी पर बैठते हुए बोले, लीजिए, आपकी तो बोहनी हो गयी, घाटे में तो हम ही रहे। उस पर भी आप जमींदारी पेशे की निन्दा करते हैं।

प्रेमशंकर ने कहा, देवी के नाम से ईंट-पत्थर भी तो पूजे जाते हैं।

कादिर खाँ—हम लोगों के धन भाग थे कि दोनों मालिकों के एक साथ दर्शन हो गए।

प्रेम—यहाँ बीमारी कुछ कम हुई या अभी वही हाल है?

कादिर—सरकार, कुछ न पूछिए, कम तो न हुई और बढ़ती जाती है। कोई दिन नागा नहीं जाता कि एक न एक घर पर विजली न गिरती हो। नदी यहाँ से छह कोस है। कभी-कभी तो दिन में दो-दो तीन-तीन बेर जाना पड़ता है। उस पर कभी आँधी, कभी पानी, कभी आग। खेतों में अनाज सड़ा जाता है। कैसे काटें कहाँ रखें? बस, भोर को घरों में एक बेर चूल्हा जलता है। फिर दिन भर कहीं आग नहीं जलती। चिलम को तरसकर रह जाते हैं हुजूर, रोते नहीं बनता, दुर्दशा हो रही थी। उस पर मालिकों की निगाह भी टेढ़ी हो गयी हे। सौ काम छोड़कर कचहरी दौड़ाना पड़ता है। कभी-कभी तो घर में लाश छोड़कर जाना पड़ता है। क्या करें, जो सिर पर पड़ी है उसे झेलते हैं। हुजूर का एक गुलाम था। अच्छा पट्ठा था। सारी गृहस्थी सँभाले हुए था। तीन घड़ी में चल बसा। मुँह से बोल तक न निकली। सूक्खू चौधरी का तो घर ही सत्यानाश हो गया। बस, अब अकेले इन्हीं का दम रहा गया है। बेचारे डपटसिंह का छोटा लड़का कल मरा है, आज बड़ा लड़का बीमार है। अल्ला ही बचाये तो बचे। जुबान बन्द हो गयी है। लाल-लाल आँखें निकाले खाट पर पड़ा हाथ-पैर पटक रहा है। कहाँ तक गिनायें, खुदा रसूल, देवी-देवता सभी की मन्नतें मानते हैं पर कोई नहीं सुनता। अब तक तो जैसे बन पड़ा मुकदमे बाजी की उजरदारी की। अब वह हिम्मत भी नहीं रही किसके लिए यह सब करें? इतने पर भी मालिकों को दया नहीं आती।

प्रेमशंकर—जरा मैं डपटसिंह के लड़के को देखना चाहता हूँ।

कादिर—हाँ हुजूर, चलिए मैं चलता हूँ।

ज्वालासिंह—जरा सावधान रहिएगा, यह रोग संक्रामक होता है।

प्रेमशंकर ने इसका कुछ उत्तर न दिया। औषधियों का बेग उठाया और कादिर खाँ के पीछे-पीछे चले। डपटसिंह के झोंपड़े पर पहुँचे तो आदमियों की बड़ी भीड़ लगी हुई थी।

एक आम के पेड़ के नीचे रोगी की खाट पड़ी हुई थी। डपटसिंह और उनके छोटे भाई झपटसिंह सिरहाने खड़े पंखे झल रहे थे। दो स्त्रियाँ पायते की ओर खड़ी रो रही थीं। प्रेमशंकर को देखते ही दोनों अन्दर चली गयीं। दोनों भाइयों ने उनकी ओर दीन भाव से देखा और अलग हट गये। उन्होंने उष्णता-मापक यन्त्र से देखा तो रोग का ज्वर 107 दरजे पर था। त्रिदोष के लक्षण प्रकट थे। समझ गये कि यह अब दम भर का मेहमान है। अभी वह बेग से औषधि निकाल ही रहे थें कि मरीज एक बार जोर से चीख मार कर उठा और फिर खाट पर गिर पड़ा। आँखें पथरा गयीं। स्त्रियों में पिट्टस पड़ गयी। डपटसिंह शोकातुर होकर मृत शरीर से लिपट गया और रोकर बोला, बेटा! हाय बेटा!

यह कहते-कहते उसकी आँखें रक्त वर्ण हो गयीं उन्माद- सा छा गया, गीली लकड़ी पहली आँच में रसती हैं, दूसरी आँच में जलकर भस्म हो जाती है। डपटसिंह शोक -सन्ताप से विह्वल हो गया। खड़ होकर बोला, कोई इस घर में आग क्यों नहीं लगा देता? अब इसमें क्या रखा है? कैसी दिल्लगी है! बाप बैठा रहे और बेटा चल दे! इन्हीं हाथों से मैंने इसे गोद में खिलाचा था। इन्हीं हाथों से चिता की गोद में कैसे बिठा दूँ! कैसा रुला कर चल दिया मानो हमसे कोई नाता ही नहीं है। कहता था, दादा तुम बूढ़े हुए, अब बैठे-बैठे राम-राम करो, हम तुम्हारी परवस्ती करेंगे। मगर दोनों के दोनों चल दिये। किसी के मुख पर दया न आयी! लो राम-राम करता हूँ। अब परवस्ती करो कि बातों के ही धनी थे।

यह कहते-कहते वह शव के पास से हटकर दूसरे पेड़ के नीचे जा बैठे। एक क्षण के बाद फिर बोले, अब इस माया-जाल को तोड़ दूँगा। बहुत दिन इसने मुझे उँगलियों पर नचाया, अब मैं इसे नचाऊँगा। तुम दोनों चल दिए, बहुत अच्छा हुआ। मुझे माया-जाल से छुड़ा दिया। इस माया के कारण कितने पाप किए, कितने झूठ बोले, कितनों का गला दबाया, कितनों के खेत काटे। अब सब पाप दोष का कारण मिट गया। वह मरी हुई माया सामने पड़ी है। कौन कहता है मेरा बेटा था? नहीं मेरा दुश्मन था, मेरे गले का फन्दा था, मेरे पैरों की बेड़ी था फन्दा छूट गया, बेड़ी कट गयी। लाओ, इस घर में आग लगा दो, सब कुछ भस्म कर दो। बलराज, खड़ा आँसू क्या बहाता है? कहीं आग नहीं है? लाके लगा दे।

सब लोग खड़े रो रहे थे। प्रेमशंकर भी करुणातुर हो गए। डपटसिंह के पास जाकर बोले, ठाकुर धीरज धरो। संसार का यही दस्तूर है। तुम्हारी यह दशा देखकर बेचारे स्त्रियाँ और भाई रो रहे हैं। उन्हें समझाओ।

डपटसिंह ने प्रेमशंकर को उन्मत्त नेत्रों से देखा और व्यंग्य भाव से बोले, ओहो, आप तो हमारे मालिक हैं। क्या इजाफा वसूल करने आये हैं? उसी से लीजिए जो वहाँ धरती पर पड़ा हुआ है, वह आपकी कौड़ी-कौड़ी चुका देगा। गौस खाँ से कह दीजिए, उसे पकड़ ले जाएँ, बाँधें, मारें मैं न बोलूँगा। मेरा खेती-बारी से घर-द्वार से इस्तीफा है।

कादिर खाँ ने कहा, भैया डपट, दिल मजबूत करो। देखते हो, घर-घर यही आग लगी हुई हैं मेरे सिर भी तो यही विपत्ति पड़ी है। इस तरह दिल छोटा करने से काम न चलेगा, उठो। कुछ कफन-कपड़े की फिकिर करो, दोपहर हुआ जाता है।

डपटसिंह को होश आ गया। होश के साथ आँसू भी आए। रोकर बोले, दादा, तुम्हारा-सा

कलेजा कहाँ ले लायें? किसी तरह धीरज नहीं होता। हाय! दोनों के दोनों चल दिए, एक भी बुढ़ापे का सहारा न रहा। सामने यह लाश देखकर ऐसा जी चाहता है; गले पर गँड़ासा मार लूँ। दादा, तुम जानते हो कि कितना सुशील लड़का था। अभी उस दिन मुग्दर की जोड़ी के लिए हठ कर रहा था। मैंने सैकड़ों गालियाँ दीं, मारने उठा। बेचारे ने जबान तक न हिलायी। हाँ, खाने-पीने को तरसता रह गया। उसकी कोई मुराद पूरी न हुई। न भर पेट खा सका, न तन-भर पहन सका। धिक्कार है मेरी जिन्दगानी पर! अब यह घर नहीं देखा जा सकता। झपट, अपना घर-द्वार सँभालो, मेरे भाग्य में ठोकर खाना लिखा हुआ है। भाई लोग! राम-राम मालिक को राम, सरकार को राम-राम! अब यह अभागा देश से जाता है, कही-सुनी माफ करना!

यह कहकर डपटसिंह उठकर कदम बढ़ाते हुए एक तरफ चले। जब कई आदमियों ने उन्हें पकड़ना चाहा तो वह भागे। लोगों ने उनका पीछा किया, पर कोई उनकी गर्द को भी न पहुँचा। जान पड़ता था हवा में उड़े जाते हैं। लोगों के दम फूल गये, कोई यह रहा, कोई वहाँ गिरा अकेले बलराज ने उनका पीछा न छोड़ा, यहाँ तक कि डपटसिंह बेदम होकर जमीन पर गिर पड़े। बलराज दौड़कर उनकी छाती से लिपट गया और तब अपने अँगोछे से उन्हें हवा करने लगा। जब उन्हें होश आया तो हाथ पकड़े हुए घर लाया।

ज्वालासिंह की करुणा भी जाग्रत हो गयी। प्रेमशंकर से बोले, बाबू साहब, बड़ा शोकमय दृश्य है।

प्रेमशंकर—कुछ न पूछिए, कलेजा मुँह को आया जाता है।

कई आदमी बाँस काटने लगे, लेकिन तीसरे पहर तक लाश न उठी। प्रेमशंकर ने कादिर से पूछा—देर क्यों हो रही है!

कादिर—हुजूर, क्या कहें? घर में रुपये नहीं है। बेचारा झपट रुपये के लिए इधर-उधर दौड़ रहा है, लेकिन कहीं नहीं मिलते। हमारी जो दशा है सरकार, हमीं जानते हैं। इजाफा लगान के मुकदमे ने पहली ही हाँड़ी तवा गिरो रखवा दिया था। इस बीमारी ने रही-सही कसर पूरी कर दी। अब किसी के घर में कुछ नहीं रहा। प्रेमशंकर ने ठंडी साँस लेकर ज्वालासिंह से कहा, देखी आपने इनकी हालत? घर में कौड़ी कफन को नहीं।

ज्वालासिंह— मुझे अफसोस आता है कि इनसे पिछले साल मुचलका क्यों लिया! मैं अब तक न जानता था कि इनकी दशा इतनी हीन है।

प्रेम—मुझे खेद है कि मकान से कुछ रुपये लेकर न चला।

ज्वाला—रुपये मेरे पास हैं, पर मुझे देते हुए संकोच होता है। शायद इन्हें बुरा लगे? आप लेकर दे दें, तो अच्छा हो।

प्रेमशंकर ने 20 रुपये का नोट ले लिया और कादिर खाँ को चुपके से दे दिया एक आदमी तुरन्त कफन लेने को दौड़ा। लाश उठाने की तैयारी होने लगी। स्त्रियों में फिर कोहराम मचा। जब तक शव घर में रहता है, घरवालों को कदाचित् कुछ आशा लगी रहती है। उसका घर से उठना पार्थिव वियोग का अन्त है। वह आशा के अन्तिम सूत्र को तोड़ देता है।

तीसरे पहर लाश उठी। सारे गाँव के पुरुष साथ चले। पहले कादिर खाँ ने कन्धा दिया।

ज्वालासिंह को सरकारी काम था, वह लौट पड़े। लेकिन प्रेमशंकर ने दो-चार दिन वहाँ रहने का निश्चय किया।

एक पखवारा बीत गया। सन्ध्या समय था। शहर में बर्फ की दूकानों पर जमघट होने लगा था। हुक्के और सिगरेट से लोगों को अरुचि होती थी। ज्वालासिंह लखनपुर से मौके की जाँच करके लौटे थे और कुर्सी पर बैठे ठंडा शर्बत पी रहे थे कि शीलमणि ने आकर पूछा, दोपहर को कहाँ रह गये थे?

ज्वाला—बाबू प्रेमशंकर का मेहमान रहा। वह अभी देहात में ही हैं।

शील—अभी तक बीमारी का जोर कम नहीं हुआ।

ज्वाला—नहीं, अब कम हो रहा है। वह पूरे पन्द्रह दिन से देहातों में दौरे कर रहे हैं। एक दिन भी आराम से नहीं बैठे। गाँव में जनता उनको पूजती है। बड़े-बड़े हाकिम का भी इतना सम्मान न होगा। न जाने इस तपन में उनसे कैसे वहाँ रहा जाता है। न पंखा, न टट्टी, न शर्बत, न बर्फ। बस, पेड़ के नीचे एक झोंपड़े में पड़े रहते हैं। मुझसे तो वहाँ एक दिन भी न रहा जाय।

शील—परोपकारी पुरुष जान पड़ते हैं। क्या हुआ, तुमने मौका देखा?

ज्वाला—हाँ, खूब देखा। जिस बात का सन्देह था वही सच्ची निकली। ज्ञानशंकर का दवा बिल्कुल निस्सार है। उसके मुख्तार और चपरासियों ने मुझे बहुत-कुछ चकमा देना चाहा, लेकिन मैं इन लोगों के हथकंडों को खूब जान गया हूँ। बस, हाकिमों को धोखा देकर अपना मतलब निकाल लेते हैं। जरा इस भलमनसाहत को देखो कि असामियों के तो जान के लाले पड़े हुए हैं और इन्हें अपने प्याले-भर खून की धुन सवार है। इतना भी नहीं हो सकता कि जरा गाँव में जाकर गरीबों की तसल्ली तो करते। इन्हीं का भाई है कि जमींदारी पर लात मारकर दीनों की निःस्वार्थ सेवा कर रहा है, अपनी जान हथेली पर लिये फिरता है और एक यह महापुरुष हैं कि दीनों की हत्या करने से भी नहीं हिचकते। मेरी निगाह में तो अब इनकी आधी इज्जत भी नहीं रही, खाली ढोल है।

शील—तुम जिनकी बुराई करने लगते हो, उसकी मिट्टी पलीद कर देते हो। मैं भी आदमी पहचानती हूँ। ज्ञानशंकर देवता नहीं, लेकिन जैसे सब आदमी होते हैं वैसे ही वह भी हैं। ख्वामख्वाह दूसरों से बुरे नहीं।

ज्वाला—तुम उन्हें जो चाहो कहो पर मैं तो उन्हें क्रूर और दुरात्मा समझता हूँ।

शील—तब तुम उनका दावा अवश्य ही खारिज कर दोगे?

ज्वाला—कदापि नहीं, मैं यह सब जानते हुए भी उन्हीं की डिग्री करूँगा, चाहे अपील से मेरा फैसला मन्सूख हो जाय।

शील—(प्रसन्न होकर) हाँ, बस मैं भी यही चाहती हूँ; तुम अपनी-सी कर दो, जिससे मेरी बात बनी रहे।

ज्वाला—लेकिन यह सोच लो कि तुम अपने ऊपर कितना बड़ा बोझ ले रही हो। लखनपुर में प्लेग का भयंकर प्रकोप हो रहा है। लोग तबाह हुए जाते हैं, खेत काटने की भी किसी

को फुरसत नहीं मिलती। कोई घर ऐसा नहीं, जहाँ से शोक-विलाप की आवाज न आ रही हो। घर के घर अँधेरे हो गए, कोई नाम लेनेवाला भी न रहा। उन गरीबों में अब अपील करने की सामर्थ्य नहीं। ज्ञानशंकर डिग्री पाते ही जारी कर देंगे। किसी के बैल नीलाम होंगे, किसी के घर बिकेंगे, किसी की फसल खेत में खड़ी-खड़ी कौड़ियों के मोल नीलाम हो जाएगी। यह दीनों की हाय किस पर पड़ेगी? यह खून किसी की गर्दन पर होगा? मैं बदनामी से नहीं डरता, लेकिन अन्याय और अनर्थ से मेरे प्राण काँपते हैं।

शीलमणि यह व्याख्यान सुनकर काँप उठी। उनके इस मामले को इतना महत्त्वपूर्ण न समझा था। उनका मौन-व्रत टूट गया, बोली, यदि यह हाल है तो आप वही कीजिए जो न्याय और सत्य कहे। मैं गरीबों की आह नहीं लेना चाहती। मैं क्या जानती थी कि जरा-से दावे का यह भीषण परिणाम होगा?

ज्वालासिंह के हृदय पर से एक बोझ-सा उतर गया। शीलमणि को अब तक वह न समझ थे। बोले, विद्यावती के सामने कौन-सा मुँह लेकर जाओगी?

शीलमणि–विद्यावती ऐसे क्षुद्र विचारों की स्त्री नहीं है और अगर वह इस तरह मुझसे रूठ भी जाए तो मुझे चिन्ता नहीं। मैत्री के पीछे क्या गरीबों का गला काट लिया जाय? मैं तो समझती हूँ, वह ज्ञानशंकर से चिढ़ती है। जब कभी उन्होंने मुझसे इस दावे की चर्चा की है वह मेरे पास से उठकर चली गई है। उनकी माया-लिप्सा उसे एक आँख नहीं भाती। दावा खारिज होने की खबर सुनकर मन में प्रसन्न होगी।

ज्वाला–उस पर आपका दावा है कि गायत्री के इलाके का प्रबन्ध करेंगे। उसकी इनसे एक दिन भी न निभेगी। वह बड़ी दयावती है।

शीलमणि–दावा खारिज करने पर वह अपील कर दें तो?

ज्वाला–हाँ, बहुत सम्भव है, अवश्य करेंगे।

शील–और वहाँ से इनका दावा बहाल हो सकता है?

ज्वाला–हाँ, हो सकता है।

शील–तब तो वह गरी खेतिहरों को और भी पीस डालेंगे।

ज्वाला–हाँ, यह तो उनकी प्रकृति ही है।

शील–तुम खेतिहरों की कुछ मदद नहीं कर सकते?

ज्वाला–न, यह मेरे अख्तियार से बाहर है।

शील–किसानों को कहीं से धन की सहायता मिल जाय तब तो वह न हारेंगे?

ज्वाला–हार-जीत तो हाकिम के निश्चय पर निर्भर है। हाँ, उन्हें मदद मिल जाय तो वह अपने मुकदमे की पैरवी अच्छी तरह कर सकेंगे।

शील–तो तुम कुछ रुपये क्यों नहीं दे देते?

ज्वाला–वाह, जिस अन्याय से भागता हूँ, वही करूँ।

शील–प्रेमशंकर जी बड़े दयालु हैं। उनके पास रुपये हों तो वह खेतिहारों की मदद करें।

ज्वाला–मेरे विचार से वह इस न्याय के लिए अपने भाई से बैर न करें।

इतने में बाहर कई मित्र आ गये। ग्वालियर का एक नामी जलतरंगिया आया हुआ

था। क्लब में उसका गाना होने वाला था। लोग क्लब चल दिए।

दूसरी तारीख पर ज्ञानशंकर का मुकदमा पेश हुआ। ज्वालासिह ने फैसला सुना दिया। उनका दावा खारिज हो गया। ज्ञानशंकर उस दिन स्वयं कचहरी में मौजूद थे। यह फैसला सुना तो दाँत पीसकर रह गये। क्रोध में भरे हुए घर आए और विद्या पर जले दिल के फफोले फोड़े। आज बहुत दिनों के बाद लाला प्रभाशंकर के पास गये और उनसे भी इस सद्व्यवहार का रोना रो आए। एक सप्ताह तक यही क्रम चलता रहा। शहर में ऐसा कोई परिचित आदमी न था, जिससे उन्होंने ज्वालासिंह के कपट व्यवहार की शिकायत न की हो। यहाँ तक कि रिश्वत का दोषारोपण करने में भी संकोच न किया और उन्हें शब्दाघातों से ही तस्कीन न हुई। कलम की तलवार से भी चोटें करनी शुरू कीं। कई दैनिक पत्रों में ज्वालासिंह की खबर ली। जिस पत्र में देखिए उसी में उनके विरुद्ध कालम भरे रहते थे एंग्लो-इण्डियन पत्रों को हिन्दुस्तानियों की अयोग्यता पर टिप्पणी करने का अच्छा अवसर हाथ आया। एक महीने तक यही रौला मचा रहा। ज्वालासिंह के जीवन का कोई अंग कलंक और अपवाद से न बचा। एक सम्पादक महाशय ने तो यहाँ तक लिख मारा कि उनका मकान शहर भर के रसिक-जनों का अखाड़ा है। ज्ञानशंकर के रचना कौशल ने उनके मनोमालिन्य के साथ मिलकर ज्वालासिंह को अत्याचार और अविचार का काला देव बना दिया। बेचारे लेखों को पढ़ते थे और मन-ही-मन ऐंठकर रह जाते थे। अपनी सफाई देने का अधिकार न था। कानून उनका मुँह बन्द किए हुए था। मित्रों में ऐसा कोई न था जो पक्ष में कलम उठाता। पत्रों में मिथ्यावादिता पर कुढ़-कुढ़ कर रह जाते थे, जो सत्यासत्य का निर्णय किये बिना अधिकारियों पर छींटे उड़ाने में ही अपना गौरव समझते थे। घर से निकलना मुश्किल हो गया। शहर में जहाँ देखिए यही चर्चा थी। लोग उन्हें आते-जाते देखकर खुले शब्दों में उनका उपहास करते थे। अफसरों की निगाह भी बदल गयी। जिलधीश से मिलने गए। उसने कहला भेजा, मुझे फुरसत नहीं है। कमिश्नर एक बंगाली सज्जन थे। उनके पास फरियाद करने गये। उन्होंने सारा वृत्तांत बड़ी सहानुभूति के साथ सुना, लेकिन चलते सयम बोले, यह असम्भव है कि इस हलचल का आप पर कोई असर न हो। मुझे शंका है कि कहीं यह प्रश्न व्यवस्थापक सभा में न उठ जाए। मैं यथाशक्ति आप पर आँच न आने दूँगा। लेकिन आपको न्यायोचित समर्थन करने के लिए कुछ नुकसान उठाने पर तैयार रहना चाहिए,क्योंकि सन्मार्ग फूलों की सेज नहीं है।

एक दिन ज्वालासिंह इन्हीं चिन्ताओं में मग्न बैठे हुए थे कि प्रेमशंकर आये। ज्वालासिंह दौड़कर उनके गले लिपट गए। आँखें सजल हो गयीं, मानो आपने किसी परम हितैषी से भेंट हुई हो। कुशल समाचार के बाद पूछा, देहात से कब लौटे?

प्रेमशंकर–आज ही आया हूँ। पूरे डेढ़ महीने लगे गए। दो-तीन दिन का इरादा करके घर से चला था। हाजीगंजवाले बार-बार बुलाने न जाते तो मैं जेठ भर वहाँ और रहता।

ज्वाला–बीमारी की क्या हालत है?

प्रेमशंकर–शान्त हो गयी है। यह कहिए, समाचार-पत्रों में क्या हरबोंग मचा हुआ है? मैंने तो आज देखा। दुनिया में क्या हो रहा है। इसकी कुछ खबर ही न थी। यह मंउली तो बेतरह आपके पीछे पड़ी हुई है।

ज्वाला–उनकी कृपा है और कहूँ?

प्रेम–मैं तो देखते ही समझ गया कि यह ज्ञानशंकर के दावे को खारिज कर देने का फल है।

ज्वाला–बाबू ज्ञानशंकर से कभी ऐसी आशा न थी कि मुझे अपना कर्त्तव्य पालन करने का यह दण्ड दिया जायेगा। अगर वह केवल मेरी न्याय और अधिकार-सम्बन्धी बातों पर आघात करते तब भी मुझे खेद न होता। मुझे अत्याचारी कहते, जुल्मी कहते, निरंकुश सिद्ध करते–हम इन आपेक्षों के आदी होते हैं। दुःख इस बात का है कि मेरे चरित्र को कलंकित किया गया है। मुझे अगर किसी बात का घमण्ड है तो वह अपने आचरण का है। मेरे कितने ही रसिक मित्र मुझे वैरागी कहकर चिढ़ाते हैं। यहाँ मैं कभी थियेटर देखने नहीं गया; कभी मेला तमाशा तक नहीं देखा। बाबू ज्ञानशंकर इस बात से भली-भाँति परिचित हैं। लेकिन मुझे सारे शहर के छैलों का नेता बनाने में उन्हें लेश-मात्र भी संकोच न हुआ। इन आक्षेपों से मुझे इतना दुःख हुआ है कि उसे प्रकट नहीं कर सकता। कई बार मेरी इच्छा हुई कि विष खा लूँ। आपसे मेरा परिचय बहुत थोड़ा है, लेकिन मालूम नहीं क्यों जी चाहता है कि आपके सामने हृदय निकालकर रख दूँ। मैंने कई बार जहर खाने का इरादा किया। किन्तु यह सोचकर कि कदाचित् इससे इन आक्षेपों की पुष्टि हो जायेगी, रुक गया। यह भय भी था कि शीलमणि रो-रो कर प्राण न त्याग दे। सच पूछिए, तो उसी के श्रद्धामय प्रेम ने अब तक मेरी प्राण-रक्षा की है, अगर वह एक क्षण के लिए भी मुझसे विमुख हो जाती तो मैं अवश्य ही आत्म-घात कर लेता। ज्ञानशंकर मेरे स्वभाव को जानते हैं। मैं और वह बरसों तक भाइयों की भाँति रहे हैं। उन्हें मालूम है कि मरे हृदय में मर्मस्थान कहाँ है। इसी स्थान को उन्होंने अपनी कलम से बेधा और मेरी आत्मा को सदा के लिए निर्बल बना दिया।

प्रेम–मैं तो आपको यही सलाह दूँगा कि इन पत्रों पर मान-हानि का अभियोग चलाइए। इसके सिवा अपने को निर्दोष सिद्ध करने का कोई उपाय नहीं है। मुझे इसकी जरा भी परवाह नहीं कि ज्ञानशंकर पर इसका क्या असर पड़ेगा। उन्हें अपने कर्मों का दंड मिलना चाहिए। मैं स्वयं सहिष्णुता का भक्त हूँ लेकिन यह असंभव है कि कोई चरित्र पर मिथ्या कलंक लगाये और मैं मौन धारण किये बैठा रहूँ। आप वकीलों से सलाह ले कर अवश्य मान-हानि का मुकदमा चलाइए।

ज्वालासिंह कुछ सोचकर बोले, और भी बदनामी होगी।

प्रेम–कदापि नहीं। आपको इन मिथ्याक्षेपों के प्रतिवाद करने का अवसर मिलेगा और जनता की दृष्टि में आपको सम्मान बढ़ जायेगा। ऐसी दशा में आपका चुप रह जाना अक्षम्य ही नहीं, दूषित है। यह न समझिए कि मुझे ज्ञानशंकर से द्वेष या अपवाद से प्रेम है। इस मामले को केवल सिद्धान्त की निष्पक्ष दृष्टि से देखता हूँ। मान रक्षा हमारा धर्म है।

ज्वाला–मैं नतीजे को सोचकर कातर हो जाता हूँ। बाबू ज्ञानशंकर का फँस जाना निश्चित है। मुमकीन है, जेल की नौबत आये। वह आत्मिक कष्ट मेरे लिए इससे कहीं असह्य होगा। जिससे बरसों तक भ्रातृवत् प्रेम रहा, जिससे दाँत काटी रोटी थी उससे मैं इतना कठोर नहीं हो सकता। मैं तो इस विचार-मात्र ही से काँप उठता हूँ। इन आक्षेपों से मेरी केवल

इतनी हानि होगी कि यहाँ से तबदील हो जाऊँगा या अधिक से अधिक पदच्युत हो जाऊँगा, परन्तु ज्ञानशंकर तबाह हो जायेंगे। मैं अपने दुरावेशों को पूरा करने के लिए उनके परिवार का सर्वनाश नहीं कर सकता।

प्रेमशंकर ने ज्वालासिंह को श्रद्धापूर्ण नेत्रों से देखा। इस आत्मोत्सर्ग के सामने उनका सिर झुक गया, हृदय सदनुराग से परिपूर्ण हो गया। ज्वालासिंह के पैरों पर गिर पड़े और सजल नेत्र होकर बोले, भाई जी, आपको परमात्मा ने देवस्वरूप बनाया है। मुझे अब तक न मालूम था कि आपके हृदय में ऐसे पवित्र और निर्मल भाव छिपे हुए हैं।

ज्वालासिंह झिझककर पीछे हट गये और बोले, भैया, ईश्वर के लिए वह अन्याय न कीजिए। मैं तो अपने को इस योग्य भी नहीं पाता कि आपके चरणारविंद अपने माथे से लगाऊँ। आप मुझे काँटों में घसीट रहे हैं।

प्रेमशंकर—यदि आपकी इच्छा हो तो मैं उन्हीं पत्रों में इन आक्षेपों का प्रतिवाद कर दूँ।

ज्वालासिंह वास्तव में प्रतिवाद की आवश्यकता को स्वीकार करते थे; किन्तु इस भय से कि कहीं मेरी सम्मति मुझे उस उच्च पद से गिरा न दे, जो मैंने अभी प्राप्त किया है, इनकार करना ही उचित जाना पड़ा। बोले, जी नहीं, इसकी भी जरूरत नहीं।

प्रेमशंकर के चले जाने के बाद ज्वालासिंह को खेद हुआ कि प्रतिवाद का ऐसा उत्तम अवसर हाथ से निकल गया। अगर इनके नाम से प्रतिवाद निकलता तो यह सारा मिथ्या-जाल मकड़ी के जाल के सदृश कट जाता। पर अब तो जो हुआ सो हुआ। एक साधु पुरुष के हृदय में स्थान तो मिल गया।

प्रेमशंकर घर तक जाने का विचार करके हाजीपुर से चले थे। महीनों से घर से कुशल-समाचार न मिला था, लेकिन यहाँ से उठे तो नौ बज गये थे, जेठ की लू चलने लगी थी। घर से हाजीपुर लौट जाना दुस्तर था। इसलिए किसी दूसरे दिन का इरादा करके लौट पड़े।

लेकिन ज्ञानशंकर को चैन कहाँ। उन्हें ज्यों ही मालूम हुआ कि भैया देहात से लौट आये हैं, वह उनसे मिलने के लिए उत्सुक हो गये। ज्वालासिंह को उनकी नजरों में गिराना आवश्यक था। सन्ध्या समय था। प्रेमशंकर अपने झोंपड़े के सामने वाले गमलों में पानी दे रहे थे। कि ज्ञानशंकर आ पहुँचे और बोले, क्या मजूर कहीं चला गया है क्या?

प्रेमशंकर—मैं भी तो मजूर ही हूँ। घर पर सब कुशल है न?

ज्ञान—जी हाँ, सब आपकी दया है। आपके यहाँ तो कई हलवाहे होंगे। क्या वह इतना भी नहीं कर सकते कि इन गमलों को सींच दें? आपको व्यर्थ कष्ट उठाना पड़ता है।

प्रेम—मुझे उनसे काम लेने का कोई अधिकार नहीं है। वह मेरे निज के नौकर नहीं हैं। मैं तो केवल यहाँ का निरीक्षक हूँ और फिर मैंने अमेरिका में तो हाथों से बर्तन धोये हैं। होटलों की मेजें साफ की हैं, सड़कों पर झाड़ दी है, यहाँ आकर मैं कोई और तो नहीं हो गया। मैंने यहाँ कोई खिदमतगार नहीं रखा है। अपना सब काम कर लेता हूँ।

ज्ञान—तब तो आपने हद कर दी। क्या मैं पूछ सकता हूँ कि आप क्यों अपनी आत्मा को इतना कष्ट देते हैं?

प्रेम–मुझे कोई कष्ट नहीं होता। हाँ, इसके विरूद्ध आचरण करने में अलबत्ता कष्ट होगा। मेरी आदत ही ऐसी पड़ गयी है।

ज्ञान–यह तो आप मानते हैं कि आत्मिक उन्नति की भिन्न-भिन्न कक्षाएँ होती हैं।

प्रेम–मैंने इस विषय में कभी विचार नहीं किया और न अपना कोई सिद्धान्त स्थिर कर सकता हूँ। उस मुकदमे की अपील अभी दायर की या नहीं?

ज्ञान–जी हाँ दायर कर दी। आपने ज्वालासिंह की सज्जनता देखी? यह महाशय मेरे बनाये हुए हैं। मैंने ही इन्हें रट-रटा के किसी तरह बी. ए. कराया। अपना हर्ज करता था, पर पहले इनकी कठिनाइयों को दूर कर देता था। इस नेकी का इन्होंने यह बदला दिया। ऐसा कृतघ्न मनुष्य मैंने नहीं देखा।

प्रेम–पत्रों में उनके विरुद्ध जो लेख छपे थे। वह तुम्हीं ने लिखे थे?

ज्ञान–जी हाँ। जब वह मेरे साथ ऐसा व्यवहार करते हैं, तब मैं क्यों उनसे रियायत करूँ?

प्रेम–तुम्हार व्यवहार बिलकुल न्याय-विरुद्ध था। उन्होंने जो कुछ किया, न्याय समझ कर किया। उनका उद्देश्य तुम्हें नुकसान पहुँचाना न था। तुमने केवल उनका अनिष्ट करने के लिए यह आक्षेप किया।

ज्ञान–जब आपस में अदावत हो गयी तब सत्यता का विवेचन कौन करता है? धर्म-युद्ध का समय अब नहीं रहा।

प्रेम–तो यह सब तुम्हारी मिथ्या कल्पना है?

ज्ञान–जी हाँ, आपके सामने लेकिन दूसरों के सामने........

प्रेम–(बात काटकर) वह मान हानि का दावा कर दें तो?

ज्ञान–इसके लिए बड़ी हिम्मत चाहिए और उनमें हिम्मत का नाम नहीं। यह सब रोब-दाब दिखाने को ही है। अपील का फैसला मेरे अनुकूल हुआ, तो अभी उनकी और खबर लूँगा। जाते कहाँ हैं? और कुछ न हुआ हो बदनामी के साथ तबदील तो हो ही जायँगे। अबकी तो आपने लखनपुर की खूब सैर की, असामियों ने मेरी खूब शिकायत की होगी?

प्रेम–हाँ, शिकायत सभी कर रहे हैं।

ज्ञान–लड़ाई-दंगे का तो कोई भय नहीं है?

प्रेम–मेरे विचार में तो इसकी सम्भावना नहीं है।

ज्ञान–अगर उन्हें मालूम हो जाय कि इस विषय में हम लोगों के मतभेद हैं–और यह स्वाभाविक ही है; क्योंकि आप अपने मनोगत भावों को छुपा नहीं सकते–तो वह और भी शेर हो जाएँगे।

प्रेम–(हँसकर) तो इससे हानि क्या होगी?

ज्ञान–आपके सिद्धान्त के अनुसार तो कोई हानि न होगी, पर मैं कहीं का न रहूँगा। इस समय मेरे हित के लिए यह अत्यावश्यक है कि आप उधर आना-जाना कम कर दें।

प्रेम–क्या तुम्हें सन्देह है कि मैं असामियों को उभाड़कर तुमसे लड़ाता हूँ? मुझे तुमसे कोई दुश्मनी है? मुझे लखनपुर के ही नहीं, सारे देश के कृषकों से सहानुभूति है। लेकिन इसका यह आशय नहीं कि मुझे जमींदारों से कोई द्वेष है, हाँ, अगर तुम्हारी यही इच्छा है

कि मैं उधर न जाऊँ तो यही सही। अब से कभी न जाऊँगा।

ज्ञानशंकर को इत्मीनान तो हुआ, पर वह इसे प्रकट न कर सकने में लज्जित थे। अपने भाई की रजोवृत्ति के सामने उन्हें अपनी तमोवृत्ति बहुत निष्कृष्ट प्रतीत होती थी। वह कुछ देर तक कपास और मक्का के खेतों को देखते रहे, जो यहँ बहुत पहले ही बो दिये गये थे। फिर घर चले आये। श्रद्धा के बारे में न प्रेमशंकर ने कुछ पूछा और न उन्होंने कुछ कहा। श्रद्धा अब उनकी प्रेयसी नहीं, उपास्य देवी थी।

दूसरे दिन दस बजे डाकिये ने उन्हें एक रजिस्टर्ड लिफाफा दिया। उन्होंने विस्मित होकर लिफाफे को देखा। पता साफ लिखा हुआ था। खोला तो 500 रु. का एक करेन्सी नोट निकला। एक पत्र भी था, जिसमें लिखा हुआ था—

'लखनपुर वालों की सहायता के लिए यह रुपये आपके पास भेजे जाते हैं। यह आप अपील की पैरवी करने के लिए उन्हें दे दें। इस कष्ट के लिए क्षमा कीजिएगा।'

प्रेमशंकर सोचने लगे, इसका भेजने वाला कौन है? यहाँ, मुझे कौन जानता है। कौन मेरे विचारों से अवगत है? किसे मुझ पर इतना विश्वास है? इन सब प्रश्नों का उत्तर मिलता था, 'ज्वालासिंह' किन्तु मन इस उत्तर को स्वीकार न करता था।

अब उन्हें यह चिन्ता लगी कि यह रुपये क्योंकर भेजूँ? ज्ञानशंकर को मालूम हो गया तो वह समझेंगे मैंने स्वयं असामियों को सहायता दी है। उन्हें कभी विश्वास न आयेगा कि यह किसी अन्य व्यक्ति की अमानत है। यदि असामियों को न दूँ तो महान् विश्वासघात होगा। इसी हैस-बैस में शाम हो गयी और लाला प्रभाशंकर का शुभागमन हुआ।

ज्ञानशंकर को अपील सफल होने का पूरा विश्वास था। उन्हें मालूम था कि किसानों में धनाभाव के कारण अब बिल्कुल दम नहीं है। लेकिन जब उन्होंने देखा, काश्तकारों की ओर से भी मुकदमे की पैरवी उत्तम रीति से की जा रही है तो उन्हें अपनी सफलता में कुछ-कुछ सन्देह होने लगा। उन्हें विस्मय होता था कि इनके पास रुपये कहाँ से आ गये? गौस खाँ तो कहता था कि बीमारी ने सभी को मटियामेट कर दिया है, कोई अपील पैरवी करने भी न जाएगा, एक तरफा डिगरी होगी। यह कायापलट क्योंकर हुई? अवश्य इनको कहीं-न-कहीं से मदद मिली है। कोई महाजन खड़ा हो गया है। शहर में तो कोई ऐसा नहीं दीख पड़ता, लखनपुर ही के आस-पास का होगा। खैर, अभी तो रहस्य खुलेगा, तब बच्चू से समझूँगा। फैसले के दिन वह स्वयं कचहरी गये। अपील खारिज हो गयी। सबसे पहले गौस खाँ सामने आये। उनसे डपटकर बोले, क्यों जनाब, आप तो फरमाते थे इन सबों के पास कौड़ी कफन को नहीं है, यह वकील क्या यों ही आ गया?

गौस खाँ ने भी गरम होकर कहा, मैंने हुजूर से बिलकुल सही अर्ज किया था, लेकिन मैं क्या जनता था कि मालिकों में ही इतनी निफाक है। मुझे पता लगता है कि हुजूर के बड़े भाई साहब ने एक हफ्ता हुआ कादिर को अपील की पैरवी के लिए एक हजार रुपये दिये हैं।

ज्ञानशंकर स्तम्भित हो गये। एक क्षण के बाद बोले, बिलकुल झूठ है।

गौस खाँ—हर्गिज नहीं। मेरे चपरासियों ने कादिर खाँ को अपनी जबान से यह कहते सुना है। उससे पूछा जाय तो वह आपसे भी साफ-साफ कह देगा, या आप अपने भाई से खुद पूछ सकते हैं।

ज्ञानशंकर निरुत्तर हो गये। उसी समय पैरगाड़ी सँभाली, झल्लाते हुए घर आये और श्रद्धा से तीव्र स्वर में बोले, भाभी तुमने देखी भैया की मरामात! आज पता चला कि आपने लखनपुर वालों को अपील की पैरवी करने के लिए एक हजार दिये हें। इसका फल हुआ कि मेरी अपील खारिज हो गयी; महीनों की दौड़-धूप और हजारों रुपयों पर पानी फिर गया। एक हजार सालाना का नुकसान हुआ और रोब-दाब बिल्कुल मिट्टी में मिल गया। मुझे उनसे ऐसी कूटनीति की आशंका न थी। अब तुम्हीं बताओ उन्हें दोस्त समझूँ या दुश्मन?

श्रद्धा ने संशयात्मक भाव से कहा, तुम्हें किसी ने बहका दिया होगा। भला उनके पास इतने रुपये कहाँ होंगे?

ज्ञान नहीं, मुझे पक्की खबर मिली है। जिन लोगों ने रुपये पाये हैं वे खुद अपनी जबान से कहते हैं।

श्रद्धा—तुमसे तो उन्होंने वादा किया था कि लखनपुर से मेरा कोई सम्बन्ध नहीं है, मैं वहाँ कभी न जाऊँगा।

ज्ञान—हाँ, कहा तो था और मैंने उन पर विश्वास कर लिया था, लेकिन आज विदित हुआ कि कुछ लोग ऐसे भी हैं जो सारे संसार के मित्र होते हैं, पर अपने घर के शत्रु। जरूर इसमें चचा साहब का भी हाथ है।

श्रद्धा—पहले उनसे पूछ तो लो। मुझे विश्वास नहीं आता कि उनके पास इतने रुपये होंगे।

ज्ञान—उनकी कपट नीति ने मेरे सारे मनूसबों को मिट्टी में मिला दिया। जब उनको मुझसे इतना वैमनस्य है तो मैं नहीं समझता कि मैं उन्हें अपना भाई कैसे समझूँ? बिरादरी वालों ने उनका जो तिरस्कार किया वह असंगत नहीं था विदेश-निवास आत्मीयता का नाश कर देता है।

श्रद्धा—तुम्हें भ्रम हुआ है।

ज्ञान—फिर वही बच्चों की-सी बातें करती हो। तुम क्या जानती हो कि उनके पास रुपये थे या नहीं?

श्रद्धा—तो जरा वहाँ तक चले ही क्यों नहीं जाते?

ज्ञान—अब नहीं जा सकता। मुझे उनकी सूरत से घृणा हो गयी। उन्होंने असामियों का पक्ष लिया है तो मैं भी दिखा दूँगा कि मैं क्या कर सकता हूँ। जमींदार के बावन हाथ होते हैं। लखनपुर वालों को ऐसा कुचलूँगा कि उनकी हड्डियों का पता न लगेगा। भैया के मन की बात मैं जानता हूँ। तुम सरल स्वाभावा हो, उनकी तह तक नहीं पहुँच सकतीं। उनका उद्देश्य इसके सिवा और कुछ नहीं है कि मुझे तंग करें, असामियों को उभाड़कर मुसल्लम गाँव हथिया लें और हम-तुम कहीं के न रहें। अब उन्हें खूब पहचान गया। रँगे हुए सियार हैं—मन में और—मुँह में और। और फ़िर जिसने अपना धर्म खो दिया वह जो कुछ न करे वह थोड़ा है। इनसे तो बेचारा ज्वालासिंह फिर भी अच्छा है। उसने जो कुछ किया

न्याय समझकर किया, मेरा अहित न करना चाहता था। एक प्रकार से मैंने उसके साथ बड़ा अन्याय किया, उसे देश भर में बदनाम कर दिया। उन बातों को याद करने से ही दुःख होता है।

श्रद्धा—उनकी तो यहाँ से बदली हो गयी। शीमणि की महरी आज आयी थी। कहती थी, तीन-चार दिन में चले जायँगे। दर्जा भी घटा दिया गया है।

ज्ञानशंकर ने चौंककर कहा—सच!

श्रद्धा—शीलमणि कल आने वाली है। विद्या बड़े संकोच में पड़ी हुई है।

ज्ञान—मुझसे बड़ी भूल हुई। इका शोक जीवन-पर्यन्त रहेगा। मुझे तो अब इसका विश्वास हो जाता है कि भैया ने उनके कान भी भर दिये थे। जिस दिन वह मौका देखने गये थे उसी दिन भैया भी लखनपुर पहुँचे। बस, इधर तो ज्वालासिंह को पट्टी पढ़ायी, उधर गाँव वालों को पक्का-पोढ़ा कर दिया। मैं कभी कल्पना भी न कर सकता था कि वह इतनी दूर की कौड़ी लायेंगे, नहीं तो मैं पहले से ही चौकन्ना रहता।

श्रद्धा ने ज्ञानशंकर को अनादर की दृष्टि से देखा और वहाँ से उठ कर चली गयी।

दूसरे दिन शीलमणि आयी और दिन भर वहाँ रही। चलते समय विद्या और श्रद्धा से गले मिलकर खूब रोयी।

ज्वालासिंह पाँच दिन और रहे। ज्ञानशंकर रोज उनसे मिलने का विचार करते, लेकिन समय आने पर कातर हो जाते थे। भय होता, कहीं उन्होंने उन आक्षेपपूर्ण लेखों की चर्चा छेड़ दी तो क्या जवाब दूँगा? धाँधली तो कर सकता हूँ, साफ मुकर जाऊँ कि मैंने कोई लेख नहीं लिखा, मेरे नाम से तो कोई लेख छपा नहीं किन्तु शंका होती थी कि कहीं इस प्रपंच से ज्वालासिंह की आँखों में और न गिर जाऊँ।

पाँचवें दिन ज्वालासिंह यहाँ से चले। स्टेशन पर मित्र जनों की अच्छी संख्या थी। प्रेमशंकर भी मौजूद थे। ज्वालासिंह मित्रों के साथ मिल-मिल कर विदा होते थे। गाड़ी के छूटने में एक-दो मिनट ही बाकी थे कि इतने में ज्ञानशंकर लपके हुए प्लेटफार्म पर आये और पीछे की श्रेणी में खड़े हो गये। आगे बढ़कर मिलने की हिम्मत न पड़ी। ज्वालासिंह ने उन्हें देखा और गाड़ी से उतरकर उनके पास आये और गले से लिपट गये। ज्ञानशंकर की आँखों से आँसू बहने लगे। ज्वालासिंह रोते थे कि चिरकाल की मैत्री का ऐसा शोकमय अन्त हुआ; ज्ञानशंकर रोते थे कि हाय! मेरे हाथों ऐसे सच्चे, निश्छल, निःस्पृह मित्र का अमंगल हुआ।

गार्ड ने झण्डी दिखाई तो ज्ञानशंकर ने कम्पित स्वर में कहा, भाईजान, मैं अत्यन्त लज्जित हूँ।

ज्वालासिंह बोले, उन बातों को भूल जाइए।

ज्ञान—ईश्वर ने चाहा तो इसका प्रतिकार कर दूँगा।

ज्वाला—कभी-कभी पत्र के इस सद्व्यवहार पर कुतूहल हुआ। उनके विचार में उस घाव का भरना दुस्तर था। जबसे ज्यादा आश्चर्य प्रेमशंकर को हुआ, जो ज्ञानशंकर को उससे कहीं असज्जन समझते थे, जितने वह वास्तव में थे।

अपील खारिज होने के बाद ज्ञानशंकर ने गोरखपुर की तैयारी की। सोचा, इस तरह

तो लखनपुर से आजीवन गला न छूटेगा; एक-न-एक उपद्रव मचा ही रहेगा। कहीं गोरखपुर में रंग जम गया तो दो-तीन बरसों में ऐसे कई लखनपुर हाथ आ जायँगे। विद्या भी स्थिति का विचार करके सहमत हो गयी। उसने सोचा, अगर दोनों भाइयों में यों ही मनमुटाव रहा तो अवश्य ही बँटवारा हो जाएगा। और तब एक हजार सालाना आदमी में निर्वाह न हो सकेगा। इनसे और काम तो हो सकेगा नहीं। बला से जो काम मिलता है वही सही। अतएव जन्माष्टमी के उत्सव के बाद गोरखपुर जा पहुँचे। प्रेमशंकर से मुलाकात न की।

प्रभात का समय था। गायत्री पूजा पर थी कि दरबान ने ज्ञानशंकर के आने की सूचना दी। गायत्री ने तत्क्षण तो उन्हें अन्दर न बुलाया, हाँ जो पूजा नौ बजे समाप्त होती थी, वह सात ही बजे समाप्त कर दी। तब अपने कमरे में आकर उसने एक सुन्दर साड़ी पहनी, बिखरे हुए केश सँवारे और गौरव के साथ मसनद पर जा बैठी। लौंडी को इशारा किया कि ज्ञानशंकर को बुला लाय। वह अब रानी थी। यह उपाधि उसे हाल में ही प्राप्त हुई थी। वह ज्ञानशंकर से यथोचित आरोह से मिलना चाहती थी।

ज्ञानशंकर बुलाने की प्रतीक्षा कर रहे थे। उन्हें यहाँ का ठाट-बाट देखकर विस्मय हो रहा था। द्वार पर दो दरबान वरदी पहने टहल रहे थे। सामने की अँगनाई में एक घण्टा लटका हुआ था। एक ओर अस्तबल में कई बड़ी रास के घोड़े बँधे हुए थे। दूसरी ओर एक टीन के झोंपड़े में दो हवागाड़ियाँ थीं। दालान में पिंजड़े लटकते थे, किसी में मैना थी, किसी में पहाड़ी श्यामा, किसी में सफेद तोता। विलायती खरहे अलग कटघरे में पले हुए थे। भवन के सम्मुख ही एक बँगला था, जो फर्श और मेज-कुर्सियों से सजा हुआ था। यही दफ्तर था। यद्यपि अभी बहुत सबेरा था, पर कर्मचारी लोग अपने-अपने काम में लगे हुए थे। वह दीवानखाना था। उसकी सजावट बड़े सलीके के साथ की गयी थी। ऐसी बहुमूल्य कालीनें और ऐसे बड़े-बड़े आईने उसकी निगाह से न गुजरे थे।

कई दलानों और आँगनों से गुजरने के बाद जब वह गायत्री की बैठक में पहुँचे तब उन्हें अपने सम्मुख विलासमय सौन्दर्य की एक अनुपम मूर्ति नजर आयी जिसके एक-एक अंग से गर्व और गौरव आभासित हो रहा था। यह वह पहले की-सी प्रसन्न मुख सरल प्रकृति विनय पूर्ण गायत्री न थी।

ज्ञानशंकर ने सिर झुकाये सलाम किया और कुर्सी पर बैठ गये। लज्जा ने सिर न उठाने दिया। गायत्री ने कहा, आइए महाशय, आइए! क्या विद्या छोड़ती ही न थी? और तो सब कुशल है?

ज्ञान–जी हाँ, सब लोग अच्छी तरह हैं। माया तो चलते समय बहुत जिद कर रहा था कि मैं भी मौसी के घर चलूँगा, लेकिन अभी बुखार से उठे हुए थोड़े ही दिन हुए हैं, इसी कारण साथ न लाया। आपको नित्य याद करता है।

गायत्री–मुझे भी उसकी प्यारी-प्यारी भोली सूरत याद आती है। कई बार इच्छा हुई कि चलूँ, सबसे मिल आऊँ, पर रियासत के झमेले से फुरसत ही नहीं मिलती। यह बोझ आप सँभालें तो मुझे जरा साँस लेने का अवकाश मिले। आपके लेख का तो बड़ा आदर हुआ। (मुस्कराकर) खुशामद करना कोई आप से सीख ले।

ज्ञान–जो कुछ था वह मेरी श्रद्धा का अल्पांश था।

गायत्री ने गुणज्ञता के भाव से मुस्कराकर कहा—जब थोड़ा-सा पाप बदनाम करने को पर्याप्त हो तो अधिक क्यों किया जाय? कार्तिक में हिज एक्सेलेन्सी यहाँ आने वाले हैं। उस अवसर पर मेरे उपाधि-प्रदान का जल्सा करना निश्चय किया है। अभी तक केवल गजट में सूचना छपी है। अब दरबार में मैं यथोचित समारोह और सम्मान के साथ उपाधि से विभूषित की जाऊँगी।

ज्ञान—तब तो अभी से दरबार की तैयारी होनी चाहिए।

गायत्री—आप बहुत अच्छे अवसर पर आये। मंडप में अभी से हाथ लगा देना चाहिए। मेहमानों का ऐसा सत्कार किया जाय कि चारों ओर धूम मच जाय। रुपये की जरा भी चिन्ता मत कीजिए। आप ही इस अभिनय के सूत्रधार हैं, आपके ही हाथों इसका सूत्रपात होना चाहिए। एक दिन मैंने जिलाधीश से आपका जिक्र किया था। पूछने लगे, उनके राजनीतिक विचार कैसे हैं। मैंने कहा, बहुत ही विचारशील, शान्त प्रकृति के मनुष्य हैं। यह सुनकर बहुत खुश हुए और कहा, वह आ जायँ तो एक बार जल्से के सम्बन्ध में मुझसे मिल लें।

इसके बाद गायत्री ने इलाके की सुव्यवस्था और अपने संकल्पों की चर्चा शुरू की। ज्ञानशंकर को उसके अनुभव और योग्यता पर आश्चर्य हो रहा था। उन्हें भय होता कि कदाचित् मैं इन कार्यों को उत्तम रीति से सम्पादन न कर सकूँ। उन्हें देहाती बैंक का बिलकुल ज्ञान न था। निर्माण कार्य से परिचित न थे, कृषि के नये आविष्कारों से कोरे थे; किन्तु इस समय अपनी अयोग्यता प्रकट करना नितान्त अनुचित था। वह गायत्री की बातों पर ऐसी मर्मज्ञता से सिर हिलाते थे और बीच-बीच में टिप्पणियाँ करते थे, मानो इन विषयों में पारंगत हों। उन्हें अपनी बुद्धिमत्ता और चातुर्य पर भरोसा था। इसके बल पर वह कोई काम हाथ में लेते हुए न हिचकते थे।

ज्ञानशंकर को दो-चार दिन भी शान्ति से बैठकर काम को समझने का अवसर न मिला। दूसरे ही दिन दरबार की तैयारियों में दत्तचित्त होना पड़ा। प्रातः काल से सन्ध्या तक सिर उठाने की फुरसत न मिलती। बार-बार अधिकारियों से राय लेनी पड़ती, सजावट की वस्तुओं को एकत्र करने के लिए बार-बार रईसों की सेवा में दौड़ना पड़ता। ऐसा जान पड़ता था कि यह कोई सरकारी दरबार है लेकिन कर्त्तव्यशील उत्साही पुरुष थे। काम से घबराते न थे। प्रत्येक काम को पूरी जिम्मेदारी से करते थे। वह संकोच और अविश्वास जो पहले किसी मामले में अग्रसर न होने देता था, अब दूर होता जाता था। उनकी अध्यवसाय शीलता पर लोग चकित हो जाते थे। दो महींनों के अविश्रान्त उद्योग के बाद दरबार का इन्तजाम पूरा हो गया। जिलाधीश ने स्वयं आकर देखा और ज्ञानशंकर की तत्परता और कार्यदक्षता की खूब प्रशंसा की। गायत्री से मिले तो ऐसे सुयोग्य मैनेजर की नियुक्ति पर उसे बधाई दी। अभिनन्दन पत्र की रचना का भार भी ज्ञानशंकर पर ही था। साहब बहादुर ने उसे पढ़ा तो लोट पोट हो गये और नगर के मान्य जनों से कहा, मैंने किसी हिन्दुस्तानी की कलम में यह चमत्कार नहीं देखा।

अक्तूबर मास की 15 तारीख दरबार के लिए नियत थी। लोग सारी रात जागते रहे। प्रातःकाल से सलामी की तोपें दगने लगीं, अगर उस दिन की कार्यवाही का संक्षिप्त वर्णन किया जाय तो एक ग्रन्थ बन जाय। ऐसे अवसरों पर उपन्यासकार अपनी कल्पना को

समाचार-पत्रों के संवाददाताओं के सुपुर्द कर देता है। लेडियों के भूषणालंकारों की बहार, रईसों की सजधज की छटा देखनी हो, दावत की चटपटी, स्वाद युक्त सामग्रियों का मजा चखना हो और शिकार के तड़प-झड़प का आनन्द उठाना हो तो अखबारों का पन्ना उलटिए। वहाँ आपको सारा विवरण अत्यन्त सजीव, चित्रमय शबदों में मिलेगा, प्रेसिडेन्ट रूजवेल्ट शिकार खेलने अफ्रीका गये थे तो संवाददाताओं की एक मण्डली उनके साथ गयी थी। सम्राट जार्ज पंचम जब भारत वर्ष आये थे तब संवाददाताओं की पूरी सेना उनके जुलूस में थी। यह दरबार इतना महत्त्वपूर्ण न था, तिस पर भी पत्रों में महीनों तक इसकी चर्चा होती रही। हम इतना ही कह देना काफी समझते हैं कि दरबार विधिपूर्वक समाप्त हुआ, कोई त्रुटि न रही, प्रत्येक कार्य निर्दिष्ट समय पर हुआ, किसी प्रकार की अवयस्था न होने पायी। इस विलक्षण सफलता का सेहरा ज्ञानशंकर के सिर था। ऐसा मालूम होता था। कि सभी कठपुतलियाँ उन्हीं के इशारे पर नाच रही हैं। गवर्नर महोदय ने विदाई के समय उन्हें धन्यवाद दिया। चारों तरफ वाह-वाह हो गयी।

सन्ध्या समय था। दरबार समाप्त हो चुका था। ज्ञानशंकर नगर के मान्य जनों के साथ गवर्नर को स्टेशन तक विदा करके लौटे थे और एक कोच पर आराम से लेटे सिगार पी रहे थे। आज उन्हें सारा दिन दौड़ते गुजरा था, जरा भी दम लेने का अवकाश न मिला था। वह कुछ अलसाये हुए थे, पर इसके साथ ही हृदय पर वह उल्लास छाया हुआ था जो किसी आशातीत सफलता के बाद प्राप्त होता है। वह इस समय जब अपने कृत्यों का सिंहावलोकन करते थे तो उन्हें अपनी योग्यता पर स्वयं आश्चर्य होता था। अभी दो-ढाई मास पहले मैं क्या था? एक मामूली आदमी, केवल दो हजार सालाना का जमींदार! शहर में कोई मेरी बात भी न पूछता था, छोटे-छोटे अधिकारियों से भी दबता था और उनकी खुशामद करता था। अब यहाँ के अधिकारी वर्ग मुझसे मिलने की अभिलाषा रखते हैं। शहर के मान्य गण अपना नेता समझते हैं। बनारस में तो सारी उम्र बीत जाती तब भी यह सम्मान-पद न प्राप्त होता। आज गायत्री का मिजाज भी आसमान पर होगा। मुझे जरा भी आशा न थी कि वह इस तरह बेधड़क मंच पर चली आयेगी वह पंच पर आयी तो सारा दरबार जगमगाने लगा था। उसके कुन्दन वर्ण पर अगरई साड़ी कैसी छटा दिखा रही थी! उसके सौन्दर्य की आभा ने रत्नों की चमक-दमक को भी मात कर दिया था। विद्या इससे कहीं रूपवती है, लेकिन उसमें यह आकर्षण कहाँ, यह उत्तेजक शक्ति कहाँ, वह सगर्विता कहाँ, यह रसिकता कहाँ? इसके सम्मुख आकर आँखों पर, चित्त पर, जबान पर काबू रखना कठिन हो जाता है। मैंने चाहा था कि इसे अपनी ओर खींचूँ, इससे मान करूँ किन्तु कोई शक्ति मुझे बलात् उसकी ओर खींचे लिए जाती है। अब मैं रुक नहीं सकता। कदाचित् वह मुझे अपने समीप आते देखकर पीछे हटती है, मुझसे स्वामिनी और सेवक के अतिरिक्त और कोई सम्बन्ध नहीं रखना चाहती। वह मेरी योग्यता का आदर करती है और मुझे अपनी सम्मान तृष्णा का साधन मात्र बनाना चाहती है। उसके हृदय में अब अगर कोई अभिलाषा है तो वह सम्मान-प्रेम है। यही अब उसके जीवन का मुख्य उद्देश्य है। मैं इसी का आवाहन करके यहाँ पहुँचा हूँ और इसी की बदौलत एक दिन मैं उसके हृदय में प्रेम का बीच अंकुरित कर सकूँगा।

ज्ञानशंकर इन्हीं विचारों में मग्न थे। कि गायत्री ने अन्दर बुलाया और मुस्कराकर कहा, आज के सारे आयोजन का श्रेय आपको है। मैं हृदय से आपकी अनुग्रहीत हूँ। साहब बहादुर ने चलते समय आपकी बड़ी प्रशंसा की। आपने मजदूरों की मजदूरी तो दिला दी है? मैं इस आयोजन में बेगार लेकर किसी को दुखी नहीं करना चाहती।

ज्ञान–जी हाँ, मैंने मुख्तार से कह दिया था।

गायत्री–मेरी ओर से प्रत्येक मजदूर को एक-एक रुपया इनाम दिला दीजिए।

ज्ञान–पाँच सौ मजदूरों से कम न होंगे।

गायत्री–कोई हर्ज नहीं, ऐसे अवसर रोज नहीं आया करते। जिस ओवर-सियर ने पण्डाल बनवाया है, उसे 100 रु. इनाम दे दीजिए।

ज्ञान–वह शायद स्वीकार न करे।

गायत्री–यह रिश्वत नहीं, इनाम है। स्वीकार क्यों न करेगा? फर्राशों-आतशबाजों को भी कुछ मिलना चाहिए।

ज्ञान–तो फिर हलवाई और बावर्ची, खानसामे और खिदमतगार क्यों छोड़े जाएँ।

गायत्री–नहीं, कदापि नहीं, उन्हें 20-20 रुपये से कम न मिलें।

ज्ञान–(हँसकर) मेरी सारी मितव्ययिता निष्फल हो गयी।

गायत्री–वाह, उसी की बदौलत तो मुझे हौसला हुआ। मजूर को मजूरी कितनी ही दीजिए खुश नहीं होगा, लेकिन इनाम पाकर खुशी से फूल उठता है। अपने नौकरों को भी यथायोग्य कुछ न कुछ दिलवा दीजिए।

ज्ञान–जी हाँ, जब बाहरवाले लूट मचायें तो घरवाले क्यों गीत गायें?

गायत्री–नहीं घरवालों को पहला हक है जो आठों पहर के गुलाम हैं। सब आदमियों को यहीं बुलाइए, मैं अपने हाथ से उन्हें इनाम दूँगी। इसमें उन्हें विशेष आनन्द मिलेगा।

ज्ञान–घण्टों की झंझट है। बारह बज जायँगे।

गायत्री–यह झंझट नहीं है। यह मेरी हार्दिक लालसा है। अब मुझे कई बड़े-बड़े अनुष्ठान करने हैं। यह मेरे जड़ाऊ कंगन हैं। यह विद्या के भेंट हैं, कल इसका पारसल भेज दीजिए और 500 रुपये नकद।

ज्ञान–(सिर झुकाकर) इसकी क्या जरूरत है? कौन सा मौका है?

गायत्री–और कौन सा मौका है? मेरे लड़के-लड़कियाँ भी तो नहीं हैं कि उनके विवाह में दिल के अरमान निकालूँगी। यह कंगन उसे पसन्द भी था। पिछले साल इटली से मँगवाया था। अब आपसे भी मेरी एक प्रार्थना है। आप मुझसे छोटे हैं। आप भी अपना हक वसूल कीजिए और निर्दयता के साथ।

ज्ञानशंकर ने शर्माते हुए कहा–मेरे लिए आपकी कृपा-दृष्टि ही काफी है। इस अवसर पर मुझे जो कीर्ति प्राप्त हुई है वही मेरा इनाम है।

गायत्री–जी नहीं, मैं न मानूँगी। इस समय संकोच छोड़िए और सूद खाने वालों की भाँति कठोर बन जाइए। यह आपकी कलम है, जिसने मुझे इस पद पर पहुँचाया है,नहीं तो जिले में मेरी जैसी कितनी ही स्त्रियाँ हैं, कोई उनकी बात भी नहीं पूछता। इस कलम की यथायोग्य पूजा किये बिना मुझे तस्कीन न होगी।

ज्ञान—इसकी जरूरत तो तब होती जब मुझे उससे कम आनन्द प्राप्त होता, जितना आपको हो रहा है।

गायत्री—मैं यह तर्क-वितर्क एक भी न सुनूँगी। आप स्वयं कुछ नहीं कहते,इसलिए आपकी ओर से मैं ही कहे देती हूँ। आप अपने लिए बनारस में अपने घर से मिला हुआ एक सुन्दर बँगला बनवा लीजिए। चार कमरे हों और चारों तरफ बरामदे। बरामदों पर विलायती खपरैल हों और कमरों पर लदाव की छत। छत पर बरासात के लिए एक हवादार कमरा बना लीजिए। खुश हुए?

ज्ञानशंकर के कृतज्ञतापूर्ण भाव से देखकर कहा, खुश तो नहीं हूँ अपने ऊपर ईर्ष्या होती है।

गायत्री—बस, दीपमालिका से आरम्भ कर दीजिए। अब बतलाइए, माला को क्या दूँ?

ज्ञान—माया को अभी कुछ चाहिए। उसका इनाम अपने पास अमानत रहने दीजिए।

गायत्री—आप नौ नकद न तेरह उधार वाली मसल भूल जाते हैं।

ज्ञान—अमानत पर तो कुछ न कुछ ब्याज मिलता है।

गायत्री—अचछी बात है; पर इस समय उसके लिए कलकत्ता के किसी कार खाने से एक छोटा-सा टंडम मँगा दीजिए और मेरा टाँघन जो ताँगे में चलता है बनारस भेज दीजिए। छोटी लड़की के लिए हार बनवा दीजिए। जो 500 रुपये से कम का न हो।

ज्ञानशंकर यहाँ से चले तो पैर धरती पर न पड़ते थे। बँगले की अभिलाषा उन्हें चिरकाल से थी। वह समझते थे कि, यह मेरे जीवन का मधुर स्वप्न ही रहेगी; लेकिन सौभाग्य की एक दृष्टि ने यह चिरसंचित अभिलाषा पूर्ण कर दी।

आरम्भ उतसाहवर्द्धक हुआ, देखें अन्त क्या होता है?

आय में वृद्धि और व्यय में कमी, यह ज्ञानशंकर के सुप्रबन्ध का फल था। यद्यपि गायत्री भी सदैव किफायत पर निगाह रखती थी, पर उनकी किफायत अशर्फियों की लूट और कोयलों पर मोहर को चरितार्थ करती थी। ज्ञानशंकर ने सारी व्यवस्था ही पलट दी। कारिन्दों की बेपरवाही से इलाके में जमीन के बड़े-बड़े टुकड़े परिती पड़े थे। हजारों बीघे की सीर होती थी पर अनाज का कहीं पता न चलता था, सब का सब सिपाही, प्यादों की खुराक में उठ जाता था। पटवारी की साजिश और कारिन्दों की बेईमानी से कितनी ही उर्वरा भूमि ऊसर दिखाई जाती थी। सीर की सारी आमदनी राज्याधिकारियों के आदर-सत्कार के लिए भेंट हो जाती थी। नौकर भी जरूरत से ज्यादा पड़े हुए थे। ज्ञानशंकर ने कागज पत्र देखा तो उन्हें बड़ा गोल-माल दिखाई दिया। बहुत दिनों से इजाफा लगान न हुआ था। खेतों की जमाबन्दी भी किसी निश्चित नियत के अधीन न थी। हजारों रुपये प्रति वर्ष बट्टा खाते चले जाते थे। बड़े-बड़े टुकड़े मौरूसी हो गये थे। ज्ञानशंकर ने इन सभी मामलों की छानबीन शुरू की। सारी इलाके में हलचल मच गयी। गायत्री के पास शिकायतें पहुँचने लगीं और यद्यपि गायत्री असामियों के साथ नर्मी का बर्ताव करना पसन्द करती थी, जब ज्ञानशंकर ने हिसाब का ब्यौरा समझाया तो उसकी आँखें खुल गयीं। हजार से ज्यादा ऐसे असामी थे, जिन पर तत्काल बेदखली न दायर की जाती तो वे सदा के लिए जमींदार के काबू से बाहर हो जाते और 20 हजार सालाना की क्षति होती। इजाफा लगान से आमदनी सवाई

हुई जाती थी। जिस रियासत से दो लाख सालाना भी न निकला था, उससे बिना अड़चन के तीन लाख की निकासी होती नजर आती थी। ऐसी दशा में गायत्री अपने सुयोग्य मैनेजर से क्यों न सहमत होती?

तीन वर्ष तक सारी रियासत में हाहाकार मचा रहा। ज्ञानशंकर को नाना प्रकार के प्रलोभन दिये गये, यहाँ तक कि मार डालने की धमकियाँ भी दी गयीं, पर वह अपने कर्मपथ सेन हटे। यदि वह चाहते तो इन परिस्थितियों को अपरिमित धन संचय का साधन बना सकते थे, पर सम्मान और अधिकार ने अब उन्हें क्षुद्रताओं से निवृत्त कर दिया था।

किन्तु जो मंसूबे बाँधकर यहाँ आये थे वे अभी तक पूरे होते नजर न आते थे। गायत्री उनका लिहाज करती थी, प्रत्येक विषय में उन्हीं की सलाह पर चलती थी, लेकिन इसके साथ ही वह उनसे कुछ खिंची रहती थी। उन्हें प्रायः नित्य ही उससे मिलने का अवसर प्राप्त होता था। वह इलाके के दूरवर्ती स्थानों से भी मोटर पर लौट आया करते थे, लेकिन यह मुलाकात कार्य-सम्बन्धी होती थी। यहाँ प्रेम-दर्शन का मौका न मिलता, दो-चार लौंड़ियाँ खड़ी ही रहतीं, निराश होकर लौट आते थे। वह आग जो उन्होंने हाथ सेंकने के लिए जलायी थी, अब उनके हृदय को भी गरम करने लगी थी। उनकी आँखें गायत्री के दर्शनों की भूखी रहती थीं, उसका मधुर भाषण सुनने के लिए विकल। यदि किसी दिन मजबूर होकर उन्हें देहात में ठहरना पड़ता या किसी कारण गायत्री से भेंट न होती तो वह उस अफीमची की भाँति अस्थिर चित्त हो जाते थे, जिसे समय पर अफीम न मिले।

एक दिन गायत्री ने प्रातःकाल ज्ञानशंकर को अन्दर बुलाया। आजकल मकान की सफाई और सुफेदी हो रही थी। दीपमालिका का उत्सव निकट था। गायत्री बगीचे में बैठी हुई चिड़ियों को दाना चुगा रही थी। कोई लौंड़ी न थी। ज्ञानशंकर का हृदय चिड़ियों की भाँति फुदकने लगा। आज पहली बार उन्हें ऐसा अवसर मिला। गायत्री ने उन्हें देखकर कहा, आज आपको बहुत जरूरी काम तो नहीं है? मैं आपसे एक खास मामले में कुछ राय लेना चाहती हूँ।

ज्ञानशंकर—कुछ हिसाब-किताब देखना था, लेकिन कोई ऐसा जरूरी काम नहीं है।

गायत्री—मेरे स्वामी ने अन्तिम समय मुझे वसीयत की थी कि अपने बाद यह इलाका धर्मार्पण कर देना और इसकी निगरानी और प्रबन्ध के लिए एक ट्रस्ट बना देना। मेरी अब इच्छा होती है कि उनकी वसीयत पूर कर दूँ। जिन्दगी का कोई भरोसा नहीं, न जाने कब सन्देश आ पहुँचे। कहीं बिना लिखा-पढ़ी किये मर गयी तो रियासत का बाँट बखरा हो जाएगा और वसीयत पानी की रेखा की भाँति मिट जायगी। मैं चाहती हूँ कि आप इस समस्या को हल कर दें इससे अच्छा अवसर फिर न मिलेगा।

ज्ञानशंकर की आँखों के सामने अँधेरा छा गया। उनकी अभिलाषाओं के त्रिभुज का आधार ही लुप्त हुआ जाता था। बोले, वसीयत लेख-बद्ध हो गयी है?

गायत्री—उनकी इच्छा मेरे लिए हजारों लेखों से अधिक मान्य है। यदि उन्हें मेरी फ़िक्र न होती तो अपने जीवनकाल में ही रियासत को धर्मार्पण कर जाते। केवल मान रखने के लिए उन्होंने इस विचार को स्थगित कर दिया। जब उन्हें मेरा इतना लिहाज था तो मैं भी उनकी इच्छा को देववाणी समझती हूँ

ज्ञानशंकर समझ गये कि इस समय कूटनीति से काम लेने की आवश्यकता है। अनुमोदन से विरोध का काम लेना चाहिए। बोले, अवश्य, लेकिन पहले यह निश्चय कर लेना चाहिए कि परमार्थ का स्वरूप क्या होगा?

गायत्री—आप इस सम्बन्ध में लखनऊ जाकर पिता जी से मिलिए। अपने बड़े भाई साहब से राय लीजिए।

प्रेमशंकर की चर्चा सुनते ही ज्ञानशंकर के तेवरों पर बल पड़ गये। उनकी ओर से इनके हृदय में गाँठ-सी पड़ गई थी। बोले, राय साहब से सम्मति लेनी तो आवश्यक है, वह बुद्धिमान् हैं, लेकिन भाई साहब को मैं कदापि इस योग्य नहीं समझता। जो मनुष्य इतना विचारहीन हो कि अपनी स्त्री को त्याग दे, मिथ्या सिद्धान्त-प्रेम के घमण्ड में बिरादरी का अपमान करे, उससे इस धार्मिक विषय में कुछ पूछना व्यर्थ है। उनकी बदौलत मेरी एक हजार सालाना की हानि हो गई और तीन साल गुजर जाने पर भी गाँव में शान्ति नहीं होने पायी; बल्कि उपद्रव बढ़ता ही चला जाता है। श्रद्धा इन्हीं अविचारों के कारण उनसे घृणा करती हो।

गायत्री—मेरी समझ में तो यह श्रद्धा का अन्याय है। जि पुरुष के साथ विवाह हो गया, उसके साथ निर्वाह करना प्रत्येक कर्मनिष्ठ नारी का धर्म है।

ज्ञान—चाहे पुरुष नास्तिक और विधर्मी हो जाय?

गायत्री—हाँ, मैं तो ऐसा ही समझती हूँ। विवाह स्त्री-पुरुष के अस्तित्व को संयुक्त कर देता है। उनकी आत्माएँ एक-दूसरे में समाविष्ट हो जाती हैं।

ज्ञान—पुराने जमाने में लोगों के विचार ऐसे रहे हों, पर नया युग इसे नहीं मानता। वह स्त्री को सम्पूर्ण स्वाधीन ठहराता है। वह मनसा, वाचा, कर्मणा किसी के अधीन नहीं। परमात्मा से आत्मा का जो घनिष्ठ सम्बन्ध है उसके सामने मानवकृत सम्बन्ध की कोई हस्ती नहीं हो सकती। पश्चिम के देशों में आये दिन धार्मिक मतभेद के कारण तलाक होते रहते हैं।

गायत्री—उन देशों की बात न चलाइए, वहाँ के लोग विवाह को केवल सामाजिक बन्धन समझते हैं। आपने ही एक बार कहा था कि वहाँ कुछ ऐसे लोग भी है जो विवाह संस्कार को मिथ्या समझते हैं। उनके विचार में स्त्री-पुरुषों की अनुमति ही विवाह है, लेकिन भारतवर्ष में कभी इन विचारों का आदर नहीं हुआ।

ज्ञान—स्मृतियों में तो इसकी व्यवस्था स्पष्ट रूप से की गई है।

गायत्री—की गई है, मुझे मालूम है; लेकिन अभी उसका प्रचार नहीं हुआ। और क्यों होता जब कि हमारे यहाँ स्त्री-पुरुष दोनों एक साथ रहकर अपने मतानुसार परमात्मा की उपासना कर सकते हैं? पुरुष वैष्णव है, स्त्री शैव है पुरुष आर्य समाज में है, स्त्री अपने पुरातन रानातन धर्म को मानती है, वह ईश्वर को भी नहीं मानता, स्त्री ईंट और पत्थरों तक की पूजा-अर्चना करती है। लेकिन इन भेदों के पीछे पति-पत्नी में अलगाव नहीं हो जाता। ईश्वर वह कुदिन यहाँ न लाए जब लोगों में विचार स्वातन्त्र्य का इतना प्रकोप हो जाय।

ज्ञान—इसका कारण यही है कि हम भीरु प्रकृति के हैं, यथार्थ का सामना न करके

मिथ्या आदर्श-प्रेम की आड़ में अपनी कमजोरी छिपाते हैं।

गायत्री—मैंने आपका आशय नहीं समझा।

ज्ञान—मेरा आशय केवल यही है कि लोक-निन्दा के भय से अपने प्रेम या अरुचि को छिपाना अपनी धार्मिक स्वाधीनता को खाक में मिलाना है। मैं उस स्त्री को सराहनीय नहीं समझता जो एक दुराचारी पुरुष से केवल इसलिए भक्ति करती है कि वह उसका पति है। वह अपने उस जीवन की, जो सार्थक हो सकता है, नष्ट कर देती है। यही बात पुरुषों पर भी घटित हो सकती है। हम संसार में रोने और झींकने के लिए ही नहीं आए हैं और न आत्म-दमन हमारे जीवन का ध्येय है।

गायत्री—तो आपके कथन का निष्कर्ष यह है कि हम अपनी मनोवृत्तियों का अनुसरण करें, जिस ओर इच्छाएँ ले जाएँ उसी ओर आँखें बन्द किए चले जाएँ। उसके दमन की चेष्टा न करें। आपने पहले भी एक बार यही विचार प्रकट किया था। तब से मैंने इस पर अच्छी तरह गौर किया है, लेकिन हृदय इसे किसी प्रकार स्वीकार नहीं करता। इच्छाओं को जीवन का आधार बनाना बालू की दीवार बनाना है। धर्म-ग्रन्थों में आत्म-दमन और संयम की अखंड महिमा कही कई है; बल्कि इसी को मुक्ति का साधन बताया गया है। इच्छाओं और वासनाओं को ही मानव-पतन का मुख्य कारण सिद्ध किया गया है और मेरे विचार में यह निर्विवाद है। ऐसी दशा में पश्चिम वालों का अनुसरण करना नादानी है। प्रथाओं की गुलामी इच्छाओं की गुलामी से श्रेष्ठ है।

ज्ञानशंकर को इस कथन में बड़ा आनन्द आ रहा था। इससे उन्हें गायत्री के हृदय के भेद्य और अभेद्य स्थलों का पता मिला रहा था, जो आगे चलकर उनकी अभीष्ट-सिद्धि में सहायक हो सकता था। वह कुछ उत्तर देना ही चाहते थे कि एक लौंड़ी तार का लिफाफा लाकर उसके सामने रख दिया। ज्ञानशंकर ने चौंककर लिफाफा खोला। लिखा था, 'जल्द आइए, लखनपुर वालों से फौजदारी होने का भय है।'

ज्ञानशंकर ने अन्यमनस्क भाव से लिफाफे को जमीन पर फेंक दिया। गायत्री ने पूछा, घर पर तो सब कुशल है न?

ज्ञानशंकर—लखनपुर से आया है, वहाँ फौजदारी हो गयी है। इस गाँव ने मेरी नाक में दम कर दिया। सब ऐसे दुष्ट हैं कि किसी तरह काबू में नहीं आते। यह सब भाई साहब की करतूत है।

गायत्री—तब तो आपको जान पड़ेगा। कहीं मामला तूल न पकड़ गया हो।

ज्ञान—अबकी हमेशा के लिए निबटारा कर दूँगा। या तो गाँव से इस्तीफा दे दूँगा या सारे गाँव को ही जला दूँगा। वे लोग भी क्या याद करेंगे कि किसी से पाला पड़ा था।

गायत्री—लौटते हुए माया को जरूर लाइएगा, उसे देखने को बहुत जी चाहता है। विद्या को भी घसीट लायें तो क्या कहना! मैं तो लिखते-लिखते हैरान हो गयी।

ज्ञान—यही वही प्रथा की गुलामी है, जिसका आप बखान करती हैं। बहिन के घर जाने का साधारणतः रिवाज नहीं है? वह इसे क्योंकर तोड़ सकती है! कदाचित् इसी कारण आप भी वहाँ नहीं जा सकतीं।

गायत्री—(लजाकर) मैं इन बातों की परवाह नहीं करती, लेकिन यहाँ तो आप देखते

हैं सिर उठाने की फुरसत नहीं।

ज्ञान—यही बहाना वह भी कर सकती है।

गायत्री—खैर वह न आये न सही, लेकिन माया को जरूर लाइएगा और वहाँ का समाचार लिखते रहिएगा। अवकाश मिलते ही चले आइएगा।

गायत्री का अन्तिम वाक्य ऐसा आकांक्षा-सूचक था कि ज्ञानशंकर के हृदय में गुदगुदी सी पैदा हो गयी। उन्हें यहाँ रहते तीन साल से ऊपर हो गये थे, कितनी ही बार बनारस आये, लेकिन गायत्री ने कभी लौटने के लिए ऐसा भावपूर्ण आग्रह न किया था। दिल ने कहा, शायद मेरा जादू कुछ असर करने लगा। बोले, तब भी तो दो सप्ताह से कम क्या लगेंगे।

गायत्री चिन्तित स्वर से बोली—दो सप्ताह?

ज्ञानशंकर को अपने विचार की पुष्टि हो गयी। नौ बजे वह डाकगाड़ी से रवाना हुए और 5बजते-बजते बनारस पहुँच गये।

जिस समय ज्ञानशंकर की अपील खारिज हुई, लखनपुर के लोगों पर विपत्ति की घटा छायी हुई थी। कितने ही घर प्लेग से उजड़ गये। गई घरों में आग लग गयी। कई चोरियाँ हुईं। उन पर दैविक घटना अलग हुई। कभी आँधी आती, कभी पानी बरसता। फाल्गुन के महीने में एक दिन ओले पड़े गये। सारी खेती नष्ट हो गयी। कब गाँववालों के लिए कोई सहारा न था। विसेसर साह ने भी जमींदार के मुकाबले में सहायता देने से इनकार किया। स्त्रियों के गहने पहले ही निकल चुके थे। अब सुक्खू चौधरी के सिवा और कोई न था। जो अपील की पैरवी कर सकता था। लोग भाग्य पर भरोसा किये बैठे थे। बकसी की दशा में प्रेमशंकर के भेजे हुए रुपयों ने बड़ा काम किया। मुर्दे जाग पड़े। कादिर खाँ दृढ़ प्रतिज्ञ होकर उठ खड़ा हुआ और जी तोड़कर मुकदमे की पैरवी करने लगा। लेकिन किसानों की नैतिक विजय वास्तविक पराजय से कम न थी। ज्ञानशंकर असामियों को इस दुःसाहस का दंड देने के लिए उधार खाये बैठे थे। अभी गाँव के लोग झोंपड़ी में ही थे कि गौस खाँ अपने तीनों चपरासियों को लिए हुए आये और झोंपड़े में आग लगवा दी। बागी की भूमि जमींदार की थी।.असामियों को वहाँ झोपड़ें बनवाने का कोई अधिकार न था। चपरासियों में दो बिलकुल नये थे फैजू और कर्तार। दोनों लकड़ी चलाने में कुशल थे, कई बार सजा पाये हुए। उनके हृदय में दया और शील का नाम न था। पुराने आदमियों में केवल बिन्दा महाराज अपनी कुटिल नीति की बदौलत रह गए थे। अभी तक ताऊन की ज्वाला शान्त न हुई थी कि लोगों को विवश होकर बस्ती में आना पड़ा, जिसका फल यह हुआ कि दूसरे ही दिन ठाकुर डपटसिंह प्लेग के झोंके में आ गये और कल्लू अहीर मरते-मरते बच गया। जितनी आरजू मिन्नत हो सकती थी। वह सब की गयी लेकिन अत्याचारियों पर कुछ असर न हुआ। झपट के मर जाने पर डपट भी मर जाने के लिए तैयार हुआ। लट्ठ चलाकर बोला, गौस को आज जीता न छोड़ूँगा। अब क्या भय है? लेकिन कादिर खाँ उसके पैरों पर गिर पड़ा और समझा-बुझा कर घर लौटाया।

लखनपुर में एक बहुत बड़ा तालाब था। गाँव भर के पशु उसमें पानी पीते थे। नहाने-धोने का काम भी उससे चलता था।

जून का महीना था, कुओं का पानी पाताल तक चला गया था। आस-पास के सब गढ़े और तालाब सूख गये थे। केवल इसी बड़े तालाब में पानी रह गया था। ठीक उसी समय गौस खाँ ने उस तालाब का पानी रोक दिया। दो चपरासी किनारे आकर डट गये और पशुओं को मार-मार कर भगाने लगे। गाँव वालों ने सुना तो चकराये। क्या सचमुच जमींदार तालाब का पानी भी बन्द कर देगा। यह तालाब सारे गाँव का जीवन स्रोत था। लोगों को कभी स्वप्न में भी अनुमान न हुआ था कि जमींदार इतनी जबरदस्ती कर सकता है। उनका चिरकाल से इस पर अधिकर था। पर आज उन्हें ज्ञात हुआ कि इस जल पर हमारा स्वत्व नहीं है। यह जमींदार की कृपा थी कि वह इतने दिनों तक चुप रहा; किन्तु चिरकालीन कृपा भी स्वतव का रूप धारण कर लेते हैं। गाँव के लोग तुरन्त तालाब के तट पर जमा हो गये और चपरासियों से वाद-विवाद करने लगे। कादिर खाँ ने देखा बात बढ़ा चाहती है तो वहाँ से हट जाना उचित समझा। जानते थे कि मेरे पीछे और लोग टल जायेंगे। किन्तु दो ही चार पग चले थे कि सहसा सुक्खू चौधरी ने उसका हाथ पकड़ लिया और बोले, कहाँ जाते हो कादिर भैया! जब तक यहाँ कोई निबटारा न हो जाय, तुम जाने न पाओगे। जब जा-बेजा हर एक मामले में इसी तरह दबना है, तो गाँव से सरगना काहे को बनते हो?

कादिर खाँ—तो क्या कहते हो लाठी चलाऊँ?

सुक्खू—और लाठी है किस दिन के लिए?

कादिर—किसके बूते पर लाठी चलेगी? गाँव में रह कौन गया है? अल्लाह ने पट्ठों को चुन लिया।

सुक्खू—पट्ठे नहीं हैं न सही, बूढ़े तो हैं? हम लोग की जिन्दगानी किस रोज काम आयेगी?

गौस खाँ को जब मालूम हुआ कि गाँव के लोग तालाब के तट पर जमा हैं तो वह भी लपके हुए आ पहुँचे और गरजकर बोले, खबरदार! कोई तालाब की तरफ कदम न रखे। सुक्खू आगे बढ़ आये और कड़ककर बोले, किसकी मजाल है जो तालाब का पानी रोके! हम और हमारे पुरखा इसी से अपना निरन्तर करते चले आ रहे हैं। जमींदार नहीं ब्रम्हा आकर कहें तब भी इसे न छोड़ेंगे, चाहे इसके पीछे सरबस लुट जाय।

गौस खाँ ने सुक्खूं चौधरी को विस्मित नेत्रों से देखा और कहा, चौधरी, क्या इस मौके पर तुम भी दगा दोगे? होश में आओ।

सुक्खू—तो क्या आप चाहते हैं कि जमींदार की खातिर अपने हाथ कटवा लूँ? पैरों में कुल्हाड़ी मार लूँ? खैरख्वाही के पीछे अपना हक नहीं छोड़ सकता।

करतार चपरासी ने हँसी करते हुए कहा, अरे तुमका का पड़ी है, है कोऊ आगे-पीछे? चार दिन में हाथ पसारे चले जैहो। ई ताल तुमरे सँग न जाई।

वृद्धजन मृत्यु का व्यंग्य नहीं सह सकते। सुक्खू ऐंठकर बोले—क्या ठीक है कि हम ही पहले चले जायेंगे? कौन जाने हमसे पहले तुम्हीं चले जाओ। जो हो, हम तो चले जायेंगे,

पर गाँव तो हमारे साथ न चला जाएगा?

गौस खाँ–हमारे सलूकों का यही बदला है?

सुक्खू–आपने हमारे साथ सलूक किए हैं तो हमने भी आपके साथ सूलक किये हैं और फिर कोई सलूक के पीछे अपने हक-पद को नहीं छोड़ सकता।

फैजू–तो फौजदारी करने का अरमान है?

सुक्खू–फौजदारी क्यों करें, क्या हाकिम का राज नहीं है? हाँ, जब हाकिम न सुनेगा तो जो तुम्हारे मन में है वह भी हो जायगा। यह कहकर सुक्खू ताल के किनारे से चले आये और उसी वक्त बैलगाड़ी पर बैठकर अदालत चले। दूसरे दिन दावा दायर हो गया।

लाला मौजीलाल पटवारी की साक्षी पर हार-जीत निर्भर थी। उनकी गवाही गाँव वालों के अनुकूल हुई। गौस खाँ ने उसे फोड़ने में कोई कसर न उठा रखी, यहाँ तक कि मार-पीट की भी धमकी दी। पर मौजीलाल का इकलौता बेटा इसी ताऊन में मर चुका था। इसे वह अपने पूर्व संचित पापों का फल समझते थे। सन्मार्ग से विचलित न हुए। बेलाग साक्षी दी। सुक्खू चौधरी की डिगरी हो गयी और यद्यपि उनके कई सौ रुपये खर्च हुए पर गाँव में उनकी खोई प्रतिष्ठा फिर जम गयी। धाक बैठ गयी। सारा गाँव उनका भक्त हो गया। इस विजय का आनन्दोत्सव मनाया गया। सत्यनारायण की कथा हुई, ब्राह्मणों का भोज हुआ और तालाब के चारों ओर पक्के घाट की नींव पड़ गयी। गौस खाँ के भी सैकड़ों रुपये खर्च हो गये। ये काँटे उन्होंने ज्ञानशंकर से बिना पूछे ही बोये थे। इसलिए इसका फल भी उन्हीं को खाना पड़ा। हराम का धन हराम की भेंट हो गया।

गौस खाँ यह चोट खाकर बौक्षला उठे। सुक्खू चौधरी उनकी आँखों में काँटे की तरह खटकने लगा। दयाशंकर इस हल्के से बदल गये थे। उनकी जगह पर नूर आलम के एक दूसरे महाशय नियुक्त हुए थे। गौस खाँ ने इनसे राहरस्म पैदा करना शुरू किया। दोनों आदमियों में मित्रता हो गयी और लखनपुर पर नयी-नयी विपत्तियों का आक्रमण होने लगा।

वर्षा के दिन थे। किसानों को ज्वार और बाजरे की रखवाली से दम मारने का अवकाश न मिलता। जिधर देखिए हा-हू की ध्वनि आती थी। कोई ढोल बजाता था, कोई टीन के पीपे पीटता था। दिन को तोतों के झुंड-के-झुंड टूटते थे, रात को गीदड़ के गोल; उस पर धान की क्यारियों में पौधे बिठाने पड़ते थे पहर रात रहे ताल में जाते और पहर रात गये आते थे। मच्छरों के डंक से लोगों की देह में छालें पउत्र जाते थे। किसी का घर गिरता था, किसी के खेत में मेड़ें कटी जाती थीं। जीवन-संग्राम की दोहाई मची हुई थी। इसी समय दारोगा नूर आलम ने गाँव पर छापा मारा। सुक्खू चौधरी ने कभी कोकीन का सेवन नहीं किया था, उसकी सूरत नहीं देखी थी, उसका नाम नहीं सुना था, लेकिन उनके घर में एक तोला कोकीन बरामद हुई। फिर क्या था, मुकदमा तैयार हो गया। माल के निकलने की देर थी, हिरासत में आ गये। उन्हें विश्वास हो गया कि मैं बरी न हो सकूँगा। उन्होंने स्वयं कई आदमियों को इसी भाँति सजा दिलायी थी। हिरासत में आने के एक क्षण पहले वह घर से गये और एक हाँडी लिये हुए आये। गाँव के सब आदमी जमा थे। उनसे बोले, भाइयो, राम-राम! अब तुमसे बिदा होता हूँ। कौन जाने फिर भेंट हो या न हो! बूढ़े आदमी की जिन्दगानी का क्या भरोसा। ऐसे ही भाग होंगे तो भेंट होगी। इस हाँडी में पाँच हजार रुपये

हैं। यह कादिर भाई को सौंपता हूँ। तालाब का घाट बनवा देना। जिन लोगों पर मेरा जो कुछ आता है वह सब छोड़ता हूँ। यह देखो, सब कागज-पत्र अब जुम्हारे सामने फाड़े डालता हूँ। मेरा किसी के यहाँ कुछ बाकी नहीं, सब भर पाया।

दारोगा जी वहीं उपस्थित थे। रुपयों की हाँडी देखते ही लार टपक पड़ी। सुक्खू को बुलाकर कान में कहा, कैसे अहमक हो कि इतने रुपये रखकर भी बचने की फिक्र नहीं करते?

सुक्खू—अब बचकर क्या करना है! क्या कोई रोने वाला बैठा है?

नूर आलम—तुम इस गुमान में होगे कि हाकिम को तुम्हारे बुढ़ापे पर तरस आ जायगा और वह तुमको बरी कर देगा। मगर इस धोखे में न रहना। वह डटकर रिपोर्ट लिखूँगा और ऐसी मोतबिर शहादत पेश करूँगा कि कोई बैरिस्टर भी जबान ना खोल सकेगा। पाँच हजार नहीं पाँच लाख भी खर्च करोगे तो भी मेरे पंजे से न निकल सकोगे। मैं दयाशंकर नहीं हूँ, मेरा नाम नूर आलम है। चाहूँ तो एक बार खुदा को भी फँसा दूँ।

सुक्खू ने फिर उदासीन भाव से कहा, आप जो चाहें करें। अब जिन्दगी में कौन-सा सुख है कि किसी का ठेंगा सिर पर लूँ? गौस खाँ का दया-स्रोत उबल पड़ा। फैजू और कर्तार भी बुलबुला उठे और बिन्दा महाराज तो हाँड़ी की ओर टकटकी लगाये ताक रहे थे।

सबने अलग-अलग और फिर मिलकर सुक्खू को समझाया; लेकिन वह टस से मस न हुए। अन्त में लोगों ने कादिर को घेरा। नूर आलम ने उन्हें अलग से जाकर कहा, खाँ साहब, इस बूढ़े का जरा समझाओ, क्यों जान देने पर तुला हुआ है? दो साल से कम की सजा न होगी। अभी मामला मेरे हाथ में है। सब कुछ हो सकता है। हाथ से निकल गया तो कुछ न होगा। मुझे उसके बुढ़ापे पर तरस आता है।

गौस खाँ बोले—हाँ, इस वक्त उस पर रहम करना चाहिए। अब की ताऊन ने बेचारे का सत्यानाश कर दिया।

कादिर खाँ जाकर सुक्खू को समझाने लगे। बदनामी का भय दिखाया, कारावास की कठिनाइयाँ बयान कीं, किन्तु सुक्खू जरा भी न पसीजा। जब कादिर खाँ ने बहुत आग्रह किया और गाँव के सब लोग एक स्वर से समझाने लगे तो सुक्खू उदासीन भाव से बोला, तुम लोग मुझे क्या समझाते हो? मैं कोई नादान बालक नहीं हूँ। कादिर खाँ से मेरी उम्र दो ही चार दिन कम होगी। इतनी बड़ी जिन्दगानी अपने बन्धुओं को बुरा करने में कट गयी। मेरे दादा मरे तो घर में भूनी भाँग तक न थी। कारिन्दों से मिल कर मैं आज गाँव का मुखिया बन बैठा हूँ। चार आदमी मुझे जानते हैं और मेरा आदर करते हैं, पर अब आँखों के सामने से परदा हट गया। उन कर्मों का फल कौन भोगेगा? भोगना तो मुझी को है, चाहे यहाँ भोगूँ, चाहे नरक में। यह सारी हाँड़ी मेरे पापों से भरी हुई है। इसी ने मेरे कुल का सर्वनाश कर दिया। कोई एक चुल्लू पानी देने वाला न रहा। यह पाप की कमाई पुण्य कार्य में लग जाय तो अच्छा है। घाट बनवा देना, अगर कुछ और लगे तो अपने पास से लगा देना। मैं जीता बचा तो कौड़ी-कौड़ी चुका दूँगा।

दूसरे दिन सूक्खू का चालान हुआ। फैजू और कर्तार ने पुलिस की ओर से साक्षी दी। माल बरामद हो ही गया था। कई हजार रुपयों का घर से निकलना पुष्टिकारक प्रमाण

हो गया। कोई वकील भी न था। पूरे दो साल की सजा हो गयी। निरपराध निर्दोष सुक्खू गौस खाँ के वैमनस्य और ईर्ष्या का लक्ष्य बन गया।

सारा गाँव थर्रा उठा। इजाफा लगान के खारिज होने से लोगों ने समझा था कि अब किसी बात की चिन्ता न रही। मानो ईश्वर ने अभय प्रदान कर दिया। पर अत्याचार के यह नये कथकंडे देख कर सबके प्राण सूख गये। जब सूक्खू चौधरी जैसा शक्ति शाली मनुष्य दम-के-दम में तबाह हो गया तो दूसरों का कहना ही क्या? किन्तु गौस खाँ को अब भी सन्तोष न हुआ। उनकी यह लालसा कि सारा गाँव मेरा गुलाम हो जाय, मेरे इशारे पर नाचे, अभी तक पूरी न हुई थी। मौरूसी काश्तकारों में अभी तक कई आदमी बचे हुए थे। कादिर खाँ अब भी था, बलराज और मनोहर अब भी आँखों में खटकते थे। यह सब इस बाग के काँटे थे। उन्हें निकाले बिना सैर करने का आनन्द कहाँ?

लखनपुर शहर से दस ही मील की दूरी पर था। हाकिम लोग आते और जाते यहाँ जरूर ठहरते। अगहन का महीना लगा ही था कि पुलिस के एक बड़े अफसर का लश्कर आ पहुँचा। तहसीलदार स्वयं रसद का प्रबन्ध करने के लिए आये। चपरासियों की एक फौज साथ थी। लश्कर में सौ-सवा सौ आदमी थे। गाँव के लोगों ने यह जमघट देखा तो समझा कि कुशल नहीं है। मनोहर ने बलराज को ससुराल भेज दिया। और ससुराल वालों को कहला भेजा कि इसे चार-पाँच दिन न आने देना। लोग अपनी लकड़ियाँ और भूसा उठा-उठाकर घरों में रखने लगे। लेकिन बोवनी के दिन थे; इतनी फुरसत किसे थी?

प्रातःकाल बिसेसर साह दूकान खोल ही रहे थे कि अरदली के दस-बारह चपरासी दुकान पर आ पहुँचे। बिसेसर ने आटे-दाल के बोरे खोल दिये; जिन्सें तौली जाने लगीं। दोपहर तक यही ताँता लगा रहा। घी के कनस्तर खाली हो गये। तीन पड़ाव के लिए जो सामग्री एकत्र की थी, अभी समाप्त हो गयी। बिसेसर के होश उड़ गये। फिर आदमी मंडी दौड़ाये। बेगार की समस्या इससे कठिन थी। पाचँ बड़े-बड़े घोड़ों के लिए हरी घास छीलना सहज नहीं था। गाँव के सब चमार इस काम में लगा दिये गये। कई नोनिये पानी भर रहे थे। चार आदमीनित्य सरकारी डाक लेने के लिए सदर दौड़ाये जाते थे। काहारों की कर्मचारियों की खिदमत से सिर उठाने की फुरसत न थी। इसलिए जब दो बजे साहब ने हुक्म दिया कि मैदान में घास छीलकर टेनिस कोर्ट तैयार किया जाय तो वे लोग भी पकड़े गये जो अब तक अपनी वृद्धावस्था या जाति सम्मान के कारण बचे हुए थे। चपरासियों ने पहले दुखरन भगत को पकड़ा। भगत ने चौंककर कहा, क्यों मुझसे क्या काम है? चपरासी ने कहा, चलो लश्कर में घास छीलनी है।

भगत–घास चामर छीलते हैं, यह हमारा काम नहीं है।

इस पर चपरासी ने उनकी गरदन पकड़कर आगे धकेला और कहा चलते हो या यहाँ काननू बघारते हो!

भगत–अरे तो ऐसा क्या अन्धेर है? अभी ठाकुर जी का भोग तक नहीं लगा।

चपरासी–एक दिन में ठाकुर जी भूखों न मर जायँगे।

भगत ने वाद-विवाद करना उचित न समझा, झपटकर सिपाहियों के बीच से निकल गये और भीतर जाकर किवाड़ बन्द कर दिये। सिपाहियों ने धड़ाधड़ किवाड़ मीटना शुरू

किया। एक सिपाही ने कहा, लगा दें आग, वहीं भुन जाय। दुखरन ने भीतर से कहा, बैठो भोग लगाकर आ रहा हूँ। चपरासियों ने खपरैल फोड़ने शुरू किए। इतने में कई चपरासी कादिर खाँ आदि के साथ आ पहुँचे। डपटसिंह पहर रात रहे घर से गायब हो गये थे। कादिर ने कहा, भगत घर में क्यों घुस बैठे हो? चलो ; हम लोग भी चलते हैं। भगत ने द्वार खोला और बाहर निकल आये। कादिर हँसकर बोले, आज हमारी बाजी है। देखें कौन जयादा घास छीलता है। भगत ने कुछ उत्तर न दिया। सब लश्कर के मैदान में आये और घास छीलने लगे।

मनोहर ने कहा–खाँ साहब के कारण हम भी चमार हो गये।

दुखरन–भगवान् की इच्छा। जो कभी न किया, वह आज करना पड़ा।

कादिर–जमींदार के असामी नहीं हो? खेत नहीं जोतते हो?

मनोहर–खेत जोतते हैं तो उसका लगान नहीं देते हैं? कोई भकुआ एक पैसा भी तो नहीं छोड़ता।

कादिर–इन बातों में क्या रखा है? गुड़ खाया है तो कान छिदाने पड़ेंगे। कुछ और बात-चीत करो। कल्लू, अबकी तुम ससुराल में बहुत दिन तक रहे। क्या-क्या मार लाये?

कुल्लू–मार लाया? यह कहो जान लेकर आया। यहाँ से चला तो कुल साढ़ तीन रुपये पास थे। एक रुपये की मिठाई ली, आठ आने रेल का किराया दिया, दो रुपये पास रख लिये। वहाँ पहुँचते ही बड़े साले ने अपना लड़का लाकर मेरी गोद में रख दिया। बिना कुछ दिए उसे गोद में कैसे लेता? कमर से एक रुपया निकालकर उसके हाथ में रख दिया। रात को गाँव भर की औरतों ने जमा होकर गाली गायीं। उन्हें भी कुछ नेग-दस्तूर मिलनाही चाहिए था। एक ही रुपये की पूँजी थी, वह उनकी भेंट की। न देता तो नाम हँसाई होती। मैंने समझा, यहाँ रुपयों का और काम ही क्या है और चलती बेर कुछ न कुछ बिदाई मिल ही जाएगी। आठ दिन चैन से रहा। जब चलने लगा तो सामने एक मटका खाँड़, एक टोकरी ज्वार की बाल और एक थैली में कुछ खटाई भर कर दी। पहुँचाने के लिए एक आदमी साथ कर दिया। बस बिदाई हो गई। अब बड़ी चिन्ता हुई कि घर तक कैसे पहुँचूँगा? जान न पहचान, माँगूँ किससे? उस आदमी के साथ टेसन तक आया। इतना बोझ लेकर पैदल घर तक आना कठिन था। बहुत सोचते-समझते सूझी कि चलकर ज्वार की बाल कहीं बेच दूँ। आठ आने भी मिल जायँगे तो काम चल जायेगा। बाजार में आकर एक दूकानदार से पूछा, बालें लोगे? उसने दाम पूछा। मेरे मुँह से निकला दाम तो मैं नहीं जानता, आठ आने दो, ले लो। बनिये ने समझा चोरी का माल है। थैला पटका, बालें सब रखवा लीं और कहा चुपके से चले जाओ, नहीं तो चौकीदार को बुलाकर थाने भिजवा दूँगा तो भैया क्या करता? सब कुछ वहीं छोड़कर भागा। दिन भर का भूखा-प्यासा पहर रात गए घर आया। कान पकड़े कि अब ससुराल न जाऊँगा।

कादिर–तुम तो सस्ते ही छूट गये। एक बेर मैं भी ससुराल गया था। जवानी की उमर थी। दिन भर धूप में चला तो रतौंधी हो गयी। मगर लाज के मारे किसी से कहा तक नहीं। खाना तैयार हुआ तो साली दालान में बुलाकर भीतर चली गई। दालान में अँधेरा था। मैं उठा तो कुछ सूझा ही नहीं कि किधर जाऊँ। न किसी को पुकारते बने, न पूछते।

इधर-उधर टटोलने लगा। वहीं एक कोने में मेढ़ा बँधा हुआ था। मैं उसके ऊपर जा पहुँचा। वह मेरे पैर के नीचे से झपटकर उठा और मुझे एक ऐसा सींग मारा कि मैं दूर जा गिरा। यह धमाका सुनके साली दौड़ी हुई आयी और अन्दर ले गई। आँगन में मेरे ससुर और दो तीन बिरादर बैठे हुए थे। मैं भी जा बैठा। पर कुछ सूझता न था कि क्या करूँ। सामने खाना रखा था। इतने में मेरी सास कड़े-छड़े पहने छन-छन करती हुई दाल की रकाबी में घी डालने आयी। मैंने छन-छन की आवाज सुनी तो रोंगटे खड़े हो गये। अभी तक घुटने में दर्द हो रहा था। समझा कि शायद मेढ़ा छूट गया। खड़ा होकर लगा पैंतरा बदलने। सास को भी एक घूँसा लगाया। घी की प्याली उनके हाथ से छूट पड़ी। वह घबड़ा के भागीं। लोगों ने दौड़कर मुझे पकड़ा और पूछने लगे, क्या हुआ, क्या हुआ? शरम के मारे मेरी जबान बन्द हो गयी। कुछ बोली ही न निकली। साला दौड़ा हुआ गया और एक मौलवी को लिवा आया। मौलवी ने देखते ही कहा, इस पर सईद मर्द सवार है। दुआ-ताबीज होने लगी। घर में किसी ने खाना न खाया। सास और ससुर मेरे सिरहाने बैठे बड़ी देर तक रोते रहे और मुझे बार-बार हँसी आये। कितना ही रोकूँ हँसी न रुके। बारे मुझे नींद आ गयी। भोरे उठ कर मैंने किसी से कुछ न पूछा न ताछा, सीधे घर की राह ली। दुखरन भगत, अपनी ससुराल की बात तुम भी कहो।

दुखरन—मुझे इस बखत मसखरी नहीं सूझती। यही जी चाहता है कि सिर पटक कर मर जाऊँ।

मनोहर—कादिर भैया, आज बलराज होता तो खून-खराबी हो जाती। उससे यह दुर्गत न देखी जाती।

कादिर—फिर वह दुखड़ा ले बैठे। अरे जो अल्लाह को यही मंजूर होता कि हम लोग इज्जत-आबरू से रहें तो काश्तकार क्यों बनाता? जमींदार न बनाता, चपरासी न बनाता, थाने का कानिसटिबिल न बनता कि बैठे-बैठे दूसरों पर हुकुम चलाया करते? नहीं तो यह हाल है कि अपना कमातें हैं, अपना खाते हैं, फिर भी जिसे देखो धौंस जमाया करता है। सभी की गुलामी करनी पड़ती है। क्या जमींदार, क्या सरकार, क्या हाकिम सभी की निगाह हमारे ऊपर टेढ़ी है। और शायद अल्लाह भी नाराज है। नहीं तो क्या हम आदमी नहीं है। कि कोई हमसे बड़ा बुद्धिमान है? लेकिन रो कर क्या करें? कौन सुनता है? कौन देखता है? खुदा ताला ने आँखें बन्द कर लीं। जो कोई भलामानुष दरद बूझकर हमारे पीछे खड़ा भी हो जाता है तो उसे बेचारे की जान भी आफत में फँस जाती है। उसे तंग करने के लिए, फँसाने के लिए तरह-तरह के कानून गढ़ लिए जाते हैं। देखते तो हो, बलराज के अखबार में कैसी-कैसी बातें लिखी रहती हैं। यह सब अपनी तकदीर की खूबी है।

यह कहते-कहते कादिर खाँ रो पड़े। वह हृदय-ताप जिसे वह हास्य और प्रमोद से दबाना चाहते थे, प्रज्वलित हो उठा। मनोहर ने देखा तो उसकी आँखें रक्तवर्ण हो गयीं—पददलित अभिमान की मूर्ति की तरह।

चारों में से कोई न बोला। सब के सब सिर झुकाये चुपचाप घास छीलते रहे, यहाँ तक कि तीसरा पहर हो गया। सारा मैदान साफ हो गया। सबने खुरपियाँ रख दीं और कमर सीधी करने के लिए जरा लेट गये। बेचारे समझते थे कि गला छूट गया, लेकिन इतने

में तहसीलदार साहब ने आकर हुक्म दिया, गोबर लाकर इसे लीप दो,कोई कंकड़-पत्थर न रहने पाये। कहाँ हैं नाजिर जी, इन सबको डोल रस्सी दिलवा दीजिए।

नाजिर ने तुरन्त डोल और रस्सी मँगाकर रख दी। कादिर खाँ ने डोल उठाया और कुएँ की तरफ चले, लेकिन दुखरन भगत ने घर का रास्ता लिया तहसीलदार ने पूछा, इधर कहाँ?

दुखरन ने उद्दण्डता से कहा–घर जा रहा हूँ।

तहसीलदार–और लीपेगा कौन?

दुखरन–जिसे गरज होगी वह लीपेगा।

तहसीलदार–इतने जूते पड़ेंगे कि दिमाग की गरमी उतर जायगी।

दुखरन–आपका अख्तियार है–जूते मारिये चाहें फाँसी दीजिए, लेकिन लीप नहीं सकता।

कादिर–भगत, तुम कुछ न करना। जाओ, बैठे ही रहना। तुम्हारे हिस्से का काम मैं कर दूँगा।

दुखरन–मैं तो अब जूते खाऊँगा। जो कसर है वह भी पूरी हो जाय।

तहसीलदार–इस पर शामत सवार है। है कोई चपरासी, जरा लगाओ तो बदमाश को पचास जूते, मिजाज ठंडा हो जाय।

यह हुक्म पाते ही एक चपरासी ने लपककर भगत को इतने जोर से धक्का दिया कि वह जमीन पर गिर पड़े और जूते लगाने लगा। भगत जड़वत् भूमि पर पड़े रहे। संज्ञा शून्य हो गये, उनके चेहरे पर क्रोध या ग्लानि का चिह्न भी न था। उनके मुख से हाय तक न निकलती थी। दीनता ने समस्त चैतन्य शक्तियों का हनन कर दिया था। कादिर खाँ कुएँ पर से दौड़े हुए आये और उस निर्दय चपरासी के सामने सिर झुकाकर बोले, सेख जी, इनके बदले मुझे जितना चाहिए मार लीजिए, अब बहुत हो गया।

चपरासी ने धक्का देकर कादिर खाँ को ढकेल दिया और फिर जूता उठाया कि आकस्मात् सामने से एक इक्के पर प्रेमशंकर और डपटसिंह आते दिखाई दिये। प्रेमशंकर यह हृदय-विदारक दृश्य देखते ही इक्के से कूद पड़े और दौड़े हुए चपरासी के पास आ कर बोले, खबरदार जो फिर हाथ चलाया।

चपरासी सकते में आ गया। कल्लू, मनोहर सब डोल-रस्सी छोड़-छोड़ कर दौड़े और उन्हें सलाम कर खड़े हो गये। प्रेमशंकर के चारों ओर एक जमघट सा सो गया। तहसीलदार ने कठोर स्वर में पूछा, आप कौन हैं? आपको सरकारी काम में मुदाखिलत करने का क्या मजाल है?

प्रेमशंकर–मुझे नहीं मालूम था कि गरीबों को जूते लगवाना भी सरकारी काम है। इसने क्या खता की थी, जिसके लिए आपने यह सजा तजवीज की?

तहसीलदार–सरकारी हुक्म की तामील से इन्कार किया। इससे कहा गया था कि इस मैदान को गोबर से लीप दे, पर इसने बदजबानी की।

प्रेम–आपको मालूम नहीं था कि यह ऊँची जाति का काश्तकार है? जमीन लीपना या कूड़ा फेंकना इनका काम नहीं है।

तहसीलदार–जूते की मार सब कुछ करा लेती है।

प्रेमशंकर का रक्त खौल उठा, पर जब्त से काम लेकर बोले, आप जैसे जिम्मेदार ओहदेदार की जबान से यह बात सुनकर सख्त अफसोस होता है।

मनोहर आगे बढ़कर बोला, सरकार, आज जैसी दुर्गति हुई है वह हम जानते हैं। एक चमार बोला, दिन भर घास छीला, अब कोई पैसा ही नहीं देता। घंटों से चिल्ला रहे हैं।

तहसीलदार ने क्रोधोन्मत्त होकर कहा, आप यहाँ से चले जायँ, वरना आपके हक में अच्छा न होगा। नाजिर जी, आप मुँह क्या देख रहे हैं? चपरासियों से कहिए, इन चमारों की अच्छी तरह खबर लें। यहीं इनकी मजदूरी है।

चपरासियों ने बेगारों को घेरना शुरू किया। कान्स्टेबलों ने भी बन्दूकों के कुन्दे चलाने शुरू किए। कई आदमियों को चोट आ गयी। प्रेमशंकर ने जोर से कहा, तहसीलदार साहब, मैं आपसे मिन्नत करता हूँ कि चपरासियों को मारपीट करने से मना कर दें, वरना इन गरीबों का खून हो जाएगा।

तहसीलदार–आपके ही इशारों से इन बदमाशों ने सरकशी अख्तियार की है। इसके जिम्मेदार आप हैं। मैं समझ गया, आप किसी किसान-सभा से ताल्लुक रखते हैं।

प्रेमशंकर ने देखा तो लखनपुर वालों के चेहरे रोष से विकृत हो रहे थे। प्रति क्षण शंका होती थी कि इनमें से कोई प्रतिकार न कर बैठे। प्रति क्षण समस्या जटिलतर होती जाती थी। तहसीलदार और अन्य कर्मचारियों से मनुष्यता और दयालुता की अब कोई आशा न रही। तुरन्त अपने कर्त्तव्य का निश्चय कर लिया। गाँववालों की ओर रुख करके बोले, तहसीलदार साहब का हुक्म मानो। एक आदमी भी यहाँ से न जाय। आदमियो को मुँहमाँगी मजूरी दी जाएगी। इसकी कुछ चिन्ता मत करो।

यह शब्द सुनते ही सारे आदमी ठिठक गए और विस्मित हो कर प्रेमशंकर की ओर ताकने लगे। सरकारी कर्मचारियों को भी आश्चर्य हुआ। मनोहर और कुल्लू कुएँ की तरफ चले। चमारों ने गोबर बटोरना। शुरू किया। डपटसिंह भी मैदान से ईंट-पत्थर उठा-उठा कर फेंकने लगे। सारा काम ऐसी शान्ति से होने लगा, मानो कुछ हुआ ही न था। केवल दुखरन भगत अपनी जगह से न हिले।

प्रेमशंकर ने तहसीलदार से कहा, आपकी इजाजत हो तो यह आदमी अपने घर जाय। इसे बहुत चोट आ गयी है।

तहसीलदार ने कुछ सोचकर कहा, हाँ, जा सकता है।

भगत चुपके से उठे और धीरे-धीरे घर की ओर चले। इधर दम के दम में आदमियों ने मैदान लीप-पोत कर तैयार कर दिया। सब ऐसा दौड़-दौड़ कर उत्साह से काम कर रहे थे मानो उनके घर बरात आयी हो।

सन्ध्या हो गयी थी। प्रेमशंकर जमीन पर बैठे हुए विचारों में मग्न थे–कब तक गरीबों पर यह अन्याय होगा? कब उन्हें मनुष्य समझा जाएगा? हमारा शिक्षित समुदाय कब अपने दीन भाइयों की इज्जत करना सीखेगा? कब अपने स्वार्थ के लिए अपने अफसरों की नीच खुशामद करना छोड़ेगा।

इतने में तहसीलदार साहब सामने आकर खड़े हो गये और विनय भाव से बोले, आपको

यहाँ तकलीफ हो रही है, मेरे खेमे में तशरीफ ले चलिए। माफ कीजिएगा, मैंने आपको पहचाना न था। गरीबों के साथ हमदर्दी देखकर। आपकी तारीफ करने को जो चाहता है। आप बड़े खुशनसीब हैं कि खुदा ने आपको ऐसा दर्दमन्द दिल अता फरमाया है। हम बदनसीबों की जिन्दगी तो अपनी तनपरवरी में ही गुजरती जाती है। क्या करूँ? अगर अभी साफ कह दूँ कि बेगार में मजदूर नहीं मिलते तो नालायक समझा जाऊँ। आँखों से देखता हूँ कि मजदूरों को आठ आने रोज मिलते हैं,पर इन साहब बहादुर से इती मजूरी माँगूँ तो यह हर्गिज न देंगे। सरकार ने कायदे बहुत अच्छे बनाये हैं, लेकिन ये हुक्काम उनकी परवा ही नहीं करते। कम-से-कम 50 रुपये के मिट्टी के बर्तन उठे होंगे। लकड़ी, भूसा, पुआल सैकड़ों मन खर्च हो गये। कौन इनकी कीमत देता है? अगर कायदे पर अमल करने लगूँ तो एक लमहे भर रहना दुश्वार हो जाय और अकेला कर ही क्या सकता हूँ? मेरे और भाई भी तो हैं। उनकी सख्तियाँ आप देखे तो दाँतों तले उँगली दबा लें। खुदा ने जिसके घर में रूखी रोटियाँ भी दी हों, वह कभी यह मुलाजमत न करे। आइए; आपको सैकड़ों दास्तानें सुनाऊँ, जिनमें तहसीलदारों को कायदे के मुताबिक अमल करने के लिए जहन्नुम में भेज दिया गया है। मेरे ऊपर खुदा एक बार गुजर चुकी है।

प्रेमशंकर को तहसीलदार से सहानुभूति हो गयी। समझ गये कि यह बेचारे विवश हैं। मन में लज्जित हुए कि मैंने अकारण ही इनसे विनय की। उनके साथ खेमे में चले गये। वहाँ बहुत देर तक बातें होती रहीं। तहसीलदार साहब बड़े साधु सज्जन निकले। अधिकार-विषयक घटनाएँ समाप्त हो चुकीं तो अपनी पारिवारिक कठिनाइयों का बयान करने लगे। उनके तीन पुत्र कॉलेज में पढ़ते थे। दो लड़कियाँ विधवा हो गयी थीं एक विधवा बहिन और उसके बच्चों का भार भी सिर पर था। 200 रुपये में बड़ी मुश्किल से गुजर होता था। अतएव जहाँ अवसर और सुविधा देखते थे, वहाँ रिश्वत लेने में उज्र न था। उन्होंने यह वृत्तान्त ऐसे सरल और नम्र भाव से कहा कि प्रेमशंकर का उनसे स्नेह-सा हो गया। वहाँ से उठे तो 8 बज चुके थे, चौपाल की तरफ जाते हुए दुखरन भगत के द्वार पर पहुँचे तो एक विचित्र दृश्य देखा। गाँव के कितने ही आदमी जमा थे। और भगत उनके बीच में खड़े हाथ में शालिग्राम की मूर्ति लिए उन्मत्तों की भाँति बहक-बहक कर कह रहे थे—यह शालिग्राम है। अपने भक्तों पर बड़ी दया रखते हैं? सदा उनकी रक्षा किया करते हैं। इन्हें मोहनभोग बहुत अच्छा लगता है। कपूर और धूप की महक बहुत लगती है। पूछो, मैंने इनकी कौन सेवा नहीं की? आप सत्तू खाता था, बच्चे चबेना चबाते थे, इन्हें मोहनभोग का भोग लगता था। इनके लिए जाकर कोसों से फूल और तुलसीदल लाता था। अपने लिए तमाखू चाहे न रहे, पर इनके लिए कपूर और धूप की फिकिर करता था। इनका भोग लगाके तब दूसरा काम करता था। घर में कोई मरता ही क्यों न हो, पर इनकी पूजा-अर्चा किये बिना कभी न उठता था। कोई दिन ऐसा न हुआ कि ठाकुरदारे में जाकर चरणामृत न पिया हो, आरती न ली हो, रामायण का पाठ न किया हो। यह भगती और सर्धा क्या इसलिए कि मुझ पर जूते पड़ें, हकनाहक मारा जाऊँ, चमार बनूँ? धिक्कार मुझ पर जो फिर ऐसे ठाकुर का नाम लूँ, जो इन्हें अपने घर में रखूँ, और फिर इनकी पूजा करूँ! हाँ, मुझे धिक्कार है! ज्ञानियों ने सच कहा है कि यह अपने भगतों के बैरी हैं, उनका अपमान कराते हैं, उनकी

जड़ खोदते हैं, और उससे प्रसन्न रहते हैं जो इनका अपमान करे। मैं अब तक भूला हुआ था। बोलो मनोहर, क्या कहते हो, इन्हें कुएँ में फेंकूँ या घूरे पर डाल दूँ, जहाँ इन पर रोज मनों कूड़ा पड़ा करे या राह में फेंक दूँ जहाँ सबेरे से साँझ तक इन पर लातें पड़ती रहें?

मनोहर—भैया तुम जानकर अनजान बनते हो। वह संसार के मालिक हैं, उनकी महिमा अपरम्पार है।

कादिर—कौन जानता है, उनकी क्या मरजी है? बुराई से भलाई करते हैं। इतना मन न छोटा करो।

दुखरन—(हँसकर) यह सब मन को समझाने का ढकोसला है। कादिर मियाँ, यह पत्थर का ढेला है, निरा मिट्टी का पिंडा। मैं अब तक भूल में पड़ा हुआ था। समझता था, इसकी उपासना करने से मेरे लोक-परलोक दोनों बन जाएँगे। आज आँखों के सामने से वह परदा हट गया। यह निरा मिट्टी का ढेला है। यह लो महाराज; जाओ जहाँ तुम्हारा जी चाहे! तुम्हारी यही पूजा है। उन्तालीस साल की भगती का तुमने मुझे जो बदला दिया है, मैं भी तुम्हें उसी का बदला देता हूँ।

यह कहकर भगत ने शालिग्राम की प्रतिमा को जोर से एक ओर फेंक दिय। न जाने कहाँ जाकर गिरी। फिर दौड़े हुए घर में गये और पूजा की पिटारी लिये हुए बाहर निकले। मनोहर लपका कि पिटारी उनके हाथ से छीन लूँ। लेकिन भगत ने उसे अपनी ओर आते देखकर बड़ी फुर्ती से पिटारी खोली और उसे हवा में उछाल दी। सभी सामग्रियाँ इधर-उधर फैल गयीं। तीस वर्ष की धर्मनिष्ठा और आत्मिक श्रद्धा नष्ट हो गयी। धार्मिक विश्वास की दीवार हिल गयी। और उसकी ईंटें बिखर गयीं।

कितना हृदय-विदारक दृश्य था। प्रेमशंकर का हृदय गद्‌गद हो गया। भगवान्! इस असभय, अशिक्षित और दरिद्र मनुष्य का इतना आत्माभिमान? इस अपमान ने इतना मर्माहत कर दिया! कौन कहता है, गँवारों में यह भावना निर्जीव हो जाती है? कितना दारुण आघात है जिसने भक्ति, विश्वास तथा आत्मगौरव को नष्ट कर डाला!

प्रेमशंकर सब आदमियों के पीछे खड़े थे। किसी ने उन्हें नहीं देखा। वह वहीं से चौपाल चले गये। वहाँ पलंग बिछा तैयार था। डपटसिंह चौका लगाते थे, कल्लू पानी भरते थे। उन्हें देखते ही गौस खाँ झुककर आदाब अर्ज बजा लाये और कुछ सकुचाते हुए बोले, हुजूर को तहसीलदार साहब के यहाँ बड़ी देर हो गयी।

प्रेमशंकर—हाँ, इधर-उधर की बातें करने लगे। क्यों, यहाँ कहार नहीं है क्या? ये लोग क्यों पानी भर रहे हैं? उसे बुलाइए, मुनासिब मजदूरी दी जायगी।

गौस खाँ—हुजूर, कहार तो चार घर थे, लेकिन सब उजड़ गये। अब एक आदमी भी नहीं है।

प्रेमशंकर—यह क्यों?

गौस खाँ—अब हुजूर से क्या बतलाऊँ, हमीं लोगों की शरारत और जुल्म से। यहाँ हमेशा तीन-चार चपरासी रहते हैं। एक-एक के लिए एक-एक खिदमतगार चाहिए। और मेरे लिए तो जितने खिदमतगार हों उतने थोड़े हैं। बेचारे सुबह से ही पकड़ लिए जाते थे, शाम को छुट्टी मिलती थी। कुछ खाने को पा गये तो पा गये, नहीं तो भूखे ही लौट जाते

थे। आखिर सब के सब भाग खड़े हुए, कोई कलकत्ता गया, कोई रंगून। अपने बाल बच्चों को भी लेते गये। अब यह हाल है कि अपने ही हाथों बर्तन-तक धोने पड़ते हैं।

प्रेमशंकर—आप लोग इन गरीबों को इतना सताते क्यों हैं? अभी तहसीलदार साहब लश्करवालों की सारी बेइन्साफियों का इलजाम आपके ही सिर मढ़ रहे थे।

गौस खाँ—हुजूर तो फरिस्ते हैं, लेकिन हमारे छोटे सरकार का ऐसा ही हुक्म है। आजकल खेतों में बार-बार ताकीद करते हैं कि गाँव में एक भी दखलदार असामी न रहने पाये। हुजूर का नमक खाता हूँ तो हुजूर के हुक्म की तामील करना मेरा फर्ज है, वरना खुदाताला को क्या मुहँ दिखलाऊँगा। इसीलिए मुझे इन बेकसों पर सभी तरह की सख्तियाँ करनी पड़ती हैं। कहीं मुकदमे खड़े कर दिये। कहीं बेगार में फँसा दिया,कहीं आपस में लड़ा दिया। कानून का हुक्म है कि आदमियों को लगान देते ही पाई-पाई की रसीद दी जाय, लेकिन मैं सिर्फ उन्हीं लोगों को रसीद देता हूँ जो जरा चालाक हैं, गँवारों को यों ही टाल देता हूँ। गँवारों को यों ही टाल देता हूँ। छोटे सरकार का बकाया पर इतना जोर है कि पाई भी बाकी रहे तो नालिश कर दो। कितने ही असामी तो नालिश से तंग आकर निकल भागे। मेरे लिए तो जैसे छोटे सरकार हैं वैसे हुजूर भी हैं। आपसे क्या छिपाऊँ? इस तरह की धाँधलियों में हम लोगों का भी गुजर-बसर हो जाता है, नहीं तो इस थोड़ी सी आमदनी में गुजर होना मुश्किल था।

इतने में बिसेसर, मनोहर, कादिर खाँ आदि भी आ गये और आज का वृत्तान्त कहने लगे। मनोहर दूध लाये। कल्लू ने दही पहुँचाया। सभी प्रेमशंकर के सेवा-सत्कार में तत्पर थे। जब वह भोजन करके लेटे तो लोगों ने आपस में सलाह की कि बाबू साहब को रामायण सुनायी जाय। बिसेसर शाह अपने घर से ढोल मजीरा लाये। कादिर ने ढोल लिया। मजीरे बजने लगे और रामायण का गान होने लगा, प्रेमशंकर को हिन्दी भाषा का अभ्यास न था और शायद ही कोई चौपाई उनकी समझ में आती थी, पर वह इन देहातियों के विशुद्ध धर्मानुराग का आनन्द उठा रहे थे। कितने निष्कपट, सरल-हृदय, साधु लोग हैं। इतने कष्ट झेलते हैं, इतना अपमान सहते हैं, लेकिन मनोमालिन्य का कहीं नाम नहीं। इस समय सभी आमोद के नशे में चूर हो रहे हैं।

रामायण समाप्त हुई तो कल्लू बोला, कादिर चाचा, अब तुम्हारी कुछ हो जाय।

कादिर ने बजाते हुए कहा, गा तो रहे हो, क्या इतनी जल्दी थक गये।

मनोहर—नहीं भैया, अब अपनी कोई अच्छी-सी चीज सुना दो। बहुत दिन हुए नहीं सुना, फिर न जाने कब बैठक हो। सरकार, ऐसा गायक इधर कई गाँव में नहीं है।

कादिर—मेरे गँवारू गाने में सरकार को क्या मजा आयेगा।

प्रेमशंकर—नहीं-नहीं,मैं तुम्हारा गाना बड़े शौक से सुनूँगा।

कादिर—हुजूर, गाते क्या हैं रो लेते हैं; आपका हुक्म कैसे टालें?

यह कहकर कादिर खाँ ने ढोल का स्वर मिलाया और यह भजन गाने लगा।—

मैं अपने राम को रिझाऊँ।

जंगल जाऊँ न बिरछा छेड़ूँ न कोई डार सताऊँ।

पात-पात में है अविनासी, वाही में दरस कराऊँ।

मैं अपने राम को रिझाऊँ।
ओखद खाऊँ न बूटी लाऊँ, ना कोई बैद बुलाऊँ।
पूरन बैद मिले अविनासी, ताहि को नबज दिखाऊँ।
मैं अपने राम को रिझाऊँ

कादिर के गले में यद्यपि लोच और माधुर्य न था, पर ताल और स्वर ठीक था। कादिर इस विद्या में चतुर था। प्रेमशंकर भजन सुनाकर बहुत प्रसन्न हुए। इसका एक-एक शब्द भक्ति और उद्‌गार में डूबा हुआ था। व्यवसायी गायकों की नीरसता और शुष्कता की जगह अनुरागमय, भाव-रस परिपूर्ण था।

गाना समाप्त हुआ तो एक नकल का ठहरी। कल्लू इस कला में निपुण था। कादिर मियाँ राजा बने, कल्लू मंत्री बिसेसर साह सेठ बन गये। डपटसिंह ने एक चादर ओढ़ ली और रानी बन बैठे। राजकुमार की कमी थी। लोग सोचने लगे कि यह भाग किसे दिया जाय। प्रेमशंकर ने हँसकर कहा कोई हरज न हो तो मुझे राजकुमार बना दो। यह सुनकर सब-के-सब फूल उठे। नकल शुरू हो गयी।

पहला अंक

राजा—हाय! हाय! बैद्यो ने जवाब दिया, हकीमों ने जवाब दिया, डाकदरों ने जवाब दिया, किसी ने रोग को न पहचाना। सब-के-सब लुटेरे थे। अब जिन्दगानी की कोई आशा नहीं। यह सारा राज-पाट छूटता है। मेरे पीछे परजा पर न जाने क्या बीतेगी! राजकुमार अल्हड़ नादान है, उसकी संगत अच्छी नहीं है।(प्रेमशंकर की ओर कटाक्ष से देखकर) किसानों से मेल रखता है। उसके पीछे सरकारी आदमियों से रार करता है। जिन दीन-दुखी रोगियों की परछाईं से भी डाकदर लोग डरते हैं उनकी दवा-दारू करता है। उसे अपनी जान का, धन का तनिक भी लोभ नहीं है। यह इतना बड़ा राज कैसे सँभालेगा? अत्याचारियों को कैसे दण्ड देगा? हाय, मेरी प्यारी रानी, जिससे मैंने अभी महीने भर हुए ब्याह किया है, मेरे बिना कैसे जिएगी? कौन उससे प्रेम करेगा? हाय!

रानी—स्वामी जी, मैं सोग में मर जाऊँगी। यह उजले सनके-से बाल, यह पोपला मुँह कहाँ देखूँगी (कटाक्ष भाव से) किसको गोद में लूँगी? किससे ठुनकूँगी? अब मैं किसी तरह न बचूँगी।

राजा की साँस उखड़ जाती है, आँखें पथरा जाती है, नाड़ी छूट जाती है। रानी छाती पीटकर रोने लगती है। दरबार में हाहाकार मच जाता है।

राजा के कानों में आकाशवाणी होती है—हम तुझे एक घण्टे की मोहलत देते हैं, अगर तुझे तीन मनुष्य ऐसे मिल जाएँ जो दिल से तेरे जीने की इच्छा रखते हों तू अमर हो जाएगा।

राजा सचेत हो जाता है, उसके मुखारविन्द पर जीवन-ज्योति झलकने लगती है। वह प्रसन्नमुख उठ बैठता है और आप ही आप कहता है, अब मैं अमर हो गया, अकंटक राज्य करूँगा, शत्रुओं का नाश कर दूँगा। मेरे राज्य में ऐसा कौन प्राणी है जो हृदय से मेरे जीने की इच्छा न रखता हो। तीन नहीं, तीन लाख आदमी बात-बात में निकल आएँगे।

दूसरा अंक

(राजा एक साधारण नागरिक के रूप में आप-ही-आप)

समय कम है, ऐसे तीन सज्जनों के पास चलना चाहिए जो मेरे भक्त थे। पहले सेठ के पास चलूँ। वह परोपकार के प्रत्येक काम में मेरी सहायता करता था। मैंने उसकी कितनी बार रक्षा की है और उसे कितना लाभ पहुँचाया है। यह सेठ जी का घर आ गया। सेठ जी,! जरा बाहर आओ।

सेठ—क्या है? इतनी रात गए कौन काम है?

राजा—कुछ नहीं, अपने स्वर्गवासी राजा का यश गाकर उनकी आत्मा को शान्ति देना चाहता हूँ। कैसे धर्मात्मा, प्रजा-प्रिय पुरुष थे! उनका परलोक हो जाने से सारे देश में अन्धकार-सा छा गया है। प्रजा उनको कभी न भूलेगी। आपसे तो उनकी बड़ी मैत्री थी, आपको तो और भी दुःख हो रहा होगा?

सेठ—मुझे उनके राज्य में कौन-सा सुख था कि अब दुःख होगा? मर गए, अच्छा हुआ। उनकी बदौलत लाखों रुपये साधु सन्तों को खिलाने पड़ते थे।

राजा (मन में) हाय! इस सेठ पर मुझे कितना भरोसा था। यह मेरे इशारे पर लाखों रुपये दान कर दिया करता था। सच कहा है, कि बनिए किसी के मित्र नहीं होते। मैं जन्म भर इसके साथ रहा, पर इसे पहचान न सका। अब चलूँ मन्त्री के पास, वह बड़ा स्वामि-भक्त सज्जन पुरुष है। उसके साथ मैंने बड़े-बड़े सलूक किए हैं। यह उसका भवन आ गया। शायद अभी दरबार में शोक मनाया जा रहा होगा। ऐसे धर्मात्मा राजा की मृत्यु पर जितना शोक किया जाय वह थोड़ा है। अब फिर ऐसा राजा न होगा। आपको तो बहुत ही दुःख हो रहा होगा।

मन्त्री—मुझे उनसे कौन सा सुख मिलता था कि अब दुःख होगा? मर गए, अच्छा हुआ। उनके मारे साँस लेने की भी छुट्टी न मिलती थी। प्रजा के पीछे आप मरते थे। रात-दिन कमर कसे खड़े रहना पड़ता था।

राजा—(आप-ही-आप) हाय! इस परम हितैषी सेवक ने भी धोखा दिया। मेरी आँख बन्द होते ही सारा संसार मेरा बैरी हो गया। ऐसे-ऐसे आदमी धोखा दे रहे हैं जो मेरे पसीने की जगह लोहू बहाने को तैयार रहते थे। तीन आदमी भी ऐसे नहीं, जिन्हें मेरा जीना पसन्द हो। जब दोनों निकल गए तो दूसरों से क्या आशा रखूँ? अब रानी के पास जाता हूँ वह साध्वी सती स्त्री है। उसकी जितनी ही सखियाँ हैं सभी मुझ पर प्राण देती थीं। वहाँ मेरी इच्छा अवश्य पूरी होगी। अब केवल थोड़ा-सा समय और रह गया है। यह राजभवन आ गया रानी अकेली मन मारे शोक में बैठी हुई है। महारानी जी, अब धीरज से काम लीजिए, आपके स्वामी ऐसे प्रतापी थे कि संसार में सदा उनका लोग यश गाया करेंगे। देह हत्या करके वह अमर हो गए।

रानी—अमर नहीं, पत्थर हो गए। उनसे संसार को चाहे जो सुख मिला हो, मुझे तो कोई सुख न मिला! उनके साथ बैठते लज्जा आती थी। मैं उनका क्या यश गाऊँ? मैं

तो उसी दिन विधवा हो गई जिस दिन उनसे विवाह हुआ। वह जीते थे तब भी राँड़ थी, मर गए तब भी राँड़ हूँ। देखो तो कुँवर साहब कैसे सजीले, बाँके जवान हैं। मेरे योग्य यह न थे, कि वैसा खूसट बुड्ढा, जिसके मुँह में दाँत तक नहीं थे।

यह सुनते ही राजा एक लम्बी साँस लेता है और मूर्छित होकर गिर पड़ता है।

(अभिनय समाप्त होता है)

प्रेमशंकर को इन गँवारों के अभिनय-कौशल पर विस्मय हुआ? बनावट का कहीं नाम न था। प्रत्येक व्यक्ति ने अपना-अपना भाग स्वाभाविक रीति से पूरा किया। यद्यपि न परदे थे न कोई दूसरा सामान, तथापि अभिनय रोचक और मनोरंजक था।

सवेरे प्रेमशंकर टहलते हुए-पड़ाव की ओर चले तो देखा कि लश्कर कूच की तैयारी कर रहा है। खेमे उखड़ रहे हैं। गाड़ियों पर असबाब लद रहा है। साहब बहादुर की मोटर तैयार है और बिसेसर साह तहसीलदार के सामने कागज का एक पुलिन्दा लिये खड़े हैं। तेली, तमोली, बूचड़ आदि भी एक पेड़ के नीचे अभियुक्तों की भाँति दाम वसूल करने के लिए बैठे हुए हैं। प्रेमशंकर ने तहसीलदार से हाथ मिलाया और बैठकर तमाशा देखने लगे।

तहसीलदार–कहाँ हैं, गाड़ीवान लोग? बुलाओ, रसद का हिसाब करें। इस पर एक गाड़ीवान ने कहा, हजूर यहाँ रसद मिली है कि हमारी जान मारी गई है! आटे में इस बेईमान बनिए ने न जाने क्या मिला दिया है कि उसी दिन से पेट में दर्द हो रहा है। घी मे तेल मिलाया था, उस पर हिसाब करने को कहता है। अभी साहब से कह दें तो बच्चू को लेने के देने पड़ जाएँ।

अर्दली के कई चपरासी बोले, यह बनिया गोली मार देने के लायक है। ऐसा खराब आटा उम्र भर नहीं खाया। न जाने क्या चीज मिला दी है कि हजम ही नहीं होता। घी ऐसा बदबू करता था कि दाल खाते न बनती थी इस पर तो जुर्माना होना चाहिए। उल्टे हिसाब करने को कहता है।

एक कान्स्टेबिल महाशय ने कहा, हम इसे खूब जानते हैं, छँटा हुआ है। चीनी दी तो उसमें आधी बालू, घी में आधी घुइयाँ, आटे में आधा चोकर, दाल में आधा कूड़ा। इसे तो ऐसी जगह मारे जहाँ पानी न मिले।

कई साईस बोले, घोड़ों को जो दोना दिया है वह बिल्कुल घुना हुआ, आधा चना आधा चोकर। घोड़ों ने सूँघा तक नहीं। साहब से कह दें तो अभी हंटर पड़ने लगें।

तहसीलदार–ये सब शिकायतें पहले क्यों नहीं कीं?

कई आदमी–हुजूर रोज तो हाय-हाय कर रहे हैं।

तहसीलदार–(प्रेमशंकर की ओर देखकर) मुझसे किसी ने भी नहीं कहा। अब यह सब मैं कुछ नहीं सुनूँगा। जिसके जिम्मे जो कुछ निकले, कौड़ी-कौड़ी दे दो। साह जी, अपना हिसाब निकालो।

बिसेसर–मौला बख्श अर्दली आटा, ऽ3 घी ऽ3।। चावल ऽ2, दाल ऽ।, मसाला ऽ1, कथ्था-सुपारी ऽ-, चीनी ऽ1–कुल 3 रुपये।

तहसीलदार–कहाँ है मौला बख्श। दाम देकर रसीद लो।

एक अर्दली–इस नाम का हमारे यहाँ कोई आदमी नहीं है।

बिसेसर—क्यों नहीं? लम्बे-लम्बे हैं, छोटी दाढ़ी है, मुँह पर शीतला का दाग है, सामने के दो-तीन दाँत टूटे हैं।

कई अर्दली—इस हुलिया का यहाँ आदमी ही नहीं है। पहचान हममें से कौन है?

बिसेसरा—कहीं चल दिए होंगे और क्या?

तहसीलदार—अच्छा दूसरा नाम बोलो।

बिसेसर—धन्नू अहीर, चावल ऽ3, आटा ऽ2, घी ऽ1, खली ऽ4, दाना और चोकर ऽ8, तमाखू—)—कुल दो रुपये।

तहसीलदार— कहाँ है धन्नू अहीर? निकाल रुपये।

एक अर्दली—वह तो पहर रात रहे साहब का ढेरा लादकर चला गया।

तहसीलदार—हिसाब नहीं चुकाया और चल दिया। अच्छा वाजिर जी उसका नाम लिख लीजिए। कहाँ जाते हैं बच्चू? एक-एक पाई वसूल कर लूँगा।

प्रेमशंकर—यह लश्कर वालों की बड़ी ज्यादती है।

तहसीलदार— कुछ न पूछिए, कमबख्त खा-खा कर चल देते हैं, बदनामी बेचारे तहसीलदार की होती है।

बिसेसर साह ने फिर ऐसा ही ब्यौरा पढ़ सुनाया। यह जयराम चपरासी का पुर्जा था। जयराम उपस्थित थे। आगे बढ़कर बोले, क्यों रे घी ऽ।। लिया था कि ऽ-?

बिसेसर— कागद में तो लिखा हुआ है।

जयराम—झूठ लिखा है, सोलहों आने झूठ।

तीहसीलदार—अच्छा ऽ--का दाम दो, या कुछ भी नहीं देना चाहते?

यह झमेला नौ-दास बजे तक रहा। एक तिहाई से अधिक आदमी बिना हिसाब चुकाए ही प्रस्थान कर चुके थे। एक चौथाई से अधिक आदमी लापता हो गए। आधे आदमी मौजूद थे, लेकिन उन्हें भी हिसाब के ठीक होने में सन्देह था। ऐसे दस ही पाँच सज्जन निकले जिन्होंने खरे-दाम चुका दिए हों। जब सब चिटें समाप्त हो गईं तो बिसेसर साह ने उन्हें लाकर तहसीलदार के सामने पटक दिया और बोला, मैं और किसी को नहीं जानता, एक हुजूर को जानता हूँ और हुजूर के हुक्म से मैंने रसद दी है।

तहसीलदार—मैं क्या अपनी गिरह से दूँगा?

बिसेसर—हुजूर जैसे चाहे दें या दिला दें। 200 रु. में यह 70 रु. मिले हैं। मैं टके का आदमी इतना धक्का कैसे उठाऊँगा? महाजन मेरा घर बिकवा लेगा।

तहसीलदार— अच्छी बात है, तुम्हारे दाम मिलेंगे। नाजिर जी, चपरासियों को लेकर जाइए,। इसके बही खाते उठा लाइए और खुद इसकी सालाना आमदनी का हिसाब कीजिए। देखिए, अभी कलई खुली जाती है। मैं इसके सब रुपये का हिसाब दूँगा, पर इसी से लेकर। बच्चू, दो हजार रुपये साल नफा करते हो, उस पर एक बार 100 रुपये का घाटा हुआ तो दम निकल गया?

कहाँ तो बिसेसर साह इतने गरम हो रहे थे, कहाँ यह धमकी सुनते ही भीगी बल्ली बन गए। बोले, हाँ हुजूर, सब हिसाब-किताब जाँच लें। इस गाँव में ऐसा कौन रोजगार है कि दो हजार का नफा हो जाएगा? खाने भर को मिल जाए यही बहुत है।

तहसीलदार—और यह आस-पास के देहातों का अनाज किसके घर में भरा जाता है? तुम समझते हो कि हाकिमों को खबर ही नहीं होती। यहाँ इतना बतला सकते हैं कि आज तुम्हारे घर में क्या पक रहा है। यह रिआयत इसी दिन के लिए करते हैं, कुछ तुम्हारी सूरत देखने के लिए नहीं।

बिसेसर साह चुपके से सरक गए। तेली-तमोली ने भी देखा कि यहाँ मिलता-जुलता तो कुछ नहीं दीखता, उल्टे और पलेथन लगने का भय है तो उन्होंने भी अपनी राह ली। तहसीलदार ने प्रेमशंकर की ओर देखकर कहा, देखा आपने टैक्स के नाम से इन सबों की जान निकल जाती है। मैं जानता हूँ कि इसकी सालाना आमदनी ज्यादा-से-ज्यादा 1000 रु. होगी। लेकिन चाहे इस तरह कितना ही नुकसान बरदाश्त कर लें, अपने बही-खाते न दिखाएँगे। यह इनकी आदत है।

प्रेमशंकर—खैर, यह तो आपनी चाल-बाजी की बदौलत नुकसान से बच गया, मगर और बेचारे तो मुफ्त में पिस गए, उस पर जलोल हुए वह अलग।

तहसीलदार—जनाब, इसकी दवा मेरे पास नहीं है। जब तक कौम को आप लोग एक सिरे से जगा न देंगे, इस तरह के हथकण्डों का बन्द होना मुश्किल है। जहाँ दिलों में इतनी खुदगरजी समाई हुई है और जहाँ रियाया इतनी कच्ची वहाँ किसी तरह की इसलाह नहीं हो सकती। (मुस्कराकर) हम लोग एक तौर पर आपके मददगार है। रियाया को सताकर, पीसकर मजबूत बनाते हैं और आप जैसे कौमी हमदर्दों के लिए मैदान साफ करते हैं।

प्रभात का समय था और कुआर का महीना। वर्षा समाप्त हो चुकी थी। देहातों में जिधर निकल जाइए, सड़े हुए सन की सुगन्ध उड़ती थी। कभी जेयेष्ठ को लज्जित करने वाली धूप होती थी, कभी सावन को सरमाने वाले बादल घिर आते थे। मच्छर और मलेरिया का प्रकोप था, नीम की छाल और गिलोय की बाहर थी। चरावर में दूर तक हरी-हरी घास लहरा रही थी। अभी किसी को उसे काटने का अवकाश न मिलता था। इसी समय बिन्दा महाराज और कर्तारसिंह लाठी कंधे पर रखे एक वृक्ष के नीचे आकर खड़े हो गये। कर्तार ने कहा,इस बुड्ढे को खुचट सूझती रहती है। भला बताओ, जो यहाँ मवेशी न चरने पायेंगे तो कहाँ जाएँगे और जो लोग सदा से चराते आये हैं वे मानेंगे कैसे? एक बेर कोई इसकी मरम्मत कर देता तो यह आदत छूट जाती।

बिन्दा—हमका तो ई मौजा मा तीस बरसें होय गईं। तब से कारिन्दे आये पर चरावर कोऊ न रोका।गाँव भर के मवेशी मजे से चरत रहे।

कर्तार—उन्हें हुकुम देते क्या लगता है! जायगी तो हमारे माथे।

बिन्दा—हमारे जी तो अस ऊब गया है कि मन कत है छोड़-छाड़ के घर चला जाई। सुनित है मालिक अवैया हैं। बस, एक बेर उनसे भेंट होय जाय और अपने घर के राह लेई।

कर्तार—फैजू दिन भर खाट पर पड़ा रहता है, उससे कुछ नहीं कहते। जब देखो कर्तार को ही दौड़ाते हैं, मानो कर्तार उनके बाप का गुलाम है। और देखो, पीपल के नीचे जहाँ हम तुम जल चढ़ाते हैं। वहाँ नमाज पढ़ते हैं, वहीं दतुअन-कुल्ली करते हैं, वहीं नहाते हैं। बताओ, धरम नष्ट भया कि रहा? आप तो रोज कुरान पढ़ते हैं और मैं रामायण पढ़ने लगता

हूँ तो कैसे डाँट के कहते हैं, क्या शोर मचा रखा है। अबकी असाढ़ में 300 रु. नजराना मिला; मुझे एक पाई से भेंट न हुई।

बिन्दा—हमका तो एक रुपया मिला रहे।

कर्तार—यह भी कोई मिलने में मिलना है। और सब कहा चपरासियों को रुपये में आठ आने मिलते हैं। यह कुछ न दें तो चार आने तो दें, लेना-देना दूर रहा उस पर आठों पहर सिर पर सवार। कल तुम कहीं गये थे। मुझसे बोले, कर्तार एक घड़ा पानी तो खींच लो। मैंने तुरन्त जवाब दिया, इसके नौकर नहीं हैं, फौजदारी करा लो, लाठी चलवा लो, अगर कदम पीछे हटाये तो कहो, लेकिन चिलम भरना, पानी खींचना हमारा काम नहीं है। इस पर आँखें लाल-पीली कीं। एक दिन पीपल के नीचे दाली मूरतों को देखकर बोले, यह क्या ईंट-पत्थर जमा कर रखे हैं। मैंने तो ठान लिया है कि जहाँ अबकी कोई नजराना लेकर आया और मैंने हाथ पकड़ा कि चार आने इधर रखिये। जरा भी गरम-नरम हुए, मुँह से लाम काफ निकाली और मैंने गरदन दबायी। फिर जो कुछ होगा देखा जाएगा। फैजू बोले तो उनसे भी मैं समझूँगा। खूब पड़े-पड़े रोटी गोस उड़ा रहे हैं, सब निकाल दूँगा। वह देखो मवेशी इधर आ रहे हैं। बलराज तो नहीं है न?

बिन्दा—होवे करी तो कौनो डर हौ। अबकी अस जर आवा है कि ठठरी होय गया है।

कर्तार—बड़े कस-बल का पट्ठा है। सुक्खू चौधरी का तालाब जहाँ बन रहा था वहीं एक दिन अखाड़े में उससे मेरी एक पकड़ हो गई थी। मैं उसे पहले ही झपाटे में नीचे लाया; लेकिन ऐसा तड़प के नीचे से निकला कि झोंकों में आ गया। सँभल ही न सका। बदन नहीं, लोहा है।

बिन्दा—निगाह का बड़ा सच्चा जवान है। क्या मजा कि कोऊ की बिटिया-महरिया की ओर आँखें उठाके ताके।

कर्तार—वह देखो फैजू और गौस खाँ भी इधर ही आ रहे हैं। आज कुशल नहीं दीखती।

बिन्दा—यह गायें-भैंसें तो मनोहर के जान परते हैं। बिलासी लीने आवत है।

कर्तार ने उच्च स्वर में कहा, यह कौन मवेशी लिये आता है? यहाँ से निकाल ले जाव, सरकारी हुक्म नहीं है। इतने में बिलासी निकट आ गई और बिन्दा महाराज की ओर निश्चिंत भाव से देखकर बोली, सुनत हौ महाराज ठाकुर की बात!

कर्तार—सरकारी हुक्म हो गया कि अब कोई जानवर यहाँ न चरने पाए।

बिलासी—कैसा सरकारी हुकुम? सरकारी की जमीन नहीं है। महाराज, तुम्हें तो यहाँ एक युग बीत गया, कभी किसी ने चराई भी मना किया है?

बिन्दा—उन पुरानी बातन का ना गावो, अब से हुकम भवा है। जानवर का और कौनो कैती ले जाव, नाहीं तो वह गौस खाँ आवत है, सभन का पकड़ के कानी हौद पठे दैहैं?

बिलासी—कानी हौज कैसे पठे दैहैं, कोई राहजनी है? हमारे मवेशी सदा से यहाँ चरते आए हैं और सदा यहीं चरेंगे। अच्छा सरकारी हुकुम है? आज कह दिया चरावर छोड़ दो, कल कहेंगे अपना घर छोड़ो, पेड़ तले जाकर रहो। ऐसा कोई अन्धेर है?

इतने में गौस खाँ और फैजू भी आ पहुँचे। बिलासी के अन्तिम शब्द खाँ साहब के

कान में पड़े। डपटकर बोले, अपने जानवरों को फौरन निकाल ले जा, वरना मवेशीखाने भेज दूँगा।

बिलासी—क्यों निकाल ले जाऊँ चरावर सारे गाँव का है। जब सारा गाँव छोड़ देगा तो हम भी छोड़ देंगे।

गौस खाँ—जानवरों को ले जाती है कि खड़ी-खड़ी कानून बघारती है?

बिलासी—तुम तो खाँ साहब, ऐसी घुड़की जमा रहे हो जैसे मैं तुम्हारा दिया खाती हूँ।"

गौस खाँ—फैजू, यह जबाँदराज औरत यों न मानेगी। घेर लो इसके जानवरों को और मवेशीखाने हाँक ले जाओ।

फैजू तो मवेशियों की तरफ लपका, पर कर्तार और बिन्दा महाराज धर्मसंकट में पड़े खड़े रहे। खाँ साहब ने उन्हें ललकारा—खड़े मुँह क्या देख रहे हो? घेर लो जानवरों को और हाँक ले जाओ। सरकारी हुक्म है या कोई मजाक है!

अब कर्तार और बिन्दा महाराज भी उठे और जानवरों को चारों ओर से घेरने का आयोजन करने लगे। मवेशियों ने चौकन्नी आँखों से देखा, कान खड़े किए और इधर-उधर बिदकने लगे। परिस्थिति को ताड़ गए। बिलासी ने कहा, मैं कहती हूँ इन्हें मत घेरो, नहीं तो ठीक न होगा।

किन्तु किसी ने उसकी धमकी पर ध्यान न दिया। थोड़ी देर में सब जानवर बीच में घिर गए। और कन्धे से कन्धा मिलाए, कनखियों से ताकते, तीनों चपरासियों के धीरे-धीरे चले। बिलासी एक संदिग्ध दशा में मूर्तिवत् खड़ी थी। जब जानवर कोई बीस कदम निकल गए तब वह उन्मत्तों की भाँति दौड़ी और हाँफते हुए बोली, मैं कहती हूँ इन्हें छोड़ दो, नहीं तो ठीक न होगा।

फैज—हट जा रास्ते से। कुछ शामत तो नहीं आई है।

बिलासी रास्ते में खड़ी हो गई और बोली, ले कैसे जाओगे?

गौस खाँ—न हटे तो इसकी मरम्मत कर दो।

बिलासी—कह देती हूँ, इन जानवरों के पीछे लोहू की नदी बह जाएगी। माथे गिर जाएँगे।

फैजू—हटती है या नहीं चुड़ैल?

बिलासी—तू हट जा दाढ़ीजार।

इतना उसके मुँह से निकलना था कि फैजू ने आगे बढ़कर बिलासी की गर्दन पकड़ी और उसे इतने जोर का झोंका दिया कि वह दो कदम पर जा गिरी उसकी आँखें तिलमिला गई, मूर्छा सी आ गई। एक क्षण वह वहीं अचेत पड़ी रही, तब उठी और लँगड़ाती हुई उन पुरुषों से अपनी अपमान कथा कहने चली जो उसके मान-मर्यादा के रक्षक थे।

मनोहर और बलराज दोनों एक दूसरे गाँव में धान काटने गए थे। वह यहाँ से कोस भर पड़ता था। लखनपुर में धान के खेत न थे। इसलिए सभी लोग प्रायः उसी गाँव में धान बोते थे। बिलासी धान के मेड़ों पर चली जाती थी। कभी पैर इधर फिसलते, कभी उधर वह ऐसी उद्विग्न हो रही थी कि किसी प्रकार उड़कर वहाँ पहुँच जाऊँ। पर घुटनियों

में चोट आ गई थी। अंग-अंग से यही ध्वनि निकलती थी—इनकी इतनी मजाल!

उसे इस समय परिणाम और फल की लेश-मात्र भी चिन्ता न थी। कौन मरेगा? किसका घर मिट्टी में मिलेगा? यह बातें उसके ध्यान में न भी आती थीं। वह संकल्प-विकल्प के बन्धन से मुक्त हो गयी थी।

लेकिन जब उस गाँव के समीप पहुँची और धान से लहराते हुए खेत दिखाई देने लगे तो पहली बार उसके मन में यह प्रश्न उठा कि इसका फल क्या होगा? बलराज एक ही क्रोधी है, मनोहर उससे भी एक अंगुल आगे। मेरा रोना सुनते ही दोनों भभक उठेंगे। जान पर खेल जायेंगे, तब! किन्तु आहत हृदय ने उत्तर दिया क्या हानि है? लड़कों के लिए आदमी क्यों झींकता है। पति के लिए क्यों रोता है? इसी दिन के लिए तो? इस कलमुँहें फैजू का मान मरदन तो हो जायगा! गौस खाँ का घमंड तो चूर-चूर हो जायगा!

तब भी, जब वह अपने खेतों के डाँडे पर पहुँची, मनोहर और बलराज नगर आने लगे तब उसके पैर आप ही रुकने लगे। यहाँ तक कि जब वह उनके पास पहुँची तब परिणाम चिन्ता ने उसे परास्त कर दिया। वह फूट-फूट कर रोने लगी। जानती थी और समझती थी कि यह आँसू की बूँदें आग की चिनगारियाँ हैं। पर आवेश पर अपना काबू न था। वह खेत के किनारे खड़ी हो गयी और मुँह ढाँककर रोने लगी।

बलराज ने सशंक होकर पूछा, अम्मा क्या है? रोती क्यों है? क्या हुआ? यह सारा कपड़ा कैसे लोहूलुहान हो गया?

बिलासी ने साड़ी की ओर देखा तो वास्तव में रक्त के छींटे दिखाई दिये, घुटनियों से खून बह रहा था, उसका हृदय थर-थर काँपने लगा। इन छींटों को छिपाने के लिए वह इस समय अपने प्राण तक दे सकती थी। हाय! मेरे सिर पर कौन सा भूत सवार हो गया कि यहाँ दौड़ी हुई आयी। मैं क्या जानती थी कि कहीं फूट-फाट भी गया है। अब गजब हो गया। मुझे यह चाहिए था कि धीरज धरे बैठी रहती। साँझ को जब यह लोग घर जाते और गाँव के सब आदमी जमा होते तो सारा वृत्तान्त कह देती। सबकी सलाह होती, वैसा किया जाता। इस अव्यवस्थित दसा में वह कोई शान्तिप्रद उत्तर न सोच सकी।

बलराज ने फिर पूछा, कुछ मुँह से बोलती क्यों नहीं? बस रोये जाती है। क्या हुआ, कुछ बता भी तो!

बिलासी—(सिसकते हुए) फैजू और गौस खाँ हमारी सब गायें-भैंसें कानी हौद हाँक ले गये।

बलराज—क्यों? क्या उनकी सीर में पड़ी थीं?

बिलासी—नहीं, कहते थे कि चरावर में चराने की मनाही हो गयी।

बलराज ने देखा कि माता की आँखें झुकी हुई हैं। और मुख पर मर्माघात की आभा झलक रही है। उसने उग्रावस्था में स्थिति को उससे कहीं, भंयकर समझ लिया जितनी वह वस्तुतः थी कुछ और पूछने की हिम्मत न पड़ी, आँखें रक्तवर्ण हो गयीं। कन्धे पर लट्ठ रख लिया और मनोहर से बोला, मैं जरा गाँव तक जाता हूँ।

मनोहर—क्या काम है?

बलराज—फैजू और गौस खाँ से दो-दो बातें करनी हैं।

मनोहर—ऐसी बात करने का यह मौका नहीं है। अभी जाओगे तो बात बढ़ेगी और कुछ हाथ भी न लगेगा। चार आदमी तुम्हीं को बुरा कहेंगे। अपमान का बदला इस तरह नहीं लिया जाता।

मनोहर के हर शब्दों में इतना भयंकर संकल्प, इतना घातक निश्चय भर हुआ था कि बलराज अधिक आग्रह न कर सका। उसने लाठी रख दी और माँ से कहा, अभी घर जाओ। हम लोग आयेंगे तो देखा जायगा।

मनोहर—नहीं, घर मत जाओ। यहीं बैठो। साँझ को सब जने साथ ही चलेंगे। वह कौन दौड़ा आ रहा है? बिन्दा महाराज हैं क्या?

बलराज—नहीं, कादिर दादा जान पड़ते हैं। हाँ, वहीं हैं। भागे चले जाते हैं। मालूम होता है गाँव में मारपीट हो गयी। दादा क्या है, कैसे दौड़े आते हो, कुशल तो है?

कादिर ने दम लेकर कहा, तुम्हारे ही पास तो आते हैं। बिलासी रोती आयी है। मैं डरा तुम लोग गुस्से में न जाने क्या कर बैठे। चला कि राह में मिल जाओगे तो रोक लूँगा, पर तुम कहीं मिले ही नहीं। अब तो जो हो गया सो गया, आगे की खबर करो। आज से जमींदार ने चरावर रोक दी है। अन्धेर देखते हो?

मनोहर—हाँ, देख तो रहा हूँ।, अन्धेर ही अन्धेर है।

कादिर—फिर अदालत जाना पड़ेगा।

मनोहर—चलो, मैं तैयार हूँ।

कादिर—हाँ, आज जाओ तो सलाह पक्की करके सवाल दे दें। अबकी हाईकोर्ट तक लड़ेंगे, चाहे घर बिक जाय। बस, हल पीछे चन्दा लगा लिया जाय।

मनोहर—हाँ, यही अच्छा होगा।

कादिर—मैं नवाज पढ़ता था, सुना बिलासी को चरावर में चपरासियों ने बुरा-भला कहा और वह रोती हुई इधर उधर आयी है। समझ गया कि आज गजब हो गया। बारे तुमने सबर से काम लिया अल्लाह इसका सबाब तुमको देगा तो मैं अब जाता हूँ, अपने चन्दे की बातचीत करता हूँ। जरा दिन रहते चले आना।

कादिर खाँ सावधान होकर चले गये। यह न समझे कि यहाँ मन में कुछ और ठन गयी है। मनोहर के तुले हुए शब्दों को उन्होंने मानसिक धैर्य का द्योतक समझा।

मनोहर ऐसे उद्दीप्त उत्साह से अपने काम में दत्तचित्त था मानो उसकी युवावस्था का विकास हो गया है। धान के पोलों के ढेर लगते जाते थे। न आगे ताकता था न, पीछे, न किसी से कुछ बोलता था, न किसी की कुछ सुनता था, न हाथ थकते थे, न कमर दुखती थी। बलराज ने चिलम भरकर रख दी। तम्बाकू रखे-रखे जल गया। बिलासी खाँड़ का रस घोलकर सामने लायी। उसने उसकी ओर देखा तक नहीं; कुत्ता पी गया। कुआर की धूप थी, देह से चिनगारियाँ निकलतीं थीं, पसीने की धारें बहती थीं; किन्तु वह सिर तक न उठाता था। बलराज कभी खेत में आता, कभी पेड़ के नीचे जा बैठता, कभी चिलम पीता। एक ही अग्नि दोनों के हृदय में प्रज्वलित थी एक ओर सुलगती हुई, दूसरी ओर दहकती हुई। एक ओर वायु के वेग से चंचल, दूसरी ओर निर्बलता से निश्चल। एक ही भावना दोनों के हृदय में थी, एक में उद्दाम-उच्छृंखल, दूसरे में गम्भीर और स्थिर। दोपहर हुई। बिलासी

ने आकर डरते-डरते कहा, चबेना कर लो।

मनोहर ने सिर झुकाये हुए जवाब दिया—चलो आते हैं।

एक घंटे के बाद बिलासी फिर आकर बोली, चलो चबेना कर लो, दिन ढल गया। क्या आज ही सब खेत काट लोगे?

मनोहर ने कठोर स्वर में कहा, यही विचार में है। कौन जाने, कल आये या न आये।

जैसे किसी भरे हुए घड़े में एक कंकर लग जाय और पानी बह निकले, उसी भाँति बिलासी के हृदय में एक चोट सी लगी और आँसू बहने लगे। वह रह-रह कर हाथ मलती थी। हाय! न जाने इन्होंने मन में क्या ठान लिया है?

वह कई मिनट तक खड़ी रोती रही परिणाम की भयावह विकराल मूर्ति उसके नेत्रों के सामने नाच रही थी। मुँह खोले उसे निगलने को दौड़ती थी और शोक! इस मूर्ति को उसने अपने हाथों रचा था। अन्त में वह मनोहर के सम्मुख बैठ गयी और उसकी ओर अत्यन्त दीन भाव से देखकर बोली, हाथ जोड़कर कहती हूँ, चलकर चबेना कर लो। तुम्हारे इस तरह से गुम-सुम रहने से मेरा कलेजा दहल रहा है। तुमने क्या ठान रखी है; बोलते क्यों नहीं?

मनोहर—जाकर चुपके से बैठो। जब मुझे भूख लगेगी तब खा लूँगा।

बिलासी—हाय राम; तुम क्या करने पर तुले हो?

मनोहर—करूँगा क्या? कुछ करने लायक ही होता तो आज यह बेइज्जती नहीं होती। जो कुछ तकदीर में है वह होगा।

यह कहकर वह फिर अपने कार्य में व्यस्त हो गया। कोई किसी से न बोला। बलराज टालमटोल करता रहा और बिलासी उदास बैठी कभी रोती और कभी अपने को कोसती; यहाँ तक कि सन्ध्या हो गयी। तीनों ने धान के गट्ठे गाड़ी पर लादे और लखनपुर चले। बलराज गाड़ी हाँकता था और मनोहर पीछे-पीछे उच्च स्वर से एक बिरहा गाता हुआ चला आता था। राह में कल्लू अहीर मिला, बोला, मनोहर काका आज बड़े मगन हो। मनोहर का गाना समाप्त हुआ तो उसने भी एक बिरहा गाया। दोनों साथ-साथ गाँव में पहुँचे तो एक हलचल सी मची हुई थी। चारों ओर चरावर की ही चर्चा थी। कादिर के द्वार पर एक पंचायत सी बैठी हुई थी। लेकिन मनोहर पंचायत में न जाकर सीधा घर गया और जाते ही जाते भोजन माँगा। बहू ने रसोई तैयार कर रखी थी। इच्छापूर्ण भोजन करके नारियल पीने लगा। थोड़ी देर में बलराज भी पंचायत से लौटा। मनोहर ने पूछा, कहो क्या हुआ?

बलराज—कुछ नहीं, यह सलाह हुई है कि खाँ साहब को कुछ नजर-वजर दे कर मना लिया जाय। अदालत से सब लोग घबड़ाते हैं।

मनोहर—यह तो मैं पहले ही समझ गया था। अच्छा जाकर चटपट खा-पी लो। आज मैं भी तुम्हारे साथ रखवाली करने चलूँगा। आँख लग जाय तो जगा लेना।

एक घंटे बाद दोनों खेत की ओर चलने को तैयार हुए। मनोहर ने पूछा, कुल्हाड़ा खूब चलता है न?

बलराज—हाँ, आज ही तो रगड़ा है।

मनोहर—तो उसे ले लो।

बलराज–मेरा तो कलेजा थर-थर काँप रहा है।

मनोहर–काँपने दो। तुम्हारे साथ मैं भी तो रहूँगा। तुम दो-एक हाथ चलाके वहाँ से लम्बे हो जाना और सब मैं देख लूँगा। इस तरह आके सो रहना, जैसे कुछ जानते ही नहीं। कोई कितना ही पूछे, डरावे-धमकावे मुँह मत खोलना। मैं अकेले ही जाता, मुदा एक तो मुझे अच्छी तरह सूझता नहीं, कई दिनों से रतौंधी होती है, दूसरे हाथों में अब वह बल नहीं कि एक चोट में वारा-न्यारा हो जाय।

मनोहर यह बातें ऐसी सावधानी से कह रहा था, मानो कोई साधारण घरेलू बातचीत हो। बलराज इसके प्रतिकूल इसके प्रतिकूल शंका और भय से आतुर हो रहा था। क्रोध के आवेश में वह आग में कूद सकता था; किन्तु इस पैशाचिक हत्याकांड से उसके प्राण सूखे जाते थे।

खेत में पहुँचकर दोनों मचान पर लेटे। अमावस की रात थी। आकाश पर कुछ बादल भी हो आये थे। चारों ओर घोर अन्धकार छाया हुआ था।

मनोहर तो लेटते ही खर्राटे लेने लगा; लेकिन बलराज पड़ा-पड़ा करवटें बदलता रहा। उसका हृदय नाना प्रकार की शंकाओं का अविरल स्रोत बना हुआ था।

दो घड़ी बीतने पर मनोहर जागा, बोला, बलराज सो गये क्या?

बलराज–नहीं, नींद नहीं आती।

मनोहर–अच्छा, तो अब राम का नाम लेकर तैयार हो जाओ। डरने या घबराने की कोई बात नहीं। अपने मरजाद की रक्षा करना मरदों का काम है। ऐसे अत्याचारों का हम और क्या जवाब दे सकते हैं? बेइज्जत होकर जीने से मर जाना अच्छा है। दिल को खूब सँभालो। अपना काम करके सीधे यहाँ चले आना। अँधेरी रात है। किसी की नजर भी नहीं पड़ सकती। थानेदार तुम्हें डरायेंगे, लेकिन खबरदार, डरना मत! बस गाँव के लोगों से मेल रखोगे। तो कोई तुम्हारा बाल भी बाँका न कर सकेगा। दुखरन भगत अच्छा आदमी नहीं है, उससे चौकन्ने रहना। हाँ, कादिर भरोसे का आदमी है। उसकी बातों का बुरा मत मानना। मैं तो फिर लौटकर घर न आऊँगा। तुम्हीं घर के मालिक बनोगे। अब वह लड़कपन छोड़ देना, कोई चार बात कहे तो गम खाना। ऐसा कोई काम न करना कि बाप-दादे के नाम को कलंक लगे। अपनी घरवाली को सिर मत चढ़ाना। उसे समझाते रहना कि सास के कहने में रहे। मैं तो देखने न आऊँगा, लेकिन इसी तरह घर में राड़ मचता रहा तो घर मिट्टी में मिल जायगा।

बलराज ने अवरुद्ध स्वर से कहा, दादा मेरी इतनी बात मानो, इस बखत सबुर कर जाओ। मैं कल एक-एक की खोपड़ी तोड़कर रख दूँगा।

मनोहर–हाँ, तुम्हें कोई मारे तो तुम संसार भर को मार गिराओ। फैजू और कर्तार क्या मिट्टी के लोंदे हैं? गौस खाँ भी पलटन में रह चुका है। तुम लकड़ी में उनसे पेश न पा सकोगे। वह देखो हिरना निकल आया। महाबीर जी का नाम लेकर उठ खड़े हो। ऐसे कामों में आगा-पीछा अच्छा नहीं होता। गाँव के बाहर ही बाहर चलना होगा, नहीं तो कुत्ते भूँकेंगे और जाग उठेंगे।

बलराज–मेरे तो हाथ-पैर काँप रहे हैं।

मनोहर—कोई परवा नहीं। कुल्हाड़ी हाथ में लोगे तो सब ठीक हो जायगा। तुम मेरे बेटे हो, तुम्हारा कलेजा मजबूत है। तुम्हें अभी जो डर लग रहा है, वह ताप के पहले का जाड़ा है। तुमने कुल्हाड़ा कन्धे पर रखा, महाबीर का नाम लेकर उधर चले, तो तुम्हारी आँखों से चिनगारियाँ निकलने लगेंगी। सिर पर खून सवार हो जाएगा। बाज की तरह शिकार पर झपटोगे। फिर तो मैं तुम्हें मना भी करूँ तो न सुनोगे। वह देखो सियार बोलने लगे, आधी रात हो गयी। मेरा हाथ पकड़ लो और आगे-आगे चलो। जय महाबीर की!

प्रेमशंकर की कृषिशाला अब नगर के रमणीय स्थानों की गणना में थी। यहाँ ऐसी सफाई और सजावट थी कि प्रातः रसिकगण सैर करने आया करते। यद्यपि प्रेमशंकर केवल उसके प्रबन्धकर्ता थे, पर वस्तुतः असामियों की भक्ति और पूर्ण विश्वास ने उन्हें उसका स्वामी बना दिया था। अब अपनी इच्छानुसार नयी-नयी फसलें पैदा करते; नाना प्रकार की परीक्षाएँ करते, पर कोई जरा भी न बोलता। और बोलता ही क्यों, जब उनकी कोई परीक्षा असफलता न होती थी! जिन खेतों में मुश्किल से पाँच-सात मन उपज होती थी, वहाँ अब पन्द्रह-बीस मन का औसत पड़ता था। उस पर बाग की आमदनी अलग थी। इन्हीं चार सालों में कलमी आम, बेर, नारंगी आदि के पेड़ों में फल लगने शुरू हो गये थे। शाक-भाजी की पैदावार घाटे में थी! प्रेमशंकर में व्यावसायिक संकीर्णता छू तक न गयी थी। जो सज्जन यहाँ आ जाते उन्हें फूल-फलों की डाली अवश्य भेंट की जाती थी। प्रेमशंकर की देखा-देखी हाजीपुरवालों ने भी अपने जीवन का कुछ ऐसा डौल कर लिया था कि उनकी सारी आवश्यकताएँ उसी बगीचे से पूरी हो जाती थीं। भूमि का आठवाँ भाग कपास के लिए अलग कर दिया गया था। अन्य प्रान्तों से उत्तम बीज मँगाकर बोये गये थे। गाँव के लोग स्वयं सूत कात लेते थे और गाँव का ही कोरी उसके कपड़े बुन देता था। नाम उसका मस्ता था। पहले वह जुआ खेला करता था और कई बार-चोरी में पकड़ा गया था। लेकिन अब अपने श्रम से गाँव में भले आदमियों में गिना जाता था। प्रेमशंकर के उद्योग से आसपास के गाँवों में भी कपास की खेती होने लगी थी और कितने ही कोरियों और जुलाहों के उजड़े हुए घर आबाद हो गये थे। देहातों के मुकदमे बाज जमींदार और किसान बहुधा इसी जगह ठहरा करते थे। यहाँ उन्हें ईंधन, शाक-भाजी, नमक-तेल के लिए पैसे न खर्च करने पड़ते थे। प्रेमशंकर उनसे खूब बातें करते और उन्हें अपने बगीचे की सैर कराते। साधु-सन्तों का तो मानो अखाड़ा ही था। दो-चार मूर्तियाँ नित्य ही पड़ी रहतीं थीं। न जाने उस भूमि में क्या बरकत थी कि इतनी आतिथ्य सेवा करने पर भी किसी पदार्थ की कमी न थी। हाजीपुर वाले तो उन्हें देवता समझते थे और अपने भाग्य को सराहते थे कि ऐसे पुण्यात्मा ने हमें उबारने के लिए यहाँ निवास किया। उनके सदय, उदार, सरल स्वभाव ने मस्ता कोरी के अतिरिक्त गाँव के कई कुचरित्र मनुष्यों का उद्धार कर दिया था। भोला अहीर जिसके मारे खलियान में अनाज न बचता था, दमड़ी पासी जिसका पेशा ही लठैती था, अब गाँव के सबसे मेहनती और ईमानदार किसान थे।

प्रेमशंकर अक्सर कृषकों की आर्थिक दुरवस्था पर विचार किया करते थे। अन्य

अर्थशास्त्रवेत्ताओं की भाँति वह कृषकों पर फजूलखर्ची, आलस्य, अशिक्षा या कृषि-विधान से अनभिज्ञता को दोष लगाकर इस प्रश्न को हल न करते थे। वह परोक्ष में कहा करते थे कि मैं कृषकों को शायद ही कोई ऐसी बात बता सकता हूँ जिसका उन्हें ज्ञान न हो। परिश्रमी तो इनसे अधिक कोई संसार में न होगा। मितव्ययिता में, आत्मसंयम में गृह-प्रबन्ध में वे निपुण हैं। उनकी दरिद्रता का उत्तरदायित्व उन पर नहीं, बल्कि उन परिस्थितियों पर है जिनके अधीन उनका जीवन व्यतीत होता है। और यह परिस्थितियाँ क्या हैं? आपस की फूट, स्वार्थपरता और एक ऐसी संस्था का विकास, जो उनके पाँव की बेड़ी बनी हुई है। लेकिन जरा और विचार कीजिए तो यह तीनों कहानियाँ एक ही शाखा से फूटी हुई प्रतीत होंगी और यह वही संस्था है जिसका अस्तित्व कृषकों के रक्त पर अवलम्बित है। आपस में विरोध क्यों? दुरवस्थाओं के कारण, जिनकी इस वर्तमान शासन ने सृष्टि की है। परस्पर प्रेम और विश्वास क्यों नहीं है? इसलिए कि यह शासन इन सद्भावों को अपने लिए घातक समझता है और उन्हें पनपने नहीं देता। इस परस्पर विरोध का सबसे दुःखजनक फल क्या है? भूमि का क्रमशः अत्यन्त अल्प भागों में विभाजित हो जाना और उसके लगान की अपरिमित वृद्धि। प्रेमशंकर इस शासन के सुधार को तो मानव शक्ति से परे समझते थे, लेकिन भूमि के बँटवारे को रोकना उन्हें साध्य जान पड़ता था और यद्यपि किसी आन्दोलन में अगुआ बनना उन्हें पसन्द न था। किन्तु इस विषय में वह इतने उत्सुक थे कि समाचार-पत्रों में अपने मन्तव्यों को प्रकट करने से न रुक सके। इससे उनका उद्देश्य केवल यह था कि कोई मुझसे अधिक अनुभवशील, कुशल और प्रतिभाशाली व्यक्ति इस प्रश्न को अपने हाथ में ले ले।

एक दिन वह कई सहृदय मित्रों के साथ बैठे हुए इसी विषय पर बातचीत कर रहे थे कि एक सज्जन ने कहा, यदि आपका विचार है कि यह प्रथा कानून से बन्द की जा सकती है तो आपकी भ्रान्ति है। इस विषयुक्त पौधे की जड़ें मनुष्य के हृदय में हैं और जब तक इसे हृदय से खोदकर न निकालिएगा यह इसी प्रकार फूलता-फलता रहेगा।

प्रेमशंकर—कानून में कुछ न कुछ सुधार तो हो ही सकता है।

इस पर उन महाशयों ने जोर देकर कहा, कदापि नहीं। बल्कि स्वार्थ प्रत्यक्ष रूप से स्फुटित होने का अवसर न पाकर और भी भयंकर रूप धारण कर लेगा।

इस पर एक किसान जो बँटवारे की दरख्वास्त करके कचहरी से लौटा था और आज यहीं ठहरा हुआ था, बोल उठा, कहूँ कुछ न होई। हम तो आपे लोगन के पीछे-पीछे चलित हैं। जब आपे लोगन में भाई-भाई में निबाह नाहीं होय सकत है तो हमार कस होई? आपका नारायण सब कुछ दिये हैं, मुदा आपे अपने भाई से अलग रहत हो।

ये उच्छृंखल शब्द प्रेमशंकर के हृदय में तीर के समान चुभ गये। सिर झुका लिया। मुखश्री मलीन हो गयी। मित्रों ने कृषक की ओर तिरस्कारपूर्ण नेत्रों से देखा। यह एक जगत्-व्यापार था। यहाँ व्यक्तियों को खींचना नितान्त न्याय-विरुद्ध था, पर वह अक्खड़ देहाती सभ्यता के रहस्यों को क्या जाने? मुँह में जो बात आयी कह डाली। एक महाशय ने कहा, निरे गँवार हो, जरा भी तमीज नहीं।

दूसरे महाशय बोले, अगर इतना ही ज्ञान होता तो देहाती क्यों कहलाते? न अवसर

का ध्यान, न औचित्य का विचार; जो कुछ ऊटपटाँग मुँह में आया, बक डाला।

बेचारे किसान को अब मालूम हुआ कि मुँह से कोई अनुचित बात निकल गयी। लज्जित होकर बोला, साहब, मैं गँवार मनई। ई सब फेरफान का जानौं। जौन कुछ भूल चूक हो गयी होय माफ कीन जाय।

प्रेमशंकर–नहीं-नहीं, तुमने कोई अनुचित बात नहीं कही। मेरे लिए इस स्पष्ट कथन की आवश्यकता थी। तुमने अच्छी शिक्षा दे दी। कोई सन्देह नहीं कि शिक्षित जनों में भी विरोध और वैमनस्य का उतना ही प्रकोप है जितना अशिक्षित लोगों में है और मैं इस विषय में दोषी हूँ। मुझे किसी को समझाने का अधिकार नहीं।

मित्रगण कुछ देर तक और बैठ रहे, लेकिन प्रेमशंकर कुछ ऐसे दब गये कि फिर जबान ही न खुली। अन्त में सब एक-एक-करके चले गये।

सूर्यास्त हो रहा था। प्रेमशंकर घोर चिन्ता की दशा में अपने झोंपड़े के सामने टहल रहे थे। उनके सामने अब यह समस्या थी कि ज्ञानशंकर से कैसे मेल हो। वह जितना ही विचार करते थे, उतना ही अपने को दोषी पाते थे। यह सब मेरी ही करनी है। जब असामियों से उनकी लड़ाई ठनी हुई थी तो मुझे उचित नहीं था कि असामियों का पक्ष ग्रहण करता। माना कि ज्ञानशंकर का अत्याचार था। ऐसी दशा में मुझे अलग रहना चाहिए था या उन्हें भ्रातृवत् समझाना चाहिए था। यह तो मुझसे न हुआ। उल्टे उन्हीं से लड़ बैठा। माना कि उनके और मेरे सिद्धान्तों में घोर अन्तर है। लेकिन सिद्धान्त-विरोध परस्पर भ्रातृ-प्रेम को क्यों दूषित करे? यह भी माना कि जब से मैं आया हूँ उन्होंने मेरी अवहेलना ही की है, यहाँ तक कि मुझे पत्नी-प्रेम से वंचित कर दिया, पर मैंने भी तो कभी उनसे मिले रहने की, उनसे कटु व्यवहार को भूल जाने की, उनकी अप्रिय बातों को सह लेने की चेष्टा नहीं की। वह मुझसे एक अंगुल खसके तो मैं उनसे हाथ भर हट गया। सिद्धान्त-प्रियता का यह आशय नहीं है कि आत्मीय जनों से विरोध कर लिया जाय। सिद्धान्तों को मनुष्यों से अधिक मान्य समझना अक्षम्य है। उनके हृदय को अपनी तरफ से साफ करने का यह अच्छा अवसर है।

सन्ध्या हो गयी थी। ज्ञानशंकर अपने सुरमय बँगले के सामने मौलवी ईजाद हुसेन के साथ बैठे बातें कर रहे थे। मौलवी साहब ने सरकारी नौकरी में मनोनुकूल सफलता ने देख इस्तीफा दे दिया था और कुछ दिनों से जाति-सेवा में लीन हो गये थे। "अंजुमन इत्तहाद" नाम की एक संस्था खोल, ली थी, जिसका उद्देश्य हिन्दू-मुसलमानों में परस्पर प्रेम और मैत्री बढ़ाना था। यह संस्था चन्दे से चलती थी और इसी हेतु से सैयद साहब यहाँ पधारे थे।

ज्ञानशंकर ने कहा, मुझे दिन-दिन तजरबा हो रहा है कि जमींदारी करने के लिए बड़ी सख्ती की जरूरत है। जमींदार नजर-नजराना, हरी बेगार, डाँड़-बाँध सब कुछ छोड़ सकता है, लकिन लेगान तो नहीं छोड़ सकता है। वह भी अब बगैर अदालती कार्यवाही के नहीं वसूल होता।

ईजाद हुसेन–जनाब बजा फरमाते हैं, लेकिन गुलाम ने ऐसे रईसों को भी देखा है जो कभी अदालत के दरवाजे तक न गये। जहाँ किसी असामी ने सरकशी की, उसकी मरम्मत कर दी और लुत्फ कि कभी डण्डे या हण्टर से काम नहीं लिया। गरमी में झुलसती हुई धूप

और जाड़े में बर्फ का-सा ठण्डा पानी। बस, इसी लटके से उनकी सारी मालगुजारी वसूल हो जाती है। मई और जून की धूप जरा देर सिर पर लगी और असामी ने कमर ढीली की।

ज्ञानशंकर—मालम नहीं ऐसे आदमी कहाँ हैं। यहाँ तो ऐसे बदमाशों से पाला पड़ा है जो बात-बात पर अदालत का रास्ता लेते हैं। मेरे ही मौजे को देखिए, कैसा तूफान उठ गया और महज चरावर को रोक देने के पीछे।

इतने में डॉक्टर इर्फान अली बार-एट्ला की मोटर आ पहुँची। ज्ञानशंकर ने उनका स्वागत किया।

डॉक्टर—अबकी आपने बड़ा इन्तजार कराया। मैं तो आपसे मिलने के लिए गोरखपुर आने वाला था।

ज्ञानशंकर—रियासत का काम इतना फैला हुआ है कि कितना ही समेटे नहीं सिमटता।

डॉक्टर—आपको मालूम तो होगा, यहाँ युनिवर्सिटी में इकनोमिक्स की जगह खाली है। अब तो आप सिंडिकेट में भी आ गये हैं।

ज्ञानशंकर—जी हाँ, सिंडिकेट में तो लोगों ने जबरदस्ती धर घसीटा लेकिन यहाँ रियासत के कामों से फुर्सत कहाँ कि इधर तवज्जह करूँ। कुछ कागजात गये थे, लेकिन मुझे उनके देखने का मौका ही न मिला।

डॉक्टर—डॉक्टर दास के चले जाने से यह जगह खाली हो गयी है और मैं इसका उम्मीदवार हूँ।

ज्ञानशंकर ने आश्चर्य से कहा, आप!

डॉक्टर—जी हाँ, अब मैंने यही फैसला किया है। मेरी तबीयत रोज-ब-रोज वकालत से बेजार होती जाती है।

ज्ञानशंकर—आखिर क्यों? आपकी वकालत तो तीन-चार हजार से कम की नहीं। हुक्काम की खुशामद तो नहीं खलती? या कांसेन्स (आत्मा) का खयाल है?

डॉक्टर—जी नहीं, सिर्फ इसलिए कि इस पेशे में इन्सान की तबियत बेजा जरपरस्ती की तरफ मायल हो जाती है। कोई 'वकील कितना ही हकशिनास क्यों न हो, उसे हमदर्दी और इन्सानियत से वह खुशी नहीं होती जो एक शरीफ आदमी को होनी चाहिए। इसके खिलाफ की लड़ाइयों और दगाबाजियों से एक खास दिलचस्पी हो जाती है जो लतीफ जजबात से खाली है। मैं महीनों से इसी कशमकश में पड़ा हुआ हूँ और अब भी यह इरादा है कि जितनी जल्द मुमकिन हो इस पेशे को सलाम करूँ।

यही बातें हो रही थीं कि फैजू और कर्तारसिंह ने सामने आकर सलाम किया। ज्ञानशंकर ने पूछा, कहो खैरियत तो है।

फैजू—हुजूर, खैरियत क्या कहें! रात को किसी ने खाँ साहब को मार डाला।

ईजाद हुसेन और इर्फान अली चौंक पड़े, लेकिन ज्ञानशंकर लेश-मात्र भी विचलित न हुए, मानो उन्हें यह बात पहले ही मालूम थी। बोले, तुम लोग कहाँ थे? कहीं सैर-सपाटे करने चल दिये थे या अफीम की पिनक में पड़े हुए थे।

फैजू—हुजूर, थे तो चौपाल में ही, पर किसी को क्या खबर कि यह वारदात होगी?

ज्ञान—क्यों, खबर क्यों न थी? जो आदमी साँप को पैरों से कुचल रहा हो उसे यह मालूम होना चाहिए कि साँप के दाँत जहरीले होते हैं। जमींदारी करना साँप को नचाना है। वह सँपेरा अनाड़ी है जो साँप को काटने का मौका दे! खैर, कातिल का कुछ पता चला?

फैज—जी हाँ, वही मनोहर अहीर है। उसने सवेरे ही थाने में जा कर एकवाल कर दिया। दोपहर को थाने दार साहब आ गये और तहकीकात कर कर रहे हैं। खाँ साहब का तार हुजूर को मिल गया था? जिस दिन खाँ साहब ने चरावर को रोकने का हुक्म दिया उसी दिन गाँव वालों में एका हो गया। खाँ साहब ने घबड़ाकर हुजूर को तार दिया। मैं तीन बजे तारघर से लौटा तो गाँव में मुकदमा लड़ने के लिए चन्दे का गुट हो रहा था। रात को यह वारदात हो गयी।

अकस्मात् प्रेमशंकर लाला प्रभाशंकर के साथ आ गये। ज्ञानशंकर को देखते ही प्रेमशंकर टूटकर उनसे गले मिले और पूछा, कब आये? सब कुशल है न?

ज्ञानशंकर ने रुखाई से उत्तर दिया, कुशल का हाल इन आदमियों से पूछिए जो अभी लखनपुर से आये हैं। गाँव वालों ने गौस खाँ का काम तमाम कर दिया।

प्रेमशंकर स्तम्भित हो गये। मुँह से निकला, अरे! यह कब?

ज्ञान—आज ही रात को।

प्रेम—बात क्या है?

ज्ञान—गाँव वालों की बदमाशी और सरकशी के सिवा और क्या बात हो सकती है। मैंने चरावर को रोकने का हुक्म दिया था। वहाँ एक बाग लगाने का विचार था। बस, इतना बहाना पाकर सब खून-चच्चर पर उद्यत हो गये।

प्रेम—कातिल का कुछ पता चला?

ज्ञान—अभी तो मनोहर ने थाने में जाकर एक बाल किया है।

प्रेम—मनोहर तो बड़ा सीधा, गम्भीर पुरुष है।

ज्ञान—(व्यंग्य से) जी हाँ, देवता था।

डॉक्टर साहब ने मार्मिक भाव से देखकर कहा, यह किसी एक आदमी का फेल हार्गिज नहीं है।

ज्ञान—वही मेरा भी ख्याल है। मनोहर की इतनी मजाल नहीं है कि वह अकेला यह काम कर सके। निस्सन्देह सारा गाँव मिला हुआ है। मनोहर को सबने तबेले का बन्दर बना रखा है। देखिए थानेदार की तहकीकात का क्या नतीजा होता है। कुछ भी हो, अब मैं इस मौजे को वीरान करके ही छोड़ूँगा। क्यों फैजू, तुम्हारा क्या ख्याल है? मनोहर अकेले यह काम कर सकता है?

फैजू—नहीं हुजूर, साठ बरस का बुड्ढा भला क्या खाकर हिम्मत करता! और कोई चाहे उसका मददगार न हो, लेकिन उसका लड़का तो जरूर ही साथ रहा होगा।

कर्तार—वह बुड्ढा है तो क्या, बड़े जीवट का आदमी है। उसके सिवा गाँव में किसी का इतना कलेजा नहीं है।

ज्ञान—तुम गँवार आदमी हो, इन बातों को क्या समझो। तुम्हें भंग का गोला चाहिए। डॉक्टर साहब, मुआमले में मुद्दई तो सरकार होगी, लेकिन आप भी मेरी तरफ से पैरवी

कीजिएगा। मैंने फैसला कर लिया है कि गाँव के किसी बालिग आदमी को बेदाग न छोड़ूँगा।

प्रेमशंकर ने दबी जबान से कहा, अगर तुम्हें विश्वास हो कि यह एक आदमी का काम है तो सारे गाँव को समेटना उचित नहीं। ऐसा न हो कि गेहूँ के साथ घुन भी पिस जाय।

ज्ञानशंकर क्रुद्ध होकर बोले, बहुत अच्छा हो अगर आप इस विषय में अपने सत्य और न्याय के नियमों का स्वाँग न रचें। यह इन्हीं की बरकत है कि आज इन दुष्टों को इतना साहस हुआ है। आप मुझे साफ-साफ कहने पर मजबूर कर रहे हैं। ये सब आपके ही बल पर कूद रहे हैं। आपने प्रत्येक अवसर पर मेरे विपक्ष में उनकी सहायता की है, उनसे भाईचारा किया है। और उनके सिर पर हाथ रखने के लिए हमेशा तैयार रहते हैं। आपके इसी भ्रातृ-भाव ने उनके सिर फिरा दिये। मेरा भय उनके दिल से जाता रहा। आपके सिद्धान्तों और विचारों का मैं आदर करता हूँ, लेकिन आप कड़वी नीम को दूध से सींच रहे हैं। और आशा करते हैं कि मीठे फल लगेंगे। ऐसे कुपात्रों के साथ ऊँचे नियमों का व्यवहार करना दीवाने के हाथ में मशाल दे देना है।

प्रेमशंकर ने फिर जबान न खोली और न सिर उठाया। लाला प्रभाशंकर को ये बातें बुरी लगीं कि वह तुरन्त उठकर चले गये। लेकिन प्रेमशंकर आत्म-परीक्षा में मौन मूर्तिवत् बैठे रहे। दीन देहातियों के साथ साधारण सज्जनता का बर्ताव करने का परिणाम ऐसा भयंकर होगा यह एक बिलकुल नया अनुभव था। केवल एक आदमी की जान ही नहीं गयी, वरन् और भी कितने ही प्राणों के बलिदान होने की आशंका थी। भगवान् उन गरीबों पर दया करो। मैंने सच्चे हृदय से उनकी सेवा नहीं की। द्वेष का भाव मुझे प्रेरित करता रहा। मैं ज्ञानशंकर को नीचा दिखाना चाहता था। यह समस्या उसी द्वेष भाव का दंड है। क्या एक लखनपुर ही अपने जमींदार के अत्याचार से पीड़ित था? ऐसा कौन-सा इलाका है जो जमींदार के हाथों रक्त के आँसू न बहा रहा हो। तो लखनपुर के ही प्रति मेरी इतनी सहानुभूति क्यों प्रचंड हो गयी और फिर ऐसे अत्याचार क्या इससे पहले न होते थे? यह तो आये दिन ही होता रहता था; लेकिन कभी असामियों को चूँ करने की हिम्मत न पड़ती थी। इस बार वह क्यों मार-काट पर उद्यत हो गये! इन शंकाओं का उन्हें एक ही उत्तर मिलता था। और वही उस उत्तरदायित्व के भार को और गुरुतर बना देता था। हाय! मैंने कितने प्राणों को अपनी ईर्ष्याग्नि के कुंड में झोंक दिया। अब मेरा कर्त्तव्य क्या है? क्या यह आग लगाकर दूर से खड़ा तमाशा देखूँ? यह सर्वथा निन्द्य है। अब तो इन अभागों की यथा योग्य सहायता करनी ही पड़ेगी, चाहे ज्ञानशंर को कितना ही बुरा लगे। इसके सिवा मेरे लिए कोई दूसरा मार्ग नहीं है।

प्रेमशंकर इन्हीं विचारों में डूबे हुए थे कि मायाशंकर ने आकर कहा, चाचा जी, अम्मा कहती हैं अब तो बहुत देर हो गयी, हाजीपुर में कैसे जाइएगा? यहीं भोजन कर लीजिए, और आज यहीं रह जाइए।

प्रेमशंकर शोकमय विचारों की तरंग में भूल गये कि अभी मुझे हाजीपुर लौटना है। माया को प्यार करके बोले, नहीं बेटा, मैं चला जाऊँगा, अभी ज्यादा रात नहीं गयी है। यहाँ रह जाऊँ, तो वहाँ बड़ा हर्ज होगा।

यह कहकर वह उठ खड़े हुए। ज्ञानशंकर की ओर करुण नेत्रों से देखा और बिना कुछ कहे ही चले गये। ज्ञानशंकर ने उनकी तरफ ताका भी नहीं।

उनके जाने के बाद डॉक्टर महोदय बोले, मैं तो इनकी बड़ी तारीफ सुना करता था पर पहली ही मुलाकात में तबीयत आसूदा हो गयी। कुछ क्रुद्ध से मालूम होते हैं।

ज्ञान—बड़े भाई हैं, उनकी ज्ञान मैं क्या कहूँ, कुछ दिनों अमेरिका क्या रह आये हैं गोया हक और इन्साफ का ठेका ले लिया है। हालाँकि अभी तक अमेरिका में भी यह खयालात अमल के मैदान से कोसों दूर हैं। दुनिया में इन खयालों के चर्चे हमेशा रहे हैं और हमेशा रहेंगे। देखना सिर्फ यह है कि यह कहाँ तक अमल में लाए जा सकते हैं। मैं खुद इन उसूलों का कायल हूँ, मेरे खयाल में अभी बहुत दिनों तक इस जमीन में यह बीज सरसब्ज नहीं हो सकता है।

इसके बाद कुछ देर तक इस दुर्घटना के सम्बन्ध में बातचीत होती रही। जब डॉक्टर साहब और ईजाद हुसेन चले गये तब ज्ञानशंकर घर में जाकर बोले, देखा भाई साहब ने लखनपुर में क्या गुल खिलाया? अभी खबर आई है कि गौस खाँ को लोगों ने मारा डाला। दोनों स्त्रियाँ हक्की-बक्की होकर एक-दूसरे का मुँह ताकने लगीं।

ज्ञानशंकर ने फिर कहा, यह वर्षों से वहाँ जा-जा कर असामियों से जाने क्या कहते थे; न जाने क्या सिखाते थे, जिसका यह नतीजा निकला है। मैंने जब इनके वहाँ आने-जाने की खबर पाई तो उसी वक्त मेरे कान खड़े हुए और मैंने इनसे विनय की थी कि आप गँवारों को अधिक सिर न चढ़ायें। उन्होंने मुझे भी वचन दिया कि उनसे कोई सम्बन्ध न रखूँगा। लेकिन अपने आगे किसी की समझते ही नहीं। मुझे भय है कि कहीं इस मामले में वह भी न फँस जाएँ। पुलिवाले एक ही कट्टर होते हैं। वह किसी न किसी मोटे असामी को जरूर फाँसेंगे। गाँव वालों पर जरा सख्ती की, सब खुल पड़ेंगे और सारा अपराध भाई साहब के सिर डाल देंगे।

श्रद्धा ने ज्ञानशंकर की ओर कातर नजरों से देखा और सिर झुका लिया। अपने मन के भावों को प्रकट न कर सकी। विद्या ने कहा, तुम जरा थानेदार के पास क्यों नहीं चले जाते? जैसे बने, उन्हें राजी कर लो।

ज्ञान—हाँ, कुछ न कुछ तो करना ही पड़ेगा, लेकिन एक छोटे आदमी की खुशामद करना, उसके नखरे उठाना कितने अपमान की बात है! भाई साहब को ऐसा न समझता था।

श्रद्धा ने सिर झुकाये हुए सरोष स्वर में कहा, पुलिसवाले उन पर जो अपराध लगायें; वह ऐसे आदम नहीं हैं कि गाँववालों को बहकाते फिरें; बल्कि अगर गाँववालों की नीयत उन्हें पहले मालूम हो जाती तो यह नौबत ही न आती। तुम्हें थानेदार की खुशामद करने की कोई जरूरत नहीं। वह अपनी रक्षा आप कर सकते हैं।

विद्या—मैं तुम्हें बराबर समझाती आती थी कि देहातियों से राड़ न बढ़ाओ। बिल्ली भी भागने को सह नहीं पाती तो शेर हो जाती है। लेकिन तुमने कभी कान ही न दिये।

ज्ञान—कैसी बेसिर पैर की बातें करती हो? मैं इन टकड़गदे किसानों से दबता फिरूँ? जमींदार न हुआ कोई चरकटा हुआ। उनकी मजाल थी कि मेरे मुकाबले में खड़े होते? हाँ,

जब अपने ही घर में आग लगाने वाले मौजूद हों तो जो कुछ न हो जाय वह थोड़ा है। मैं एक नहीं सौ बार कहूँगा कि अगर भाई साहब ने इन्हें सिर न चढ़ाया होता तो आज इनके हौसले इतने न बढ़ते।

विद्या—(दबी जबान से) सारा शहर जिसकी पूजा करता है उसे तुम घर में आग लगानेवाले कहते हो?

ज्ञान—यही लोक-सम्मान तो सारे उपद्रवों का कारण है।

श्रद्धा और ज्यादा न सुन सकी। उठकर अपने कमरे में चली गयी। तब ज्ञानशंकर ने कहा, मुझे तो इनके फँसने में जरा सन्देह नहीं है।

विद्या—तुम अपनी ओर से उनके बचाने में कोई बात उठा न रखना, यह तुम्हारा धर्म है। आगे विधाता ने जो लिखा है वह तो होगा ही।

ज्ञान—भाभी की तबियत का कुछ और ही रंग दिखाई देता है।

विद्या—तुम उनका स्वभाव जानते नहीं। वह चाहे दादा जी के साये से भागें, पर उनके नाम पर जान देती हैं, हृदय से उनकी पूजा करती हैं।

ज्ञान—इधर भी चलती हैं, उधर भी।

विद्या—इधर लोक लाज से चलती हैं, हृदय उधर ही है।

ज्ञान—तो फिर मुझे कोई और ही उपाय सोचना पड़ेगा।

विद्या—ईश्वर के लिए ऐसी बातें न किया करो।

श्रद्धा की बातों से पहले तो ज्ञानशंकर को शंका हुई, लेकिन विचार करने पर यह शंका निवृत्त हो गयी ; क्योंकि इस मामले में प्रेमशंकर का अभियुक्त हो जाना अवश्यम्भावी था। ऐसी अवस्था में श्रद्धा के क्रोध से ज्ञानशंकर को कोई हानि न हो सकती थी।

ज्ञानशंकर ने निश्चय किया कि इस विषय में मुझे हाथ-पैर हिलाने की कोई जरूरत नहीं है। सारी व्यवस्था मेरे इच्छानुकूल है। थानेदार स्वार्थवश इस इस मामले को बढ़ायेगा, सारे गाँव को फँसाने की चेष्टा करेगा और उसका सफल होना असन्दिग्ध है। गाँव में कितनी ही एका हो, पर कोई न कोई न कोई मुखबिल निकल ही आयेगा। थानेदार ने लखनपुर के जमींदार दफ्तर की जाँच-पड़ताल अवश्य ही की होगी। वहाँ मेरे ऐसे दो-चार पत्र अवश्य ही निकल आयेंगे जिनसे गाँववालों के साथ भाई साहब की सहानुभूति और सदिच्छा सिद्ध हो सके। मैंने अपने कई पत्रों में गौस खाँ को लिखा है कि भाई साहब का यह व्यवहार मुझे पसन्द नहीं। हाँ, एक बात हो सकती है। सम्भव है कि गाँववाले रिश्वत देकर अपना गला छुड़ा लें और थानेदार अकेले मनोहर का चालान करे। लेकिन ऐसे संगीन मामले में थानेदार को इतना साहस नहीं हो सकता। वह यथासाध्य इस घटना को महत्त्वपूर्ण सिद्ध करेगा। भाई साहब से अधिकारी वर्ग उनके निर्भय लोकवाद के कारण पहले से ही बदगुमान हो रहा है। सब इन्स्पेक्टर उन्हें इस षड्यन्त्र का प्रेरक साबित करके अपना रंग जरूर जमायेगा। अभियोग सफल हो गया तो उसकी तरक्की भी होगी, पारितोषिक भी मिलेगा। गाँव वाले कोई बड़ी रकम देने की सामर्थ्य नहीं रखते और थानेदार छोटी रकम के लिए अपनी आशाओं

को मिट्टी में न मिलायेगा। बन्धु-विरोध का विचार मिथ्या है। संसार में सब अपने लिए जीते और मरते हैं, भावुकता के फेर में पड़कर अपने पैरों में कुल्हाड़ी मारना हास्यजनक है।

ज्ञानशंकर का अनुमान अक्षरशः सत्य निकला। लखनपुर के प्रायः सभी बालिग आदमियों का चालान हुआ। बिसेसर साह को टैक्स की धमकी ने भेदिया बना दिया। जमींदारी दफ्तर का भी निरीक्षण हुआ। एक सप्ताह पीछे हाजीपुर में प्रेमशंकर की खाना तलाशी हुई और वह हिरासत में ले लिए गये।

सन्ध्या का समय था। ज्ञानशंकर मुन्नू को साथ लिये हवा खाने जा रहे थे कि डॉक्टर इर्फान ने यह समाचार कहा। ज्ञानशंकर के रोयें खड़े हो गये और आँखों में आँसू भर आये। एक क्षण के लिए बन्धु-प्रेम ने छुद्र भावों को दबा दिया लेकिन ज्यों ही जमानत का प्रश्न सामने आया, यह आवेग शान्त हो गया। घर में खबर हुई तो कुहराम मच गया। श्रद्धा मूर्छित हो गयी, बड़ी बहू तसल्ली देने आयीं। मुन्नू भी भीतर चला गया और माँ की गोद में सिर रखकर फूट-फूटकर रोने लगा।

प्रेम शंकर शहर से कुछ ऐसे अलग रहते थे कि उनका शहर के बड़े लोगों से परिचय बहुत कम था। वह रईसों से बहुत कम मिलते थे। कुछ विद्वज्जनों ने पत्रों में कृषि सम्बन्धी लेख अवश्य देखे थे और उनकी योग्यता के कायल थे; किन्तु उन्हें झक्की समझते थे। उनके सच्चे शुभचिन्तकों में अधिंकाश कॉलेज के युवक, दफ्तरों के कर्मचारी या देहातों के लोग थे। उनके हिरासत में आने की खबर पाते ही हजारों आदमी एकत्र हो गये और प्रेमशंकर के पीछे-पीछे पुलिस स्टेशन तक गये; लेकिन उनमें कोई भी ऐसा न था, जो जमानत देने का प्रयत्न कर सकता।

लाला प्रभाशंकर ने सुना तो उन्मत्त की भाँति दौड़े हुए ज्ञानशंकर के पास जाकर बोले, बेटा, तुमने सुना ही होगा। कुल मर्यादा मिट्टी में मिल गयी। (रोकर) भैया की आत्मा को इस समय कितना दुःख हो रहा होगा।' जिस मान-प्रतिष्ठा के लिए हमने जायदाद बर्बाद कर दी वह आज नष्ट हो गयी। हाय! भैया जीवनपर्यन्त कभी अदालत के द्वार पर नहीं गये। घर में चोरियाँ हुईं, लेकिन कभी थाने में इत्तला तक न की कि तहकीकात होगी और पुलिस दरवाजे पर आयेगी। आज उन्हीं का प्रिय पुत्र...। क्यों बेटा, जमानत न होगी?

ज्ञानशंकर इस कातर अधीरता पर रुष्ट होकर बोले, मालूम नकिमों की मर्जी पर है।

प्रभा–तो जाकर हाकिमों से मिलते क्यों नहीं? कुछ तुम्हें भी अपनी इज्जत की फिक्र है या नहीं?

ज्ञान–कहना बहुत आसान है, करना कठिन है।

प्रभा–भैया, कैसी बातें करते हो? यहाँ के हाकिमों में तुम्हारा कितना मान है? बड़े साहब तक तुम्हारी कितनी खातिर करते हैं यह लोग किस दिन काम आयेंगे? क्या इसके लिए कोई दूसरा अवसर आयेगा?

ज्ञान–अगर आपका यह आशय है कि मैं जाकर हाकिमों की खुशामद करूँ, उनसे रियायत की याचना करूँ तो यह मुझसे नहीं हो सकता। मैं उनके खोदे हुए गढ़े में नहीं गिरना चाहता। मैं किस दावे पर उनकी जमानत कर सकता हूँ, जब मैं जानता हूँ कि वह अपनी टेक नहीं छोड़ेंगे और मुझे भी अपने साथ ले डूबेंगे।

प्रभाशंकर ने लम्बी साँस भरकर कहा, हा भगवान्! यह भाई भाइयों का हाल है! मुझे मालूम न था कि तुम्हारा हृदय इतना कठोर है। तुम्हारा सगा भाई आफत में पड़ा है और तुम्हारा कलेजा जरा भी नहीं पसीजता। खैर, कोई चिन्ता नहीं अगर मेरी सामर्थ्य से बाहर नहीं है तो मेरे भाई के पुत्र मेरे सामने यों अपमानित न हो पायेगा।

ज्ञानशंकर को अपने चाचा की दयार्द्रता पर क्रोध आ रहा था। वह समझते थे केवल अवहेलना करने के लिए यह इतने प्रगल्भ हो रहे हैं। इनकी इच्छा है कि मुझे भी अधिकारियों की दृष्टि में गिरा दें। लेकिन प्रभाशंकर बनावटी भावों के मनुष्य न थे। वह कुल-प्रतिष्ठा पर अपने प्राण तक सम्पूर्ण कर सकते थे। उनमें वह गौरव प्रेम था जो स्वयं उपवास करके आतिथ्य-सत्कार को अपना सौभाग्य समझता था, और जो अब, हा शोक! इस देश से लुप्त हो गया है। धन उनके विचार में केवल मान-मर्यादा की रक्षा के लिए था, भोग-विलास और इन्द्रिय सेवा के लिए नहीं। उन्होंने तुरन्त जाकर कपड़े पहने चोगा पहना, अमामा बाँधा और एक पुराने रईस के वेश में मैजिस्ट्रेट के पास जा पहुँचे। रात के आठ बज चुके थे, इसकी जरा भी परवाह न की। साहबं के सामने उन्होंने जितनी दीनता प्रकट की, जितने विनीत शब्दों में अपनी संकट-कथा सुनायी, जितनी नीच खुशामद पर रख दिया और रोने लगे, अपने कुल-मर्यादा की जो गाथा गायी और उसकी राज-भक्ति के जो प्रमाण दिये उसे एक नव शिक्षित युवक अत्यन्त लज्जाजनक ही नहीं बल्कि हास्यापद समझता। लेकिन साहब पसीज़ गये। जमानत ले लेने का वादा किया पर रात हो जाने के कारण उस वक्त कोई कार्यवाही न हो सकी। प्रभाशंकर यहाँ से निराश लौटे। उनकी यह इच्छा कि प्रेमशंकर हिरासत में रात को न रहें पूरी न हो सकी। रात भर चिन्ता में पड़े हुए करवटें बदलते रहे। भैया की आत्मा को कितना कष्ट हो रहा होगा? कई बार उन्हें ऐसा धोखा हुआ कि भैया द्वार पर खड़े रो रहे हैं। हाय! बेचारे प्रेमशंकर पर क्या बीत रही होगी। तंग, अँधेरी दुर्गन्धयुक्त कोठरी में पड़ा होगा, आँखों में आँसू न थमते होंगे इस वक्त उससे कुछ न खाया होगा। वहाँ के सिपाही और चौकीदार उसे दिक कर रहे होंगे। मालूम नहीं; पुलिसवाले उसके साथ कैसा बर्ताव कर रहे हैं? न जाने उससे क्या कहलाना चाहते हों? इस विभाग में जाकर आदमी पशु हो जाता है। मेरा दयाशंकर पहले कैसा सुशील लड़का था, जब से पुलिस में गया है मिजाज ही और हो गया। अपनी स्त्री तक की बात नहीं पूछता। अगर मुझपर कोई मामला आ पड़े तो मुझसे बिना रिश्वत लिये न रहे। प्रेमशंकर पुलिसवालों की बातों में न आता होगा और वह सब उसे और भी कष्ट दे रहे होंगे। भैया इस पर जान देते थे। कितना प्यार करते थे, और आज इसकी यह दशा!

प्रातःकाल प्रभाशंकर फिर मैजिस्ट्रेट के बँगले पर गये। मालूम हुआ कि साहब शिकार खेलने चले गये हैं। वहाँ पुलिस के सुपरिन्टेंडेंट के पास गये। यह महाशय अभी निद्र में मग्न थे। उनसे दस बजे के पहले भेंट होने की सम्भावना न थी। बेचारे यहाँ से भी निराश हुए और तीसरे पहर तक बे-दाना, बे-पानी, हैरान-परेशान, इधर-उधर दौड़ते रहे। कभी इस दफ्तर में जाते, कभी उस दफ्तर। उन्हें आश्चर्य होता था कि दफ्तरों के छोटे कर्मचारी क्यों इतने बेमुरौवत और निर्दय होते हैं। सीधी बात करनी तो दूर रही, खोटी-खरी सुनाने में भी संकोच नहीं करते। अन्त में चार बजे मैजिस्ट्रेट ने जमानत मंजूर की लेकिन हजार दो

हजार की नहीं पूरे दस हजार की वह भी नकद। प्रभाशंकर का दिल बैठ गया। एक बड़ी साँस लेकर वहाँ से उठे और धीरे-धीरे घर चले, मानो शरीर निर्जीव हो गया है। घर आकर वह चारपाई पर गिर पड़े और सोंचने लगे, दस हजार का प्रबन्ध कैसे करूँ? इतने रुपये मुझे विश्वास पर कौन देगा? तो क्या जायदाद रेहन रख दूँ? हाँ इसके सिवा और कोई उपाय नहीं है। मगर घरवाले किसी तरह राजी न होंगे, घर में लड़ाई ठन जायगी। बहुत देर तक इसी हैस-बैस में पड़े रहे। भोजन का समय आ पहुँचा। बड़ी बहू बुलाने आयीं। प्रभाशंकर में उनकी ओर विनीत भाव से देखकर कहा, मुझे बिलकुल भूख नहीं है।

बड़ी बहू—कैसी भूख है जो लगती नहीं? कल रात नहीं खाया, दिन को नहीं खाया, क्या इस चिन्ता में प्राण दे दोगे? जिन्हें चिन्ता होनी चाहिए, जो उनका हिस्सा उड़ाते हैं, उनके माथे पर तो बल तक नहीं है और तुम दाना-पानी छोड़े बैठे हो! अपने साथ घर के प्राणियों को भी भूख मार रहे हो। प्रभाशंकर ने सजल नेत्र होकर कहा, क्या करूँ, मेरी तो भूख-प्यास बन्द हो गयी है, कैसा सुशील, कितना कोमल प्रकृति, कितना शान्तचित्त लड़का है। उसकी सूरत मेरी आँखों के सामने फिर रही है। भोजन कैसे करूँ! विदेश में था तो भूल गये थे, उसे खो बैठे थे, पर खोये रत्न को पाने के बाद उसे चोरों के हाथ में देखकर सब्र नहीं होता।

बड़ी बहू—लड़का तो ऐसा है कि भगवान् सबको दें। बिलकुल वही लड़कपन का स्वभाव है, वही भोलापन, वही मीठी बातें, वही प्रेम। देखकर छाती फूल उठती है। घमंड तो छू तक नहीं गया। पर दानी-पानी छोड़ने से तो काम न चलेगा, चलो कुछ थोड़-सा खा लो।

प्रभाशंकर—दस हजार नकद जमानत माँगी गयी है।

बड़ी बहू—ज्ञानू से कहते क्यों नहीं कि मीठी-मीठा गप्प, कड़वा-कड़वा थू। प्रेमू का आधा नफा क्या श्रद्धा के भोजन-वस्त्रों में ही खर्च हो जाता है?

प्रभाशंकर—उससे क्या कहूँ, सुने भी? वह पश्चिमी सभ्यता का मारा हुआ है, जो लड़के को बालिग होते ही माता-पिता से अलग कर देती है। उसने वह शिक्षा पाई है जिसका मूल तत्त्व स्वार्थ है। उसमें अब दया, विनय, सौजन्य कुछ भी नहीं रहा। वह अब केवल अपनी इच्छाओं का, इन्द्रियों का दास है।

बड़ी बहू—तो तुम इतने रुपये का प्रबन्ध करोगे?

प्रभाशंकर—क्या कहूँ, किसी से ऋण लेना पड़ेगा।

बड़ी बहू—ऐसा जान पड़ता है कि थोड़ा-सा हिस्सा जो बचा हुआ है उसे भी अपने सामने ही ठिकाने लगा दोगे। यह तो कभी नहीं देखा कि जो रुपये एक बार लिये गये वह फिर गये हों। बस, जमीन के ही माथे जाती है।

प्रभाशंकर—जमीन मेरी गुलाम है, मैं जमीन का गुलाम नहीं हूँ।

बड़ी बहू—मैं कर्ज न लेने दूँगी। जाने कैसा पड़े, कैसा न पड़े, अन्त में सब बोझ तो हमारे ही सिर पड़ेगा। लड़कों को कहीं बैठने का ठाँव भी न रहेगा।

प्रभाशंकर ने पत्नी की ओर कठोर दृष्टि से देखकर कहा, मैं तुमसे सलाह नहीं लेता हूँ और न तुमको इसका अधिकारी समझता हूँ। तुम उपकार को भूल जाओ, मैं नहीं भूल सकता। मेरा खून सफेद नहीं है। लड़कों की तकदीर में आराम लिखा होगा आराम करेंगे,

तकलीफ लिखी होगी तकलीफ भोगेंगे। मैं उनकी तकदीर नहीं हूँ। आज दयाशंकर पर कोई बात आ पड़े तो गहने बेच डालने में भी किसी को इनकार न होगा। मैं प्रेमू को दयाशंकर से जौ भर भी कम नहीं समझता।

बड़ी बहू न फिर भोजन करने के लिए अनुरोध किया और प्रभाशंकर फिर नहीं-नहीं करने लगे। अन्त में उसने कहा, आज कद्दू के कबाब बने हैं। मैं जानती कि तुम न खाओगे तो क्यों बनवाती?

प्रभाशंकर की उदासीनता लुप्त हो गई। उत्सुक होकर बोले, किसने बनाये हैं।

बड़ी बहू–बहू ने।

प्रभा–अच्छा, तो थाली परसाओ। भूख तो नहीं है, पर दो-चार कौर खा ही लूँगा।

भोजन के पश्चात् प्रभाशंकर फिर उसी चिन्ता में मग्न हुए। रुपये कहाँ से लायें? बेचारे प्रेमशंकर को आज फिर हिरासत में रात काटनी पड़ी। बड़ी बहू ने स्पष्ट शब्दों में कह दिया था कि मैं कर्ज न लेने दूँगी। और यहाँ कर्ज के सिवा और कोई तदबीर ही न थी। आज लाला जी फिर सारी रात जागते रहे। उन्होंने निश्चय कर लिया कि घरवाले चाहे जितना विरोध करें, पर मैं अपना कर्त्तव्य अवश्य पूरा करूँगा। भोर होते ही वह सेठ दीनानाथ के पास जा पहुँचे और अपनी विपत्ति-कथा कह सुनाई। सेठ जी से उनका पुराना व्यवहार था। उन्हीं की बदौलत सेठ जी जमींदार हो गये थे। मामला करने पर राजी हो गये। लिखा-पढ़ी हुई और दस बजते-बजते प्रभाशंकर के हाथों में दस हजार की थैली आ गई। वह ऐसे प्रसन्न थे मानो कहीं पड़ा हुआ धन मिल गया हो। गद्गद होकर बोले, सेठ जी किन शब्दों में आपका धन्यवाद दूँ, आपने मेरे कुल की मर्यादा रख ली। भैया की आत्मा स्वर्ग में आपका यश गायेगी।

यहाँ से वह सीधे कचहरी गये और जमानत के रुपये दाखिल कर दिए। इस समय उनका हृदय ऐसा प्रफुल्लित था जैसे कोई बालक मेला देखने जा रहा हो। इस कल्ना से उनका कलेजा उछल पड़ता था कि भैया मेरी भक्ति पर कितने मुग्ध हो रहे होंगे!

11 बजे का समय था, मैजिस्ट्रेट के इजलास पर लखनपुर के अभियुक्त हाथों में हथकड़ियाँ पहने खड़े थे। शहर के सहस्रों मनुष्य इन विचित्र जीवधारियों को देखने के लिए एकत्र हो गए थे। सभी मनोहर को एक निगाह देखने के लिए उत्सुक हो रहे थे। कोई उसे धिक्कारता था, कोई कहता था अच्छा किया। अत्याचारियों के साथ ऐसा ही करना चाहिए। सामने एक वृक्ष के नीचे बिलासी मन मारे बैठी हुई थी। बलराज के चेहरे पर निर्भयता झलक रही थी। डपटसिंह और दुखरन भगत चिन्तित दीख पड़ते थे। कादिर खाँ धैर्य की मूर्ति बने हुए थे। लेकिन मनोहर लज्जा और पश्चात्ताप से उद्विग्न हो रहा था। वह अपने साथियों से आँख न मिला सकता था। मेरी ही बदौलत गाँव पर यह आफत आयी है, यह खयाल उसके चित्त से एक क्षण के लिए भी न उतरता था। अभियुक्तों से जरा हटकर बिसेसर साह खड़े थे–ग्लानि की सजीव मूर्ति बने। पुलिस के कर्मचारी उन्हें इस प्रकार घेरे थे, जेसे किसी मदारी को बालक-वृन्द घेरे रहते हैं। सबसे पीछे प्रेमशंकर थे, गम्भीर और अदम्य। मैजिस्ट्रेट ने सूचना दी–प्रेमशंकर जमानत पर रिहा किये गये।

प्रेमशंकर ने सामने आकर कहा, मैं इस दया-दृष्टि के लिए आपका अनुगृहीत हूँ, लेकिन

जब मेरे ये निरपराध भाई बेड़ियाँ पहने खड़े हैं तो मैं उनका साथ छोड़ना उचित नहीं समझता।

अदालत में हजारों ही आदमी खड़े थे। सब लोग प्रेमशंकर को विस्मित हो कर देखने लगे। प्रभाशंकर करुणा से गद्‌गद होकर बोले, बेटा मुझ पर दया करो। कुछ मेरी दौड़-धूप, कुछ अपनी कुल मर्यादा और कुछ अपने सम्बन्धियों के शाक-विलाप का ध्यान करो। तुम्हारे इस निश्चय से मेरा हृदय फटा जाता है।

प्रेमशंकर ने आँखों में आँसू भरे हुए कहा, चाचा जी, मैं आपके पितृवत प्रेम और सदिच्छा का हृदय से अनुगृहीत हूँ। मुझे आज ज्ञात हुआ कि मानव-हृदय कितना पवित्र, कितना उदार, कितना वात्सल्यमय हो सकता है। पर मेरा साथ छूटने से इन बेचारों की हिम्मत टूट जाएगी, ये सब हताश हो जायँगे। इसलिए मेरा इनके साथ रहना परमावश्यक है। मुझे यहाँ कोई कष्ट नहीं है। मैं परमात्मा को धन्यवाद देता हूँ कि उसने मुझे इन दीनों को तसकीन और तसल्ली देने का अवसर प्रदान किया। मेरी आपसे एक और विनती है। मेरे लिए वकील की जरूरत नहीं है। मैं अपनी निर्दोषता स्वयं सिद्ध कर सकता हूँ। हाँ, यदि हो सके तो आप इन बेजबानों के लिए कोई वकील ठीक कर लीजिएगा, नहीं तो संभव है कि इनके ऊपर अन्याय हो जाय।

लाला प्रभाशंकर हतोत्साह होकर इजलास के कमरे से बाहर निकल आए।

इस मुकदमे ने सारे शहर में हलचल मचा दी। जहाँ देखिए, यह चर्चा थी सभी लोग प्रेमशंकर के आत्म-बलिदान की प्रशंसा सौ-सौ मुँह से कर रहे थे।

यद्यपि प्रेमशंकर ने स्पष्ट कह दिया था कि मेरे लिए किसी वकील की जरूरत नहीं है, पर लाला प्रभाशंकर का जी न माना। उन्हें भय था कि वकील के बिना काम बिगड़ जाएगा। नहीं, यह कदापि नहीं हो सकता। कहीं मामला बिगड़ गया तो लोग यही कहेंगे कि लोभ के मारे वकील नहीं किया, उसी का फल है। अपने मन में यही पछतावा होगा। अतएव वह सारे शहर के नामी वकीलों के पास गये। लेकिन कोई भी इस मुकदमे की पैरवी करने पर तैयार न हुआ। किसी ने कहा, मुझे अवकाश नहीं है, किसी ने कोई और ही बहाना करके टाल दिया। सबको विश्वास था कि अधिकारी वर्ग प्रेमशंकर से कुपित हो रहे हैं, उनकी वकालत करना स्वार्थ-नीति के विरुद्ध है। प्रभाशंकर का यह प्रयास सफल न हुआ तो उन्होंने अन्य अभियुक्तों के लिए कोई प्रयत्न नहीं किया। उनकी सहानुभूति अपने परिवार तक ही सीमित थी।

अभियोग तैयार हो गया और मैजिस्ट्रेट के इजलाश में पेशियाँ होने लगीं। थानेदार का बयान हुआ, फैजू का बयान हुआ, तहसीलदार चपरासियों और चौकीदारों के इजहार लिए गये। आठवें दिन ज्ञानशंकर इजलास के सामने आकर खड़े हुए। प्रभाशंकर को ऐसा दुःख हुआ कि वह कमरे के बाहर चले गये और एक वृक्ष के नीचे बैठकर रोने लगे। सगे भाइयों में यह वैमनस्य! पुलिस का पक्ष सिद्ध करने के लिए एक भाई दूसरे भाई के विरुद्ध साक्षी बने! दर्शकों को भी कौतूहल हो रहा था कि देखें इनका क्या बयान होता है। सब टकटकी लगाये उनकी ओर ताक रहे थे। पुलिस को विश्वास था कि इनका बयान प्रेमशंकर

के लिए ब्रह्मफाँस बन जायगा; लेकिन उनको और उनसे अधिक दर्शकों को कितना विस्मय हुआ जब ज्ञानशंकर ने लखनपुर वालों पर अपने दिल का बुखार निकाला, प्रेमशंकर का नाम तक न लिया।

सरकारी वकील ने पूछा, आपको मालूम है कि प्रेमशंकर उस गाँव में अक्सर आया-जाया करते थे।

ज्ञान–उनका उस गाँव में आधा हिस्सा है।

वकील–आप जानते हैं कि जब इन्स्पेक्टर जनरल पुलिस का दौरा हुआ था तब प्रेमशंकर ने लखनपुरवालों की बेगार बन्द करने की कोशिश की थी और तहसीलदार से लड़ने पर आमादा हो गये थे?

ज्ञान–मुझे इसकी खबर नहीं।

वकील–आप यह तो जानते हैं कि जब आपने बेशी लगान का दावा किया था तब प्रेमशंकर ने गाँववालों को 500 रुपये मुकदमे की पैरवी करने के लिए दिये थे।

ज्ञान–मुझे इस विषय में कुछ नहीं मालूम है।

ज्ञानशंकर की गवाही हो गयी। सरकारी वकील का मुँह लटक गया। लेकिन दर्शक गण एक स्वर से कहने लगे, भाई फिर भी भाई ही है, चाहे एक दूसरे के खून का प्यासा क्यों न हो।

इसके बाद मिस्टर ज्वालासिंह इजलास पर आये। उन्होंने कहा, मैं यहाँ कई साल तक हाकिम बना रहा। लखनपुर मेरे ही इलाके में था। कई बार वहाँ दौरा करने गया। याद नहीं आता कि वहाँ गाँववालों से रसद या बेगार के बारे में उससे ज्यादा झंझट हुआ हो जितना दूसरे गाँव में होता है। मेरे इजलास में एक बार बाबू ज्ञानशंकर ने इजाफा लगान का दावा किया था, लेकिन मैंने उसे खारिज कर दिया था।

सरकारी वकील–आपको मालूम है कि उस मामले की पैरवी के लिए प्रेमशंकर ने लखनपुर वालों को 500 रुपये दिये थे।

ज्वालासिंह–मालूम है। लेकिन मैं समझता हूँ, उनको यह रुपये किसी दूसरे आदमी ने गाँववालों की मदद के लिए दिये थे।

वकील–आपको यह तो मालूम ही होगा कि प्रेमशंकर की उस गाँव में बहुत आमदरफ्त रहती थी।

ज्वाला–हाँ, वह ताऊन या दूसरी बीमारियों के अवसर पर अक्सर वहाँ जाते थे।

यह गवाही भी पूरी हो गयी। सरकारी वकील के सभी प्रश्न व्यर्थ सिद्ध हुए।

तब बिसेसर साह इजलास पर आए। उनका बयान बहुत विस्तृत, क्रमबद्ध और सारगर्भित था, मानो किसी उपन्यासकार ने इस परिस्थिति की कल्पनापूर्ण रचना की हो। सबको आश्चर्य हो रहा था कि अपढ़ गँवार में इतना वाक्-चातुर्य कहाँ से आ गया? उसके घटना प्रकाश में इतनी वास्तविकता का रंग था कि उस पर विश्वास न करना कठिन था। गौस खाँ के साथ गाँववालों का शत्रुभाव, बेगार के अवसरों पर उससे हुज्जत और तकरार, चरावर को रोक देने पर गाँववालों का उत्तेजित हो जाना, रात को सब आदमियों का मिलकर गौस खाँ का वध करने की तदवीरें सोचना, इन सब बातों की अत्यन्त विशद विवेचना की

गयी थी। मुख्यतः षड्यन्त्र-रचना का वर्णन ऐसा मूर्तिमान और मार्मिक था कि उस पर चाणक्य भी मुग्ध हो जाता। रात को नौ बजे मनोहर ने आ कर कादिर खाँ से कहा, बैठे क्या हो? चरावर रोक दी, चुप लगाने से काम न चलेगा, इसका उपाय करो। कादिर खाँ चौकी पर बैठे नमाज पढ़ने के लिए वजू कर रहे थे, बोले, बैठ जाओ, अकेले हम-तुम क्या बना लेंगे? जब मुसल्लम गाँव की राय हो तभी कुछ हो सकता है, नहीं तो इसी तरह कारिन्दा हमको दबाता जायगा। एक दिन खेत से भी बेदखल कर देगा, जाके दुखरन भगत को बुला लाओ। मनोहर दुखरन के घर गये। मैं भी मनोहर के साथ गया। दुखरन ने कहा, मेरे पैर में काँटा लग गया है, मैं चल नहीं सकता। खाँ साहब को यहीं बुला लाओ। मैं जाकर कादिर खाँ को बुला लाया। मनोहर, डपटसिंह और कल्लू को बुला लाये। कादिर खाँ ने कहा, हम लोग गँवार हैं, अपने मन से कोई बातें करेंगे तो न जाने चित पड़े या पट, चल कर बाबू प्रेमशंकर से सलाह लो। डपटसिंह बोले उनके पास जाने की क्या जरूरत है? मैं जा कर उन्हें बुला लाऊँगा। दूसरे दिन साँझ को बाबू प्रेमशंकर एक्के पर सवार हो आये। मैं दूकान बढ़ा रहा था। मनोहर ने आ कर कहा चलो बाबू साहब आये हैं। मैं मनोहर के साथ कादिर के घर गया। प्रेमशंकर ने कहा, ज्ञान बाबू मेरे भाई हैं तो क्या, ऐसे भाई की गर्दन काट लेनी चाहिए। कादिर ने कहा, हमारी उनसे कोई दुश्मनी नहीं है, हमारा बैर तो गौस खाँ से है। इस हत्यारे ने इस गाँव में हम लोगों का रहना मुश्किल कर दिया है। अब आप बताइए, हम क्या करें? मनोहर ने कहा, यह बेइज्जती नहीं सही जाती। प्रेमशंकर बोले, मर्द हो कर के इतना अपमान क्यों सहते हो? एक हाथ में तो काम तमाम होता है। कादिर खाँ ने कहा, कर तो डालें, पर सारा गाँव बँध जायगा। प्रेमशंकर बोले, ऐसी नादानी क्यों करो? सब मिल कर नाम किसी एक आदमी का ले लो। अकेले आदमी का यह काम भी नहीं है। तीन-तीन प्यादे हैं। गौस खाँ खुद बलवान आदमी है। कादिर खाँ बोले, जो कहीं सारा गाँव फँस जाय तो? प्रेमशंकर ने कहा ऐसा क्या अन्धेर है? वकील लोग किस मर्ज की दवा हैं? इसी बीच में मैं खाना खाने घर चला आया। प्रेमशंकर रात को ही एक्के पर लौट गये। रात को 2-1 बजे मुझे कुछ खटका हुआ। घर के चारों ओर घूमने लगा कि इतने में कई आदमी जाते दिखायी दिए। मैं समझ गया कि हमारे ही साथी हैं। कादिर का नाम ले कर पुकारा। कादिर ने कहा, सामने से हट जाओ, टोंक मत मारो, चुपके से जा कर पड़ रहो। कादिर खाँ से अब न रहा गया। बिसेसर साह की ओर कठोर नेत्रों से देख कर कहा, बिसेसर ऊपर अल्लाह हैं, कुछ उनका भी डर है?

सरकारी वकील ने कहा, चुप रहो, नहीं तो गवाह पर बेजा दबाव डालने का दूसरा दफा लग जायेगा।

सन्ध्या का समय यह लोग हिरासत में बैठे हुए इधर-उधर की बातें कर रहे थे। मनोहर अलग एक कोठरी में रखा गया था। कादिर ने प्रेमशंकर से कहा, मालिक आप तो हकनाहक इस आफत में फँसे। हम लोग ऐसे अभागे हैं कि जो हमारी मदद करता है उस पर भी आँच आ जाती है। इतनी उमिर गुजर गयी, सैकड़ों पढ़े-लिखे आदमियों को देखा, पर आपके सिवा और कोई ऐसा न मिला, जिसने हमारी गरदन पर छूरी न चलायी हो। विद्या की दुनिया बड़ाई करती है। हमें तो ऐसा जान पड़ता है कि विद्या पढ़ कर आदमी और भी छली-कपटी

हो जाता है। वह गरीब का गला रेतना सिखा देती है। आपको अल्लाह ने सच्ची विद्या दी थी। उसके पीछे लोग आपके भी दुश्मन हो गये।

दुखरन—यह सब मनोहर की करनी है। गाँव भर को डुबा दिया।

बलराज—न जाने उनके सिर कौन सा भूत सवार हो गया? गुस्सा हमें भी आया था, लेकिन उनको तो जैसे नशा चढ़ जाय।

डपट—चरावर की बिसात ही क्या थी। उसके पीछे यह तूफान।

कादिर—यारो? ऐसी बातें न करो। बेचारे ने तुम लोगों के लिए, तुम्हारे हक की रक्षा करने के लिए यह सब कुछ किया। उसकी हिम्मत और जीवट की तारीफ तो नहीं करते और उसकी बुराई करते हो। हम सब के सब कायर हैं, वही एक मर्द है।

कल्लू—बिसेसर की मति ही उल्टी हो गयी।

दुखरन—बयान क्या देता है जैसे तोता पढ़ रहा है।

डपट—क्या जाने किसके लिए इतना डरता है? कोई आगे पीछे भी तो नहीं है।

कल्लू—अगर यहाँ से छूटा तो बच्चू के मुँह में कालिख लगा के गाँव भर में घुमाऊँगा।

डपट—ऐसा कंजूस है कि भिखमंगे को देखता है तो छछुँदर की तरह घर में जाकर दबक जाता है।

कल्लू—सहुआइन उसकी भी नानी है। बिसेसर तो चाहे एक कौड़ी फेंक भी दे, वह अकेली दूकान पर रहती है तो गालियाँ छोड़ और कुछ नहीं देती। पैसे का सौदा लेने जाओ तो धेले का देती है। ऐसी डाँड़ी मारती है कि कोई परख ही नहीं सकता?

बलराज—क्यों कादिर दादा, कालेपानी जा कर लोग खेती-बारी करते हैं न?

कादिर—सुना है वहाँ ऊख बहुत होती है।

बलराज—तब तो चाँदी है। खूब ऊख बोयेंगे।

कल्लू—लेकिन दादा, तुम चौदह बरस थोड़े ही जियोगे। तुम्हारी कबर कालेपानी में ही बनेगी।

कादिर—हम तो लौट आना चाहते हैं, जिसमें अपनी हड़ावर यहीं दफन हो। वहाँ तुम लोग न जाने मिट्टी की क्या गत्त करो।

दुखरन—भाई, मरने-जीने की बात मत करो। मनाओ कि भगवान सबको जीता-जागता फिर अपने बाल-बच्चों में ले आये।

बलराज—कहते हैं, वहाँ पानी बहुत लगता है।

दुखरन—यह सब तुम्हारे बाप की करनी है, मारा, गाँव भर का सत्यानश कर दिया।

अकस्मात् कमरे का द्वार खुला और जेल के दारोगा ने आ कर कहा, बाबू प्रेमशंकर, आपके ऊपर से सरकार ने मुकदमा उठा लिया। आप बरी हो गये। आपके घरवाले बाहर खड़े हैं।

प्रेमशंकर को ग्रामीणों के सरल वार्तालाप में बड़ा आनन्द आ रहा था। चौंक पड़े। ज्ञानशंकर और ज्वालासिंह के बयान उनके अनुकूल हुए थे, लेकिन यह आशय न था कि वह इस आधार पर निर्दोष ठहराये जायँगे। वह तुरन्त ताड़ गये कि यह चचा साहब की करामात है और वास्तव में था भी यही। प्रभाशंकर को जब वकीलों से कोई आशा न रही

तो उन्होंने कौशल से काम लिया और दो-ढाई हजार रुपयों का बलिदान करके यह वरदान पाया था। रिश्वत, खुशामद, मिथ्यालाप यह सभी उनकी दृष्टि में हिरासत से बचने के लिए क्षम्य था।

प्रेमशंकर ने जेलर से कहा, यदि नियमों के विरुद्ध न हो तो कम-से-कम मुझे रात भर और यहाँ रहने की आज्ञा दीजिए। जेलर ने विस्मित हो कर कहा, यह आप क्या कहते हैं? आपका स्वागत करने के लिए सैकड़ों आदमी बाहर खड़े हैं।

प्रेमशंकर ने विचार किया, इन गरीबों को मेरे यहाँ रहने की कितना ढाँढ़स था। कदाचित् उन्हें आशा थी कि इनके साथ हम लोग भी बरी हो जायँगे। मेरे चले जाने से ये सब लोग निराश हो जायँगे। उन्हें तसल्ली देते हुए बोले, भाइयो, मुझे विवश हो कर तुम्हारा साथ छोड़ना पड़ रहा है, पर मेरा हृदय आपके ही साथ रहेगा। सम्भव है बाहर आ कर मैं आपकी कुछ सेवा कर सकूँ। मैं प्रति दिन आपसे मिलता रहूँगा।

साथियों से बिदा होकर ज्यों ही वह फाटक पर पहुँचे कि लाला प्रभाशंकर ने दौड़कर उन्हें छाती से लगा लिया। जेल के चपरासियों ने उन्हें चारों ओर से घेर लिया और इनाम माँगने लगे। प्रभाशंकर ने हर एक को दो-दो रुपये दिये। बग्घी चलने ही वाली थी कि बाबू ज्वालासिंह अपनी मोटर साइकिल पर आ पहुँचे और प्रेमशंकर के गले लिपट गये। प्रभाशंकर चाहते थे कि दोनों मित्रों को अपने घर ले जायँ और उनकी दावत करें किन्तु प्रेमशंकर ने पहले हाजीपुर जा कर फिर लौटने का निश्चय किया। ज्यों ही बग्गी बगीचे में पहुँची, हलवाहे और माली सब दौड़े और प्रेमशंकर के चारों ओर खड़े हो गये।

प्रेम–क्यों जी, दमड़ी जुताई हो रही है न?

दमड़ी ने लज्जित होकर कहा, मालिक, औरों की तो नहीं कहता, पर मेरा मन काम करने में जरा भी नहीं लगता। यही चिन्ता लगी रहती थी कि आप न जाने कैसे होंगे (निकट आ कर) भोला कल एक टोकरी आमरूद तोड़ कर बेच लाया है।

भोला–दमड़ी, तुमने सरकार के कान में कुछ कहा तो ठीक न होगा। मुझे जानते हो कि नहीं? यहाँ जेल से नहीं डरते। जो कुछ कहना हो मुँह पर बुरा-भला कहो।

दमड़ी–तो तुम नाहक जाने से बाहर हो गये। तुम्हें कोई कुछ थोड़े ही कहता है।

भोला–तुमने कानाफूसी की क्यों? मेरी बात न कही होगी, किसी और की कही होगी। तुम कौन होते हो किसी की चुगली खानेवाले?

मस्ता कोरी ने समझाया–भोला, तुम खामखा झगड़ा करने लगते हो। तुमसे क्या मतलब? जिसके जी मैं आता है मालिक कहता है। तुम्हें क्यों बुरा लगता है।

भोला–चुगली खाने चले हैं, कुछ काम करें न धन्धा, सारे दिन नशा खाये पड़े रहते हैं, इनका मुँह है कि दूसरों की शिकायत करें।

इतने में भवानीसिंह आ पहुँचे, जो मुखिया थे। यह विवाद सुना तो बोले–क्यों लड़े मरते हो यारो, क्या फिर दिन न मिलेगा? मालिक से कुशल-क्षेम पूछना तो दूर रहा, कुछ सेवा-टहल तो हो न सकी, लगे आपसे में तकरार करने।

इस सामयिक चेतावनी ने सबको शान्त कर दिया। कोई दौड़कर झोंपड़े में झाड़ू लगाने लगा, किसी ने पलँग डाल दिया, कोई मोढ़े निकाल लाया, कोई दौड़ कर पानी लाया, कोई

लालटेन जलाने लगा। भवानीसिंह अपने घर से दूध लाये। जब तीनों सज्जन जलपान करके आराम से बैठे तो ज्वालासिंह ने कहा, इन आदमियों से आप क्योंकर काम लेते हैं? मुझे तो सभी निकम्मे जान पड़ते हैं।

प्रेमशंकर—जी नहीं, यह सब लड़ते हैं तो क्या, खूब मन लगा कर काम करते हैं। दिन भर के लिए जितना काम बता देता हूँ उतना दोपहर तक ही कर डालते हैं।

लाला प्रभाशंकर जी से डर रहे थे कि कहीं प्रेमशंकर अपने बरी हो जाने के विषय में कुछ पूछ न बैठें। वह इस रहस्य को गुप्त ही रखना चाहते थे। इसलिए वह ज्वालासिंह से बातें करने लगे। जब से इनकी बदली हो गयी थी, इन्हें शान्ति नसीब न हुई थी। ऊपर वाले नाराज, नीचे वाले नाराज, जमींदार नाराज। बात-बात पर जवाब तलब होते थे। एक बार मुअत्तल भी होना पड़ा था। कितना ही चाहा कि यहाँ से कहीं और भेज दिया जाऊँ, पर सफल न हुए। नौकरी से तंग आ गये थे और अब इस्तीफा देने का विचार कर रहे थे। प्रभाशंकर ने कहा, भूल कर भी इस्तीफा देने का इरादा न करना, यह कोई मामूली ओहदा नहीं है। इसी ओहदे के लिए बड़े-बड़े रईसों और अमीरों के माथे घिसे जाते हैं, और फिर भी कामना पूरी नहीं होती। यह सम्मान और अधिकार आपको और कहाँ प्राप्त हो सकता है?

ज्वाला—लेकिन इस सम्मान और अधिकार के लिए अपनी आत्मा का कितना हनन करना पड़ता है? अगर निःस्पृह भाव से अपना काम कीजिए तो बड़े-बड़े लोग पीछे पड़ जाते हैं। अपने सिद्धान्तों का स्वाधीनता से पालन कीजिए तो हाकिम लोग त्योरियाँ बदलते हैं। यहाँ उसकी सफलता होती है जो खुशामदी और चलता हुआ है, जिसे सिद्धान्तों की परवाह नहीं। मैंने तो आज तक किसी सहृदय पुरुष को फलते-फूलते नहीं देखा। बस, शतरंजबाजों की चाँदी है। मैंने अच्छी तरह आजमा कर देख लिया। यहाँ मेरा निर्वाह नहीं है। अब तो यही विचार है कि इस्तीफा दे कर इस बगीचे में आ बसूँ और बाबू प्रेमशंकर के साथ जीवन व्यतीत करूँ, अगर इन्हें कोई आपत्ति न हो।

प्रेमशंकर—आप शौक से आइए, लेकिन खूब दृढ़ हो कर आइएगा।

ज्वालासिंह—अगर कुछ कोर-कसर होगी तो यहाँ पूरी हो जायगी।

प्रेमशंकर ने अपने आदमियों से खेती-बारी के सम्बन्ध में कुछ बातें की और 8 बजते-बजते लाला प्रभाशंकर के घर चले।

रात के 10 बजे थे। ज्वालासिंह तो भोजन करके प्रभाशंकर के दीवानखाने में ही लेटे, लेकिन प्रेमशंकर को मच्छरों ने इतना तंग किया कि नींद न आयी। कुछ देर तक तो वह पंखा झलते रहे, अन्त को जब भीतर न रहा गया तो व्याकुल हो बाहर आ कर सहन में टहलने लगे। सहन की दूसरी ओर ज्ञानशंकर का द्वार था। चारों ओर सन्नाटा छाया हुआ था। नीरवता ने प्रेमशंकर की विचार ध्वनि को गुञ्जित कर दिया। सोचने लगे, मेरा जीवन कितना विचित्र है! श्रद्धा जैसी देवी को पा कर भी मैं दाम्पत्य-सुख से वंचित। सामने श्रद्धा का शयनगृह है, मैं उधर ताकने का साहस नहीं कर सकता। वह इस समय कोई धर्म-ग्रन्थ पढ़ रही होगी, पर मुझे उसकी कोमल वाणी सुनने का अधिकार नहीं।

आकस्मात् उन्हें ज्ञानशंकर के द्वार से कोई स्त्री निकलती हुई दिखाई दी। उन्होंने

समझा मजूरनी होगी, काम-धन्धे से छुट्टी पा अपने घर जाती होगी लेकिन नहीं, यह सिर से पैर तक चादर ओढ़े हुए हैं। महरियाँ इतनी लज्जाशील नहीं होतीं। फिर यह कौन है? चाल तो श्रद्धा की-सी है, कद भी वही है। पर इतनी रात गये, इस अन्धकार में श्रद्धा कहाँ जायेगी? नहीं, कोई और होगी। मुझे भ्रम हो रहा है। इस रहस्य को खोलना चाहिए। यद्यपि प्रेमशंकर को एक अपरिचित और अकेली स्त्री के पीछे-पीछे भेदिया बन कर चलना सर्वथा अनुचित जान पड़ता था, इस गाँठ को खोलने की इच्छा प्रबल थी कि वह उसे रोक न सके।

कुछ दूर तक गली में चलने के बाद वह स्त्री सड़क पर आ पहुँची और दशाश्वमेघ घाट की ओर चली। सड़क पर लालटेनें जल रही थीं। रास्ता बन्द न था, पर बहुत कम लोग चलते दिखायी देते थे। प्रेमशंकर को उस स्त्री की चाल से अब पूरा विश्वास हो गया कि वह श्रद्धा है। उनके आश्चर्य की कोई सीमा न रही। यह इतनी रात गये कहाँ जाती है? उन्हें उस पर कोई सन्देह न हुआ। वे उसके पातिव्रत को अखंड और अविचल समझते थे। पर इस विश्वास से उनकी प्रश्नात्मक शंका को और भी उत्तेजित कर दिया। उसके पीछे-पीछे चलते रहे यहाँ, तक कि गंगातट की ऊँची-ऊँची अट्टालिकाएँ आ पहुँचीं। गली में अँधेरा था, पर कहीं-कहीं खिड़कियों से प्रकाश ज्योति आ रही थी, मानो कोई सोता हुआ आदमी स्वप्न देख रहा हो। पग-पग पर साँड़ों का सामना होता था। कहीं-कहीं कुत्ते भूमि पर पड़ी हुई पत्तलों को चाट रहे थे। श्रद्धा सीढ़ियों से उतर कर गंगातट पर जा पहुँची। अब प्रेमशंकर को भय हुआ, कहीं इसने अपने मन में कुछ और तो नहीं ठानी है। उनका हृदय काँपने लगा। वह लपक कर सीढ़ियों से उतरे और श्रद्धा से केवल इतनी दूर खड़े हो गये कि तनक खटक होते ही एक छलाँग में उसके पास जा पहुँचे। गंगा निद्रा में मग्न थीं। कहीं-कहीं जल-जन्तुओं के छपकने की आवाज आ जाती थी। सीढ़ियों पर कितने ही भिक्षुक पड़े सो रहे थे। प्रेमशंकर को इस समय असह्य ग्लानि-वेदना हो रही थी। यह मेरी क्रूरता—मेरी हृदय-शून्यता का फल है। मैंने अपने सिद्धान्त-प्रेम और आत्म-गौरव के घमंड में इसके विचारों की अवहेलना की, इसके मनोभावों को पैरों से कुचला, इसकी धर्मनिष्ठा को तुच्छ समझा। जब सारी बिरादरी मुझे दूध की मक्खी समझ रही है, जब मेरे विषय में नाना प्रकार के अपवाद फैले हुए हैं, जब मैं विधर्मी, नास्तिक और जातिच्युत समझा जा रहा हूँ, तब एक धार्मिक वृत्ति की महिला का मुझसे विमुख हो जाना सर्वथा स्वाभाविक था। न जाने कितनी हृदय-वेदना, कितने आत्मिक कष्ट और मानसिक उत्ताप के बाद आज इस अबला ने ऐसा भयंकर संकल्प किया है।

श्रद्धा कई मिनट तक जलतट पर चुपचाप खड़ी रही। तब वह धीरे-धीरे पानी में उतरी। प्रेमशंकर ने देखा अब विलम्ब करने का अवसर नहीं है। उन्होंने एक छलाँग मारी और अन्तिम सीढ़ी पर खड़े हो कर श्रद्धा को जोर से पकड़ लिया। श्रद्धा चौंक पड़ी, सशंक हो कर बोली—कौन है, दूर हट!

प्रेमशंकर ने सदोष नेत्रों से देख कर कहा, मैं हूँ अभागा प्रेमशंकर। श्रद्धा ने पति की ओर ध्यान से देखा और भयभीत हो कर बोली, आप—यहाँ?

प्रेमशंकर—हाँ, आज अदालत ने मुझे बरी कर दिया। चचा साहब के यहाँ दावत थी। भोजन करके निकला तो तुम्हें आते देखा। साथ हो लिया। अब ईश्वर के लिए पानी से

निकलो। मुझ पर दया करो।

श्रद्धा पानी से निकल कर जीने पर आयी और कर जोड़ कर गंगा को देखती हुई बोली, माता, तुमने मेरी विनती सुन ली, किस मुँह से तुम्हारा यश गाऊँ। इस अभागिन को तुमने तार दिया।

प्रेम—तुम अँधेरे में इतनी दूर कैसे चली आयीं? डर नहीं लगा?

श्रद्धा—मैं तो यहाँ कई दिनों से आती हूँ, डर किस बात का?

प्रेम—क्या यहाँ के बदमाशों का हाल नहीं जानतीं?

श्रद्धा ने कमर से छुरा निकाल लिया और बोली, मेरी रक्षा के लिए यह काफी है। संसार में जब दूसरा कोई सहारा नहीं होता तो आदमी निर्भय हो जाता है।

प्रेम—घर के लोग तुम्हें यों आते देख कर अपने मन में क्या कहते होंगे?

श्रद्धा—जो चाहे समझें, किसी के मन पर मेरा क्या वश है? पहले लोकलाज का भय था। अब वह भय नहीं रहा, उसका मर्म जान गयी। वह रेशम का जाल है, देखने में सुन्दर, किन्तु कितना जटिल। वह बहुधा धर्म को अधर्म और और अधर्म को धर्म बना देता है।

प्रेमशंकर का हृदय उछलने लगा, बोले, ईश्वर, मेरा क्या भाग्य-चन्द्र फिर उदित होगा? श्रद्धा, मैं तुमसे सत्य कहता हूँ कि मेरी कितनी ही बार इच्छा हुई कि फिर अमेरिका लौट जाऊँ; किन्तु आशा का एक अत्यन्त सूक्ष्म, काल्पनिक बन्धन पैरों में बेड़ियों का काम करता रहा। मैं सदैव अपने चारों ओर तुम्हारे प्रेम और सत्य व्रत को फैले हुए देखता हूँ। मेरे आत्मिक अन्धकार में यही ज्योति दीपक का काम देती है। मैं तुम्हारी सदिच्छाओं को किसी सघन वृक्ष की भाँति अपने ऊपर छाया डालते हुए अनुभव करता हूँ। मुझे तुम्हारी अकृपा में दया, तुम्हारी निष्ठुरता में हार्दिक स्नेह, तुम्हारी भक्ति में अनुराग छिपा हुआ दीखता है। अब मुझे ज्ञात हुआ है कि मेरे ही उद्धार के लिए यह तुम अनुष्ठान कर रही हो। यदि मेरा प्रेम निष्काम होता तो मैं इस आत्मिक संयोग पर ही सन्तोष करता, किन्तु मैं रूप और रस का दास हूँ, इच्छाओं और वासनाओं का गुलाम, मुझे इस आत्मानुराग से संतोष नहीं होता।

श्रद्धा—मेरे मन से यह शंका कभी दूर नहीं होती कि आपसे मेरा मिलना अधर्म है और अधर्म से मेरा हृदय काँप उठता है।

प्रेम—यह शंका कैसे शान्त होगी?

श्रद्धा—आप जान कर मुझसे क्यों पूछते हैं?

प्रेम—तुम्हारे मुँह से सुनना चाहता हूँ।

श्रद्धा—प्रायश्चित से।

प्रेम—वही प्रायश्चित जिसका विधान स्मृतियों में है?

श्रद्धा—हाँ, वही।

प्रेम—क्या तुम्हें विश्वास है कि कई नदियों में नहाने, कई लकड़ियों को जलाने से, घृणित वस्तुओं के खाने से, ब्राह्मणों को खिलाने से मेरी अपवित्रता जाती रहेगी? खेद है कि तुम इतनी विवेकशील हो कर इतनी मिध्यावादिनी हो!

श्रद्धा का एक हाथ प्रेमशंकर के हाथ में था। यह कथन सुनते ही उसने हाथ खींच लिया और दोनों अँगूठों से दोनों कान बन्द करते हुए बोली, ईश्वर के लिए मेरे सामने शास्त्रों

की निन्दा मत करो। हमारे ऋषि-मुनियों ने शास्त्रों में जो कुछ लिख दिया है वह हमें मानना चाहिए। उनमें मीन-मेख निकालना हमारे लिए उचित नहीं। हममें इतनी बुद्धि कहाँ है कि शास्त्रों के सभी आदेशों को समझ सकें? उनको मानने में ही हमारा कल्याण है।

प्रेम—मुझसे वह काम करने को कहती हो जो मेरे सिद्धान्त और विश्वास के सर्वथा विरुद्ध है। मेरा मन इसे कदापि स्वीकार नहीं करता कि विदेश-यात्रा कोई पाप है। ऐसी दशा में प्रायश्चित की शर्त लगा कर तुम मुझ पर बड़ा अन्याय कर रही हो।

श्रद्धा ने लम्बी साँस खींच कर कहा, आपके चित्त से अभी अहंकार नहीं मिटा। जब तक इसे न मिटाइएगा, ऋषियों की बातें आपकी समझ में न आयेंगी।

यह कह कर वह सीढ़ियों पर चढ़ने लगी। प्रेमशंकर कुछ न बोल सके। उसको रोकने का भी साहस न हुआ। श्रद्धा देखते-देखते सामने गली में घुसी और अन्धकार में विलुप्त हो गयी।

प्रेमशंकर कई मिनट तक वहीं चुपचाप खड़े रहे, तब वह सहसा इसी अर्द्ध चैतन्यावस्था से जागे, जैसे कोई रोगी देर तक मूर्च्छित रहने के बाद चौंक पड़े। अपनी अवस्था का ज्ञान हुआ। हा! अवसर हाथ से निकल गया। मैंने विचार को मनुष्य से उत्तम समझा। सिद्धान्त मनुष्य के लिए है, मनुष्य सिद्धान्तों के लिए नहीं है। मैं इतना भी न समझ सका! माना, प्रायश्चित पर मेरा विश्वास नहीं है, पर उससे दो प्राणियों का जीवन सुखमय हो सकता था। इस सिद्धान्त-प्रेम ने दोनों का ही सर्वनाश कर दिया। क्यों न चलकर श्रद्धा से कह दूँ कि मुझे प्रायश्चित करना अंगीकार है। अभी बहुत दूर नहीं गई होगी। उसका विश्वास मिथ्या ही सही, पर कितना दृढ़ है! कितनी निःस्वार्थ पति-भक्ति है, कितनी अविचल धर्मनिष्ठा! प्रेमशंकर इन्हीं विचारों में डूबे हुए थे कि एकाएक उन्होंने दो आदमियों को ऊपर से उतरते देखा। गहरे विचर के बाद मस्तिष्क को विश्राम की इच्छा होती है। वह दोनों मनुष्यों की ओर ध्यान से देखने लगे। यह कौन है? इस समय यहाँ क्या करने आये हैं? शनैः-शनैः वह दोनों नीचे आये और प्रेमशंकर से कुछ दूर खड़े हो गये। प्रेमशंकर ने उन दोनों की बातें सुनीं। आवाज पहचान गये। यह दोनों पद्मशंकर और तेजशंकर थे!

तेजशंकर ने कहा, तुम्हारी बुरी आदत है कि जिससे होता है उसी से इन बातों की चर्चा करने लगते हो। यह सब बातें गुप्त रखने की हैं। खोल देने से उसका असर जाता रहता है।

पद्म—मैंने तो किसी से नहीं कहा।

तेज—क्यों? आज ही बाबू ज्वालासिंह से कहने लगे कि हम लोग साधु हो जायेंगे। कई दिन हुए अम्माँ से यही बात कही थी। इस तरह फिरने से क्या फायदा? हम लोग साधु अवश्य होंगे, पर अभी नहीं। अभी इस 'बीसा' को सिद्ध कर लो, घर में लाख-दो लाख रुपये रख दो, बस, निश्चिन्त होकर निकल खड़े हो। भैया घर की कुछ खोज-खबर लेते ही नहीं। हम लोग भी निकल जायें तो लाला जी इतने प्राणियों का पालन-पोषण कैसे करेंगे? इम्तहान तो मेरा न दिया जायगा। कौन भूगोल-इतिहास रटता फिरे और मैट्रिक हो ही गए तो कौन राज हो जायेंगे? बहुत होगा कहीं 15-20 रुपये के नौकर हो जायेंगे। तीन साल से फेल हो रहे हैं, अब की तो यों ही कहीं पढ़ने को जगह न मिलेगी।

पद्म—अच्छा, अब किसी से कुछ न कहूँगा। यह मन्त्र सिद्ध हो जाये तो चचा साहब मुकदमा जीत जायेंगे न?

तेज—अभी देखा नहीं क्या? लाला जी बीस हजार जमानत देते थे, पर मैजिस्ट्रेट न लेता था। तीन दिन यहाँ आसन जमाया और आज वह बिलकुल बरी हो गये। एक कौड़ी भी जमानत न देनी पड़ी।

पद्म—चचा साहब बड़े अच्छे आदमी हैं। मुझे उनकी बहुत मुहब्बत लगती है। छोटे चचा की ओर ताकते हुए डर मालूम होता है।

तेज—उन्होंने बड़े चचा को फँसाया है। डरता हूँ, नहीं तो एक सप्ताह-भर आसन लगाऊँ तो उनकी जान ही लेकर छोड़ूँ।

पद्म—मुझसे तो कभी बोलते ही नहीं। छोटी चाची का अदब करता हूँ, नहीं तो एक दिन माया को खूब पीटता।

तेज—अब की तो माया भी गोरखपुर जा रहा है। वहीं पढ़ेगा।

पद्म—जब से मोटर आयी है माया का मिजाज ही नहीं मिलता। यहाँ कोई मोटर का भूख नहीं है।

यों बातें करते हुए दोनों सीढ़ी पर बैठ गये। प्रेमशंकर उठकर उनके पास आए और कुछ कहना चाहते थे कि पद्मशंकर ने चौंककर जोर से चीख मारी और तेजशंकर खड़ा होकर कुछ बुदबुदाने और छू-छू करने लगा। प्रेमशंकर बोले, डरो मत मैं हूँ।

तेज—चचा साहब! आप यहाँ इस वक्त कैसे आये?

पद्म—मुझे तो ऐसी शंका हुई कि कोई प्रेत आ गया है।

प्रेम—तुम लोग इस पाखण्ड में पड़कर अपना समय व्यर्थ गँवा रहे हो। बड़े जोखिम का काम है और तत्त्व कुछ नहीं। इन मन्त्रों को जगाकर तुम जीवन में सफलता प्राप्त नहीं कर सकते। चित्त लगाकर पढ़ो, उद्योग करो। सच्चरित्र बनो। धन और कीर्ति का यही महामन्त्र है। यहाँ से उठो।

तीनों आदमी घर की ओर चले। रास्ते-भर प्रेमशंकर दोनों शिकारों को समझाते रहे। घर पहुँचकर वे फिर निद्रा देवी की आराधना करने लगे। मच्छरों की जगह अब उनके सामने एक बाधा आ खड़ी हुई। यह श्रद्धा का अन्तिम वाक्य था, 'तुम्हारे चित्त से अभी अहंकार नहीं मिटा।' प्रेमशंकर बड़ी निर्दयता से अपने कृत्यों का समीक्षण कर रहे थे। अपने अन्तःकरण के एक-एक परदे को खोलकर देख रहे थे और प्रतिक्षण उन्हें विश्वास होता जाता था कि मैं वास्तव में अहंकार का पुतला हूँ। वह अपने किसी काम को, किसी संकल्प को अहंकार-रहित न पाते थे। उनकी दया और दीन-भक्ति में भी अहंकार छिपा हुआ जान पड़ता था। उन्हें शंका हो रही थी, क्या सिद्धान्त-प्रेम अंहकार का दूसरा स्वरूप है। इसके विपरीत श्रद्धा की धर्मपरायणता में अहंकार की गन्ध तक न थी।

इतने में ज्वालासिंह ने आकर कहा, क्या सोते ही रहिएगा? सवेरा हो गया था। बोले, मुझे तो मच्छरों के मारे नींद ही नहीं आयी! आँखें तक न झपकीं।

ज्वाला—और यहाँ एक ही करवट में भोर हो गया!

प्रेमशंकर उठकर हाथ-मुँह धोने लगे। आज उन्हें बहुत काम करना था। ज्वालासिंह

भी स्नानादि से निवृत्त हुए। अभी दोनों आदमी कपड़े पहन ही रहे थे कि तेजशंकर जलपान के लिए ताजा हलुआ, सेब का मुरब्बा, तले हुए पिस्ते और बादाम तथा गर्म दूध लाया, ज्वालासिंह ने कहा, आपके चचा साहब बड़े मेहमाननवाज आदमी हैं। ऐसा जान पड़ता है कि आतिथ्य-सत्कार में उन्हें हार्दिक आनन्द आता है और एक हम हैं कि मेहमान की सूरत देखते ही मानो दब जाते हैं। उनका जो कुछ सत्कार करते हैं वह केवल प्रथा-पालन के लिए, मन से यही चाहते हैं कि किसी तरह यह ब्याधि सिर से टले।

प्रेम–वे पवित्र आत्माएँ अब संसार से उठती जाती हैं। अब तो जिधर देखिए उधर स्वार्थ सेवा का आधिपत्य है। चचा साहब जैसा भोजन करते हैं, वैसा अच्छे-अच्छे रईसों को भी मयस्सर नहीं होता। वह स्वयं पाक-शास्त्र में निपुर्ण हैं। लेकिन खाने का इतना शौक नहीं है जितना खिलाने का। मेरा तो जी चाहता है कि अवकाश मिले तो यह विद्या उनसे सीखूँ।

दोनों मित्रों ने जलपान किया और लाला प्रभाशंकर से विदा हो कर घर से निकले। ज्वालासिंह ने कहा, कोई वकील ठीक करना चाहिए।

प्रेम–हाँ, यही सबसे जरूरी काम है। देखें, कोई महाशय मिलते हैं या नहीं। चचा साहब को तो लोगों ने साफ जवाब दे दिया।

ज्वाला–डॉक्टर इर्फान अली से मेरा खूब परिचय है। आइए, पहले वहीं चलें।

प्रेम–वह तो शायद ही राजी हों। ज्ञानशंकर से उनकी बातचीत पहले ही हो चुकी है।

ज्वाला–अभी वकालतनामा तो दाखिल नहीं हुआ। ज्ञानशंकर ऐसे नादान नहीं हैं कि ख्वामख्वाह हजारों रुपयों का खर्च उठायें। उनकी जो इच्छा थी वह पुलिस के हाथों पूरी हुई जाती है। सारा लखनपुर चक्कर में फँस गया। अब उन्हें वकील रख कर क्या करना है?

डॉक्टर महोदय अपने बाग में टहल रहे थे। दोनों सज्जनों को देखते ही बढ़कर हाथ मिलाया और बँगले में ले गये।

डॉक्टर–(ज्वालासिंह से) आपसे तो एक मुद्दत के बाद मुलाकात हुई है। आजकल तो आप हरदोई में हैं न? आपके बयान ने तो पुलिसवालों की बोलती ही बन्द कर दी। मगर याद रखिए, इसका परिणाम आपको उठाना पड़ेगा।

ज्वाला–उसकी नौबत ही न आयेगी। इन दो-रंगी चालों से नफरत हो गयी। इस्तीफा देने का फैसला कर चुका हूँ।

डॉक्टर–हालत ही ऐसी है कि खुद्दार आदमी उसे गवारा नहीं कर सकता। अब यहाँ उन लोगों की चाँदी है जिनके कान्शंस मुरदा हो गये हैं। मेरे पेशे को लीजिए, कहा जाता है कि यह आजाद पेशा है। लेकिन लाला प्रभाशंकर को सारे शहर में (प्रेमशंकर की तरफ देख कर) आपकी पैरवी करने के लिए कोई वकील न मिला। मालूम नहीं, वह मेरे यहाँ तशरीफ क्यों नहीं लाये।

ज्वाला–उस गलती की तलाफी (प्रायश्चित) करने के लिए हम लोग हाजिर हुए हैं। गरीब किसानों पर आपको रहम करना पड़ेगा।

डॉक्टर—मैं इस खिदमत के लिए हाजिर हूँ। पुलिस से मेरी दुश्मनी है। ऐसे मुकदमों की मुझे तलाश रहती है। बस, यही मेरा आखिरी मुकदमा होगा। मुझे भी वकालत से नफरत हो गयी है। मैंने युनिवर्सिटी में दरख्वास्त दी है। मंजूर हो गयी तो बोरिया-बँधना समेट कर उधर की राह लूँगा।

डॉक्टर इर्फान अली की बातों से प्रभाशंकर को बड़ी तसकीन हुई। मेहनताने के सम्बन्ध में उनसे कुछ रिआयत चाहते थे, लेकिन संकोचवश कुछ न कह सकते थे। इतने में हमारे पूर्व-परिचित सैयद ईजाद हुसैन ने कमरे में प्रवेश किया और ज्वालासिंह को देखते ही सलाम करके उनके सामने खड़े हो गये। उनके साथ एक हिन्दू युवक और भी था जो चाल-ढाल से धनाढ्य जान पड़ता था।

ज्वालासिंह—बोले, आइए-आइए! मिजाज तो अच्छा है? आजकल किसकी पेशी में हैं?

ईजाद—जब से हुजूर तशरीफ ले गये, मैंने भी नौकरी को सलाम किया। जिन्दगी शिकमपर्वरी में गुजर जाती थी। इरादा हुआ कुछ दिन कौम की खिदमत करूँ। इसी गरज से अंजुमन इत्तहाद खोल रखी है। उसका मकसद हिन्दू-मुसलमानों में मेल-जोल पैदा करना है। मैं इसे कौम का सबसे अहम (महत्त्वपूर्ण) मसला समझता हूँ। दोनों साहब अगर अंजुमन को अपने कदमों से मुमताज फरमायें तो मेरी खुशनसीबी ही है।

ज्वाला—आप वाकई कौम की सच्ची खिदमत कर रहे हैं।

ईजाद—शुक्र है, जनाब की जबान से यह कलाम निकला। यहाँ मुझे मियाँ 'इत्तहाद' कह कर मेरा मजाक उड़ाया जाता है। अंजुमन पर आवाजें कसी जाती हैं। मुझे खुदमतलब और खुदगरज कहा जाता है। यह सब जिल्लत उठाता हूँ। दोनों कौमों के बाहमी निफाक को देखता हूँ तो जिगर के टुकड़े हो जाते हैं। वह मुहब्बत और एखलाक जिस पर कौम की हस्ती कायम है, रोज-बरोज गायब होती जाती है। अगर एक हिन्दू इसलाम पर यकीन लाता है तो शोर मच जाता है कि हिन्दू कौम तबाह हुई जाती है। अगर एक हिन्दू कोई ऊँचा ओहदा पा जाता है तो मुसलमानों में हाय! हाय!' की सदा उठने लगती है। कोई कहता है इसलाम गारत हुआ, कोई कहता है इसलाम की किश्ती भँवर में पड़ी। लाहौल बिला कूअत! मजहब रूहाना तसकीन और नजात का जरिया है न कि दुनिया के कमाने का ढकोसला। इस बहामी कुदूरत को हमारे मुल्ला और पण्डित और भी भड़काते हैं। मेरी आवाज नक्कारखाने में तूती की सदा है; पर कौमी दर्द, कौमी गैरत चुप नहीं बैठने देती। गला फाड़-फाड़ चिल्लाता हूँ, कोई सुने या न सुने। अंजुमन में इस वक्त सौ मेम्बर हैं कोइ सत्तर हिन्दू साहबान हैं और तीस मुसलमान। उनके इन्तजाम से एक कुतुबखाना और मदरसा चलता है। अंजुमन का इरादा है कि एक इतहादी इबादतगाह बनाया जाय, जिसके एक जानिब शिवाला हो और दूसरे जानिब मस्जिद। एक यतीमखाने की बुनियाद डाल दी गयी है। दोनों कौमों के यतीमों को दाखिल किया जाता है। मगर अभी तक इमारतें नहीं बन सकीं। यह सब इरादे रुपये के मुहताज हैं। फकीर ने तो अपना सब कुछ निसार कर दिया। अब कौम को अख्तियार है, उसे चलाये या बन्द कर दे। क्यों डॉक्टर साहब, मेरा हिब्बानामा आपने तैयार फरमाया?

इर्फान अली—कोई तातील आये तो इतमीनान से आपका काम करूँ।

प्रेमशंकर ने श्रद्धाभाव से कहा, सैयद साहब की जात कौम के लिए बर्कत है। अंजुमन के लिए 100 रुपये की हकीर रकम नजर करता हूँ और यतीमखाने के लिए 50 मन गेहूँ, 5 मन शक्कर और 20 रुपये माहवार।

ईजाद हुसेन—खुदा आपको सबाब अता करे। अगर इजाजत हो तो जनाब का नाम भी ट्रस्टियों में दाखिल कर लिया जाय।

प्रेमशंकर—मैं इस इज्जत के लायक नहीं हूँ।

ईजाद—नहीं जनाब, मेरी यह इल्तजा आपको कबूल करनी होगी। खुदा ने आपको एक दर्दमन्द दिल अता किया है। क्यों नहीं, आप लाला जटाशंकर मरहूम के खलक हैं जिनकी गरीबपरवरी से सारा शहर मालामाल होता था। यतीम आपको दुआएँ देंगे और अंजुमन हमेशा आपकी ममनून रहेगी?

इर्फान अली ने ज्वालासिंह से पूछा, आपका कयाम यहाँ कब तक रहेगा।

ज्वाला—कुछ अर्ज नहीं कर सकता। आया तो इस इरादे से हूँ कि बाबू प्रेमशंकर की गुलामी में जिन्दगी गुजार दूँ। मुलाजमत से इस्तीफा देना तय कर चुका हूँ।

इर्फान अली—वल्लाह! आप दोनों साहब बड़े जिन्दादिल हैं। दुआ कीजिए कि खुदा मुझे भी कनाअत (सन्तोष) की दौलत अता करे और मैं भी आप लोगों की सोहबत में फैज उठाऊँ।

ज्वालासिंह ने मुस्करा कर कहा, हमारे मुलाजिमों को बरी करा दीजिए, तब हम शबोरोज आपके लिए दुआएँ करेंगे।

इर्फान अली हँस कर बोले, शर्त तो टेढ़ी है, मगर मंजूर है। डॉक्टर चोपड़ा का बयान अपने मुआफिक हो जाय तो बाजी अपनी है।

ईजाद—अब जरा इस गरीब की भी खबर लीजिए। मेरे मुहल्ले में रहते हैं। कपड़े की बड़ी दुकान है। इनके बड़े भाई इनसे बेरुखी से पेश आते हैं। इन्हें जेब खर्च के लिए कुछ नहीं देते। हिसाब भी नहीं दिखाते, सारा नफा खुद हजम कर जाते हैं। कल इन्हें बहुत सख्त सुस्त कहा। जब इनका आधा हिस्सा है, तो क्यों न अपने हिस्से का दावा करें। यह बालिग हैं, अपना फायदा नुकसान समझते हैं, भाई की रोटियों पर नहीं रहना चाहते। बोलो, भाई मथुरादास, बारिस्टर साहब से कहो क्या कहते हो।

मथुरादास ने जमीन की तरफ देखा और ईजाद हुसेन की ओर कनखियों से ताकते हुए बोले—मैं यही चाहता हूँ कि भैया से आप मेरी राजी-खुशी करा दें। कल मैंने उन्हें गाली दे दी थी। अब वह कहते हैं, तू ही घर सँभाल, मुझसे कोई वास्ता नहीं। कुंजियाँ सब फेंक दी हैं और दूकान पर नहीं जाते।

ईजाद हुसेन ने मथुरादास की ओर वक्रदृष्टि से देखकर कहा, साफ-साफ अपना मतलब क्यों नहीं कहते? आप इनकी मन्शा समझ गए होंगे। अभी ना-तजुर्बेकार आदमी, बातचीत करने की तमीज नहीं हैं; जभी तो रोज धक्के खाते हैं। इनकी मन्शा है कि आप दावा दायर करें; लेकिन यह मामले को तूल नहीं देना चाहते , सिर्फ अलदहा होना चाहते हैं क्यों ठीक है न?

मथुरादास—(सरल भाव से) जी हाँ, बस यही चाहता हूँ कि उनसे मेरी राजी-खुशी हो जाय।

मुंशी रमजानअली मुहर्रिर थे। ईजाद हुसेन मथुरादास को उनके कमरे में ले गये। वहाँ खासा दफ्तर था। कई आदमी बैठे लिख रहे थे। रमजान अली ने पूछा, कितने का दावा होगा?

ईजाद— यही कोई एक लाख का।

रमजान अली ने वकालतनामा लिखा। कोर्ट फीस, तलबाना, मेहनताना, नजराना आदि वसूल किये, जो मथुरादास ने ईजाद हुसेन की ओर अविश्वास की दृष्टि से देखते हुए दिये; जैसे कोई किसान पछता-पछता कर दक्षिणा के पैसे निकालता है। और तब दोनों सज्जनों ने घर की राह ली।

रास्ते में मथुरादास ने कहा, आपने जबरदस्ती मुझे भैया से लड़ा दिया। सैकड़ों रुपये की चपत पड़ गयी और अभी कोर्ट फीस बाकी ही है।

ईजाद हुसेन बोले, एहसान तो न मानोगे कि भाई की गुलामी से आजाद होने का इन्तजाम कर दिया। आधी दूकान के मालिक बनकर बैठोगे, उल्टे और शिकायत करते हो।

डाक्टर प्रियनाथ चोपड़ा बहुत ही उदार, विचारशील और सहृदय सज्जन थे। चिकित्सा का अच्छा ज्ञान था और सबसे बड़ी बात यह है कि उनका स्वभाव अत्यन्त कोमल और नम्र था। अगर रोगियों के हिस्से की शाक-भाजी, दूध-मक्खन, उपले-ईंधन का एक भाग उनके घर में पहुँच जाता था तो यह केवल वहाँ की प्रथा थी। उनके पहले भी ऐसा ही व्यवहार होता था। उन्होंने इसमें हस्तक्षेप करने की जरूरत न समझी। इसलिए उन्हें कोई बदनाम न कर सकता था और न उन्हें स्वयं ही इसमें कुछ दूषण दिखाई देता था। वह कम वेतन वाले कर्मचारियों से केवल आधी फीस लिया करते थे और रात की फीस भी मामूली ही रखी थी। उनके यहाँ सरकारी चिकित्सालय से मुफ्त दवा मिल जाती थी, इसलिए उनकी अन्य डाक्टरों से अधिक चलती थी। इन कारणों से उनकी आमदनी बहुत अच्छी हो गयी थी। तीन साल पहले वह यहाँ आये थे तो पैरगाड़ी पर चलते थे, अब एक फिटन थी। बच्चों को हवा खिलाने के लिए छोटी-छोटी सेजगाड़ियाँ थीं। फर्नीचर और फर्शें आदि अस्पताल के ही थे। नौकरों का वेतन भी गाँठ से न देना पड़ता था। पर इतनी मितव्ययिता पर भी वह अपनी अवस्था की तुलना जिले के सब-इन्जीनियर या कतिपय वकील से करते थे तो उन्हें विशेष आन्नद न होता था। यद्यपि उन्हें कभी-कभी ऐसे अवसर मिलते थे जो उनकी आर्थिक कामनाओं को सफल कर सकते थे, पर उनकी विचारशीलता भी उन्हें बहकने न देती थी। कॉलेज छोड़ने के बाद कई वर्ष तक उन्होंने निर्भीकता से अपने कर्तव्य का पालन किया था; लेकिन कई बार पुलिस के विरुद्ध ग़वाही देने पर मुँह की खानी पड़ी तो चेत गये। यह नित्य पुलिस का रुख देखकर अपनी नीति स्थिर किया करते थे तिस पर भी अपने निदानों को पुलिस की इच्छा के अधीन रखने में उन्हें मानसिक कष्ट होता था। अतएव जब गौस खाँ की लाश उनके पास निरीक्षण के लिए भेजी गई तो वह बड़े असमंजस में

पड़े। निदान कहता था कि यह एक व्यक्ति का काम है, एक ही बार में काम तमाम हुआ है, किन्तु पुलिस की धारणा थी कि यह एक गुट्ट का काम है। बेचारे बड़ी दुविधा में पड़े हुए थे। यह महत्त्वपूर्ण अभियोग था। पुलिस ने अपनी सफलता के लिए कोई बात न उठा रखी थी। उसका खंडन करना उससे वैर मोल लेना था और अनुभव से सिद्ध हो गया था कि यह बहुत महँगा सौदा है। गुनाह था मगर बेलज्जत। कई दिन तक इसी हैस-बैस में पड़े रहे ; पर बुद्धि कुछ काम न करती थी। इसी बीच में एक दिन ज्ञानशंकर उनके पास रानी गायत्री देवी का एक पत्र और 500 रुपये पारितोषिक ले कर पहुँचे। रानी महोदय ने उनकी कीर्ति सुनकर अपनी गुण-ग्राहकता का परिचय दिया था। उनमें शिशुपालन पर एक पुस्तक लिखवाना चाहती थीं। इसके अतिरिक्त उन्हें अपना गृह चिकित्सक भी नियत किया था और प्रत्येक 'विजिट' के लिए 100 रुपये का वादा था। डॉक्टर साहब फूले न समाये। ज्ञानशंकर की ओर अनुग्रहपूर्ण नेत्रों से देख कर बोले, श्रीमती जी की इस उदार गुणग्रहकता। का धन्यवाद देने के लिए मेरे पास शब्द नहीं हैं। आप मुझे अपना सेवक समझिए। यह सब आपकी कृपादृष्टि है, नहीं तो मेरे जैसे हजारों डॉक्टर पड़े हुए हैं। ज्ञानशंकर ने इसका यथोचित उत्तर दिया इसके बाद देश-काल सम्बन्धी विषयों पर वार्तालाप होने लगा। डाक्टर साहब का दावा था कि मैं चिकित्सा में आई. एस. वालों से कहीं कुशल हूँ और ऐसे असाध्य रोगियों का उद्धार कर चुका हूँ जिन्हें सर्वज्ञ आई. एम. एस. वालों ने जवाब दे दिया था। लेकिन फिर भी मुझे इस जीवन में इस पराधीनता से मुक्त होने की कोई आशा नहीं। मेरे भाग्य में विलायत के नव-शिक्षित युवकों की मातहती लिखी हुई है।

ज्ञानशंकर ने इसके उत्तर की देश में राजनीतिक परिस्थिति का उल्लेख किया। चलते समय उनसे बड़े निःस्वार्थ भाव से पूछा, लखनपुर के मामले में आपने क्या निश्चय किया? लाश तो आपके यहाँ आयी होगी?

प्रियनाथ–जी हाँ, लाश आयी थी। चिह्न से तो यह पूर्णतः सिद्ध होता है कि यह केवल एक आदमी का काम है, किन्तु पुलिस इसमें कई आदमियों को घसीटना चाहती है। आपसे क्या दिपऊँ, पुलिस को असन्तुष्ट नहीं कर सकता, लेकिन यों निरपराधियों को फँसाते हुए आत्मा को घृणा होती है।

ज्ञानशंकर–सम्भव है आपने चिह्न से राय स्थिर की है वही मान्य हो, लेकिन वास्तव में यह हत्या कई आदमियों की साजिशों से हुई है। लखनपुर मेरा ही गाँव है।

प्रियनाथ–अच्छा, लखनपुर आपका ही गाँव है। तो यह कारिन्दा आपका नौकर था?

ज्ञान–जी हाँ, और बड़ा स्वामिभक्त, अपने काम में कुशल। गाँववालों को उससे केवल यही चिढ़ थी कि वह उनसे मिलता न था। प्रत्येक विषय में मेरे ही हानि-लाभ का विचार करता था। यह उसकी स्वामिभक्ति का दण्ड है। लेकिन मैं इस घटना को पुलिस की दृष्टि से नहीं देखता। हत्या हो गई, एक ने की या कई आदमियों मिल कर की। मेरे लिए यह समस्या इससे कहीं जटिल है। प्रश्न जमींदार और किसानों का है। अगर हत्याकारियों को उचित दण्ड न दिया गया तो इस तरह की दुर्घटनाएँ आये दिन होने लगेंगी और जमींदारों को अपनी जान बचाना कठिन हो जायगा।

प्रस्तुत प्रश्न को यह नया स्वरूप दे कर ज्ञानशंकर विदा हुए। यद्यपि हत्या के सम्बन्ध

में डॉक्टर साहब की अब भी वही राय थी; लेकिन अब यह गुनाह बेलज्जत न था। 500 रुपये का पारितोषिक 100 रुपये फीस , साल में हजार-दस हजार मिलते रहने की आशा, उस पर पुलिस की खुशनूदी अलग। अब आगे-पीछे की जरूरत न थी। हाँ, अब अगर भय था तो डॉक्टर इर्फान अली की जिरहों का। डॉक्टर साहब की जिरह प्रसिद्ध थी। अतएव प्रियनाथ ने इस विषय के कई ग्रन्थों का अवलोकन किया और अपने पक्ष समर्थन के तत्त्व खोज निकाले। कितने ही बेगुनाहों की गर्दन पर छुरी फिर जाएगी, इसकी उन्हें एक क्षण के लिए भी चिन्ता न हुई। इस ओर उनका ध्यान ही न गया। ऐसे अवसरों पर हमारी दृष्टि कितनी संकीर्ण हो जाती है?

दिन के दस बजे थे। डॉक्टर महोदय ग्रन्थों की एक पोटली ले कर फिटन पर सवार हो कचहरी चले। उनका दिल धड़क रहा था। जिरह में उखड़ जाने की शंका लगी हुई थी। वहाँ पहुँचते ही मैजिस्ट्रेट ने उन्हें तलब किया। जब वह कटघरे के सामने आ कर खड़े हुए और अभियुक्तों को अपनी ओर दीन नेत्रों से ताकते देखा तो एक क्षण के लिए उनका चित्त अस्थिर हो गया। लेकिन यह एक क्षणिक आवेग था, आया और चला गया। उन्होंने बड़ी तात्त्विक गंभीरता, मर्मज्ञतापूर्णभाव से इस हत्याकांड का विवेचन किया। चिह्नों से यह केवल एक आदमी का काम मालूम होता है। लेकिन हत्याकारियों ने बड़ी चालाकी से काम लिया है। इस विषय में वे बड़े सिद्धहस्त हैं। मृत्यु का कारण कुल्हाड़ी या गँड़ासे का आघात नहीं है; बल्कि गले का घोंटना है और कई आदमियों की सहायता के बिना गौस खाँ जैसे बलिष्ठ मनुष्य का गला घोंटना असम्भव है। प्राणांत हो जाने पर एक वार से उसकी गर्दन काट ली गई है। जिसमें यह एक ही व्यक्ति का कृत्य समझा जाय।

इर्फान अली की जिरह शुरू हुई।

'आपने कौन सा इम्तहान पास किया है?'

'मैं लाहौर का एल . एम. एस. और कलकत्ते का एम . बी . हूँ।

'आपकी उम्र क्या है?'

'चालीस वर्ष।'

'आपका मकान कहाँ है?'

'दिल्ली।'

'आपकी शादी हुई है? अगर हुई है तो औलाद है या नहीं?'

'मेरी शादी हो गयी है और कई औलादें हैं।'

'उनकी परवरिश पर आपका कितना खर्च होता है?'

इर्फान अली यह प्रश्न ऐसे पांडित्यपूर्ण स्वाभिमान से पूछ रहे थे, मानो इन्हीं पर मुकदमे का दारोमदार है। प्रत्येक प्रश्न पर ज्वालासिंह की ओर गर्व के साथ देखते। मानो उनसे अपनी प्रखर नैयायिकता की प्रशंसा चाहते हैं। लेकिन इस अन्तिम प्रश्न पर मैजिस्ट्रेट ने एतराज किया, इस प्रश्न से आपका क्या अभिप्राय है।

इर्फान अली ने गर्व से कहा—अभी मेरा मन्शा जाहिर हुआ जाता है।

वह कह कर उन्होंने प्रियनाथ से जिरह शुरू की। बेचारे प्रियनाथ मन में सहमे जाते थे। मालूम नहीं यह महाशय मुझे किस जाल में फाँस रहे हैं।

इर्फान अली—आप मेरे आखिरी सवाल का जवाब दीजिए?

'मेरे पास उसका कोई हिसाब नहीं है।'

'आपके यहाँ माहवार कितना दूध आता है और उसकी क्या कीमत पड़ती है?'

'इसका हिसाब मेरे नौकर रखते हैं।'

'घी पर माहवार क्या खर्च आता है?'

'मैं अपने नौकर से पूछे बगैर इन गृह-सम्बन्धी प्रश्नों का उत्तर नहीं दे सकता।'

इर्फान अली ने मैजिस्ट्रेट से कहा, मेरे सवालों के काबिल इतमीनान जवाब मिलने चाहिए।

मैजिस्ट्रेट—मैं नहीं समझता कि इन सवालों से आपकी मन्शा क्या है?

इर्फान अली—मेरा मन्शा गवाह की एखलाकी हालत का परदाफाश करना है। इन सवालों से मैं यह साबित कर देना चाहता हूँ कि वह बहुत ऊँचे वसूलों का आदमी नहीं है।

मैजिस्ट्रेट—मैं इन प्रश्नों को दर्ज करने से इन्कार करता हूँ।

इर्फान अली—तो मैं भी जिरह करने से इन्कार करता हूँ।

यह कह कर बारिस्टर साहब इजलास से बाहर निकल आये और ज्वालासिंह से बोले, आपने देखा, यह हजरत कितनी बेजा तरफदारी कर रहे हैं? वल्लाह! मैं डॉक्टर साहब के लत्ते उड़ा देता। यहाँ ऐसी-वैसी जिरह न करते। मैं साफ साबित कर देता कि जो आदमी छोटी-छोटी रकमों पर गिरता है वह ऐसे बड़े मामले में बेलौस नहीं रह सकता। कोई मुजायका नहीं। दीवानी में चलने दीजिए, वहाँ इनकी खबर लूँगा।

इसके एक घंटा पीछे मैजिस्ट्रेट ने फैसला सुना दिया—सब अभियुक्त सेशन सुपुर्द।

सन्ध्या हो गयी थी। ये विपत्ति के मारे फिर हवालात चले। सबों के मुख पर उदासी छायी हुई थी। प्रियनाथ के बयान ने उन्हें हताश कर दिया था। वह यह कल्पना भी नहीं कर सकते थे कि ऐसा उच्च पदाधिकारी प्रलोभनों के फेर में पड़ कर असत्य की ओर जा सकता है। सभी गर्दन झुकाए चले जाते थे। अकेला मनोहर रो रहा था।

इतने में प्रियनाथ की फिटन सड़क से निकली। अभियुक्तों ने उन्हें अवहेलनापूर्ण नेत्रों से देखा। मानो कह रहे थे, 'आपको हम दीन-दुखियों पर तनिक भी दया न आयी।' डॉक्टर साहब ने भी उन्हें देखा, आँखों में ग्लानि का भाव झलक रहा था।

जब मुकदमा सेशन सुपुर्द हो गया और ज्ञानशंकर को विश्वास हो गया कि अब अभियुक्तों का बचना कठिन है तब उन्होंने गौस खाँ की जगह पर फैजुल्लााह को नियुक्त किया और खुद गोरखपुर चले आए। यहाँ से गायत्री की कई चिट्ठियाँ गयी थीं। मायाशंकर को भी साथ लाए। विद्या ने बहुत कहा कि मेरा जी घबड़ायेगा, पर उन्होंने न माना।

इस एक महीने में ज्ञानशंकर ने वह समस्या हल कर ली थी जिस पर वह कई सालों से विचार कर रहे थे। उन्होंने वह मार्ग निर्धारित कर लिया था जिससे गायत्री देवी के हृदय तक पहुँच सकें। इस मार्ग की दो शाखाएँ थीं, एक विरोधात्मक और दूसरी विधानात्मक।

ज्ञानशंकर ने यही दूसरा मार्ग ग्रहण करना निश्चय किया। गायत्री के धार्मिक भावों को हटाना, जो किसी गढ़ की दुर्भेद्य दीवारों की भाँति उसको वासनाओं से बचाए हुए थे, दुस्तर था। ज्ञानशंकर एक बार इस प्रयत्न में असफल हो चुके थे और कोई कारण न था कि उस साधन का आश्रय ले कर वह फिर असफल न हों। इसकी अपेक्षा दूसरा मार्ग सुगम और सुलभ था। उन धार्मिक भावों को हटाने के बदले उन्हें और दृढ़ क्यों न कर दूँ! इमारत को विध्वंस करने के बदले उसी भित्ति पर क्यों न और रद्दे चढ़ा दूँ? उसको अपना बनाने के बदले क्यों न आप ही उसका हो जाऊँ?

ज्ञानशंकर ने गोरखपुर आ कर पहले से भी अधिक उत्साह और अध्यवसाय से काम करना शुरू किया। धर्मशाला का काम स्थगित हो गया था। अब की ठेकेदारों से काम न ले कर उन्होंने अपनी ही निगरानी में बनवाना शुरू किया। उसके सामने ही एक ठाकुरद्वारे का शिलारोपण भी कर दिया। वह नित्यप्रति प्रातःकाल मोटर पर सवार हो कर घर से निकल जाते और इलाके का चक्कर लगा कर सन्ध्या तक लौट आते। किसी कारिन्दे या कर्मचारी की मजाल न थी कि एक कौड़ी तक खा सके। किसी शहना या चपरासी की ताव न थी कि असामियों पर किसी प्रकार की सख्ती कर सके और न किसी असामी का दिल था कि लगान चुकाने में एक दिन का भी विलम्ब कर सके। सहकारी बैंक का काम भी चल निकला। किसान महाजनों के जाल से मुक्त होने लगे और उनमें यह सामर्थ्य होने लगी कि खरीदारों के भाव पर जिन्स न बेचकर अपने भाव पर बेच सकें। ज्ञानशंकर का यह सुप्रबन्ध और कार्यपटुता देख कर गायत्री की सदिच्छा श्रद्धा का रूप धारण करती जाती है। वह विविध रूप से प्रत्युपकार की चेष्टा करती। विद्या के लिए तरह-तरह की सौगात भेजती और मायाशंकर पर तो जान ही देती थी। उसकी सवारी के लिए दो टाँघन थे, पढ़ाने के लिए दो मास्टर। एक सुबह को आता था, दूसरा शाम को। उसकी टहल के लिए अलग दो नौकर थे। उसे अपने सामने बुला कर नाश्ता कराती थी। आप अच्छी-अच्छी चीजें बना कर उसे खिलाती, कहानियाँ सुनाती और उसकी कहानियाँ सुनती। उसे आये दिन इनाम देती रहती। मायाशंकर अपनी माँ को भूल गया। वह ऐसा समझदार, ऐसा मिष्टभाषी, ऐसा विनयशील, ऐसा सरल बालक था कि थोड़े ही दिनों में गायत्री उसे हृदय से प्यार करने लगी।

ज्ञानशंकर के जीवन में भी एक विशेष परिवर्तन हुआ। अब वह नित्य सन्ध्या समय भागवत की कथा सुना करते। दो-चार साधु-सन्त-जमा होते, मेल-जोल के दस-पाँच सज्जन आ जाते, मोहल्ले के दो-चार श्रद्धालु पुरूष आ बैठते और एक छोटी-मोटी धार्मिक सभा हो जाती। यहाँ कृष्ण भगवान् की चर्चा होती, उसकी प्रेम-कथाएँ सुनायी जातीं और कभी-कभी कीर्तन भी होता था। लोग प्रेम में मग्न हो कर रोने लगते और सबसे अधिक अश्रुवर्षा ज्ञानशंकर की ही आँखों से होती थी। वह प्रेम के हाथों बिक गये थे।

एक दिन गायत्री ने कहा, अब तो आपके यहाँ नित्य कृष्ण-चर्चा होती है, पर्दे का प्रबन्ध हो जाय तो मैं भी आया करूँ। ज्ञानशंकर ने श्रद्धापूर्ण नेत्रों से गायत्री को देखकर कहा, यह सब आप ही के सत्संग का फल है। आपने ही मुझे यह भक्ति-मार्ग दिखाया है और मैं आपको ही अपना गुरु मानता हूँ। आज से कई मास पहले मैं माया-मोह में फँसा हुआ, इच्छाओं का दास, वासनाओं का गुलाम और सांसारिक बन्धनों में जकड़ा हुआ था।

आपने मुझे बता दिया कि संसार में निर्लिप्त हो कर क्यों कर रहना चाहिए। इतनी सम्पत्तिशानिली हो कर भी आप संयासिनी हैं। आपके जीवन ने मेरे लिए सदुपदेश का काम किया है।

गायत्री ज्ञानशंकर को विद्या और ज्ञान का अगाध सागर समझती थी। वह महान् पुरुष जिसकी लेखनी में यह सामर्थ्य हो कि मुझे रानी के पद से विभूषित करा दे, जिसकी वक्तृताओं को सुन कर बड़े-बड़े अँगरेज उच्चाधिकारी दंग रह जायँ, जिसके सुप्रबन्ध की आज सारे जिले में धूम है, मेरा इतना भक्त हो, इस कल्पना से ही उसका गौरवशील विह्वल हो गया। ऐसे सम्मानों के अवसरों परउसे अपनी स्वामी की याद आ जाती थी। विनीत भाव से बोली, बाबू जी यह सब भगवान् की दया है। उन्होंने आपको यह भक्ति प्रदान की है नहीं तो लोग यावज्जीवन धर्मोपदेश सुनते रह जाते हैं और पिर भी उनके ज्ञानचक्षु नहीं खुलते। कहीं स्वामी से आपकी भेंट हो गयी होती तो आप उनके दर्शनमात्र से ही मुग्ध हो जाते। वह धर्म और प्रेम के अवतार थे। मैं जो कुछ हूँ उन्हीं की बनायी हुई हूँ। यथासाध्य उन्हीं की शिक्षाओं का पालन करती हूँ, नहीं तो मेरी गति कहाँ थी कि भक्तिरस का स्वाद पा सकती।

ज्ञानशंकर मुझे भी यह खेद है कि उन महात्मा के दर्शनों से वंचित रह गया। जिसके सदुपदेश में यह महान् शक्ति है वह स्वयं कितना प्रतिभाशील होगा! मैं कभी-कभी स्वप्न में उनके दर्शन से कृतार्थ हो जाता हूँ। कितनी सौम्य मूर्ति थी मुखारविन्द से प्रेम की ज्योति सी प्रसारित होती हुई जान पड़ती है। साक्षात् कृष्ण भगवान के अवतार मालूम होते हैं।

दूसरे दिन से पर्दे का आयोजना हो गयी और गायत्री नित्य प्रति इन सत्संगों में भाग लेने लगी। भक्तों की संख्या दिनों-दिन बढ़ने लगी। कीर्तन के सयम लोग भावोन्मत्त होकर नाचने लगते। गायत्री के हृदय से भी यही प्रेम-तरंगें उठतीं। यहाँ तक कि ज्ञानशंकर भी स्थिर चित्त न रह सकते। कृष्ण के पवित्र प्रेम की लीलाएँ उनके चित्त को एक क्षण के लिए प्रेम से आभासित कर देती थीं। और इस प्रकाश में उन्हें अपनी कुटिलता और क्षुद्रता अत्यन्त घृणोत्पादक दीख पडद्गती। लेकिन सत्संग के समाप्त होते ही यह क्षणि ज्योति फिर स्वार्थन्धकार में विलीन हो जाती थी। बालक कृष्ण की भोली-भाली क्रीड़ाएँ, उनकी वह मनोहर तोतली बातें, यशोदा का वह विलक्षण पुत्र-प्रेम, गोपियों को वह आत्माविस्मृति, प्रीति के वह भावमय रहस्य, वह अनुराग के उद्गार वह वंशी की मतवाली तान, वह यमुना तट के विहार की कथाएँ, लोगों को अतीव आनन्दप्रद आत्मिक उल्लास का अनुभव देती थीं। भूतवादियों की दृष्टि में ये कथाएँ कितनी ही लज्जास्पद क्यों न हों, पर उन भक्तों के अन्तःकरण इनके श्रवण-मात्र से ही गद्गद हो जाते थे। राधा और यशोदा का नाम आते ही आँखों से आँसू की झड़ी लग जाती थी। कृष्ण के नाम में क्या जादू है, इसका अनुभव हो जाता था।

एक बार वृन्दावन से रासलीला मंडली आयी और महीने भर तक लीला करती रही। सारा शहर देखने को फट पड़ता था। ज्ञानशंकर प्रेम की मूर्ति बने हुए लोगों का आदर-सत्कार करते। छोटे-बड़े सबको खातिर से बैठाते। स्त्रियों के लिए विशेष प्रबन्ध कर दिया गया था। यहाँ गायत्री उनका स्वागत करती, उनके बच्चों को प्यार करती और मिठाई-मेवे बाँटती। जिस दिन कृष्ण के मथुरा गमन की लीला हुई, दर्शकों की इतनी भीड़ हुई कि साँस लेना

मुश्किल था। यशोदा और नन्द की हृदय-विदारणी बातें सुन कर दर्शकों में कोहराम मच गया रोते-रोते कितने ही भक्तों की घिग्घी बँध गयी और गायत्री तो मूर्च्छित होकर गिर ही पड़ी। होश आने पर उसने अपने को अपने शयनगृह में पाया। कमरे में सन्नाटा छाया हुआ था, केवल ज्ञानशंकर उसे पंखा झल रहे थे। गायत्री पर इस समय अलसता छायी हुई थी। जब मनुष्य किसी थके हुए पथिक की भाँति अधीर हो कर छाँव की ओर दौड़ता है, उसका हृदय निर्मल, विशुद्ध प्रेम से परिपूर्ण हो जाता है। उसने ज्ञानशंकर को बैठ जाने का संकेत किया और तब शैशवोचित सरलता से उनकी गोद से सिर रखकर आकांक्षापूर्ण भाव से बोली, मुझे वृन्दावन ले चलो।

तीसरे दिन रासलीला समाप्त हुई। उसी दिन ज्ञानशंकर गायत्री को संग ले बड़े समारोह के साथ वृन्दावन चले।

सेशन जज के इजलास में एक महीने से मुकदमा चल रहा है। अभियुक्त ने फिर सफाई दी। आज मनोहर का बयान था। इजलास में एक मेला सा लगा हुआ था। मनोहर ने बड़ी निर्भीक दृढ़ता के साथ सारी घटना आदि से अन्त तक बयान की और यदि जनता को अधिकार होता तो अभियुक्तों का बेदाग छूट जाना निश्चित था, किन्तु अदालत जाब्ते और नियमों के बन्धन में जकड़ी हुई थी। वह जान कर अनजान बनने पर बाध्य थी। मनोहर के अन्तिम वाक्य बड़े मार्मिक थे—सरकार, माजरा यही है जो मैंने आपसे अरज किया। मैंने गौस खाँ को इसी कुल्हाड़ी से और इन्हीं हाथों से मारा। कोई मेरा साथी, सलाहकार, मेरा मददगार नहीं था। अब आपको अख्तियार है, चाहे सारे गाँव को फाँसी पर चढ़ा दें। चाहे कालेपानी भेज दें, चाहे छोड़ दें। फैजू, बिसेसर, दारोगा ने जो कुछ कहा है, सब झूठ है। दारोगा जी की बात तो मैं नहीं चलाता, पर सरकार, फैजू और बिसेसर को अपने घर बुलायें और दिलासा दें कि पुलिस तुम्हारा कुछ न कर सकेगी तो मेरी सच-झूठ की परख हो जाय और मैं क्या कहूँ। उन लोगों का काठ का कलेजा होगा जो इतने गरीबों को बेकसूर फाँसी पर चढ़वाये देते हैं। भगवान झूठ-सच सब देखते हैं। बिसेसर और फैजू की तो थोड़ी औकात है और दारोगा जी झूठ की रोटी खाते हैं, पर डॉक्टर साहब इतने बड़े आदमी और ऐसे बड़े विद्वान् कैसे झूठी गंगा में तैरने लगे, इसका मुझे अचरज है। इसके सिवा और क्या कहा जाय गरीबों का नसीब ही खोटा है कि बिना कसूर किये फाँसी पाते हैं। अब सरकार से और पंचों से यही विनती है कि तुम इस घड़ी न्याय के आसन पर बैठे हो, अपने इन्साफ से दूध का दूध और पानी का पानी कर दो।

अदालत उठी। यह दुखियारे हवालात चले। और सभी ने तो मन को समझ लिया था कि भाग्य में जो कुछ बदा है वह हो कर रहेगा, पर दुखरन भगत की छाती पर साँप लोटता रहता था। उसे रह-रह कर उत्तेजना होती थी कि अवसर पाऊँ तो मनोहर को खूब आड़े हाथों लूँ,। किन्तु मजबूर था; क्योंकि मनोहर सबसे अलग रखा जाता था। हाँ, वह बलराज को ताना दे-दे कर अपने चित्त की दाह को शान्त किया करता था। आज मनोहर का बयान सुन कर उसे और भी चिढ़ हुई। जब चिड़ियाँ खेत चुन गयीं तो यह हाँक लगाने

चले हैं। उस घड़ी अकल कहाँ चली गयी थी। जब एक जरा सी बात पर कुल्हाड़ा बाँध कर घर से चले थे। इस समय मार्ग में उसे मनोहर पर अपना क्रोध उतारने का मौका मिल गया। बोला—आज क्या झूठ-मूठ बकवाद कर रहे थे। आदमी को तीर चलाने से पहले सोच लेना चाहिए कि वह किसको लगेगा। जब तीर कमान से निकल गया तो फिर पछताने से क्या होता है? तुम्हारे कारण सारा गाँव चौपट हो गया। अनाथ लड़कों और औरतों की कौन सुध लेनेवाला है? बेचारे रोटियों को तरसते होंगे। तुमने सारे गाँव को मटियामेट कर दिया।

मनोहर को स्वयं आठों पहर यह शोक सताया करता था। गौस खाँ का वध करते समय उसे यही चिन्ता थी। इसलिए उसने खुद थाने में जाकर अपना अपराध स्वीकार कर लिया था। गाँव को आफत से बचाने के लिए उसके किए जो कुछ हो सकता था वह उसने किया और उसे दृढ़ विश्वास था कि चाहे मुझे दुष्कृत्य पर कितना ही पश्चत्ताप हो रहा हो, अन्य लोग मुझे क्षम्य ही न समझते होंगे, मुझसे सहानुभूति भी रखते होंगे। मुझे जलाने के लिए अन्दर की आग क्या कम है कि ऊपर से भी तेल छिड़का जाय। वह दुखरन की ये कटु बातें सुनकर बिलबिला उठा। जैसे पके हुए फोड़े में ठेस लग जाय। कुछ जवाब न दे सका।

आज अभियुक्तों के लिए प्रेमशंकर ने जेल के दारोगा की अनुमति से कुछ स्वादिष्ट भोजन बनवाकर भेजे थे। अपने उच्च सिद्धान्तों के विरुद्ध वह जेलखाने के छोटे-छोटे कर्मचारियों की भी खातिर-खुशामद किया करते थे, जिसमें वे अभियुक्तों पर कृपादृष्टि रखें। जीवन के अनुभवों ने उन्हें बतला दिया था कि सिद्धान्तों की अपेक्षा मनुष्य अधिक आदरणीय वस्तु है। औरों ने तो इच्छा पूर्ण भोजन किया, लेकिन मनोहर इस समय हृदय ताप से विकल था। उन पदार्थों की रुचिवर्द्धक सुगन्धि भी उसकी क्षुधा को जागृत न कर सकी। आज वह शब्द उसके कानों में गूँज रहे थे। जो अब तक केवल हृदय में ही सुनायी देते थे—तुम्हारे कारण सारा गाँव मटियामेट हो गया, तुमने सारे गाँव को चौपट कर दिया। हा, यह कलंक मेरे माथे पर सदा के लिए लग गया, अब यह दाग कभी न छूटेगा। जो अभी बालक हैं वे मुझे गालियाँ दे रहे होंगे। उसके बच्चे मुझे गाँव का द्रोही समझेंगे। जब मरदों के यह विचार हैं, जो सब बातें जानते हैं, जिन्हें भली-भाँति मालूम है कि मैंने गाँव को बचाने के लिए अपनी ओर से कोई बात उठा नहीं रखी और जो यह अन्धेर हो रहा है वह समय का फेर है, तो भला स्त्रियाँ क्या कहती होंगी, जो बेसमझ होती हैं। बेचारी बिलासी गाँव में किसी को मुँह न दिखा सकती होंगी। उसका घर से निकलना मुश्किल हो गया होगा और क्यों न कहें? उनके सिर बीत रही है तो कहेंगे क्यों न? अभी तो अगहनी घर में खाने को हो जायगी, लेकिन खेत तो बोये न गये होंगे। चैत में जब एक दाना भी न उपजेगा, बाल-बच्चे दाने-दाने को रोयेंगे तब उनकी क्या दशा होगी। मालूम होता है इस कम्बल खटमल हो गये हैं, नीचे डालते हैं; और यह रोना साल-दो साल का नहीं है, कहीं सब काले पानी भेज दिये गये तो जन्म भर का रोना है। कादिर मियाँ का लड़का तो घर सँभाल लेगा, लेकिन और सब तो मिट्टी में मिल जायेंगे और यह सब मेरी करनी का फल है।

सोचते-सोचते मनोहर को झपकी आ गयी। उसने स्वप्न देखा कि एक चौड़े मैदान

में हजारों आदमी जमा हैं। फाँसी खड़ी है और मुझे फाँसी पर चढ़ाया जा रहा है। हजारों आँखें मेरी ओर घृणा की दृष्टि से ताक रही हैं। चारों तरफ से यही ध्वनि आ रही है, इसी ने सारे गाँव को चौपट किया। फिर उसे ऐसी भावना हुई कि मर गया हूँ और कितने ही भूत-पिशाच मुझे चारों ओर से घेरे हुए हैं और कह रहे हैं कि इसी ने हमें दाने-दाने को तरसा कर मार डाला, यही पापी है, इसे पकड़ कर आग में झोंक दो। मनोहर के मुख से सहसा एक चीख निकल गयी। आँखें खुल गयीं। कमरा खूब अँधेरा था, लेकिन जागने पर भी वह पैशाचिक भयंकर मूर्तियाँ उसके चारों तरफ मँडराती हुई जान पड़ती थीं। मनोहर की छाती बड़े वेग से धड़क रही थी जी चाहता था, बाहर निकल भागे, किन्तु द्वार बन्द थे।

अकस्मात् मनोहर के मन में यह विचार अंकुरित हुआ—क्या मैं यही सब कौतुक देखने और सुनने के लिए जियूँ? सारा गाँव, सारा देश मुझसे घृणा कर रहा है। बलराज भी मन में मुझे गालियाँ दे रहा होगा। उसने मुझे कितना समझाया, लेकिन मैंने एक न मानी। लोग कहते होंगे सारे गाँव को बँधवा कर अब यह मुस्टंडा बना हुआ है, इसे तनिक भी लज्जा नहीं, सिर पटक कर मर क्यों नहीं जाता! बलराज पर भी चारों ओर से बौछारें पड़ती होंगी, सुन-सुन कर कलेजा फटता होगा। अरे भगवान, यह कैसा उजाला है! नहीं, उजाला नहीं है। किसी पिशाच की लाल-लाल आँखें हैं, मेरी ही तरफ लपकी आ रही हैं! या नारायण! क्या करूँ? मनोहर की पिंडलियाँ काँपने लगीं। यह लाल आँखें प्रतिक्षण उसके समीप आती-जाती थीं। वह न तो उधर देख ही सकता था और न उधर से आँख ही हटा सकता था, मानो किसी आसुरिक शक्ति ने उसके नेत्रों को बाँध दिया हो। एक क्षण के बाद मनोहर को एक ही जगह कई आँखें दिखायी देने लगीं, नहीं, प्रज्वलित, अग्नमय, रक्तयुक्त नेत्रों का एक समूह है! धड़ नहीं, सिर नहीं, कोई अंग नहीं, केवल विदग्ध आँखें ही हैं, जो मेरी तरफ टूटे हुए तारों की भाँति सर्राटा भरती चली आती हैं। एक पल और हुआ, यह नेत्र समूह शरीरयुक्त होने लगा और गौस खाँ के आहत स्वरूप में बदल गया। एकाएक बाहर धड़ाक की आवाज हुई। मनोहर बदहवास हो कर पीछे की दीवार की ओर भागा, लेकिन एक ही पग में दीवार से टकरा कर गिर पड़ा, सिर में चोट आयी। फिर उसे जान पड़ा कि कोई द्वार का ताला खोल रहा है। तब किसी ने पुकारा, 'मनोहर! मनोहर!' मनोहर ने आवाज पहचानी। जेल का दारोगा था। उसकी जान में जान आयी। कड़क कर बोला—हाँ साहब जागता हूँ। पैशाचिक जगत् से निकलकर वह फिर चैतन्य संसार में आया। उसे अब नेत्र समूह का रहस्य खुला। दारोगा की लालटेन की ज्योति थी जो किंवाड़ की दरारों से कोठरी में आ रही थी। इसी साधारण-सी बात ने उसे इतना सशंक कर दिया था। दारोगा आज गश्त करने निकला था।

दारोगा के चले जाने के बाद मनोहर कुछ सावधान हो गया। शंकोत्पादक कल्पनाएँ शान्त हुईं, लेकिन अपने तिरस्कार और अपमान की चिन्ताओं ने फिर आ घेरा। सोचने लगा, एक वह हैं जो उजड़े हुए गाँवों को आबाद करते हैं और जिनका यश संसार गाता है। एक मैं हूँ जिसने गाँव को उजाड़ दिया। अब कोई भोर के समय मेरा नाम न लेगा। ऐसा जान पड़ता है कि सभी डामिल जायँगे, एक भी न बचेगा। अभी न जाने कितने दिन यह मामला

चलेगा। महीने भर लगे, दो महीने लग जायें। इतने दिनों तक मैं सब की आँखों में काँटे की तरह खटकता रहूँगा, सब मुझे कोसेंगे, गालियाँ दिया करेंगे। आज दुखरन ने कह ही सुनाया, कल कोई और ताना देगा। कादिर खाँ को भी यह कैद अख़रती ही होगी। और तो और, कहीं बलराज भी न खुल पड़े। हा! मुझे उसकी जवानी पर भी तरस न आया, मेरा लाल मेरे ही हाथों ...मैं अपने जवान बेटे को अपने ही हाथों ...हा भगवान्! अब यह दुःख नहीं सहा जाता। फाँसी अभी न जाने कब होगी! कौन जाने कहीं सबके साथ मेरा भी डामिल हो जाय, तब तो मरते दम तक इन लोगों के जले-कटे बचन सुनने पड़ेंगे। बलराज, तुझे कैसे बचाऊँ? कौन जाने हाकिम यही फैसला करे कि यह जवान है, इसी ने कुल्हाड़ा मारा होगा। हा भगवान्! तब क्या होगा? क्या अपनी ही आँखों से यह देखूँगा? नहीं, ऐसे जीने से मरना ही अच्छा है। नकटा जिया बुरे हवाल। बस, एक ही उपाय है...हाँ!

फैजुल्लाह खाँ का गौस खाँ के पद पर नियुक्त होना गाँव के दुखियारों के घाव पर नमक छिड़कना था। पहले ही दिन से खींच-तान होने लगी और फैजू ने विरोधाग्नि को शान्त करने की जरूरत न समझी। अब वह मुसल्लम गाँव के सत्ताधारी शासक थे। उनका हुक्म कानून के तुल्य था। किसी को चूँ करने की मजाल न थी। गाँव का दूध-घी, उपले-लकड़ी, घास-पयाल; कद्दू-कुम्हड़े, हल-बैल सब उनके थे। जो अधिकार गौस खाँ को जीवन-पर्यन्त न प्राप्त हुए वह समय के उलट-फेर और सौभाग्य से फैजुल्लाह को पहले ही दिन से प्राप्त हो गये। अन्याय और स्वेच्छा के मैदान में अब उनके घोड़ों को किसी ठोकर का भय न था। पहले कर्तारसिंह की ओर से कुछ शंका थी, किन्तु उनकी नीति-कुशलता ने शीघ्र ही उसकी अभक्ति को परास्त कर दिया। वह अब उनका आज्ञाकारी सेवक, उनका परम शुभेच्छु था। वह अब गला फाड़-फाड़ कर रामायण का पाठ करता। सारे गाँव के ईंट-पत्थर जमा करके चौपाल के सामने ढेर दिये और उन पर घड़ों पानी चढ़ाता। घंटों चन्दन रगड़ता, घंटों भंग घोटता, कोई रोक-रोक करने वाला न था। फैजुल्लाह खाँ नित्य प्रातःकाल टाँघन पर सवार हो कर गाँव का चक्कर लगाते, कर्तार और विन्दा महराज लट्ठ लिए उनके पीछे-पीछे चलते। जो कुछ नीचे-खसोटे मिल जाता वह लेकर लौट आते थे। यों तो समस्त गाँव उनके अत्याचार से पीड़ित था, पर मनोहर के घर पर इन लोगों की विशेष कृपा थी। पूस में ही बिलासी पर बकाया लगान की नालिश हुई और उसके सब जानवर कुर्क हो गये। फैजू को पूरा विश्वास था कि अब की चैत में किसी से मालगुजारी वसूल तो होगी नहीं, सभी पर बेदखली के दावे कर दूँगा और एक ही हल्ले में सबको समेट लूँगा। मुसल्लम गाँव को बेदखल कर दूँगा, आमदनी चटपट दूनी हो जायगी। पर इस दुष्कल्पना से उन्हें सन्तोष न होता था। डाँट-फटकार, गाली-गलौज के बिना रोब जमाना कठिन था। अतएव नियमपूर्वक इस नीति का सदुपयोग किया जाने लगा। विलासी मारे डर के घर में से निकलती ही न थी। उसकी रब्बी खेत में खड़ी सूख रही थी, पानी कौन दे? न बैल अपने थे और न किसी से माँगने का ही मुँह था।

एक दिन सन्ध्या समय बिलासी अपने द्वार पर बैठी रो रही थी। यही उसको मालूम

था। मनोहर की आत्महत्या की खबर उसे कई दिन पहले मिल चुकी थी। उसे अपने सर्वनाश का इतना शोक न था जितना इस बात का कि कोई उसकी बात पूछने वाला न था। जिसे देखिए उसे जली-कटी सुनाता था। न कोई उसके घर आता, न जाता। यदि वह बैठे-बैठे उकता कर किसी के घर चली जाती, तो वहाँ भी उसका अपमान किया जाता। वह गाँव कीर नागिन समझी जाती थी, जिसके विष ने समस्त गाँव को काल का ग्रास बना दिया। और तो और उसकी बहू भी उसे ताने देती थी। सहसा उसने सुना सुक्खू चौधरी अपने मन्दिर में आ कर बैठे हैं। वह तुरन्त मन्दिर की ओर चली। वह सहानुभूति की प्यासी थी। सुक्खू इन घटनाओं के विषय में क्या कहते हैं, यह जानने की उसे उत्कृट इच्छा थी। उसे आशा थी कि सुक्खू अवश्य निष्पक्ष भाव से अपनी सम्मति प्रकट करेंगे। जब वह मन्दिर के निकट पहुँची तो गाँव की कितनी ही नारियों और बालिकाओं को वहाँ जमा पाया। सुक्खू की दाढ़ी बढ़ी हुई थी, सिर पर एक कन्टोप था और शरीर पर एक रामनामी चादर। बहुत उदास और दुखी जान पड़ते थे। नारियाँ उनसे गौस खाँ की हत्या की चर्चा कर रही थीं। मनोहर की खूब ले-दे हो रही थी। बिलासी मन्दिर के निकट पहुँच कर ठिठक गयी कि इतने में सुक्खू ने उसे देखा और बोले, आओ बिलासी आओ बैठो। मैं तो तुम्हारे पास आप ही आने वाला था।

बिलासी—तुम तो कुशल से रहे?

सुक्खू—जीता हूँ, बस यही कुशल है। जेल से छूटा तो बद्रीनाथ चला गया। वहाँ से जगन्नाथ होता हुआ चला आता हूँ। बद्रीनाथ में एक महात्मा के दर्शन हो गये, उनसे गुरुमन्त्र भी ले लिया। अब माँगता-खाता फिरता हूँ। गृहस्थी के जंजाल से छूट गया।

बिलासी ने डरते-डरते पूछा, यहाँ का हाल तो तुमने सुना ही होगा।

सुक्खू—हाँ, जब से आया हूँ वही चर्चा हो रही है और उसे सुनकर मुझे तुम पर ऐसी श्रद्धा हो गयी है कि तुम्हारी पूजा करने को जी चाहता है। तुम क्षत्राणी हो, अहीर की कन्या हो कर भी क्षत्राणी हो। तुमने वही किया जो क्षत्राणियाँ किया करती हैं। मनोहर भी क्षत्री है, उसने वही किया जो क्षत्री करते है। वह वीर आत्मा था। इस मन्दिर में अब उसकी समाधि बनेगी और उसकी पूजा होगी। इसमें अभी तक किसी देवता की स्थापना नहीं हुई है, अब उसी वीर-मूर्ति की स्थापना होगी। उसने गाँव की लाज रख ली, स्त्री की मर्जाद रख ली। यह सब क्षुद्र आत्माएँ बैठी उसे बुरा-भला कह रही हैं। कहती हैं, उसने गाँव का सर्वनाश कर दिया। इनमें लज्जा नहीं है, अपनी मर्यादा का कुछ गौरव नहीं है। उसने गाँव का सर्वनाश नहीं किया, उसे वीरगति दे दी, उसका उद्धार कर दिया। नारियों की रक्षा करना पुरुषों का धर्म है। मनोहर ने अपने धर्म का पालन किया। उसको बुरा वही कह सकता है जिसकी आत्मा मर गयी है, जो बेहया हो गया है। गाँव के दस-पाँच पुरुष फाँसी चढ़ जाएँ तो कोई चिन्ता नहीं, यहाँ एक-एक स्त्री के पीछे लाखों सिर कट गये हैं। सीता के पीछे रावण का राज्य विध्वंस हो गया। द्रौपदी के पीछे 18 लाख योद्धा मर मिटे। इज्जत के लिए दस-पाँच जानें चली जाएँ तो क्या बड़ी बात है! धन्य है मनोहर, तेरे साहस को, तेरे पराक्रम को, तेरे कलेजे को।

सुक्खू का एक-एक शब्द वीर रस में डूबा हुआ था। बिलासी के हृदय में वह गुदगुदी

हो रही थी, जो अपनी सराहना सुनकर हो सकती है। जी चाहता था, सुक्खू के चरणों पर सिर रख दूँ; किन्तु अन्य स्त्रियाँ सुक्खू की ओर कुतूहल से ताक रही थीं कि यह क्या बकता है।

एक क्षण के बाद सुक्खू ने बिलासी से पूछा, खेती-बारी का क्या हाल है?

बिलासी के खेत सूख रहे थे, पर अपनी विपत्ति-कथा सुनाकर वह सुक्खू को दुखी नहीं करना चाहती थी। बोली, दादा, तुम्हारी दया से खेती अच्छी हो गयी है, कोई चिन्ता नहीं है।

कई और साधु आ गये, जो सुक्खू के साथी जान पड़ते थे। उन्होंने धूनी जलायी और चरस के दम लगाने शुरू किये। गाँव के लोग भी एक-एक करके वहाँ से चलने लगे। जब बिलासी जाने लगी तो सुक्खू ने कहा, बिलासी, मैं पहर रात रहे यहाँ से चला जाऊँगा, घूमता-घामता कई महीनों में आऊँगा। तब यहाँ मूर्ति की स्थापना होगी। हम उस यज्ञ के लिए भीख माँग कर रुपये जमा करते हैं। तुम्हें किसी बात की तकलीफ हो तो कहो।

बिलासी—नहीं दादा, तुम्हारी दया से कोई तकलीफ नहीं।

सुक्खू तो प्रातःकाल चले गये, पर बिलासी पर उनकी भावनापूर्ण बातों का गहरा असर पड़ा। अब वह किसी दलित दीन की भाँति गाँववालों के व्यंग्य और लांछन न सुनती और न किसी को उस पर उतनी निर्भयता से आक्षेप करने का साहस नहीं होता था। इतना ही नहीं, बिलासी की बातचीत, चाल-ढाल से अब आत्म-गौरव टपका पड़ता था। कभी-कभी वह बढ़ कर बातें करने लगती, पड़ोसियों से कहती—तुम अपनी लाज बेचकर अपनी चमड़ी को बचाओ, यहाँ इज्जत के पीछे जानें तक दे देते हैं। मैं विधवा हो गयी तो क्या, घर सत्यानाश हुआ तो क्या, किसी के सामने आँख तो नीची नहीं हुई। अपनी लाज तो रक्खी। पति की मृत्यु और पुत्र का वियोग अब उतना असह्य न था।

एक दिन उसने इतनी डींग मारी कि उसकी बहू से न रहा गया। चिढ़ कर बोली—अम्माँ, ऐसी बातें करके घाव पर नमक न छिड़को। तुम सब सुख-विलास कर चुकी हो; अब विधवा हो गयीं तो क्या? उन दुखियारियों से पूछो जिनकी अभी पहाड़-सी उमर पड़ी है, जिन्होंने अभी जिन्दगी का कुछ सुख नहीं जाना है। अपनी मरजाद सबको प्यारी होती है, पर उसके लिए जनम भर रँड़ापा सहना कठिन है। तुम्हें क्या, आज नहीं कल राँड़ होतीं। तुम्हारे भी खेलने-खाने के दिन होते तो देखती कि अपनी लाज को कितनी प्यारी समझती हो।

बिलासी तिलमिला उठी। उस दिन से बहू से बोलना छोड़ दिया, यहाँ तक कि बलराज की भी चर्चा न करती। जिस पुत्र पर जान देती थी, उसके नाम से भी घृणा करने लगी। बहू के इन अरुचिकर शब्दों ने उसके मातृ-स्नेह का अन्त कर दिया, जो 25 साल के जीवन का अवलम्बन और आधार बना हुआ था। कुछ दिनों तक तो उसने मौन रूप से अपना कोप प्रकट किया, किन्तु जब यह प्रयोग सफल होता दिखायी न पड़ा तो उसने बहू की निन्दा करनी शुरू की। गाँव में कितनी ही ऐसी वृद्धा महिलाएँ थीं जो अपनी बहुओं से जला करती थीं। उन्हें बिलासी से सहानुभूति हो गयी। शनैः-शनैः यह कैफियत हुई कि बिलासी के बरौठे में सासों की नित्य बैठक होती और बहुओं के खूब दुखड़े रोये जाते। उधर बहुओं ने भी अपनी आत्मरक्षा के लिए एक सभा स्थापित की। इसकी बैठक नित्य दुखरन भगत

के घर होती। बिलासी की बहू इस सभा की संचालिका थी। इस प्रकार दोनों में विरोध बढ़ने लगा। यहाँ की बातें किसी न किसी प्रकार वहाँ जा पहुँचतीं और वहाँ की बातें भी किन्हीं गुप्त दूतों द्वारा आ जातीं। उनके उत्तर दिये जाते, उत्तरों के प्रत्युत्तर मिलते और नित्य यही कार्यक्रम चलता रहता था। इस प्रश्नोत्तर में जो आकर्षण था, वह अपनी विपत्ति और विडम्बना पर आँसू बहाने में कहाँ था? इस व्यंग-संग्राम में एक सजीव आनन्द था। द्वेष की कानाफूसी शायद मधुर गान से भी अधिक शोकहारी होती है।

यहाँ तो यह हाल था, उधर फसल खेतों में सूख रही थी। मियाँ फैजुल्लाह सूखे को देख कर लिख जाते थे। देखते-देखते चैत का महीना आ गया। मालगुजारी का तकाजा होने लगा। गाँव के बचे हुए लोग अब चेते। वह भूल से गए थे कि मालगुजारी भी देनी है। दरिद्रता में मनुष्य प्रायः भाग्य पर आश्रित हो जाता है। फैजुल्लाह ने सख्ती करनी शुरू की। किसी को चौपाल के सामने धूप में खड़ा करते, किसी को मुश्कें कस कर पिटवाते। दीन नारियों के साथ और भी पाशविक व्यवहार किया जाता, किसी की चूड़ियाँ तोड़ी जातीं, किसी के जूड़े नोचे जाते। इन अत्याचारों को रोकनेवाला अब कौन था? सत्याग्रह में अन्याय को दमन करने की शक्ति है, यह सिद्धान्त भ्रान्तिपूर्ण सिद्ध हो गया। फैजू जानता था कि पत्थर दबाने से तेल नहीं निकलेगा। लेकिन इन अत्याचारों से उसका उद्देश्य गाँववालों का मान-मर्दन करना था। इन दुष्कृत्यों से उसकी पशुवृत्ति को असीम आनन्द मिलता था।

धीरे-धीरे जेठ भी गुजरा, लेकिन लगान की एक कौड़ी न वसूल हुई। खेत में अनाज होता तो कोई न कोई महाजन खड़ा हो जाता, लेकिन सूखी खेती को कौन पूछता है? अन्त में ज्ञानशंकर ने बेदखली दायर करने की ठान ली। इसी की देर थी, नालिश हो गयी; किन्तु गाँव में रुपयों का बन्दोबस्त न हो सका। उज्रदारी करने वाला भी कोई न निकला। सबको विश्वास था कि एकतरफा डिगरी होगी और सब के सब बेदखल हो जायेंगे। फैजू और कर्तार बगलें बजाते फिरते थे। अब मैदान मार लिया है। खाँ साहब गये तो क्या, गाँव साफ हो गया। कोई दालिखकार असामी रहेगा ही नहीं, जितनी चाहें जमीन की दर बढ़ा सकते हैं। हजार की जगह दो हजार वसूल होंगे। इस कारगुजारी का सेहरा मेरे सिर बँधेगा। दूर-दूर तक मेरी धूम हो जायगी। इन कल्पनाओं से फैजू मियाँ फूले नहीं समाते थे।

निदान फैसले की तारीख आ गयी। कर्तारसिंह ने मलमल का ढीला कुरता और गुलाबी पगड़ी निकाली; जूते में कड़वा तेल भरा, लाठी में तेल मला, बाल बनवाये और माथे पर भभूत लगायी। फैजुल्लाह खाँ ने चारजामे की मरम्मत करायी, अपनी काली अचकन और सफेद पगड़ी निकाली। विन्दा महाराज ने भी धुली हुई गाढ़े की मिर्जई और गेरू में रँगी हुई धोती पहनी। बेगारों के सिरों पर कम्बल, टाट आदि लादे गए और तीनों आदमी कचहरी चलने को तैयार हुए। केवल खाँ साहब की नमाज की देर थी।

किन्तु गाँव में जरा भी हलचल न थी। मर्दों में कादिर के छोटे लड़के के सिवा और सभी नीच जातियों के लोग थे, जिन्हें मान-अपमान का ज्ञान ही न था ; और वह बेचारा कानूनी बातों से अनभिज्ञ था। झपट के दिल में ऐसा हौल समाया हुआ था कि घर से बाहर ही न निकलते थे। रही स्त्रियाँ, वे दीन अबलाएँ कानून का मर्म क्या जानें! आज भी नियमानुसार उनके दोनों अखाड़े जमा हुए थे। बूढ़ियाँ कहती थीं, खेत निकल जायें, हमारी बला से, हमें

क्या करना है? आज मरे कल दूसरा दिन। रहे भी तो हमारे किस काम आयेंगे? इन रानियों का घमंड तो चूर हो जाएगा यहाँ तक कि विलासी भी इस सारी विपत्ति-कथा की कैकेयी थी, आज निश्चिन्त बैठी हुई थी। विपक्षी दल को आज सन्धि-प्रार्थना की इच्छा हो रही थी; लेकिन कुछ तो अभिमान और कुछ प्रार्थना की स्वीकृति की निराशा इच्छा को व्यक्त न होने देती थी।

आठ बजे खाँ साहब की नमाज पूरी हुई। इधर विन्दा महाराज ने चबेना खा कर तम्बाकू फाँका और कर्तारसिंह ने घोड़े को लाने का हुक्म दिया कि इतने में सुक्खू चौधरी सामने से आते दिखाई दिये। वही पहले का-सा वेश था, सिर पर कन्टोप, ललाट पर चन्दन, गले में चादर, हाथ में एक चिमटा। आ कर चौपाल में जमीन पर बैठ गए। गाँव के लड़के जो उनके साथ दौड़ते आये थे। बाहर ही रुक गए। फैजू ने पूछा, चौधरी कहो, खैरियत से तो रहे? तुम्हें जेल से निकले कितना अरसा हुआ।

चौधरी ने कर्तार से चिलम ली, एक लम्बा दम लगाया। और मुँह से धुएँ को निकालते हुए बोले, आज बेदखली की तारीख है न?

कर्तार–कागद-पत्तर देखा जाय तो जान पड़े। यहाँ नित एक न एक मामला लगा ही रहता है। कहाँ तक कोई याद रखे।

चौधरी–बेचारों पर एक विपत्ति तो थी ही, यह एक और बला सवार हो गयी।

फैजू–मैं मजबूर हो गया। क्या करता? जाब्ते और कानून से बँध हुआ। चैत, बैशाख, जेठ–तीन महीने तक तकाजे करता रहा, इससे ज्यादा मेरे बस में और क्या था।

यह कहकर उन्होंने चौधरी की ओर इस अन्दाज से देखा, मानो वह शील और दया के पुतले हैं।

चौधरी–अगर आज सब रुपये वसूल हो जायें तो मुकदमा खारिज हो जायगा न?

फैजू ने विस्मित हो कर चौधरी को देखा और बोले, खर्चे का सवाल है।

चौधरी–अच्छा, बतलाइए आपके कुल कितने रुपये होते हैं। खर्च भी जोड़ लीजिए।

यह कह कर चौधरी ने कमर से नोटों को एक पुलिन्दा निकाला। एक थैली में से कुछ रुपये भी निकाले और खाँ साहब की ओर परीक्षा भाव से देखने लगे। फैजू ने होश उड़ गये; कर्तार के चेहरे का रंग उड़ गया, मानो घर से किसी के मरने की खबर आ गयी हो। बिन्दा महाराज ने ध्यान से रुपयों को देखा। उन्हें सन्देह हो रहा था कि यह कोई इन्द्रजाल न हो। किसी के मुँह से बात न निकलती थी। जिस आशालता को बरसों से पाल और सींच रहे थे वहा आँख के सामने एक पशु के विकराल मुख का ग्रास बनी जाती थी। इस अवसर के लिए उन लोगों ने कितनी आयोजनाएँ की थीं, कितनी कूटनीति से काम लिया था, कितने अत्याचार किए थे। और जब वह शुभ घड़ी आयी तो निर्दय भाग्य-विधाता उसे हाथों से छीन लेता था। गौस खाँ का खून रंग ला कर अब निष्फल हुआ जाता था। आखिर फैजू ने बड़े गम्भीर भाव से कहा, इसका फैसला तो अब अदालत के हाथ है।

अदालत का नाम लेकर वह चौधरी को भयभीत करना चाहते थे।

चौधरी–अच्छी बात है तो वहीं चलो।

कर्तार न नैतिक सर्वज्ञता के भाव से कहा, पहले ये लोग मोहलत की दरखास्त दें,

उस दरखास्त पर हमारी तरफ से उजरदारी होगी, इस पर हाकिम जो कुछ तजवीज करेगा वह होगा। हम लोग रुपये कैसे ले सकते हैं? जाब्ते के खिलाफ हैं।

विन्दा महाराज के सम्मुख एक दूसरी समस्या उपस्थित थी—इसे इतने रुपये कहाँ मिल गये? अभी जेल से छूट कर आया है। गाँव वालों से फूटी कौड़ी भी न मिली होगी। इसके पास जो लेई-पूँजी थी। वह तालाब और मन्दिर बनवाने में खर्च हो गयी। अवश्य उसे कोई जड़ी-बूटी हाथ लग गई है, जिससे वह रुपये बना लेता है। साधुओं के हाथ में बड़े-बड़े करतब होते हैं।

फैजू समझ गये कि इस धाँधली से कान न चलेगा। कहीं इसने अदालत के सामने जाकर सब रुपये गिन दिये तो अपना-सा मुँह ले कर रह जाना पड़ेगा। निराश हो कर जूते उतार दिये और नालिश की पर्तें निकाल कर हिसाब जोड़ने लगे, उस पर अदालत का खर्च, अमलों की रिसवत वकील का हिसाब, मेहनताना, जमींदार का नजराना आदि और बढ़ाया तब बोले, कुल 1750 रुपये होते हैं।

चौधरी—फिर देख लीजिए, कोई रकम रह न गयी हो। मगर यह समझ लेना कि हिसाब से एक कौड़ी भी बेशी ली तो तुम्हारा भला न होगा?

बिन्दा महाराज ने सशंक हो कर कहा, खाँ साहब जरा फिर जोड़ लो।

कर्तार—सब जोड़ा-जोड़ाया है, रात-दिन तो यही किया करते हैं, लाओ निकालो 1750 रुपये।

चौधरी—1750 रुपये लेना है तो अदालत में ही लेना, यहाँ तो मैं 100 रुपये से बेसी न दूँगा।

फैंजू—और अदालत का खर्च?

सहसा चौधरी ने अपना चिमटा उठाया और इतने जोर से फैजुल्लाह के सिर पर मारा कि वह जमीन पर गिर पड़ा। तब बोले, यही अदालत का खर्च है, जी चाहे और ले लो। बेईमान, पापी कहीं का। कारिन्दा बना फिरता है। कल का बनिया आज का सेठ! इतनी जल्दी आँखों में चरबी छा गयी। तू भी तो किसी जमींदार का असामी है। तेरा घर देख आया हूँ, तेरे माँ-बाप, भाई-बन्धु सबका हाल देख आया हूँ, वहाँ उन सब का बेगार भरते-भरते कचूमर निकल जाया करता है। तूने चार अक्षर पढ़ लिये तो जमीन पर पाँव नहीं रखता। दीन-दुखियों को लूटता फिरता है। 800 रुपये की नालिश है, 100 रुपये अदालत का खरच है। मैं कचहरी जाकर पेशकार से पूछ आया। उसके तू 1750 रुपये माँगता है। और क्यों रे ठाकुर, तू भी इस तुरक के साथ पड़ कर अपने को भूल गया? चिल्ला-चिल्ला कर रामायण पढ़ता है, भागवत की कथा कहता है, ईंट-पत्थर के देवता बना कर पूजता है। क्या पत्थर पूजते-पूजते तेरा हृदय भी पत्थर हो गया? यह चन्दन क्यों लगाता है? तुझे इसका क्या अधिकार है? तू धन के पीछे धरम को भूल गया? तुझे धन चाहिए? तेरे भाग्य में लिखा है तो यह थैली उठा ले। (यह कह कर चौधरी ने रुपयों की थैली कर्तार की ओर फेंकी) देख तो तेरे भाग्य में धन है या नहीं? तेरा मन इतना पापी हो गया है कि तू सोना भी छुए तो मिट्टी हो जायगा। थैली छू कर देख ले, अभी ठीकरी हुई जाती है।

कर्तार ने पहले बड़ी धृष्ट अश्रद्धा से बातें करना शुरू की थीं। वह यह दिखाना चाहता

था, मैं साधुओं का भेष देख कर रोब में आने वाला आदमी नहीं हूँ, ऐसे भोले-भाले काठ के उल्लू कहीं और होंगे। पर चौधरी की यह हिम्मत देखकर और यह कठोपदेश सुन कर उसकी अभक्ति लुप्त हो गयी। उंसे अब ज्ञान हुआ कि यह वह चौधरी नहीं है जो गौस खाँ की हाँ मिलाया करता था; किन्तु बिना परीक्षा किए वह अब भी भक्ति-सूत्र में न बँधना चाहता था, यहाँ तक कि वह उनकी सिद्धि का परदा खोल कर उनकी खबर लेने पर उतारू था। उसने थैली को ध्यान से देखा, रुपयों से भरी हुई थी। तब उसने डरते-डरते थैली उठायी; किन्तु उसके छूते ही एक अत्यन्त विस्मयकारी दृश्य दिखायी दिया। रुपये ठीकरे हो गये! यह कोई मायालीला थी अथवा कोई जादू या सिद्धि, कौन कह सकता है। मदारी का खेल था या नजरबन्दी का तमाशा, चौधरी ही जाने। रुपये की जगह साफ लाल-लाल ठीकरे झलक रहे थे। कर्तार के हाथ से थैली छूट कर गिर पड़ी। वह हाथ बाँध कर बड़े भक्ति-भाव से चौधरी के पैरों पर गिर पड़ा और बोला, बाबा मेरा अपराध क्षमा कीजिए; मैं अधम, पापी दुष्ट हूँ; मेरा उद्धार कीजिए। मैं अब आपकी ही सेवा में रहूँगा, मुझे इस लोभ के गड्ढे से निकालिए।

चौधरी—दीनों पर दया करो और वही पुण्य तुम्हें गड्ढे से निकालेगा। दया ही सब मन्त्रों का मूल है।

फैजू मियाँ गर्द झाड़ कर उठ बैठे थे। वृद्ध दुर्बल चौधरी उस समय उनकी आँखों में एक देव-सा दीख पड़ता था। यह चमत्कार देख कर वह भी दंग रह गये। अपनी खता माफ कराने लगे—बाबा जी क्या करें! जंजाल में फँस कर सभी कुछ करना पड़ता है। अहलकार, अमले, अफसर, अर्दली, चपरासी सभी की खातिर करनी पड़ती है। अगर यह चालें न चलें तो उनका पेट कैसे भरें? वहाँ एक दिन भी निबाह न हो। अब मुझे भी गुलामी में कबूल कीजिए।

कर्तार ने चिलम पर चरस रख कर चौधरी को दी। बिन्दा महाराज का संशय भी मिट चुका था। बोले; कुछ जलपान की इच्छा हो तो शर्बत बनाऊँ। फैजुल्लाह ने उनके बैठने को अपना कालीन बिछा दिया। चौधरी प्रसन्न हो गये। अपनी झोली से एक जड़ी निकाल कर दी और कहा, यह मिर्गी की अजामायी हुई दवा है। जनम की मिर्गी भी इससे जाती रहती है। इसे हिफाजत से रखना और देखो, आज ही मुकदमा उठा लेना। यह एक हजार के नोट हैं, गिन लो। सब असामियों को अलग-अलग बाकी की रसीद दे देना। अब मैं जाता हूँ। कुछ दिनों में फिर आऊँगा।

प्रातःकाल ज्यों ही मनोहर की आत्महत्या का समाचार विदित हुआ; जेल में हाहाकार मच गया। जेल के दारोगा, अमले, सिपाही, पहरेदार—सब के हाथों में तोते उड़ गए। जरा देर में पुलिस को खबर मिली, तुरन्त छोटे-बड़े अधिकारियों का दल आ पहुँचा। मौके की जाँच होने लगी, जेल कर्मचारियों के बयान लिखे जाने लगे। एक घंटे में सिविल सर्जन और डॉक्टर प्रियनाथ भी आ गये। फिर मजिस्ट्रेट, कमिश्नर और सिटी मजिस्ट्रेट का आगमन हुआ। दिन भर तहकीकात होती रही। दूसरे दिन भी यही जमघट रहा और यही कार्यवाही होती रही;

लेकिन साँप मर चुका था, उसकी बाँबी को लाठी से पीटना व्यर्थ था। हाँ, जेल-कर्मचारियों पर बन आई; जेल दारोगा 6 महीने के लिए मुअत्तल कर दिये गये, रक्षकों पर कड़े जुर्माने हुए। जेल के नियमों को सुधार किया गया, खिड़कियों पर दोहरी छड़ें लगा दी गयीं। शेष अभियुक्तों के हाथों में हथकड़ियाँ न डाली गयी थीं, अब दोहरी हथकड़ियाँ डाल दी गयीं। प्रेमशंकर यह खबर पाते ही दौड़े हुए जेल आये; पर अधिकारियों ने उन्हें फाटक के सामने से ही भगा दिया। अब तक जेल कर्मचारियों ने उनके साथ सब प्रकार की रियायत की थी, अभियुक्तों से उनकी मुलाकात करा देते थे, उनके यहाँ से आया हुआ भोजन अभियुक्तों तक को पहुँचा देते थे। पर आज उन सबका रुख बदला हुआ था। प्रेमशंकर जेल के सामने खड़े सोच रहे थे, अब क्या करूँ कि पुलिस का प्रधान अफसर जेल से निकला और उन्हें देख कर बोला, यह तुम्हारे ही उपदेशों का फल है, तुम्हीं ने शेष अपराधियों को बचाने के लिए यह आत्महत्या करायी है। जेल के दारोगा ने भी उनसे इसी तरफ की बातें कीं। इन तिरस्कारों से प्रेमशंकर का बड़ा दुःख हुआ। जीवन उन्हें नये-नये अनुभवों की पाठशाला-सा पड़ता था। यह पहला ही अवसर था कि उनकी दयार्द्रता और सदिच्छा की अवहेलना की गयी। वह आध घंटे तक चिन्ता में डूबे वहीं खड़े रहे, तब अपने झोंपड़े की ओर चले; मानो अपने किसी प्रियबन्धु की दाह-क्रिया करके आ रहे हों।

घर पहुँच कर वह फिर उन्हीं विचारों में मग्न हुए। कुछ समय में न आता था कि जीवन का क्या लक्ष्य बनाया जाय। क्षुद्र लौकिकता से चित्त को घृणा होती थी और उत्कृष्ट नियमों पर चलने के नतीजे उल्टे होते थे। उन्हें अपनी विवशता का ऐसा निराशाजनक अनुभव कभी न हुआ था। मानव-बुद्धि कितनी भ्रमयुक्त है, उसकी दृष्टि कितनी संकीर्ण—इसका ऐसा स्पष्ट प्रमाण कभी न मिला था। यद्यपि वह अहंकार को अपने पास न आने देते थे, पर वह किसी गुप्त मार्ग से उनके हृदयस्थल में पहुँच जाता था। अपने सद्कार्यों को सफल होते देख कर उनका चित्त उल्लसित हो जाता था और हृदय-कणों में किसी ओर से मन्द स्वरों में सुनायी देता था—मैं कितना अच्छा काम किया! लेकिन ऐसे प्रत्येक अवसर पर ही क्षण के उपरान्त उन्हें कोई ऐसी चेतावनी मिल जाती थी, जो उनके अहंकार को चूर-चूर कर देती थी। मूर्ख! तुझे अपनी सिद्धान्त-प्रियता का अभिमान है! देख वह कितने कच्चे हैं। तुझे अपनी बुद्धि और विद्या का घमंड है! देख, वह कितनी भ्रान्तिपूर्ण है। तुझे अपने ज्ञान और सदाचार का गरूर है! देख, वह कितना अपूर्ण और भ्रष्ट है। क्या तुम्हें निश्चय है कि तुम्हारी ही उत्तेजनाएँ गौस खाँ की हत्या का कारण नहीं हुईं? तुम्हारे ही कटु उपदेशों ने मनोहर की जान नहीं ली? तुम्हारे ही वक्र नीति-पालन ने ज्ञानशंकर की श्रद्धा को तुमसे विमुख नहीं किया?

यह सोचते-सोचते उनका ध्यान अपनी आर्थिक कठिनाइयों की ओर गया। अभी न जाने यह मुकदमा कितने दिनों चलेगा। इर्फान अली कोई तीन हजार ले चुके और शायद अभी उनका इतना ही बाकी है। गन्ने तैयार हैं, लेकिन हजार रुपये से ज्यादा न ला सकेंगे। बेचारे गाँववालों को कहाँ तक दबाऊँ? फलों से जो कुछ मिला वह सब खर्च हो गया। किसी को अभी हिसाब तक नहीं दिखाया। न जाने यह सब अपने मन में क्या समझते हों। लखनपुर की कुछ खबर न ले सका। मालूम नहीं, उन दुखियों पर क्या बीत रही है।

अकस्मात् भोला की स्त्री बुधिया आ कर बोली बाबू, दो दिन से घर में चूल्हा नहीं जला और आपका हलवाहा मेरी जान खाये जाता है। बताइए मैं क्या करूँ। क्या चोरी करूँ? दिन भर चक्की पीसती हूँ और जो कुछ पाती हूँ, वह सब गृहस्थी में झोंक देती हूँ, तिस पर भी भरपेट दाना नसीब नहीं होता। आप उसके हाथ में तलब न दिया करें। सब जुए में उड़ा देता है। आप उसे न डाँटते हैं, न समझाते हैं। आप समझते हैं कि मजदूरी बढ़ाते ही वह ठीक हो जाएगा। आप उसे हजार का महीना भी दें तो भी उसके लिए पूरे न पड़ेंगे। आज से बाप तलब मेरे हाथ में दिया करें।

प्रेमशंकर–जुआ खेलना तो उसने छोड़ दिया था।

बुधिया–वही दो-एक महीने नहीं खेला था। बीच-बीच में कभी छोड़ देता है, लेकिन उसकी तो लत पड़ गयी है। आप तलब मुझे दे दिया करें, फिर देखूँ कैसे जुआ खेलता है। आपका सीध सुभाव है, जब माँगता है तभी निकाल कर दे देते हैं।

प्रेम–मुझसे तो वह यही कहता है कि मैंने जुआ छोड़ दिया। जब कभी रुपये माँगतस है, तो शहर कहता है कि खाने को नहीं है। न दूँ तो क्या करूँ?

बुधिया–तभी तो उसके मिजाज नहीं मिलते। कुछ पेशगी तो नहीं ले गया है?

प्रेम–उसी से पूछो, ले गया होगा तो बतायेगा न।

बुधिया–आपके यहाँ हिसाब-किताब नहीं है क्या?

प्रेम–मुझे कुछ याद नहीं है।

बुधिया–आपको याद नहीं है तो वह बता चुका। शराबियों-जुआरियों के भी कहीं ईमान होता है?

प्रेम–क्यों क्या शराब से ईमान धुल जाता है?

बुधिया–धुल नहीं जाता तो और क्या? देखिए, बुलाके आपके मुँह पर पूछती हूँ। या नारायण, निगोड़ा तलब की तलब उड़ा देता है, उस पर पेशगी ले कर खेल डालता है। अब देखूँ, कहाँ से भरता है?

यह कह कर वह झल्लायी हुई गयी और जरा देर में भोला को साथ लिये आयी। भोली की आँखें लाल थीं। लज्जा से सिर झुकाये हुए था। बुधिया ने पूछा, बताओ तुमने बाबू जी से कितने रूपये पेशगी लिये हैं?

भोला ने स्त्री की ओर सरोष नेत्रों से देख कर कहा–तू कौन होती है पूछने वाली? बाबू जी जानते नहीं क्या?

बुधिया–बाबू जी ही तो पूछते हैं, नहीं तो मुझे क्या पड़ी थी?

भोला–इनके मेरे ऊपर लाख आते हैं और मैं इनका जन्म भर का गुलाम हूँ।

बुधिया–देखा बाबू जी। कहती न थी वह कुछ न बतायेगा? जुआरी कभी ईमान के सच्चे हुए हैं कि यही होगा?

भोला–तू समझती है कि मैं बातें बना रहा हूँ। बातें उनसे बनायी जाती हैं जो दिल के खोटे होते हैं, जो एक धेला दे कर पैसे का काम करना चाहते हैं। देवताओं से बात नहीं बनायी जाती। यह जान इनकी है, यह तन इनका है, इशारा भर मिल जाय।

बुधिया–अरे जा, जालिए कहीं के! बाबू जी बीसों बार समझा के हार गये। तुझसे

एक जुआ तो छोड़ जाता नहीं, तू और क्या करेगा? जान पर खेलने वाले और होते हैं।

भोला–झूठी कहीं की, मैं कब जुआ खेलता हूँ?

प्रेम–सच कहना भोला, क्या तुम अब भी जुआ खेलते हो? तुम मुझसे कई बार कह चुके हो कि मैंने बिलकुल छोड़ दिया।

भोला का गला भर आया। नशे में हमारे मनोभाव अतिशयोक्तिपूर्ण हो जाते हैं। वह जोर से रोने लगा। जब ग्लानि का वेग कम हुआ तो सिसकियाँ लेता हुआ बोला–मालिक, यही आपका एक हुकुम है, जिसे मैंने टाला है। और कोई बात न टाली। आप मुझे यहीं बैठा कर सिर पर 100 जूते गिर कर लगायें। तब यह भूत उतरेगा। मैं रोज सोचता हूँ कि अब कभी न खेलूँगा, पर साँझ होते ही मुझे जैसे कोई ढकेल कर फड़ की ओर ले जाता है। हा! मैं आप से झूठ बोला, आप से कपट किया, भगवान् मेरी क्या गति करेंगे? यह कह कर वह फिर फूट-फूट कर रोने लगा!

लज्जा-भाव की यह पवित्रता देख कर प्रेमशंकर की आँखें भर आयीं। वह शराबी और जुआरी भोला, जिसे वह नीचे समझते थे, ऐसा पवित्रात्मा, ऐसा निर्मल हृदय था! उन्होंने उसे गले लगा लिया, तुम रोते क्यों हो? मैं तुम्हें कुछ कहता थोड़े ही हूँ?

भोला–आपका कुछ न कहना ही तो मुझे मार डालता है। मुझे गालियाँ दीजिए, कोड़े से मारिए, तब यह नशा उतरेगा। हम लातों के देवता बातों से नहीं मानते।

प्रेम–तुम्हारी तलब बुधिया को दे दिया करूँ?

भोला–जी हाँ, आज से मुझे एक कौड़ी भी न दिया करें।

प्रेम–(बुधिया से) लेकिन जो यह जुए से भी बुरी कोई आदत पकड़ ले तो?

बुधिया–जुए से बुरी चोरी है। जिस दिन इसे चोरी करते देखूँगी, जहर दे दूँगी। मुझे राँड़ बनना मंजूर है, चोर की लुगाई नहीं बन सकती।

उसने भोला का हाथ पकड़ कर घर चलने का इशारा किया और प्रेमशंकर के लिए एक जटिल समस्या छोड़ गयी।

डा. इर्फान अली बैठे सोच रहे थे कि मनोहर की आत्महत्या का शेष अभियुक्तों पर क्या असर पड़ेगा? कानूनी ग्रन्थों का ढेर सामने रखा हुआ था। बीच में विचार करने लगते थे, मैंने यह मुकदमा नाहक लिया। रोज 100 रुपये का नुकसान हो रहा है और अभी मालूम नहीं कितने दिन लगेंगे। लाहौल! फिर रुपये की तरफ ध्यान गया। कितना ही चाहता हूँ कि दिल को इधर न आने दूँ, मगर ख्याल आ ही जाता है। वकालत छोड़ते भी नहीं बनती। ज्ञानशंकर से प्रोफेसरी के लिए कह तो आया हूँ, लेकिन जो सचमुच यह जगह मिल गयी तो टेढ़ी खीर होगी! मैं अब ज्यादा दिनों तक इस पेशे में रह नहीं सकता, और न सही तो सेहत के लिए जरूर ही छोड़ देना पड़ेगा। बस, यही चाहता हूँ कि घर बैठे 1000 रुपये माहवारी रकम मिल जाया करे। अगर प्रोफेसरी से 1000 रुपये भी मिले तो काफी होगा। नहीं, अभी छोड़ने का वक्त नहीं आया। 3 साल तक सख्त मेहनत करने के बाद अलबत्ता छोड़ने का इरादा कर सकता हूँ। लेकिन इन तीन वर्षों तक मुझे चाहिए कि रियायत और

मुरौवत को बालायताक रख दूँ। सबसे पूरा मेहताना लूँ वरना आजकल की तरह फँसता रहा तो जिन्दगी भर छुटकारा न होगा।

हाँ, तो आज इस मुकदमे में बहस होगी। उफ! अभी तक तैयार नहीं हो सका। गवाहों के बयानों पर निगाह डालने का भी मौका न मिला। खैर, कोई मुजायका नहीं। कुछ न कुछ बातें तो याद ही हैं। बहुत कुछ उधर के वकील की तकरीर से सूझ जायेंगी। जरा नमक-मिर्च और मिला दूँगा, खासी बहस हो जायगी। यह तो रोज का ही काम है, इसकी क्या फिक्र.

इतने में अमौली के राजा साहब की मोटर आ पहुँची। डॉक्टर साहब ने बाहर निकल कर राजा साहब का स्वागत किया। राजा साहब अँगरेजी में कोरे, लेकिन अँगरेजी रहन-सहन, रीति-नीति में पारंगत थे। उनके कपड़े विलायत से सिल कर आते थे। लड़कों को पढ़ाने के लिए लेडियाँ नौकर थीं और रियायत का मैनेजर भी अँगरेज था। राजा साहब का अधिकांश समय अंग्रेजी दूकानों की सैर में कटता था। टिकट और सिक्के जमा करने का शौक था। थियेटर जाने में कभी नागा न करते थे। कुछ दिनों से उनके मैनेजर ने रियासत की आमदनी पर हाथ लपकाना शुरू किया था। इसलिए उन्हें हटाना चाहते थे; किन्तु अँगरेज अधिकारियों के भय से साहस न होता था। मैनेजर स्वंय राजा को कुछ न समझता था, आमदनी का हिसाब देना तो दूर रहा। राजा साहब इस मामले को दीवानी में लाने का विचार कर रहे थे। लेकिन मैनेजर साहब की जज से गहरी मैत्री थी, इसलिए अदालत के और वकीलों ने इस मुकदमे को हाथ में लेने से इनकार कर दिया था। निराश हो कर राजा साहब ने इर्फान अली की शरण ली थी। डॉक्टर साहब देर तक उनकी बातें सुनते रहे। बीच-बीच में तस्कीन देते थे। आप घबरायें नहीं। मैं मैनेजर साहब से एक-एक कौड़ी वसूल कर लूँगा। यहाँ के वकील दब्बू हैं, खुशामदी टट्टू—पेशे को बदनाम करने वाले। हमारा पेशा आजाद है। हक की हिमायत करना हमारा काम है, चाहे बादशाह से ही क्यों न मुकाबला करना पड़े। आप ज़रा भी तरद्दुद न करें। मैं सब बातें ऐसी खूबसूरती से तय कर दूँगा कि आप पर छींटा भी न आने पायेगा। अकस्मात् तार के चपरासी ने आ कर डॉक्टर साहब को एक तार का लिफाफा दिया। ज्ञानशंकर ने एक मुकदमे की पैरवी करने के लिए 500 रुपये रोज पर बुलाया था।

डॉक्टर महोदय ने राजा साहब से कहा यह पेशा बड़ा मूजी है। कभी आराम से बैठना नसीब नहीं होता। रानी गायत्रीदेवी का तार है, गोरखपुर बुला रही हैं।

राजा—मैं अपने मुकदमे को मुलतवी नहीं कर सकता। मुमकिन है मैनेजर कोई और चाल खेल जाय।

डॉक्टर—आप मुतलक अन्देशा न करें, मैंने मुकदमे को हाथ में ले लिया। अपने दीवान साहब को भेज दीजिएगा, वकालतनामा तैयार हो जायगा। मैं कागजात देखकर फौरन दावा दायर कर दूँगा। गोरखपुर गया तो आपके कागजात लेता जाऊँगा।

घड़ी में दस बजे। खानसामा ने दस्तरखान बिछाया। भोजनालय इस दफ्तर के बगल ही में था। मसाले की सुगन्ध कमरे में फैल गयी, लेकिन डॉक्टर साहब अपना शिकार फँसाने में तल्लीन थे। भय होता था मैं भोजन करने चला जाऊँ और शिकार हाथ से निकल जाय।

लगभग आध घंटे तक वह राजा साहब से मुकदमे के सम्बन्ध में बातें करते रहे। राजा साहब के जाने के बाद वह दस्तरखान पर बैठे। खाना ठंडा हो गया था। दो-चार ही कौर खाने पाये थे कि 11 बज गये। दस्तरखान से उठ बैठे। जल्दी-जल्दी कपड़े पहने और कचहरी चले। रास्ते में पछताते जाते थे कि भरपेट खाने भी नहीं पाया। आज पुलाव कैसा लजीज बना था। इस पेशे का बुरा हो, खाने की फुर्सत नहीं। हाँ, रानी को क्या जवाब दूँ? नीति तो यही है कि जब तक किसानों का मामला तय न हो जाय, कहीं न जाऊँ। लेकिन यह 500 रुपये रोज का नुकसान कैसे बर्दाश्त करूँ? फिर एक बड़ी रियासत से ताल्लुक हो रहा है, साल में सैकड़ों मुकदमे होते होंगे, सैकड़ों अपीलें होती होंगी। वहाँ अपना रंग जरूर जमाना चाहिए। मुहर्रिर साहब सामने ही बैठे थे, पूछा—क्यों मुंशी जी, रानी साहब को क्या जवाब दूँ? आप के ख्याल में इस वक्त वहाँ मेरा जाना मुनासिब है?

मुहर्रिर—हुजूर किसी के ताबेदार नहीं हैं। शौक से जाएँ। सभी वकील यही करते हैं! ऐसे मौके को न छोड़ें।

डॉक्टर—बदनामी होती है।

मुहर्रिर—जरा भी नहीं। जब यही आम रिवाज है तो कौन किसी बदनाम कर सकता है।

इन शब्दों ने इर्फान अली की दुविधाओं को दूर कर दिया। औंघते को लेटने का बहाना मिल गया। ज्यों ही मोटर कचहरी में पहुँची, प्रेमशंकर दौड़े हुए आए और बोले, मैं तो बड़ी चिन्ता में था। पेशी हो गयी।

डॉक्टर—अमौली के राजा साहब आ गये, इससे जरा-देर हो गयी, खाना भी नहीं नसीब हुआ। इस पेशे की न जाने क्यों लोग इतनी तारीफ करते हैं? असल में इससे बदतर कोई पेशा नहीं। थोड़े दिनों में आदमी कोल्हू का बैल बन जाता है।

प्रेमशंकर—आप उधर कहाँ तशरीफ लिये जाते हैं?

डॉक्टर—जरा सब-जज के इजलास में एक बात पूछने। आप चलें, मैं अभी आता हूँ।

प्रेम—सरकारी वकील ने बहस शुरू कर दी है।

डॉक्टर—कोई मुजायका नहीं, करने दीजिए। मैं उसका जवाब पहले ही तैयार कर चुका हूँ।

प्रेमशंकर उनके साथ सब-जज के इजलास तक गये। डॉक्टर साहब लगभग एक घंटे तक दफ्तरवालों से बातें करते रहे। अन्त में निकले तो बड़े संकोच भाव से बोले आप को यहाँ खड़े-खड़े बेहद तकलीफ हुई, मुआफ फरमाइएगा। मुझे यह कहते हुए आपसे बहुत नादिम होना पड़ता है कि मैं तीन-चार दिन इस मुकदमे की पैरवी न कर सकूँगा।

प्रेम—यह तो आप ने बुरी खबर सुनायी। आप खुद अन्दाज कर सकते हैं कि ऐसे नाजुक मौके पर आपका न रहना कितना जुल्म है।

डॉक्टर—मजबूर हूँ, आपके भाई साहब ने तार से गोरखपुर बुलाया है।

प्रेम—इस खबर से मेरी तो रूह ही फना हो गयी। आप इन बेचारे किसानों को मझधार में छोड़ देते हैं। ख्याल फरमाइए, इनकी क्या हालत होगी। यहाँ इतने तंग वक्त में कोई

दूसरा वकील भी तो नहीं मिल सकता।

डॉक्टर—मुझे खुद निहायत अफसोस है। मगर जब तक दूकान है तब तक खरीदारों की खातिर करनी ही पड़ेगी। यह पेशा ऐसा मनहूस है कि इसमें आईन पर कायम रहना दुश्वार है। मुझे इन मुसीबतजदों का खुद ख्याल है, लेकिन मिस्टर ज्ञानशंकर को नाराज भी तो नहीं कर सकता। और जनाब, साफ बात तो यह है कि जब काफिर हुए तो शराब से क्यों तोबा करें? जब वकालत का सियाह जामा पहना तो उस पर शराफत का सुफेद दाग क्यों लगायें। जब लूटने पर आये तो दोनों हाथों से क्यों न समेटें? दिल में दौलत का अरमान क्यों रह जाएँ? बनियों को लोग ख्वामख्वाह लालची कहते हैं। इस कलब का हक हमको है। दौलत हमारा दीन है, हमारा ईमान है। यह न समझिए कि इस पेशे के जो लोग चोटी पर पहुँच गये हैं वे ज्यादा रोशन ख्याल है। नहीं जनाब, वे बगुले भगत हैं। ऐसे खामोश बैठे रहते हैं, गोया दुनिया से कोई वास्ता नहीं, लेकिन शिकार नजर आते ही आप उनकी झपट और फुरती देख कर दंग हो जाएँगे। जिस तरह कसाई बकरे को सिर्फ वजन के एतबार से देखता है उसी तरह हम इन्सान को महज इस एतबार से देखते हैं कि वह, कहाँ तक आँख का अन्धा और गाँठ का पूरा है। लोग इसे आजाद पेशा कहते हैं, मैं इसे इन्तहा दरजे की गुलामी कहता हूँ। अभी चन्द महीने हुए मेरे भाई की शादी दरपेश थी। सादात के कस्बे में बारात गयी थी। तीन दिन बारात वहाँ मुकीम रही। मैं रोज सवेरे यहाँ चला आता था और रात की गाड़ी से लौट जाता था। सभी रस्में मेरी गैर-हाजिरी में अदा हुईं। एक दिन भी कचहरी का नागा नहीं किया। मैं अपनी इस हवस को मकरूह समझता हूँ और जिन्दगी भर उस आदमी का शुक्रगुजार रहूँगा जो मुझे इस मर्ज से नजात दे दे।

यह कह कर डॉक्टर साहब मोटर पर आ बैठे और एक क्षण में घर पहुँच गये। एक बजे गाड़ी जाती थी। सफर का सामान होने लगा। दो चमड़े के सन्दूक, एक हैंड बैग, हैट रखने का सन्दूक, ऑफिस बक्स, भोजन सामग्रियों का सन्दूक आदि सभी सामान बग्घी पर लादा गया। प्रत्येक वस्तु पर डॉक्टर साहब का नाम लिखा हुआ था। समय बहुत कम था, डॉक्टर साहब घर में न गये। मोटर पर बैठना ही चाहते थे कि महरी ने आ कर कहा, हुजूर जरा अन्दर चलें, बेगम साहिबा बुला रही हैं। मुनीरा को कई दस्त और कै आये हैं।

डॉक्टर साहब—तो जरा कपूर का अर्क क्यों नहीं पिला देतीं? खाने में कोई बदपरहेजी हुई होगी। चीखने-चिल्लाने की क्या जरूरत है?

महरी—हुजूर, दवा तो पिलायी है। जरा आप चल कर देख लें। बेगम साहिबा डॉक्टर बुलाने को कहती हैं।

इर्फान अली झल्लाये हुए अन्दर गये और बेगम से बोले, तुमने क्या जरा सी बात का तूफान मचा रखा है?

बेगम—मुनीरा की हालत अच्छी नहीं मालूम होती। जरा चल कर देखो तो। उसके हाथ-पाँव अकड़े जाते हैं। मुझे तो खौफ होता है, कहीं कालरा न हो।

इर्फान—यह सब तुम्हारा बहम है। सिर्फ खाने-पीने की बेएहतियाती है और कुछ नहीं। अर्क-कपूर दो-दो घंटे बाद पिलाती रहो। शाम तक सारी शिकायत दूर हो जायगी। घबड़ाने की जरूरत नहीं। मैं इसी ट्रेन से गोरखपुर जा रहा हूँ। तीन-चार दिन में वापस आऊँगा।

रोजाना खैरियत की इत्तला देती रहना। मैं रानी गायत्री के बँगले में ठहरूँगा।

बेगम ने उन्हें तिरस्कार भाव से देखकर कहा, लड़की की यह हालत है और आप इसे छोड़े चले जाते हैं। खुदा न करे, उसकी हालत ज्यादा खराब हुई तो।

इर्फान—तो मैं रह कर क्या करूँगा? उसकी तीमारदारी तो मुझसे होगी ही नहीं और न बीमारी से मेरी दोस्ती है कि मेरे साथ रियायत करे।

बेगम—लड़की की जान को खुदा के हवाले करते हो; लेकिन रुपये खुदा के हवाले नहीं किये जाते। लाहौर बिलाकूबत न हो, औलाद की मुहब्बत तो हो!

इर्फान—तुम अहमक हो, तुमसे कौन सिर-मगजन करे?

यह कह कर वह बाहर चले आये, मोटर पर बैठे और स्टेशन की तरफ चल पड़े।

सैयद ईजाद हुसेन का घर दारानगर की एक गली में था। बरामदे में दस-बारह वस्त्रविहीन बालक एक फटे हुए बोरिये पर बैठे करीमा और खालिकबारी की रट लगया करते थे। कभी-कभी जब वे उमंग में आ कर उच्चे स्वर से अपने पाठ याद करने लगते तो कानों पड़ी आवाज न सुनायी देती। मालूम होता, बाजार लगा हुआ हो। इस हरबोंग में लौंडे गालियाँ बकते, एक-दूसरे को मुँह चिढ़ाते, चुटकियाँ काटते। यदि कोई लड़का शिकायत करता तो सब-के-सब मिल कर ऐसा कोलाहल मचाते कि उसकी आवाज ही दब जाती थी। बरामदे के मध्य में मौलवी साहब का तख्त था। उस पर एक दढ़ियल मौलवी लुंगी बाँधे, एक मैला-कुचैला तकिया लगाये अपना मदरिया पिया करते और इस कलरव में भी शान्तिपूर्वक झपकियाँ लेते रहते थे। उन्हें हुक्का पीने का रोग था। एक किनारे अँगीठी में उपले सुलगा करते थे और चिमटा पड़ा रहता था। चिलम भरना बालकों के मनोरंजन की मुख्य सामग्री थी। उनकी शिक्षोन्नति चाहे बहुत प्रशंसा के योग्य न हो, लेकिन गुरु-सेवा में सब के सब निपुण थे। यहाँ सैयद ईजाद हुसेन का "इत्तहादी यतीम-खाना" था।

किन्तु बरामदे के ऊपरवाले कमरे में कुछ और ही दृश्य था। साफ-सुथरा फर्श बिछा हुआ था, कालीन और मसनद भी करीने से सजे हुए थे। पानदान, खसदान, उगालदान आदि मौके से रखे हुए थे। एक कोने में नमाज पढ़ने की दरी बिछी हुई थी। तस्वीह खूँटी पर लटक रही थी। छत में झालरदार छतगीर थी, जिसकी शोभा रंगीन हाँडियों से और भी बढ़ गयी थी। दीवारें बड़ी-बड़ी तस्वीरों से अलंकृत थीं।

प्रातःकाल था। मिर्जा साहब मसनद लगाये हारमोनियम बजा रहे थे। उनके सम्मुख तीन छोटी-छोटी सुन्दर बालिकाएँ बैठी हुई डॉक्टर इकबाल की सुविख्यात रचना 'शिवाज़ी' के शे'रों को मुधुर स्वर में गा रही थीं। ईजाद हुसेन स्वयं उनके साथ गा कर ताल-स्वर बताते जाते यह "इत्तहादी यतीमखाने" की लड़कियाँ बतायी जाती थीं, किन्तु वास्तव में एक, उन्हीं की पुत्री और दो भांजियाँ थीं। 'इत्तहाद' के प्रचार में यह त्रिमूर्ति लोगों को वशीभूत कर लेती थी। एक घंटे के अभ्यास के बाद मिर्जा साहब ने प्रसन्न हो सगर्व नेत्रों से लड़कियों को देखा और उन्हें छुट्टी दी। इसके बाद लड़कों की बारी आयी। किन्तु यह मकतबवाले, दुर्बल वस्त्रहीन बालक न थे। थे तो चार ही, पर चारों स्फूर्ति और सजीवता की मूर्ति थे।

सुन्दर, सुकुमार, सवस्त्रित, चहकते हुए घर में से आए और फर्श पर बैठ गये मिर्जा साहब ने फिर हारमोनियम के स्वर मिलाये और लड़कों ने हक्कानी में एक ग़ज़ल गानी शुरू की, जो स्वयं मिर्जा साहब की सुरचना थी। इसमें हिन्दू-मुस्लिम एकता की एक सुन्दर वाटिका से उपमा दी गई थी और जनता से अत्यन्त करुण और प्रभावयुक्त शब्दों में प्रेरणा की गयी थी कि वह इस बाग को अपनायें, उसकी रमणीकता का आन्नद उठायें और द्वेष तथा वैमनस्य की कंटकमय झाड़िया में न उलझें। लड़कों के सुकोमल, ललित स्वरों में यह गजब ढाती थी। भावों को व्यक्त करने में भी यह बहुत चतुर थे। यह "इत्तहादी यतीमखाने" के लड़के बताये जाते थे, किन्तु वास्तव में यह मिर्जा साहब की दोनों बहनों के पुत्र थे।

मिर्जा साहब अभी गानाभ्यास में मग्न थे कि इतने में एक आदमी नीचे से आया और सामने खड़ा हो कर बोला, लाला गोपालदास ने भेजा है और कहा है आज हिसाब चुकता न हो गया तो कल नालिश कर दी जायगी। कपड़े का व्यवहार महीने-दो महीने का है और आपको कपड़े लिये तीन साल से ज्यादा हो गये।

मिर्जा साहब ने ऐसा मुँह बनाया, मानो समस्त संसार का चिन्ता-भार उन्हीं के सिर पर लदा हुआ हो और बोले, नालिश क्यों करेंगे? कह दो थोड़ा-सा जहर भेज दें; खा कर मर जाऊँ। किसी तरह दुनिया से नजात मिले। उन्हें तो खुदा ने लाखों दिये हैं, घर में रुपयों के ढेर लगे हुए हैं। उन्हें क्या खबर कि यहाँ जान पर क्या गुजर रही है? कुन्बा बड़ा, आमदनी का कोई जरिया नहीं, दुनिया चालाक हत्थे नहीं चढ़ती, क्या करूँ! मगर इन्शा अल्लाह एक महीने के अन्दर आ कर सब नया-पुराना हिसाब साफ कर दूँगा। अबकी मुझे वह चाल सूझी है जो कभी पट ही नहीं पड़ सकती। इन लड़कों की गजलें सुन कर मजलिसें फड़क उठेंगी। जा कर सेठ जी से कह दो, जहाँ इतने दिनों सब्र किया है, एक महीना और करें।

प्यादे ने हँस कर कहा, आप तो मिर्जा साहब, ऐसे ही बातें करके टाल देते हैं। और वहाँ मुझ पर लताड़ पड़ती है। मुनीम जी कहते हैं, तुम जाते ही न होगे या कुछ ले-दे के चले आते होंगे!

मिर्जा साहब ने एक चवन्नी उसके भेंट की। उसके चले जाने के बाद उन्होंने मौलवी साहब को बुलाया और बोले, क्यों मियाँ अमजद, मैंने तुमसे ताकीद कर दी थी कि कोई आदमी ऊपर न आने पाये। इस प्यादे को क्यों आने दिया? मुँह में दही जमा हुआ था? इतना कहते न बनता था कि कहीं बाहर गये हुए हैं। अगर इस तरह तुम लोगों को आने दोगे तो सुबह से शाम तक ताँता लगा रहेगा। आखिर तुम किस मरज की दवा हो?

अमजद—मैं तो उससे बार-बार कहता रहा कि मियाँ कहीं बाहर गये हुए हैं, लेकिन वह जबरदस्ती जीने पर चढ़ आया। क्या करता, उससे क्या फौजदारी करता?

मिर्जा—बेशक उसे धक्का दे कर हटा देना चाहिए था।

अमजद—तो जनाब रूखी रोटी और पतली दाल में इतनी ताकत नहीं होती, उस पर दिमाग लौंडे चर जाते हैं। हाथा-पाई किस बूते पर करूँ? कभी सालन तक नसीब नहीं होता। दरवाजे पर पड़ा-पड़ा मसाले और प्याज की खुशबू लिया करता हूँ। सारा घर पुलाव और जरदे उड़ाता है। यहाँ खुश्क रोटियों पर ही बसर है। दस्तरखान पर खाने को तरस गया। रोज वही मिट्टी की प्याली सामने आ जाती है। मुझे भी तर माल खिलाइए। फिर देखूँ, कौन

घर में कदम रखता है।

मिर्जा लाहौल बिलाकूबत, तुम हमेशा पेट का ही रोना रोते रहे। अरे मियाँ, खुदा का शुक्र करो कि बैठे-बैठे रोटियाँ तो तोड़ने को मिल जाती हैं, वरना इस वक्त कहीं फक-फक फाँय-फाँय करते होते।

अमजद—आपसे दिल की बात कहता हूँ तो आप गालियाँ देने लगते हैं। लीजिए, जाता हूँ, अब अगर सूरत दिखाऊँ तो समझिएगा कोई कमीना था। खुदा ने मुँ दिया तो रोजी भी देगा। इस सुदेशी के जमाने में मैं भूखा न मरूँगा।

यह कह मियाँ अमजद सजल नेत्र हो उतरने लगे, कि ईजाद हुसेन ने फिर बुलाया और नम्रता से बोले, आप तो बस जरा-सी बात पर बिगड़ जाते हैं। देखते नहीं हो यहाँ घर में कितना खर्च है? औलाद की कसरत खुदा की मार है, उस पर रिश्तेदारों का बटोर टिड्डियों का दल है जो आन की आन दरख्त ठूँठ कर देता है। क्या करूँ? औलाद की परवरिश फर्ज ही है और रिश्तेदारों से बेमुरौवत करना अपनी आदत नहीं। इस जाल में फँस कर तरह-तरह की चालें चलता हूँ, तरह-तरह की स्वाँग भरता हूँ, फिर भी चूल नहीं बैठती। अब ताकीद कर दूँगा कि जो कुछ पके वह आपको जरूर मिले। देखिए, अब कोई ऊपर न आने पाये।

अमजद—मैंने तो कसम खा ली है।

ईजाद—अरे मियाँ कैसी बातें करते हो? ऐसी कस्में दिन में सैकड़ों बार खाया करते हैं। जाइए देखिए, फिर कोई शैतान आया है।

मियाँ अमजद नीचे आये तो सचमुच एक शैतान खड़ा था। ठिगना कद, उठा हुआ शरीर, श्याम वर्ण, तंजेब का नीचा कुरता पहने हुए। अमजद को देखते ही बोला, मिर्जा जी से कह दो वफाती आया है।

अमजद ने कड़क कर कहा—मिर्जा साहब कहीं बाहर तशरीफ ले गये हैं।

वफाती—मियाँ, क्यों झूठ बोलते हो? अभी गोपालदास का आदमी मिला था। कहता था ऊपर कमरे में बैठे हुए हैं। इतनी जल्दी क्या उठ कर चले गये?

अमजद—उसने तुम्हें झाँसा दिया होगा। मिर्जा साहब कल से ही नहीं है।

वफाती—तो मैं जरा ऊपर जा कर देख ही न आऊँ!

अमजद—ऊपर जाने का हुक्म नहीं है बेगमात बैठी होंगी। यह कह कर वे जीने का द्वार रोक कर खड़े हो गए। वफाती ने उनका हाथ पकड़ कर अपनी ओर घसीट लिया और जीने पर चढ़ा। अमजद ने पीछे से उनको पकड़ लिया। वफाती ने झल्ला कर ऐसा झोंका दिया कि मियाँ अमजद गिरे और लुढ़कते हुए नीचे आ गये। लौड़ों ने जोर से कहकहा मारा। वफाती ने ऊपर जा कर देखा तो मिर्जा साहब साक्षात् मसनद लगाये विराजमान हैं। बोले, वाह मिर्जा जी वाह, आपका निराला हाल है कि घर में बैठे रहते हैं और नीचे मियाँ अमजद कहते हैं, बाहर गये हुए हैं। अब भी दाम दीजिएगा या हशर के दिन ही हिसाब होगा? दौड़ते-दौड़ते तो पैरों में छाले पड़ गये।

मिर्जा—वाह, इससे बेहतर क्या होगा! हश्र के दिन तुम्हारा कौड़ी-कौड़ी चुका दूँगा, उस वक्त जिन्दगी भर की कमाई पास रहेगी, कोई दिक्कत न होगी।

वफाती—लाइए-लाइए, आज दिलवाइए, बरसों हो गये। आप यतीमखाने के नाम पर चारों तरफ से हजारों रुपये लाते हैं, मेरा क्यों नहीं देते?

मिर्जा—मियाँ, कैसी बातें करते हो? दुनिया न ऐसी अन्धी है, न ऐसी अहमक। अब लोगों के दिल पत्थर हो गये हैं। कोई पसीजता नहीं। अगर इस तरह रुपये बरसते तो तकाजों में ऐसा क्या मजा है जो उठाया करता? यह अपनी बेबशी है जो तुम लोगों से नादिम कराती है। खुदा के लिए एक माह और सब्र करो। दिसम्बर का महीना आने दो। जिस तरह क्वार और कातिक हकीमों के फसल के दिन होते हैं, उसी तरह दिसम्बर में हमारी भी फसल तैयार होती है। हर एक शहर में जलसे होने लगते हैं। अबकी मैंने वह मन्त्र जगाया है जो कभी खाली जा ही नहीं सकता।

वफाती—इस तरह हीला-हवाला करते तो आपको बरसों हो गये। आज कुछ न कुछ पिछले हिसाब में तो दे दीजिए।

मिर्जा—आज तो अगर हलाल भी कर डालो तो लाश के सिवा और कुछ न पाओगे।

वफाती निराश हो कर चला गया। मिर्जा साहब ने अबकी जा कर जीने का द्वार भीतर से बन्द कर दिया और फिर हारमोनियम सँभाला कि अकस्मात् डाकिए ने पुकारा। मिर्जा साहब चिट्ठियों के लिए बहुत उत्सुक रहा करते थे। जा कर द्वार खोला और समाचार-पत्रों तथा चिट्ठियों का एक पुलिन्दा लिये प्रसन्न मुख ऊपर आये। पहला पत्र उनके पुत्र का था, जो प्रयाग में कानून पढ़ रहे थे। उन्होंने एक सूट और कानूनी पुस्तकों के लिए रुपये माँगे थे। मिर्जा से झुँझला कर पत्र को पटक दिया। जब देखो, रुपयों का तकाजा, गोया यहाँ रुपये फलते हैं। दूसरा पत्र एक अनाथ बालक का था। मिर्जा जी ने उसे सन्दूक में रखा। तीसरा पत्र एक सेवा-समिति का था। उसने 'इत्तहादी' अनाथालय के लिए 20 रुपये महीने की सहायता देने का निश्चय किया था। इस पत्र को पढ़ कर वे उछल पड़े और उसे कई बार आँखों से लगाया। इसके बाद समाचार-पत्रों की बारी आयी। लेकिन मिर्जा जी की निगाह लेखों या समाचारों पर न थी। वह केवल 'इत्तहादी' अनाथालय की प्रशंसा के इच्छुक थे। पर इस विषय में उन्हें बड़ी निराशा हुई। किसी पत्र में भी इसकी चर्चा न देख पड़ी। सहसा उनकी निगाह एक ऐसी खबर पर पड़ी कि वह खुशी के मारे फड़क उठे! गोरखपुर में सनातन धर्म-सभा का अधिवेशन होने वाला था। ज्ञानशंकर प्रबन्धक मन्त्री थे। विद्वज्जनों से प्रार्थना की गयी थी कि वह उत्सव में सम्मिलित हो कर उसकी शोभा बढ़ाएँ। मिर्जा साहब, यात्रा की तैयारी करने लगे।

महाशय ज्ञानशंकर का धर्मानुराग इतना बढ़ा कि सांसारिक बातों से उन्हें अरुचि सी होने लगी, दुनिया से जी उचाट हो गया। वह अब भी रियासत का प्रबन्ध उतने ही परिश्रम और उत्साह से करते थे, लेकिन अब सख्ती की जगह नरमी से काम लेते थे। निर्दिष्ट लगान के अतिरिक्त प्रत्येक असामी से ठाकुरद्वारे और धर्मशाले का चन्दा भी लिया जाता था; पर इस रकम को वह इतनी नम्रता से वसूल करते थे कि किसी को शिकायत न होती थी। अब वह एतराज, इजाफा और बकाये के मुकदमे बहुत कम दायर करते। असामियों को

बैंक से नाम-मात्र ब्याज ले कर रुपये देते और डेवढ़े-सवाई की जगह केवल अष्टांश वसूल करते। इन कामों से जितना अवकाश मिलता उसका अधिकांश ठाकुर द्वारे और धर्मशाले की निगरानी में व्यय करते। दूर-दूर से कुशल कारीगर बुलाये गये थे जो पच्चीकारी, गुलकारी, चित्रांकन, कटाव और जड़ाव की कलाओं में निपुण थे। जयपुर से संगमरमर की गाड़ियाँ भरी चली आती थीं। चुनार, ग्वालियर आदि स्थानों से तरह-तरह के पत्थर माँगाये जाते थे। ज्ञानशंकर की परम इच्छा थी कि यह दोनों इमारतें अद्वितीय हों और गायत्री तो यहाँ तक तैयार थी कि रियासत की सारी आमदनी निर्माण कार्य के ही भेट हो जाए तो चिंता नहीं। 'मैं केवल सीर की आमदनी पर निर्वाह कर लूँगी।' लेकिन ज्ञानशंकर आमदनी के ऐसे-ऐसे विधान ढूँढ़ निकालते थे कि इतना सब कुछ व्यय होने पर भी रियासत की वार्षिक आय में जरा भी कमी न होती थी। बड़े-बड़े ग्रामों में पाँच-छह बाजार लगवा दिये। दो-तीन नालों पर पुल बनवा दिये। कई-कई जगह पानी को रोकने के लिए बाँध-बँधवा दिए। सिंचाई की कल मँगा कर किराये पर लगाने लगे। तेल निकालने का एक बड़ा कारखाना खोल दिया। इन आयोजनों से इलाके का नफा घटने के बदले कुछ और बढ़ गया। गायत्री तो उनकी कार्यपटुता की इतनी कायल हो गयी थी कि किसी विषय में जबान न खोलती।

ज्ञानशंकर के आहार-व्यवहार, रंग-ढंग में भी अब विशेष अन्तर दीख पड़ता था। सिर पर बड़े-बड़े केश थे, बूट की जगह प्रायः खड़ाऊँ, कोट के बदले एक ढीला-ढाला घुटनियों से नीचे तक का गेरुवे रंग में रँगा हुआ कुरता पहनते थे। यह पहनावा उनके सौम्य रूप पर बहुत खिलता था। उनके मुखारविन्द पर अब एक दिव्य ज्योति आभासित होती थी और बातों में अनुपम माधुर्यपूर्ण सरलता थी। अब तर्क और न्याय से उन्हें रुचि न थी। इस तरह बातें करते। मानो उन्हें दिव्य ज्ञान प्राप्त हो गया है। यदि कोई उनसे भक्ति या प्रेम के विषय में शंका करता तो वह उसका उत्तर एक मार्मिक मुस्कान से देते थे, जो हजारों दलीलों से अधिक प्रभावोत्पादक होती थी।

उनके दीवानखाने में अब कुरसियों और मेजों के स्थान पर एक साफ-सुथरा फर्श था, जिस पर मसनद और गाव तकिये लगे हुए थे। सामने चन्दन के एक सुन्दर रत्नजटित सिंहासन पर कृष्ण की बाल मूर्ति विराजमान थी। कमरे में नित्य अगर की बत्तियाँ जला करती थीं। उसके अन्दर जाते ही सुगन्धि से चित्त प्रसन्न हो जाता था। उसकी स्वच्छता और सादगी हृदय को भक्ति-भाव से परिपूर्ण कर देती थी। वह श्रीवल्लभ-सम्प्रदाय के अनुयायी थे। फूलों से ललित गान से सुरम्य दृश्यों से, काव्यमय भावों से उन्हें विशेष रुचि हो गयी थी, जो आध्यात्मिक विकास के लक्षण हैं। सौन्दर्योपासना ही उनके धर्म का प्रधान तत्त्व था। इस समय वह एक सितारिये से सितार बजाना सीखते थे और सितार पर सूर के पदों को सुना कर मस्त हो जाते थे।

गायत्री पर इस प्रेम-भक्ति का रंग भी और गाढ़ा चढ़ गया था। वह मौराबाई के सदृश कृष्ण की मूर्ति को स्नान कराती, वस्त्राभूषणों से सजाती, उनके लिए नाना प्रकार के स्वादिष्ट भोजन बनाती और मूर्ति के सम्मुख अनुराग मग्न हो कर घण्टों कीर्तन किया करती। आधी रात तक उनकी क्रीड़ाएँ और लीलाएँ सुनती और सुनाती। अब उसने पर्दा करना छोड़ दिया था। साधु-सन्तों के साथ बैठ कर उनकी प्रेम और ज्ञान की बातें सुना

करती। लेकिन इस सत्संग से शान्ति मिलने के बदले उसका हृदय सदैव एक तृष्णा, एक विरहमय कल्पना से विकल रहता था। उसकी हृदय-वीणा एक अज्ञात आकांक्षा से गूँजती रहती थी। वह स्वयं निश्चय न कर सकती थी कि क्या चाहती हूँ। वास्तव में वह राधा और कृष्ण के प्रेम तत्त्व को समझने में असमर्थ थी। उसकी भौतिक दृष्टि उस प्रेम के ऐन्द्रिक स्वरूप से आगे न बढ़ सकती थी और उसका हृदय इन प्रेम-सुख कल्पनाओं से तृप्त न होता था। वह उन भावों को अनुभव करना चाहती थी। विरह और वियोग, ताप और व्यथा, मान और मानवता, रास और विहार, आमोद और प्रमोद का प्रत्यक्ष स्वरूप देखना चाहती थी। पहले पति-प्रेम उसका सर्वस्व था। नदी अपने पेटे में हलकोरें लिया करती थी। अब उसे उस प्रेम का स्वरूप कुछ मिटा हुआ, फीका, विकृत मालूम होता था। नदी उमड़ गयी थी। पति-भक्ति का वह बाँध जो कुल-मर्यादा और आत्मगौरव पर आरोपित था। इस प्रेमभक्ति की बाढ़ से टूट गया। भक्ति लौकिक बन्धनों को कब ध्यान में लाती है? वह अब उन भावनाओं और कल्पनाओं को बिना किसी आत्मिक संकोच के हृदय में स्थान देती थी, जिन्हें वह पहले अग्नि-ज्वाला समझा करती थी। उसे अब केवल कृष्ण क्रीड़ा के दर्शन मात्र से सन्तोष न होता था। वह स्वयं कोई न कोई रास रचना चाहती थी। वह उन मनोभावों को वाणी से, कर्म से व्यक्त करना चाहती थी जो उसके हृदयस्थल में पक्षियों की भाँति अबाध्य रूप से उड़ा करते थे। और उसका कृष्ण कौन था? वह स्वयं उसे स्वीकार करने का साहस न कर सकती थी; पर उसका स्वरूप ज्ञानशंकर से बहुत मिलता था। वह अपने कृष्ण को इसी रूप में प्रकट देखती थी।

गायत्री का हृदय पहले भी उदार था। अब वह और भी दानशीला हो गयी थी। उसके यहाँ अब नित्य सदाव्रत चलता था और जितने साधु-सन्त आ जाएँ सबको इच्छापूर्वक भोजन-वस्त्र दिया जाता था। वह देश की धार्मिक और पारमार्थिक संस्थाओं की भी यथासाध्य सहायता करती रहती थी। अब उसे सनातन धर्म से विशेष अनुराग हो गया। अतएव अब की जब सनातन धर्म-मंडल की वार्षिकोत्सव गोरखपुर में होना निश्चय किया गया तब सभासदों ने बहुमत से रानी गायत्री को सभापति नियुक्त किया। यह पहला अवसर था कि यह सम्मान एक विदुषी महिला को प्राप्त हुआ। गायत्री को रानी की पदवी मिलने से भी इतनी खुशी न हुई थी जितनी इस सम्मान पद से हुई। उसने ज्ञानशंकर को, जो सभा के मंत्री थे बुलाया और अपने गहनों का संदूक दे कर बोली, इसमें 50 हजार के गहने हैं। मैं इन्हें सनातन धर्मसभा को समर्पण करती हूँ।

समाचार-पत्रों में यह खबर छप गयी। तैयारियाँ होने लगीं। मंत्री जी का यह हाल कि दिन को दिन और रात को रात न समझते। ऐसा विशाल सभा भवन कदाचित् ही पहले कभी न बना हो। मेहमानों के आगत-स्वागत का ऐसा उत्तम प्रबन्ध कभी न किया गया था। उपदेशकों के लिए ऐसे बहुमूल्य उपहार न रखे गये थे और न जनता ने कभी सभा से इतना अनुराग ही प्रकट किया था। स्वयंसेवकों के दल के दल भड़कीली वर्दियाँ पहने चारों तरफ दौड़ते फिरते थे। पंडाल के अहाते में सैकड़ों दूकानें सजी हुई नजर आती थीं। एक सरकस और दो नाटक समितियाँ बुलायी गयी थीं। सारे शहर में चहल-पहल देख पड़ती थी। बाजारों में भी विशेष सजावट और रौनक थी। सड़कों पर दोनों तरफ बन्दनवारें और

पताकाएँ शोभायमान थीं।

जलसे के एक दिन पहले उपदेशकगण आने लगे। उनके लिए स्टेशन पर मोटरें खड़ी रहती थीं। इनमें कितने ही महानुभाव संन्यासी थे। वह तिलकधारी पंडितों को तुच्छ समझते थे और मोटर पर बैठने के लिए अग्रसर हो जाते थे। एक संन्यासी महात्मा, जो विद्यारत्न की पदवी से अलंकृत थे, मोटर न मिलने से इतने अप्रसन्न हुए कि बहुत आरजू-मिन्नत करने पर भी फिटन पर न बैठे। सभा भवन तक पैदल आये।

लेकिन जिस समारोह से सैयद ईजाद हुसेन का आगमन हुआ। वह और किसी को नसीब न हुआ। जिस समय वह पंडाल में पहुँचे, जलसा शुरू हो गया था और एक विद्वान् पंडित जी विधवा विवाह पर भाषण कर रहे थे। ऐसे निन्ध विषय पर गम्भीरता से विचार करना अनुपयुक्त समझ कर वह इसकी खूब हँसी उड़ा रहे थे और यथोचित हास्य और व्यंग्य, धिक्कार और तिरस्कार से काम लेते थे।

''सज्जनों, यह कोई कल्पित घटना नहीं मेरी आँखों देखी बात है। मेरे पड़ोस में एक बाबू साहब रहते हैं। एक दिन वह अपनी माता से विधवा-विवाह की प्रशंसा कर रहे थे। माता जी माता जी चुपचाप सुनती जाती थीं। जब बाबू साहब की वार्ता समाप्त हुई तो माता ने बड़े गम्भीर भाव से कहा, बेटा, मेरी एक विनती है, उसे मानो। क्यों मेरा भी किसी से पाणिग्रहण नहीं करा देते? देश भर की विधवाएँ सोहागिन हो जायँगी तो मुझसे क्योंकर रहा जायगा? श्रोताओं ने प्रसन्न होकर तालियाँ बजायीं, कहकहों से पंडाल गूँज उठा।'

इतने में सैयद ईजाद हुसेन ने पंडाल में प्रवेश किया। आगे-आगे चार लड़के कतार में थे, दो हिन्दू, दो मुसलमान। हिन्दू बालकों की धोतियाँ और कुरते पीले थे, मुसलमान बालकों के कुरते और पाजामे हरे। इनके पीछे चार लड़कियों की पंक्ति थी, दो हिन्दू और दो मुसलमान, उनके पहनावे में भी वही अन्तर था। सभी के हाथों में रंगीन झंडियाँ थीं, जिन पर उज्ज्वल अक्षरों में अंकित था—'इत्तहादी यतीमखाना।' इनके पीछे सैयद ईजाद हुसेन थे। गौर गर्ण, श्वेत केश, सिर पर हरा अमामा, काले कल्पाके का आबा, सुफेद तंबेज की अचकन, सलेमशाही जूते, सौम्य और प्रतिभा की प्रत्यक्ष मूर्ति थे। उनके हाथ में भी वैसी ही झंडी थी। उनके पीछे उनके सुपुत्र सैयद इर्शाद हुसेन थे—लम्बा कद, नाक पर सुनहरी ऐनक, अल्बर्ट फैसल की दाढ़ी, तुर्की टोपी, नीची अचकन, सजीवता का प्रत्यक्ष मूर्ति मालूम होते थे। सबसे पीछे साजिन्दे थे। एक के हाथ में हारमोनियम था, दूसरे के हाथ में तबले, शेष दो आदमी करताल लिये हुए थे। इन सबों की वर्दी एक ही तरह की थी और उनकी टोपियों पर 'अंजुमन इत्तहाद' की मोहर लगी हुई थी। पंडाल में कई हजार आदमी जमा थे। सब-के-सब 'इत्तहाद' के प्रचारकों की ओर टकटकी बाँध कर देखने लगे। पंडित जी का रोचक व्याख्यान फीका पड़ गया। उन्होंने बहुत उछल-कूद की, अपनी सम्पूर्ण हास्य-शक्ति व्यय कर दी, अश्लील कवित्त सुनाये, एक भद्दी-सी गजल भी बेसुरे राग से गायी, पर रंग न जमा। समस्त श्रोतागण 'इत्तहादियों' पर आसक्त हो रहे थे। ईजाद हुसेन एक शान के साथ मंच पर जा पहुँचे। वहाँ कई संन्यासी, महात्मा, उपदेशक चाँदी की कुर्सियों पर बैठे हुए थे। सैयद साहब को सबने ईर्ष्यापूर्ण नेत्रों से देखा और जगह से न हटे। केवल भक्त ज्ञानशंकर ही एक व्यक्ति थे जिन्होंने उनका सहर्ष स्वागत किया और मंच पर उनके लिए

एक कुर्सी रखवा दी। लड़के और साजिन्दे मंच के नीचे बैठ गये। उपदेशकगण मन-ही-मन ऐसे कुढ़ रहे थे, मानो हंस समाज में कोई कौवा आ गया हो। दो-एक सहृदय महाशयों ने दबी जबान से फबतियाँ भी कसीं, पर ईजाद हुसने के तेवर जरा भी मैले न हुए। वह इस अवहेलना के लिए तैयार थे। उनके चेहरे से वह शान्तिपूर्ण दृढ़ता झलक रही थी, जो कठिनाइयों की परवा नहीं करती और काँटों में भी राह निकाल लेती है।

पंडित जी ने अपना रंग जमते न देखा तो अपनी वक्तृता समाप्त कर दी और जगह पर आ बैठे। श्रोताओं ने समझा अब इत्तहादियों के राग सुनने में आयेंगे। सबने कुर्सियाँ आगे खिसकायीं और सावधान हो बैठे; किन्तु उपदेशक-समाज इसे कब पसन्द कर सकता था कि कोई मुसलमान उनसे बाजी ले जाय? एक संन्यासी महात्मा ने चट अपना व्याख्यान न शुरू कर दिया। यह महाशय बेदान्त के पंडित और योगाभ्यासी थे। संस्कृत के उद्‍भट विद्वान् थे। वह सदैव संस्कृत में ही बोलते थे। उनके विषय में किंवदन्ती थी कि संस्कृत ही उनकी मातृ-भाषा है। उनकी वक्तृता को लोग उसी शौक से सुनते थे, जैसे चंडूल का गाना सुनते हैं। किसी की भी समझ में कुछ न आता था, पर उनकी विद्वता और वाक्य प्रवाह का रोब लोगों पर छा जाता था। वह एक विचित्र जीव ही समझे जाते थे और यही उनकी बहुप्रियता का मन्त्र था। श्रोतागण कितने ही ऊबे हुए हों, उनके मंच पर आते ही उठने वाले बैठ जाते थे, जाने वाले थम जाते थे। महफिल जम जाती थी। इसी घमंड पर इस वक्त उन्होंने अपना भाषण आरम्भ किया पर आज उनका जादू भी न चला। इत्तहादियों ने उनका रंग भी फीका कर दिया? उन्होंने संस्कृत की झड़ी लगा दी, खूब तड़पे, खूब गरजे, पर यह भादों की नहीं, चैत की वर्षा थी। अन्त में वह भी थक कर बैठ रहे और अब किसी अन्य उपदेशक को खड़े होने का साहस न हुआ। इत्तहादियों ने मैदान मार लिया।

ज्ञानशंकर ने खड़े हो कर कहा, अब इत्तहाद संस्था के संचालक सैयद ईजाद हुसेन अपनी अमृत वाणी सुनायेंगे। आप लोग ध्यानपूर्वक श्रवण करें।

सभा भवन में सन्नाटा छा गया। लोग सँभल बैठे। ईजाद हुसेन ने हारमोनियम उठा कर मेज पर रखा, साजिन्दों ने साज निकाले, अनाथ बालकवृन्द वृत्ताकार बैठे। सैयद इर्शाद हुसेन ने इत्तहाद सभा की नियमावली का पुलिन्दा निकाला। एक क्षण में ईशवन्दना के मधुर स्वर पंडाल में गूँजने लगे। बालकों की ध्वनि में एक खास लोच होता है। उनका परस्पर स्वर में स्वर मिला कर गाना उस पर साजों का मेल, एक समाँ छा गया...सारी सभा मुग्ध हो गयी।

राग बन्द हो गया और सैयद ईजाद हुसेन ने बोलना शुरू किया—प्यारे दोस्तो, आपको यह हैरत होगी कि हंसों में यह कौवा क्योंकर आ घुसा, औलिया की जमघट में यह भाँड कैसे पहुँचा? यह मेरी तकदीर की खूबी है। उलमा फरमाते हैं, जिस्म हादिम (अनित्य) है, रूह कदीम (नित्य) है। मेरा तजुर्बा बिलकुल बरअक्स (उल्टा) है। मेरे जाहिर में कोई तबदीली नहीं हुई। नाम वही है, लम्बी दाढ़ी वही है, लिबास-पोशाक वही है, पर मेरे रूह की काया पलट गयी। जाहिर से मुगालते में न आइए, दिल में बैठ कर देखिए, वहाँ मोटे हरूफ में लिखा हुआ है : **''हिन्दी हैं हम, वतन है हिन्दोस्ताँ हमारा।'**

लड़कों और साजिन्दों ने इकबाल की गजल अलापनी शुरू की। सभा लोट-पोट हो

गयी। लोगों की आँखों से गौरव की किरणें-सी निकलने लगीं, कोई मूँछों पर ताव देने लगा, किसी ने बेबसी की लम्बी साँस खींची, किसी ने अपनी भुजाओं पर निगाह डाली और कितने ही सहृदय सज्जनों की आँखें भर आयीं। विशेष करके इस मिसरे पर—**"हम बुलबुले हैं इसकी, यह गुलिस्ताँ हमारा।"** तो सारी मजलिस तड़प उठी, लोगों ने कलेजे थाम लिये।, "वन्देमातरम्" से भवन गूँज उठा। गाना बन्द होते ही फिर व्याख्यान शुरू हुआ—

"भाइयो, मजहब दिल की तस्कीन के लिए है, दुनिया कमाने के लिए नहीं, मुल्की हकूम हासिल करने के लिए नहीं। वह आदमी जो मजहब की आड़ में दौलत और इज्जत हासिल करना चाहता है, अगर हिन्दू है जो मलिच्छ है, मुसलमान है तो काफिर है। हाँ काफिर है, मजदूर है, रूसियाह है।"

करतल ध्वनि से पंडाल काँप उठा।

'हम सत्तर पुश्तों से इसी सरजमीन का दाना खा रहे हैं, इसी सरजमीन के आब व गिल (पानी और मिट्टी) से हमारी शिरशिरी हुई है। तुफ है उस मुसलमान पर जो हिजाज और इराक को अपना वतन कहता है!

फिर तालियाँ बजीं। एक घंटे तक व्याख्यान हुआ। सैयद ने सारी सभा पर मानो मोहिनी डाल दी। उनकी गौरवयुक्त विनम्रता, उनकी निर्भीक यथार्थवादिता, उनकी मीठी चुटकियाँ, उनकी जातीयता में डूबी वाक्य-कुशलता, उनकी उत्तेजनापूर्ण आलोचना, उनके स्वदेशाभिमान, उस पर उनके शब्दप्रवाह, भावोत्कर्ष और राष्ट्रीय गाने ने लोगों को उन्मत्त कर दिया। हृदयों में जागृति की तरंगें उठने लगीं। कोई सोचता था, न हुए मेरे पास एक लाख रुपये, नहीं तो इसी दम लुटा देता। कोई मन में कहता था, बाल-बच्चों की चिंता न होती तो गले में झोली लटका कर जाति के लिए भिक्षा माँगता।

इस तरह जातीय भाव को उभाड़ कर भूमि को पोली बना कर सैयद साहब मतलब पर आये, बीज डालना शुरू किया।

"दोस्तो, अब मजहबपरवरी का जमाना नहीं रहा। पुरानी बातों को भूल जाइए। एक जमाना था कि आरियों ने यहाँ के असली बाशिन्दों पर सदियों तक हुकूमत की, आज वही शूद्र आरियों में घुले-मिले हुए हैं। दुश्मनों को अपने सलूक से दोस्त बना लेना आपके बुजुर्गों का जौहर था। वह जौहर आप में मौजूद है। आप बारहा हमसे गले मिलने के लिए बढ़े, लेकिन हम पिदरम सुलताबूद के जोश में हमेशा आप से दूर भागते रहे। लेकिन दोस्तो, हमारी बदगुमानी से नाराज न हों। तुम जिन्दा कौम हो। तुम्हारे दिल में दर्द है, हिम्मत है, फैयाजी है। हमारी तंगदिली को भूल जाइए। उसी बेगाना कौम का एक फर्द हकीर आज आपकी खिदमत में इत्तहाद का पैगाम लेकर हाजिर हुआ है, उसकी अर्ज कबूल कीजिए। यह फकीर इत्तहाद का सौदाई है, इत्तहाद का दीवाना है, उसका हौसला बढ़ाइए। इत्तहाद का यह नन्हा-सा मुर्झाया हुआ पौधा आपकी तरफ भूखी-प्यासी आँखों से ताक रहा है। उसे अपनी दरियादिली के उबलते हुए चश्मों से सैराब कर दीजिए। तब आप देखेंगे कि यह पौधा कितनी जल्द तनावर दरख्त हो जाता है और उसके मीठे फलों से कितनों की जबानें तर होती हैं। हमारे दिल में बड़े-बड़े हौसले हैं। बड़े-बड़े मनसूबे हैं। हम इत्तहाद की सदा से इस पाक जमीन के एक-एक गोशे को भर देना चाहते हैं। अब तक जो कुछ किया है आप ही ने किया

है, आइन्दा जो कुछ करेंगे आप ही करेंगे। चन्दे की फिहरिस्त देखिए, वह आपके ही नामों से भरी हुई है और हक पूछिए तो आप ही उसके बानी हैं। रानी गायत्री कुँवर साहब की सखावत की एक वक्त सारी दुनिया में शोहरत है। भगत ज्ञानशंकर की कौमपरस्ती क्या पोशीदा है? वजीर ऐसा, बादशाह ऐसा? ऐसी पाक रूहें जिस कौम में हों वह खुशनसीब है। आज मैंने इस शहर की पाक जमीन पर कदम रखा तो बाशिन्दों के एखलाक और मुरौवत, मेहमाननवाजी और खातिरदारी ने मुझे हैरत में डाल दिया। तहकीकात करने से मालूम हुआ कि यह इसी मजहबी जोश की बरकत है। यह प्रेम के औतार सिरी किरिश्न की भगती का असर है जिसने लोगों को इन्सानियत के दर्जे से उठा कर फरिश्तों का हमसर बना दिया है। हजरात, मैं अर्ज नहीं कर सकता कि मेरे दिल में सिरी किरिश्न जी की कितनी इज्जत है। इससे चाहे मेरी मुसलमानी पर ताने ही क्यों न दिए जायँ, पर मैं बेखौफ कहता हूँ कि वह रूहे पाक उलूहियत (ईश्वरत्व) के उस दर्जे पर पहुँची हुई थी जहाँ तक किसी नबी या पैगम्बर को पहुँचाना नसीब न हुआ। आज इस सभा में सच्चे दिल से अंजुमन इत्तहाद को उसी रूहेपाक के नाम मानूम (समर्पित) करता हूँ। मुझे उम्मीद ही नहीं, यकीन है कि उनके भगतों के सामने मेरा सवाल खाली न जाएगा। इत्तहादी यतीमखाने के बच्चे और बच्चियाँ आप ही की तरफ बेकस निगाहों से देख रही हैं। यह कौमी भिखारी आपके दरवाजे पर खड़ा दुआएँ दे रहा है। इस लम्बी दाढ़ी पर निगाह डालिए, इन सुफेद बालों की लाज रखिए।'

फिर हारमोनियम बजा, तबले पर थाप पड़ी, करताल ने झंकार ली और ईजाद हुसेन की करुण-रस-पूर्ण गजल शुरू हुई। श्रोताओं के कलेजे मसोस उठे। चन्दे की अपील हुई तो रानी गायत्री की ओर से 100 रुपये की सूचना हुई, भक्त ज्ञानशंकर ने यतीमखाने के लिए एक गाय भेंट की, चारों तरफ से लोग चन्दा देने को लपके। इधर तो चन्दे की सूची चक्कर लगा रही थी, उधर इर्शाद हुसेन ने अंजुमन के पैम्फलेट और तमगे बेचने शुरू किए। तमगे अतीव सुन्दर बजे हुए थे। लोगों ने शौक से हाथों-हाथ लिये। एक क्षण में हजारों वक्षस्थलों पर यह तमगे चमकने लगे। हृदयों पर दोनों तरफ से इत्तहाद की छाप पड़ी गयी। कुल चन्दे का योग 5000 रुपये हुआ। ईजाद हुसेन का चेहरा फूल की तरह खिल उठा। उन्होंने लोगों को धन्यवाद देते हुए एक गजल गायी और आज की कार्यवाही समाप्त हुई रात के दस बजे थे।

जब ईजाद हुसेन भोजन करके लेटे और खमीरे का रस-पान करने लगा तब उनके सुपुत्र ने पूछा, इतनी उम्मीद तो आपको भी न थी।

ईजाद—हर्गिज नहीं। मैंने ज्यादा से ज्यादा 1000 रुपये का अन्दाज किया था, मगर आज मालूम हुआ कि ये सब कितने अहमक होते हैं। इसी अपील पर किसी इस्लामी जलसे में मुश्किल से 100 रुपये मिलते। इन बछिया के ताऊओं की खूब तारीफ कीजिए। हर्जोमलीह की हद तक हो तो मुजायका नहीं, फिर इनसे जितना चाहें वसूल कर लीजिए।

इर्शाद—आपकी तकरीर लाजवाब थी।

ईजाद—उसी पर तो जिन्दगी का दारोमदार है न किसी के नौकर, न गुलाम। बस, दुनिया में कामयाबी का नुसखा है तो वह शतरंजबाजी है। आदमी जरा लस्सान(वाक्-चतुर) हो, जरा मर्दुमशनास हो और जरा गिरहबाज हो, बस उसकी चाँदी है। दौलत उसके घर

की लौंडी है।

इर्शाद—सच फरमाइएगा अब्बा जान, क्या आपका कभी यह खयाल था कि यह सब दुनियासाजी है?

ईजाद—क्या मुझे मामूली आदमियों से भी गया-गुजरा समझते हो? यह दगाबाजी है, पर करूँ क्या? औलाद और खानदान की मुहब्बत अपनी नजात की फिकर से ज्यादा है।

जलसा बड़ी सुन्दरता से समाप्त हुआ रानी गायत्री के व्याख्यान पर समस्त देश में वाह-वाह मच गयी। उसमें सनातन-धर्म संस्था का ऐतिहासिक दिग्दर्शन कराने के बाद उसकी उन्नति और पतन, उसके उद्धार और सुधार उसकी विरोधी तथा सहायक शक्तियों की बड़ी योग्यता से निरूपण किया गया था। संस्था की वर्तमान दशा और भावी लक्ष्य की बड़ी मार्मिक आलोचना की गयी थी। पत्रों में उस वक्तृता को पढ़ कर लोग चकित रह जाते थे और जिन्होंने उसे अपने कानों से सुना वे उसका स्वर्गीय आनन्द कभी न भूलेंगे। क्या वाक्य-शैली थी, कितनी सरल, कितनी मधुर, कितनी प्रभावशाली, कितनी भावमयी! वक्तृता क्या थी—एक मनोहर गान था।

तीन दिन बीत चुके थे। ज्ञानशंकर अपने भव्य-भवन में समाचार-पत्रों का एक दफ्तर सामने रखे बैठे हुए थे। आजकल उनका यही काम था कि पत्रों में जहाँ कहीं इस जलसे की आलोचना हुई तुरत काट कर रख लेते। गायत्री अब ज्ञानशंकर को देवतुल्य समझती थी। उन्हीं की बदौलत आज समस्त देश में उसकी सुकीर्ति की धूम मची हुई थी। उसके इस अतुल उपकार का एक ही उपहार था और वह प्रेमपूर्ण श्रद्धा थी।

सन्ध्या हो गयी थी कि अकस्मात्? ज्ञानशंकर पत्रों की एक पोट लिये हुए अन्दर गये और गायत्री से बोले, देखिए रायसाहब ने यह नया शिगूफा छोड़ा।

गायत्री ने भौंहें चढ़ाकर कहा, मेरे सामने उनका नाम न लीजिए। मैंने उनकी कितनी चिरौरी की थी कि एक दिन के लिए जलसे में अवश्य आइए, पर उनके हाथों भी अपना अपमान नहीं सह सकती।

ज्ञान—मैंने तो समझा था, यह उनकी लापरवाही है, लेकिन इस पत्र से विदित होता है कि आजकल वह एक दूसरी ही धुन में है। शायद इसी कारण अवकाश न मिला हो।

गायत्री—क्या बात है, किसी अँगरेज से लड़ तो नहीं बैठे?

ज्ञान—नहीं, आजकल एक संगीत-सभा की तैयारी कर रहे हैं।

गायत्री—उनके यहाँ तो बारहों मास संगीत-सभा होती रहती है।

ज्ञान—नहीं, यह उत्सव बड़ी धूम से होगा। देश के समस्त गवैयों के नाम निमंत्रण-पत्र भेजे गये हैं। यूरोप से भी कोई जगद्विख्यात गायनाचार्य बुलाये जा रहे हैं। रईसों और अधिकारियों को दावत दी गयी है। एक सप्ताह तक जलसा होगा। यहाँ के संगीत-शास्त्र और पद्धति में सुधार करना उनका उद्देश्य है।

गायत्री—हमारा संगीत-शास्त्र ऋषियों का रचा हुआ है। उसमें क्या कोई सुधार करेगा? इस भैरव और ध्रुपद के शब्द यशोदानन्दन की वंशी से निकलते थे। पहले कोई गा तो ले,

सुधारना तो छोटा मुँह बड़ी बात है।

ज्ञान–राय साहब को कोई और चिन्ता तो है नहीं, एक न एक स्वाँग रचते रहते हैं, कर्ज बढ़ता जाता है, रियासत बोझ से दबी जाती है, पर वह अपनी धुन में किसी का कब सुनते हैं! मेरा अनुमान है कि इस समय उन पर कोई 3।। लाख देना है।

गायत्री–इतना धन कृष्ण भगवान् की सेवा में खर्च करते तो परलोक बन जाता! चिट्ठियाँ तो खोलिए, जरूर कोई पत्र होगा।

ज्ञान–हाँ, देखिए यह लिफाफा उन्हीं का मालूम होता है। हाँ, उन्हीं का है! मुझे बुला रहे हैं और आपको भी बुला रहे हैं।

गायत्री–मैं जा चुकी। जब वह यहाँ आने में अपनी हेठी समझते हैं, तो मुझे क्या पड़ी है कि उनके जलसों-तमाशों में जाऊँ। हाँ, विद्या को चाहे पहुँचा दीजिए; मगर शर्त यह है कि आप दो दिन से ज्यादा वहाँ न ठहरें?

ज्ञान–इसके विषय में सोच कर निश्चय करूँगा। यह दो पत्र बरहाल और आम-गाँव के कारिन्दों के हैं। दोनों लिखते हैं कि असामी सभा का चन्दा देने से इन्कार करते हैं।

गायत्री की त्योरियाँ बदल गयीं। प्रेम की देवी क्रोध की मूर्ति बन गयी। बोली, क्या देहातों, में भी वह हवा फैलने लगी? कारिन्दों को लिख दीजिए कि इन पाजियों के घर में आग लगवा दें और उन्हें कोड़ों से पिटवायें। उनका यह दिल कि मेरी आज्ञा का अनिरादर करें! देवकीनन्दन, तुम इन नर-पिशाचों को क्षमा करो! आप आज ही वहाँ आदमी रवाना करें! मैं यह अवज्ञा नहीं सह सकती। यह सब-के-सब कृज्ञघ्न हैं। किसी दूसरे राज में होते तो आटे-दाल का भाव खुलता। मैं उनके साथ उतनी रिआयत करती हूँ, उनकी मदद के लिए तैयार रहती हूँ, उनके लिए नुकसान उठाती हूँ और उसका यह फल!

ज्ञान–यह मुंशी रामसनेही का पत्र है। लिखते हैं, ठाकुरद्वारे का काम तीन दिन से बन्द है। बेगारों को कितनी ताकीद की जाती है, मगर काम पर नहीं आते।

गायत्री–उन्हें मजूरी दी जाती है न?

ज्ञान–जी हाँ, लेकिन जमींदारी की दर से दी जाती है। जमींदारी शरह दो आने हैं, आम शरह छह आने हैं।

गायत्री–आप उचित समझें तो रामसनेही को लिख दीजिए कि चार आने के हिसाब से मजूरी दी जाय।

ज्ञान–लिख तो दूँ, वास्तव में दो आने में एक पेट भी नहीं भरता, लेकिन इन मूर्ख, उजड्डों गँवारों पर दया भी की जाय तो वह समझते हैं कि दब गये। कल को छह आने माँगने लगेंगे और फिर बात भी न सुनेंगे।

गायत्री–फिर लिख दीजिए कि बेगारों को जबरदस्ती पकड़वा लें। अगर न आयें तो उन्हें गाँव से निकाल दीजिए। हम स्वयं दया-भाव से उनके साथ चाहें जो सलूक करें मगर यह कदापि नहीं हो सकता कि कोई असामी मेरे सामने हेकड़ी जतावे अपना रोब और भय बनाये रखना चाहिए।

ज्ञान–यह पत्र अमेलिया के बाजार से आया है। ठेकेदार लिखता है कि लोग गोले के भीतर गाड़ियाँ नहीं लाते। बाहर ही पेड़ों के नीचे अपना सौदा बेचते हैं। कहते हैं, हमारा

जहाँ जी चाहेगा बैठेंगे। ऐसी दशा में ठीका रद्द कर दिया जाये अन्यथा मुझे बड़ी हानि होगी।

गायत्री—बाजार के बाहर भी तो मेरी ही जमीन है, वहाँ किसी की दूकान रखने का क्या अधिकार?

ज्ञान—कुछ नहीं, बदमाशी है। बाजारों में रुपये पीछे, एक पैसा बयाई देनी पड़ती है, तौल ठीक-ठीक होती है, कुछ धर्मार्थ कटौती देनी पड़ती है, बाहर मनमाना राज है!

गायत्री—यह क्या बात है कि जो काम जनता के सुभीते और आराम के लिए किये जाते हैं, उनका भी लोग विरोध करते हैं।

ज्ञान—कुछ नहीं, यह मानव प्रकृति है। मनुष्य को स्वभावतः दबाव से, रोकथाम से, चाहे वह उसी के उपकार के लिए क्यों न हो, चिढ़ ही होती है। किसान अपने मूर्ख पुरोहित के पैर धो-धो पियेगा, लेकिन कारिन्दा को, चाहे वह विद्वान् ब्राह्मण ही क्यों न हो, सलाम करने में भी उसे संकोच होता है। यों चाहे वह दिन भर धूप में खड़ा रहे, लेकिन कारिन्दा या चपरासी को देख कर चारपाई से उठना उसे असह्य होता है। वह आठों पहर अपनी दीनता और विवशता के भार से दबा रहना नहीं चाहता। अपनी खुशी से नीम की पत्तियाँ चबायेगा, लेकिन जबरदस्ती दूध और शर्बत भी न पियेगा। यह जानते हुए भी हम उन पर सख्ती करने के लिए बाध्य हैं।

इतने में मायाशंकर एक पीताम्बर ओढ़े हुए ऊपर से उतरा। अभी उसकी उम्र चौदह वर्ष से अधिक न थी, किंतु मुख एक पर विलक्षण गम्भीरता और विचारशीलता झलक रही थी। जो इस अवस्था में बहुत कम देखने में आती है। ज्ञानशंकर ने पूछा, कहाँ चले मुन्नू?

माया ने तीव्र नेत्रों से देखते हुए कहा, घाट की तरफ सन्ध्या करने जाता हूँ।

ज्ञान—आज सर्दी बहुत है। यहीं बाग में क्यों नहीं कर लेते?

माया—वहाँ एकान्त में चित्त खूब एकाग्र हो जाता है।

वह चल गया तो ज्ञानशंकर ने कहा, इस लड़के का स्वभाव विचित्र है। समझ में ही नहीं आता। सवारियाँ सब तैयार है; पर पैदल ही जायगा। किसी को साथ भी नहीं लेता।

गायत्री—महरियाँ कहती हैं, अपना बिछावन तक किसी को नहीं छूने देते। वह बेचारियाँ इनका मुँह जोहा करती हैं कि कोई काम करने को कहें, पर किसी से कुछ मतलब ही नहीं।

ज्ञान—इस उम्र में कभी-कभी यह सनक सवार हो जाया करती है। संसार का कुछ ज्ञान तो होता नहीं। पुस्तकें में जिन नियमों की सराहना की गयी है, उनके पालन करने को प्रस्तुत हो जाता है। लेकिन मुझे तो यह कुछ मन्दबुद्धि सा जान पड़ता है। इतना बड़ा हुआ, पैसे की कदर ही नहीं जानता। अभी 100 रुपये दे दीजिए। तो शाम तक पास कौड़ी न रहेगी। न जाने कहाँ उड़ा देता है; किन्तु इसके साथ ही माँगता कभी नहीं। जब तक खुद न दीजिए, अपनी जबान से कभी न कहेगा।

गायत्री—मेरी समझ में तो यह पूर्व जन्म में कोई संन्यासी रहे होंगे।

ज्ञानशंकर ने आज की गाड़ी से बनारस जा कर विद्या को साथ लेते हुए लखनऊ जाने का निश्चय किया। गायत्री बहुत कहने-सुनने पर भी राजी न हुई। उन सबको देखे हुए हमें लगभग सात वर्ष हो गये, पर इस कालक्षेप का उनपर कोई चिह्न नहीं दिखाई देता। बल-पौरुष, रंग-ढंग सब कुछ वही है। यथापूर्व उनका समय सैर और शिकार, पोलो और

टेनिस, राग और रंग में व्यतीत होता है। योगाभ्यास भी करते जाते हैं। धन पर वह कभी लोलनुप नहीं हुए और अब भी उसका आदर नहीं करते। जिस काम की धुन हुई उसे करके छोड़ते हैं। इसकी जरा भी चिन्ता नहीं करते कि रुपये कहाँ से आयेंगे। वह अब भी सलाहकारी सभा के मेम्बर हैं। इसी बीच में दो बार चुनाव हुआ और दोनों बार वही बहुमत से चुने गये। यद्यपि किसानों और मध्यश्रेणी के मनुष्यों को भी वोट देने का अधिकार मिल गया था, तथापि राय साहब के मुकाबले में कौन जीत सकता था? किसानों के वोट उनके और अन्य भाइयों के हाथों में थे और मध्य श्रेणी के लोगों को जातीय संस्थाओं में चन्दे देकर वशीभूत कर लेना कठिन न था।

राय साहब इतने दिनों तक मेम्बर बने रहे, पर उन्हें इस बात का अभिमान था कि मैंने अपनी ओर से कौंसिल में कभी कोई प्रस्ताव न किया। वह कहते, मुझे खुशामदी टट्टू कहने में अगर किसी को आनन्द मिलता है तो कहे, मुझे देश और जाति का द्रोही कहने से अगर किसी का पेट भरता है तो मुझे कोई शिकायत नहीं है, पर मैं अपने स्वभाव को नहीं बदल सकता। अगर रस्सी तुड़ा कर मैं जंगल में अबाध्य फिर सकूँ तो मैं आज ही खूँटा उखाड़ फेंकूँ। लेकिन जब मै। जानता हूँ कि रस्सी तुड़ाने पर भी मैं बाड़े से बाहर नहीं जा सकता, बल्कि ऊपर से और डंडे पड़ेंगे तो फिर खूँटे पर चुपचाप खड़ा क्यों न रहूँ? और कफछ नहीं तो मालिक की कृपादृष्टि तो रहेगी। जब राज-सत्ता अधिकारियों के हाथ में है, हमारे असहयोग और असम्मति से उसमें कोई परिवर्तन नहीं हो सकता तो इसकी क्या जरूरत है कि हम व्यर्थ अधिकारियों पर टीका-टिप्पणी करने बैंठें और उनकी आँखों में खटकें? हम काठ के पुतले हैं, तमाशो दिखाने के लिए खड़े किये गये हैं। इसलिए हमें डोरी के इशारे पर नाचना चाहिए। यह हमारी खामखयाली है कि हम अपने को राष्ट्र का प्रतिनिधि समझते हैं। जाति हम जैसों का, जिसका अस्तित्व ही उसके रक्त पर अवलम्बित है, कभी अपना प्रतिनिध न बनायेगी। जिस दिन जाति में अपना हानि-लाभ समझने की शक्ति होगी, हम और आप खेतों में कुदाली चलाते नजर आयेंगे। हमारा प्रतिनिधित्व सम्पूर्णतः हमारी स्वार्थपरता और सम्मान लिप्सा पर निर्भर है। हम जाति के हितैषी नहीं हैं, हम उसे केवल स्वार्थ-सिद्धि का यन्त्र बनाये हुए हैं। हम लोग अपने वेतन की तुलना अँगरेजों से करते हैं। क्यों? हमें तो सोचना चाहिए कि ये रुपये हमारी मुट्ठी में आ कर यदि जाति की उन्नति और उपकार में खर्च हों तो अच्छा है। अँगरेज अगर दोनों हाथों से धन बटोरते हैं तो बटोरने दीजिए। वे इसी उद्देश्य से इस देश में आये हैं। उन्हें हमारे जाति-प्रेम का दावा नहीं है। हम तो जाति-भक्ति की हाँक लगाते हुए भी देश का गला घोंट देते हैं। हम अपने जातीय व्यवसाय के अधःपतन का रोना रोते हैं। मैं कहता हूँ आपके हाथों यह दशा और भी असाध्य हो जायगी। हम अगणित मिलें खोलेंगे, बड़ी संख्या में कारखाने कायम करेंगे, परिणाम क्या होगा? हमारे देहात वीरान हो जायेंगे, हमारे कृषक कारखानों के मजदूर बन जायेंगे, राष्ट्र का सत्यानाश हो जायेगा। आप इसी को जातीय उन्नति चरम सीमा समझते हैं। मेरी समझ में यह जातीयता का घोर अधःपतन है। जाति की जो कुछ दुर्गत हुई हमारे हाथों हुई है। हम जमींदार हैं, साहूकार हैं, वकील हैं, सौदागर हैं, डॉक्टर हैं, पदाधिकारी हैं, इनमें कौन जाति की सच्ची वकालत करने का दावा कर सकता है? आप जाति के साथ

बड़ी भलाई करते हैं तो कौंसिल में अनिवार्य शिक्षा प्रस्ताव पेश करा देते हैं। अगर आप जाति के सच्चे नेता होते तो वह निरंकुशता कभी न करते। कोई अपनी इच्छा के विरुद्ध स्वर्ग भी नहीं चाहता। हममें तो कितने ही महोदयों ने बड़ी-बड़ी उपाधियाँ प्राप्त की हैं। पर उस शिक्षा ने हममें सिवा विलास-लालसा और सम्मान प्रेम, स्वार्थ-सिद्धि और अहम्मन्यता के और कौन सा सुधार कर दिया। हम अपने घमंड में अपने को जाति का अत्यावश्यक अंग समझते हैं, पर वस्तुतः हम कीट-पतंग से भी गये-बीते हैं। जाति-सेवा करने के लिए दो हजार मासिक, मोटर, बिजली, पंखे, फिटन, नौकर या चाकर की क्या जरूरत है? आप रूखी रोटियाँ खा कर जाति की सेवा इससे कहीं उत्तम रीति से कर सकते हैं। आप कहेंगे—वाह, हमने परिश्रम से विद्योपार्जन किया है, इसीलिए। तो जब आपने अपने कायिक सुखभोग के लिए इतना अध्यवसाय किया है तब जाति पर इसका क्या एहसान? आप किस मुँह से जाति के नेतृत्व का दावा करते हैं? आप मिलें खोलते हैं तो समझते हैं हमने जाति की बड़ी सेवा की; पर यथार्थ में आपने दस-बीस आदमियों को बनवास दे दिया। आपने उनके नैतिक और सामाजिक पतन का सामान पैदा कर दिया। हाँ, आपने और आपके साझेदारों ने 45 रुपये प्रति सैकड़े लाभ अवश्य उठाया। तो भाई, जब तक यह धींगा-धींगी चलती है चलने दो। न तुम मुझे बुरा कहो, न मैं तुम्हें बुरा कहूँ। हम और आप, नरम और गरम दोनों ही जाति के शत्रु हैं। अन्तर यह है कि मैं अपने को शत्रु समझता हूँ और आप अहंकार के मद में अपने को उसका मित्र समझते हैं।

इन तर्कों को सुनकर लोग उन्हें बक्की और झक्की कहते थे। अवस्था के साथ राय साहब का संगीत-प्रेम और भी बढ़ता जाता था। अधिकारियों से मुलाकात का उन्हें अब इतना व्यसन नहीं था। जहाँ किसी उस्ताद की खबर पाते, तुरन्त बुलाते और यथायोग्य सम्मान करते। संगीत की वर्तमान अभिरुचि को देखकर उन्हें भय होता था कि अगर कुछ दिनों यही दशा रही तो इसका स्वरूप ही मिट जायगा, देश और भैरव की तमीज भी किसी को न होगी। वह संगीत-कला को जाति की सर्वश्रेष्ठ सम्पत्ति समझते थे। उनकी अवनति उनकी समझ में जातीय पतन का निकृष्टतम स्वरूप था। व्यय का अनुमान चार लाख किया गया था। राय साहब ने किसी से सहायता माँगना उचित न समझा था, लेकिन कई रईसों ने स्वयं 2-2 लाख के वचन दिये थे। तब भी राय साहब पर 2-2।। लाख का भार पड़ना सिद्ध था। यूरोप से छह नामी संगीतज्ञ आ गये थे दो-दो जर्मनी से, दो इटली से, एक फ्रांस और एक इँगलिस्तान से। मैसूर, ग्वालियर, ढाका, जयपुर, काश्मीर के उस्तादों को निमन्त्रण-पत्र भेज दिये गये थे। राय साहब का प्राइवेट सेक्रेटरी सारे दिन पत्र-व्यवहार में व्यस्त रहता था, तिस पर चिट्ठियों की इतनी कसरत हो जाती थी कि बहुधा राय साहब को स्वयं जवाब लिखने पड़ते थे। इसी काम को निबटाने के लिए उन्होंने ज्ञानशंकर को बुलाया और वह आज ही विद्या के साथ आ गये थे। राय साहब ने गायत्री के न आने पर बहुत खेद प्रकट किया और बोले, वह इसीलिए नहीं आयी है कि मैं सनातन धर्म सभा के उत्सव में न आ सका था। अब रानी हो गयी है। क्या इतना गर्व भी न होगा। यहाँ तो मरने की भी छुट्टी न थी, जाता क्योंकर?

ज्ञानशंकर रात भर के जागे थे, भोजन करके लेटे तो तीसरे पहर उठे। राय साहब

दीवानखाने में बैठे हुए चिट्ठियाँ पढ़ रहे थे। ज्ञानशंकर को देखकर बोले, आइए भगत जी, आइए! तुमने तो काया ही पलट दी। बड़े भाग्यवान हो कि इतनी ही अवस्था में ज्ञान प्राप्त कर लिया। यहाँ तो मरने के किनारे आये, पर अभी तक माया-मोह से मुक्त न हुआ। यह देखो , पूना से प्रोफेसर माधोल्लकर ने यह पत्र भेजा है। उन्हें न जाने कैसे यह शंका हो गयी है कि मैं इस देश में विदेशी संगीत का प्रचार करना चाहता हूँ। इस पर आपने मुझे खूब आड़े हाथों लिया है।

ज्ञानशंकर मतलब की बात छोड़ने के लिए अधीर हो रहे थे, अवसर मिल गया, बोले—आपने यूरोप से लोगों को नाहक बुलाया। इसी से जनता को ऐसी शंकाएँ हो रही हैं। उन लोगों की फीस तय हो गयी है?

राय साहब—हाँ, यह तो पहली बात थी। दो सज्जनों की फीस तो रोजाना दो-दो हजार है। सफर का खर्च अलग। जर्मनी के दोनों महाशयों डेढ़-डेढ़ हजार रोजाना लेंगे। केवल इटली के दोनों आदमियों ने निःस्वार्थ भाव से शरीक होना स्वीकार किया है।

ज्ञान—अगर यह चारों महाशय यहाँ 15 दिन भी रहें तो एक लाख रुपये तो उन्हीं को चाहिए?

राय—हाँ, इससे क्या कम होगा।

ज्ञान—तो कुल खर्च चाहे 5-5।। लाख तक जा पहुँचे।

राय—तखमीना तो 4 लाख का किया था, लेकिन शायद इससे कुछ ज्यादा ही पड़ जाय।

ज्ञान—यहाँ के रईसों ने भी कुछ हिम्मती दिखायी?

राय—हाँ, कई सज्जनों ने वचन दिये हैं। सम्भव है दो लाख मिल जाएँ।

ज्ञान—अगर वह अपने वचन पूरे भी कर दें तो आपको 2।।-3 लाख की जेरबारी होगी।

राय साहब ने व्यंगपूर्ण हास्य के साथ कहा, मैं उसे जेरबारी नहीं समझता। धन सुख-भोग के लिए है। उसका और कोई उद्देश्य नहीं है। मैं धन को अपनी इच्छाओं का गुलाम समझता हूँ, उसका गुलाम बनना नहीं चाहता।

ज्ञान—लेकिन वारिसों को भी तो सुख-भोग का कुछ न कुछ अधिकार है?

राय साहब—संसार में सब प्राणी अपने कर्मानुसार सुख-दुःख भोगते हैं। मैं किसी के भाग्य का विधाता हूँ?

ज्ञान—क्षमा कीजिएगा, यह शब्द ऐसे पुरुष के मुँह से शोभा नहीं देते जो अपने जीवन का अधिकांश बिता चुका हो।

राय साहब ने कठोर स्वर से कहा, तुमको मुझे उपदेश करने का कोई अधिकार नहीं है। मैं अपनी सम्पत्ति का स्वामी हूँ, उसे अपनी इच्छा और रुचि के अनुसार खर्च करूँगा। यदि इससे तुम्हारे सुख-स्वप्न नष्ट होते हैं तो हों, मैं इसकी परवाह नहीं करता। यह मुमकिन नहीं कि सारे संसार में इस कान्फ्रेंस की सूचना देने के बाद अब मैं उसे स्थगित कर दूँ। मेरी सारी जायदाद बिक जाए तो भी मैंने जो काम उठाया है उसे अन्त तक पहुँचा कर छोड़ूँगा। मेरी समझ में नहीं आता कि तुम कृष्ण के ऐसे भक्त और त्याग तथा वैराग्य के

ऐसे साधक हो कर माया-मोह में इतने लिप्त क्यों हो? जिसने कृष्ण का दामन पकड़ा, प्रेम का आश्रय लिया, भक्ति की शरण गही, उसके लिए सांसारिक विभव क्या चीज है। तुम्हारी बातें सुनकर और तुम्हारे चित्त की यह वृत्ति देख कर मुझे संशय होता है कि तुमने वह रूप धरा है और प्रेम-भक्ति का स्वाद नहीं पाया। कृष्ण का अनुरागी कभी इतना संकीर्ण हृदय नहीं हो सकता। मुझे अब शंका हो रही है कि तुमने यह जाल कहीं सरल हृदय गायत्री के लिए न फैलाया हो।

यह कह कर राय साहब ने ज्ञानशंकर को तीव्र नेत्रों से देखा। उनके सन्देह का निशाना इतना ठीक बैठा था कि ज्ञानशंकर का हृदय काँप उठा। इस भ्रम का मूलोच्छेद करना परमाश्यक था। राय साहब के मन में इसका जगह पाना अत्यंत भयंकर था। इतना ही नहीं, इस भ्रम को दूर करने के लिए निर्भीकता की आवश्यकता थी। शिष्टाचार का समय न था। बोले, आपके मुख से स्वाँग और बहुरूप की लांछना सुना कर एक मसल याद आती है, लेकिन आप पर उसे घटित करना नहीं चाहता। जो प्राणी धर्म के नाम पर विषय-वासना और विष-पान को स्तुत्य समझता हो वह यदि दूसरों की धार्मिक वृत्ति को पाखण्ड समझे तो क्षम्य है।

राय साहब ने ज्ञानशंकर को फिर चुभती हुई दृष्टि से देखा और कड़ी आवाज से बोले, तुम्हें सच कहना होगा!

ज्ञानशंकर को ऐसा अनुभव हुआ मानो उनके हृदय पर से कोई पर्दा उठा जा रहा है। उन एक अर्द्ध विस्मृति की दशा छा गयी। दीन-भाव से बोले—जी हाँ, सच कहूँगा।

राय—तुमने यह जाल किसके लिए फैलाया है?

ज्ञान—गायत्री के लिए।

राय—तुम उससे क्या चाहते हो?

ज्ञान—उसकी सम्पत्ति और उसका प्रेम।

राय साहब खिलखिला कर हँसे। ज्ञानशंकर को जान पड़ा, मैं कोई स्वप्न देखते-देखते जाग उठा। उनके मुँह से जो बातें निकली थीं। वह उन्हें याद थीं। उनका कृत्रिम क्रोध शान्त हो गया था। उसकी जगह उस लज्जा और दीनता ने ले ली थी जो किसी अपराधी के चेहरे पर नजर आती है, वह समझ गये कि राय साहब ने मुझे अपने आत्मबल से वशीभूत करके मेरी दुष्कल्पनाओं को स्वीकार करा लिया। इस सयम वह उन्हें अत्यन्त भयावह रूप में देख पड़ते थे। उनके मन में अत्याचार का प्रत्याघात करने की घातक चेष्टा लहरें मार रही थीं; पर इसके साथ ही उन पर एक विचित्र भय आच्छादित हो गया था। वह इस शैतान के सामने अपने को सर्वथा निर्बल और आशक्त पाते थे। इन परिस्थितियों से वह ऐसे उद्विग्न हो रहे थे कि जी चाहता था आत्महत्या कर लूँ। जिस भवन को वह छः-सात वर्षों से एक-एक ईंट जोड़ कर बना रहे थे इस समय वह हिल रहा था और निकट था कि गिर पड़े। उसे सँभालना उनकी शक्ति के बाहर था। शोक! मेरे मंसूबे मिट्टी में मिले जाते हैं। इधर से भी गया। एकाएक राय साहब बोले—बेटा, तुम व्यर्थ मुझ पर इतना कोप कर रहे हो। मैं इतना क्षुद्र-हृदय नहीं हूँ कि तुम्हें गायत्री की दृष्टि में गिराऊँ। उसकी जायदाद तुम्हारे हाथ लग जाय तो मेरे लिए इससे ज्यादा हर्ष की बात और क्या होगी? लेकिन तुम्हारी चेष्टा उसकी जायदाद तक ही सीमित है तो मुझे कोई आपत्ति न होती। आखिर वह जायदाद

किसी न किसी को तो मिलेगी ही और जिन्हें मिलेगी वह मुझे तुमसे ज्यादा प्यारे नहीं हो सकते। किंतु मैं उसके सतीत्व को उसकी जायदाद से कहीं ज्यादा बहुमूल्य समझता हूँ और उस पर किसी की लोलुप दृष्टि का पड़ना सहन नहीं कर सकता। तुम्हारी सच्चरित्रता की मैं सराहना करता था, तुम्हारी योग्यता और कार्यपटुता का मैं कायल था, लेकिन मुझे इसका गुमान भी न था कि तुम इतने स्वार्थ-भक्त हो। तुम मुझे पाखंडी और विषयी समझते हो, मुझे इसका जरा भी दुःख नहीं है। अनात्मवादियों को ऐसी शंका होना स्वाभाविक है। किन्तु मैं तुम्हें विश्वास दिलाता हूँ कि मैंने कभी सौंदर्य को वासना की दृष्टि से नहीं देखा। मैं सौंदर्य की उपासना करता हूँ, उसे अपने आत्म-निग्रह का साधन समझता हूँ, उससे आत्म-बल संग्रह करता हूँ, उसे अपनी चेष्टाओं की सामग्री नहीं बनाता और मान लो, मैं विषयी ही सही। बहुत दिन बीत गये हैं, थोड़े दिन और बाकी हैं, जैसा अब तक रहा वैसा ही आगे भी रहूँगा। अब मेरा सुधार नहीं हो सकता। लेकिन तुम्हारे सामने अभी सारी उम्र पड़ी हुई है, इसलिए मैं तुमसे अनुरोध करता हूँ और प्रार्थना करता हूँ कि इच्छाओं के, कुवासनाओं के गुलाम मत बनो। तुम इस भ्रम में पड़े हुए हो कि मनुष्य अपने भाग्य का विधाता है। यह सर्वथा मिथ्या है। हम तकदीर के खिलौने हैं, विधाता नहीं। वह हमें अपनी इच्छानुसार नचाया करती है। तुम्हें क्या मालूम है कि जिसके लिए तुम सत्यासत्य में विवेक नहीं करते, पुण्य और पाप को समान समझते हो उस शुभ मुहूर्त तक सभी विघ्न—बाधाओं से सुरक्षित रहेगा? सम्भव है कि ठीक उस समय जब जायदाद पर उसका नाम चढ़ाया जा रहा हो एक फुंसी उसका काम तमाम कर दे। यह न समझो कि मैं तुम्हारा बुरा चेत रहा हूँ। तुम्हें आशाओं की असारता का केवल एक स्वरूप दिखाना चाहता हूँ। मैंने तकदीर की कितनी ही लीलाएँ देखी हैं और स्वयं उसका सताया हुआ हूँ। उसे अपनी शुभ कल्पनाओं के साँचे में ढालना हमारी सामर्थ्य से बाहर है। मैं नहीं कहता कि तुम अपने और अपनी सन्तान के हित की चिन्ता मत करो, धनोपार्जन न करो। नहीं, खूब धन कमाओ और खूब समृद्धि प्राप्त करो, किन्तु अपनी आत्मा और ईमान को उस पर बलिदान न करो। धूर्तता और पाखंड, छल और कपट से बचते रहो। मेरी जायदाद 20 लाख से कम की मालियत नहीं है? अगर दो-चार लाख कर्ज ही हो जाएँ तो तुम्हें घबड़ाना नहीं चाहिए। क्या इतनी सम्पत्ति मायाशंकर के लिए काफी नहीं है। तुम्हारी पैतृक सम्पत्ति भी 2 लाख से कम की नहीं है। अगर इसे काफी नहीं समझते तो गायत्री की जायदाद पर निगाह रखो, इसे मैं बुरा नहीं कहता। अपने सुप्रबन्ध से, कार्य कुशलता से, किफायत से, हितेच्छा से, उसके कृपा-पात्र बन जाओ, न कि उसके भोलेपन, उसकी सरलता और मिथ्या भक्ति को अपनी कूटनीति का लक्ष्य बनाओ और प्रेम का स्वाँग भर कर उसके जीवन-रत्न पर हाथ बढ़ाओ।

इतने में प्राइवेट सेक्रेटरी साहब आये। राय साहब उनकी ओर आकृष्ट हो गये। ज्ञानशंकर रो रहे थे। भेद खुल जाने का शोक था, चिरसंचित अभिलाषाओं के विनष्ट हो जाने का दुःख, कुछ ग्लानि, कुछ अपनी दुर्जनता का खेद, कुछ निर्बल क्रोध। तर्कना शक्ति इतने आघातों का प्रतिरोध न कर सकती थी।

ज्ञानशंकर उठ कर बगल में बेंच पर जा बैठे। माघ का महीना था और सन्ध्या का समय। लेकिन उन्हें इस समय जरा भी सरदी न लगती। समस्त शरीर अंतरस्थ चिन्ता-दाह

से खौल रहा था, राय साहब का उपदेश सम्पूर्णतः विस्मृत हो गया था। केवल यह चिन्ता थी कि गिरती हुई दीवार को क्योंकर थामें, मरती हुई अभिलाषाओं को क्योंकर सँभालें? यह महाशय कहते हैं कि मैं गायत्री से कुछ न कहूँगा, लेकिन इनका एतबार ही क्या? इन्होंने जहाँ उनके कान भरे वह मेरी सूरत से घृणा करने लगेगी। गौरवशील स्त्री है, उसे अपने सतीत्व पर घमंड है। यद्यपि उसे मुझसे प्रेम है। किनतु अभी तक उसका आधार धर्म पर है, मनोवेगों पर नहीं। उसकी स्थिति का क्या भरोसा? दुष्ट अपनी जायदाद का सर्वनाश तो किये ही डालता है, उधर का द्वार भी बन्द किये देता है कि मुझे कहीं निकलने का मार्ग ही न मिले। मैं इतनी निराशाओं का भार नहीं सह सकता। इस जीवन में अब कोई आनन्द न रहा। जब अभिलाषाओं का ही अन्त हुआ जाता है तब जी कर ही क्या करना है? हा! क्या सोचता था और क्या हो रहा है?

राय साहब तो शाम को क्लब चले गये और ज्ञानशंकर उसी निर्जन स्थान पर बैठे हुए जीवन और मृत्यु का निर्णय करते रहे। उनकी दशा उस व्यापारी की सी थी जिनका सब कुछ जलमग्न हो गया हो, यह उस विद्यार्थी की सी थी जो वर्षों के कठिन श्रम के बाद परीक्षा में गिर गया हो। जब बाग में खूब ओस पड़ने लगी तो वह उठ कर कमरे में चले गये। फिर उन्हीं चिन्ताओं ने आ घेरा। जीवन में अब निराशा और अपमान के सिवा और कुछ नहीं रहा। ठोकरें खाता रहूँगा। जीवन का अन्त ही अब मेरे डूबते हुए बेड़े को पार लगा सकता है। राय साहब इतने नीच नहीं हैं कि मरने पर भी मुझे बदनाम करें। उन्होंने बहुत सच कहा था कि मनुष्य अपने भाग्य का खिलौना है। मैं इस दशा में हूँ कि मृत्यु ही मेरे सारे दुखों का एकमात्र उपाय है। सामान्यतः लोग यही समझेंगे कि मैंने संसार से विरक्त हो कर प्राण त्याग दिए, माया-मोह के बन्धन से मुक्त हो गया। ऐसी मुक्त आत्मा के लिए यह अन्धकारमय जगत् अनुकूल न था। विद्या की निगाह में मेरा आदर कई गुना बढ़ जायगा और गायत्री तो मुझे कृष्ण का अवतार समझने लगेगी। बहुत सम्भव है कि मेरी आत्मा को प्रसन्न करने के लिए वह माया को गोद ले ले। चाचा और भाई दोनों मुझ पर कुपित हैं। मौत उनको भी नर्म कर देगी और मुश्किल ही क्या है? कल गोमती स्नान करने जाऊँ। एक सीढ़ी भी नीचे उतर गया तो काम तमाम है। बीस हजार जो मैं नगद छोड़े जाता हूँ, विद्या के निर्वाह के लिए काफी है। लखनपुर की आमदनी अलग।

यह सोचते-सोचते ज्ञानशंकर इतने शोकातुर हुए कि जोर-जोर से सिसकियाँ भर कर रोने लगे। यही जीवन का फल है? इसीलिए दुनिया भर के मनसूबे बाँधे थे? यह दुष्ट कमलानन्द मेरी गरदन पर छुरी फेर रहा है। यही निर्दय मेरी जान का गाहक हो रहा है।

इतने में विद्यावती आ गयी और बोली, आज दादा जी से तुमसे कुछ तकरार हो गयी क्या? मुख्तार साहब कहते थे कि राय साहब बड़े क्रोध में थे। तुम नाहक उनके बीच में बोला करते हो। वह जो कुछ करें करने दो। अम्मा समझाते-समझाते मर गयी, उन्होंने कभी रत्ती पर परवाह न की। अपने सामने किसी को कुछ समझते ही नहीं।

ज्ञान—मैंने तो केवल इतना कहा कि आपको व्यर्थ 2-3 लाख रुपया फूँक देना उचित नहीं है। बस इतनी सी बात पर बिगड़ गये।

विद्या—यह तो उनका स्वभाव ही है। जहाँ उनकी बात किसी ने काटी और वह आग

हुए। बुरा मुझे भी लग रहा है, पर मुँह खोलते काँपती हूँ।

ज्ञान—मुझे इनकी जायदाद की परवाह नहीं है। मैंने वृन्दावनविहारी का आश्रय लिया है, अब किसी बात की अभिलाषा नहीं; लेकिन यह अनर्थ नहीं देखा जाता।

विद्या चली गयी। थोड़ी देर में महाराज ने भोजन की थाली लाकर रख दी। लेकिन ज्ञानशंकर को कुछ खाने की इच्छा न हुई। थोड़ा सा दूध पी लिया और फिर विचारों में मग्न हुए—स्त्रियों के विचार कितने संकुचित होते हैं! तभी तो इन्हें सन्तोष हो जाता है। वह समझती हैं, आदमी को चैन से भोजन, वस्त्र मिल जाएँ, गहने-जेवर बनते जाएँ, संतानें होती जाएँ, बस और क्या चाहिए। मानो मानव-जीवन भी अन्य जीवधारियों की भाँति केवल स्वाभाविक आवश्यकताएँ पूरी करने के ही लिए है। विद्या को कितना संतोष है! लोग स्त्रियों के इस गुण की बड़ी प्रशंसा करते हैं। मेरा विचार तो यह है कि धैर्य और संतोष उनकी बुद्धिहीनता का प्रमाण है। उनमें इतना बुद्धि-सामर्थ ही नहीं होता कि अवस्था और स्थिति का यथार्थ अनुमान कर सकें। रायसाहब की फूँक ताप विद्या को भी अखरती है, लेकिन कुछ बोलती नहीं, जरा भी चिन्तित नहीं है। यह नहीं समझती कि वह सरासर अपनी ही हानि, अपना ही सर्वनाश है। दशा ने कैसा पलटा खाया है। अगर मेरे मनसूबे सफल हो जाते तो दो-चार वर्ष में 3 लाख रुपयेवार्षिक का आदमी होता। दस-पन्द्रह वर्षों में अतुल सम्पत्ति का स्वामी होता...........लेकिन मन की मिठाई खाने से क्या होता है?

ज्ञानशंकर बड़ी गम्भीर प्रकृति के मनुष्य थे। उनमें शुद्ध संकल्प की भी कमी न थी। झोंकों में उनके पैर न उखड़ते थे, कठिनाइयों में उनकी हिम्मत न टूटती थी। गोरखपुर में उन पर चारों ओर से दाँव-पेंच होते रहे लेकिन उन्होंने कभी परवाह न की। लेकिन उनकी अविचलता वह थी जो परिस्थिति-ज्ञान-शून्यता की हद तक जा पड़ती है। वह उन जुआरियों में न थे, जो अपना सब कुछ एक दाँव पर हारकर अकड़ते हुए चलते हैं। छोटी-छोटी हारों का, छोटी-छोटी असफलताओं का असर उन पर न होता था, लेकिन उन मन्तव्यों का नष्ट-भ्रष्ट हो जाना जिन पर जीवन उत्सर्ग कर दिया गया हो, धैर्य को भी विचलित, अस्थिर कर लेता है; और फिर यहाँ केवल नैराश्य और शोक न था। मेरे छल-कपट का परदा खुल गया! मेरी भक्ति और धर्मनिष्ठा की, मेरे वैराग्य और त्याग की, मेरे उच्चादर्शों की, मेरे पवित्र आचरण की कलई खुल गयी! संसार अब मुझे यथार्थ रूप में देखेगा, अब तक मेरे अपनी तर्कनाओं से, अपनी प्रगल्भता से, कलुषता को छिपाया। अब वह बात कहाँ?

ज्ञानशंकर को नींद न आयी। जरा आँखें झपक जातीं तो भयावह स्वप्न दिखायी देने लगते। कभी देखते, मैं गोमती में डूब गया हूँ और मेरा शव चिता पर जलाया जा रहा है। कभी नजर आता, मेरा विशाल भवन विध्वंस हो गया है और मायाशंकर उसके भग्नावेश पर बैठा हुआ रो रहा है। एक बार ऐसा जान पड़ा कि गायत्री मेरी ओर कोप-दृष्टि से देख पड़ी है, तुम मक्कार हो, आँखों से दूर हो जाओ!

प्रातः काल ज्ञानशंकर उठे तो चित्त बहुत खिन्न था। ऐसे अलसाये हुए थे, मानो कोई मंजिल तय करके आये हों। उन्होंने किसी से कुछ बातचीत न की। धोती उठायी और पैदल गोमती की ओर चले। अभी सूर्योदय नहीं हुआ था, लेकिन तमाखूवालों की दूकानें खुल गयी थीं। ज्ञानशंकर ने सोचा, क्या तम्बाखू ही जीवन की मुख्य वस्तु है कि सबसे पहले इनकी

दूकान खुलती है? जरा देर में मलाई-मक्खन की ध्वनि कानों में आयी। दुष्ट कितना जीभ ऐंठ कर बोलता है। समझता होगा कि यह कर्णकटु शब्द रुचिवर्द्धक होंगे। भला गाता हो एक बात भी थी। अच्छा। 'चाय गरम' भी आ पहुँची। गर्म तो अवश्य ही होगी, बिना फूँके पियो तो जीभ जल जाय, मगर स्वाद वही गर्म पानी का। यह कौन महाशय घोड़ा दौड़ाये चले आते' हैं। घोड़ा ठोकर ले तो साहब बहादुर की हड्डियाँ चूर हो जाएँ।

वह गोमती के तट पर पहुँचे तो भक्त जनों की भीड़ देखी। श्यामल जलधारा पर श्यामल कुहिर घटा छायी हुई थी। सूर्य की सुनहरी किरणें इस श्याम घटा में प्रविष्ट होने के लिए उत्सुक थीं। दो-चार नौकाएँ पानी में खड़ी काँप रही थीं।

ज्ञानशंकर ने धोती चौकी पर रख दी और पानी में घुसे तो सहसा उनकी आँखें सजल हो गयीं। कमर तक पानी में गये। आगे बढ़ने का साहस न हुआ। अपमान और नैराश्य के जिन भावों ने उनकी प्रेरणाओं को उत्तेजित कर रखा था वह अकस्मात् शिथिल पड़ गये। कितने रण-मद के मतवाले रणक्षेत्र में आकर पीठ फेर लेते हैं। मृत्यु दूर से इतनी विकराल नहीं दीखती; जितनी सम्मुख आ कर सिंह कितना भयंकर जीव है, इसका अनुमान उसे सामने देख कर हो सकता है। पहाड़ों को दूर से देखो तो ऊँची मेंड़ के सदृश देख पड़ते हैं, उन पर चढ़ना आसान मालूम होता है, किन्तु समीप जाइये तो उनकी गगनस्पर्शी चोटियों को देखकर चित्त कैसा भयभीत हो जाता है! ज्ञानशंकर के मरने को जितना सहज समझा था उससे कहीं कठिन ज्ञात हुआ। उन्हें विचार हुआ, मैं कैसा मन्द बुद्धि हूँ कि एक जरा सी बात के लिए प्राण देने पर तत्पर हो रहा हूँ। माना मैं राय साहब की नजरों में गिर गया, माना गायत्री भी मुझे मुँह न लगायेगी और विद्या भी मुझसे घृणा करने लगेगी। तब भी क्या मैं जीवनकाल में कुछ काम नहीं कर सकता? अपना जीवन सफल नहीं बना सकता? संसार का कर्म क्षेत्र इतना तंग नहीं है। मैं इस समय आज से छह-सात वर्ष पूर्व की अपेक्षा कहीं अच्छी दशा में हूँ। मेरे 20 हजार रुपये बैंक में जमा हैं, 200 मासिक की आमदनी गाँव से है, बँगला है, मोटर है, मकान किराये पर उठा दूँ तो 50-60 रुपये माहवार और मिलने लगें। अगर किसी की चाकरी न करूँ तो भी एक आदमी की भाँति भले जीवन व्यतीत कर सकता हूँ। राय साहब यदि मेरी कलई खोल दें तो क्या मैं उनकी खबर नहीं ले सकता? उन्हें अपने कलम के जोर से इतना बिगाड़ सकता हूँ कि वह किसी को मुँह दिखाने योग्य न रहेंगे। गायत्री भी मेरे पंजों में है, मेरी तरफ से जरा भी निगाह मोटी करे तो आन की आन में उसे इस उच्चासन से गिरा सकता हूँ। उसे मैंने ही नेकनाम बनाया है और बदनाम भी कर सकता हूँ। मेरी बुद्धि न जाने कहाँ चली गयी थी। कूटनीति की रंगभूमि क्या इतनी संकीर्ण है? अब तक मुझे जो कुछ सफलता हुई है, इसी की बदौलत हुई है तो अब मैं उसका दामन क्यों छोड़ूँ? उससे निराश क्यों हो जाऊँ? अगर इस टूटी हुई नौका पर बैठ कर मैंने आधी नदी पार कर ली है तो अब उस पर से जल में कूद पड़ूँ।

ज्ञानशंकर स्नान करके जल से निकल आये। उनका चेहरा विजय-ज्योति से चमक रहा था।

लेकिन जिस प्रकार विजयी सेना शत्रुदल को मैदान से हटा कर और भी उत्साहित हो जाती है और शत्रु को इतना निर्बल और अपंग बना देती है कि फिर उसके मैदान में

आने की सम्भावना ही न रहे, उसी प्रकार ज्ञानशंकर के हौसले भी बढ़े। सोचा, इसकी नौबत ही क्यों आने दूँ कि मुझ पर चारों ओर से आक्षेप होने लगें और मैं अपनी सफाई देता फिरूँ? मैं मर कर नेकनाम बनना चाहता था, क्यों न मर कर वही उद्देश्य पूरा करूँ? इस समय यही पुरुषोचित कर्त्तव्य है। मरने से मारना कहीं सुगम है। भाग्य-विधाता! तुम्हारी लीला कितनी विचित्र है। तुमने मुझको मृत्यु के मुख से निकाल लिया! बाल-बाल बचा! मैं अब भी अपने मनसूबों को पूरा कर सकता हूँ। विभव, यश, सुकीर्ति सब कुछ मेरे अधीन है केवल थोड़ी सी हिम्मत चाहिए। ईश्वर का कोई भय नहीं; वह सर्वज्ञ है। पर्दा तो केवल मनुष्य की आँखों पर डालना है, और मैं इस काम में सिद्धहस्त हूँ।

ज्ञानशंकर एक किराये के ताँगे पर बैठ कर घर आये। रास्ते भर वह इन्हीं विचारों में लीन रहे। उनकी ऋद्धि-प्राप्ति के मार्ग में राय साहब ही बाधक हो रहे थे। इस बाधा को हटाना आवश्यक था। पहले ज्ञानशंकर ने निराश होकर मार्ग से लौट जाने का निश्चय किया था। अपने प्राण दे कर इस संकट से निवृत्त होना चाहते थे। अब उन्होंने राय साहब को ही अपनी आकांक्षाओं की वेदी पर बलिदान करने की ठानी। संसार इसे हिंसा कहेगा, उसकी दृष्टि से यह घोर पाप है—सर्वथा अक्षम्य, अमानुषीय। लेकिन दार्शनिक दृष्टि सें देखिए तो इसमें पाप का सम्पर्क तक नहीं है। राय साहब के मरने से किसी को हानि क्या होगी? उनके बाल-बच्चे नहीं हैं जो अनाथ हो जायेंगे। वह कोई ऐसा महान कार्य नहीं कर रहे हैं जो उनके मर जाने से अधूरा रह जायगा, उनकी जायदाद का भी ह्रास नहीं होता, बल्कि एक ऐसी व्यवस्था का आरोपण हुआ जाता है जिससे वह सुरक्षित रहेगी। समाज और अर्थशास्त्र के सिद्धान्त के अनुसार तो इसे हत्या कह ही नहीं सकते। नैतिक दृष्टि से भी इस पर कोई आपत्ति नहीं हो सकती। केवल धार्मिक दृष्टि से इसे पाप कहा जा सकता है। और लौकिक रीति के अनुसार तो यह काम केवल, सराहनीय ही नहीं परमावश्यक है। यह जीवन संग्राम है। इस क्षेत्र में विवेक, धर्म और नीति का गुजर नहीं। यह कोई धर्मयुद्ध नहीं है! यहाँ कपट, दगा, फरेब सब कुछ उपयुक्त है, अगर उससे अपना स्वार्थ सिद्ध होता है। यहाँ छापा, मारना, आड़ से शस्त्र चलाना विजय प्राप्ति के साधन हैं। यहाँ औचित्य-अनौचित्य का निर्णय हमारी सफलता के अधीन हैं। अगर जीत गये तो सारे धोखे और मुगालते सुअवसर के नाम से पुकारे जाते हैं हमारी कार्य कुशलता की प्रशंसा होती है। हारे तो उन्हें पाप कहा जाता है। बस, इस पत्थर को मार्ग से हटा दूँ और मेरा रास्ता साफ है।

ज्ञानशंकर ने नाना प्रकार के तर्कों से इन मनोगत विचारों को उसी तरह प्रोत्साहित किया, जैसे कोई कबूतरबाज बहके हुए कबूतरों को दाने बिखेर-बिखेर कर अपनी छतरी पर बुलाता है। अन्त में उनकी हिंसात्मक प्रेरणा दृढ़ हो गयी। जगतसिंह के नाम से काँपता है हिंसक पर बिना समझे-बूझे चारों ओर से वार होने लगते हैं। वह दुरात्मा है, दंडनीय है, उसका मुँह देखना भी पाप है। लेकिन यह अन्त संसार केवल मूर्खों की बस्ती है। इसके विचारों का, इसके भावों का सम्मान करना काँटों पर चलना है। यहाँ कोई नियम नहीं, कोई सिद्धान्त नहीं। इसकी जबान बन्द करने का बस एक ही उपाय है। इसकी आँखों पर परदा डाल दो और वह उसमें जरा भी एतराज न करेगी। इतना ही नहीं, तुम समाज के सम्मान के अधिकारी हो जाओगे।

घर पहुँच कर ज्ञानशंकर तुरन्त राय साहब के पुस्तकालय में गये और अंग्रेजी का बृहत् रसायन कोष निकाल कर विषाक्त पदार्थों के गुण और प्रभाव का अन्वेषण करने लगे। दो दिन हो गये और ज्ञानशंकर ने राय साहब से मुकालात न की। रायसाहब उन निर्दय पुरुषों में न थे जो घाव लगाकर उस पर नमक छिड़कते हैं। वह जब किसी पर नाराज होते तो यह मानी हुई बात थी कि उसका नक्षत्र बलवान है, सौभाग्य चन्द्र उसके दाहिने है, क्योंकि क्रोध शान्त होते ही अपने कटु व्यवहारों का बड़ी उदारता के साथ प्रायश्चित किया करते थे। एक बार एक टहलुवे को इसलिए पीटा था कि उसने फर्श पर पानी गिरा दिया था। दूसरे ही दिन पाँच बीघे जमीन उसे मुआफी दे दी। एक कारिन्दे से गबन के मामले में बहुत बिगड़े और अपने हाथों से हंटर लगाये, किन्तु थोड़े ही दिन पीछे उसका वेतन बढ़ा दिया। हाँ, यह आवश्यक था कि चुपचाप धैर्य के साथ उनकी बातें सुन ली जायँ उनसे बातबढ़ाव न किया जाय। ज्ञानशंकर को धिक्कारने के एक ही क्षण पीछे उन्हें पश्चात्ताप होने लगा। भय हुआ कि कहीं वह रूठ कर चल न दें। संसार में ऐसा कौन प्राणी है जो स्वार्थ के लिए अपनी आत्मा का हननन करता हो। मैं खुद भी तो निःस्पृह नहीं हूँ। जब संसार की यही प्रथा है तो मुझे उनका इतना तिरस्कार करना उचित न था। कम-से-कम मुझे उनके आचरण को कलंकित न करना चाहिए था। विचारशील पुरुष हैं, उनके लिए इशारा काफी है। लेकिन मैंने गुस्से में आ कर खुली-खुली गालियाँ दीं। अतएव आज वह भोजन करने बैठे तो महाराज से कहा, बाबू जी को भी यहाँ बुला लो और उनकी थाली भी यहाँ लाओ। न आयें तो कहना आप न चलेंगे तो वह भी भोजन न करेंगे। ज्ञानशंकर राजी न होते थे। पर विद्या ने समझाया, चले क्यों नहीं जाते! जब वह बड़े होकर बुलाते हैं तो न जाने से उन्हें दुःख होगा। उनकी आदत है कि गुस्से में जो कुछ मुँह में आया बक जाते हैं, लेकिन पीछे से लज्जित होते हैं। ज्ञानशंकर अब कोई हीला न कर सके। रोनी सूरत बनाये हुए आये और राय साहब से जरा हट कर आसन पर बैठ गये। राय साहब ने कहा, इतनी दूर क्यों बैठे हो। मेरे पास आ जाओ देखो, आज मैंने तुम्हारे लिए कई अँगरेजी चीजें बनवायी है। लाओ महाराज, यहीं थाली रखो।

ज्ञानशंकर ने दबी जबान से कहा, मुझे तो इस समय ज़रा भी इच्छा नहीं है, क्षमा कीजिए।

राय साहब–इच्छा तो सुगन्ध से हो जायेगी, थाली सामने तो आने दो। महाराज को मैंने इनाम देने का वादा किया है। उसने अपनी सारी अक्ल खर्च कर दी होगी।

महाराज ने थाली ला कर ज्ञानशंकर के सामने रख दी। ज्ञानशंकर के चेहरे पर हवाइयाँ उड़ रही थीं। एक रंग आता था, एक रंग जाता था। छाती बड़े वेग से धड़क रही थी। भय ने आशा को दबा दिया था। वह किसी प्रकार यहाँ से भागना चाहते थे। यह दृश्य उनके लिए असह्य था। उनके शरीर का एक-एक अंग थरथर काँप रहा था, यहाँ तक कि स्वर भी भंग हो रहा था। उन्हें इस समय अनुभव हो रहा था कि जान लेना देने से कहीं दुस्तर है।

राय साहब ने पाँच ही चार कौर खाये थे कि सहसा उन्होंने थाली से हाथ खींच लिया और ज्ञानशंकर को तीव्र और मर्म-भेदी दृष्टि से देखा। ज्ञानशंकर के प्राण सूख गये। राय

साहब ने यदि गोली चलायी होती तो भी उन्हें इतनी चोट न लगती। संज्ञा-शून्य से हो गये। ऐसा जान पड़ता था। मानो कोई आकर्षण शक्ति प्राणों को खींच रही है। अपनी नाव को भँवर में डूबते पा कर भी कोई इतना भयभीत, इतना असावधान न होता होगा। राय साहब की तीव्र दृष्टि ने सिद्ध कर दिया कि रहस्य खुल गया, सारे यत्न, सारी योजनाएँ निष्फल हो गयीं! हा हतभाग! कहीं का न रहा! क्या जानता था कि यह महाशय ऐसे आत्मदर्शी हैं।

इतने में राय साहब ने अपमानसूचक भाव से मुस्करा कर कहा, मैंने एक बार तुमसे कह दिया कि धन-सम्पत्ति तुम्हारे भाग्य में नहीं है, तुम जो चालें चलोगे वह सब उल्टी पड़ेंगी। केवल लज्जा और ग्लानि हाथ रहेगी।

ज्ञानशंकर ने अज्ञान भाव से कहा, मैंने आपका आशय नहीं समझा।

राय साहब—बिलकुल झूठ है। तुम मेरा आशय खूब समझ रहे हो। इससे ज्यादा कुछ कहूँगा तो उसका परिणाम अच्छा न होगा। मैं चाहूँ तो सारी राम कहानी तुम्हारी जबान से कहला लूँ, लेकिन इसकी जरूरत नहीं। तुम्हें बड़ा भ्रम हुआ। मैं तुम्हें बड़ा चतुर समझता था; लेकिन अब विदित हुआ कि तुम्हारी निगाह बहुत मोटी है। तुम्हारा इतने दिनों तक मुझसे सम्पर्क रहा, लेकिन अभी तक तुम मुझे पहचान न सके। तुम सिंह का शिकार बाँस की तीलियों से करना चाहते हो, इसलिए अगर दबोच में आ जाओ तो वह तुम्हारा अपना दोष है। मुझे मनुष्य मत समझो, मैं सिंह हूँ। अगर अभी अपने दाँत और पंजे दिखा दूँ तो तुम काँप उठोगे। यद्यपि यह थाल बीच-पच्चीस आदमियों को सुलाने के लिए काफी है, शायद यह एक कौर खाने के बाद उन्हें दूसरे कौर की नौबत न आयेगी, लेकिन मैं पूरा थाल हजम कर सकता हूँ और तुम्हें मेरे माथे पर बल भी न दिखाई देगा। मैं शक्ति का उपासक हूँ, ऐसी वस्तुएँ मेरे लिए दूध और पानी हैं।

यह कहते-कहते राय साहब ने थाल से कई कौर उठा कर जल्द-जल्द खाये। अकस्मात् ज्ञानशंकर तेजी से लपके, थाल उठा कर भूमि पर पटक दिया और राय साहब के पैरों पर गिर कर बिलख-बिलख रोने लगे। राय साहब की योगसिद्धि ने आज उन्हें परास्त कर दिया। उन्हें आज ज्ञात हुआ कि यह चूहे और सिंह की लड़ाई है।

राय साहब ने उन्हें उठा कर बिठा दिया और बोले—लाला, मैं इतना कोमल हृदय नहीं हूँ कि इन आँसुओं से पिघल जाऊँ। आज मुझे तुम्हारा यथार्थ रूप दिखायी दिया। तुम अधम स्वार्थ के पंजे में दबे हुए हो। यह तुम्हारा दोष नहीं, तुम्हारी धर्म-विहीन शिक्षा का दोष है? तुम्हें आदि से ही भौतिक शिक्षा मिली। हृदय के भाव दब गये। तुम्हारे गुरुजन स्वयं स्वार्थ के पुतले थे। उन्होंने कभी सरल सन्तोषमय जीवन का आदर्श तुम्हारे सामने नहीं रखा। तुम अपने घर में, स्कूल में जगत् में नित्य देखते थे कि बुद्धि-बल का कितना मान है। तुमने सदैव इनाम और पदक पाए, कक्षा में तुम्हारी प्रशंसा होती रही, प्रत्येक अवसर पर तुम्हें आदर्श बनाकर दूसरों को दिखाया जाता था। तुम्हारे आत्मिक विकास की ओर किसी ने ध्यान नहीं दिया, तुम्हारे मनोगत भावों को, तुम्हारे उद्गारों को सन्मार्ग पर ले जाने की चेष्टा नहीं की गयी। तुमने धर्म और भक्ति का प्रकाश कभी नहीं देखा, जो मन पर छाये हुए तिमिर को नष्ट करने का एक ही साधन है। तुम जो कुछ हो, अपनी

शिक्षा प्रणाली के बनाये हुए हो। पूर्व के संस्कारों ने जो अंकुश जमाया था, उसे शिक्षा ने सघन वृक्ष बना दिया। तुम्हारा कोई दोष नहीं, काल और देश का दोष है। मैं क्षमा करता हूँ और ईश्वर से विनती करता हूँ कि वह तुम्हें सद्बुद्धि दे।

राय साहब के होठ नीले पड़ गये, मुख कान्तिहीन हो गया, आँखें पथराने लगीं। माथे पर स्वेद बिन्दु चमकने लगे, पसीने से सारा शरीर तर हो गया, साँस बड़े वेग से चलने लगी। ज्ञानशंकर उनकी यह दशा देखकर विकल हो गये, काँपते हुए हाथों से पंखा झलने लगे; लेकिन राय साहब ने इशारा किया कि यहाँ से चले जाओ, मुझे अकेला रहने दो और तुरन्त भीतर से द्वार बन्द कर दिया। ज्ञानशंकर मूर्तिवत् द्वार पर खड़े थे, मानो किसी ने उनके पैरों को गाड़ दिया हो। इस समय उन्हें अपने कुकृत्य पर इतना अनुताप हो रहा था कि जी चाहता था कि उसी थाल का एक कौर खा कर इस जीवन का अंत कर लूँ। पहले राय साहब की अभिमानपूर्ण बातें सुन कर उन्हें आशा हो गयी थी कि विष का इन पर कुछ असर न होगा। लेकिन अब इस आशा की जगह भय हो रहा था कि उन्होंने अपनी योग-शक्ति का भ्रमात्मक अनुमान किया था? क्या करूँ! किसी डॉक्टर को बुलाऊँ? उस धन-लिप्सा का सत्यानाश हो जिसने मेरे मन में यह विषय प्रेरणा उत्पन्न की, जिसने मुझसे यह हत्या करायी। हा कुटिल स्वार्थ! तूने मुझे नर-पिशाच बना दिया! मैं क्यों इनका शत्रु हो रहा हूँ? इसी जायदाद के लिए, इसी रियासत के लिए, इसी सम्पत्ति के लिए! क्या वह सम्पत्ति मेरे हाथों में आ कर दूसरों को मेरा शत्रु न बना देगी? कौन कह सकता है कि मेरा भी यही अन्त न होगा।

ज्ञानशंकर ने द्वार पर कान लगा कर सुना। ऐसा जान पड़ा कि राय साहब हाथ-पैर पटक रहे हैं। मारे भय के ज्ञानशंकर को रोमांच हो गया। उन्हें अपनी अधम नीचता, अपनी घोरतम पैशाचिक प्रवृत्तियों पर ऐसा शोकमय पश्चात्ताप कभी न हुआ था। उन्हें इस समय परिणाम की चिन्ता न थी, न यह शंका थी कि मेरा क्या हाल होगा! बस, यही धड़का लगा हुआ था कि राय साहब की न जाने क्या गति हो रही है। कोई जबरदस्ती भी करता तो वह वहाँ से न हटते। मालूम नहीं, एक क्षण में क्या हो जाय।

इतने में महाराज थाली में कुछ और पदार्थ लाया। उसे देखते ही ज्ञानशंकर का रक्त सूख गया। समझ गये कि अब प्राण न बचेंगे। यह दुष्ट अभी यहाँ का हाल देखकर शोर मचा देगा। खोज-पूछ होने लगेगी, गिरफ्तार हो जाऊँगा। वह इस समय उन्हें काल स्वरूप देख पड़ता था। उनहोंने उसे समीप न आने दिया, दूर से ही कहा, हम लोग भोजन कर चुके, अब कुछ न लाओ।

महाराज ने बन्द किवाड़ों को कुतूहल से देखा और आगे बढ़ने की चेष्टा की कि अकस्मात् ज्ञानशंकर बाज की तरह झपटे और उसे जोर से धक्का दे कर कहा, तुमसे कहता हूँ कि यहाँ किसी चीज की जरूरत नहीं है, बात क्यों नहीं सुनते? महाराज हक्का-बक्का हो कर ज्ञानशंकर का मुँह ताकने लगा। ज्ञानशंकर इस समय उस सशंक दशा में थे, जबकि मनुष्य पत्ते का खुड़का सुनकर लाठी सँभाल लेता है। उन्हें अब राय साहब की चिन्ता न थी। उनके विचार में वह चिंता की उद्घाटक शक्ति से बाहर हो गये थे। वह अब अपनी जान की खैर मना रहे थे। सम्पूर्ण इच्छा शक्ति इस रहस्य को गुप्त रखने में व्यस्त हो रही

थी।

एकाएक भीतर से द्वार खुला और राय साहब बाहर निकले। उनका मुखड़ा रक्तवर्ण हो रहा था। आँखें भी लाल थीं, पसीने से तर थे माने कोई लोहार भट्ठी के सामने से उठ कर आया हो। दोनों थाल समेट कर एक जगह रख दिये गये थे। कटोरे भी साफ थे। सब भोजन एक अँगीठी में जल रहा था। अग्नि उन पदार्थों का रसास्वादन कर रही थी।

क्षण-मात्र में ज्ञानशंकर के विचारों ने पलटा खाया। जब तक उन्हें शंका थी कि राय साहब दम तोड़ रहे थे तब तक उनकी प्राण-रक्षा के लिए ईश्वर से प्रार्थना कर रहे थे। जब बाहर खड़े-खड़े निश्चय हो गया कि राय साहब के प्राणान्त हो गये तब वह अपनी जान की खैर मनाने लगे। अब उन्हें सामने देखकर क्रोध आ रहा था कि वह मर क्यों न गये। इतना तिरस्कार, इतना मानसिक कष्ट व्यर्थ सहना पड़ा। उनकी दशा इस समय थके-माँदे हलवाहे की-सी हो रही थी, जिसके बैल खेत से द्वार पर आकर बिदक गये हों, दिन भर कठिन परिश्रम के बाद सारी रात अँधेर में बैलों के पीछे दौड़ने की सम्भावना उसकी हिम्मत को तोड़े डालती हो।

राय साहब ने बाहर निकल कर कई बार जोर से साँस ली मानो दम घुट रहा हो, तब काँपते हुए स्वर से बोले, मरा नहीं लेकिन मरने से बदतर हो गया। यद्यपि मैंने विष को योग-क्रियाओं से निकाल दिया लेकिन ऐसा मालूम हो रहा है कि मेरी धमनियों में रक्त की जगह कोई पिघली हई धातु दोड़ रही है। वह दाह मुझे कुछ दिन में भस्म कर देगी। अब मुझे फिर पोलो और टेनिस खेलना नसीब न होगा। मेरे जीवन की अनन्त शोभा का अन्त हो गया। अब जीवन में वह आनन्द कहाँ, जो शोक और चिन्ता को तुच्छ समझता था। मैंने वाणी से तो तुम्हें क्षमा कर दिया है, लेकिन मेरी आत्मा तुम्हें क्षमा न करेगी। तुम मेरे लड़के हो, मैं तुम्हारे पिता के तुल्य हूँ, लेकिन हम अब एक-दूसरे का मुँह न देखेंगे। मैं जानता हूँ कि इसमें तुम्हारा कोई दोष नहीं है, यह हमारे वर्तमान लोक-व्यवहार का दोष है, किन्तु यह जान कर भी हृदय को सन्तोष नहीं होता। यह सारी विडम्बना इसी जायदाद का फल है। इसी जायदाद के कारण हम और तुम एक-दूसरे के खून के प्यासे हो रहे हैं। संसार में जिधर देखो ईर्ष्या और द्वेष, आघात और प्रत्याघात का साम्राज्य है। भाई-भाई का वैरी, बाप बेटे का वैरी, पुरुष स्त्री का वैरी, इसी जायदाद के लिए! इनके हाथों जितना अनर्थ हुआ, हो रहा है और होगा उसके देखते कहीं अच्छा है कि अधिकार प्रथा ही मिटा दी जाती। यही वह खेत है जहाँ छल और कपट के पौधे लहराते हैं, जिसके कारण संसार रणक्षेत्र बना हुआ है। इसी ने मानव जाति को पशुओं से भी नीचे गिरा दिया है।

यह कहते-कहते राय साहब की आँखें बन्द हो गयीं। वह दीवार का सहारा लिये हुए दीवानखाने में आये और फर्श पर गिर पड़े। ज्ञानशंकर भी पीछे-पीछे थे, मगर इतनी हिम्मत न पड़ती थी कि उन्हें सँभाल लें। नौकरों ने यह हालत देखी तो दौड़े और उन्हें उठाकर कोच पर चिटा दिया। गुलाब और केवड़े का जल छिड़कने लगे। कोई पंखा झलने लगा, कोई डाक्टर के लिए दौड़ा। सारे घर में खलबली मच गयी। दीवानखाने में एक मेला-सा लग गया। दस मिनट के बाद राय साहब ने आँखें खोलीं और सबको हट जाने का इशारा दिया। लेकिन जब ज्ञानशंकर भी औरों के साथ जाने लगे, तो राय साहब ने उन्हें बैठने

का संकेत किया और बोले, यह जायदाद नहीं है। इसे रियासत कहना भूल है। यह निरी दलाली है। इस भूमि पर मेरा क्या अधिकार है? मैंने इसे बाहुबल से नहीं लिया। नवाबों के जमाने में किसी सूबेदार ने इस इलाके की आमदनी वसूल करने के लिए मेरे दादा को नियुक्त किया था। मेरे पिता पर भी नवाबों की कृपादृष्टि बनी रही। इसके बाद अँगरेजो का जमाना आया और यह अधिकार पिताजी के हाथ से निकल गया। लेकिन राज-विद्रोह के समय पिताजी ने तन-मन से अँगरेजों की सहायता की। शान्ति स्थापित होने पर हमें वही पुराना अधिकार फिर मिल गया। यही इस रियासत की हकीकत है। हम केवल लगान वसूल करने के लिए रखे गये हैं। इसी दलाली के लिए हम एक-दूसरे के खून से अपने हाथ रंगते हैं। इसी दीन-हत्या को हम रोब कहते हैं, इसी कारिन्दगिरी पर हम फूले नहीं समाते। सरकार अपना मतलब निकालने के लिए हमें इस इलाके का मालिक कहती है, लेकिन जब साल में दो बार हमसे मालगुजारी वसूल की जाती है तब हम मालिक कहाँ रहे? यह सब धोखे की टट्टी है। तुम कहोगे, यह सब कोरी बकवाद है, रियासत इतनी बुरी चीज है तो उसे छोड़ क्यों नहीं देते? हाँ! यही तो रोना है कि इस रियासत ने हमें विलासी, आलसी और अपाहिज बना दिया। हम अब किसी काम के नहीं रहे। हम पालतू चिड़िया हैं, हमारे पंख शक्तिहीन हो गए हैं। हममें अब उडने की सामर्थ्य नहीं है। हमारी दृष्टि सदैव अपने पिंजरे के कुल्हिये और प्याली पर रहती है। अपनी स्वाधीनता को मीठे टुकड़े पर बेच दिया है।

राय साहब के चेहरे पर एक दुस्सह आन्तरिक वेदना के चिह्न दिखायी देने लगे। लेटे थे, कराह, कर उठ बैठे। मुखाकृति विकृत हो गयी। पीड़ा से विकल हृदय-स्थल पर हाथ रखे हुए बोले, आह! बेटा, तुमने वह हलाहल खिला दिया कि कलेजे के टुकड़े-टुकड़े हुए जाते हैं। अब प्राणन` बचेंगे। अगर एक मरणासन्न पुरुष के शाप में कुछ शक्ति है तो तुम्हें इस रियासत का सुख भोगना। नसीब न होगा। आँखों के सामने से हट जाओ। सम्भव है, मैं इस क्रोधावस्था में तुम्हें दोनों हाथों में दबा कर मसल डालूँ। मैं अपने आपे में नहीं हूँ। मेरी दशा मतवाले सर्प की सी हो रही है। मेरी आँखों से दूर हो जाओ फिर कभी मुँह मत दिखाना। मेरे मर जाने पर तुम्हें आने का अख्तियार है और याद रखो कि अगर तुम फिर गोरखपुर गये या गायत्री से कोई सम्बन्ध रखा तो तुम्हारे हक में बुरा होगा। मेरे दूत परछाहीं की भाँति तुम्हारे साथ लगे रहेंगे। तुमने इस चेतावनी का जरा भी उल्लंघन किया तो जीते न बचोगे! हाय! शरीर फूँका जाता है। पापी, दुष्ट, अभी गया नहीं! शेरखाँ...कोई ...है?...मेरी पिस्तौल लाओ, (चिल्लाकर) मेरी पिस्तौल लाओ...क्या सब मर गये?

ज्ञानशंकर तुरन्त उठ कर यहाँ से भागे। अपने कमरे में आ कर द्वार बन्द कर लिया। जल्दी से कपड़े पहने, मोटर साइकिल निकलवायी और सीधे रेलवे स्टेशन की ओर चले। विद्या से मिलने का भी अवसर न मिला।

सन्ध्या का समय था। बनारस के सेशन जज के इजलास में हजारों आदमी जमा थे। लखनपुर के मामले से जनता को अब एक विशेष अनुराग हो गया था। मनोहर की आत्महत्या ने

उसकी चर्चा सारे शहर में फैला दी थी। प्रत्येक पेशी के दिन नगर की जनता अदालत में आ जाती थी। जनता को अभियुक्तों की निर्दोषिता का पूरा विश्वास हो गया था मनोहर के आत्मघात की विविध प्रकार से मीमांसा की जाती थी और सभी का तत्त्व यही निकलता था। कि वही कातिल था और लोग तो केवल अदालत के कारण फँसा दिये गये हैं। डॉक्टर प्रियनाथ और इर्फान अली की स्वार्थपरता पर खुली-खुली चोटें की जाती थीं। प्रेमशंकर की निष्काम सेवा की सभी सराहना किया करते थे। इस मुकदमे ने उन्हें बहुजनप्रिय बना दिया था।

आज फैसला सुनाया जाने वाला था, इसलिए जमाव भी और दिनों से अधिक था। लखनपुर के लोग तो आये ही थे, आस-पास के देहातों से लोग बड़ी संख्या में आ पहुँचे थे। ठीक चार बजे जज ने तजवीज सुनायी—बिसेसर साह रिहा हो गये, बलराज और कादिर खाँ को कालापानी हुआ, शेष अभियुक्तों को सात-सात वर्ष का सपरिश्रम कारावास दिया गया। बलराज ने बिसेसर को सरोष नेत्रों से देखा जो कह रहे थे कि अगर क्षण भर के लिए भी छूट जाऊँ तो खून पी लूँ। कादिर खाँ बहुत दुखी थे और उदास थे। यह तजवीज सुनी तो आँसू की कई बूँदें मूँछों पर गिर पड़ीं। जीवन का अन्त ही हो गया। कब से पैर लटकाये बैठे, सजा मिली कालेपानी की! चारों ओर कुहराम मच गया। दर्शकगण अभियुक्तों की ओर लपके, पर रक्षकों ने किसी को उनसे कुछ कहने-सुनने की आज्ञा न दी। मोटर तैयार खड़ी थी। सातों आदमी उसमें बिठाये गये, खिड़कियाँ बन्द कर दी गईं और मोटर जेल की तरफ चली।

प्रेमशंकर चिन्ता और शोक मूर्ति बने एक वृक्ष के नीचे खड़े सकरुण नेत्रों से मोटर की ओर ताक रहे थे, जैसे गाँव की स्त्रियाँ सीवान पर खड़ी सजल नेत्रों से ससुराल जाने वाली लड़की की पालकी को देखती हैं। मोटर दूर निकल गयी तो दर्शकों ने उन्हें घेर लिया और तरह-तरह के प्रश्न करने लगे। प्रेमशंकर उनकी ओर मर्माहत भाव से देखते थे, पर कुछ उत्तर न देते थे। सहसा उन्हें कोई बात याद आ गयी। जेल की ओर चले। जानता का दल भी उनके साथ-साथ चला। सबको आशा भी कि शायद अभियुक्तों को देखने का, उनकी बातें सुनने का सौभाग्य प्राप्त हो जाय। अभी यह लोग कचहरी के अहाते से निकले ही थे कि डॉ. इर्फान अली अपनी मोटर पर दिखायी दिए। आज ही गोरखपुर से लौटे थे। हवा खाने जा रहे थे। प्रेमशंकर को देखते ही मोटर रोक ली और पूछा कहिए, आज तजबीज सुना दी गई?

प्रेमशंकर ने रुखाई से उत्तर दिया, जी हाँ।

इतने में सैकड़ों आदमियों ने चारों ओर से मोटर को घेर लिया और एक तगड़े आदमी ने सामने आ कर कहा—इन्हीं की गरदन पर इन बेगुनाओं का खून है।

सैकड़ों स्वरों से निकला—मोटर से खींच लो, जरा इसकी खिदमत कर दी जाय, इसने जितने रुपये लिये हैं सब इसके पेट से निकाल लो।

उसी वृहद्काय पुरुष ने इर्फान अली का पहुँचा पकड़ कर इतने जोर से झटक दिया कि वह बेचारे गाड़ी से बाहर निकल पड़े। जब तक मोटर में थे क्रोध से चेहरा लाल हो रहा था। बाहर आ कर धक्के खाये तो प्राण सूख गये। दया प्रार्थी नेत्रों से प्रेमशंकर को

देखा। वह हैरान थे कि क्या करूँ? उन्हें पहले कभी ऐसी समस्या नहीं हल करनी पड़ी थी और न उस श्रद्धा का ही कुछ ज्ञान था जो लोगों की उनमें थी। हाँ वह सेवा-भाव जो दीन जनों की रक्षा के लिए उद्यत रहता था, सजग हो गया। उन्होंने इर्फान अली का दूसरा हाथ पकड़ कर अपनी ओर खींचा और क्रोधोन्मत्त हो कर बोले, क्या करते हो, हाथ छोड़ दो।

एक बलवान युवक बोला, इनकी गर्दन पर गाँव भर का खून सवार है।

प्रेमशंकर–खून इनकी गर्दन पर नहीं, इनके पेशे की गर्दन पर सवार है।

युवक–इनसे कहिए, इस पेशे को छोड़ दें।

कई कंठों से आवाज आयी, बिना कुछ जलपान किए इनकी अकल ठिकाने न आयगी। सैकड़ों आवाजें आयीं–हाँ, हाँ, लग, बेभाव की पड़े।

प्रेमशंकर ने गरज कर कहा–खबरदार, जो एक हाथ भी उठा, नहीं तो तुम्हें यहाँ मेरी लाश दिखाई पड़ेगी। जब तक मुझमें खड़े होने की शक्ति है, तुम इनका बाल भी बाँका नहीं कर सकते।

इस वीरोचित ललकार ने तत्क्षण असर किया। लोग डॉक्टर साहब के पास से हट गये। हाँ, उनकी सेवा-सत्कार के ऐसे सुन्दर अवसर के हाथ से निकल जाने पर आपस में कानाफूसी करते रहे। डॉक्टर साहब ने ज्यों ही मैदान साफ पाया, कृतज्ञ नेत्रों से प्रेमशंकर को देखा और मोटर पर बैठकर हवा हो गये। हजारों आदमियों ने तालियाँ बजायीं–भागा! भागा!!

प्रेमशंकर बड़े संकट में पड़े हुए थे। प्रतिक्षण शंका होती थी कि ये लोग न जाने क्या ऊधम मचायें। किसी बग्घी या फिटन को आते देखकर उनका दिल धड़कने लगता कि ये लोग उसे रोक न लें। वह किसी तरह उनसे पीछा-छुड़ाना चाहते थे, पर इसका कोई उपाय न सूझता था। हजारों झल्लाए हुए आदमियों को काबू में लाना कठिन था। सोचते थे, अब की तो मेरी धमकी ने काम किया, कौन कह सकता है कि दूसरी बार भी वह उपयुक्त होगी। कहीं पुलिस आ गयी तो अनर्थ ही हो जाएगा। अवश्य दो-चार आदमियों की जान पर आ बनेगी। वह इन्हीं चिन्ताओं में डूबे हुए आगे बढ़े। रास्ते में ही डॉक्टर प्रियनाथ का बँगला था। वह इस वक्त बरामदे में टहल रहे थे। टेनिस का रैकेट हाथ में था। शायद गाड़ी की राह देख रहे थे। यह भीड़-भाड़ देखी तो अपने फाटक पर आ कर खड़े हो गये।

सहसा किसी ने कहा–जरा इनकी भी खबर लेते चलो। सच पूछिए तो इन्हीं महाशय ने बेचारों की गर्दन काटी है।

कई आदमियों ने इसका अनुमोदन किया–हाँ-हाँ, पकड़ लो जाने न पाये। उन्हें घेर लिया। उसी बलिष्ठ युवक ने आगे बढ़कर डॉक्टर साहब के हाथ से रैकेट छीन लिया और कहा–बताइए साहब, लखनपुर के मामले में कितनी रिश्वत खायी है।

कई आदमियों ने कहा–बोलते क्यों नहीं; कितने रुपये उड़ाये थे?

डॉक्टर महोदय ने चिल्ला-चिल्ला कर नौकरों को पुकारना शुरू किया किन्तु नौकरों ने आना उचित न समझा।

एक आदमी बोला–यह बिना समझावन-बुझावन के न बतायेंगे।

प्रियनाथ–मैं तुम सबको जेल भिजवा दूँगा, रैसकल्स!

डॉक्टर साहब ने भय दिखला कर काम निकालना चाहा, पर यह न समझे कि साधारणतः जो लोग आँख के इशारे पर काँप उठते हैं वे विद्रोह के समय गोलियों की भी परवाह नहीं करते। उनके मुँह से इतना निकला था कि लोगों के तेवर बदल गये। शोर मचा, जाने न पाये, मार कर गिरा दो, देखा जाएगा।

इतने में प्रेमशंकर डॉक्टर साहब के पास जा कर खड़े हो गये। सैकड़ों लाठियाँ, छतरियाँ और छड़ियाँ उठ चुकी थीं। प्रेमशंकर को सम्मुख देखकर सब की-सब हवा में रह गईं, केवल एक लाठी न रुक सकी, वह प्रेमशंकर के कंधे में जोर से लगी।

उसी बलिष्ठ युवक ने डॉक्टर साहब को धिक्कार कर कहा, 'उनके पीछे क्या चोरों की तरह छिपे खड़े हो! सामने आ जाओ तो मजा चखा दूँ। खूब रिश्वतें ले-ले कर खफीफ को शदीद को खफीफ बनाया।

अभी यह वाक्य पूरा न होने पाया कि लोगों ने प्रेमशंकर को लड़खड़ा कर जमीन पर गिरते देखा। किसी ने किसी से कुछ नहीं कहा, पर सबको किसी अनिष्ट की सूचना हो गयी। चारों तरफ सन्नाटा छा गया। लोगों की उद्दंडता शंका में परिवर्तित हो गयी। लोग पूछने लगे। यह किसकी लाठी थी, यह किसने मारा? उसके हाथ तोड़ दो, पकड़ कर गर्दन मरोड़ दो! किसकी लाठी थी? सामने क्यों नहीं आता? क्या ज्यादा चोट आयी?

सहसा डॉ. प्रियनाथ ने उच्च स्वर से कहा, अधमरा ही क्यों छोड़ दिया। एक लाठी और क्यों न जड़ दी कि काम तमाम हो जाता? मूर्खो! तुम्हारा अपराधी तो मैं था, 'इन्होंने तुम्हारा क्या बिगाड़ा था?

यह कह कर वह प्रेमशंकर के पास घुटनों के बल बैठ गये और घाव को भली भाँति देखा। कंधे की हड्डी टूट गयी थी। तुरन्त रूमाल निकाल कर कंधे में पट्टी बाँधी। तब अस्पताल जा कर एक चारपाई लिवा लाये और प्रेमशंकर को उठाकर ले गये। हजारों आदमी अस्पताल के सामने चिन्ता में डूबे खड़े थे। सबको यही भय हो रहा था कि कहीं चोट ज्यादा न आ गयी हो। लेकिन जब डॉक्टर साहब ने मरहम-पट्टी के बाद आ कर कहा, चोट तो बहुत ज्यादा आयी है, कन्धे की हड्डी टूट गयी है; लेकिन आशा है कि बहुत जल्द अच्छे हो जायँगे तब लोगों के चित्त शान्त हुए। एक-एक करके सभी वहाँ से चले गये।

लाला प्रभाशंकर को ज्यों ही यह शोक सम्वाद मिला वह बदहवास दौड़े हुए आये और प्रेमशंकर के पास बैठ कर देर तक रोते रहे। प्रेमशंकर सचेत हो गये थे। हाँ विषम-पीड़ा से विकल थे डॉक्टर ने बोलने या हिलने को मना कर दिया था, इसलिए चुपचाप पड़े हुए थे। लेकिन जब प्रभाशंकर को बहुत अधीर देखा तो धीरे से बोले आप घबरायें नहीं मैं जल्द अच्छा हो जाऊँगा। कन्धों में दर्द हो रहा है। इसके सिवा मुझे और कोई कष्ट नहीं है। ये बातें सुनकर प्रभाशंकर को तस्कीन हुई। चलते समय उन्होंने डॉक्टर साहब के पास जा कर बड़े विनीत भाव से कहा—बाबू जी, यह लड़का मेरे कुल का दीपक है। आप इस पर कृपा-दृष्टि रखिएगा। इसके प्राण बच गये तो यथाशक्ति आपकी सेवा करने में कोई बात उठा न रखूँगा। यद्यपि मैं किसी लायक नहीं हूँ तथापि अपने से जो कुछ हो सकेगा वह अवश्य आपकी भेंट करूँगा।

प्रियनाथ ने कहा—लाला जी, आप यह क्या कहते हैं? अगर मैं इनकी सेवा सुश्रषा

में तन-मन से न लगूँ तो मुझसे ज्यादा कृतघ्न प्राणी संसार में न होगा। मेरे ही कारण इन्हें यह चोट आयी है। अगर यह वहाँ न होते तो मेरी हड्डियों का भी पता न मिलता। इन्होंने जान पर खेल कर मेरी प्राण-रक्षा की। इनका एहसान कभी मेरे सिर से नहीं उतर सकता।

तीन-चार दिन में प्रेमशंकर इतने स्वस्थ हो गये कि तकिये के सहारे बैठ सकें। लकड़ी ले कर औषधालय के बरामदे में टहलने भी लगे। उनका कुशल समाचार पूछने के लिए शहर के सैकड़ों आदमी प्रतिदिन आते रहते थे। प्रेमशंकर सबसे डॉक्टर साहब की मुक्त कंठ से प्रशंसा करते। प्रियनाथ के सेवा-भाव ने उन्हें मोहित कर दिया था। वह दिन में कई बार उन्हें देखने आते। कभी-कभी समाचार-पत्र पढ़ कर सुनाते, उनके लिए अपने घर में विशेष रीति से भोजन बनवाते। प्रेमशंकर मन में बहुत लज्जित थे कि ऐसे सज्जन, ऐसे देवतुल्य पुरुष के विषय में मैंने क्यों अनुचित सन्देह किये। वह अपनी विमल श्रद्धा से उस अभक्ति की पूर्ति कर रहे थे।

एक सप्ताह बीत चुका था। प्रेमशंकर उदास बैठे हुए सोच रहे थे कि उन दीन अभियुक्तों का अब क्या हाल होगा? मैं यहाँ पड़ा हूँ। अपीलों का अभी तक कुछ निश्चय न हो सका और अपील होगी कैसे? इतने रुपये कहाँ से आयेंगे? आजकल तो न्याय गरीबों के लिए एक अलभ्य वस्तु हो गया है। पग-पग पर रुपये का खर्च। और यह क्या मालूम कि अपील का नतीजा हमारे अनुकूल होगा। कहीं ये ही सजाएँ बहाल रह गईं तो अपील करना निष्फल हो जाएगा; लेकिन कुछ भी हो अपील करनी चाहिए। रुपये का कोई न कोई उपाय निकल ही आयेगा। और तो दूकान-दूकान और घर-घर घूम कर चन्दा माँगूँगा। दीनों से स्वभावतः लोगों की सहानुभूति होती है। सम्भव है काफी धन हाथ आ जाय। ज्ञानशंकर को बुरा लगेगा लगे, इसमें मेरा कुछ बस नहीं। क्या उन्हें इस दुर्घटना की खबर न मिली होगी? आना तो दूर रहा, एक पत्र भी न लिखा कि मुझे तस्कीन होती।

वह इन विचारों में मग्न थे कि प्रियनाथ आ गये और बोले, आप इस समय बहुत चिन्तित मालूम होते हैं। थोड़ी-सी चाय पी लीजिए, चित्त प्रसन्न हो जाय।

प्रेमशंकर—जी नहीं, बिलकुल इच्छा नहीं है। आप मुझे यहाँ से कब तक विदा करेंगे?

प्रियनाथ—अभी शायद आपको यहाँ एक सप्ताह और नजरबन्द रहना पड़ेगा, अभी हड्डी के जुड़ने में थोड़ी सी कसर है; और फिर ऐसी जल्दी क्या है। यह भी तो आपका ही घर है।

प्रेमशंकर—आप मेरे सिर पर उपकारों का इतना बोझ रखते जाते हैं कि मैं शायद हिल भी न सकूँ। यह आपकी कृपा, स्नेह और शालीनता का फल है कि मुझे पीड़ा, कष्ट कभी जान ही न पड़ा। मुझे याद नहीं आता कि इतनी शांति कहीं और मिली हो। आपकी हार्दिक समवेदना ने मुझे दिखा दिया कि संसार में भी देवताओं का वास हो सकता है। सभ्य जगत् पर से मेरा विश्वास उठ गया था। आपने उसे फिर जीवित कर दिया।

प्रेमशंकर की नम्रता और सरलता डॉक्टर महोदय के हृदय को दिनोंदिन मोहित करती जाती थी। ऐसे शुद्धात्मा, साधु और निस्पृह पुरुष का श्रद्धा-पात्र बन कर उनकी क्षुद्रताएँ और मलिनताएँ आप ही आप मिटती जाती थीं। वह ज्योति दीप की भाँति उनके अन्तःकरण के अँधेरे को विच्छिन्न किये देती थीं। इस श्रद्धा रत्न को पा कर ऐसे मुग्ध थे जैसे कोई

दरिद्र पुरुष अनायास कोई सम्पत्ति पा जाय। उन्हें सदैव यही चिन्ता रहती थी कि कहीं यह रत्न मेरे हाथ से निकल न जाय। उन्हें कई दिनों से यह इच्छा हो रही थी कि लखनपुर के मुकदमे के विषय में प्रेमशंकर से अपनी स्थिति स्पष्ट रूप से प्रकट कर दें, पर इसका कोई अवसर न पाते थे। इस समय अवसर पा कर बोले, आप मुझे बहुत लज्जित कर रहे हैं। किसी दूसरे सज्जन के मुँह से ये बातें सुनकर मैं अवश्य समझता कि वह मुझे बना रहा है। आप मुझे उससे कहीं ज्यादा विवेक-परायण और सचरित्र समझ रहे हैं जितना मैं हूँ। साधारण मनुष्यों की भाँति लोभ से ग्रसित, इच्छाओं का दास और इन्द्रियों का भक्त हूँ। मैंने अपने जीवन में घोर पाप किये हैं। यदि वह आपसे बयान करूँ तो आप चाहे कितने ही उदार क्यों न हों, मुझे तुरन्त नजरों से गिरा देंगे। मैं स्वयं अपने कुकृत्यों का परदा बना हुआ हूँ, इन्हें बाह्य आडम्बरों से ढाँके हुए हूँ, लेकिन इस मुकदमे के सम्बन्ध में जनता ने मुझे कितना बदनाम कर रखा है उसका मैं भागी नहीं हूँ, मैं आपसे सत्य कहता हूँ कि मुझ पर जो आक्षेप किये गये हैं वे सर्वथा निर्मूल हैं। सम्भव है हत्या निरूपण में मुझे भ्रम हुआ हो और अवश्य हुआ है, लेकिन मैं इतना निर्दय और विवेकहीन नहीं हूँ कि अपने स्वार्थ के लिए इतने निरपराधियों का गला काटता। यह मेरी दासवृत्ति है। जिसने मेरे माथे पर अपयश का टीका लगा दिया।

प्रेमशंकर ने ग्लानिमय भाव से कहा—भाई साहब, आपकी इस बदनामी का सारा दोष मेरे सिर है। मैं ही आपका अपराधी हूँ। मैंने ही दूसरों के कहने में आकर आप पर अनुचित सन्देह किये। इसका मुझे जितना दुःख और खेद है वह आप से कह नहीं सकता। आप जैसे साधु पुरुष पर ऐसा घोर अन्याय करने के लिए परमात्मा मुझे न जाने क्या दंड देंगे? पर आपसे मेरी यह प्रार्थना है कि मेरी अल्पज्ञता पर विचार कर मुझे क्षमा कीजिए।

प्रियनाथ के हृदय पर से एक बोझ-सा उतर गया। प्रेमशंकर इसके दो-चार दिन बाद हाजीपुर लौट आये, पर डॉक्टर साहब रोज सन्ध्या समय उनसे मिलने आया करते। अब वह पहले से कहीं ज्यादा कर्त्तव्य-परायण हो गये थे। दस बजे के पहले प्रातःकाल चिकित्सा भवन में आ बैठते, रोगियों की दशा ध्यान से देखते, उन्हें सान्त्वना देते। इतना ही नहीं, पहले वह पूरी फीस लिये बिना जगह से हिलते न थे, अब बहुधा गरीबों को देखने बिना फीस लिये ही चले जाते। छोटे-छोटे कर्मचारियों से आधी ही फीस लेते। नगर की सफाई के नियमानुसार निरीक्षण करते। जिस गली या सड़क से निकल जाते, लोग बड़े आदर से उन्हें सलाम करते। चन्द महीनों में सारे नगर में उनका बखान होने लगा। काशी का प्रसिद्ध समाचार-पत्र 'गौरव' उनका पुराना शत्रु था। पहले उन पर खूब चोटें किया करता था। अब वह भी उनका भक्त हो गया। उसने अपने एक लेख में यह आलोचना की : 'काशी के लिए यह परम सौभाग्य की बात है कि बहुत दिनों के बाद उसे ऐसा प्रजावत्सल, ऐसा सहृदय, ऐसा कर्त्तव्यपरायण डॉक्टर मिला। चिकित्सा का लक्ष्य धनोपार्जन नहीं, यशोपार्जन होना चाहिए और महाशय प्रियनाथ ने अपने व्यवहार से सिद्ध कर दिया है कि वह इस उच्चादर्श का पालन करना अपना ध्येय समझते हैं।' डॉक्टर साहब को सुकीर्ति का स्वाद मिल गया। अब दीनों की सेवा में उनका चित्त जितना उल्लसित होता था उतना पहले संचित धन की बढ़ती हुई संख्याओं से भी न हुआ था। यद्यपि धन की तृष्णा से वह अभी मुक्त नहीं हुए थे,

पर कीर्ति-लाभ की सदिच्छा ने धन-लिप्सा परास्त कर दिया था। प्रेमशंकर के सम्मुख जाते ही उनका हृदय ओस बिन्दुओं से धुले हुए फूलों के सदृश निर्मल हो जाता, निखर उठता। उस सरल सन्तोषमय, कामनारहित जीवन के सामने उन्हें अपनी धन-लालसा। तुच्छ मालूम होने लगती थी। सन्तान की चिन्ता का बोझ कुछ हलका हो जाता था। जब इस दशा में भी हम संतुष्ट और प्रसन्न रह सकते हैं, यशस्वी बन सकते हैं, दूसरों की सहायता कर सकते हैं, प्रेम और श्रद्धा के पात्र बन सकते हैं तो फिर धन पर जान देना व्यर्थ है। उन्हें ज्ञात होता था कि सफल जीवन के लिए धन कोई अनिवार्य साधन नहीं है। उन्हें खेद होता था कि मेरी आवश्यकताएँ क्यों इतनी बढ़ी हुई हैं, मैं डॉक्टर हो कर रसना का दास क्यों बना हूँ, सुन्दर वस्त्रों पर क्यों मरता हूँ! इन्हीं के कारण तो मैं सारे नगर में बदनाम था, लोभी, स्वार्थी, निर्दय बना हुआ था और अब भी हूँ। लोगों को शंका होती थी कि कहीं यह रोग को बढ़ा न दे, इसलिए जल्दी कोई मुझे बुलाता न था। इन विचारों का डॉक्टर साहब के रहन-सहन पर प्रभाव पड़ने लगा।

एक दिन डॉक्टर साहब किसी मरीज को देखकर लौटते हुए प्रेमशंकर की कृषिशाला के सामने से निकले। दस बज गये थे। धूप तेज थी। सूर्य की प्रखर किरणें आकाश मंडल को वाणों से छेदती हुई जान पड़ती थीं। डॉक्टर साहब के जी में आया देखता चलूँ। क्या कर रहे हैं? अन्दर पहुँचे तो देखा कि वह अपने झोंपड़े के वृक्ष के नीचे खड़े गेहूँ के पोले बिखेर रहे थे। कई मजूर छौनी कर रहे थे। प्रियनाथ को देखते ही प्रेमशंकर झोंपड़े में आ गये और बोले धूप तेज है।

प्रियनाथ—लेकिन आप तो इस तरह काम में लगे हुए हैं मानो धूप है ही नहीं।

प्रेम—उन मजूरों को देखिए! धूप की कुछ परवाह नहीं करते।

प्रियनाथ—हमें इस कृत्रिम जीवन ने चौपट कर दिया, नहीं तो हम भी ऐसे ही आदमी होते और श्रम को बुरा न समझते।

प्रेमशंकर कुछ और कहना चाहते थे कि इतने में दो वृद्धाएँ सिर पर लकड़ी के गट्ठे, रखे आयीं और पूछने लगीं—सरकार, लकड़ी ले लो। इन स्त्रियों के पीछे-पीछे लड़के भी लकड़ी के बोझ लिये हुए थे। सबों के कपड़े तरबतर हो रहे थे। छाती पर पसली की हड्डियाँ निकली हुई थीं। होठ सूखे हुए, देह पर मैल जमी हुई, उस पर सूखे हुए पसीने की धारियाँ सी बन गयी थीं। प्रेमशंकर ने लकड़ी के दाम पूछे, सबके गट्ठे उतरवा लिये, लेकिन देखा तो सन्दूक में पैसे न थे। गुमास्ता का रुपया भुनाने को दिया। दोनों वृद्धाएँ वृक्ष के नीचे छाँह में बैठ गईं और लड़के बिखरे हुए दाने चुनचुन कर खाने लगे। प्रेमशंकर को उन पर दया आ गयी। थोड़े-थोड़े मटर सब लड़कों को दे दिये। दोनों स्त्रियाँ आशीष देती हुई बोलीं—बाबू जी, नारायण तुम्हें सदा सुखी रखें। इन बेचारों ने अभी कलेवा नहीं किया है।

प्रेम—तुम्हारा घर कहाँ है?

एक बुढ़िया—सरकार, लखनपुर का नाम सुना होगा।

प्रियनाथ—आपने गट्ठे देखे नहीं, सबों ने खूब कैची लगाई है।

प्रेमशंकर—दरिद्रता सब कुछ करा देती है। (वृद्धा से) तुम लोग इतनी दूर लकड़ी बेचने आ जाती हो।

वृद्धा—क्या करें मालिक, बीच कोई बस्ती नहीं है। घड़ी रात के चले हैं, दुपहरी हो गयी, किसी पेड़ के नीचे पड़े रहेंगे, दिन ढलेगा तो साँझ तक घर पहुँचेंगे। करम का लिखा भोग है! जो कभी न करना था, वह मरते समय करना पड़ा!

प्रेम—आजकल गाँव का क्या हाल है?

वृद्धा—क्या हाल बतायें सरकार, जमींदार की निगाह टेढ़ी हो गयी, सारा गाँव बँध गया, कोई डामिल गया, कोई कैद हो गया। उनके बाल-बच्चे अब दाने-दाने को तरस रहे हैं। मेरे दो बेटे थे। दो हल की खेती होती थी। एक तो डामिल गया, दूसरे की साल भर से कुछ टोह ही नहीं मिली। बैल थे, वे चारे बिना टूट गये। खेती-बाड़ी कौन करे? बहुएँ हैं, वे बाहर आ-जा नहीं सकतीं। मैं ही उपले बेंच कर ले जाती हूँ तो सबके मुँह में दाना पड़ता है। पोते थे, उन्हें भगवान् ने पहले ही ले लिया। बुढ़ापे में यही भोगना लिखा था।

प्रेम—तुम डपटसिंह की माँ तो नहीं हो?

वृद्धा—हाँ सरकार, आप कैसे जानते हैं?

प्रेम—ताऊन के दिनों में जब तुम्हारे पोते बीमार थे तब मैं वहीं था। कई बेर और हो आया हूँ तुमने मुझे पहचाना नहीं? मेरा नाम प्रेमशंकर है।

वृद्धा ने थोड़ा-सा घूँघट निकाल लिया। दीनता की जगह लज्जा का हल्का-सा रंग चेहरे पर आ गया बोली हाँ, बेटा, अब मैंने पहचाना। आँखों से अच्छी तरह सूझता नहीं। भैया, तुम जुग-जुग जियो। आज सारा गाँव तुम्हारा यश गा रहा है। तुमने अपनी वाली कर दी, पर भाग में जो कुछ लिखा था वह कैसे टलता? बेटा! सारे गाँव में हाहाकार मचा हुआ है। दुखरन भगत को तो जानते ही होगे? यह बुढ़िया उन्हीं की घरवाली है। पुराना खाती थी, नया रखती थी। अब घर में कुछ नहीं रहा। यह दोनों लड़के बंधू के हैं। एक रंगी का लड़का है और ये दोनों कादिर मियाँ के पोते हैं। न जाने क्या हो गया कि घर से मरदों के जाते ही जैसे बरक्कत ही उठ गयी। सुनती थी कि कादिर मियाँ के पास बड़ा धन है ; पर इतने ही दिनों में यह हाल हो गया कि लड़के मजदूरी न करें तो मुँह में मक्खी आये-जाये। भगवान् इस कलमुँहे फैजू का सत्यानाश करे, इसने और भी अन्धेर मचा रखा है। अब तक तो उसने गाँव-भर को बेदखल कर दिया होता, पर नारायण सूक्खू चौधरी का भला करे जिन्होंने सारी बाकी कौड़ी पाई-पाई चुका दी। पर अबकी उन्होंने भी खबर न ली और फिर अकेला आदमी सारे गाँव को कहाँ तक सँभाले? साल-दो साल की बात हो तो निबाह दे, यहाँ तो उम्र भर का रोना है। कारिन्दा अभी से धमका रहे हैं कि अबकि बेदखल करके तभी दम लेंगे। अबकी साल तो कुछ आधे-साझे में खेती हो गयी थी। खेत निकल जायेंगे तो न जाने क्या गति होगी?

यह कहते-कहते बुढ़िया रोने लगी। प्रेमशंकर की आँखें भी भर गईं, पूछा—बिसेसर साह की क्या हाल है?

बुढ़िया—क्या जानूँ भैया, मैंने तो साल भर से उसके द्वार पर झाँका भी नहीं। अब कोई उधर नहीं जाता। ऐसे आदमी का मुँह देखना पाप है। लोग दूसरे गाँव से नोन-तेल लाते हैं। वह भी अब घर से बाहर नहीं निकलता। दूकान उठा दी है। घर में बैठा न जाने क्या-क्या करता है? जो दूसरे को गड्ढा खोदेगा, उसके लिए कुआँ तैयार है। देखा तो नहीं

पर सुनती हूँ, जब से यह मामला उठा है उसके घर में किसी को चैन नहीं है। एक न एक पुरानी के सिर भूत आया ही रहता है। ओझे-सयाने रात-दिन जमा रहते हैं। पूजा-पाठ, जप-तप हुआ करता है। एक दिन बिलासी से रास्ते में मिल गया था। रोने लगा। बहुत पछताता था कि मैंने दूसरों की बातों में आ कर यह कुकर्म किया। मनोहर उसके गले पड़ा हुआ है। मारे डर के साँझ से केवाड़ बन्द हो जाता है। रात को बाहर नहीं निकलता। मनोहर रात-दिन उसके द्वार पर खड़ा रहता है, जिसको पाता है उसी को चपेट लेता है। सुनती हूँ, अब गाँव छोड़ कर किसी दूसरे गाँव में बसनेवाला है।

प्रेमशंकर यह बातें सुन कर गहरे सोच में डूब गये। मैं कितना बे परवाह हूँ। इन बेचारों को सजा पाये हुए साल भर होने आते हैं और मैंने उनके बाल-बच्चों की सुधि तक न ली। वह सब अपने मन में क्या कहते होंगे? ज्ञानशंकर से बात हार चुका हूँ। लेकिन अब वहाँ जाना पड़ेगा। अपने वचन के पीछे इतने दुखियारों को मरने दूँ? यह नहीं हो सकता। इनका जीवन मेरे वचन से कहीं ज्यादा मूल्यवान है। अकस्मात् बुढ़िया ने कहा—कहो भैया, अब कुछ नहीं हो सकता? लोग कहते हैं, अभी किसी और बड़े हाकिम के यहाँ फरियाद लग सकती है।

प्रेमशंकर ने इसका कुछ उत्तर न दिया। धन का प्रबन्ध तो बहुत कठिन न था, लेकिन उन्हें अपील से उपकार होने की बहुत कम आशा थी। वकीलों की भी यही राय थी। इसीलिए इस प्रन को टाल आते थे। डॉक्टर साहब से भी उन्होंने अपील की चर्चा कभी न की थी। प्रियनाथ उनके मुख की ओर ध्यान से देख रहे थे। उनके मन के भावों को भाँप गये और उनके असमंजस को दूर करने के लिए बोले—हाँ, फरियाद लग सकती है, उसका बन्दोबस्त हो रहा है, धीरज रखो, जल्दी ही अपील दायर कर दी जायेगी।

वृद्ध—बेटा, दूधो नहाव पूतो फलो। सुनती हूँ कोई बड़ डॉक्टर था, उसी ने जमींदार से कुछ ले-दे कर इन गरीबों को फँसा दिया। न हो, तुम दोनों उसी डॉक्टर के पास जा कर हाथ-पैर जोड़ो, कौन जाने तुम्हारी बात मान जाये। उसके आगे भी तो बाल-बच्चे होंगे? क्यों हम गरीबों को बेकसूर मारता है? किसी की हाय बटोरना अच्छा नहीं होता।

प्रेमशंकर जमीन में गड़े जा रहे थे। डॉक्टर साहब को कितना दुःख हो रहा होगा, अपने मन में कितने लज्जित हो रहे होंगे। कहीं बुढ़िया गाली न देने लगे, इसे कैसे चुप कर दूँ? इन विचारों से वह बहुत विकल हो रहे थे, किन्तु प्रियनाथ के चेहरे पर उदारता झलक रही थी, नेत्रों से वात्सल्य-भाव प्रस्फुटित हो रहा था। मुस्कुराते हुए बोले—हम लोग उस डॉक्टर के पास गये थे। उसे खूब समझाया। है तो लालची, पर कहने-सुनने से राह पर आ गया है, अब सच्ची गावाही देगा।

इतने में मस्ता पैसे ले कर आ गया है। प्रेमशंकर ने लकड़ी के दाम दिए। बुढ़िया लकड़ी के साथ आशीर्वाद दे कर चली गयी। द्वार पर पहुँच कर उसने फिर कहा भैया भूल मत जाना, धरम का काम है, तुम्हें बड़ा जस होगा।

उनके चले जाने के बाद कुछ देर तक प्रेमशंकर और प्रियनाथ मौन बैठे रहे। प्रेमशंकर का मुँह संकोच ने बन्द कर दिया था, डाक्टर का लज्जा ने।

सहसा प्रियनाथ खड़े हो गये और निश्चयात्मक भाव से बोले—भाई साहब, अवश्य

अपील कीजिए। आप आज ही इलाहाबाद चले जाइए। आज के दृश्य ने मेरे हृदय को हिला दिया। ईश्वर ने चाहा तो अबकी सत्य की विजय होगी।

डाक्टर इर्फान अली उस घटना के बाद हवा खाने न जा सके, सीधे घर की ओर चले। रास्ते भर उन्हें संशय हो रहा था कि कहीं उन उपद्रवियों से फिर मुठभेड़ न हो जाये नहीं तो अबकी जान के लाले पड़ जायँगे। आज बड़ी खैरियत हुई कि प्रेमशंकर मौजूद थे, नहीं तो इन बदमाशों के हाथ मेरी न जाने क्या दुर्गति होती। जब वह अपने घर पर सकुशल पहुँच गये और बरामदे में आरामकुर्सी पर लेटे तो इस समस्या पर आलोचना करने लगे। अब तक वह न्याय और सत्य के निर्भीक समर्थक समझे जाते थे। पुलिस के विरुद्ध सदैव उनकी तलवार निकली ही रहती थी। यही उनकी सफलता का तत्त्व था। वह बहुत अध्ययनशील, तत्त्वान्वेषी, तार्किक वकील न थे, लेकिन उनकी निर्भीकता इन सारी त्रुटियों पर पर्दा डाल दिया करती थी। इस पर लखनपुरवाले मुकदमे में पहली बार उनकी स्वार्थपरता की कलई खुली। पहले वह प्रायः पुलिस से हार कर भी जीत में रहते थे, जनता का विश्वास उनके ऊपर जमा रहता था, बल्कि और बढ़ जाता था। आज पहली बार उनकी सच्ची हार हुई। जनता का विश्वास उन पर से उठ गया। लोकमत ने उनका तिरस्कार कर दिया। उनके कानों में उपद्रवियों के ये शब्द गूँज रहे थे, 'इन दीनों का खून इन्हीं की गर्दन पर है।' इर्फान अली उन मनुष्यों में न थे। जिनकी आत्मा ऋद्धि-लालसा के नीचे दब कर निर्जीव हो जाती है। वह सदैव अपने इष्ट मित्रों से कठिनाइयों का रोना रोया करते थे और निस्सन्देह ये आँसू उनके हृदय से निकलते थे। वह बार-बार इरादा करते थे कि इस पेशे को छोड़ दें, लेकिन जुआरियों की प्रतिज्ञा की भाँति उनका निश्चय भी दृढ़ न होता था, बल्कि दिनोंदिन वह लोभ में और भी डूबते जाते थे। उनकी दशा उस पथिक की सी थी जो संध्या होने से पहले ठिकाने पर पहुँचने के लिए कदम तेजी से बढ़ाता है। इर्फान अली वकालत छोड़ने के पहले इतना धन कमा लेना चाहते थे कि जीवन सुख से व्यतीत हो। अतएव वह लोभमार्ग में और भी तीव्रगति से चल रहे थे।

लेकिन आज की घटना ने उन्हें मर्माहत कर दिया। अब तक उनकी दशा उन रईसों की सी थी जो वहम की दवा किया करते हैं। कभी कोई स्वादिष्ट अवलेह बनवा लिया, कभी कोई सुगन्धित अर्क खिंचवा लिया या रुचि के अनुसार उसका सेवन करते रहे। किन्तु आज उन्हें ज्ञात हुआ कि मैं एक जीर्ण रोग से ग्रसित हूँ, अब अर्क और अवलेह से काम न चलेगा। इस रोग का निवारण तेज नश्तरों और तीक्ष्ण औषधियों से होगा। मैं सत्य का सेवक बनता था। वास्तव में अपनी इच्छाओं का दास हूँ। प्रेमशंकर ने मुझे नाहक बचा लिया। जरा दो-चार चोटें पड़ जातीं तो मेरी आँखें और खुल जातीं।

मुआजल्लाह! मैं कितना स्वार्थी हूँ? अपने स्वार्थ के सामने दूसरों की जान की परवाह नहीं करता। मैंने इस मुआमले में आदि से अन्त तक कपट-व्यवहार से काम लिया। कभी मिसलों को गौर से नहीं पढ़ा, कभी जिरह के प्रश्नों पर विचार नहीं किया, यहाँ तक कि गवाहों के बयान भी आद्योपान्त न सुने, कभी दूसरे मुकदमे में चला जाता था, कभी मित्रों

से बातें करने लगता था। मैंने थोड़ा-सा अध्ययन किया होता तो प्रियनाथ को चुटकियों पर उड़ा देता। मुख़बिर को दो-चार जिरहों में उखाड़ सकता था। थानेदार का बयान कुछ ऐसा प्रामाणिक न था, लेकिन मैंने तो अपने कर्त्तव्य पर कभी विचार ही नहीं किया। अदालत में इस तरह जा बैठता था जैसे कोई मित्रों की सभा में जा बैठता हो। मैं इस पेशे को बुरा कहता हूँ, यह मेरी मक्कारी है। हमारी अनीति है जिसने इस पेशे को बदनाम कर रखा है। उचित तो यह है कि हमारी दृष्टि सत्य पर हो, पर इसके बदले हमारी निगाह सदैव रुपये पर रहती है। खुदा ने चाहा तो आइन्दा से अब वही करूँगा जो मुझे करना चाहिए। हाँ, अब से ऐसा ही होगा। अब मैं भी प्रेमशंकर के जीवन को अपना आदर्श बताऊँगा, सन्तोष और सेवा के सन्मार्ग पर चलूँगा।

जब तक प्रेमशंकर औषधालय में रहे, इर्फानअली प्रायः नित्य उनका समाचार पूछने जाया करते थे। उनके धैर्य और साहस पर डॉक्टर साहब को आश्चर्य होता था। प्रेमशंकर के प्रति उनकी श्रद्धा दिनोंदिन बढ़ती जाती थी। अपने मुवक्किलों के साथ उनका व्यवहार अब अधिक विनयपूर्ण होता था। वह उनके मुआमले ध्यान से देखते, एक समय एक से अधिक मुकदमा न लेते और एक मुकदमे को इजलास पर छोड़कर दूसरे मुकदमे की पैरवी करने की तो उन्होंने मानो शपथ ही खा ली। वह अपील करने के लिए बार-बार प्रेमशंकर को प्रेरित करना चाहते थे पर अपनी असज्जनता को याद करके सकुचा जाते थे। अन्त में उन्होंने सीतापुर जा कर बाबू ज्वालासिंह से इस विषय में परामर्श करने का निश्चय किया; किन्तु वह महाशय अभी तक दुविधा में पड़े हुए थे। प्रेमशंकर को लिख चुके थे कि त्याग-पत्र दे कर शीघ्र ही आपकी सेवा में आता हूँ। लेकिन फिर कोई न कोई ऐसी बात आ जाती थी कि उन्हें अपने इरादे को स्थगित करने पर विवश होना पड़ता था। यह बात थी कि शीलमणि उनके इस्तीफा देनें पर राजी न होती थी। वह कहती—बला से तुम्हारे अफसर तुमसे अप्रसन्न हैं, तरक्की नहीं होती है, न सही। तुम्हारे हाथों में न्याय करने का अधिकार तो है। अगर तुम्हारे विधातागण तुम्हारे व्यवहार से असन्तुष्ट हो कर तुम्हें पदच्युत कर दें तो तुम्हें अपील करनी चाहिए और चोटी के हाकिमों से लड़ना चाहिए। यह नहीं कि अफसरों ने जरा तीवर बदला और तुमने भयभीत हो कर त्याग-पत्र देने की ठान ली। तुम्हारी इस अकर्मण्यता से तुम्हारे कितने ही न्यायशील और आत्माभिमानी सहवर्गियों की हिम्मत टूट जाएगी और वह भाग निकलने का उपाय करने लगेंगे। यह विभाग सज्जनों से खाली हो जाएगा और वही खुशामदी टट्टू, हाकिमों के इशारे पर नाचनेवाले बाकी रह जाएँगे। ज्वालासिंह इस दलील का कोई जवाब न दे सकते थे। जब डॉक्टर इर्फान अली सिर पर जा पहुँचे तो वह अपनी शिथिलता और अधिकार-प्रेम का दोष शीलमणि पर रख कर अपने को मुक्त न कर सके।

शीलमणि समझ गई कि अब उन्हें रोकना कठिन है, मेरी एक़ न सुनेंगे। ज्यों ही अवसर मिला उसने ज्वालासिंह से पूछा—डॉक्टर साहब को क्या जवाब दिया?

ज्वालासिंह—जवाब क्या देना है, इस्तीफा दिये देता हूँ। अब हीला-हवाला करने से काम न चलेगा। जब तक मैं न जाऊँगा; बाबू प्रेमशंकर कुछ न कर सकेंगे। दुर्भाग्य से वह मुझ पर उससे कहीं ज्यादा विश्वास करते हैं, जिसके योग्य मैं हूँ। अपील की अवधि बीत

जाएगी तो फिर कुछ बनाए न बनेगी। अपील के सफल होने की बहुत कुछ आशा है और यदि मेरे सदुद्योग से कई निरपराधों की जानें बच जाएँ, तो मुझे अब एक क्षण भी विलम्ब न करना चाहिए।

शीलमणि–तो अधिक दिनों की छुट्टी क्यों नहीं ले लेते?

ज्वालासिंह–तुम जो जान बूझकर अनजान बनती हो। वहाँ मुझे कितनी ही ऐसी बातें करनी पड़ेंगी जो दासत्व की बेड़ियाँ पहने हुए नहीं कर सकता। रुपये के लिए चन्दे माँगना, वकीलों से मिलना-जुलना, लखनपुरवालों के कष्ट-निवारण की आयोजना करना, यह सभी काम करने पड़ेंगे। पुलिसवालों की निगाह पर चढ़ जाऊँगा, अधिकारी वर्ग तन जायेंगे, तो इस बेड़ी को काट ही क्यों न दूँ? मुझे पूरा विश्वास है कि मैं स्वाधीन हो कर जितनी जाति-सेवा कर सकता हूँ, उतनी इसा दशा में कभी न कर सकूँगा।

शीलमणि बहुत देर तक उनसे तर्क-वितर्क करती रही, अन्त में क्रुद्ध हो कर बोली–उँह, जो इच्छा हो करो। मुझे क्या करना है? जैसा सूखा सावन वैसा भरा भादों। आप ही पछताओगे। यह सब आदर-सम्मान तभी तक है, जब तक हाकिम हो। जब जाति सेवकों में जा मिलोगे तो कोई बात भी न पूछेगा। क्या वहाँ सबके सब सज्जन ही भरे हुए हैं? अच्छे-बुरे सभी जगह होते हैं। प्रेमशंकर की तो मैं नहीं कहती, वह देवता है, लेकिन जाति-सेवकों में तुम्हें सैकड़ों आदमी ऐसे मिलेंगे कि जो स्वार्थ के पुतले हैं, और सेवा भेष बनाकर गुलछर्रे उड़ाते हैं। वह निस्पृह, पवित्र आत्माओं को फूटी आँख नहीं देख सकते। तुम्हें उनके बीच में रहना दुर्भर हो जायेगा। उनका अन्याय, कपट-व्यवहार और संकीर्णता देखकर तुम कुढ़ोगे, पर उनसे कुछ न कह सकोगे। इसलिए जो कुछ करो, सोच-समझ कर करो।

ये वही बातें थीं जो ज्वालासिंह ने स्वयं शीलमणि से कही थीं। कदाचित् यही बातें सुन-सुन कर वह इस्तीफे के विपक्ष में हो गई थी पर इस समय वह यह निराशाजनक बातें न सुन सके, उठ कर बाहर चले आए और उसी आवेश में आकर-त्याग पत्र लिखना शुरू किया।

कई महीने बीत चुके, लेकिन प्रेमशंकर अपील दायर करने का निश्चय न कर सके। जिस काम में उन्हें किसी दूसरे से मदद मिलने की आशा न होती थी, उसे वह बड़ी तत्परता के साथ करते थे, लेकिन जब कोई उन्हें सहारा देने के लिए हाथ बढ़ा देता था, तब उन पर एक विचित्र शिथिलता-सी छा जाती थी। इसके सिवा धनाभाव भी अपील का बाधक था। दिवानी के खर्च ने उन्हें इतना जेरबार कर दिया था कि हाईकोर्ट जाने की हिम्मत न पड़ती थी। यद्यपि कितने ही आदमियों को उनसे श्रद्धा थी और वह इस पुण्य कार्य के लिए पर्याप्त धन एकत्र कर सकते थे, पर उनकी स्वाभाविक सरलता और कातरता इस आधार को उनकी कल्पना में भी न आने देती थी।

एक दिन सन्ध्या समय प्रेमशंकर बैठे हुए समाचार-पत्र देख रहे थे। गोरखपुर के सनातन धर्म महोत्सव का समाचार मोटे अक्षरों में छपा हुआ दिखायी दिया। गौर से पढ़ने लगे। ज्ञानशंकर को उन्होंने मन में धूर्त्त और स्वार्थ-परायणता का पुतला समझ रखा था अब उनकी इस सत्य-निष्ठा और धर्म-परायणता का वृत्तान्त पढ़ कर उन्हें अपनी संकीर्णता पर अत्यन्त खेद हुआ। मैं कितना निर्बुद्धि हूँ। ऐसी दिव्य और विमल आत्मा पर अनुचित संदेह करने लगा।

ज्ञानशंकर के प्रति उनके हृदय में भक्ति की तरंगें सी उठने लगीं। उनकी सराहना करने की ऐसी उत्कट इच्छा हुई कि उन्होंने मस्ता और भोला को कई बार पुकारा। जब उनमें से किसी ने जवाब न दिया तो वह मस्ता की झोंपड़ी की ओर चले कि अकस्मात् दुर्गा, मस्ता और कृषिशाला के कई और नौकर एक मनुष्य को खींच-खींच कर लाते हुए दिखाई दिये। सब के सब उसे गालियाँ दे रहे थे और मस्ता रह-रह कर एक धौल जमा देता था। प्रेमशंकर ने आगे बढ़ कर तीव्र स्वर में कहा, क्या है भोला, इसे क्यों मार रहे हो?

मस्ता—भैया, यह न जाने कौन आदमी है। फाटक से चिपटा खड़ा था। अभी मैं फाटक बन्द करने गया तो इसे देखा। मुझे देखते ही और दबक गया। बस मैंने चुपके से आकर सबको साथ लिया और बच्चू को पकड़ लिया। जरूर से जरूर कोई चोर है।

प्रेम—चोर सही, तुम्हारा कुछ चुराया तो नहीं? फिर क्यों मारते हो?

यह कहते हुए अपने बरामदे में बैठ गये। चोर को भी लोगों ने वहीं लाकर खड़ा किया। ज्यों ही लालटेन के प्रकाश में उसकी सूरत दिखायी दी, प्रेमशंकर के मुँह से एक चीख-सी निकल गयी, अरे, यह तो बिसेसर साह है!

बिसेसर ने आँसू पोंछते हुए कहा, हाँ सरकार, मैं बिससेर ही हूँ।

प्रेमशंकर ने अपने नौकरों से कठोर स्वर में कहा, तुम लोग निरे गँवार और मूर्ख हो। न जाने तुम्हें कभी समझ आयेगी भी या नहीं।

मस्ता—भैया, हम तो बार-बार पूछते रहे कि तुम कौन हो? वह कुछ बोले ही नहीं, तो मैं क्या करता?

प्रेम—बस, चुप रह गँवार कहीं का!

नौकरों ने देखा कि हमसे भूल हो गयी तो चुपके से एक-एक करके सरक गये। प्रेमशंकर को क्रोध में देख कर सब-के-सब थर-थर काँपने लगते थे। यद्यपि प्रेमशंकर उन सबसे भाईचारे का बर्ताव करते थे, पर वह सब उनका बड़ा अदब करते थे। उनके सामने चिलम तक न पीते। उनके चले जाने के बाद प्रेमशंकर ने बिसेसर साह को खाट पर बैठाया और अत्यन्त लज्जित हो कर बोले, साह जी, मुझे बड़ा दुःख है कि मेरे आदमियों ने आपके साथ अनुचित व्यवहार किया। सब-के-सब उजड्ड और मूर्ख हैं।

बिसेसर ने ठंडी साँस ले कर कहा, नहीं भैया, इन्होंने कोई बुरा सलूक नहीं किया। मैं इसी लायक हूँ। आप मुझे खम्भे में बाँध कर कोड़े लगवायें तब भी बुरा न मानूँगा। मैं विश्वासघाती हूँ। मुझे जो सजा मिले वह थोड़ी है। मैंने अपनी जान के डर से सारे गाँव को मटियामेट कर दिया। न जाने मेरी बुद्धि कहाँ चली गयी थी। पुलिसवालों की भभकी में आ गया। वह सब ऐसी-ऐसी बातें करते हैं, इतना डराते और धमकाते हैं कि सीधा-सादा आदमी बिलकुल उनकी मुट्ठी में आ जाता है। उन्हें जरूर-से-जरूर किसी देवता का इष्ट है कि जो कुछ वह कहलाते हैं, वही मुँह से निकलता है। भगवान् जानते हैं जो गौस खाँ के बारे में मुझे किसी से कुछ बात हुई हो। मुझे तो उनके कत्ल का हाल दिन चढ़े मालूम हुआ, जब मैं पूजा-पाठ करके दूकान पर आया। पर दारोगा जी थाने में ले जा कर मेरी साँसत करने लगे तब मुझ पर जैसे पर जैसे कोई जादू हो गया। उनकी एक-एक बात दुहराने लगा। जब मैं अदालत में बयान दे रहा था तब सरम के मारे मेरी आँखें ऊपर न उठती

थीं। मेरे जैसा कुकर्मी संसार में न होगा। जिन आदमियों के साथ रात-दिन का रहना-सहना, उठना-बैठना था, जो मेरे दुःख-दर्द में शरीक होते थे, उन्हीं के गर्दन पर मैंने छुरी चलायी। जब कादिर ने मेरा बयान सुन कर कहा, 'बिसेसर, भगवान् से डरो' उस घड़ी मेरा ऐसा जी चाहता था कि धरती फट जाए और मैं उसमें समा जाऊँ। मन होता था कि साफ-साफ कह दूँ, 'यह सब सिखायी-पढ़ाई बातें हैं' पर दारोगा जी की ओर ज्यों ही आँख उठती थी मेरा हियाब छूट जाता था। जिस दिन से मनोहर ने अपने गले में फाँसी लगायी है उस दिन से मेरी नींद हराम हो गयी। रात को सोते-सोते चौंक पड़ता हूँ, जैसे मनोहर सिरहाने खड़ा हो। साँझ होते ही घर के केवाड़ बंद कर देता हूँ। बाहर निकलता हूँ तो जान पड़ता है, मनोहर सामने आ रहा है। घरवाली उसी दिन से बीमार पड़ी हुई है। घर की तो यह दुर्दशा है, उधर गाँव में अन्धेर मचा हुआ है। सबके बाल-बच्चे भूखों मर रहे हैं। फैजू और कर्तार नित नये तूफान रचते रहते हैं। भगवान् सुक्खू चौधरी का भला करे, उनके हृदय में दया आयी, दो साल की मालगुजारी अदा कर दी, नहीं तो अब तक सारा गाँव बेदखल हो गया होता। इस पर फैजू जला जाता है। जब सुक्खू आ जाते हैं तो भीगी बिल्ली बन जाता है, लेकिन ज्यों ही वह चले जाते हैं फिर वही उपद्रव करने लगता है। इन गरीबों का कष्ट मुझसे नहीं देखा जाता। जिसे चाहता है मारता है, डाँट लेता है। एक दिन कादिर मियाँ के घर में आग लगवा दी। और तो और अब गाँव की बहू-बेटियों की इज्जत-हुरमत भी बचती नहीं दिखायी देती। मनोहर के घर सास-बहू में रार मची हुई है। दोनों अलग-अलग रहती हैं। परसों रात की बात है, फैजू और कर्तार दोनों बहू के घर में घुस गये। उस बेचारी ने चिल्लाना शुरू किया सास पहुँच गयी, और लोग भी पहुँच गये। दोनों निकलकर भागे। सवेरा होते ही इसकी कसर निकली। कर्तार न मनोहर की दुलहिन को इतना मारा कि बेचारी पड़ी हल्द पी रही है। यह सब पाप मेरे सिवा और किसके सिर पड़ता होगा? मैं ही इस सारी विपद् लीला की जड़ हूँ। भगवान् मेरी न जाने क्या दुर्गत करेंगे! काहे भैया, क्या अब कुछ नहीं हो सकता? सुनते हैं तुम अपील करने वाले हो, तो जल्दी कर क्यों नहीं देते? ऐसा न हो कि मियाद गुजर जाय। तुम मुझे तलब करा देना। मुझ पर दरोग-हलफी का इलजाम जाएगा तो क्या! पर मैं अब की सब-कुछ सच-सच कह दूँगा। यही न होगा, मेरी सजा हो जायेगी, गाँव का तो भला हो जाएगा। मैं हजार-पाँच सौ से मदद भी कर सकता हूँ।

प्रेमशंकर—हाईकोर्ट में तो मिसल देख कर फैसला होता है, किसी के बयान नहीं लिये जाते।

बिसेसर—भैया, कुछ देने-लेने से काम चले तो दे दो, हजार-पाँच सौ का मुँह मत देखो। मुझसे जो कुछ फरमाओ उसके लिए हाजिर हूँ। यह बात मेरे मन में महीनों से समायी हुई है, पर आपको मुँह दिखाने की हिम्मत नहीं पड़ती थी। आज कुछ सौदा लेने चला तो चौपाल के सामने फैजू मिल गये। कहने लगे—जाते हो तो यह रुपये लेते जाओ, मालिकों के घर भेजवा देना। मैंने रुपये लिये और डेवढ़ी पर जाकर छोटी बहू के पास रुपये भेज दिए। जब चलने लगा तो बड़ी बहू ने दीवानखाने में मुझे बुलाया। उनको देख कर ऐसा जान पड़ा मानो साक्षात् देवी के दर्शन हो गये। उन्होंने मुझे ऐसा-ऐसा उपदेश किया कि आपसे

क्या कहूँ। मरी आँख खुल गयी। मन में ठान कर चला कि आपसे अपील दायर करने की कहूँ जिसमें मेरा भी उद्धार हो जाये। लेकिन दो-तीन बार आ-आ कर लौट गया। आपको मुँह दिखाते लाज आती थी। सूरज डूबते वक्त फिर आया, पर वहीं फाटक के पास दुविधा में खड़ा सोच रहा था कि क्या करूँ? इतने में आपके आदमियों ने देख लिया और आपकी शरण में ले आये। मुझ जैसे झूठे दगाबाज आदमी का इतबार ही क्या? पर अब मैं सौगन्ध खा के कहता हूँ कि फिर जो मेरा बयान लिया जायगा तो मैं एक-एक बात खोल कर कह दूँगा। चाहे उल्टी पड़े या सीधी। आप जरूर अपील कीजिए।

प्रेमशंकर बिसेसर साह को महा नीच, कपटी, अधम मनुष्य समझते थे। उनके बिचार में वह मनुष्य कहलाने के योग्य भी न था। लेकिन उसकी इस ग्लानि-सूचक बातों ने उसे पिशाच श्रेणी से उठा कर देवासन पर बैठा दिया। भगवान्! जिसे मैं इतना दुरात्मा समझता था, उसके हृदय में आत्मग्लानि का यह पवित्र भाव! यह आत्मोत्कर्ष, यह ईश्वर-भीरुता, "यह सदुद्गार! मैं कितने भ्रम में पड़ा हुआ था? दुनिया के लोग अनायास ही बदनाम करते हैं, पर मैंने तो हर एक बुरे को अच्छा ही पाया। इसे अपने सौभाग्य के सिवा और क्या कहूँ? ईश्वर मुझे इस अविश्वास के लिए क्षमा करना। यह सोचकर उनकी आँखों में आँसू भर आये। बोले—साह जी, तुम्हारी बातें सुनकर मुझे वही आनन्द हुआ जो किसी सच्चे साधु के उपदेश से होता है। मैं बहुत जल्द अपील करने वाला हूँ। अड़चन यही है कि गवाहों के बयान कैसे बदले जायँ? सम्भव है हाईकोर्ट मुकदमे पर नजरसानी करने की आज्ञा दे दे और फिर इसी अदालत में मामला पेश हो लेकिन बयान बदलने से तुम और डॉक्टर प्रियनाथ दोनों ही फँस जाओगे! प्रियनाथ ने तो अपने बचाव की युक्ति सोच ली, लेकिन तुम्हारा बचाव कठिन है। इसे अच्छी तरह सोच लो।

बिसेसर—खूब सोच लिया है।

प्रेमशंकर—ईश्वर ने चाहा तो तुम भी बच जाओगे। मैं कल वकीलों से इस विषय में सलाह लूँगा।

यह कह कर वह बिसेसर के खाने-पीने का प्रबन्ध करने चले गये?

ज्ञानशंकर लखनऊ से सीधे बनारस पहुँचे, किन्तु उदास और खिन्न रहता था। हवा खाने जाते, न किसी से मिलते-जुलते। उनकी दशा इस समय उस पक्षी की-सी थी जिसके दोनों पंख कट गये हों, या उस स्त्री की-सी जो किसी दैवी प्रकोप से पति-पुत्र विहीन हो गयीं हो। उनके जीवन की सारी आकांक्षाएँ मिट्टी में मिलती हुई जान पड़ती थीं। अभी एक सप्ताह पहले उनकी आशा-लता सुखद समीरण से लहरा रही थी। उस स्थान पर अब केवल झुलसी हुई पत्तियों का ढेर था। उन्हें पूरा विश्वास था कि राय साहब ने सारा वृत्तान्त गायत्री को लिख दिया होगा। पूरी के लिए लपके थे, आधी भी हाथ से गयी। उन्हें सबसे विषम वेदना यह थी कि मेरे मनोभावों की कलई खुल गयी। अगर धैर्य का कोई आधार था तो यही दार्शनिक विचार था कि इन अवस्थाओं में मेरे लिए अपने लक्ष्य पर पहुँचने का और कोई मार्ग न था। उन्हें अपने कृत्यों पर लेशमात्र भी ग्लानि या लज्जा न थी। बस, यही खेद

था कि मेरे सारे षडयन्त्र निष्फल हो गये।

लखनऊ से उन्होंने गायत्री को कई पत्र लिखे थे, पर बनारस से उसे पत्र लिखने की हिम्मत न पड़ती थी। उसके पास से आयी हुई चिट्ठियों को भी वह बहुत डरते-डरते खोलते थे। समाचार-पत्रों को खोलते हुए उनके हाथ काँपने लगते थे। विद्या के पत्र रोज आते थे। उन्हें पढ़ना ज्ञानशंकर के लिए अपनी भाग्य रेख पढ़ने से कम रोमांचकारी न था। वह एक-एक वाक्य को इस तरह डर-डर कर पढ़ते, मानो किसी अँधेरी गुफा में कदम रखते हों। भय लगा रहता था कि कहीं उस दुर्घटना का जिक्र न आ जाय। बहुधा साधारण वाक्यों पर विचार करने लगते कि इसमें कोई गूढ़ाशय, कोई रहस्य, कोई उक्ति तो नहीं है। दसवें दिन गायत्री के यहाँ से एक बहुत लम्बा पत्र आया। ज्ञानशंकर ने उसे हाथ में लिया तो उनकी छाती बल्लियों उछलने लगी। बड़ी मुश्किल से पत्र खोला और जैसे हम कड़वी दवा को एक ही घूँट में पी जाते हैं, उन्होंने एक ही सरसरी निगाह में सारा पत्र पढ़ लिया। चित्त शांत हुआ। राय साहब की कोई चर्चा न थी। तब उन्होंने निश्चिन्त हो कर पत्र को दुबारा पढ़ा। गायत्री ने उनके पत्र न भेजने पर मर्मस्पर्शी शब्दों में अपनी विकलता प्रकट की थी और उन्हों शीघ्र ही गोरखपुर आने के लिए बड़े विनीत भाव से आग्रह किया था। ज्ञानशंकर ने सावधान होकर साँस ली। गायत्री ने अपने चित्त की दशा को छिपाने का बहुत प्रयत्न किया था, पर उनका एक-एक शब्द ज्ञानशंकर की मरणासन्न आशाओं के लिए सुधा के तुल्य था। आशा बँधी, सन्तोष हुआ कि अभी बात नहीं बिगड़ी, मैं अब भी जरूरत पड़ने पर शायद उसकी दृष्टि में निर्दोष बन सकूँ, शायद राय साहब के लांछनों को मिथ्या सिद्ध कर सकूँ, शायद सत्य को असत्य कर सकूँ। सम्भव है, मेरे सजल नेत्र अब भी मेरी निर्दोषिता का विश्वास दिला सकें। इसी आवेश में उन्होंने गायत्री को पत्र लिखा, जिसका अधिकांश विरह-व्यथा में भेंट करने के बाद उन्होंने राय साहब के मिथ्याक्षेप की ओर भी संकेत किया। उनके अनितम शब्द थे–'आप मेरे स्वभाव और मनोविचारों से भलीभाँति परिचित हैं। मुझे अगर जीवन में कोई अभिलाषा है तो यही है कि मुरली की धुनि सुनते हुए इस असार संसार से प्रस्थान कर जाऊँ। मरने लगूँ तो उसी मुरली वाले की सूरत आँखों के सामने हो, और यह सिर राधा की गोद में हो। इसके अतिरिक्त मुझे कोई इच्छा और कोई लालसा नहीं है। राधिका की एक तिरछी चितवन, एक मृदुल मुस्कान, एक मीठी चुटकी, एक अनोखी छटा पर समस्त संसार की सम्पदा न्योछावर कर सकता हूँ। पर जब तक संसार में हूँ, संसार की कालिमा से क्योंकर बच सकता? मैंने राय साहब से संगीत-परिषद् के विषय में कुछ स्पष्ट भाषण किया था। उसका फल यह हुआ कि अब वे मेरी जान के दुश्मन हो गये हैं। आपसे अपनी विपत्ति-कथा क्या कहूँ, आपको सुन कर दुःख होगा। उन्होंने मुझे मारने के लिए पिस्तौल हाथ में लिया था। अगर भाग न आता तो यह पत्र लिखने के लिए जीवित न रहता। मुझे हुक्म हुआ है कि अब फिर उन्हें मुँह न दिखलाऊँ। इतना ही नहीं, मुझे आपसे भी पृथक् रहने की आशा मिली है। इस आज्ञा को भंग करने का ऐसा कठोर दंड निर्वाचित किया गया है कि उसका उल्लेख करके मैं आपके कोमल हृदय को दुःखाना नहीं चाहता। मेरे मौनव्रत का यही कारण है। सम्भव है, आपके पास भी इस आशय का कोई पत्र पहुँचा हो। ऐसी दशा में आप जो उचित समझें करें। पिता की आज्ञा के सामने सिर झुकाना आपका

कर्त्तव्य है। उसका आप पालन करें। मैं आपसे दूर रह कर भी आपके निकट हूँ, संसार की कोई शक्ति मुझे आपसे अलग नहीं कर सकती। आध्यात्मिक बन्धन को कौन तोड़ सकता है? यह कृष्ण का प्रेमी निरन्तर राधा की गोद में संलग्न रहेगा। आपसे केवल यही भिक्षा माँगता हूँ कि मेरी ओर से मनमुटाव न करें और अपने उदार हृदय के एक कोने में मेरी स्मृति बनाये रखें।''

ज्ञानशंकर के जाने के बाद गायत्री को एक-एक क्षण काटना दुस्तर हो गया था। उसे अब ज्ञात हुआ कि मैं कितने गहरे पानी में आ गयी हूँ। जब तक ज्ञानशंकर के हाथों का सहारा था उस गहराई का अन्दाज न होता था। उस सहारे के टूटते ही उसके पैर फिसलने लगे। वह सँभलना चाहती थी, पर तरंग का वेग सँभलने न देता था। अबकी ज्ञानशंकर पूरे साल भर के बाद गोरखपुर से निकले थे। वह नित्य उन्हें देखती थी, नित्य उनसे बातें करती थी और यद्यपि यह अवसर दिन में एक या दो बार से अधिक न मिलता था, पर उन्हें अपने समीप देखकर उसका हृदय-संतुष्ट रहता था। अब पिंजरे को खाली देखकर उसे पक्षी की बार-बार याद आती थी। वह सरल और गौरवशील थी; लेकिन उसके हृदय-स्थल में प्रेम का एक उबलता हुआ सोता छिपा हुआ था। वह अब तक अभिमान के मोटे कत्तल से दबा हुआ प्रवाह का कोई मार्ग न पा कर एक सुषुप्तावस्था में पड़ा हुआ था। यही सुषुप्ति उसका सतीत्व थी। पर भक्ति और अनुराग ने उस अभिमान के कत्तल को हटा दिया था और उबलता हुआ सोता प्रबल वेग से द्रवित हो रहा था। वह आत्मविस्मृति की दशा में मग्न हो गयी थी। वह अचेत-सी हो गयी थी। उसे लेशमात्र भी अनुसान न होता था कि वह भक्ति मुझे वासना की ओर खींचे लिए जाती है। वह इस प्रेम के नशे में कितनी ही ऐसी बातें करती थी और कितनी ही ऐसी बातें सुनती थी जिन्हें सुन कर वह पहले कानों पर हाथ रख लेती, जो पहले मन में आतीं तो वह आत्मघात कर लेती, परन्तु अब वह गोपिका थी, वह सदनुराग की साक्षात् प्रतिमा थी। इस आध्यात्मिक उद्गार में वासना का लगाव कहाँ? ऐन्द्रिक तृष्णाओं का मिश्रण कहाँ? कृष्ण का नाम, कृष्ण की भक्ति, कृष्ण की रट ने उसके हृदय और आत्मा को पवित्र प्रेम से परिपूरित कर दिया था। गायत्री जब ज्ञानशंकर की ओर चंचल चितवनों से ताकती या उनके संतृष्ण लोचनों को अपनी मृदुल मुस्कान-सुधा से प्लावित करती तो वह अपने को गोपिका समझती जो कृष्ण से ठिठोली या रहस्य कर रही हो। उसकी इस चितवन और इस मुस्कान से सच्चा प्रेमानुराग झलकता था। ज्ञानशंकर अब उसे प्रेमोन्मत्त नेत्रों से देखते या उसकी निष्ठुरता और अकृपा का गिला करते तो उसे इसमें भी उन्हीं पवित्र भावों की झलक दिखायी देती थी। इस प्रेम रहस्य और आमोद-विनोद का चस्का दिनोंदिन बढ़ता जाता था। उन प्रेम कल्पनाओं के बिना चित्त उचटा रहता था। गायत्री इस विकलता की दशा में कभी ज्ञानशंकर के दीवानखाने की ओर जाती, कभी ऊपर, कभी नीचे, कभी बाग में, पर कहीं जी न लगता। वह गोपिकाओं की विरह-व्यथा की अपने वियोग-दुख से तुलना करती। सूरदास के उन पदों को गाती जिनमें गोपिकाओं का विरह वर्णन किया गया। उसके बाग में एक कदम का पेड़ था। उसकी छाँह में हरी घास पर लेटी हुई वह कभी गाती, कभी रोती, कभी-कभी उद्विग्न हो कर टहलने लगती। कभी सोचती, लखनऊ चलूँ, कभी ज्ञानशंकर को तार दे कर बुलाने का इरादा करती, कभी निश्चय करती,

अब उन्हें कभी बाहर न जाने दूँगी। उनकी सूरत उसकी आँखों में फिरा करती, उनकी बातें कानों में गूँजा करतीं। कितना मनोहर स्वरूप है, कितनी रसीली बातें! साक्षात् कृष्णरूप हैं! उसे आश्चर्य होता कि मैंने उन्हें अकेला जाने दिया? क्या मैं उनके साथ न जा सकती थी? वह ज्ञानशंकर को पत्र लिखती तो उनकी निर्दयता और हृदय-शून्यता का खूब रोना रोती। उनके पत्र आते तो बार-बार पढ़ती। उसके प्रेम-कथन में अब संकोच या लज्जा बाधक न होती थी। गोपियों की विरह-कथा में उसे अब एक करुण वेदनामय आनन्द मिलता था। प्रेमसागर की दो-चार चौपाइयाँ भी न पढ़ते पाती कि आँखों से आँसुओं की झड़ी लग जाती।

लेकिन जब ज्ञानशंकर बनारस चले गये और उनकी चिट्ठियों का आना बिलकुल बन्द हो गया, तब गायत्री को ऐसा अनुभव होने लगा मानो मैं इस संसार में हूँ ही नहीं। या कोई दूसरा निर्जन, नीरव, अचेतन संसार है। उसे ज्ञानशंकर के बनारस आने का समाचार ज्ञात न था। वह लखनऊ के पते से नित्य प्रति पत्र भेजती रही, लेकिन जब लगातार कई पत्रों का जवाब न आया तब उसे अपने ऊपर झुँझलाहट होने लगी। वह गोपियों की भाँति अपना ही तिरस्कार करती कि मैं क्यों ऐसे निर्दय, निष्ठुर, कठोर मनुष्य के पीछे अपनी जान खपा रही हूँ। क्या उनकी तरह मैं भी निष्ठुर नहीं बन सकती। वह मुझे भूल सकते हैं तो मैं उन्हें नहीं भूल सकती? किन्तु एक ही क्षण में उसका यह मान लुप्त हो जाता और वह फिर खायी हुई-सी इधर-उधर फिरने लगती।

किन्तु जब दसवें दिन ज्ञानशंकर का विवशता सूचक पत्र पहुँचा तो पढ़ते ही गायत्री का चंचल हृदय अधीर हो उठा। वह उस विवशकारी आवेश के साथ उनकी ओर लपकी। यह उसकी प्रीति की पहली परीक्षा थी। अब तक उसका प्रेम-मार्ग काँटों से साफ था। यह पहला काँटा था जो उसके पैरों में चुभा। क्या यह पहली ही बाधा मुझे प्रेम-मार्ग से विचलित कर देगी? मेरे ही कारण तो ज्ञानशंकर पर मुसीबतें आयी हैं। मैं ही तो उनकी इन विडम्बनाओं की जड़ हूँ? पिताजी उनसे नाराज हैं तो हुआ करें, मुझे इसकी चिन्ता नहीं। मैं क्यों प्रेमनीति से मुँह मोड़ूँ? प्रेम का सम्बन्ध केवल दो हृदयों से है, किसी तीसरे प्राणी को उसमें हस्तक्षेप करने का अधिकार नहीं। आखिर पिताजी ने उन्हें क्यों मुझसे पृथक् रहने का आदेश किया? वे मुझे क्या समझते हैं? उनका सारा जीवन भोग-विलास में गुजरा है। वह प्रेम के गूढ़ाशय क्या जानें? इस पवित्र मनोवृत्ति का क्या ज्ञान? परमात्मा ने उन्हें ज्ञानज्योति प्रदान की होती तो वह ज्ञानशंकर के आत्मोत्कर्ष को जानते, उनकी आत्मा का महत्त्व पहचानते। तब उन्हें विदित होता कि मैंने ऐसी पवित्रात्मा पर दोषारोपण करके कितना घोर अन्याय किया है। पिता की आज्ञा मानना मेरा धर्म अवश्य है; किन्तु प्रेम के सामने पिता की आज्ञा की क्या हस्ती है। यह ताप अनादि ज्योति की एक आभा है, यह दाह अनन्त शान्ति का एक मन्त्र है। इस ताप को कौन मिटा सकता है?

दूसरे दिन गायत्री ने ज्ञानशंकर को तार दिया, 'मैं आ रही हूँ और शाम की गाड़ी से मायाशंकर को साथ लेकर बनारस चलो।

ज्ञानशंकर को बनारस आये दो सप्ताह से अधिक बीत चुके थे। संगीत-परिषद् समाप्त हो

चुकी थी और अभी सामयिक पत्रों में उस पर वादविवाद हो रहा था। यद्यपि अस्वस्थ होने के कारण राय साहब उसमें उत्साह के साथ भाग न ले सके थे, पर उनके प्रबन्ध-कौशल ने परिषद् की सफलता में कोई बाधा न होने दी। सन्ध्या हो गयी थी। विद्यावती अन्दर बैठी हुई एक पुराना शाल रफू कर रही थी। राय साहब ने उसके सैर करने के लिए एक बहुत अच्छी सेजगाड़ी दे दी थी और कोचवान को ताकीद की थी कि जब विद्या का हुक्म मिले, तुरन्त सवारी तैयार करके उसके पास ले जाये; लेकिन इतने दिनों से विद्या एक दिन भी कहीं सैर करने न गयी। उसका मन घर के धन्धों में अधिक लगता था। उसे न थियेटर का शौक था, न सैर करने का, न गाने-बजाने का। इनकी अपेक्षा उसे भोजन बनाने या सीने-पिरोने में ज्यादा आनन्द मिलता था। एक एकान्त-सेवन के कारण उसका मुखकमल मुर्झाया रहता था। बहुधा सिर-पीड़ा रो ग्रसित रहती थी। वह परम सुन्दर, कोमलांगी रमणी थी, पर उसमें अभिमान का लेश भी न था। उसे माँगचोटी, आईने-कंघी से अरुचि थी। उएसे आश्चर्य होता था कि गायत्री क्योंकर अपना अधिकतर समय बनाव सँवार में व्यतीत किया करती है। कमरे में अँधेरा हो रहा था; पर वह अपने काम में इतनी रत थी कि उसे बिजली के बटन दबाने का भी ध्यान न था। इतने में राय साहब उसके द्वार पर आ कर खड़े हो गये और बोले—ईश्वर से बड़ी भूल हो गयी कि उसने तुम्हें दर्जिन न बना दिया। अँधेरा हो गया, आँखों से सूझता नहीं, लेकिन तुम्हें अपने सुई-तागे से छुट्टी नहीं।

विद्या ने शाल समेट दिया और लज्जित हो कर बोली—थोड़ा-सा बाकी रह गया था, मैंने सोचा कि इसे पूरा कर लूँ तो उठूँ।

राय साहब पलँग पर बैठ गये और कुछ कहना चाहते थे कि जोर से खाँसी आयी और थोड़ा-सा खून मुँह से निकल पड़ा, आँखें निस्तेज हो गईं और हृदय में विषम पीड़ा होने लगी। मुखाकार विकृत हो गया। विद्या ने घबरा कर पूछा—पानी लाऊँ? यह मरज तो आपको न था। किसी डॉक्टर को बुला भेजूँ?

राय साहब—नहीं, कोई जरूरत नहीं। अभी अच्छा हो जाऊँगा। यह सब मेरे सुयोग्य, विद्वान् और सर्वगुण सम्पन्न पुत्र बाबू ज्ञानशंकर की कृपा का फल है।

विद्या ने प्रश्नसूचक विस्मय से राय साहब की ओर देखा और कातर भाव से जमीन की ओर ताकने लगी। राय साहब सँभल कर बैठ गये और एक बार पीड़ा से कराह कर बोले—जी तो नहीं चाहता कि मुझ पर जो कुछ बीती है वह मेरे और ज्ञानशंकर के सिवा किसी दूसरे व्यक्ति के कानों तक पहुँचे; किन्तु तुमसे पर्दा रखना अनुचित ही नहीं अक्षम्य है। तुम्हें सुनकर दुःख होगा, लेकिन सम्भव है इस समय का शोक और खेद तुम्हें आनेवाली मुसीबतों से बचाये, जिनका सामान प्रारब्ध के हाथों हो रहा है। शायद तुम अपनी चतुराई से उन विपत्तियों का निवारण कर सको।

विद्या के चित्त में भाँति-भाँति की शंकाएँ आन्दोलित होने लगीं। वह एक पक्षी की भाँति डालियों-डालियों में उड़ने लगी। मायाशंकर का ध्यान आया, कहीं वह बीमार तो नहीं हो गया। ज्ञानशंकर तो किसी बला में नहीं फँस गये। उसने सशंकर और सजल लोचनों से राय साहब की तरफ देखा।

राय साहब बोले, मैं आज तक ज्ञानशंकर को एक धर्मपरायण, सच्चरित्र और सत्यनिष्ठ

युवक समझता था। मैं उनकी योग्यता पर गर्व करता था और अपने मित्रों से उसकी प्रशंसा करते कभी न थकता था। पर अबकी मुझे ज्ञात हुआ कि देवता के स्वरूप में भी पिशाच का वास हो सकता है।

विद्या की तेवरियों पर अब बल पड़ गये। उसने कठोर दृष्टि से राय साहब को देखा, पर मुँह से कुछ न बोली। ऐसा जान पड़ता था कि वह इन बातों को नहीं मानना चाहती।

राय साहब ने उठ कर बिजली का बटन दबाया और प्रकाश में विद्या की अनिच्छा स्पष्ट दिखायी दी, पर उन्होंने इसकी कुछ परवाह न करके कहा यह मेरा बहरत्तवाँ साल है। हजारों आदमियों से मेरा व्यवहार रहा, किन्तु मेरे चरित्र-ज्ञान ने मुझे कभी धोखा नहीं दिया। इतना बड़ा धोखा खाने का मुझे जीवन में यह पहला ही अवसर है। मैंने ऐसा स्वार्थी आदमी कभी नहीं देखा।

विद्या अधीर हो गयी, पर मुँह से कुछ न बोली। उसकी समझ में न आता था कि राय साहब यह क्या भूमिका बाँध रहे हैं, ऐसे अपशब्दों का प्रयोग कर रहे हैं?

राय साहब—मेरा इस मनुष्य के चरित्र पर अटल विश्वास था। मेरी ही प्रेरणा से गायत्री ने इसे अपनी रियासत का मैनेजर बनाया। मैं जरा भी सचेत होता तो गायत्री पर इसकी छाया भी न पड़ने देता। ज्ञान और व्यवहार में इतना घोर विरोध हो सकता है इसका मुझे अनुमान भी न था। जिसकी कलम में इतनी प्रतिभा हो, जिसके मुख में स्वच्छ, निर्मल भावों की धारा बहती हो, उसका अन्तःकरण ऐसा कलुषित, इतना मलीन होगा यह मैं बिलकुल नहीं जानता था। विद्या से न रहा गया। यद्यपि वह ज्ञानशंकर की स्वार्थ-भक्ति से भली-भाँति परिचित थी, जिसका प्रमाण उसे कई बार मिल चुका था, पर उसका आत्म-सम्मान उनका अपमान सह न सकता था। उनकी निन्दा का एक शब्द भी वह अपने कानों से न सुनना चाहती थी। उसकी धर्मनीति में यह घोर पातक था। तीव्र स्वर से बोली—आप मेरे सामने उनकी बुराई न कीजिए। यह कहते-कहते उसका गला रुँध गया और वह भाव जो व्यक्त न हो सके थे आँखों से बह निकले।

राय साहब ने संकोच-पूर्ण शब्दों में कहा—बुराई नहीं करता, यथार्थ कहता हूँ। मुझे अब मालूम हुआ कि उसने महात्माओं का स्वरूप क्यों बनाया है, और धार्मिक कार्यों में क्यों इतना प्रवृत्त हुआ है। मैंने उसके मुँह से सब कुछ निकलवा लिया है। यह रंगीन जाल उसने भोली-भाली गायत्री के लिए बिछाया है और वह कदाचित् इसमें फँस भी चुकी है।

विद्या की भौंहें तन गईं मुखराशि रक्तवर्ण हो गयी। गौरवयुक्त भाव से बोली—पिताजी, मैंने सदैव आपका अदब किया है। और आपकी अवज्ञा करते हुए मुझे जितना दुःख हो रहा है वह वर्णन नहीं कर सकती, पर यह असम्भव है कि उनके विषय में यह लाँछन अपने कानों से सुनूँ। मुझे उनकी सेवा में सत्रह वर्ष बीत गये, पर मैंने उन्हें कभी कुवासनाओं की ओर झुकते नहीं देखा। जो पुरुष अपने यौवन-काल में संयम से रहा हो उसके प्रति ऐसे अनुचित सन्देह करके आप उसके साथ नहीं, गायत्री बहिन के साथ भी घोर अत्याचार कर रहे हैं। इससे आपकी आत्मा को पाप लगता है।

राय साहब—तुम मेरी आत्मा की चिन्ता मत करो। उस दुष्ट को समझाओ, नहीं तो उसकी कुशल नहीं है। मैं गायत्री को उसकी कामचेष्टा का शिकार न बनने दूँगा। मैं तुमको

वैधव्य रूप में देख सकता हूँ, पर अपने कुल-गौरव को यों मिट्टी में मिलते नहीं देख सकता। मैंने चलते-चलते उससे ताकीद कर दी थी, गायत्री से कोई सरोकार न रखे, लेकिन गायत्री के पत्र नित्य चले आ रहे हैं, जिससे विदित होता है कि वह उसके फंदों से कैसी जकड़ी हुई है। यदि तुम उसे बचा सकती हो तो बचाओ, अन्यथा यही हाथ जिन्होंने एक दिन उसके पैरों पर फूल चढ़ाये थे, उसे कुल-गौरव की वेदी पर बलिदान कर देंगे।

विद्या रोती हुई बोली—आप मुझे अपने घर बुला कर इतना अपमान कर रहे हैं, यह आपको शोभा नहीं देता। आपका हृदय इतना कठोर हो गया है। जब आपके मन में ऐसे-ऐसे भाव उठ रहे हैं तब मैं यहाँ एक क्षण भी नहीं रुकना चाहती मैं जिस पुरुष की स्त्री हूँ उस पर सन्देह करके अपना परलोकनहीं बिगाड़ सकती। वह आपके कथनानुसार कुचरित्र सही, दुरात्मा सही, कुमार्गी सही, परन्तु मेरे लिए पूज्य और देवतुल्य हैं। यदि मैं जानती कि आप मेरा इतना अपमान करेंगे तो भूलकर भी न आती। अगर आपका विचार है कि मैं रियासत के लोभ से यहाँ आती हूँ और आपको फन्दे में फँसाना चाहती हूँ तो आप बड़ी भूल करते हैं। मुझे रियासत की जरा भी परवाह नहीं। मैं ईश्वर को साक्षी दे कर कहती हूँ मैं अपनी स्थिति से सन्तुष्ट हूँ और मुझे पूरा विश्वास है कि मायाशंकर भी सन्तोषी बालक है। उसे आपके चित्त की यह वृत्ति मालूम हो गयी है तो वह इस रियासत की ओर आँख उठाकर भी न देखेगा। आपको इस विषय में आदि से अन्त तक धोखा हुआ है।

इस तिरस्कार से राय साहब कुछ धीमे पड़ गये। लज्जित हो कर बोले, हाँ सम्भव है, इसलिए कि अब मैं बूढ़ा हुआ। कुछ का कुछ देखता हूँ, कुछ का कुछ सुनता हूँ। अधिक लोभी, अधिक शक्की हो गया हूँ। मैं नहीं चाहता था कि तुम्हारी आँखों में तुम्हारे पति को उससे ज्यादा गिराऊँ जितना कि उसकी प्राण-रक्षा के लिए आवश्यक है, पर तुम्हारी मिथ्या पति-भक्ति मुझे मजबूर कर रही है कि उसके कुकृत्यों को सविस्तार बयान करूँ। तुमने मुझे पहले भी देखा था, क्या मेरी यह दशा थी? मैं ऐसा ही दुर्बल, रुग्ण और जर्जर था? क्या इसी तरह मुझे एक पग चलना भी कठिन था? मैं इसी तरह रुधिर थूकता था? यह सब उसी का किया हुआ है। उसने मुझे भोजन के साथ इतना विष खिला दिया कि यदि उसे बीस आदमी खाते तो एक की भी जान न बचती। यह केवल भ्रम नहीं है; मैं उसका संदेह प्रमाण बना बैठा हूँ। उसने स्वयं इस पापाचार को स्वीकार किया, पहला ग्रास खाते ही मुझ पर सारा रहस्य खुल गया। पर मैंने केवल यह दिखलाने के लिए कि मुझे मारना इतना सुलभ नहीं है जितना उसने समझा था, पूरी थाली साफ कर दी। मुझे विश्वास था कि मैं योग क्रियाओं द्वारा विष को निकाल डालूँगा पर क्षण मात्र में विष रोम-रोम में घुस गया, मैं उसे निकाल न सका। मैंने अपनी स्वास्थ्य-रक्षा और दीर्घ जीवन के लिए सब कुछ किया जो मनुष्य कर सकता है और जिसका फल यह था कि बहत्तर साल का बुड्ढा हो कर एक पच्चीस वर्ष के युवक से अधिक बलवान और साहसी था। मैं अपने जीवन को चरम सीमा तक ले जाना चाहता था। इसके लिए मैंने कितना संयम किया, कितनी योग क्रियाएँ कीं, साधु-सन्तों की कितनी सेवा की, जड़ी-बूटियों की खोज में कहाँ-कहाँ मारा-मारा फिरा, तिब्बत और कश्मीर की खाक छानता फिरा, पर इस नराधम ने मेरी सारी आयोजनाओं पर पानी फेर दिया! मैंने अपनी सारी सम्पत्ति कार्यसिद्धि पर अर्पण कर दी

थी। योग और तन्त्र का अभ्यास इसी हेतु किया था कि अक्षय यौवन तेज का आनन्द उठाता रहूँ। विलास-भोग ही मेरे जीवन का एक मात्र उद्देश्य था। चिन्ता को मैं सदैव काला नाग समझता रहा। मेरे नौकर-चाकर प्रजा पर नाना प्रकार के अत्याचार करते, पर मैंने उसकी फरियाद को कभी सुख-भोग में बाधक नहीं होने दिया। अगर कभी अपने इलाके में जाता भी था जो तो प्रजा का कष्ट निवारण करने के लिए, किन्तु इस निर्दयी पिशाच की बदौलत सारे गुनाह बेलज्जत हो गये। अब मैं केवल अस्थि-पिंजर हूँ—प्राणशून्य, शक्तिहीन।

यह कहते-कहते राय साहब विषम पीड़ा से कराह उठे। जोर से खाँसी आयी और खून के लोथेड़े मुँह से निकल आये। कई मिनट तक वह मर्च्छावस्था में पड़े रहे। सहसा लपक कर उठे और बोले—तुम प्रातःकाल बनारस चली जाओ और हो सके तो अपने पति को अग्निकुण्ड में गिरने से बचाओ। तुम्हारी पति-भक्ति ने मुझे शांत कर दिया। मैं उसे प्राण दान देता हूँ। लेकिन सरल हृदय गायत्री की रक्षा का भार तुम्हारे ही ऊपर है। अगर उसके सतीत्व पर जरा भी धब्बा लगे तो तुम्हारे कुल का सर्वनाश हो जायगा। यही मेरी अन्तिम चेतावनी है। इस पाप का निवारण गायत्री की सतीत्व रक्षा से ही होगा। तुम्हारे कल्याण की और कोई युक्ति नहीं है।

यह कह कर राय साहब धीरे से उठे और चले गये। तब विद्या ग्लानि, लज्जा और नैराश्य से मर्माहत हो कर पलँग पर लेट गई और बिलख-बिलख कर रोने लगी। राय साहब के पहले आक्षेप का उसने प्रतिवाद किया था, पर इस दूसरे अपराध के विषय में वह अविश्वास का सहारा न ले सकी। अपने पति की स्वार्थ-नीति से वह खूब परिचित थी, पर उनकी वक्रता इतनी घेर और घातक हो सकती है, इसका उसे अनुमान भी न था। अब तक उनकी कुवृत्तियों का पर्दा ढँका हुआ था। जो कुछ दुःख और सन्ताप होता था वह उसी तक रहता था, पर यहाँ आकर पर्दा खुल गया। वह अपने पति की निगाह में गिर गयी, उसके मुँह में कालिख लग गई। राय साहब का यह समझना स्वाभाविक था कि इस दुष्कर्म में विद्या का भी कुछ न कुछ भाग अवश्य होगा। कदाचित् यही समझ कर वह उसे यह वृत्तांत कहने आये थे। वह सारा दोष पति के सिर मढ़ कर अपने को क्योंकर मुक्त कर सकती? इस उधेड़-बुन में विद्या का ध्यान जब पाप-परिणाम की ओर गया तो वह काँप उठी। भगवान्! मैं दुखिया हूँ, मुझ पर दया करो, तुम्हारी शरण हूँ। भाँति-भाँति की शंकाएँ उसके चित्त को विचलित करने गलीं। मायाशंकर की सूरत आँखों में फिरने लगी। ऐसा जी चाहता था कि पैरों में पर लग जायँ और उड़ कर उसके पास जा पहुँचूँ। रह-रह कर हृदय में एक हूक सी उठती थी और अनिष्ट कल्पना से चित्त विकल हो जाता था।

एक क्षण में इन ग्लानि और शंकाओं ने उग्र रूप धारण किया। आग की बिखरी हुई चिनगारियाँ एक प्रचंड ज्वाला के रूप में ज्ञानशंकर की ओर लपकीं। तुम इतने नीच, इतने क्रूर, इतने दुर्बल हो! तुमने कहीं का न रखा। तुम्हारे कारण मेरी यह दुर्दशा हो रही है और अभी न जाने क्या-क्या होगी। तुम धूर्त हो। न जाने पूर्व जन्म में ऐसा क्या पाप किया था। तुम्हारे पल्ले पड़ी। उसने ज्ञानशंकर को उसी दम एक पत्र लिखने का निश्चय किया और सोचने लगी, उसकी शैली क्या हो? इसी सोच में पड़े-पड़े उसे नींद आ गई। वह बहुत देर तक पड़ी रही। जब सर्दी लगी तो चौंकी, कमरे में सन्नाटा था, सारे घर में

निस्तब्धता छायी थी। महरियाँ भी सो गयी थीं। उसके ब्यालू का थाल सामने मेज पर रखा हुआ था और एक पालतू बिल्ली उसके निकट उन चूहों की ताक में बैठी हुई थी जो भोज्य पदार्थों का रसास्वादन करने के लिए आलमारी के कोने से निकल कर आते थे और अज्ञात भय के कारण आधे रास्ते लौट जाते थे। विद्या कई मिनट तक इस दृश्य में मग्न रही। निद्रा ने उसके चित्त को शांत कर दिया था। उसे चूहे पर दया आई जो एक क्षण में बिल्ली के मुँह का ग्रास बन जायगा। इसके साथ ही उसकी कल्पना चूहे से ज्ञानशंकर की अवस्था की तुलना करने लगी। क्या उसकी दशा भी इसी चूहे की सी नहीं है? उन पर क्रोध क्यों करूँ? वह दया के योग्य हैं। वह इसी चूहे की भाँति स्वाद के वश हो कर काल के मुँह में दौड़े जा रहे हैं और माया-लोभ के हाथों में काठ की पुतली बने हुए नाच रहे हैं। मैं जा कर उन्हें समझाऊँगी, उनसे विनय करूँगी कि मुझे ऐसी सम्पत्ति की लालसा नहीं है जिस पर आत्मा और विवेक का बलिदान किया गया हो। ऐसी जायदाद को मेरी तिलांजलि है। मेरा लड़का गरीब रहेगा, अपने पसीने की कमाई खायेगा, लेकिन जब तक मेरा वश चलेगा मैं उसे इस जायदाद की हवा भी न लगने दूँगी।

गायत्री बनारस पहुँच कर ऐसी प्रसन्न हुई जैसे कोई बालू पर तड़पती हुई मछली पानी में जा पहुँचे। ज्ञानशंकर पर राय साहब की धमकियों का ऐसा भय छाया हुआ था कि गायत्री के आने पर वह और भी सशंक हो गये। लेकिन गायत्री की सान्त्वनाओं ने शनैः-शनैः उन्हें सावधान कर दिया। उसने स्पष्ट कह दिया कि मेरा प्रेम पिता की आज्ञा के अधीन नहीं हो सकता। वह ज्ञानशंकर को अन्याय पीड़ित समझती थी और अपनी स्नेहमयी बातों से उनका क्लेश दूर करना चाहती थी। ज्ञानशंकर जब गायत्री की ओर से निश्चिन्त हो गये तो उसे बनारस के घाटों और मन्दिरों की सैर कराने लगे। प्रातःकाल उसे ले कर गंगा स्नान करने जाते, संध्या समय बजरे पर या नौका पर बैठा कर घाटों की बहार दिखाते। उनके द्वार पर पंडों की भीड़ लगी रहती। गायत्री की दानशीलता की सारे नगर में धूम मच गयी। एक दिन वह हिन्दू विश्वविद्यालय देखने गयी और बीस हजार दे आयी। दूसरे दिन 'इत्तहादी यतीमखाने' का मुआइना किया और दो हजार रुपये बिल्डिंग फंड को प्रदान किए। सनातन-धर्म के नेतागण गुरुकुल आश्रम के लिए चन्दा माँगने आये। चार हजार उनके नजर किये। एक दिन गोपल मन्दिर में पूजा करने गयी और महन्त जी को दो हजार भेंट कर आयी। आधी रात तक कीर्तन का आनंद उठाती रही। उसका मन कीर्तन में सम्मिलित होने के लिए लालायित हो रहा था। पर ज्ञानशंकर को यह अनुचित जान पड़ता था। ऐसा कीर्तिन उसने कभी न सुना था।

इसी भाँति एक सप्ताह बीत गया। संध्या हो गई थी। गायत्री बैठी हुई बनारसी साड़ियों का निरीक्षण कर रही थी। वह उनमें से एक साड़ी लेना चाहती थी, पर रंग का निश्चय न कर सकती थी। एक-एक साड़ी को सिर पर ओढ़ कर आईने में देखती और उसे तह करके रख देती। कौन रंग सबसे अधिक खिलता है, इसका फैसला न होता था। इतने में श्रद्धा आ गयी। गायत्री ने कहा, बहिन, भली आयीं। बताओ, इसमें से कौन सी साड़ी लूँ?

मुट्ठे तो सब एक सी लगती हैं।

श्रद्धा ने मुस्कुरा कर कहा—मैं गँवारिन इन बातों को क्या समझूँ।

गायत्री—चलो, बातें न बनाओ। मैं इसका फैसला तुम्हारे ही ऊपर छोड़ती हूँ। एक अपने लिए चुनो और एक मेरे लिए।

श्रद्धा—आप ले लीजिए, मुझे जरूरत नहीं है। यह फिरोजी साड़ी आप पर खूब खिलेगी।

गायत्री—मेरी खातिर से एक साड़ी ले लो।

श्रद्धा—ले कर क्या करूँगी? धरे-धरे कीड़े ,खायेंगे।

श्रद्धा ने यह बात कुछ ऐसे करुण भाव से कही कि गायत्री के हृदय पर चोट-सी लग गयी। बोली, कब तक यह योग साधोगी। बाबू प्रेमशंकर को मना क्यों नहीं लेतीं?

श्रद्धा ने सजल नेत्रों से मुस्कुराकर कहा, क्या करूँ, मुझे मनाना नहीं आता।

गायत्री—मैं मना दूँ?

श्रद्धा—इससे बड़ा और कौन उपकार होगा, पर मुझे आपके फसल होने की आशा नहीं है। उन्हें अपनी टेक है और मैं धर्म-शास्त्र से टल नहीं सकती। फिर भला मेला क्योंकर होगा?

गायत्री—प्रेम से।

श्रद्धा—मुझे उनसे जितना प्रेम है वह प्रकट नहीं कर सकती, अगर उनका जरा भी इशारा पाऊँ तो आग में कूद पड़ूँ। और मुझे विश्वास है कि उन्हें भी मुझसे इतना ही प्रेम है; लेकिन प्रेम केवल हृदयों को मिलाता है, देह पर उसका बस नहीं है।

इतने में ज्ञानशंकर आ गये और गायत्री से बोले, मैं जरा गोपाल मन्दिर की ओर चला गया था। वहाँ कुछ भक्तों का विचार है कि आपके शुभागमन के उत्सव में कृष्ण लीला करें। मैंने उनसे कह दिया है कि इसी बँगले के सामनेवाले सहन में नाट्यशाला बनायी जाय। गायत्री का मुखकमल खिला उठा। बोली, यह जगह काफी होगी?

ज्ञान—हाँ, बहुत जगह है। उन लोगों की यह भी इच्छा है कि आप भी कोई पार्ट लें।

गायत्री—(मुस्कुरा कर) आप लेंगे तो मैं भी लूँगी।

ज्ञानशंकर दूसरे ही दिन रंगभूमि के बनाने में दत्तचित्त हो गये। एक विशाल मंडप बनाया गया। कई दिनों तक उसकी सजावट होती रही। फर्श, कुर्सियाँ, शीशे के सामान, फूलों के गमले, अच्छी-अच्छी तस्वीरें सभी यथास्थान शोभा देने लगीं। बाहर विज्ञापन बाँटे गये। रईसों के पास छपे हुए निमंत्रण-पत्र भेजे गये। चार दिन तक ज्ञानशंकर को बैठने का अवसर न मिला। एक पैर दीवानखाने में रहता था, जहाँ अभिनेतागण अपने-अपने पार्ट का अभ्यास किया करते थे, दूसरा पैर शामियाने में रहता था, जहाँ सैकड़ों मजदूर, बढ़ई, चित्रकार अपने-अपने काम कर रहे थे। स्टेज की छटा अनुपम थी। जिधर देखिए हरियाली की बहार थी। पर्दा उठते ही बनारस में ही वृन्दावन का दृश्य आँखों के सामने आ जाता था। यमुना तट के कुंज, उनकी छाया में विश्राम करती हुई गायें, हिरनों के झुंड, कदम की डालियों पर बैठे हुए मोर और पपीहे—सम्पूर्ण दृश्य काव्य रस में डूबा हुआ था।

रात के आठ बजे थे। बिजली की बत्तियों से सारा मंडप ज्योतिर्मय हो रहा था। सदर

फाटक पर बिजली का एक सूर्य बना हुआ था, जिसके प्रकाश में जमीन पर रेंगनेवाली चींटियाँ भी दिखाई देती थीं, सात ही बजे से दर्शकों का समारोह होने लगा। लाला प्रभाशंकर अपना काला चोगा पहने, एक केसरिया पाग बाँधे मेहमानों का स्वागत कर रहे थे। महिलाओं के लिए दूसरी ओर पर्दे डाल दिये गये थे। यद्यपि श्रद्धा को इन लीलाओं से विशेष प्रेम न था तथापि गायत्री के अनुरोध से उसने महिलाओं के आदर-सत्कार का भार अपने सिर ले लिया था। आठ बजते-बजते पंडाल दर्शकों से भर गया, जैसे मेले में रेलगाड़ियाँ ठस जाती हैं। मायाशंकर ने सबके आग्रह करने पर भी कोई पार्ट न लिया था। मंडप के द्वार पर खड़ा लोगों के जूतों की रखवाली कर रहा था। इस वक्त तक शामियाने में बाजार-सा लगा हुआ था, कोई हँसता था, कोई अपने सामनेवालों को धक्के देता था, कुछ लोग राजनीतिक प्रश्नों पर वाद-विवाद कर रहे थे, कहीं जगह के लिए लोगों में हाथापाई हो रही थी। बाहर सर्दी से हाथ-पाँव अकड़े जाते थे, पर मंडप में खासी गर्मी थी।

ठीक नौ बजे पर्दा उठा। राधिका हाथ में वीणा लिये, कदम के नीचे खड़ी सूरदार का एक पद गा रही थी। यद्यपि राधिका का पार्ट उस पर फबता न था। उसकी गौरवशीलता, उसकी प्रौढ़ता, उसकी प्रतिभा एक चंचल ग्वाल कन्या के स्वभावानुकूल न थी, किन्तु जगमगाहट ने सबकी समालोचक शक्तियों को वशीभूत कर लिया था। सारी सभा विस्मय और अनुराग में डूबी हुई थी, यह तो कोई स्वर्ग की अप्सरा है! उसकी मृदुल वाणी, उसका कोमल गान, उसके अलंकार और भूषण, उसके हाव-भाव उसके स्वर-लालित्य, किस-किस की प्रशंसा की जाय! वह एक थी, अद्वितीय थी, कोई उसका सानी, उसका जवाब न था।

राधा के पीछे तीन सखियाँ और आयीं—ललिता, चन्द्रावली और श्यामा। सब अपनी-अपनी विरह-कथा सुनाने लगीं। कृष्ण की निष्ठुरता और कपट की चर्चा होने लगी। उस पर घरवालों की रोक-थाम, डाँट-डपट भी मारे डालती थी। एक बोली—मुझे तो पनघट पर जाने की रोक हो गयी है, दूसरे बोली—मैं तो द्वार खड़ी हो कर झाँकने भी न पाती, तीसरी बोली—जब दही बेचने जाती हूँ तब बुढ़िया साथ हो लेती है। राधिका ने सजल नेत्र हो कर कहा, मैं तो बदनाम हो गयी, अब किसी से उनकी बात नहीं हो सकती। ललिता बोली—वह आप ही निर्दयी हैं, नहीं तो क्या मिलने का कोई उपाय ही न था?

चन्द्रावली—उन्हें हमको जलाने और तड़पाने में आनन्द मिलता है?

श्यामा—यह बात नहीं, वह हमारे घरवालों से डरते हैं।

राधा—चल, तू उनका यों ही पक्ष लिया करती है। बड़े चतुर तो बनते हैं? क्या इन बुद्धुओं को भी धता नहीं बता सकते? बात यह है कि उन्हें हमारी सुध ही नहीं है।

ललिता—चलो, आज हम सब उनको परखें।

इस पर सब सहमत हो गईं। इधर-उधर चौकन्नी आँखों से ताक-ताक कर हाथों से बता-बता कर, भौंहें नचा-नचा कर आपस में सलाह होने लगी। परीक्षा क्या रूप होगा, इसका निश्चय हो गया। चारों प्रसन्न हो कर एक गीत गाती हुई स्टेज से चली गईं। पर्दा गिर गया। फिर पर्दा उठा है। वृक्षों के समूह में एक छोटा सा गाँव दिखाई दिया। फूस के कई झोंपड़े थे, बहुत ही साफ-सुथरे, फूल-पत्तियों से सजे हुए। उनमें कहीं-कहीं गायें धँसी हुई थीं, कहीं बछड़े किलोलें करते थे, कहीं दूध बिलोया जाता था। बड़ा सुरम्य दृश्य था! एक

मकान में चद्रावली पलँग पर पड़ी कराह रही थी। उसके सिरहाने कई आदमी बैठे पंखा झल रहे थे, कई स्त्रियाँ पैर की ओर खड़ी थीं। 'बैद! बैद!' की पुकार हो रही थी। दूसरी झोंपड़ी में ललिता पड़ी थी। उसके पास भी कई स्त्रियाँ बैठी टोना-टोटका कर रही थीं, कई कहती थी, आसेव है, कोई चुड़ैल का फेर बतलाती थीं। ओझा जी को बुलाने की बातचीत हो रही थी। एक युवक खड़ा कह रहा था—यह सब तुम्हारा ढकोसला है, इसे कोई हृद्रोग है, किसी चतुर वैद्य को बुलाना चाहिए। तीसरे झोंपड़े में श्यामा की खटोली थी। यहाँ भी यही वैद्य की पुकार थी। चौथा मकान बहुत बड़ा था। द्वार पर बड़ी-बड़ी गायें थीं। एक ओर अनाज के ढेर लगे हुए थे, दूसरी ओर मटकों में दूध भरा रखा था। चारों तरफ सफाई थी। इसमें राधिका रुग्णावस्था में बेचैन पड़ी थी। उसके समीप एक पंडित जी आसन पर बैठे हुए पाठ कर रहे थे। द्वार पर भिक्षुकों को अन्नदान दिया जा रहा था। घर के लोग राधिका को चिन्तित नेत्रों से देखते थे और 'बैद! बैद!' पुकारते थे।

सहसा दूर से आवाज आयी—बैद! बैद! सब रोगों का बैद, काम का बैद, क्रोध का बैद, मोह का बैद, लोभ का बैद, धर्म का बैद, कर्म का बैद, मोक्ष का बैद! मन का मैल निकाले, अज्ञान का मैल निकाले, ज्ञान की सींगी लगाये, हृदय की पीर मिटाये! बैद! बैद!! लोगों ने बाहर निकल कर वैद्य जी को बुलाया। उसके काँधे पर झोली थी, सिर पर एक लाल गोल पगड़ी, देह पर एक हरी, बनात की गोटेदार चपकन थी। आँखों में सुरमा, अधरों पर पान की लाली, चेहरे पर मुस्कराहट थी। चाल-ढाल से बाँकापन बरसता था। स्टेज पर आते ही उन्होंने झोली उतार कर रख दी और बाँसुरी बजा-बजा कर गाने लगे—

मैं तो हरत विरह की पीर।
प्रेमदाह को शीतल करता जैसे अग्नि को नीर।
मैं तो हरत ...
निर्मल ज्ञान की बूटी दे कर देत हृदय को धीर—
मैं तो हरत...

राधा के घर वाले उन्हें हाथों-हाथ अन्दर ले गये। राधिका ने उन्हें देखते ही मुस्करा कर मुँह छिपा लिया। वैद्य जी ने उसकी नाड़ी देखने के बहाने से उसकी गोरी-गोरी कलाई पकड़कर धीरे से दबा दी। राधा ने झिझक कर हाथ छुड़ा लिया तब प्रेम-नीति की भाषा में बातें होने लगीं।

राधा—नदी में अथाह जल है।

वैद्य—जिस के पास नौका है उसे जल का क्या भय?

राधा—आँधी है, भयानक लहरें हैं और बड़े-बड़े भयंकर जलजन्तु हैं।

वैद्य—मल्लाह चतुर है।

राधा—सूर्य भगवान् निकल आये, पर तारे क्यों जगमगा रहे हैं?

वैद्य—प्रकाश फैलेगा तो वह स्वयं लुप्त हो जायेंगे।

वैद्य जी ने घरवालों को आँखों के इशारे से हटा दिया। जब एकान्त हो गया तब राधा ने मुस्करा कर कहा—प्रेम का धागा कितना दृढ़ है?

ज्ञानशंकर ने इसका कुछ उत्तर न दिया।

गायत्री फिर बोली—आग लकड़ी को जलाती है, पर लकड़ी जल जाती है तो आग भी बुझ जाती है।

ज्ञानशंकर ने इसका भी कुछ जवाब न दिया।

गायत्री ने उसके मुख की ओर विस्मय से देखा, यह मौन क्यों? अपना पार्ट भूल तो नहीं गये? तब तो बड़ी हँसी होगी।

ज्ञानशंकर के होठ बन्द ही थे, साँस बड़े वेग से चल रही थी। पाँव काँप रहे थे, नेत्रों में विषम प्रेरणा झलक रही थी और मुख से भयंकर संकल्प प्रकट होता था, मानो कोई हिंसक पशु अपने शिकार पर टूटने के लिए अपनी शक्तियों को एकाग्र कर रहा हो। वास्तव में ज्ञानशंकर ने छलाँग मारने का निश्चय कर लिया था। इसी एक छलाँग में वह सौभाग्य शिखर पर पहुँचना चाहते थे, इसके लिए महीनों से तैयार हो रहे थे, इसीलिए उन्होंने यह ड्रामा खेला था, इसीलिए उन्होंने यह स्वाँग भरा था। छलाँग मारने का यही अवसर था। इस वक्त चूकना पाप था। उन्होंने तोते का दाना खिला कर परचा लिया था, निःशंक हो कर उनके आँगन में दाना चुगता फिरता था। उन्हें विश्वास था कि दाने की चाट उसे पिंजरे में खींच ले जायगी। उन्होंने पिंजरे का द्वार खोल दिया था। तोते ने पिंजरे को देखते ही चौंक कर पर खोले और मुँड़ेरे पर उड़ कर जा बैठा। दाने की चाट उसकी स्वेच्छावृत्ति का सर्वनाश न कर सकी थी। गायत्री की भी यही दशा थी। ज्ञानशंकर की यह अव्यवस्त प्रेरणा देख कर झिझकी। यह उसका इच्छित क्रम न था। वह प्रेम का रस-पान कर चुकी थी, उसकी शीतल दाह और सुखद पीड़ा का स्वाद चख चुकी थी, वशीभूत हो चुकी थी, पर सतीत्व-रक्षा की आन्तरिक प्रेरणा अभी शिथिल न हुई थी। वह झिझकी और उसी भाँति उठ खड़ी हुई जैसे किसी आकस्मिक आघात को रोकने के लिए हमारे हाथ स्वयं अनिच्छित रूप से उठ जाते हैं। वह घबरा कर उठी और वेग से स्टेज के पीछे की ओर निकल गयी। वहाँ पर चारपाई पड़ी हुई थी, वह उस पर जा कर गिर पड़ी। वह संज्ञा-शून्य सी हो रही थी जैसे रात के सन्नाटे से कोई गीदड़ बादल की आवाज सुने और चिल्ला कर गिर पड़े। उसे कुछ ज्ञान था तो केवल भय का।

लेकिन उसमें तोते की-सी स्वाभाविक शंका थी, तो इसी तोते का-सा अल्प आत्म-सम्मान भी था। जैसे तोता एक ही क्षण में फिर दाने पर गिरता है और अंत में पिंजर-बद्ध हो जाता है, उसी भाँति गायत्री भी एक ही क्षण में अपनी झिझक पर लज्जित हुई। उसकी मानसिक पवित्रता कब की विनष्ट हो चुकी थी। अब वह अनिच्छित प्रतिकार की शक्ति भी विलुप्त हो गयी। उसके मनोभाव का क्षेत्र अब बहुत विस्तृत हो गया था पति-प्रेम उसके एक कोने में पैर फैला कर बैठ सकता था, अब हृद्देश पर उसका आधिपत्य न था। एक क्षण में वह फिर स्टेज पर आयी, शरमा रही थी कि ज्ञानशंकर मन में क्या कहते होंगे! हा! मैं भक्ति के वेग में अपने को न भूल सकी। यहाँ भी अहंकार को न मिटा सकी। दर्शक-वृन्द मन में न जाने क्या विचार कर रहे होंगे! वह स्टेज पर पहुँची तो ज्ञानशंकर एक पद गा कर लोगों का मनोरंजन कर रहे थे। उसके स्टेज पर आते ही पर्दा गिर गया।

आध घंटे के बाद तीसरी बार पर्दा उठा। फिर वही कदम का वृक्ष था, वही सघन कुंज। चारों सखियाँ बैठी हुई कृष्ण के वैद्य रूप धारण की चर्चा कर रही थीं। वह कितने

प्रेमी, कितने भक्तवत्सल हैं; स्वयं भक्तों के भक्त हैं।

इस वार्तालाप के उपरान्त एक पद्यबद्ध रामायण होने लगा। जिसमें ज्ञान और भक्ति की तुलना की गयी और अन्त में भक्ति पक्ष को ही सिद्ध किया गया। चारों सखियों ने आरती गाईं और अभिनय समाप्त हुआ। पर्दा गिर गया। गायत्री के भाव-चित्रण, स्वर-लालित्य और अभिनय-कौशल की सभी प्रशंसा कर रहे थे। कितने ही सरल हृदय भक्तजनों को तो विश्वास हो गया कि गायत्री को राधिका का इष्ट है। सभ्य समाज इतना प्रगल्भ तो न था, फिर भी गायत्री की प्रतिभा, उसके विशाल गाम्भीर्य, उसकी अलौकिक मृदुलता का जादू सभी पर छाया हुआ था। ज्ञानशंकर के अभिनय-कौशल की भी सराहना हो रही थी। यद्यपि उनका गाना किसी को पसन्द न आया। उनकी आवाज में लोच का नाम भी न था, फिर भी वैद्य-लीला निर्दोष बताई जाती थी।

गायत्री अपने कमरे में आ कर कोच पर बैठी तो एक बज गया था। वह आनन्द से फूली न समाती थी, चारों तरफ उसकी वाह-वाह हो रही थी, शहर के कई रसिक सज्जनों ने चलते समय आ कर उसके मानव चरित्र-ज्ञान की प्रशंसा की थीं, यहाँ तक कि श्रद्धा भी उसके अभिनय नैपुण्य पर विस्मित हो रही। उसका गौरवशील हृदय इस विचार से उन्मत्त हो रहा था कि आज सारे नगर में मेरी ही चर्चा, मेरी ही धूम है और यह सब किसके सत्संग का, किसकी प्रेरणा का फल था? गायत्री के रोम-रोम से ज्ञानशंकर के प्रति श्रद्धाध्वनि निकलने लगी। उसने ज्ञानशंकर पर अनुचित सन्देह करने के लिए अपने को तिरस्कृत किया। मुझे उनसे क्षमा माँगनी चाहिए, उनके पैरों पर गिरकर उनके हृदय से इस दुःख को मिटाना चाहिए। मैं उनकी पदरज हूँ; उन्होंने मुझे धरती से उठा कर आकाश पर पहुँचाया है। मैंने उन पर सन्देह किया! मुझसे बड़े कृतघ्न और कौन होगा? वह इन्हीं विचारों में मग्न थी कि ज्ञानशंकर आ कर खड़े हो गये और बोले—आज आपने मजलिस पर जादू कर दिया।

गायत्री बोली—यह जादू आपका सिखाया हुआ है।

ज्ञानशंकर—सुना करता था कि मनुष्य का जैसा नाम होता है वैसे ही गुण भी उसमें आ जाते हैं, पर विश्वास न आता था। अब विदित हो रहा है कि यह कथन सर्वथा निस्सार नहीं है। मुझे दो बार से अनुभव हो रहा है कि जब अपना पार्ट खेलने लगता हूँ तब किसी दूसरे ही जगत् में पहुँच जाता हूँ। चित्त पर एक विचित्र आनन्द छा जाता है, ऐसा भ्रम होने लगता है कि मैं वास्तव में कृष्ण हूँ।

गायत्री—मैं भी यह कहनेवाली थी। मैं तो अपने को बिलकुल भूल ही जाती हूँ।

ज्ञान—सम्भव है उस आत्म-विस्मृति की दशा में मुझसे कोई अपराध हो गया हो तो उसे क्षमा कीजिएगा।

गायत्री सकुचाती हुई बोली—प्रेमोद्गार में अन्तःकरण निर्मल हो जाता है, वासनाओं का लेश भी नहीं रहता।

ज्ञानशंकर एक मिनट तक खड़े इन शब्दों के आशय पर विचार करते रहे और तब बाहर चले गये।

दूसरे दिन विद्यावती बनारस पहुँची। उसने अपने आने की सूचना न दी थी, केवल एक भरोसे के नौकर को साथ लेकर चली आयी थी ज्यों ही द्वार पर पहुँची उसे बृहत् पंडाल

दिखायी दिया। अन्दर गयी तो श्रद्धा दौड़ कर उससे गले मिली। महरियाँ दौड़ी आयीं। वह सब-की-सब विद्या को करुणा-सूचक नेत्रों से देख रही थीं। गायत्री गंगा स्नान करने गयीं थी। विद्या के कमरे में गायत्री का राज्य था। उसके सन्दूक और अन्य सामान चारों ओर भरे हुए थे। विद्या को ऐसा क्रोध आया कि गायत्री का सब सामान उठाकर बाहर फेंक दे; पर कुछ सोचकर रह गयी। गायत्री के साथ कई महरियाँ भी आयी थीं। वे वहाँ की महरियों पर रोब जमाती थीं। विद्या को देखकर सब इधर-उधर हट गयीं, कोई कुशल समाचार पूछने पर भी न आयी। विद्या इन परिस्थितियों को उसी दृष्टि से देख रही थी जैसे कोई पुलिस अफसर किसी घटना के प्रमाणों को देखता है। उसके मन में जो शंका आरोपित हुई थी उसकी पग-पग पर पुष्टि होती जाती थी। ज्यों ही एकान्त हुआ, विद्या ने श्रद्धा से पूछा—यह शामियाना कैसे तना हुआ है?

श्रद्धा—रात को वहाँ कृष्णलीला हुई थी।

विद्या—बहिन ने भी कोई पार्ट लिया?

श्रद्धा—वह राधिका बनी थी और बाबू जी ने कृष्ण का पार्ट लिया था।

विद्या—बहिन से खेलते तो न बना होगा?

श्रद्धा—वाह! वह इस कला में निपुण हैं। सारी सभा लट्टू हो गयी। आती होंगी, आप ही कहेंगी।

विद्या—क्या नित्य गंगा स्नान करने जाती हैं?

श्रद्धा—हाँ, प्रातःकाल गंगा स्नान होता है, संध्या को कीर्तन सुनने जाती हैं।

इतने में मायाशंकर ने आकर माता के चरण स्पर्श किए। विद्या ने उसे छाती से लगाया और बोली—बेटा, आराम से तो रहे?

माया—जी हाँ, खूब आराम से था।

विद्या—बहिन, देखो इतने ही दिनों में इसकी आवाज कितनी बदल गयी है! बिलकुल नहीं पहचानी जाती। मौसी जी के क्या रंग-ढंग हैं? खूब प्यार करती हैं न?

माया—हाँ, मुझे बहुत चाहती हैं, बहुत अच्छा मिजाज है।

विद्या—वहाँ भी कृष्णलीला होती थी कि नहीं?

माया—हाँ, वहाँ तो रोज ही होती रहती थी। कीर्तन नित्य होता था। मथुरा-वृन्दावन से रासवाले बुलाये जाते थे। बाबू जी भी कृष्ण का पार्ट खेलते हैं। उनके केश खूब बढ़ गये हैं। सूरत से महन्त मालूम होते हैं तुमने तो देखा होगा?

विद्या—हाँ, देखा क्यों नहीं! बहिन अब भी उदास रहती है?

माया—मैंने तो उन्हें कभी उदास नहीं देखा। हमारे घर में ऐसा प्रसन्नचित्त कोई है ही नहीं।

विद्या यह प्रश्न यों पूछ रही थी जैसे कोई वकील गवाह से जिरह कर रहा हो। प्रत्येक उत्तर सन्देह को दृढ़ करता था। दस बजे द्वार पर मोटर की आवाज सुनायी दी। सारे घर में हलचल मच गयी। कोई महरी गायत्री का पलँग बिछाने लगी, कोई उसके स्लीपरों को पोंछने लगी, किसी ने फर्श झाड़ना शुरू किया, कोई उसके जलपान की सामग्रियाँ निकाल कर तश्तरी में रखने लगी और एक ने लोटा-गिलास माँज कर रख दिया। इतने में गायत्री

ऊपर आ पहुँची। पीछे-पीछे ज्ञानशंकर भी थे। विद्या अपने कमरे से न निकली, लेकिन गायत्री लपक कर उसके गले से लिपट गयी और बोली–तुम कब आयीं? पहले से भी न लिखा?

विद्या गला छुड़ा कर अलग खड़ी हो गयी और रूखाई से बोली–खत लिख कर क्या करती? यहाँ किसे फुरसत थी कि मुझे लेने जाता। दामोदर महाराज के साथ चली आयी।

ज्ञानशंकर ने विद्या के चेहरे की ओर प्रश्नात्मक दृष्टि से देखा। उत्तर मोटे अक्षरों में स्पष्ट लिखा हुआ था। विद्या भावों को छिपाने में कच्ची थी। सारी कथा उसके चेहरे पर अंकित थी। उसने ज्ञानशंकर को आँख उठा कर भी न देखा, कुशल-समाचार पूछने की बात ही क्या! नंगी तलवार बनी हुई थी। उसके तेवर साफ कह रहे थे कि वह भरी-भरी बैठी है और अवसर पाते ही उबल पड़ेगी। ज्ञानशंकर का चित्त उद्विग्न हो गया। वे शंकाएँ, वह परिणाम-चिन्ता जो गायत्री के आने से दब गयी थी, फिर जाग उठी और उनके हृदय में काँटों के समान चुभने लगी। उन्हें निश्चय हो गया कि विद्या सब कुछ जान गयी, अब वह मौका पाते ही ईर्ष्याविग में गायत्री से सब कुछ कह सुनायेगी। मैं उसे किसी भाँति नहीं रोक सकता। समझाना, डराना, धककाना, विनय और चिरौरी करना सब निष्फल होगा। बस अगर अब प्राण-रक्षा का कोई उपाय है तो यही कि उसे गायत्री को ले कर गोरखपुर चला जाऊँ या दोनों बहनों में ऐसा मनमुटाव करा दूँ कि एक-दूसरी से खुल कर मिल ही न सकें। स्त्रियों को लड़ा देना कौन-सा कठिन काम है! एक इशारे में तो उनके तेवर बदलते हैं। ज्ञानशंकर को अभी तक यह ध्यान भी न था कि विद्या मेरी भक्ति और प्रेम के मर्म तक पहुँची हुई है। वह केवल अभी तक राय साहब वाली दुर्घटनाओं को ही इस मनोमालिन्य का कारण समझ रहे थे।

विद्या ने गायत्री से अलग हट कर उसके नख-शिख को चुभती हुई दृष्टि से देखा। उसने उसे छह साल पहले देखा था। तब उसका मुखकमल मुर्झाया हुआ था, वह सन्ध्या-काल के सदृश उदास, मलिन, निश्चेष्ट थी। पर इस समय उसके मुख पर खिले हुए कमल की शोभा थी। वह उषा की भाँति विकसित तेजोमय, सचेष्ट स्फूर्ति से भरी हुई दीख पड़ती थी। विद्या इस विद्युत् प्रकाश के सम्मुख दीपक के समान ज्योतिहीन मालूम होती थी।

गायत्री ने पूछा–संगीत सभा का तो खूब आनन्द उठाया होगा?

ज्ञानशंकर का हृदय धकधक करने लगा। उन्होंने विद्या की ओर बड़ी दीन दृष्टि से देखा पर उसकी आँखें जमीन की तरफ थीं, बोली–मैं तो कभी संगीत के जलसे में गयी ही नहीं। हाँ, इतना जानती हूँ कि जलसा बड़ा फीका रहा। लाला जी बहुत बीमार हो गये और एक दिन भी जलसे में शरीक न हो सके।

गायत्री–मेरे न जाने से नाराज तो अवश्य ही हुए होंगे?

विद्या–तुम्हें उनके नाराज होने की क्या चिन्ता है? वह नाराज हो कर तुम्हारा क्या बिगाड़ सकते हैं?

यद्यपि यह उत्तर काफी तौर पर द्वेषमूलक था, पर गायत्री अपनी कृष्णलीला की चर्चा करने के लिए इतनी उतावली हो रही थी कि उसने इस पर कुछ ध्यान न दिया। बोली, क्या कहूँ तुम कल न आ गयीं, नहीं तो यहाँ कृष्णलीला का आनन्द उठातीं। भगवान् की कुछ ऐसी दया हो गयी कि सारे शहर में इस लीला की वाह-वाह मच गयी। किसी प्रकार

की त्रुटि न रही। रंगभूमि तो तुमको अभी दिखाऊँगी पर उसकी सजावट ऐसी मनोहर थी कि तुमसे क्या कहूँ! केवल पर्दों को बदनवाने में हजारों रुपये खर्च हो गये। बिजली के प्रकाश से सारा मंडप ऐसा जगमगा रहा था कि उसकी शोभा देखते ही बनती थी। मैं इतनी बड़ी सभा के सामने आते ही डरती थी, पर कृष्ण भगवान् ने ऐसी कृपा की कि मेरा पार्ट सबसे बढ़ कर रहा। 'पूछो बाबू जी से, शहर में उसकी कैसी चर्चा हो रही है? लोगों ने मुझसे एक-एक पद कई-कई बार गवाया।'

विद्या ने व्यंग्य भाव से कहा—मेरा अभाग्य था कि कल न आयी।

गायत्री—एक बार फिर वही लीला करने का विचार है। अबकी तुम्हें भी कोई-न-कोई पार्ट दूँगी।

विद्या—नहीं, मुझे क्षमा करना। नाटक खेल कर स्वर्ग में जाने की मुझे आशा नहीं है।

गायत्री विस्मित हो कर विद्या का मुँह ताकने लगी। लेकिन ज्ञानशंकर मन में मुग्ध हुए जाते थे। दोनों बहिनों में वह जो भेद-भाव डालना चाहते थे वह आप में यहाँ अब आपको कष्ट होगा। क्यों न बँगले में एक कमरा आपके लिए खाली कर दूँ? वहाँ आप ज्यादा आराम से रह सकेंगी।

गायत्री ने विद्या की तरफ देखते हुए कहा—क्यों विद्या, बँगले में चली जाऊँ? बुरा तो न मानोगी? मेरे यहाँ रहने से तुम्हारे आराम में विघ्न पड़ेगा। मैं बहुधा भजन गाया करती हूँ।

विद्या—तुम मेरे आराम की चिन्ता मत करो, मैं इतनी नाजुक दिमाग नहीं हूँ। हाँ; अगर तुम्हें यहाँ कोई असमंजस हो तो शौक से बँगले में चली जाओ।

ज्ञानशंकर ने गायत्री का असबाब उठा कर बंगले में रखवा दिया। गायत्री ने भी विद्या से और कुछ न कहा। उसे मालूम हो गया कि यह इस समय ईर्ष्या के मारे मरी जाती है। और ऐसा कौन प्राणी होगा, जो ईर्ष्या की क्रीड़ा का आनन्द न उठाना चाहे? उसने एक बार विद्या को सगर्व नेत्रों से देखा और जीने की तरफ चली गयी।

रात का एक बजा था। गायत्री वीणा पर गा रही थी कि ज्ञानशंकर ने कमरे में प्रवेश किया। उन्होने आज देवी से वरदान माँगने का निश्चय कर लिया था। लोहा लाल हो रहा था, अब आगा-पीछा करने का अवसर न था, ताबड़तोड़ चोटों की जरूरत थी। एक दिन की देर भी बरसों के अविरल उद्योग पर पानी फेर सकती थी, जीवन की समस्त आशाओं को मिट्टी में मिला सकती थी। विद्या की अनुचित बात सारी बाजी को पलट सकती थी, उसका एक द्वेषमूलक संकेत उनके सारे हवाई किलों को विध्वंस कर सकता था। कदाचित् किसी सेनापति को रणक्षेत्र में इतना महत्त्वपूर्ण और निश्चयकारी अवसर न प्रतीत होगा, जितना इस समय ज्ञानशंकर को मालूम हो रहा था। उनकी अवस्था उस सिपाही की-सी थी जो कुछ दूर पर खड़ा शस्त्रशाला में आग की चिनगारी पड़ते देखे और उसको बुझाने के लिए बेतहाशा दौड़े। उसका द्रुतवेग कितना महत्त्वपूर्ण, कितना मूल्यवान है! एक क्षण का विलम्ब सेना के सर्वनाश,

दुर्ग के दमन, राज्य के विक्षेप और जाति के पददलित होने के कारण हो सकता है। ज्ञानशंकर आज दोपहर से इसी समस्या के हल करने में व्यस्त थे। क्योंकर विषय को छेड़ूँ? ऐसा अन्दाज होना चाहिए कि मेरी निष्कामवृत्ति का पर्दा न खुलने पाये। उन्होंने अपने मन में विषय-प्रवेश का ऐसा क्रम बाँधा था कि मायाशंकर को गोद लेने का प्रस्ताव गायत्री की ओर से हो और मैं उसके गुण-दोषों की निःस्वार्थ भाव से व्याख्या करूँ। मेरी हैसियत एक तीसरे आदमी की-सी रहे, एक शब्द से भी पक्षपात प्रकट न हो। उन्होंने अपनी बुद्धि, विचार, दूरदर्शिता और पूर्व-चिन्ता से कभी इतना काम न लिया था। सफलता में जो बाधाएँ उपस्थिति होने की कल्पना हो सकती थी उन सबों की उन्होंने योजना कर ली थी। अपने मन में एक-एक शब्द, एक-एक इशारे, एक-एक भाव का निश्चय कर लिया था। वह एक केसरिया रंग की रेशमी चादर ओढ़े हुए थे, लम्बे केश चादर पर बिखरे पड़े थे, आँखों से भक्ति का आनन्द टपक रहा था और मुखारविन्द प्रेम की दिव्यज्योति से आलोकित था।

उन्होंने गायत्री को अनुराग की दृष्टि से देख कर कहा—आपके पदों में गजब का जादू है। हृदय में प्रेम की तरंगें उठने लगती हैं, चित्त भक्ति से उन्मत्त हो जाता है।

गायत्री ने मुस्करा कर कहा, यह जादू मेरे पदों में नहीं है। आपके कोमल हृदय में है। बाहर की फीकी नीरस ध्वनि भी अन्दर जा कर सुरीली और रसमयी हो जाती है। साधारण दीपक भी मोटे शीशे के अन्दर बिजली का लैम्प बन जाता है।

ज्ञानशंकर—मेरे चित्त की आजकल एक विचित्र दशा हो गयी है। मुझे अब विश्वास हो गया है कि मनुष्य में एक ही साथ दो भिन्न-भिन्न प्रवृत्तियों का समावेश नहीं हो सकता, एक आत्मा दो रूप धारण नहीं कर सकती।

गायत्री ने उनकी ओर जिज्ञासा भाव से देखा और वीणा को मेज पर रख कर उनका मुँह देखने लगी।

ज्ञानशंकर ने कहा—हम जो रूप धारण करते हैं। उसका हमारी बातचीत और आचार-व्यवहार पर इतना असर पड़ता है कि हमारी वास्तविक स्थिति लुप्त-सी हो जाती है। अब मुझे अनुभव हो रहा है कि लोग क्यों लड़कों को नाटकों में स्त्रियों का रूप धरने, नाचने और भाव बताने पर आपत्ति करते हैं। एक दयालु प्रकृति का मनुष्य सेना में रह कर कितना उद्दंड और कठोर हो जाता है। परिस्थितियाँ उसकी दयालुता का नाश कर देती हैं। मेरे कानों में अब नित्य वंशी की मधुर-ध्वनि गूँजा करती है और आँखों के सामने गोकुल और बरसाने की छटा फिरा करती है। मेरी सत्ता कृष्ण में विलीन होती जाती है, राधा अब एक क्षण के लिए भी मेरे ध्यान से नहीं उतरती। कुछ समझ में नहीं आता कि मेरा मन मुझे किधर लिये जाता है?

यह कहते-कहते ज्ञानशंकर की आँखों से ज्योति-सी निकलने लगी, मुखमंडल पर अनुराग छा गया और वाणी माधुर्य रस में डूब गयी। बोले—गायत्री देवी, चाहे यह छोटा मुँह और बड़ी बात हो, पर सच्ची बात यह है कि इसे आत्मोत्सर्ग की दशा में तुम्हारा उच्च पद, तुम्हारा धन-वैभव, तुम्हारा नाता सब मेरी आँखों में लुप्त हो जाता है और तुम मुझे वही राधा, वही वृन्दावन की अलबेली, तिरछी चितवन वाली, मीठी मुस्कान वाली, मृदुलभावों वाली, चंचल-चपल राधा मालूम होती हो। मैं इन भावनाओं को हृदय से मिटा देना चाहता

हूँ, लाखों यत्न करता हूँ पर वह मेरी नहीं मानता। मैं चाहता हूँ कि तुम्हें रानी गायत्री समझूँ जिसका मैं एक तुच्छ सेवक हूँ, पर बार-बार भूल जाता हूँ। तुम्हारी एक आवाज, तुम्हारी एक झलक तुम्हारे पैरों की आहट, यहाँ तक कि केवल तुम्हारी याद मुझे इस बाह्य जगत् ने उठाकर किसी दूसरे जगत् में पहुँचा देती है। मैं अपने को बिलकुल भूल जाता हूँ अब तक इस चित्तवृत्ति को तुमसे गुप्त रखा था, लेकिन जैसे मिजराव की चोट से सितार ध्वनित हो जाता है। उसी भाँति प्रेम की चोट से हृदय स्वरयुक्त हो जाता है। मैंने आप से अपने चित्त की दशा कह सुनायी, सन्तोष हो गया। इस प्रीति का अन्त क्या होगा, इसे उसके सिवा और कौन जानता है जिसने हृदय में यह ज्वाला प्रदीप्त की है।

जिस प्रकार प्यास से तड़पता हुआ मनुष्य ठंडा पानी पी कर तृप्त हो जाता है, एक-एक घूँट उसकी आँखों में प्रकाश और चेहरे पर विकास उत्पन्न कर देता है, उसी प्रकार यह प्रेम वृत्तान्त सुना कर गायत्री का मुख चन्द्र उज्ज्वल हो गया, उसकी आँखें उन्मत्त हो गयीं, उसे अपने जीवन में एक स्फूर्ति का अनुभव होने लगा। उसके विचारों में यह आध्यात्मिक प्रेम था, इसमें वासना का लेश भी न था। इसके प्रेरक कृष्ण थे। वही ज्ञानशंकर के दिल में बैठे हुए उनके कंठ में से यह प्रेम-स्वर अलाप रहे थे। उसके मन में भी ऐसे भाव पैदा होते थे, लेकिन लज्जावश उन्हें प्रकट न कर सकती थी। राधा का पार्ट खेल चुकने के बाद वह फिर गायत्री हो जाती थी, किन्तु इस समय ये बातें सुन कर उस पर नशा-सा छा गया। उसे ज्ञात हुआ कि राधा मेरे हृदय-स्थल में विराज रही है, उसकी वाणी लज्जा के बन्धन से मुक्त हो गयी। इस आध्यात्मिक रत्न के सामने समग्र संसार, यहाँ तक कि अपना जीवन भी तुच्छ प्रतीत होने लगा। आत्म-गौरव से आँखें चमकने लगीं। बोली—प्रियतम, मेरी भी यही दशा है, मैं भी इस ताप से फुँक रही हूँ। यह तन और मन अब तुम्हारी भेंट है। तुम्हारे प्रेम जैसा रत्न पा कर अब मुझे कोई आकांक्षा, लालसा नहीं रही। इस आत्म-ज्योति ने माया और मोह के अन्धकार को मिटा दिया; सांसारिक पदार्थों से जी भर गया। अब यही अभिलाषा है कि यह मस्तक तुम्हारे चरणों पर हो और तुम्हारे कीर्ति गान में जीवन समाप्त हो जाय। मैं रानी नहीं हूँ, मैं तुम्हारे प्रेम की भिखारिनी, तुम्हारे प्रेम की मतवाली, तुम्हारी चेरी राधा हूँ, तुम मेरे स्वामी, मेरे प्राणाधार, मेरे इष्टदेव हो। मैं तुम्हारे साथ बरसाने की गलियों में विचरूँगी, यमुना तट पर तुम्हारे प्रेम-राग गाऊँगी। मैं जानती हूँ कि मैं तुम्हारे योग्य नहीं हूँ, अभी मेरा चित्त भोग-विलास का दास है। अभी मैं धर्म और समाज के बन्धनों को तोड़ नहीं सकी हूँ, पर जैसी कुछ हूँ अब तुम मेरी सेवाओं को स्वीकार करो। तुम्हारे हो सत्संग ने इस स्वर्गीय सुख का रस चखाया है, क्या वह मन के विकारों को शान्त न कर देगा?

यह कहते-कहते गायत्री के लोचन सजल हो गये। वह भक्ति के आवेग में ज्ञानशंकर के पैरों में गिर पड़ी। ज्ञानशंकर ने उसे तुरन्त उठा कर छाती से लगा लिया। अकस्मात् कमरे का द्वार धीरे से खुला और विद्या ने अन्दर कदम रखा। ज्ञानशंकर और गायत्री दोनों ने चौंक कर द्वार की ओर देखा और झिझक कर अलग खड़े हो गये। दोनों की आँखें जमीन की तरफ झुक गयीं, चेहरे पर हवाइयाँ उड़ने लगीं। ज्ञानशंकर तो सामने की आलमारी में से एक पुस्तक निकाल कर पढ़ने लगे किन्तु गायत्री ज्यों की त्यों अवाक् और अचल, पाषाण मूर्ति के सदृश खड़ी थी। माथे पर पसीना आ गया। जी चाहता था, धरती फट जाय और

मैं उसमें समा जाऊँ। वह कोई बहाना, कोई हीला न कर सकी। आत्मग्लानि ने दुस्साहस का स्थान ही न छोड़ा था। उसे फर्श पर मोटे अक्षरों में यह शब्द लिखे हुए दीखते थे, "अब तू कहीं की न रही, तेरे मुख में कालिख पुत गयी!" यही विचार उसके हृदय को आन्दोलित कर रहा था, यही ध्वनि कानों में आ रही थी। वह बिलख-बिलख कर रोने लगी। अभी एक क्षण पहले उसकी आँखों से आत्माभिमान बरस रहा था, पर इस वक्त उससे दीन, उससे दलित प्राणी संसार में न था। क्षण मात्र में उसकी भक्ति और अनुराग, उसके प्रेम और ज्ञान का पर्दा खुल गया। उसे ज्ञात हुआ कि मेरी भक्ति के स्वच्छ जल के नीचे कीचड़ था, मेरे प्रेम के सुरम्य पर्वत शिखर के नीचे निर्मल अन्धकारमय गुफा थी। मैं स्वच्छ जल में पैर रखते ही कीचड़ में आ फँसी, शिखर पर चढ़ते ही अँधेरी गुफा में आ गिरी। हा! इस उज्जवल, कंचनमय, लहराते हुए जल ने मुझे धोखा दिया, इन मनोरम शुभ्र शिखरों ने मुझे ललचाया और अब मैं कहीं की न रही। अपनी दुर्बलता और क्षुद्रता पर उसे इतना खेद हुआ, लज्जा और तिरस्कार के भावों ने उसे इतना मर्माहत किया कि वह चीख मार कर रोने लगी। हा! विद्या मुझे अपने मन में कितना कुटिल समझ रही होगी! वह मेरा कितना आदर करती थी, कितना लिहाज करती थी, अब मैं उसकी दृष्टि में छिछोरी हूँ, कुलकलंकिनी हूँ। उसके सामने सत्य और व्रत की कैसी डींगें मारती थी, सेवा और सत्कर्म की कितनी सराहना करती थी। मैं उसके सामने साध्वी, सती बनती थी, अपने पातिव्रत्य पर घमंड करती थी, पर अब उसे मुँह दिखाने के योग्य नहीं हूँ। हाय! वह मुझे अपनी सौत समझ रही होगी, मुझे आँखों की किरकिरी, अपने हृदय का काँटा ख्याल करती होगी! मैं उसकी गृह-विनाशिनी अग्नि, उसकी हाँडी में मुँह डालने वाली कुतिया हूँ! भगवान्! मैं कैसी अन्धी हो गयी थी। यह मेरी छोटी बहिन है, मेरी कन्या के समान है। इस विचार ने गायत्री के हृदय को इतने जोर से मसोसा कि वह कलेजा थाम कर बैठ गयी। सहसा वह रोती हुई उठी और विद्या के पैरों पर गिर पड़ी।

विद्यावती इस वक्त केवल संयोग से आ गयी थी। वह ऊपर अपने कमरे में बैठी सोच रही थी कि गायत्री बहिन को क्या हो गया है? उसे क्योंकर समझाऊँ कि यह महापुरुष (ज्ञानशंकर) तुझे प्रेम और भक्ति के सब्ज बाग दिखा रहे हैं। यह सारा स्वाँग तेरी जायदाद के लिए भरा जा रहा है। न जाने क्यों धन-सम्पत्ति के पीछे इतने अन्धे हो रहे हैं कि धर्म और विवेक को पैरों तले कुचले डालते हैं। हृदय का कितना धूर्त, कितना लोभी, कितना स्वार्थान्ध मनुष्य है कि अपनी स्वार्थ सिद्धि के लिए किसी की जान, किसी की आबरू की भी परवाह नहीं करता। यह बात तो ऐसी करता है मानो ज्ञानचक्षु खुल गये हों। मानो ऐसा साधु-चरित्र, ऐसा विद्वान् परमार्थी पुरुष संसार में न होगा, पर अन्तःकरण में कूट-कूट कर पशुता, कपट और कुकर्म भरा हुआ है। बस, इसे यही धुन है कि गायत्री किसी तरह माया को गोद ले ले, उसकी लिखा-पढ़ी हो जाय और इलाके पर मेरा प्रभुत्व जम जाय। इसीलिए इसने ज्ञान और भक्ति का यह जाल फैला रखा है। भगत बन गया है, बाल बढ़ा लिये हैं, नाचता है, गाता है, कन्हैया बनता है। कितनी भयंकर धूर्त्तता है, कितना घृणित व्यवहार, कितनी आसुरी प्रवृत्ति!

वह इन्हीं विचारों में मग्न थी कि उसके कानों में गायत्री के गाने की आवाज आयी।

वह वीणा पर सूरदास का एक पद गा रही थी, राग इतना सुमधुर और भावमय था, ध्वनि इतनी करुणा और आकांक्षा भरी हुई थी, स्वर में इतना लालित्य और लोच था कि विद्या का मन सुनने के लिए लोलुप हो गया, वह विवश हो गयी, स्वर-लालित्य ने उसे मुग्ध कर दिया। उसने सोचा, सच्चे अनुराग और हार्दिक वेदना के बिना गाने में यह असर, यह विरक्ति असम्भव है। इसकी लगन सच्ची है, इसकी भक्ति सच्ची है। इस पर मन्त्र डाल दिया गया है। मैं इस मन्त्र को उतार दूँ, हो सके तो उसे गार में गिरने से बचा लूँ, उसे जता दूँ, जगा दूँ। निःसन्देह यह महोदय मुझ से नाराज होंगे, मुझे वैरी समझेंगे, मेरे खून के प्यासे हो जायँगे, कोई चिन्ता नहीं। इस काम में अगर मेरी जान भी जाय तो मुझे विलम्ब न करना चाहिए। जो पुरुष ऐसा खूनी, ऐसा विघातक, ऐसा रँगा हुआ सियार हो उससे मेरा कोई नाता नहीं। उसका मुँह देखना, उसके घर में रहना, उसकी पत्नी कहलाना पाप है।

वह ऊपर से उतरी और धीरे-धीरे गायत्री के कमरे में आयी; किन्तु पहला ही पग अन्दर रखा था कि ठिठक गयी। सामने गायत्री और ज्ञानशंकर आलिंगन कर रहे थे। वह इस समय बड़ी शुभ इच्छाओं के साथ आयी थी, लेकिन निर्लज्जता का यह दृश्य देख कर उसका खून खौल उठा, आँखों में चिनगारियाँ-सी उड़ने लगीं, अपमान और तिरस्कार के शब्द मुँह से निकलने के लिए जोर मारने लगे। उसने आग्नेय नेत्रों से पति को देखा। उसके शाप में यदि इतनी शक्ति होती कि वह उन्हें जला कर भस्म कर देता तो वह अवश्य शाप दे देती। उसके हाथ में यदि इतनी शक्ति होती कि वह एक ही वार में उनका काम तमाम कर दे तो अवश्य वार करती। पर उसके वश में इसके सिवाय और कुछ न था कि वह वहाँ से टल जाय। इस उद्विग्न दशा में वहाँ ठहर न सकती थी। वह उल्टे पाँव लौटना चाहती थी। खलिहान में आग लग चुकी थी, चिड़िया के गले पर छुरी चल चुकी थी, अब उसे बचाने का उद्योग करना व्यर्थ था। गायत्री से उसे एक क्षण पहले जो हमदर्दी हो गयी थी वह लुप्त हो गयी, अब वह सहानुभूति की पात्र न थी। हम सफेद कपड़ों को छींटों से बचाते हैं, लेकिन जब छींटे पड़ गये हों तो दूर फेंक देते हैं, उसे छूने से घृणा होती है। उसके विचार में गायत्री अब इसी योग्य थी कि अपने किये का फल भोगे। मैं इस भ्रम में थी कि इस दुरात्मा ने तुझे बहका दिया, तेरा अन्तःकरण शुद्ध है, पर अब यह विश्वास जाता रहा। कृष्ण की भक्ति और प्रेम का नशा इतना गाढ़ा नहीं हो सकता कि सुकर्म और कुकर्म का विवेक न रहे। आत्मपतन की दशा में ही इतनी बेहयाई हो सकती है। हा अभागिनी! आधी अवस्था बीत जाने पर तुझे यह सूझी! जिस पति को तू देवता समझती थी, जिसकी पवित्र स्मृति की तू उपासना करती थी, जिसका नाम लेते ही आत्मगौरव से तेरे मुख पर लाली छा जाती थी उसकी आत्मा को तूने यों भ्रष्ट किया, उसकी मिट्टी यों खराब की।

किन्तु जब उसने गायत्री को सिर झुका कर चीख-चीख कर रोते देखा तो उसका हृदय नम्र हो गया; और जब गायत्री आ कर पैरों पर गिर पड़ी तब स्नेह और भक्ति के आवेश से आतुर हो कर वह बैठ गयी और गायत्री का सिर उठा कर अपने कन्धे पर रख लिया। दोनों बहिनें रोने लगीं; एक ग्लानि दूसरी प्रेमोद्रेक से।

अब तक ज्ञानशंकर दुविधा में खड़े थे, विद्या पर कुपित हो रहे थे, पर जबान से कुछ कहने का साहस न था। उन्हें शंका हो रही थी कि कहीं यह शिकार फन्दा तोड़ कर

भाग न जाये। गायत्री के रोने-धोने पर उन्हें बड़ा क्रोध आ रहा था। जब तक गायत्री अपनी जगह पर खड़ी रोती रही तब तक उन्हें आशा थी कि इस चोट की दवा हो सकती है; लेकिन जब गायत्री जा कर विद्या के पैरों में गिर पड़ी और दोनों बहिनें गले मिलकर रोने लगीं तब वह अधीर हो गये। अब चुप रहना जीती-जितायी बाजी को हाथ से खोना, जाल में फँसे हुये शिकार को भगाना था। उन्होंने कर्कश स्वर से विद्या से कहा—तुमको बिना आज्ञा किसी के कमरे में आने का क्या अधिकार है?

विद्या कुछ न बोली। गायत्री ने उसकी गर्दन और जोर से पकड़ ली मानो डूबने से बचने का यही एकमात्र सहारा है।

ज्ञानशंकर ने और सरोष हो कर कहा—तुम्हारे यहाँ आने की कोई जरूरत नहीं और तुम्हारा कल्याण इसी में है कि तुम इसी दम यहाँ से चली जाओ नहीं तो मैं तुम्हारा हाथ पकड़ कर बाहर निकाल देने पर मजबूर हो जाऊँगा। तुम कई बार मेरे मार्ग का काँटा बन चुकी हो, "लेकिन अब की बार मैं तुम्हें हमेशा के लिए रास्ते से हटा देना चाहता हूँ।"

विद्या ने तेवरियाँ बदल कर कहा—मैं अपनी बहिन के पास आयी हूँ, जब तक वह मुझे जाने को न कहेगी, मैं न जाऊँगी।

ज्ञानशंकर ने गरज कर कहा—चली जा, नहीं तो अच्छा न होगा।

विद्या ने निर्भीकता से उत्तर दिया—कभी नहीं, तुम्हारे कहने से नहीं!

ज्ञानशंकर क्रोध से काँपते हुए तड़िद्वेग से विद्या के पास आये और चाहा कि झपट कर उसका हाथ पकड़ लूँ कि गायत्री खड़ी हो गयी और गर्व से बोली—मेरी समझ में नहीं आता कि आप इतने क्रुद्ध क्यों हो रहे हैं? मुझसे मिलने आयी है और मैं अभी न जाने दूँगी।

गायत्री की आँखों में अब भी आँसू थे, गला अभी तक थरथरा रहा था, सिसकियाँ ले रही थी, पर यह विगत जलोद्वेग के लक्षण थे, अब सूर्य निकल आया था। वह फिर अपने आपे में आ चुकी थी, उसका स्वाभाविक अभिमान फिर जाग्रत हो रहा था।

ज्ञानशंकर ने कहा—गायत्री देवी, तुम अपने को बिलकुल भूली जाती हो। मुझे अत्यन्त खेद है कि बरसों की भक्ति और प्रेम की वेदी पर आत्मसमर्पण करके भी तुम ममत्व के बन्धनों में जकड़ी हुई हो। याद करो तुम कौन हो? सोचो मैं कौन हूँ? सोचा मेरा और तुम्हारा क्या सम्बन्ध है? क्या तुम इस पवित्र सम्बन्ध को इतना जीर्ण समझ रही हो कि उसे वायु और प्रकाश से भी बचाया जाये? वह एक आध्यात्मिक सम्बन्ध है, अटल और अचल है। कोई पार्थिक शक्ति उसे तोड़ नहीं सकती। कितने शोक की बात है कि हमारे आत्मिक ऐक्य से भली-भाँति परिचित हो कर भी तुम मेरी इतनी अवहेलना कर रही हो। क्या मैं यह समझ लूँ कि तुम इतने दिनों तक केवल गुड़ियों का खेल खेल रही थीं? अगर वास्तव में यही बात है तो तुमने मुझे कहीं का न रखा। मैं अपना तन और मन, धर्म और कर्म सब प्रेम की भेंट कर चुका हूँ। मेरा विचार था कि तुमने भी सोच- समझ कर प्रेम-पथ पर पग रखा है और उसकी कठिनाइयों को जानती हो। प्रेम का मार्ग कठिन है, दुर्गम और अपार। यहाँ बदनामी है, कलंक है। यहाँ लोकनिन्दा और अपमान है, लांछन है—व्यंग्य है। यहाँ वही धाम पर पहुँचता है जो दुनिया से मुँह मोड़े, संसार से नाता तोड़े। इस मार्ग में

सांसारिक सम्बन्ध पैरों की बेड़ी है, उसे तोड़े बिना एक पग भी रखना असम्भव है। यदि तुमने परिणाम का विचार नहीं किया और केवल मनोविनोद के लिए चल खड़ी हुई तो तुमने मेरे साथ घोर अन्याय किया। इसका अपराध तुम्हारी गर्दन पर होगा।

यद्यपि ज्ञानशंकर मनोभावों को गुप्त रखने में सिद्धहस्त थे, पर इस समय उनका खिसियाया हुआ चेहरा उनकी इस सारगर्भित प्रेमव्याख्या का पर्दा खोल देता था। मुलम्मे की अँगूठी ताव खा चुकी थी।

इससे पहले ज्ञानशंकर के मुँह से ये बातें सुनकर कदाचित् गायत्री रोने लगती और ज्ञानशंकर के पैरों पर गिर क्षमा माँगती; नहीं, बल्कि ज्ञानशंकर की अभक्ति पर ये शब्द स्वयं उसके मुँह से निकलते। लेकिन वह नशा हिरन हो चुका था। उसने ज्ञानशंकर के मुँह की तरफ उड़ती हुई निगाह से देखा। वहाँ भक्ति का रोग न था। नट के लम्बे केश और भड़कीले वस्त्र उतर चुके थे। वह मुखश्री जिसपर दर्शकगण लट्टू हो जाते थे और जिसका रंगमंच पर करतल-ध्वनि से स्वागत किया जाता था क्षीण हो गयी थी। जिस प्रकार कोई सीधा-सादा देहाती एक बार ताशवालों के दल में आकर फिर उसके पास खड़ा भी नहीं होता कि कहीं उनके बहकावे में न आ जाये, उसी प्रकार गायत्री भी यहाँ से दूर भागना चाहती थी। उसने ज्ञानशंकर को कुछ उत्तर न दिया और विद्या का हाथ पकड़े हुए द्वार की ओर चली। ज्ञानशंकर को ज्ञात हो गया कि मेरा मंत्र न चला। उन्हें क्रोध आया, मगर गायत्री पर नहीं, अपनी विफलता और दुर्भाग्य पर। शोक! मेरी सात वर्षों की अविश्रान्त तपस्याएँ निष्फल हुई जाती हैं। जीवन की आशाएँ सामने आकर रूठी जाती हैं—क्या करूँ? उन्हें क्योंकर मनाऊँ? मैंने अपनी आत्मा पर कितना अत्याचार किया, कैसे-कैसे पड्यन्त्र रचे? इसी एक अभिलाषा पर अपना दीन-ईमान न्योछावर कर दिया। वह सब कुछ किया जो न करना चाहिए था। नाचना सीखा, नकल की, स्वाँग भरे, पर सारे प्रयत्न निष्फल हो गये। राय साहब ने सच कहा था कि सम्पत्ति तेरे भाग्य में नहीं है। मेरा मनोरथ कभी पूरा न होगा। यह अभिलाषा चिता पर मेरे साथ जलेगी। गायत्री की निष्ठुरता भी कुछ कम हृदय-विदारक न थी। ज्ञानशंकर को गायत्री से सच्चा प्रेम न सही, पर वह उसके रूप-लावण्य पर मुग्ध थे। उसकी प्रतिभा, उदारता, स्नेहशीलता, बुद्धिमत्ता, सरलता उन्हें अपनी ओर खींचती थी। अगर एक ओर गायत्री होती और दूसरी ओर उसकी जायदाद और ज्ञानशंकर से कहा जाता तुम इन दोनों में से जो चाहे ले लो तो अवश्यम्भावी था कि वह उसकी जायदाद पर ही लपकते; लेकिन उसकी जान से अलग हो कर उसकी जायदाद लवण-हीन भोजन के समान थी। वही गायत्री उनसे मुँह फेर कर चली जाती थी।

इन क्षोभयुक्त विचारों ने ज्ञानशंकर के हृदय को मसोसा कि उनकी आँखें भर आयीं। वह कुर्सी पर बैठ गये और दीवार की तरफ मुँह फेर कर रोने लगे। अपनी विवशता पर उन्हें इतना दुःख कभी न हुआ था। वे अपनी याद में इतने शोकातुर कभी न हुए थे। अपनी स्वार्थपरता अपनी इच्छा-लिप्सा अपनी क्षुद्रता पर इतनी ग्लानि कभी न हुई थी। जिस तरह बीमारी में मनुष्य को ईश्वर याद आता है उसी तरह अकृतकार्य होने पर उसे अपने दुस्साध्यों पर पश्चात्ताप होता है। पराजय का आध्यात्मिक महत्त्व विजय से कहीं अधिक होता है।

गायत्री ने ज्ञानशंकर को रोते देखा तो द्वार पर जा कर ठिठक गयी। उसके पग बाहर

न पड़ सके। स्त्रियों के आँसू पानी हैं, वे धैर्य और मनोबल के ह्रास के सूचक हैं। गायत्री को अपनी निठुरता और अश्रद्धा पर खेद हुआ। आत्मरक्षा की अग्नि जो एक क्षण पहले प्रदीप्त हुई थी इन आँसुओं से बुझ गयी। वे भावनाएँ सजीव हो गयीं जो सात बरसों से मन को लालायित कर रही थीं, वे सुखद वार्तायें वे मनोहर क्रीड़ाएँ, वे आनन्दमय कीर्तन, वे प्रीति की बातें, वे वियोग-कल्पनाएँ नेत्रों के सामने फिरने लगीं। लज्जा और ग्लानि के बादल फट गये, प्रेम का चाँद चमकने लगा। वह ज्ञानशंकर के पास आकर खड़ी हो गयी और रूमाल से उनके आँसू पोंछने लगी। प्रेमानुराग से विह्वल हो कर उसने उनका मस्तक अपनी गोद में रख लिया। उन अश्रुप्लावित नेत्रों से उसे प्रेम का अथाह सागर लहरें मारता हुआ नजर आया। यह मुख-कमल प्रेम-सूर्य की किरणों से विकसित हो रहा था। उसने उनकी तरफ सतृष्ण नेत्रों से देखा, उनमें क्षमा प्रार्थना भरी हुई थी मानो वह कह रही थी, हा! मैं कितनी दुर्बल, कितनी श्रद्धाहीन हूँ। कितनी जड़भक्त हूँ कि रूप और गुण का निरूपण न कर सकी। मेरी अभक्ति ने इनके विशुद्ध और कोमल हृदय को व्यथित किया होगा। तुमने मुझे धरती से आकाश पर पहुँचाया, तुमने मेरे हृदय में शक्ति का अंकुर जमाया, तुम्हारे ही सदुपदेशों से मुझे सत्प्रेम का स्वर्गीय आनन्द प्राप्त हुआ। एकाएक मेरी आँखों पर पर्दा कैसे पड़ गया? मैं इतनी अन्धी कैसे हो गयी? निस्सन्देह कृष्ण भगवान् मेरी परीक्षा ले रहे थे और मैं उसमें अनुत्तीर्ण हो गयी। उन्होंने मुझे प्रेम-कसौटी पर कसा और मैं खोटी निकली। शोक! मेरी सात वर्षों की तरपस्या एक क्षण में भंग हो गयी। मैंने उस पुरुष पर सन्देह किया जिसके हृदय में कृष्ण का निवास है, जिसके कंठ में मुरली की ध्वनि है। राधा! तुमने क्यों मेरे दिल पर से अपना जादू खींच लिया? मेरे हृदय में आ कर बैठो और मुझे धर्म का अमृत पिलाओ।

यह सोचते-सोचते गायत्री की आँखें अनुरक्त हो गयीं। वह कम्पित स्वर से बोली—भगवन्! तुम्हारी चेरी तुम्हारे सामने हाथ बाँधे खड़ी अपने अपराधों की क्षमा माँगती है।

ज्ञानशंकर ने उसे चुभती हुई दृष्टि से दखा और समझ गये कि मेरे आँसू काम कर गये। इस तरह चौंक पड़े मानो नींद से जगे हो और बोले—राधा?

गायत्री—मुझे क्षमा दान दीजिए।

ज्ञान—तुम मुझसे क्षमा दान माँगती हो? यह तुम्हारा अन्याय है! तुम प्रेम की देवी हो, वात्सल्य की मूर्ति, निर्दोष, निष्कलंक। यह मेरा दुर्भाग्य है कि तुम इतनी अस्थिर चित्त हो! प्रेमियों के जीवन में सुख कहाँ? तुम्हारी अस्थिरता ने मुझे संज्ञाहीन कर दिया है। मुझे अब भी भ्रम हो रहा कि गायत्री देवी से बातें कर रहा हूँ या राधा रानी से। मैं अपने आपको भूल गया हूँ। मेरे हृदय को ऐसा आघात पहुँचा है कि कह नहीं सकता यह घाव कभी भरेगा या नहीं? जिस प्रेम और भक्ति को मैं अटल समझता था, वह बालू की भीत से भी ज्यादा पोली निकली। उस पर मैंने जो आशालता आरोपित की थी, जो बाग लगाया था वह सब जलमग्न हो गया। आह! मैं कैसे-कैसे मनोहर स्वप्न देख रहा था? सोचा था, यह प्रेम वाटिका कभी फूलों से लहरायेगी, हम और तुम सांसारिक मायाजाल का हटा कर वृन्दावन के किसी शान्तिकुंज में बैठे हुए भक्ति का आनन्द उठायेंगे। अपनी प्रेम-ध्वनि से वृक्ष कुंजों को गुंजित कर देंगे। हमारे प्रेम-गान से कालिन्दी की लहरें प्रतिध्वनित हो जायेंगी। मैं कृष्ण का चाकर

बनूँगा, तुम उनके लिए पकवान बनाओगी। संसार से अलग, जीवन के अपवादों से दूर हम अपनी प्रेम-कुटी बनायेंगे और राधाकृष्ण की अटल भक्ति में जीवन के बचे हुए दिन काट देंगे अथवा अपने ही कृष्ण मन्दिर में राधाकृष्ण के चरणों से लगे हुए इस असार संसार से प्रस्थान कर जायेंगे। इसी सदुद्देश्य से मैंने आपकी रियासत की और यहाँ की पूरी व्यवस्था की। पर अब ऐसा प्रतीत हो रहा है कि वह सब शुभ कामनायें दिल में ही रहेंगी और मैं शीघ्र ही संसार से हताश और भग्न-हृदय विदा हूँगा।

गायत्री प्रेमोन्मत्त हो कर बोली—भगवन्, ऐसी बातें मुँह से न निकालो। मैं दीन अबला हूँ, अज्ञान के अन्धकार में डूबी हुई मिथ्या भ्रम में पड़ जाती हूँ; पर मैंने तुम्हारा दामन पकड़ा है, तुम्हारी शरणागत हूँ, तुम्हें मेरी क्षुद्रताएँ, मेरी दुर्बलताएँ सभी क्षमा करनी पड़ेंगी। मेरी भी यह अभिलाषा है कि तुम्हारे चरणों से लगी रहूँ। मैं भी संसार रो मुँह गोड़ लूँगी, सबसे नाता तोड़ लूँगी और तुम्हारे साथ बरसाने और वृन्दावन की गलियों में विचरूँगी। मुझे अगर कोई सांसारिक चिन्ता है तो वह यह है कि मेरे पीछे मेरे इलाके का प्रबन्ध सुयोग्य हाथों में रहे, मेरी प्रजा पर अत्याचार न हो और रियासत की आमदनी परमार्थ में लगे। मेरा और तुम्हारा निर्वाह दस-बारह हजार रुपयों में हो जायगा। मुझे और कुछ न चाहिए। हाँ, यह लालसा अवश्य है कि मेरी स्मृति बनी रहे, मेरा नाम अमर हो जाये, लोग मेरे यश और कीर्ति की चर्चा करते रहें। यही चिन्ता है जो अब तक मेरे पैरों की बेड़ी बनी हुई है। आप इस बेड़ी को काटिए। यह भार मैं आपके ही ऊपर रखती हूँ। ज्यों ही आप इन दोनों बातों की व्यवस्था कर देंगे मैं निश्चिन्त हो जाऊँगी और फिर यावज्जीवन हम में वियोग न होगा। मेरी तो यह राय है कि एक 'ट्रस्ट' कायम कर दीजिए। मेरे पतिदेव की भी यह इच्छा थी।

ज्ञानशंकर—ट्रस्ट कायम करना तो आसान है, पर मुझे आशा नहीं है कि उससे आपका उद्देश्य पूरा हो। मैं पहले भी दो-एक बार ट्रस्ट के विषय में अपने विचार प्रकट कर चुका हूँ। आप अपने विचार में कितनी ही निःस्पृह, सत्यवादी ट्रस्टियों को नियुक्त करें, लेकिन अवसर पाते ही वे अपने घर भरने पर उद्यत हो जायेंगे। मानव स्वभाव बड़ा ही विचित्र है। आप किसी के विषय में विश्वस्त रीति से नहीं कह सकतीं कि उसकी नीयत कभी डाँवाडोल न होगी, वह सन्मार्ग से कभी विचलित न होगा। हम तो वृन्दावन में बैठे रहेंगे, यहाँ प्रजा पर नाना प्रकार के अत्याचार होंगे। कौन उसकी फरियाद सुनेगा? सदाव्रत की रकम नाच-मुजरे में उड़ेगी, रासलीला की रकम गार्डन-पार्टियों में खर्च होगी, मन्दिर की सजावट के सामान ट्रस्टियों के दीवानखाने में नजर आयेंगे, साधु-महात्माओं के सत्कार के बदले यारों की दावतें होंगी, आपको यश की जगह अपयश मिलेगा। यों तो कहिए आपकी आज्ञा का पालन कर दूँ, लेकिन ट्रस्टियों पर मेरा जरा भी विश्वास नहीं है। आपका उद्देश्य उसी दशा में पूरा होगा जब रियासत किसी ऐसे व्यक्ति के हाथों में हो जो आपको अपना पूज्य समझता हो, जिसे आपसे श्रद्धा हो, जो आपका उपकार माने, जो दिल से आपकी शुभेच्छाओं का आदर करता हो, जो स्वयं आपके ही रंग में रंगा हुआ हो, जिसके हृदय में दया और प्रेम हो; और यह सब गुण उसी मनुष्य में हो सकते हैं जिसे आपसे पुत्रवत् प्रेम हो, जो आपको अपनी माता समझता हो। अगर आपको ऐसा कोई लड़का नजर आये तो मैं सलाह दूँगा उसे गोद ले लीजिए। उससे उत्तम मुझे और कोई व्यवस्था नहीं सूझती। संभव है कुछ दिनों तक हमको

उसकी देख-रेख करनी पड़े, किन्तु इसके बाद हम स्वच्छन्द हो जायँगे। तब हमारे आनन्द और विहार के दिन होंगे। मैं अपनी प्यारी राधा के गले में प्रेम का हार डालूँगा, उसे प्रेम के राग सुनाऊँगा; दुनिया की कोई चिन्ता, कोई उलझन, कोई झोंका हमारी शान्ति में विघ्न न डाल सकेगा।

गायत्री पुलकित हो गयी। उस आनन्दमय जीवन का दृश्य उसकी कल्पना में सचित्र हो गया। उसकी तबियत लहराने लगी। इस समय उसे अपने पति की वह वसीयत याद न रही जो उन्होंने जायदाद का प्रबन्ध के विषय में की थी और जिसका विरोध करने के लिए वह ज्ञानशंकर से कई बार गर्म हो पड़ी थी। वह ट्रस्ट के गुण-दोष पर स्वयं कुछ विचार न कर सकी। ज्ञानशंकर का कथन निश्चयवाचक था। ट्रस्ट पर से उसका विश्वास उठ गया। बोली—आपका कहना यथार्थ है। ट्रस्टियों का क्या विश्वास है। आदमी किसी के मन में तो पैठ नहीं सकता, अन्दर का हाल कौन जाने?

वह दो-तीन मिनट तक विचार में मग्न रही। सोच रही थी कि ऐसा कौन लड़का है जिसे मैं गोद ले सकूँ। मन ही मन अपने सम्बन्धियों और कुटुम्बियों का दिग्दर्शन किया, लेकिन यह समस्या हल न हुई। लड़के थे, एक नहीं अनेक, लेनिक किसी न किसी कारण से वह गायत्री को न जँचते थे। सोचते-सोचते सहसा वह चौंक पड़ी और मायाशंकर का नाम उसकी जबान पर आते-आते रह गया। ज्ञानशंकर ने अब तक अपनी मनोवांछा को ऐसा गुप्त रखा था और अपने आत्मसम्मान की ऐसी धाक जमा रखी थी कि पहले तो मायाशंकर की ओर गायत्री का ध्यान ही न गया और जब गया तो उसे अपना विचार प्रकट करते हुए भय होता था कि कहीं ज्ञानशंकर के मर्यादाशील हृदय को चोट न लगे। हालाँकि ज्ञानशंकर का इशारा साफ था, पर गायत्री पर इस समय वह नशा था जो शराब और पानी में भेद नहीं कर सकता। उसने कई बार हिम्मत की कि जिक्र छेड़ूँ, किन्तु ज्ञानशंकर के चेहरे से ऐसा निष्काम भाव झलक रहा था कि उसकी जबान न खुल सकी। मायाशंकर की विचारशीलता, सच्चरित्रता, बुद्धिमत्ता आदि अनेक गुण उसे आय आने लगे। उससे अच्छे उत्तराधिकारी की वह कल्पना भी न कर सकती थी। ज्ञानशंकर उसको असमंजस में देख कर बोले—आया कोई लड़का ध्यान में?

गायत्री सकुचाती हुई बोली—जी हाँ, आया तो, पर मालूम नहीं आप भी उसे पसंद करेंगे या नहीं? मैं इससे अच्छा चुनाव नहीं कर सकती।

ज्ञानशंकर—सुनूँ कौन है?

गायत्री—वचन दीजिए कि आप उसे स्वीकार करेंगे।

ज्ञानशंकर के हृदय में गुदगुदी होने लगी। बोले—बिना जाने-बूझे मैं यह वचन कैसे दे सकता हूँ?

गायत्री—मैं जानती हूँ कि आपको उसमें आपत्ति होगी और विद्या तो किसी प्रकार राजी ही न होगी, लेकिन इस बालक के सिवा मेरी नजर और किसी पर पड़ती नहीं।

ज्ञानशंकर अपने मनोल्लास को छिपाए हुए बोले—सुनूँ तो किसका भाग्य सूर्य उदय हुआ है।

गायत्री—बता दूँ? बुरा तो न मानिएगा न?

ज्ञान—जरा भी नहीं, कहिए।

गायत्री—मायाशंकर।

ज्ञानशंकर इस तरह चौंक पड़े मानो कानों के पास कोई बन्दूक छूट गयी हो। विस्मित नेत्रों से देखा और इस भाव से बोले मानो उसने दिल्लगी की है—मायाशंकर!

गायत्री—हाँ, आप वचन दे चुके हैं, मानना पड़ेगा।

ज्ञानशंकर—मैंने कहा था कि नाम सुन कर राय दूँगा। अब नाम सुन लिया और विवशता से कहता हूँ मैं आप से सहमत नहीं हो सकता।

गायत्री—मैं यह बात पहले से ही जानती थी, पर मुझमें और आप में जो सम्बन्ध है उसे देखते हुए आपको आपत्ति न होनी चाहिए।

ज्ञानशंकर—मुझे स्वयं कोई आपत्ति नहीं है। मैं अपना सर्वस्व आप पर समर्पण कर चुका हूँ, लड़का भी आप की भेंट है, लेकिन आपको मेरी कुल-मर्यादा का हाल मालूम है। काशी में सम्मानित और कोई घराना नहीं है। सब तरह से पतन होने पर भी उसका गौरव अभी तक बचा हुआ है। मेरे चाचा और सम्बन्धी इसे कभी मंजूर न करेंगे और विद्या तो सुनकर विष खाने को उतारू हो जाएगी। इसके अतिरिक्त मेरी बदनामी भी है। सम्भव है लोग यह समझेंगे कि मैंने आपकी सरलता और उदारता से अनुचित लाभ उठाया है और आपके कुटुम्ब के लोग तो मेरी जान के गाहक ही हो जायेंगे।

गायत्री—मेरे कुटुम्बियों की ओर से तो आप निश्चिन्त रहिए, मैं उन्हें आपस मे लड़ा कर मारूँगी। बदनामी और लोक-निन्दा आपको मेरी खातिर से सहनी पड़ेगी। रही विद्या, उसे मैं मना लूँगी।

ज्ञान—नहीं, यह आशा न रखिए। आप उसे मनाना जितना सुगम समझ रही हैं उससे कहीं कठिन है। आपने उसके तेवर नहीं देखे। वह इस समय सौतिया डाह से जल रही है। उसे अमृत भी दीजिए तो विष समझेगी। जब तक लिखा-पढ़ी न हो जाय और प्रथानुसार सब संस्कार पूरे न हो जायें उसके कानों में इसकी भनक भी न पड़नी चाहिए। यह तो सच होगा मगर उन लोगों की हाय किस पर पड़ेगी जो बरसों से रियासत पर दाँत लगाये बैठे हैं? उनके घरों में तो कुहराम मच जायगा। सब के सब मेरे खून के प्यासे हो जायेंगे। यद्यपि मुझे उनसे कोई भय नहीं है, लेकिन शत्रु को कभी तुच्छ न समझना चाहिए। हम जिससे धन और धरती लें उससे कभी निःशंक नहीं रह सकते।

गायत्री—आप इन दुष्टों का ध्यान ही न कीजिए। ये कुत्ते हैं, एक छीछड़े पर लड़ मरेंगे।

ज्ञानशंकर कुछ देर तक मौन रूप से जमीन की ओर ताकते रहे, जैसे कोई महान् त्याग कर रहे हों। फिर सजल नेत्रों से बोले, जैसी आपकी मरजी, आपकी आज्ञा सिर पर है। परमात्मा से प्रार्थना है कि यह लड़का आपको सद्बुद्धि प्रदान करे कि वह आपके आदर्श को चरितार्थ करे। वह आज से मेरा लड़का नहीं, आपका है। तथापि अपने एक मात्र पुत्र को छाती से अलग करते हुए दिल पर जो कुछ बीत रही है वह मैं ही जानता हूँ, लेकिन वृन्दावनबिहारी ने आपके अन्तःकरण में यह बात डाल कर मानो हमारे लिए भक्ति-पथ का द्वार खोल दिया है। वह हमें अपने चरणों की ओर बुला रहे हैं। हमारा परम सौभाग्य है।

गायत्री ने ज्ञानशंकर का हाथ पकड़ कर कहा—कल ही किसी पंडित से शुभ मुहूर्त्त पूछ लीजिए।

रात के आठ बजे थे। ज्ञानशंकर के दीवानखाने में शहर के कई प्रतिष्ठित सज्जन जमा थे। बीच में एक लोहे का हवनकुण्ड रखा हुआ था, उसमें हवन हो रहा था। हवनकुण्ड के एक तरफ गायत्री बैठी थी, दूसरी तरफ ज्ञानशंकर और माया। एक पंडित जी वेद-मन्त्रों का पाठ कर रहे थे। गायत्री का चम्पई वर्ण अग्नि-ज्वाला से प्रतिबिम्बित हो कर कुन्दन हो रहा था। फिरोजी रंग की साड़ी उस पर खूब खिल रही थी। सबकी आँखें उसी के मुख-दीपक की ओर लगी हुई थीं। यह माया को गोद लेने का संस्कार था, वह गायत्री का धर्मपुत्र बन रहा था। कुछ सज्जन आपस में कानाफूसी कर रहे थे, कैसा भाग्यवान लड़का है! लाखों की सम्पत्ति का स्वामी बनाया जाता है, यहाँ आज तक एक पैसा भी पड़ा हुआ न मिला। कुछ लोग कह रहे थे—ज्ञानशंकर एक ही बना हुआ आदमी है, ऐसा हत्थे पर चढ़ाया कि जायदाद ले कर ही छोड़ा। अब मालूम हुआ कि महाशय ने स्वाँग किसलिए रचा है। ये जटाएँ इसी दिन के लिए बढ़ायी थीं। कुछ सज्जनों का मत था कि ज्ञानशंकर इससे भी कहीं मलिन हृदय है।

लाला प्रभाशंकर ने पहले यह प्रस्ताव सुना तो बहुत बिगड़े, लेकिन जब गायत्री ने बड़ी नम्रता से सारी परिस्थिति प्रकट की तो वह भी नीमराजी से हो गये। हवन के पश्चात् दावत शुरू हुई। इसका सारा प्रबन्ध उन्हीं के हाथों में था। उनकी अर्धस्वीकृति को पूर्ण बनाने का इससे उत्तम कोई अन्य उपाय न था। उन्हें पूरा अधिकार दे दिया गया था कि वह जितना चाहे खर्च करें, जो पदार्थ चाहे पकवायें। अतएव इस अवसर पर उन्होंने अपनी सम्पूर्ण पाककला प्रदर्शित कर दी थी। इस समय खुशी से उनकी बाँछें खिली जाती थीं, लोगों के मुँह से भोजन सराहना सुन-सुन कर फूले न समाते थे। इनमें कितने ही ऐसे सज्जन थे जिन्हें भोजन से नितान्त अरुचि रहती थी। जो दावतों में शरीक होना अपने ऊपर अन्याय समझते थे। ऐसे लोग भी थे जो प्रत्येक वस्तु को गिन कर और तौल कर खाते थे। पर इन स्वादयुक्त पदार्थों ने तीव्र और मन्द अग्नि में कोई भेद न रखा था। रुचि ने दुर्बल पाचनशक्ति को भी सबल बना दिया था।

दावत समाप्त हो गयी तो गाना शुरू हुआ। अलहदीन एक सात वर्ष का बालक था, लेकिन गानशास्त्र का पूरा पंडित और संगीत कला में अत्यन्त निपुण। यह उसकी ईश्वरदत्त शक्ति थी। जलतरंग, ताऊस, सितार, सरोद, वीणा, पखावज, सारंगी—सभी यन्त्रों पर उसका विलक्षण आधिपत्य था। इतनी अल्पावस्था में उसकी यह अलौकिक सिद्धि देख कर लोग विस्मित हो जाते थे। जिन गायनाचार्यों ने एक-एक यन्त्र की सिद्धि में अपना जीवन बिता दिया वह भी उसके हाथों की सफाई और कोमलता पर सिर धुनते थे। उसकी बहुज्ञता, उनकी विशेषता को लज्जित किये देती थी। इस समय समस्त भारत में उसकी ख्याति थी, मानो उसने दिग्विजय कर लिया हो। ज्ञानशंकर ने उस उत्सव पर उसे कलकत्ते से बुलाया था। वह बहुत दुर्बल, कुत्सित, कुरूप बालक था, पर उसका गुण उसके रूप को भी चमत्कृत

कर देता था। उसके स्वर में कोयल की कूक का सा माधुर्य था। सारी सभा मुग्ध हो गयी।

इधर तो यह राग-रंग था, उधर विद्या अपने कमरे में बैठी हुई भाग्य को रो रही थी। तबले की एक-एक थाप उसके हृदय पर हथौड़े की चोट के समान लगती थी। वह एक गर्वशीला; धर्मनिष्ठा, संतोष और त्याग के आदर्श का पालन करने वाली महिला थी। यद्यपि पति की स्वार्थभक्ति से उसे घृणा थी, पर इस भाव को वह अपनी पति-सेवा में बाधक न होने देती थी। पर जब से उसने राय साहब के मुँह से ज्ञानशंकर के नैतिक अधःपतन का वृत्तांत सुना था तब से उसकी पति-श्रद्धा क्षीण हो गयी थी! रात का लज्जास्पद दृश्य देख कर बची-खुची श्रद्धा भी जाती रही। जब ज्ञानशंकर को देख कर गायत्री दीवानखाने के द्वार पर आकर फिर उनके पास चली गयी तो विद्या वहाँ न ठहर सकी। वह उन्माद की दशा में तेजी से ऊपर आयी और अपने कमरे में फर्श पर गिर पड़ी। यह ईर्ष्या का भाव न था जिसमें अहि चिन्ता होती है, यह प्रीति का भाव न था जिसमें रक्त की तृष्णा होती है। यह अपने आपको जलानेवाली आग थी, यह वह विघातक क्रोध था जो अपना ही होठ चबाता है, अपना ही चमड़ा नोचता है, अपने ही अंगों को दाँतों से काटता है। वह भूमि पर पड़ी सारी रात रोती रही। अब मैं किसकी होकर रहूँ? मेरा पति नहीं, मेरा घर अब मेरा घर नहीं। मैं अब अनाथ हूँ, कोई मेरा पूछनेवाला नहीं। ईश्वर! तुमने किस पाप का मुझे दंड दिया? मैंने तो आपने जानते किसी का बुरा नहीं चेता। तुमने मेरा सर्वनाश क्यों किया? मेरा सुहाग क्यों लूट लिया? यही एक मेरा धन था, इसी का मुझे अभिमान था, इसी का मुझे बल था। तुमने मेरा अभिमान तोड़ दिया, मेरा बल हर लिया। जब आग ही नहीं तो राख किस काम की। यह सुहाग की पिटारी है, यह सुहाग की डिबिया है, उन्हें ले कर क्या करूँ? विद्या ने सुहाग की पिटारी ताक पर से उतार ली और उसी आत्मवेदना और नैराश्य की दशा में उनकी एक-एक चीज खिड़की से नीचे बाग में फेंक दी। कितना करुणाजनक दृश्य था? आँखों से अश्रु-धारा बह रही थी और वह अपनी चूड़ियाँ तोड़-तोड़ कर जमीन पर फेंक रही थी। वह उसके निर्बल क्रोध की चरम सीमा थी! वह एक ऐश्वर्यशाली पिता की पुत्री थी, यहाँ उसे इतना आराम भी न था जो उसके मैके की महरियों को था, लेकिन उसके स्वभाव में संतोष और धैर्य था, अपनी दशा से संतुष्ट थी। ज्ञानशंकर स्वार्थ-सेवी थे, लोभी थे, निष्ठुर थे, कर्त्तव्यहीन थे, इसका उसे शोक था। मगर अपने थे, उनको समझाने का, उनका तिरष्कार करने का उसे अधिकार था। उनकी दुष्टता, नीचता और भोग-विलास का हाल सुन कर उसके शरीर में आग-सी लग गयी थी। वह लखनऊ से दामिनी बनी हुई आयी। वह ज्ञानशंकर पर तड़पना और उनकी कुवृत्तियों को भस्मीभूत कर देना चाहती थी, वह उन्हें व्यंग्य-शरों से छेदना और कटु शब्दों से उनके हृदय को बेधना चाहती थी। इस वक्त तक उसे अपने सोहाग का अभिमान था। रात के आठ बजे तक वह ज्ञानशंकर को अपना समझती थी, अपने को उन्हें कोसने की, उन्हें जलाने की अधिकारिणी समझती थी, उसे उनको लज्जित, अपमानित करने का हक था, क्योंकि वह अपने थे। हमसे अपने घर में आग लगते नहीं देखी जाती। घर चाहे मिट्टी का ढेर ही क्यों न हो, खण्डहर ही क्यों न हो, हम उसे आग में जलते नहीं देख सकते। लेकिन जब किसी कारण से वह घर अपना न रहे तो फिर चाहे अग्नि-शिखा आकाश तक जाये, हमको शोक नहीं होता। रात के निन्द्य

दृश्य ने विद्या के दिल से इस अपनेपन को, इस ममत्व को मिटा दिया था। अब उसे दुःख था तो अपने अभाग्य का, शोक था तो अपनी अवलम्बहीनता का। उसकी दशा उस पतंग सी थी, जिसकी डोर टूट गयी हो, अथवा उस वृक्ष सी जिसकी जड़ कट गयी हो।

विद्या सारी रात इसी उद्विग्न दशा में पड़ी रही। कभी सोचती लखनऊ चली जाऊं और वहाँ जीवनक्षेप करूँ, कभी सोचती जीकर करना ही क्या है, ऐसे जीने से मरना क्या बुरा है? सारी रात आँखों में कट गई। दिन निकल आया, लेकिन उसका उठने का जी न चाहता था। इतने में श्रद्धा आकर खड़ी हो गई और उसके श्रीहीन मुख की ओर देखकर बोली—क्या आज सारी रात जागती रही? आँखें लाल हो रही हैं!

विद्या ने आँखें नीची करके कहा—हाँ, आज नींद नहीं आई।

श्रद्धा—गायत्री देवी से कुछ बातचीत नहीं हुई। मुझे तो ढंग ही निराले दीखते हैं। तुम तो इनकी बड़ी प्रशंसा किया करती थीं।

विद्या—क्यों, कोई नहीं बात देखी क्या?

श्रद्धा—नित्य ही देखती हूँ। लेकिन रात जो दृश्य देखा और जो बातें सुनीं वह कहते लज्जा आती है। कोई ग्यारह बजे होंगे। मुझे अपने कमरे में पड़े-पड़े नीचे किसी के बोल-चाल की आहट मिली। डरी कि कहीं चोर न आए हों। धीरे से उठकर नीचे गई। दीवानखाने में लैम्प जल रहा था। मैंने शीशे के अन्दर झाँका तो मन में कटकर रह गई। अब तुमसे क्या कहूँ, मैं गायत्री को इतनी चंचल न समझती थी। कहाँ तो कृष्णा की उपासना करती हैं, कहाँ छिछोरापन। मैं तो उन्हें देखते ही मन में खटक गई थी, पर यह न जानती थी कि इतने गहरे पानी में हैं।

विद्या—मैंने भी तो कुछ ऐसा तमाशा देखा था। तुम मेरे आने के बहुत देर पीछे गई थी। मुझे लखनऊ में ही सारी कथा मालूम हो गई थी। इसी भयंकर परिणाम को रोकने के लिए मैं वहाँ से दौड़ी आई, किन्तु यहाँ का रंग देखकर हताश हो गई। ये लोग अब मँझधार में पहुँच चुके हैं, उन्हें बचाना दुस्तर है। लेकिन मैं फिर कहूँगी कि इसमें गायत्री बहिन का दोष नहीं, सारी करतूत इन्हीं महाशय की है जो जटा बढ़ाए, पीताम्बर पहने भगत जी बने फिरते हैं। गायत्री बेचारी सीधी-सादी, सरल स्वभाव की स्त्री है। धर्म की ओर उसकी विशेष रुचि है, इसीलिए यह महाशय भी भगत बन बैठे और यह भेष धारण करके उस पर अपना मन्त्र चलाया। ऐसा पापात्मा संसार में न होगा। बहिन, तुमसे दिल की बात कहती हूँ, मुझे इनकी सूरत से घृणा हो गई। मुझ पर ऐसा आघात हुआ है कि मेरा बचना मुश्किल है। इस घोर पाप का दण्ड अवश्य मिलेगा। ईश्वर न करे मुझे इन आँखों से कुल का सर्वनाश देखना पड़े। वह सोने की घड़ी होगी जब संसार से मेरा नाता टूटेगा।

श्रद्धा—किसी की बुराई करना तो अच्छा नहीं है और इसीलिए मैं अब तक सब कुछ देखती हुई भी अन्धी बनी रही, लेकिन अब बिना बोले नहीं रहा जाता। मेरा वश चले तो ऐसी कुटिलाओं का सिर कटवा लूँ। यह भोलापन नहीं है, बेहयाई है। दिखाने के लिए भोली बनी बैठी हुई है। पुरुष हजार रसिया हो, हजार चतुर हो, हजार घातिया हो, हजार डोरे डाले, किन्तु सती स्त्रियों पर उसका मन्त्र भी नहीं चल सकता। वह आँख ही क्या जो एक निगाह में पुरुष की चाल-ढाल को ताड़ न ले। जलाना आग का गुण है, पर हरी लकड़ी

को भी किसी ने जलते देखा है? हया स्त्रियों की जान है, इसके बिना वह सूखी लकड़ी है जिन्हें आग की एक चिनगारी जलाकर राख कर देती है। इसे अपने पति देव की आत्मा पर भी दया न आई। उसे कितना क्लेश हो रहा होगा? इसके आने से मेरा घर अपवित्र हो गया। रात को दोनो प्रेमियों की बातों की भनक जो मेरे कान में पड़ी, उससे ऐसा कुछ मालूम होता है कि गायत्री माया को गोद लेना चाहती है।

विद्या ने भयभीत होकर कहा—माया को?

श्रद्धा—हाँ, शायद आज ही उसकी तैयारी है! शहर में नेवता भेजे जा रहे हैं।

विद्या की आँखों में आँसू की बड़ी-बड़ी बूँदें दिखाई दीं जैसे मटर की फली में दाने होते हैं। बोलीं, बहिन तब तो मेरी नाव डूब गई। जो कुछ होना था हो चुका। अब सारी स्थिति समझ में आ गई। इस धूर्त ने इसीलिए यह जाल फैलाया था; इसीलिए इसने यह भेष रचा है, इसी नीयत से इसने गायत्री की गुलामी की थी। मैं पहले ही डरती थी। कितना समझाया, कितना मना किया, पर इसने मेरी एक न सुनी। अब मालूम हुआ कि इसके मन में क्या ठनी थी। आज सात साल से यह इसी धुन में पड़ा हुआ है। अभी तक मैं यह समझती थी कि इसे गायत्री के रंग-रूप, बनाव-चुनाव, बातचीत ने मोहित कर लिया है। वह निन्ध कर्म होने पर भी घृणा के योग्य नहीं है। जो प्राणी प्रेम कर सकता है वह धर्म, दया, विनय आदि सद्गुणों से शून्य नहीं हो सकता, प्रेम की ज्योति उसके हृदय को प्रकाशित करती रहती है, लेकिन जो प्राणी प्रेम का स्वाँग भर कर उससे अपना कुटिल अर्थ सिद्ध करता है, जो टट्टी की आड़ से शिकार खेलता है, उससे ज्यादा नीच, नराधम कोई हो ही नहीं सकता। वह उस डाकू से भी गया-बीता है जो धन के लिए लोगों के प्राण हर लेता है। वह प्रेम जैसी पवित्र वस्तु का अपमान करता है। उसका पाप अक्षम्य है। मैं बेचारी गायत्री को अब भी निर्दोष समझती हूँ। बहिन, अब इस कुल का सर्वनाश होने में विलम्ब नहीं है। जहाँ इतना अधर्म, इतना पाप, इतना छल-कपट हो, वहाँ कल्याण कैसे हो सकता है? अब मुझे पिता जी की चेतावनी याद आ रही है। उन्होंने चलते समय मुझसे कहा था—अगर तूने यह आग न बुझाई तो तेरे वंश का नाम मिट जाएगा। हाय! मेरे रोएँ खड़े हो रहे हैं! बेचारे माया पर क्या बीतेगी? यह हराम का माल, यह हराम की जायदाद उसकी जान की ग्राहक हो जायेंगी, सर्प बनकर उसे डँस लेंगी? बहिन, मेरा कलेजा फटा जाता है। मैं अपने माया को इस आग से क्योंकर बचाऊँ? वह मेरी आँखों की पुतली है, वही मेरे प्राणों का आधार है। यह निर्दयी पिशाच, यह बधिक मेरे लाल की गर्दन पर छुरी चला रहा है। कैसे उसे गोद में छिपा लूँ? कैसे उसे हृदय में बिठा लूँ? बाप होकर उसको विष दे रहा है। पाप का अग्निकुण्ड जलाकर मेरे लाल को उसमें झोंक देता है। मैं अपनी आँखों यह सर्वनाश नहीं देख सकती? बहिन, तुमसे आज कहती हूँ, मुन्नी के जन्म के बाद इस पापी ने मुझे न जाने क्या खिलाकर मेरी कोख हर ली, न जाने कौन सा अुनष्ठान कर दिया? वही विष इसने पहले ही खिलाकर मेरी कोख हर ली, न जाने कौन सा अनुष्ठान कर दिया? वही विष इसने पहले ही खिला दिया होता, वही अनुष्ठान पहले ही करा दिया होता तो आज यह दिन क्यों आता? बाँझ रहना इससे कहीं अच्छा है कि सन्तान गोद से छिन जाय। हाय मेरे लाल को कौन बचाएगा? मैं अब उसे नहीं बचा सकती। आग की लपटें उसकी ओर

दौड़ी चली आती हैं। बहिन, तुम जाकर उस निर्दयी को समझाओं। अगर अब भी हो सके तो मेरे माया को बचा लो। नहीं, अब तुम्हारे बस की बात नहीं है, यह पिशाच अब किसी के समझाने से न मानेगा। उसने मन में ठान लिया है तो आज जी सब कुछ कर डालेगा।

सब इसी की भूल है। ज्यों ही मैंने इससे गोद लेने की बात कही, इसे उसी क्षण बाहर जाकर दोनों को फटकारना और माया का हाथ पकड़कर खींच लाना चाहिए था। मजाल थी कि मेरे पुत्र का कोई मुझसे छीन ले जाता! सहसा विद्या ने आँखें खोल दीं और क्षीण स्वर से बोली—बहिन, अब क्या होगा?

श्रद्धा—होने को अब भी सब कुछ हो सकता है। करनेवाला चाहिए।

विद्या—अब कुछ नहीं हो सकता। सब तैयारियाँ हो रही हैं, चाचा जी न जाने कैसे राजी हो गए!

श्रद्धा—मैं जरा जा कर कहारों से पूछती हूँ कि कब तक आने को कह गए हैं।

विद्या—शाम होने के पहले ये लोग कभी न लौटेंगे। माया को हटा देने के लिए ही यह चाल चली गई है। इन लोगों ने जो बात मन में ठान ली है वह होकर रहेगी। पिताजी का शाप मेरी आँखों के सामने है। यह अनर्थ होना है और होगा।

श्रद्धा—जब तुम्हारी यही दशा है तो जो कुछ हो जाए वह थोड़ा है।

विद्या ने कुतूहल से देखकर कहा—भला मेरे बस की कौन सी बात है?

श्रद्धा—बस की बात क्यों नहीं है? अभी शाम को जब यह लोग लौटें तब नीचे चली जाओ और माया का हाथ पकड़कर खींच लाओ। वह न आए तो सारी बातें खोलकर उससे कह दो। समझदार लड़का है, तुरन्त उनसे उसका मन फिर जाएगा।

विद्या—(सोचकर) और यदि समझाने से भी न आए? इन लोगों ने उसे खूब सिखा-पढ़ा रखा होगा।

श्रद्धा—तो रात को जब शहर के लोग जमा हों, जा कर भरी सभा में कह दो, वह सब मेरी इच्छा के विरुद्ध है। मैं अपने पुत्र को गोद नहीं देना चाहती। लोगों की सब चालें पट पड़ जाएँ। तुम्हारी जगह मैं होती तो वह महनामथ मचते कि इनके दाँत खट्टे हो जाते। क्या करूँ, मेरा कुछ अधिकार नहीं है, नहीं तो इन्हें तमाशा दिखा देती!

विद्या ने निराश भाव से कहा—बहिन, मुझसे यह न होगा। मुझमें न इतनी सामर्थ्य है, न साहस। अमर और कुछ न हो, माया ही मेरी बातों को दुलख दे तो उसी क्षण मेरा कलेजा फट जाएगा। भरी सभा में जाना तो मेरे लिए असम्भव है। उधर पैर ही न उठेंगे। रुकें भी तो वहाँ जाकर जबान बन्द हो जाएगी।

श्रद्धा—पता नहीं ये लोग किधर गए हैं। एक क्षण के लिए गायत्री एकान्त में मिल जाती तो एक बार मैं भी समझा देखती।

दीवानेखाने में आनन्दोत्सव हो रहा था। मास्टर अलहदीन का अलौकिक चमत्कार लोगों का मुग्ध कर रहा था। द्वारों पर दर्शकों की भीड़ लगी हुई थी। सहन में ठठ के ठठ कंगले जमा थे। मायाशंकर को दिन भर के बाद माँ की याद आई। वह आज आनन्द से फूला न समाता था। जमीन पर पाँव न पड़ते थे। दौड़-दौड़ कर काम कर रहा था। ज्ञानशंकर बार-बार कहते, तुम आराम से बैठो। इतने आदमी तो हैं ही, तुम्हारे हाथ लगाने की क्या

जरूरत है? पर उससे बेकार नहीं बैठा जाता था। कभी लैम्प साफ करने लगता, कभी खसदान उठा लेता। आज सारे दिन मोटर पर सैर करता रहा। लौटते ही पद्मशंकर और तेजशंकर से सैर का वृत्तान्त सुनाने लगा, यहाँ गए, वहाँ गए, यह देखा, वह देखा। उसे अतिशयोक्ति में बड़ा मजा आ रहा था। यहाँ से छुट्टी मिली तो हवन पर जा बैठा। इसके बाद भोजन में सम्मिलित हो गया। जब गाना आरम्भ हुआ तो उसका चंचल चित्त स्थिर हुआ। सब लोग गाना सुनने में तल्लीन हो रहे थे, उसकी बातें सुननेवाला कोई न था। अब उसे याद आया, अम्माँ को प्रणाम करने तो गया ही नहीं! ओहो, अम्माँ मुझे देखते ही दौड़कर छाती से लगा लेंगी। आशीर्वाद देंगी। मेरे इन रेशमी कपड़ों की खूब तारीफ करेंगी। वह ख्याली पुलाव पकाता, मुस्कराता हुआ विद्या के कमरे में गया। वहाँ सन्नाटा छाया हुआ था, एक धुँधली सी दीवालगीर जल रही थी। विद्या पलँग पर पड़ी हुई थी। महरियाँ नीचे गाना सुनने चली गई थीं। लाला प्रभाशंकर के घर की स्त्रियों को न बुलावा दिया गया था और न वे आई थीं। श्रद्धा अपने कमरे में बैठी हुई कुछ पढ़ रही थी। माया ने माँ के समीप जा कर देखा–उसके बाल बिखरे हुए थे, आँखों से आँसू बह रहे थे, होठ नीले पड़ गए थे, मुख निस्तेज हो रहा था। उसने घबरा कर कहा–अम्माँ, अम्माँ! विद्या ने आँखें खोलीं और एक मिनट तक उसकी ओर टकटकी बाँधकर देखती रही मानो अपनी आँखों पर विश्वास नहीं है। तब वह उठ बैठी। माया को छाती से लगाकर उसका सिर अंचल से ढँक लिया मानो उसे किसी आघात से बचा रही हो और उखड़े हुए स्वर में बोली, आओ मेरे प्यारे लाल! तुम्हें आँख भर देख लूँ। तुम्हारे ऊपर बहुत देर से जी लगा हुआ था। तुम्हें लोग अग्निकुण्ड की ओर ढकेल लिये जाते थे। मेरी छाती धड़-धड़ करती थी! बार-बार पुकारती थी, लेकिन तुम सुनते ही न थे। भगवान् ने तुम्हें बचा लिया। वही दीनों के रक्षक हैं। अब मैं तुम्हें न जाने दूँगी। यही मेरी आँखों के सामने बैठो। मैं तुम्हें देखती रहूँगी–देखो, देखो! वह तुम्हें पकड़ने के लिए दौड़ा आता है, मैं किवाड़ बन्द किए देती हूँ। तुम्हारा बाप है। लेकिन उसे तुम्हारे ऊपर जरा भी दया नहीं आती। मैं किवाड़ बन्द कर देती हूँ। तुम बैठे रहो।

यह कहते हुए वह द्वार की ओर चली, मगर पैर लड़खड़ाए और अचेत हो कर फर्श पर गिर पड़ी। माया उसकी दशा देखकर और उसकी बहकी-बहकी बातें सुनकर थर्रा गया। मारे भय के वहाँ एक क्षण भी न ठहर सका। तीर के समान कमरे से निकला और दीवानेखाने में आकर दम लिया। ज्ञानशंकर मेहमानों के आदर सत्कार में व्यस्त थे। उनसे कुछ कहने का अवसर न था। गायत्री चिक की आड़ में बैठी हुई सोच रही थी, इस अलहदीन को कीर्तन के लिए रख लूँ तो अच्छा हो। मेरे मन्दिर की सारे देश में धूम मच जाए। माया ने आकर कहा–मौसी जी, आप चलकर जरा अम्माँ को देखिए। न जाने कैसी हुई जाती हैं। उन्हें डेलिरियम सा हो गया है।

गायत्री का कलेजा सन्न सा हो गया। वह विद्या के स्वभाव से परिचित थी। यह खबर सुनकर उससे कहीं ज्यादा शंका हुई, जितनी सामान्य दशा में होनी चाहिए थी। वह कल से विद्या के बदले हुए तेवर देख रही थी। रात की घटना भी उसे याद आई। वह जीने की ओर चली। माया भी पीछे-पीछे चला। इस कमरे में इस समय कितनी ही चीजें इधर-उधर बिखरी पड़ी थीं। गायत्री ने कहा–तुम यहीं बैठो, नहीं तो इनमें से एक चीज

का भी पता न चलेगा। मैं अभी आती हूँ। घबराने की कोई बात नहीं है, शायद उसे बुखार आ गया है।

गायत्री विद्या के कमरे में पहुँची। उसका हृदय बाँसों उछल रहा था। उसे वास्तविक अवस्था का कुछ गुप्त ज्ञान सा हो रहा था। उसने बहुत धीरे से कमरे में पैर रखा। धुँधली दीवालगीर अब भी जल रही थी, और विद्या द्वार के पास फर्श पर बेखबर पड़ी हुई थी। चेहरे पर मुर्दनी छाई हुई थी, आँखें बन्द थीं और जोर-जोर से साँस चल रही थी। यद्यपि खूब सर्दी पड़ रही थी, पर उसकी देह पसीने से तर थी। माथे पर स्वेद-बिन्दु झलक रहे थे, जैसे मुरझाए फूल पर ओस की बूँदें झलकती हैं। गायत्री ने लैम्प तेज करके विद्या को देखा। होठ पीले पड़ गए थे और हाथ-पैर धीरे-धीरे काँप रहे थे। उसने उसका सिर अपनी गोद में रख लिया, अपना सुगन्ध से डूबा हुआ रुमाल निकाल लिया। और उसके मुँह पर झलने लगी। प्रेममय शोक-वेदना से उसका हृदय विकल हो उठा। गला भर आया,—विद्या, कैसा जी है?

विद्या ने आँखें खोल दीं और गायत्री को देखकर बोली—बहिन! इसके सिवा वह और कुछ न कह सकी। बोलने की बार-बार चेष्टा करती थी, पर मुँह से आवाज न निकलती थी, उसके मुख पर एक अतीव करुणाजनक दीनता छा गई। उसने विवश दृष्टि से फिर गायत्री को देख। आँखे लाल थीं, लेकिन उनमें उन्मत्तता या उग्रता न थी। उनमें आत्मज्योति झलक रही थी। वह विनय, क्षमा और शान्ति से परिपूर्ण थी। हमारी अन्तिम चितवनें हमारे जीवन का सार होती हैं; निर्मल और स्वच्छ ईर्ष्या और द्वेष जैसी मलिनताओं से रहित। विद्या की जबान बन्द थी, लेकिन आँखें कह रही थीं—मेरा अपराध क्षमा करना। मैं थोड़ी देर की मेहमान हूँ, मेरी ओर से तुम्हारे मन में जो मलाल हो वह निकाल डालना। मुझे तुमसे कोई शिकायत नहीं है, मेरे भाग्य में जो कुछ बदा था, वह हुआ। तुम्हारे भाग्य में जो कुछ बदा है, वह होगा। तुम्हें अपना सर्वस्व सौंपे जाती हूँ। उसकी रक्षा करना।

गायत्री ने रोते हुए कहा—विद्या, तुम कुछ बोलती क्यों नहीं? कैसा जी है, डॉक्टर बुलाऊँ?

विद्या ने निराश दृष्टि से देखा और दोनों हाथ जोड़ लिये। आँखें बन्द हो गयीं। गायत्री व्याकुल होकर नीचे दीवानखाने में गई और माया से बोली। बाबूजी को ऊपर ले जाओ। मैं जाती हूँ, विद्या की दशा अच्छी नहीं है।

एक क्षण में ज्ञानशंकर और माया। दोनों ऊपर आए। श्रद्धा भी हलचल सुनकर दौड़ी हुई आई। ज्ञानशंकर ने विद्या को दो-तीन बार पुकारा, पर उसने आँखें न खोलीं। तब उन्होंने आलमारी से गुलाबजल की बोतल निकाली और उसके मुँह पर कई बार छींटे दिए। विद्या की आँखें खुल गयीं, किन्तु पति को देखते ही उसने जोर से चीख मारी। यद्यपि हाथ-पाँव अकड़े हुए थे, पर ऐसा जान पड़ा कि उसमें कोई विद्युत् शक्ति दौड़ गई। वह तुरन्त उठकर खड़ी हो गई। दोनों हाथों से आँख बन्द किए द्वार की ओर चली। गायत्री ने उसे सँभाला और पूछा—विद्या, पहचानती नहीं, बाबू ज्ञानशंकर हैं।

विद्या ने सशंक और भयभीत नेत्रों से देखा और पीछे हटती हुई बोली—अरे, यह फिर आ गया। ईश्वर के लिए इससे मुझे बचाओ।

गायत्री—विद्या, तबियत को जरा सँभालो। तुमने कुछ खा तो नहीं लिया है। डॉक्टर को बुलाऊँ!

विद्या--मुझे इससे बचाओ, ईश्वर के लिए मुझे इससे बचाओ।

गायत्री—पहचानती नहीं हो, बाबूजी हैं।

विद्या—नहीं-नहीं, यह पिशाच है। इसके लम्बे बाल हैं। वह देखो दाँत निकाले मेरी ओर दौड़ा आता है। हाय-हाय! इसे भगाओ, मुझे खा जाएगा। देखो-देखो मुझे पकड़े लेता है। इसके सींग हैं, बड़े-बड़े दाँत हैं, बड़े-बड़े नख हैं। नहीं, मैं न जाऊँगी। छोड़ दे दुष्ट, मेरा हाथ छोड़ दे। हाय! मुझे अग्नि कुण्ड में झोंके देता है। अरे देखो, माया को पकड़ लिया। कहता है, बलिदान दूँगा। दुष्ट तेरे हृदय में जरा भी दया नहीं है? उसे छोड़ दे, मैं चलती हूँ, मुझे कुण्ड में झोंक दे, पर ईश्वर के लिए उसे छोड़ दे, मैं चलती हूँ, मुझे कुण्ड में झोंक दे, पर ईश्वर के लिए उसे छोड़ दे। यह कहते-कहते विद्या फिर मूर्च्छित होकर गिर पड़ी। ज्ञानशंकर मैं लज्जायुक्त चिन्ता से कहा, जहर खा लिया। मैं अभी डॉक्टर प्रियनाथ के यहाँ जाता हूँ। शायद उनके यत्न से अब भी इसके प्राण बच जाएँ। मुझे क्या मालूम था कि माया को तुम्हारी गोद में देने का इसे इतना दुख होगा। मैंने इसे आज तक न समझा। यह पवित्र आत्मा थी, देवी थी, मेरे जैसे लोभी, स्वार्थी मनुष्य के योग्य न थी।

यह कह कर वह आँखों से आँसू भरे चले गए। श्रद्धा ने विद्या को उठाकर गोद में ले लिया। गायत्री पंखा झलने लगी। माया खड़ा रो रहा था। कमरे में सन्नाटा छाया हुआ था, वह सन्नाटा जो मृत्यु-स्थान के सिवा और कहीं नहीं होता। सब की सब विद्या को होश में लाने का प्रयास कर रही थीं, पर मुँह से कोई कुछ न कहता था। सब के दिलों मृत्यु-भय छाया हुआ था।

आधे घण्टे के बाद विद्या की आँखें खुलीं। उसने चारों ओर सहमे हुए नेत्रों से देख कर इशारे से पानी माँगा।

श्रद्धा ने गुलाबजल और पानी मिलाकर कटोरा उसके मुँह से लगाया। उसने पानी पीने को मुँह खोला, लेकिन होठ खुले रह गए, अंगों पर इच्छा का अधिकार नहीं रहा। एक क्षण में आँखों की पुतलियाँ फिर गईं।

श्रद्धा समझ गई कि यह अन्तिम क्षण है। बोली—बहिन, किसी से कुछ कहना चाहती हो? माया तुम्हारे सामने खड़ा है।

विद्या की बुझी आँखें श्रद्धा की ओर फिरीं, आँसू की चन्द बूँदें गिरीं, शरीर में कम्पन हुआ और दीपक बुझ गया!

एक सप्ताह पीछे मुन्नी भी हुड़क-हुड़क कर बीमार पड़ गई। रात-दिन अम्माँ-अम्माँ की रट लगाया करती। न कुछ खाती न पीती, यहाँ तक कि दवाएँ पिलाने के समय मुँह ऐसा बन्द कर लेती कि किसी तरह ने खोलती। श्रद्धा गोद में लिये पुचकारती-फुसलाती, पर सफल न होती। बेचारा माया गोद में लिये उसके मुरझाए मुँह की ओर देखता और रोता। ज्ञानशंकर को तो अवकाश न मिलता था, न लाला प्रभाशंकर दिन में कई बार डॉक्टर के पास जाते, दवाएँ लाते, लड़की का मन बहलाने के लिए तरह-तरह के खिलौने लाते, पर मुन्नी उनकी ओर आँख उठाकर भी न देखती! गायत्री से न जाने क्या चिढ़ थी। उसकी

सूरत देखते ही रोने लगती। एक बार गायत्री ने गोद में उठा लिया तो उसे दाँतों से काट लिया। चौथे दिन उसे ज्वर हो आया और तीन दिन बीमार रह कर मातृ-हृदय की भूखी बालिका चल बसी।

विद्या के मरने के पीछे विदित हुआ कि वह कितनी बहुप्रिय और सुशीला थी। मुहल्ले की स्त्रियाँ श्रद्धा के पास आकर चार आँसू बहा जातीं। दिन भर उनका ताँता लगा रहता! बड़ी बहू और उनकी बहू भी सच्चे दिल से उसका मातम कर रही थीं! उस देवी ने अपने जीवन में किसी को 'रे' या 'तू' नहीं कहा, महरियों से हँस-हँस कर बातें करती। नसीब चाहे खोटा था, हृदय में दया थी। किसी का दुःख न देख सकती थी। दानशीला ऐसी थी कि किसी भूखे भिखारी, दुखियारे को द्वार से फिरने न देती थी, धेले की जगह पैसा और आध पाव की जगह पाव देने की नीयत रखती थी। गायत्री इन स्त्रियों से आँखें चुराया करती। अगर वह कभी आ पड़ती तो सब की सब चुप हो जातीं और उसकी अवहेलना करतीं। गायत्री उनकी श्रद्धापात्र बनने के लिए उनके बालकों को मिठाइयाँ और खिलौने देती विद्या की रो-रो कर चर्चा करती पर उसका मनोरथ पूरा न होता था। यद्यपि कोई स्त्री मुँह से कुछ न कहती थी, लेकिन उनके कटाक्ष व्यंग्य से भी अधिक मर्मभेदी होते थे। एक दिन बड़ी बहू ने गायत्री के मुँह पर कहा—न जाने ऐसा कौन सा काँटा था जिसने उसके हृदय में चुभ कर जान ली। दूध-पूत सब भगवान् ने दिया था, पर इस काँटे की पीड़ा न सही गई। यह काँटा कौन था, इस विषय में महिलाओं की आँखें उनकी वाणी से कहीं सशब्द थीं। गायत्री मन में कष्ट कर रह गई।

वास्तव में कुटुम्ब या मुहल्ले की स्त्रियों को विद्या के मरने का जितना शोक था उससे कहीं ज्यादा गायत्री को था। डॉक्टर प्रियनाथ ने स्पष्ट कह दिया कि इसने विष खाया है। लक्षणों से भी यही बात सिद्ध होती थी! गायत्री इस खून से अपना हाथ रंगा हुआ पाती थी। उसकी सगर्व आत्मा इस कल्पना से ही काँप उठती थी। वह अपनी निज की महरियों से भी विद्या की चर्चा करते झिझकती थी। मौत की रात का दृश्य कभी न भूलता था। विद्या की वह क्षमाप्रार्थी चितवनें सदैव उसकी आँखों में फिरा करतीं। हाँ, यदि मुझे पहले मालूम होता कि उसके मन में मेरी ओर से इतना मिथ्या भ्रम हो गया है तो यह नौबत न आती। लेकिन फिर जब वह उसके पहलेवाली रात की घटनाओं पर विचार करती तो उसका मन स्वयं कहता था कि विद्या का सन्देह करना स्वाभाविक था। नहीं, अब उसे कितनी ही छोटी-छोटी बातें ऐसी भी याद आती थीं जो उसने विद्या का मनोमालिन्य देख कर केवल उसे जलाने और सुलगाने के लिए की थीं। यद्यपि उस समय उसने ये बातें अपने पवित्र प्रेमी की तरंग में की थीं और विद्या के ही सामने नहीं, सारी दुनिया के सामने करने पर तैयार थी, पर इन खून के छींटों से वह नशा उतर गया था। उसका मन स्वयं स्वीकार करता था कि वह विशुद्ध प्रेम न था, अज्ञात रीति से उसमें वासना का लेश आ गया था। विद्या मुझे देखकर सदय हो गई थी, लेकिन ज्ञानशंकर को सूरत देखते ही उसका झिझकना, चीखना, चिल्लाना साफ कह रहा था कि उसने हमारे ही ऊपर जान दी। यह उसकी परम उदारता थी कि उसने मुझे निर्दोष समझा। इतने भयंकर उत्तरदायित्व का भार उसकी आत्मा को कुचले देता था। शनैः-शनैः भाव का उस पर इतना प्राबल्य हुआ कि भक्ति और प्रेम से

उसे अरुचि होने लगी। उसके विचार में यह दुर्घटना इस बात का प्रमाण थी कि हम भक्ति के ऊँचे आदर्श से गिर गए, प्रेम के निर्मल जल में तैरते हुए हम भोग के सेवारों में उलझ गए, मानों यह हमारी आत्मा को सजग करने के लिए देवप्रेरित चेतावनी थी। अब ज्ञानशंकर उसके पास आते तो उनसे खुलकर न मिलती। ज्ञानशंकर ने विद्या की दाह-क्रिया आप न की थी, यहाँ तक कि चिता में आग भी न दी थी। एक ब्राह्मण से सब संस्कार कराए। गायत्री को यह असज्जनता और हृदयशून्यता नागवार मालूम होती थी। उसकी इच्छा थी कि विद्या की अन्त्येष्टि प्रथानुसार और यथोचित सम्मान के साथ की जाए। उसकी आत्मा की शान्ति का अब यही एक उपाय था। उसने ज्ञानशंकर से इसका इशारा भी किया, पर वह टाल गए। अतएव वह उन्हें देखते ही मुँह फेर लेती थी, उन्हें अपनी वाणी का मन्त्र मारने का अवसर ही न देती थी। उसे भय होता था कि उनकी यह उच्छृंखलता मुझे और भी बदनाम कर देगी। वह कम से कम संसार की दृष्टि में इस हत्या के अपराध से मुक्त रहना चाहती थी।

गायत्री पर अब ज्ञानशंकर के चरित्र के जौहर भी खुलने लगे। उन्होंने उससे अपने कुटुम्बियों की इतनी बुराइयाँ की थीं कि वह उन्हें धैर्य और सहनशीलता की मूर्ति समझती थी। पर यहाँ कुछ और ही बात दिखाई देती थी। उन्होंने प्रेमशंकर को शोक सूचना तक न दी। लेकिन उन्होंने ज्यों ही खबर पाई तुरन्त दौड़े हुए आए और सोलह दिनों तक नित्य प्रति आकर यथायोग्य संस्कार में भाग लेते रहे। लाला प्रभाशंकर संस्कारों की व्यवस्था में, ब्रह्मभोज में, बिरादरी की दावत में व्यस्त थे। मानो आपस में कोई द्वेष नहीं। बड़ी बहू के व्यवहार से भी सच्ची समवेदना प्रकट होती थी। लेकिन ज्ञानशंकर के रंग-ढंग से साफ-साफ जाहिर होता था कि इन लोगों का शरीक होना उन्हें नागवार है। वह उनसे दूर-दूर रहते थे, उनसे बात करते तो रुखाई से, मानो सभी उनके शत्रु हैं और इसी बहाने उनका अहित करना चाहते हैं। ब्रह्मभोज के दिन उनकी लाला प्रभाशंकर से खासी झपट हो गई। प्रभाशंकर आग्रह कर रहे थे, मिठाइयाँ घर में बनवाई जायँ। ज्ञानशंकर कहते थे कि यह अनुपयुक्त है। सम्भव है, घर की मिठाइयाँ अच्छी बनें, पर खर्च बहुत पड़ेगा। बाजार से मामूली मिठाइयाँ मँगवाई जायँ। प्रभाशंकर ने कहा, खिलाते हो तो ऐसे पदार्थ खिलाओ कि खानेवाले भी समझें कि कही दावत खाई थी। ज्ञानशंकर नेबिड़कर कहा—मैं ऐसा अहमक नहीं हूँ कि इस वाह-वाह के लिए अपना घर लुटा दूँ। नतीजा यह हुआ कि बाजार से सस्ते मेल की मिठाइयाँ आयीं। ब्राह्मणों ने डटकर खाया, लेकिन सारे शहर में निन्दा की।

गायत्री को जो बात सबसे अप्रिय लगती थी वह अपनी नजरबन्दी थी। ज्ञानशंकर उसकी चिट्ठियाँ खेलकर पढ़ लेते, इस भय से कहीं राय साहब का कोई पत्र न हो। अगर वह प्रेमशंकर या लाला प्रभाशंकर से कुछ बातें करने लगती तो वह तुरन्त आकर बैठ जाते और ऐसी असंगत बात करने लगते कि साधारण बातचीत भी विवाद का रूप धारण कर लेती थी। उनके व्यवहार से स्पष्ट विदित होता था कि गायत्री के पास किसी अन्य मनुष्य का उठना-बैठना उन्हें असह्य है। इतना ही नहीं, वह यथासाध्य गायत्री को स्त्रियों से मिलने-जुलने का भी अवसर न देते। आत्माभिमान धार्मिक विषयों में लोकमत को जितना तुच्छ समझता है लौकिक विषयों में लोकमत का उतना ही आदर करता है। गायत्री को

विद्या के हत्यापराध से मुक्त होने के लिए घर, मुहल्ले की स्त्रियों की सहानुभूति आवश्यक जान पड़ती थी। वह अपने बर्ताव से, विद्या की सुकीर्ति के बखान से, यहाँ तक कि ज्ञानशंकर की निन्दा से भी यह उद्देश्य पूरा करना चाहती थी। षोडशे और ब्रह्मभोज के बाद एक दिन उसने नगर की कई कन्या पाठशालाओं का निरीक्षण किया और प्रत्येक को विद्या के नाम पर पारितोषिक देने के लिए रुपये दे आई; और यह केवल दिखावा ही नहीं था, विद्या से उसे बहुत मुहब्बत थी, उसकी मृत्यु का उसे सच्चा शोक था। विद्या को याद करके वह बहुधा एकान्त मे रो पड़ती, उसकी सूरत उसकी आँखों से कभी न उतरती थी। जब श्रद्धा और बड़ी बहू आदि विद्या की चर्चा करने लगतीं तो वह अदबदा कर उनकी बातें सुनने के लिए जा बैठती। उनके कटाक्ष और संकेतों की ओर उसका ध्यान नहीं जाता। ऐसे अवसरों पर जब ज्ञानशंकर उसे रियासत के किसी काम के बहाने से बुलाते तो उसे बहुत नागवार मालूम होता। वह कभी-कभी झुँझला कर कहती, जा कर कह दो मुझे फुरसत नहीं है। जरा-जरा सी बातों में मुझसे सलाह लेने की क्या जरूरत है? क्या इतनी बुद्धि भी ईश्वर ने नहीं दी? रियासत! रियासत!! उन्हें किसी के मरने-जीने की परवाह न हो, सबके हृदय एक-से नहीं हो सकते। कभी-कभी वह केवल ज्ञानशंकर को चिढ़ाने के लिए श्रद्धा के पास घण्टों बैठी रहती। वह अब उनकी कठपुतली बन कर न रहना चाहती थी। उसकी गौरवशील प्रकृति स्वच्छन्द होने के लिए तड़पती थी। वह इस बन्धन से निकल भागना चाहती थी। एक दिन वह ज्ञानशंकर से कुछ कहे बिना ही प्रेमशंकर की कृषिशाला में आ पहुँची और सारे दिन वहीं रही। एक दिन उसने लाला प्रभाशंकर और प्रेमशंकर की दावत की और सारा जेवनार अपने हाथों से पकाया! लालाजी को भी उसके पाक-नैपुण्य को स्वीकार करना पड़ा!

दो महीने गुजर गए। धीरे-धीरे महिलाओं को गायत्री पर विश्वास होने लगा। द्वेष और मालिन्य के परदे हटने लगे। उसके सम्मुख ऐसी-ऐसी बातें होने लगीं। जिनकी भनक भी पहले उसके कानों में न पड़ने पाती थी, यहाँ तक कि वह इस समाज का एक प्रधान अंग बन गई। यहाँ प्रायः नित्य ही ज्ञानशंकर के चरित्र की चर्चा होती और फलतः उनका आदर गायत्री के हृदय से उठता जाता था। बड़ी बहू और उनकी बहू दोनों ज्ञानशंकर की द्वेष कथा कहने लगती तो उसका अंत ही न होता था। श्रद्धा यद्यपि इतनी प्रगल्भा न थी, पर यह अनुमान करने के लिए बहुत सूक्ष्मदर्शिता की जरूरत न थी कि उसे भी ज्ञानशंकर से विशेष स्नेह न था। ज्ञानशंकर की संकीर्णता और स्वार्थपरता दिनोंदिन गायत्री को विदित होने लगी। अब उसे ज्ञान होने लगा कि पिताजी ने मुझे ज्ञानशंकर से बचते रहने की जो ताकीद की थी उसमें भी कुछ न कुछ रहस्य अवश्य था। ज्ञानशंकर के प्रेम और भक्ति पर से भी उसका विश्वास उठने लगा। उसे सन्देह होने लगा कि उन्होंने केवल अपना कार्य सिद्ध करने के लिए तो यह स्वाँग नहीं रचा। अब उसे कितनी ही ऐसी बातें याद आने लगीं, जो इस सन्देह की पुष्ट करती थीं। ज्यों-ज्यों वह सन्देह बढ़ता था ज्ञानशंकर की ओर से उसका चित्त फिरता जाता था। ज्ञानशंकर गायत्री के चित्त की यह वृत्ति देखकर बड़े असमंजस में रहते थे। उनके विचार में यह मनोमालिन्य शान्त करने का सर्वोत्तम उपाय यही था कि गायत्री को किसी प्रकार गोरखपुर खींच ले चलूँ। लेकिन उससे यह प्रस्ताव करते हुए वह डरते थे। अपनी बोटी लाल करने के लिए वह गायत्री का एकान्त सेवन परमावश्यक समझते

थे। मायाशंकर को गोद लेने से ही कोई विशेष लाभ न था। गायत्री की आयु 35 वर्ष से अधिक न थी और कोई कारण न था वह अभी 45 वर्ष जीवित न रहे। यह लम्बा इन्तजार ज्ञानशंकर जैसे अधीर पुरुषों के लिए असह्य था। इसलिए वह श्रद्धा और भक्ति का वही वशीकरण मन्त्र मार कर गायत्री को अपनी मुट्ठी में करना चाहते थे।

एक दिन वे एक पत्र लिये हुए गायत्री के पा आ कर बोले, गोरखपुर से यह बहुत जरूरी खत आया है। मुख्तार साहब ने लिखा है कि वे फसल के दिन हैं। आप लोगों का आना जरूरी है, नहीं तो सीर की उपज हाथ न लगेगी, नौकर-चाकर खा जाएँगे।

गायत्री ने धृष्ट होकर कहा—इसका उत्तर तो मैं पीछे दूँगी, पहले यह बतलाइए कि आप मेरी चिट्ठियाँ क्यों खोल लिया करते हैं?

ज्ञानशंकर सन्नाटे में आ गए, समझ गए कि मैं इसकी आँखों में उससे कहीं ज्यादा गिर गया है जितना मैं समझता हूँ। बगल झाँकते हुए बोले—मेरा अनुमान था कि इतनी आत्मिक घनिष्ठता के बाद इस शिष्टाचार की जरूरत नहीं। लेकिन आपको नागवार लगता है तो आगे ऐसी भूल न होगी।

गायत्री ने लज्जित होकर कहा—मेरा आशय यह नहीं था। मैं केवल यह चाहती हूँ कि मेरी निज की चिट्ठियाँ न खोली जाया करें।

ज्ञानशंकर—इस धृष्टता का कारण यह था कि मैं अपनी आत्मा को। आपकी आत्मा में संयुक्त समझता था; लेकिन ऐसा जान पड़ता है कि इस घर के द्वेषपोषक जलवायु ने हमारे बीच में भी अन्तर डाल दिया। भविष्य में ऐसा दुस्साहस न होगा। मालूम होता है कि मेरे कुदिन आए हैं। देखें क्या-क्या झेलना पड़ता है।

गायत्री ने बात का पहलू बदलकर कहा—मुख्तार साहब को लिख दीजिए कि अभी हम लोग न आ सकेंगे, तहसील-वसूल शुरू कर दें।

ज्ञानशंकर—मेरे विचार में हम लोगों का वहाँ रहना जरूरी है।

गायत्री—तो आप चले जाएँ। मेरे जाने की क्या जरूरत है? मैं अभी यहाँ कुछ दिन और रहना चाहती हूँ।

ज्ञानशंकर ने हताश होकर कर कहा जैसी आपकी इच्छा। लेकिन आपके बिना वहाँ एक-एक क्षण मुझे एक-एक साल मालूम होगा। कृष्णमन्दिर तैयार ही है। यहाँ भजन-कीर्तन में जो आनन्द आएगा वह यहाँ दुर्लभ है। मेरी इच्छा थी कि अबकी बरसात वृन्दावन में कटती। इस आशा पर पानी फिर गया। आप मेरे जीवन-पथ की दीपक हैं, आप ही मेरे प्रेम और भक्ति की केन्द्रस्थल हैं। आप के बिना मुझे अपने चारों ओर अँधेरा दिखाई देगा। सम्भव है कि पागल हो जाऊँ।

दो महीने पहले ऐसी प्रेमरस पूर्ण बातें सुनकर गायत्री का हृदय गद्‌गद हो जाता; लेकिन इतने दिनों यहाँ रहकर उसे उनके चरित्र का पूरा परिचय मिल चुका था। वह साज जो बेसुर अलाप को भी रसमय बना देता था अब बन्द था। वह मन्त्र का प्रतिहार करना सीख गई थी। बोली—यहाँ मेरी दशा उससे भी दुस्सह होगी, खोई-खोई-सी फिरूँगी, लेकिन करूँ क्या? यहाँ लोगों के हृदय को अपनी ओर से साफ करना आवश्यक है। यह वियोग-दुःख इसलिए उठा रही हूँ, नहीं तो आप जानते हैं यहाँ मन बहलाव को क्या सामग्री है? देह पर अपना

वश है, उसे यहाँ रखूँगी। रहा मन, मन एक क्षण के लिए भी अपने कृष्ण का दामन न छोड़ेगा। प्रेम-स्थल में हजारों कोम की दूरी भी कोई चीज नहीं है, वियोग में भी मिलाप का आनन्द मिलता रहता है। हाँ, पत्र नित्य प्रति लिखते रहिएगा, नहीं तो मेरी जान पर बन जाएगी।

ज्ञानशंकर ने गायत्री को भेद की दृष्टि से देखा। यह वह भोली-भाली सरला गायत्री न थी। वह अब त्रिया-चरित्र में निपुण हो गई थी; दगा का जवाब दगा से देना सीख गई थी। समझ गए कि अब यहाँ मेरी दाल न गलेगी। इस बाजार में अब खोटे सिक्के न चलेंगे। यह बाजी जीतने के लिए कोई नयी चाल चलनी पड़ेगी, नए किले बाँधने पड़ेंगे। गायत्री को यहाँ छोड़कर जाना शिकार को हाथ से खोना था। किसी दूसरे अवसर पर यह जिक्र छेड़ने का निश्चय करके वह उठे। सहसा गायत्री ने पूछा, तो कब तक जाने का विचार है? मेरे विचार से आपका प्रातःकाल की गाड़ी से चला जाना अच्छा होगा।

ज्ञानशंकर ने दीन भाव से भूमि की ओर ताकते हुए कहा—अच्छी बात है।

गायत्री—हाँ, जब जाना ही है तब देर न कीजिए। जब तक इस मायाजाल में फँसे हुए हैं तब तक तो यहाँ के राग अलापने ही पड़ेंगे।

ज्ञानशंकर—जैसी आज्ञा।

यह कहकर वह मर्माहत भाव से उठकर चले गए। उनके जाने के बाद गायत्री को वहीं खेद हुआ जो किसी मित्र को व्यर्थ कष्ट देने पर हमको होता है, पर उसने उन्हें रोका नहीं।

श्रद्धा और गायत्री में दिन-दिन मेल-जोल बढ़ने लगा। गायत्री को अब ज्ञात हुआ कि श्रद्धा में कितना त्याग, विनय, दया और सतीत्व है। मेल-जोल से उनमें आत्मीयता का विकास हुआ, एक-दूसरी से अपने हृदय की बात कहने लगीं, आपस में कोई पर्दा न रहा। दोनों आधी-आधी रात तक बैठी अपनी बीती सुनाया करतीं। श्रद्धा की बीती प्रेम और वियोग की करुण कथा थी जिसमें आदि से अन्त तक कुछ छिपाने की जरूरत न थी। वह रो-रो कर अपनी विरह व्यथा का वर्णन करती, प्रेमशंकर की निर्दयता और सिद्धान्त प्रेम का रोना रोती, अपनी टेक पर भी पछताती। कभी प्रेमशंकर के सद्‌गुणों की अभिमान के साथ चर्चा करती करती। अपनी कथा कहने में, अपने हृदय के भावों को प्रकट करने में उसे शान्तिमय आनन्द मिलता था। इसके विपरीत गायत्री की कथा प्रेम से शुरू हो कर आत्म-ग्लानि पर समाप्त होती थी। विश्वास के उद्‌गार में भी उसे सावधान रहना पड़ता था, वह कुछ-न-कुछ छिपाने और दबाने पर मजबूर हो जाती थी। उसके हृदय में कुछ ऐसे काले धब्बे थे जिन्हें दिखाने का उसे साहस न होता था; विशेषतः श्रद्धा को जिसका मन और वचन एक था। वह उसके सामने प्रेम और भक्ति का जिक्र करते हुए शरमाती थी। वह जब ज्ञानशंकर के उस दुस्साहस को याद करती जो उन्होंने रात को थियेटर से लौटते समय किया था तब उसे मालूम होता था कि उस समय तक मेरा मन शुद्ध और उज्ज्वल था, यद्यपि वासनाएँ अंकुरित हो चली थीं। उसके बाद जो कुछ हुआ वह सब ज्ञानशंकर की काम-तृष्णा और

मेरी आत्मदुर्बलता का नतीजा था जिसे मैं भक्ति कहती थी। ज्ञानशंकर ने केवल अपनी दुष्कामना पूरी करने के लिए मेरे सामने भक्ति का यह रंगीन जाल फैलाया। मेरे विषय में उनका यह लेख लिखना, धार्मिक और सामाजिक क्षेत्र में मुझे आगे बढ़ाना, उनकी वह अविरल स्वामि-भक्ति, वह आत्मसमर्पण, सब उनकी अभीष्ट-सिद्धि के मंत्र थे। मुझे मेरे अहंकार ने डुबाया, मैं अपने ख्याति-प्रेम के हाथों मारी गयी। मेरा वह धर्मानुराग, मेरी विवेकहीन मिथ्या भक्ति, मेरे वह आमोद-प्रमोद, मेरी वह आवेशमयी कृतज्ञता जिस पर मुझे अपने संयम और व्रत को बलिदान करने में लेशमात्र भी संकोच न होता था, केवल मेरे अहंकार की क्रीड़ाएँ थीं। इस व्याध ने मेरी प्रकृति के सबसे भेद्य स्थान पर निशाना मारा। उन्होंने मेरे व्रत और नियम को धूल में मिला दिया, केवल अपने ऐश्वर्य-प्रेम के हेतु मेरा सर्वनाश कर दिया। स्त्री अपनी कुवृत्ति का दोष सदैव पुरुष के सिर पर रखती है, अपने को वह दलित और आहत समझती है। गायत्री के हृदय में इस समय ज्ञानशंकर का प्रेमालाप, वह मृदुल व्यवहार, वह सतृष्ण चितवनें तीर की तरह लग रही थीं। वह कभी-कभी शोक और क्रोध से इतनी उत्तेजित हो जाती कि उसका जी चाहता कि उसने जैसे मेरे जीवन को भ्रष्ट किया है वैसे ही मैं भी उसका सर्वनाश कर दूँ।

एक दिन वह इन्हीं उद्दंड विचारों में डूबी हुई थी कि श्रद्धा आकर बैठ गयी और उसके मुख की ओर देखकर बोली—मुख क्यों लाल हो रहा है। आँखों में आँसू क्यों भरे हैं?

गायत्री—कुछ नहीं, मन ही तो है।

श्रद्धा—मुझसे कहने योग्य नहीं है?

गायत्री—तुमसे छिपा ही क्या है जो मुझसे पूछती हो। मैंने अपनी तरफ से छिपाया है, लेकिन तुम सब कुछ जानती हो। यहाँ कौन नहीं जानता? उन बातों को जब याद करती हूँ तो ऐसी इच्छा होती है कि एक ही कटार से अपनी और उसकी गर्दन काट डालूँ। खून खौलने लगता है। मुझे जरा भी भ्रम न था कि वह इतना बड़ा धूर्त और पाजी है। बहिन, अब चाहे जो कुछ हो मैं उससे अपनी आत्महत्या का बदला अवश्य लूँगी। मर्यादा तो यही कहती है कि विद्या की भाँति विष खा कर मर जाऊँ; लेकिन यह तो उसके मन की बात होगी, वह अपने भाग्य को सराहेगा और दिल खोल कर विभव का भोग करेगा। नहीं, मैं यह मूर्खता न करूँगी। नहीं, मैं उसे घुला-घुला और रटा-रटा कर मारूँगी। मैं उसका सिर इस तरह कुचलूँगी जैसे साँप का सिर कुचला जाता है। हा! मुझ जैसी अभागिनी संसार में न होगी।

यह कहते-कहते गायत्री फूट-फूट कर रोने लगी। जरा दम लेकर फिर उसी प्रवाह में बोली, श्रद्धा तुम्हें विश्वास न आयेगा, यह मनुष्य पक्का जादूगर है। इसने मुझ पर ऐसा मन्त्र मारा कि मैं अपने को बिलकुल भूल गयी। मैं तुमसे अपनी सफाई नहीं कर रही हूँ। वायुमंडल में नाना प्रकार के रोगाणु उड़ा करते हैं। उनका विष उन्हीं प्राणियों पर असर करता है, जिनमें उसके ग्रहण करने का विकार पहले से मौजूद रहता है। मच्छर के डंक से सबको ताप और जूड़ी नहीं आती। वह बाह्य उत्तेजना केवल भीतर के विकार को उभार देती है। ऐस न होता तो आज समस्त संसार में एक भी स्वस्थ प्राणी न दिखायी देता। मुझमें यह

विकृत पदार्थ था। मुझे अपने आत्मबल पर घमंड था। मैं ऐंद्रिक भोग को तुच्छ समझती थी। इस दुरात्मा ने उसी दीपक से जिससे मेरे अँधेरे घर में उजाला था घर में आग लगा दी, जो तलवार मेरी रक्षा करती थी वही तलवार मेरी गर्दन पर चला दी। अब मैं वही तलवार उसकी गर्दन पर चलाऊँगी। वह समझता होगा कि मैं अबला हूँ उसका कुछ बिगाड़ नहीं सकती। लेकिन मैं दिखा दूँगी पानी भी भाँति द्रव हो कर भी पहाड़ों को छिन्न-भिन्न कर सकती है। मेरे पूज्य पिता आत्मदर्शी हैं। उन्हें उसकी बुरी नीयत मालूम हो गयी थी इसी कारण उन्होंने मुझे उससे दूर रहने की ताकीद की थी। उन्होंने अवश्य विद्या से यह बात कही होगी। इसीलिए विद्या वहाँ मुझे सचेत करने आयी थी। लेकिन शोक! मैं नशे में ऐसी चूर थी कि पिताजी की चेतावनी की कुछ परवाह न की। इस धूर्त ने मुझे उनकी नजरों में गिरा दिया। अब वह मेरा मुँह देखना भी न चाहेंगे।

गायत्री यह कह कर फिर शोकमग्न हो गयी। श्रद्धा की समझ में न आता था कि इसे कैसे सांत्वना दूँ। अकस्मात् गायत्री उठ खड़ी हुई। सन्दूक में से कलम, दवात, कागज निकाल लायी और बोली, बहिन, जो कुछ होना था हो चुका; इसके लिए जीवन-पर्यन्त रोना है। विद्या देवी थी, उसने अपमान से मर जाना अच्छा समझा। मैं पिशचिनी हूँ, मौत से डरती हूँ। लेकिन अब से यह जीवन त्याग और पश्चात्ताप पर समर्पण होगा। मैं अपनी रियासत से इस्तीफा दे देती हूँ, मेरा उस पर कोई अधिकार नहीं है। तीन साल से उस पर मेरा कोई हक नहीं है। मैं इतने दिनों तक बिना अधिकार ही उसका उपभोग करती रही। रियासत मेरे पतिव्रत-पालन का उपहार थी। यह ऐश्वर्य और सम्पत्ति मुझे इसलिए मिली थी कि कुल-मर्यादा की रक्षा करती रहूँ, मेरी पतिभक्ति अचल रहे। वह मर्यादा कितने महत्त्व की वस्तु होगी जिसकी रक्षा के लिए मुझे करोड़ों की सम्पत्ति प्रदान की गयी। लेकिन मैंने उस मर्यादा को भंग कर दिया, उस अमूल्य रत्न को अपनी विलासिता की भेंट कर दिया। अब मेरा उस रियासत पर कोई हक नहीं है। उस घर में पाँव रखने का मुझे स्वत्व नहीं, वहाँ का एक-एक दाना मेरे लिए त्याज्य है। मैं इतने दिनों में हराम के माल पर ऐश करती रही।

यह कह कर गायत्री कुछ लिखने लगी, लेकिन श्रद्धा ने कागज उठा लिया और बोली—खूब सोच-समझ लो, इतना उतावलापन अच्छा नहीं।

गायत्री—खूब सोच लिया है। मैं इसी क्षण ये मँगनी के वस्त्र फेंकूँगी और किसी ऐसे स्थान पर जा बैठूँगी, जहाँ कोई मेरी सूरत न देखे।

श्रद्धा—भला सोचो तो दुनिया क्या कहेगी? लोग भाँति-भाँति की मनमानी कल्पनाएँ करेंगे। मान लिया तुमने इस्तीफा ही दे दिया तो यह क्या मालूम है कि जिनके हाथों में रियासत जायेगी वे उसका सदुपयोग करेंगे। अब तो तुम्हारे लोक और परलोक की भलाई इसी में है कि शेष जीवन भगवत भजन में काटो, तीर्था-यात्रा करो साधु-सन्तों की सेवा करो। सम्भव है कि कोई ऐसे महात्मा मिल जायें, जिनके उपदेश से तुम्हारे चित्त को शान्ति हो। भगवान् ने तुम्हें धन दिया है। उससे अच्छे काम करो। अनाथों और विधवाओं को पालो, धर्मशालाएँ बनवाओ, भक्ति को छोड़ कर ज्ञान पर चलो। भक्ति का मार्ग सीधा है, लेकिन काँटों से भरा हुआ है। ज्ञान का मार्ग टेढ़ा है लेकिन साफ है।

श्रद्धा का ज्ञानोपदेश अभी समाप्त न होने पाया था कि एक महरी ने आ कर

कहा—बहूजी, वह डिपटियाइन आयी हैं, जो पहले यहीं रहती थीं। यहीं लिवा लाऊँ?

श्रद्धा—शीलमणि तो नहीं है?

महरी—हाँ-हाँ वही है साँवली! पहले तो गहने से लदी रहती थीं, आज तो एक मुँदरी भी नहीं है। बड़े आदमियों का मन गहने से भी फिर जाता है।

श्रद्धा—हाँ, यहीं लिवा लाओ।

एक क्षण में शीलमणि आ कर खड़ी हो गयीं। केवल एक उजली साड़ी पहने हुई थीं। गहनों का तो कहना ही क्या, अधरों पर पान की लाली भी न थी। श्रद्धा उठकर उनसे गले मिली और पूछा—सीतापुर से कब आयीं।

शीलमणि—आज ही आयी हूँ, और इसीलिए आयी हूँ कि लाला ज्ञानशंकर से दो-दो बातें करूँ। जब से बेचारी विद्या के विष खा कर जान देने का हाल सुना है, कलेजे में एक आग-सी सुलग रही है। यह सब उसकी उसी बहिन की करामात है जो रानी बनी फिरती है। उसी ने विष दिया होगा।

शीलमणि ने गायत्री की ओर देखा न था और देखा भी हो तो पहचानती न थीं। श्रद्धा ने दाँतों तले जीभ दबायी और छाती पर हाथ रख कर आँखों से गायत्री को इशारा किया। शीलमणि ने चौंक कर बायीं तरफ देखा तो एक स्त्री सिर झुकाये बैठी हुई थी। उसकी प्रतिभा, सौन्दर्य और वस्त्राभूषण देखकर समझ गयी कि गायत्री यही है। उसकी छाती धक् से हो गयी; लेकिन उसके मुख से ऐसी बातें निकल गयी थीं कि जिनको फेरना या सँभालना मुश्किल था। वह जलता हआ ग्रास मुँह में रख चुकी थी और उसे निगलने के सिवा दूसरा उपाय न था। यद्यपि उसका क्रोध न्याय-संगत था, पर शायद गायत्री के मुँह पर वह ऐसे कटु शब्द मुँह से न निकाल सकती। लेंकिन अब तीर कमान से निकल चुका था इसलिए उसके क्रोध ने हेकड़ी का रूप धारण किया, लज्जित होने के बदले और उद्दंड हो गयी। गायत्री की ओर मुँह करके बोली—अच्छा, रानी साहिबा तो यहीं विराजमान हैं। मैंने आपके विषय में जो कुछ कहा है वह आपको अवश्य अप्रिय लगा होगा, लेकिन उसके लिए मैं आपसे क्षमा नहीं माँग सकती। यही बातें मैं आपके मुँह पर कह सकती थी और एक मैं क्या सारा संसार यही कह रहा है। मुँह से चाहे कोई न कहे, किन्तु सब के मन में यही बात है। लाला ज्ञानशंकर से जिसे एक बार भी पाला पड़ चुका है, वह उसे अग्राह्य नहीं समझ सकता। मेरे बाबू जी इनके साथ के पढ़े हुए हैं और इन्हें खूब समझे हैं।

जब वह मजिस्ट्रेट थे, तो उन्होंने अपने असामियों पर इजाफा लगान का दावा किया था। महीनों मेरी खुशामद करते रहे कि मैं बाबू जी से डिगरी करा दूँ। मैं क्या जानूँ, इनके चकमे में आ गयी। बाबू जी पहले तो बहुत आनाकानी करते रहे, लेकिन जब मैंने जिद्द की तो राजी हो गए। कुशल यह हुई कि इसी बीच में मुझे उनके अत्याचार का हाल मालूम हो गया और डिगरी न होने पायी, नहीं तो कितने दीन असामियों की जान पर बन आती। दावा डिसमिस हो गया। इस पर यह इतने रुष्ट हुए कि समाचार-पत्रों में लिख-लिख कर बाबू जी को बदनाम किया। वह अब पत्रों में इनके धर्मोत्साह की खबरें पढ़ते थे, तो कहते थे, महाशय अब जरूर कोई-न-कोई स्वाँग रच रहे हैं। गोरखपुर सनातन धर्म के उत्साह पर जो धूम-धाम हुई और बनारस में कृष्णलीला का जो नाटक खेला गया उनका वृत्तान्त पढ़

कर बाबू जी ने खेद के साथ कहा था, यह महाशय रानी साहेबा को सब्ज बाग दिखा रहे हैं। इसमें आवश्य कोई-न-कोई रहस्य है। लाला जी मुझे मिल जाते तो ऐसा आड़े हाथों लेती कि वह भी याद करते।

गायत्री खिड़की की ओर ताक रही थी, यहाँ तक कि उसकी दृष्टि से खिड़की भी लुप्त हो गयी। उसके अन्तःकरण से पश्चात्ताप और ग्लानि की लहरें उठ-उठ कर कंठ तक आती थीं और उसके नेत्र-रूपी नौका को झकोरे दे कर लौट जाती थीं। वह संज्ञाहीन हो गयी थी। सारी चैतन्य शक्तियाँ शिथिल हो गयी थीं। श्रद्धा ने उसके मुख की ओर देखा, आँसू न रोक सकी। इस अभागिनी दुखिया पर उसे कभी इतनी दया न आयी। वहाँ बैठना तक अन्याय था। वह और कुछ न कर सकी, शीलमणि को अपने साथ ले कर दूसरे कमरे में चली गयी। वहाँ दोनों में देर तक बातचीत होती रहीं। श्रद्धा हत्या का सारा भार ज्ञानशंकर के सिर पर रखती थी। शीलमणि गायत्री को भी दोष का भागी समझती थी। दोनों ने अपने-अपने पक्ष को स्थिर किया। अन्त में श्रद्धा का पल्ला भारी रहा। इसके बाद शीलमणि ने अपना वृत्तान्त सुनाया। सन्तानोत्पत्ति के निमित्त कौन-कौन से यत्न किए, किन-किन दाइयों को दिखाया, किन-किन डॉक्टरों से दवा करायी? यहाँ तक कि वह श्रद्धा को अपने गर्भवती हो जाने का विश्वास दिलाने में सफल हो गयी, किन्तु महाशोक! सातवें महीने में गर्भपात हो गया, सारी आशाएँ धूल में मिल गयीं! श्रद्धा ने पूछा—अब डिप्टी साहब का क्या इरादा है?

शीलमणि—अब तो इस्तीफा दे कर आये हैं और बाबू प्रेमशंकर के साथ रहना चाहते हैं। उन्हें इन पर असीम भक्ति है। पहले जब इस्तीफा देने की चर्चा करते तो समझती थी कि काम से जी चुराते हैं। राजी न होती थी; लेकिन इन तीन वर्षों में मुझे अनुभव हो गया कि इस नौकरी के साथ आत्मरक्षा नहीं हो सकती। जाति के नेतागण प्रजा के उपकार के लिए जो उपाय करते हैं सरकार उसी में विघ्न डालती है, उसे दबाना चाहती है। उसे अब भया होता है कि कहीं यहाँ के लोग इतने उन्नत न हो जायँ कि उसका रोब न मानें। इसीलिए वह प्रजा के भावों को दबाने के लिए, उसका मुँह बन्द करने को नये-नये कानून बनाती रहती है। नेताओं ने देश को दरिद्रता के चंगुल से छुड़ाने के लिए चरखों और करघों की व्यवस्था की। सरकार उसमें बाधा डाल रही है। स्वदेशी कपड़े का प्रचार करने के लिए दूकानदारों और ग्राहकों को समझाना अपराध ठहरा दिया गया है। नशे की चीजों का प्रचार कम करने के लिए नशेबाजों और ठेकेदारों से कुछ कहना-सुनना भी अपराध है। अभी पिछले सालों जब यूरोप की लड़ाई हुई थी तो सरकार ने प्रजा से कर्ज लिया। कहने को तो कर्ज था पर असल में जरूरी टैक्स था। अधिकारियों ने दीन-दरिद्र प्रजा पर नाना प्रकार के अत्याचार किये, तरह-तरह के दबाव डाले, यहाँ तक कि उन्हें अपने हल-बैल बेच कर सरकार को कर्ज देने पर मजबूर किया। जिसने इन्कार किया उसे या तो पिटवाया या कोई झूठा इलजाम लगा कर फँसा दिया। बाबूजी ने अपने इलाके में किसी के साथ सख्ती नहीं की। कह दिया, जिसका जी चाहे कर्ज दे, जिसका जी चाहे न दे। नतीजा यह हुआ कि और इलाकों से तो लाखों रुपये वसूल हुए, इनके इलाके से बहुत कम मिला। इस पर जिले के हाकिम ने नाराज होकर इनकी शिकायत कर दी। इनसे यह ओहदा छीन लिया गया, दर्जा घटा दिया

गया। जब मैंने यह हाल देखा तो आप ही जिद्द करके इस्तीफा दिलवा दिया। जब प्रजा की कमाई खाते हैं तो प्रजा के फायदे का ही काम करना चाहिए। यह क्या कि जिसकी कमाई खायँ, उसी का गला दबायें। यह तो नमकहरामी है, घोर नीचता। यह तो वह करे जिसकी आत्मा मर गई हो, जिसे पेट पालने के सिवा लोक-परलोक की कुछ भी चिन्ता न हो। जिसके हृदय में जाति-प्रेम का लेशमात्र है वह ऐसे अन्याय नहीं कर सकता। भला तो होता है सरकार का, रोब तो उसका बढ़ता है, जेब तो अँगरेज व्यापारियों के भरते हैं और पाप के भागी होते हैं यह पेट के बन्दे नौकर, यह स्वार्थ के दास अधिकारी और फिर हमें नौकरी की परवाह ही क्या है। घर में खाने को बहुत है। दो-चार को खिला कर खा सकते हैं। अब तो पक्का इरादा करके आये हैं कि यहीं बाबू प्रेमशंकर के साथ रहें और अपने से जहाँ तक हो सके प्रजा की भलाई करें। अब यह बताओ तुम कब तक रूठी रहोगी? क्या इसी तरह रो-रो कर उम्र काटने की ठान ली है?

श्रद्धा—प्रारब्ध में जो कुछ है उसे कौन मिटा सकता है?

शील—कुछ नहीं, यह तुम्हारी व्यर्थ की टेक है। मैं अबकी तुम्हें घसीट ले चलूँगी। उस उजाड़ में मुझसे अकेले न रहा जायेगा। हम और तुम दोनों रहेंगी तो सुख से दिन काटेंगे। अवसर पाते ही मैं उन महाशय की भी खबर लूँगी। संसार के लिए तो जान देते फिरते हैं और घरवालों की खबर नहीं लेते। जरा सा प्रायश्चित करने में क्या शान घटी जाती है?

श्रद्धा—तुम अभी उन्हें जानती नहीं हो। वह सब कुछ करेंगे पर प्रायश्चित न करेंगे। वह अपने सिद्धान्त को न तोड़ेंगे! तिस पर भी वह मेरी ओर से निश्चिंत नहीं है। ज्ञानशंकर जब से गोरखपुर रहने लगे तब से वह प्रायः रोज यहाँ एक बार आ जाते हैं। अगर काम पड़े तो उन्हें यहाँ रहने में भी आपत्ति न होगी, लेकिन अपने नियम उन्हें प्राणों से भी प्रिय हैं।

शीलमणि ने आकाश की तरफ देखा तो बादल घिर आए थे। घबरा कर बोली, कहीं पानी न बरसने लगे। अब चलूँगी। श्रद्धा ने उसे रोकने की बहुत चेष्टा की, लेकिन शीलमणि ने न माना। आखिर उसने कहा, जरा चल कर उनके आँसू तो पोंछ दो। बेचारी तभी से बैठी रो रही होंगी।

शीलमणि—रोना तो उनके नसीब में लिखा है। अभी क्या रोयी हैं! ऐसे आदमी की यही सजा है। नाराज हो कर मेरा क्या बना लेंगी? रानी होंगी तो अपने घर की होंगी।

शीलमणि को विदा करके श्रद्धा झेंपती हुई गायत्री के पास आई। वह डर रही थीं, कहीं गायत्री मुझ पर सन्देह न करने लगी हो कि सारी करतूत इसी की है। उसने डरते-डरते अपराधी की भाँति कमरे में कदम रखा। गायत्री ने प्रार्थी दृष्टि से उसे देखा, पर कुछ बोली नहीं। बैठी हुई कुछ लिख रही थी। मुख पर शोक के साथ दृढ़ संकल्प की झलक थी। कई मिनट तक वह लिखने में ऐसी मग्न थी मानो श्रद्धा के आने का उसे ज्ञान ही न था। सहसा बोली—बहिन, अगर तुम्हें कष्ट न हो तो जरा माया को बुला दो और मेरी महरियों को भी पुकार लेना।

श्रद्धा समझ गई कि इसके मन में कुछ और ठन गयी। कुछ पूछने का साहस न हुआ। जा कर माया और महरियों को बुलाया। एक क्षण में माया आ कर गायत्री के सामने खड़ा

हो गया। महरियाँ बाग में झूल रही थीं। भादों का महीना था, घटा छाई थी, कजली बहुत सुहावनी लगती थी।

गायत्री ने माया को सिर से पाँव तक देख कर कहा—तुम जानते हो कि किसके लड़के हो?

माया ने कुतूहल से कहा—इतना भी नहीं जानता?

गायत्री—मैं तुम्हारे मुँह से सुनना चाहती हूँ जिससे मुझे मालूम हो जाय कि तुम मुझे क्या समझते हो?

माया पहले इस प्रश्न का आशय न समझता था। इतना इशारा पाकर सचेत हो गया। बोला—पहले लाला ज्ञानशंकर का लड़का था, अब आपका लड़का हूँ।

इसीलिए तुम्हें प्रत्येक विषय में ईश्वर के पीछे मेरी इच्छा को मान्य समझना चाहिए।

माया—निस्सन्देह।

गायत्री—बाबू ज्ञानशंकर को तुम्हारे पालन-पोषण, दीक्षा से कोई सम्बन्ध नहीं है, यह मेरा अधिकार है।

माया—आपके ताकीद की जरूरत नहीं, मैं स्वयं उनसे दूर रहना चाहता हूँ। जब से मैंने अम्माँ को अन्तिम समय उनकी सूरत, देखते ही चीख कर भागते देखा तभी से उनका सम्मान मेरे हृदय से उठ गया।

गायत्री—तो तुम उससे कहीं ज्यादा चतुर हो जितना मैं समझती थी। आज बद्रीनाथ की यात्रा करने जा रहा हूँ। कुछ पता नहीं कब तक लौटूँ। मैं समझती हूँ कि तुम्हें बाबू प्रेमशंकर की निगरानी में रखूँ। यह मेरी आशा है कि तुम उन्हें अपना पिता समझो और उनके अनुगामी बनो। मैंने उनके नाम यह पत्र लिख दिया है! इसे लेकर तुम उनके पास जाओ। वह तुम्हारी शिक्षा की उचित व्यवस्था कर देंगे। तुम्हारी स्थिति के अनुसार तुम्हारे आराम और जरूरत की आयोजना भी करेंगे। तुमको थोड़े ही दिनों में ज्ञात हो जाएगा कि तुम अपने पिता से कहीं ज्यादा सुयोग्य हाथों में हो। संभव है कि लाला प्रेमशंकर को तुमसे उतना प्रेम न हो जितना तुम्हारे पिता को है, लेकिन इसमें जरा भी सन्देह नहीं है कि तुम्हें अपने आनेवाले कर्तव्यों का पालन करने के लिए जितनी क्षमता उनके द्वारा प्राप्त हो सकती है, तुम्हारे आचार-विचार और चरित्र का जैसा उत्तम संगठन वह कर सकते हैं कोई और नहीं कर सकता। मुझे आशा है कि वह इस भार को स्वीकार करेंगे। इसके लिए तुम और मैं दोनों ही उनके बाध्य होंगे। यह दूसरा पत्र मैंने बाबू ज्ञानशंकर को लिखा है। मेरे लौटते तक वह रियासत के मैनेजर होंगे। मैंने उन्हें ताकीद कर दी है कि बाबू प्रेमशंकर के पास प्रति मास दो हजार रुपये भेज दिया करें। यह पत्र डाकखाने भिजवा दो।

इतने में चारों महरियाँ आयीं। गायत्री ने उनसे कहा—मैं आज बद्रीनाथ की यात्रा करने जा रही हूँ। तुममें से कौन मेरे साथ चलती है?

महरियों ने एक स्वर से कहा—हम सब की सब चलेंगी।

'नहीं, मुझे केवल एक की जरूरत है। गुलाबी तुम मेरे साथ चलोगी?'

'सरकार जैसे हुक्म दें। बाल-बच्चों को महीनो से नहीं देखा है।'

'तो तुम घर जाओ। तुम चलोगी केसरी?'

'कब तक लौटना होगा?'

'यह नहीं कह सकती।'

'मुझे चलने की कोई उजुर नहीं है पर सुनती हूँ वहाँ का पहाड़ी पानी बहु लगता है।'

'तो तुम भी घर जाओ। तू चलेगी अनसूया?'

'सरकार, मेरे घर कोई मर्द-मानुष नहीं है। घर चौपट हो रहा है। वहाँ चलूँगी तो छटाँक भर दाना भी न मिलेगा।'

'तो तुम भी घर जाओ। अब तो तुम्हीं रह गयीं राधा, तुमसे भी पूछ लिया चलोगी मेरे साथ?'

'हाँ, सरकार चलूँगी।'

'आज चलना होगा।'

'जब सरकार का जी चाहे, चलें।'

'तुम्हें बीस बीघे मुआफी मिलेगी।'

तीन महरियों ने लज्जित हो कर कहा–सरकार, चलने को हम सभी तैयार हैं। आपका दिया खाती हैं तो साथ किसके रहेंगी?

'नहीं, तुम लोगों की जरूरत नहीं। मेरे साथ अकेली राधा रहेगी। तुम सब कृतघ्न हो, तुमसे अब मेरा कोई नाता नहीं।'

यह कह कर गायत्री यात्रा की तैयारी करने लगी। राधा खड़ी देख रही थी, पर कुछ बोलने का साहस न होता था। ऐसी दशा में आदमी अव्यवस्थित सा हो जाता है। जरा सी बात पर झुँझला पड़ता है और जरा सी बात पर प्रसन्न हो जाता है।

बाबू ज्ञानशंकर गोरखपुर आये, लेकिन इस तरह जैसे लड़की ससुराल आती है। वह प्रायः शोक और चिन्ता में पड़े रहते। उन्हें गायत्री से सच्चा प्रेम न सही, लेकिन वह प्रेम अवश्य था जो शराबियों को शराब से होता है। उसके बिना उनका यहाँ जरा भी जी न लगता। सारे दिन अपने कमरे में पड़े कुछ न कुछ सोचते या पढ़ते रहते थे। न कहीं सैर करने जाते, न किसी से मिलते-जुलते। कृष्णमन्दिर की ओर भूल कर भी न जाते। उन्हें बार-बार यही पछतावा होता कि मैंने गायत्री को बनारस जाने से क्यों नहीं रोका? यह सब उसी भूल का फल है। श्रद्धा, प्रेमशंकर और बड़ी बहू ने यह सारा विष बोया है। उन्होंने गायत्री के कान भरे, मेरी ओर से मन मैला किया। कभी-कभी उन्हें उद्भ्रान्त वासनाओं पर भी क्रोध आता और वह इस नैराश्य में प्रारब्ध के कायल हो जाते थे। हरि-इच्छा भी अवश्य कोई प्रबल वस्तु हैं, नहीं तो क्या मेरे सारे खेल यों बिगड़ जाते? कोई चाल सीधी ही न पड़ती? धन लालसा ने मुझसे क्या-क्या नहीं कराया? मैंने अपनी आत्मा की, कर्म की, नियमों की हत्या की और एक सती-साध्वी स्त्री के खून से अपने हाथों को रंगा, पर प्रारब्ध पर विजय न पा सका। अभीष्ट का मार्ग अवश्य दिखाई दे रहा है, पर मालूम नहीं वहाँ तक पहुँचना नसीब होगा या नहीं। इस क्षोभ और नैराश्य की दशा में उन्हें बार-बार गायत्री की याद

आती, उसकी प्रतिभा-मूर्ति आँखों में फिरा करती, अनुराग में डूबी हुई उसकी बातें कानों में गूँजने लगतीं; हृदय से एक ठंडी आह निकल जाती।

ज्ञानशंकर को अब नित्य यह धड़का लगा रहता था कि कहीं गायत्री मुझे अलग न कर दे। वह चिट्ठियाँ खोलते डरते थे कि कहीं गायत्री का कोई पत्र न निकल आये। उन्होंने उसको कई पत्र लिखे थे, पर एक का भी उत्तर न आया था। उससे उन्हें और भी उलझन होती थी। मायाशंकर के पत्र अवश्य आते थे, पर उससे उन्हें शान्ति न मिलती थी। बनारस में क्या हो रहा है यह जानने के लिए वह वयग्र रहते थे, पर ऐसा कोई न था जो वहाँ के समाचार विस्तारपूर्वक उनको रखता। कभी-कभी वह स्वयं बनारस जाने का विचार करते, लेकिन डरते कि न जाने इसका क्या नतीजा हो। यहाँ तो उसकी आँखों से दूर पड़ा हूँ, सम्भव है कि कुछ दिनों में उसका क्रोध शान्त हो जाय। मुझे देखकर वह कहीं और भी अप्रसन्न हो जाय तो रही-सही आशा भी जाती रहे।

इस भाँति तीन-चार महीने बीत गये। भादों का महीना था। जन्माष्टमी आ रही थी। शहर में उत्सव मनाने की तैयारी हो रही थी। कई वर्षों से गायत्री के यहाँ उत्सव बड़ी धूमधाम से मनाया जाता था। दूर-दूर से गवैये आते थे, रास-लीला की मंडलियाँ बुलायी जाती थीं, रईसों और हाकिमों को दावत दी जाती थी। ज्ञानशंकर ने समझा, गायत्री को यहाँ बुलाने का यह बहुत ही अच्छा बहाना है। एक लम्बा पत्र लिखा और बड़े आग्रह के साथ उसे बुलाया। कृष्णमन्दिर की सजावट होने लगी, लेकिन तीसरे ही दिन जवाब आया, मेरे यहाँ जन्माष्टमी न होगी, कोई तैयारी न की जाय। यह शोक का साल है, मैं किसी प्रकार का आनन्दोत्सव नहीं कर सकती, चाहे वह धार्मिक ही क्यों न हो। ज्ञानशंकर के हृदय पर बिजली सी गिर गयी। समझ गये कि यहाँ से विदा होने के दिन निकट आ गये। नैराग्य का रंग और भी गहरा हो गया। शंका ने ऐसा उग्र रूप धारण किया कि डाकिये की सूरत देखते ही उनकी छाती धड़-धड़ करने लगती थी। किसी बग्घी या मोटर की आवाज सुन कर सिर में चक्कर आ जाता था, गायत्री न हो। रात और दिन में बनारस से चार गाड़ियाँ आती थीं। यह ज्ञानशंकर के लिए कठिन परीक्षा की घड़ियाँ थीं। गाड़ियों के आने के समय उनकी नींद आप ही आप खुल जाती थी। चार दिन तक उनकी यह हालत रही। पाँचवें दिन की डाक से गायत्री की रजिस्टरी चिट्ठी आयी। शिरनामा देखते ही ज्ञानशंकर के पाँव तले से जमीन सरक गयी। निश्चय हो गया कि यह मुझे हटाने का परवाना है, नहीं तो रजिस्टरी चिट्ठी भेजने की क्या जरूरत थी? काँपते हुए हाथों से पत्र खोला। लिखा था—मैं आज बद्रीनाथ जा रही हूँ। आप सावधानी से रियासत का प्रबन्ध करते रहिएगा। मुझे आपके ऊपर पूरा भरोसा है, इसी भरोसे ने मुझे यह यात्रा करने पर उत्साहित किया है। इसके बाद वह आदेश था जिसका ऊपर जिक्र किया जा चुका है। ज्ञानशंकर का चित्त कुछ शान्त हुआ। लिफाफा रख दिया और सोचने लगे, बात वही हुई जो वह चाहते थे। गायत्री सब कुछ उनके सिर छोड़कर चली गयी। यात्रा कठिन है, रास्ता दुर्गम है, पानी खराब है, इन विचारों ने उन्हें जरा देर के लिए चिन्ता में डाल दिया। कौन जानता है क्या हो। वह इतने व्याकुल हुए कि एक बार जी में आया; क्यों न मैं भी बद्रीनाथ चलूँ? रास्ते में भेंट हो जायगी। वहाँ तो उसके कोई कान भरनेवाला न होगा। सम्भव है मैं अपना खोया हुआ विश्वास फिर

जमा लूँ, प्रेम के बुझे हुए दीपक को फिर जला दूँ, इस सन्दिग्ध दशा का अन्त हो जाय। गायत्री के बिना अब उन्हें कुछ सूना मालूम होता था। यह विपुल सम्पत्ति अगर सुख-सरिता थी तो गायत्री उसकी नौका थी। नौका के बिन जलविहार का आनन्द कहाँ? पर थोड़ी देर में उनका यह आवेग शान्त हो गया। सोचा, अभी वह मुझसे भरी बैठी है, मुझे देखते ही जल जायगी। मेरी ओर से उसका चित्त कितना कठोर हो गया है। माया को मुझसे छीने लेती है। अपने विचार में उसने मुझे कड़े से कड़ा दंड दिया है। ऐसी दशा में मेरे लिए सबसे सुलभ यही है कि अपनी स्वामिभक्ति से, सुप्रबन्ध से, प्रजा-हित से, उसे प्रसन्न करूँ। प्रेमशंकर ने अच्छा निशाना मारा। बगुला भगत है, बैठे-बैठे दो हजार रुपये मासिक की जागीर बना ली। बेचारा माया कहीं का न रहा। प्रेमशंकर उसे कुशल कृषक बना देंगे; लेकिन चतुर इलाकेदार नहीं बन सकते। उन्हें खबर ही नहीं कि रईसों की कैसी शिक्षा होनी चाहिए। खैर, जो कुछ हो, मेरी स्थिति उतनी शोचनीय नहीं है जितना मैं समझता था।

ज्ञानशंकर ने अभी तक दूसरी चिट्ठियाँ न खोली थीं। अपने चित्त को यों समझा कर उन्होंने दूसरा लिफाफा उठाया तो राय साहब का पत्र था। उनके विषय में ज्ञानशंकर को केवल इतना ही मालूम था कि विद्या के देहान्त के बाद वह अपनी दवा कराने के लिए मंसूरी चले गये हैं। पत्र खोलकर पढ़ने लगे—

बाबू ज्ञानशंकर, आशीर्वाद। दो-एक महीने पहले मेरे मुँह से तुम्हारे प्रति आशीर्वाद का शब्द न निकलता, किन्तु अब मेरे मन की वह दशा नहीं है। ऋषियों का वचन है कि बुराई से भलाई पैदा होती है। मेरे हक में यह वचन अक्षरशः चरितार्थ हुआ। तुम मेरे शत्रु हो कर परम मित्र निकले। तुम्हारी बदौलत मुझे आज यह शुभ अवसर मिला। मैं अपनी दवा कराने के लिए मंसूरी आया; लेकिन यहाँ मुझे वह वस्तु मिल गयी जिस पर मैं ऐसे सैकड़ों जीवन न्योछावर कर सकता हूँ। मैं भोग-विलास का भक्त था। मेरी समस्त प्रवृत्तियाँ जीवन का सुख भोगने में लिप्त था। लोक-परलोक की चिन्ताओं को मैं अपने पास न आते देता था। यहाँ मुझे एक दिव्य आत्मा के सत्संग का सौभाग्य प्राप्त हो गया और अब मुझे यह ज्ञात हो रहा है कि मेरा सारा जीवन नष्ट हो गया। मैंने योग का अभ्यास किया, शिव और शक्ति की आराधना की, अपनी आकर्षण-शक्ति को बढ़ाया, यहाँ तक कि मेरी आत्मा विद्युत् का भंडार हो गयी; पर इन सारी क्रियाओं का उद्देश्य केवल वासनाओं की तृप्ति थी। कभी-कभी भोग के आनन्द में मग्न होकर मैं समझता था यही आत्मिक शान्ति है, पर अब ज्ञात हो रहा है कि मैं भ्रम-जाल में फँसा हुआ था! उसी अज्ञान की दशा में अपने को आत्मज्ञानी समझता हुआ मैं संसार में प्रस्थान कर जाता, लेकिन तुमने वैद्य की तलाश में घर से बाहर निकाला और दैवयोग से शारीरिक रोगों के वैद्य की जगह मुझे आत्मिक रोगों का वैद्य मिल गया। मेरे हृदय से तुम्हारे कल्याण की प्रार्थना निकलती है; लेकिन याद रखो, मेरी शुभ कामनाओं से तुम्हारा जितना हित होगा उससे कहीं ज्यादा अहित गायत्री की ठंडी साँसों से होगा। विद्या के आत्मघात ने उसे सचेत कर दिया है। ऐसी दशा में अन्य स्त्रियाँ प्रसन्न होतीं, लेकिन गायत्री की आत्मा सम्पूर्णतः निर्जीव नहीं हुई थी। उसने तुम्हारे मन्त्र को विफल कर दिया। तुम्हारा अन्तः करण अब गायत्री के लिए खुला हुआ पृष्ठ है। तुम उसकी शापाग्नि से किसी तरह बच नहीं सकते। तुम्हें जल्द अपनी तृष्णाओं को साथ लिये

ही संसार से जाना पड़ेगा। अतएव मुनासिब है कि तुम अपने जीवन के गिने-गिनाये दिन आत्म-शुद्धि में व्यतीत करो। तुम्हारे कल्याण का यही मार्ग है। मैं अपनी कुछ जायदाद मायाशंकर को देता हूँ। वह होनहार बालक है और कुल को उज्ज्वल करेगा। उसके वयस्कत्व तक तुम रियासत का प्रबन्ध करते रहो। मुझे अब उससे कोई प्रयोजन नहीं है।

यह पत्र पढ़कर ज्ञानशंकर के मन में हर्ष की जगह एक अव्यक्त शंका उत्पन्न हुई। वह भविष्यवाणी के कायल न थे, लेकिन ऐसे पुरुष के मुँह से अनिष्ट की बातें सुनकर जिसके त्याग ने उसके आत्मज्ञानी होने में कोई सन्देह न रखा हो, उनका हृदय कातर हो गया। इस समय उनके जीवन की चिर-संचित अभिलाषा पूरी हुई थी। उन्हें स्वप्न में भी यह आशा न थी कि मैं इतनी जल्द राय साहब की विपुल सम्पत्ति का स्वामी हो जाऊँगा। नहीं, वह उसकी ओर से निराश हो चुके थे। उन्हें विश्वास हो गया था कि राय साहब उसे ट्रस्ट के हवाले कर जायेंगे। यह सब शंकाएँ मिथ्या निकलीं। लेकिन तिस पर भी इस पत्र से उन्हें वही दुश्शंका हुई जो किसी स्त्री को अपनी दाईं आँखें फड़कने से होती हैं। उनकी दशा इस समय उस मनुष्य की सी थी जिसे डाकुओं की कैद में मिठाइयाँ खाने को मिलें! सूखे ठूँठ का कुसुमित होना किसे आशंकित नहीं कर देगा? वह एक घंटे तक चिन्ता में डूबे रहे। इसके बाद वह कृष्णमन्दिर में गये और बड़े उत्साह से जन्माष्टमी के उत्सव की तैयारियाँ करने लगे।

ज्ञानशंकर के जीवनाभिनय में अब से एक नये दृश्य का सूत्रपात हुआ, पहले से कहीं ज्यादा शुभ्र, मंजु और सुखद। अभी दस मिनट पहले उनकी आशा-नौका मँझधार में पड़ी चक्कर खा रही थी, पर देखते-देखते लहरें शान्त हो गयीं। वायु अनुकूल हो गयी और नौका तट पर आ पहुँची, जहाँ दृष्टि की परम सीमा के निधियों का भव्य विस्तृत उपवन लहरा रहा था।

बाबू ज्वालासिंह को बनारस से आये आज दूसरा दिन था। कल तो वह थका- वट के मारे दिन भर पड़े रहे, पर प्रातःकाल ही उन्होंने लखनपुरवालों की अपील का प्रश्न छेड़ दिया। प्रेमशंकर ने कहा—मैं तो आप ही की बाट जोह रहा था। पहले मुझे प्रत्येक काम में अपने ऊपर विश्वास होता था, पर आप सा सहायक पा कर मुझे पग-पग पर आपके सहारे की इच्छा होती है। अपने ऊपर से विश्वास ही उठ गया। आपके विचार में अपील करने के लिए कितने रुपये चाहिए?

ज्वालासिंह—ज्यादा नहीं तो चार-पाँच हजार तो अवश्य ही लग जायेंगे।

प्रेम—और मेरे पास चार-पाँच सौ भी नहीं हैं।

ज्वाला—इसकी चिन्ता नहीं। आपके नाम पर दस-बीस हजार मिल सकते हैं।

प्रेम—मैं ऐसा कौन सा जाति का नेता हूँ जिस पर लोगों की इतनी श्रद्धा होगी?

ज्वाला—जनता आपको आपसे अधिक समझती है। मैं आज ही चन्दा वसूल करना शुरू कर दूँगा।

प्रेम—मुझे आशा नहीं कि आपको इसमें सफलता होगी। सम्भव है दो-चार सौ रुपये मिल जायँ, लेकिन लोग यही समझेंगे कि उन्होंने भी कमाने का यह ढंग निकाला। चन्दे के साथ ही लोगों को सन्देह होने लगता है। आप तो देखते ही हैं, चन्दों ने हमारे कितने

ही श्रद्धेय नेताओं को बदनाम कर दिया। ऐसा बिरला ही कोई मनुष्य होगा जो चन्दों के भँवर में पड़कर बेदाग निकल गया हो। मेरे पास श्रद्धा के कुछ गहने अभी बचे हुए हैं। अगर वह सब बेच दिया जाय तो शायद हजार रुपये मिल जायँ।

इतने में शीलमणि इन लोगों के लिए नाश्ता लायी। यह बात उसके कानों में पड़ी। बोली—कभी उनके सुधि भी लेते हैं या गहनों पर हाथ साफ करना ही जानते हैं? अगर ऐसी ही जरूरत है तो मेरे गहने ले जाइए।

ज्वाला—क्यों न हो, आप ऐसी ही दानी तो हैं। एक-एक गहने के लिए तो आप महीनों रूठती हैं, उन्हें लेकर कौन अपनी जान गाढ़े से डाले!

शील—जिस आग से आदमी हाथ सेंकता है, क्या काम पड़ने पर उससे अपने चने नहीं भून लेता। स्त्रियाँ गहने पर प्राण देती हैं लेकिन अवसर पड़ने पर उतार भी फेंकती हैं।

मायाशंकर एक तरफ अपनी किताब खोले बैठा हुआ था, पर उसका ध्यान इन्हीं बातों की ओर था। एक कल्पना बार-बार उसके मन में उठ रही थी, पर संकोचवश उसे प्रकट न कर सकता था। कई बार इरादा किया कि कहूँ, पर प्रेमशंकर की ओर देखते ही जैसे कोई मुँह बन्द कर देता था। आँखें नीची हो जाती थीं! शीलमणि की बात सुनकर वह अधीर हो गया। ज्वालासिंह की तरफ कातर नेत्रों से देखता हुआ बोला—आज्ञा हो तो मैं भी कुछ कहूँ।

जवाला—हाँ-हाँ, शौक से कहो।

माया—इस महीने की मेरी पूरी वृत्ति अपील में खर्च कर दीजिए। मुझे रुपयों की कोई विशेष जरूरत नहीं है।

शीलमणि और ज्वालासिंह दोनों ने इस प्रस्ताव को बालोचित आवेश समझ कर प्रेमशंकर की तरफ मुस्कुराते हुए देखा। माया ने उनका यह भाव देखकर समझा, मुझसे धृष्टता हो गयी। ऐसे महत्त्व के विषय में मुझे बोलने का कोई अधिकार न था। चाचाजी मरे दुस्साहस पर अवश्य नाराज होंगे। लज्जा से आँखें भर आयीं और मुँह से एक सिसकी निकल गयी। प्रेमशंकर ने चौंक कर उसकी तरफ देखा, हृद्गत भावों को समझ गये। उसे प्रेमपूर्वक छाती से लगा कर आश्वासन देते हुए बोले—तुम रोते क्यों हो बेटा? तुम्हारी यह उदारता देखकर मेरा चित्त जितना प्रसन्न हुआ है वह प्रकट नहीं कर सकता। तुम मेरे पुत्रतुल्य हो, लेकिन मेरा जी चाहता है कि तुम्हारे पैरों पर सिर रख दूँ। तुम्हारे हृदय में दया और विवेक है और मुझे विश्वास है कि तुम्हारा जीवन परोपकारी होगा, लेकिन मैंने तुम्हारी शिक्षा के लिए जो व्यवस्थाएँ की हैं उनका व्यय तुम्हारी वृत्ति से कुछ अधिक ही है।

माया को अक कुछ साहस हुआ। बोला, मेरी शिक्षा पर इतने रुपये खर्च करने की क्या जरूरत है?

प्रेम—क्यों, आखिर तुम्हें घर पर पढ़ाने के लिए अध्यापक रहेंगे या नहीं? एक अँगरेजी और हिसाब पढ़ायेगा, एक हिन्दी और संस्कृत, एक उर्दू और फारसी, एक फ्रेंच और जर्मन, पाँचवाँ तुम्हें व्यायाम, घोड़े की सवारी, नाव चलाना शिकार खेलना सिखायेगा। इतिहास और भूगोल मैं पढ़ाया करूँगा।

माया—मेरी कक्षा में जो लड़के सबसे अच्छे हैं वे घर पर किसी मास्टर से नहीं पढ़ते। मैं उनको अपने से कम नहीं समझता।

प्रेम—तुम्हें हवा खाने के लिए एक फिटन की जरूरत है। सवारी के अभ्यास के लिए दो घोड़े चाहिए।

माया—अपराध क्षमा कीजिएगा, मेरे लिए इतने मास्टरों की जरूरत नहीं है। फिटन, मोटर, पोलो को भी मैं व्यर्थ समझता हूँ। हाँ, एक घोड़ा गोरखपुर से मँगवा दीजिए तो सवारी किया करूँ। नाव चलाने के लिए मैं मल्लाहों की नाव पर जा बैठूँगा। उनके साथ पतवार घुमाने और डाँड़ चलाने में जो आनन्द मिलेगा वह अकेले अध्यापक के साथ बैठने में नहीं आ सकता। अभी से लोग कहने लगे हैं कि इसका मिजाज नहीं मिलता। पदमू कई बार ताने दे चुके हैं! मुझे नक्कू रईसों की भाँति अपनी हँसी कराने की इच्छा नहीं है। लोग यही कहेंगे कि अभी कल तक तो एक मास्टर भी न था, आज दूसरों की सम्पत्ति पा कर इतना घमंड हो गया है।

प्रेम—प्रतिष्ठा का ध्यान रखना आवश्यक है।

माया—मैं तो देखता हूँ आप इन चीजों के बिना ही सम्मान की दृष्टि से देखे जाते हैं। सभी आपकी इज्जत करते हैं। मेरे स्कूल के लड़के भी आपका नाम आदर से लेते हैं, हालाँकि शहर के और बड़े रईसों की हँसी उड़ाते हैं। मेरे लिए किसी विशेष चीज की जरूरत क्यों हो?

माया के प्रत्येक उत्तर पर प्रेमशंकर का हृदय अभिमान से फूला पड़ता था। उन्हें आश्चर्य होता था कि इस लड़के में संतोष और त्याग का भाव क्योंकर उदित हुआ? इस उम्र में तो प्रायः लड़के टीमटाम पर जान देते हैं, सुन्दर वस्त्रों से उनका जी नहीं भरता, चमक-दमक की वस्तुओं पर लट्टू हो जाते हैं। यह पूर्व संस्कार है और कुछ नहीं। निरुत्तर होकर बोले—रानी गायत्री की यही इच्छा थी, नहीं तो इतने रुपये क्यों खर्च करतीं?

माया—यदि उनकी यह इच्छा होती तो यह वह मुझे ताल्लुकेदारों के स्कूलों में नहीं भेज देतीं? मुझे आपकी सेवा में रखने से उनका उद्देश्य यही होगा कि मैं आपके ही पदचिह्न पर चलूँ।

प्रेम—तो यह रुपये खर्च क्योंकर होंगे?

माया—इसका फैसला रानी अम्माँ ने आप पर ही छोड़ दिया है। मुझे आप उसी तरह रखिए जैसे आप अपने लड़के को रखते हैं। मुझे ऐसी शिक्षा न दीजिए और ऐसे व्यसनों में न डालिए कि मैं अपनी दीन प्रजा के दुःख-दर्द में शरीक न हो सकूँ। आपके विचार में मेरी शिक्षा की यही सबसे उत्तम विधि है?

प्रेम—नहीं, मेरा विचार तो ऐसा नहीं, लेकिन दुनिया को दिखाने के लिए ऐसा ही करना पड़ेगा। नहीं तो लोग यही कहेंगे कि मैं तुम्हारी वृत्ति का दुरुपयोग कर रहा हूँ।

माया—तो आप मुझे इस ढंग पर शिक्षा देना चाहते हैं जिसे आप स्वयं उपयोगी नहीं समझते। लोगों के दुराक्षेपों से बचने के ही लिए आप ने यह व्यवस्थाएँ की हैं।

प्रेमशंकर शरमाते हुए बोले—हाँ, बात तो कुछ ऐसी ही है।

माया—मैंने अपने वजीफे के खर्च करने की और भी विधि सोची है। आप बुरा न

मानें तो कहूँ।

प्रेम—हाँ-हाँ, शौक से कहा। तुम्हारी बातों से मेरी आत्मा प्रसन्न होती है। मैं तुम्हें इतना विचारशील न समझता था।

ज्वालासिंह—इस उम्र में मैंने किसी को इतना चैतन्य नहीं देखा।

शीलमणि प्रेमशंकर की ओर मुँह करके मुस्कुरायी और बोली—इस पर आपकी ही परछायीं पड़ी है।

माया—मैं चाहता हूँ कि मेरा वजीफा गरीब लड़कों की सहायता में खर्च किया जाय। दस-दस रुपये की 199 वृत्तियाँ दी जायें तो मेरे लिए दस रुपये बच रहेंगे। इतने में मेरा काम अच्छी तरह चल सकता है।

प्रेमशंकर पुलकित होकर बोले—बेटा, तुम्हारी उदारता धन्य है, तुम देवात्मा हो। कितना देवदुर्लभ त्याग है! कितना संतोष! ईश्वर तुम्हारे इन पवित्र भावों को सुदृढ़ करें; पर मैं तुम्हारे साथ इतना अन्याय नहीं कर सकता।

माया—तो दो-चार वृत्तियाँ कम कर दीजिए, लेकिन यह सहायता उन्हीं लड़कों को दी जाय जो यहाँ आकर खेती और बुनाई का काम सीखें।

ज्वाला—मैं इस प्रस्ताव का अनुमोदन करता हूँ। मेरी राय में तुम्हें अपने लिए कम से कम 500 रुपये रखने चाहिए बाकी रुपये तुम्हारी इच्छा के अनुसार खर्च किये जायँ। 75 वृत्तियाँ बुनाई और 75 खेती के काम सिखाने के लिए दी जायँ। भाई साहब कृषिशास्त्र और विज्ञान में निपुण हैं। बुनाई का काम मैं सिखाया करूँगा। मैंने इसका अच्छी तरह अभ्यास कर लिया है।

प्रेमशंकर ने ज्वालासिंह का खंडन करते हुए कहा, मैं इस विषय में रानी गायत्री की आज्ञा और इच्छा के बिना कुछ नहीं करना चाहता।

मायाशंकर ने निराश भाव से ज्वालासिंह को देखा और फिर अपनी किताब देखने लगा।

इसी समय डॉ. इर्फानअली के दीवानखाने में भी इसी विषय पर वार्तालाप हो रहा था। डाक्टर साहब सदैव अपने पेशे की दिल खोलकर निन्दा किया करते थे। कभी-कभी न्याय और दर्शन के अध्यापक बन जाने का इरादा करते। लेकिन उनके विचार में स्थिरता न थी, न विचारों को व्यवहार में लाने के लिए आत्मबल ही था। नहीं, अनर्थ यह था कि वह जिन दोषों की निन्दा करते थे उन्हें व्यवहार में लाते हुए जरा भी संकोच न करते, जैसे कोई जीर्ण रोगी पथ्यों से ऊब कर सभी प्रकार के कुपथ्य करने लगे। उन्हें इस पेशे की धन-लोलुपता से घृणा थी, पर आप मुवक्किलों को बड़ी निर्दयता से निचोड़ते थे। वकीलों की अनीति का नित्य रोना रोते थे। पर आप दुर्नीति के परम भक्त थे। अपने हलवे-माँडे से काम था, मुवक्किल चाहे मरे या जिये। इसकी स्वार्थपरायणता और दुर्नीति के ही कारण लखनपुर का सर्वनाश हुआ था।

लेकिन जब से प्रेमशंकर ने उपद्रवकारियों के हाथों से उनकी रक्षा की थी तभी से उनकी रीति-नीति और आचार-विचार में एक विशेष जागृति सी दिखायी देती थी। उनकी धन-लिप्सा अब उतनी निर्दय न थी, मुवक्किलों से बड़ी नम्रता का व्यवहार करते, उनके

वृत्तान्त को विचारपूर्वक सुनते, मुकदमे को दिल लगा कर तैयार करते, इतना ही नहीं बहुधा गरीब मुवक्किलों से केवल शुकराना लेकर ही सन्तुष्ट हो जाते थे। इस सद्व्यवहार का कारण केवल यही नहीं था कि वह अपने खोये हुए सम्मान को फिर प्राप्त करना चाहते थे, बल्कि प्रेमशंकर का सन्तोषमय, निष्काम और निःस्पृह जीवन उनके चित्त की शान्ति और सहृदयता का मुख्य प्रेरक था। उन्हें जब अवसर मिलता प्रेमशंकर से अवश्य मिलने जाते और हर बार उनके सरल और पवित्र जीवन से मुग्ध होकर लौटते थे। अब तक शहर में कोई ऐसा साधु, सात्विक पुरुष न था जो उन पर अपनी छाप डाल सके। अपने सहवर्गियों में वह किसी को अपने से अधिक विवेकशील, नीतिपरायण और सहृदय न पाते थे। इस दशा में वह अपने को ही सर्वश्रेष्ठ समझते थे और वकालत की निन्दा करके अपने को धन्य मानते थे। उनकी स्वार्थ वृत्ति को उन्मत्त करने के लिए इतना ही काफी था, पर अब उनकी आँखों के सामने एक ऐसा पुरुष उपस्थित था जो उन्हीं का सा विद्वान् लेख और वाणी में उन्हीं का सा कुशल था; पर कितना विनयी, कितना उदार, कितना दयालु, कितना शान्तचित्त! जो उनकी असाधुता से दुःखी होकर भी उनकी उपेक्षा न करता था। अतएव अब डॉक्टर साहब को अपने पिछले अपकारों पर पश्चात्ताप होता था। वह प्रायश्चित करके अपयश और कलंक के दाग को मिटाना चाहते थे। उन्हें लज्जावश प्रेमशंकर से अपील के लिए अनुरोध करने का साहस न होता था, पर उन्होंने संकल्प कर लिया था कि अपील में अभियुक्तों को छुड़ाने के लिए दिल तोड़ कर प्रयत्न करूँगा। वह अपील के खर्च का बोझ भी अपने ही सिर लेना चाहते थे। महीनों से अपील की तैयारी कर रहे थे मुकदमे की मिस्लें विचारपूर्वक देख डाली थीं, जिरह के प्रश्न निश्चित कर लिए थे और अपना कथन भी लिख डाला था। उन्हें इतना मालूम हो गया था कि ज्वालासिंह के आने पर अपील होगी। उनके आने की बड़ी उत्सुकता से प्रतीक्षा कर रहे थे। प्रातःकाल का समय था। डॉक्टर साहब को ज्वालासिंह के आने की खबर मिल गयी थी। उनसे मिलने के लिए जा ही रहे थे कि सैयद ईजाद हुसेन का आगमन हुआ। उनकी सौम्यमूर्ति पर काला चुगा बहुत खुलता था। सलाम-बंदगी के बाद सैयद साहब ने इर्फान अली की ओर सन्देह की दृष्टि से देखकर कहा—आपने देखा, इन दोनों भाइयों ने रानी गायत्री को कैसा शीशे में उतार लिया? एक साहब ने रियासत हाथ में कर ली और दूसरे साहब दो हजार रुपये के मौरूसी वसीकेदार बन गये। लौंडे की तालीम में ज्यादा से ज्यादा चार-पाँच सौ रुपये खर्च हो जायेंगे, और क्या? दुनिया में कैसे-कैसे बगुला भगत छिपे हुए हैं!

ईजाद हुसेन को बदगुमानी का मर्ज था। जब से उन्हें यह बात मालूम हुई थी, उनकी छाती पर साँप लोट रहा था, मानो उन्हीं की जेब से रुपये निकाले जाते हैं। यह कितना अनर्थ था कि प्रेमशंकर को तो दो हजार रुपये महीने बिना हाथ पैर हिलाये घर बैठे मिल जायँ और उस गरीब को इतना छल-प्रपंच करने पर भी रोटियों की चिन्ता लगी रहे!

डॉक्टर महाशय ने व्यंग्य भाव से कहा—इस मौके पर आप चूक गये। अगर आप रानी साहिबा की खिदमत में डेपुटेशन लेकर जाते तो 'इत्तहादी यतीमखाने' के लिए एक हजार का वसीका जरूर बँध जाता।

ईजाद हुसेन—आप तो जनाब मजाक करते हैं। मैं ऐसा खुशनसीब नहीं हूँ। मगर

दुनिया में कैसे-कैसे लोग पड़े हुए हैं जो तर्क का नूरानी जाल फैला कर सोने की चिड़िया फँसा लेते हैं।

डॉक्टर साहब ने तिरस्कार की दृष्टि से देखकर कहा—लाला ज्ञानशंकर की निस्बत आप जो चाहे ख्याल करें, लेकिन बाबू प्रेमशंकर जैसे नेकनीयत आदमी पर आपका शुबहा करना बिलकुल बेजा है और जब वह आपके मददगारों में हैं तो आपका उनसे बदगुमान होना सरासर बेइन्साफी है। मैं उन्हें अर्से से जानता हूँ और दावे के साथ कह सकता हूँ कि ऐसा बेलौस आदमी इस शहर में क्या इस मुल्क में मुश्किल से मिलेगा। वह अपने को मशहूर नहीं करते, लेकिन कौम की जो खिदमत कर रहे हैं काश और लोग भी करते तो यह मुल्क रश्के फिर्दोस हो जाता। जो आदमी दस रुपये माहवार पर जिन्दगी बसर करे, अपने मजदूरों से मसावत का बर्ताव करे, मजलूमा की हिमायत करने में दिलोजान से तैयार रहे, अपने उसूलों पर अपनी जायदाद तक कुर्बान कर दे, उसकी निस्बत ऐसा शक करना शराफत के खिलाफ है। आप उनके मुलाजिमों को सौ रुपये माहवार पर भी रखना चाहें तो न आयेंगे। वह उनके नौकर नहीं हैं, बल्कि पैदावार में बराबर के हिस्सेदार हैं। गायत्री गजब की मर्दुमशनास औरत मालूम होती है।

ईजाद हुसेन ने चकित हो कर कहा—वाकई वह दस रुपये माहवार पर बसर करते हैं? यह क्योंकर?

इर्फान—अपनी जरूरतों को घटा कर हम और आप तकल्लुफ की चीजों को जरूरियात में शामिल किये हुए हैं और रात-दिन उसी फिक्र में परेशान रहते हैं। यह नफ्स की गुलामी है। उन्होंने इस अपने काबू में कर लिया है। हम लोग अपनी फुर्सत का वक्त जमाने और तकदीर की शिकायत करने में सर्फ करते हैं। रात-दिन इसी उधेड़-बुन में रहते हैं कि क्योंकर और मिले। और ही हवस हलाल और हराम का भी लिहाज नहीं करते। उन्हें मैंने कभी अपने तकदीर के दुखड़े रोते हुए नहीं पाया। वह हमेशा खुश नजर आते हैं गोया कोई गम ही नहीं............

इतने में बाबू ज्वालासिंह आ पहुँचे। डॉक्टर साहब ने उठ कर हाथ मिलाया। शिष्टाचार के बाद पूछा—अब तो आपका इरादा यहाँ मुस्तकिल तौर पर रहने का है न?

ज्वाला—जी हाँ, आया तो इसी इरादे से हूँ?

इर्फान—फरमाइए, अपील कब होगी?

ज्वाला—इसका जिक्र पीछे करूँगा। इस वक्त तो मुझे सैयद से कुछ अर्थ करना है। हुजूर के दौलतखाने पर हाजिर हुआ था। मालूम हुआ आप यहाँ तशरीफ रखते हैं। मुझे बाबू प्रेमशंकर ने आपसे यह पूछने के लिए भेजा है कि आप मायाशंकर को उर्दू-फारसी पढ़ाना मंजूर करेंगे।

इर्फान—मंजूर क्यों न करेंगे, घर बैठे-बैठे क्या करते हैं? जलसे तो साल में दस-पाँच ही होते हैं और रोटियों की फिक्र चौबीसों घण्टे सिर पर रहती है। तनख्वाह की क्या तजवीज की है?

ज्वाला—अभी 100 रुपये माहवार मिलेंगे।

इर्फान—बहुत माकूल है। क्यों मिर्जासाहब, मंजूर है न? ऐसा मौका फिर आपको न

मिलेगा।

ईजाद हुसेन ने कृतज्ञ भाव से कहा—दिलोजान से हाजिर हूँ। मेरी जबान में ताकत नहीं है कि इस एहसान का शुक्रिया अदा कर सकूँ। हैरत तो यह है कि मुझे उनसे एक ही बार नियाज हासिल हुआ और उन्हें मेरी परवरिश का इतना खयाल है।

ज्वाला—वह आदमी नहीं फरिश्ते हैं। आपके यतीमखाने का कई बार जिक्र कर चुके हैं। शायद यतीमों के लिए कुछ वजीफे मुकर्रर करना चाहते हैं। इस वक्त सब कितने यतीम हैं?

उपकार ने ईजाद हुसेन के हृदय को पवित्र भावों से परिपूरित कर दिया था। अतिशयोक्ति से काम न ले सके। एक क्षण तक वह असमंजस में पड़े रहे, पर अन्त में सद्भवों ने विजय पायी। बोले—जनाब, अगर आपने किसी दूसरे मौके पर यह सवाल किया होता तो मैं उसका कुछ और भी जवाब देता, पर आप लोगों की शराफत और हमदर्दी का मुझ जैसे दगाबाज आदमी पर भी असर पड़ ही गया। मेरे यहाँ दो किस्मों के यतीम हैं। एक मुस्तकिल और दूसरे फसली जरूरत के वक्त इन दोनों की तायदाद पचास से भी बढ़ जाती है, लेकिन फसली यतीमों को निकाल दीजिए तो सिर्फ दस यतीम रह जाते हैं। मुमकिन है कि आप इनको यतीम न खयाल करें, लेकिन मैं समझता हूँ कि गरीब आदमी से अजीजों के लड़के सच्चे यतीम हैं।

इर्फान अली ने मुस्करा कर कहा—तो हजरत, आपने क्या यतीमखाने का स्वाँग ही खड़ा कर रखा है? कम-से-कम मुझसे तो पर्दा न रखना चाहिए था। तभी आपने अपनी सारी जायदाद यतीमखाने के नाम लिख दी थी।

ईजाद हुसेन ने शर्म से सिर झुका कर कहा—किबला, जरूरत इन्सान से सब कुछ करा लेती है। मैं वकील नहीं, बैरिस्टर नहीं, ताजिर जागीरदार नहीं; एक मामूली लियाकत का आदमी हूँ। मुझे बदनसीब के वालिद टोंक की रियासत में ऊँचे मंसबदार थे। हजारों की आमदनी थी, हजारों का खर्च। जब तक वह जिन्दा रहे मैं आजाद घूमता रहा, कनकैये और बटेरों से दिल बहलाता रहा। उनकी आँखें बन्द होते ही खानदान की परवरिश का भार मुझ पर पड़ा और खानदान भी वह जो ऐश का आदी था। मेरी गैरत ने गवारा न किया कि जिन लोगों पर वालिद मरहूम ने अपना साया कर रखा था उनसे मुँह मोड़ लूँ। मुझमें लियाकत न हो, पर खानदानी गैरत मौजूद थी। बुरी सोहबतों ने दगा और मक्र को फन में पुख्ता कर दिया। टोंक में गुजरान की कोई सूरत न देखी तो सरकारी मुलाजमत कर ली और कई जिलों की खाक छानता हुआ यहाँ आया। आमदनी कम थी, खर्च ज्यादा। थोड़े दिनों में घर की लेई-पूँजी गायब हो गयी। अब सिवाय इसके और कोई सूरत न थी कि या तो फाके करूँ या गुजरान की कोई राह निकालूँ। सोचते-सोचते यही सूझी जो अब कर रहा हूँ।

इर्फानअली—अन्दाजन आपको सालाना कितना रुपये मिल जाते होंगे?

ईजाद—अब क्या कुछ भी पर्दा न रहने दीजिएगा?

इर्फान—अधूरी कहानी नहीं छोड़ी जाती।

ईजाद—तो जनाब, कोई बँधी हुई रकम है नहीं, और न मैं हिसाब लिखने का आदी

हूँ। जो कुछ मुकद्दर में है मिल जाता है। कभी-कभी एक-एक महीने में हजारों की याफत हो जाती है, कभी महीनों रुपये की सूरत देखनी नसीब नहीं होती। मगर कम हो या ज्यादा, इस कमाई में बरकत नहीं है। हमेशा शैतान की फटकार रहती है। कितनी ही अच्छी गिजा खाइए, कितने ही कीमती कपड़े पहिनिए, कितने ही शान से रहिए, पर वह दिली इतमीनान नहीं हासिल होता जो हलाल की रूखी रोटियों और गजी-गाढ़ों में है। कभी-कभी तो इतना अफसोस होता है कि जी चाहता है जिन्दगी का खातमा हो जाय तो बेहतर। मेरे लिए सौ रुपये लाखों के बराबर हैं। इन्शा अल्लाह, इर्शाद भी जल्द ही किसी-न-किसी काम में लग जायगा तो रोजी की फिक्र से निजात हो जायगी। बाकी जिन्दगी तोबा और इबादत में गुजरेगी, इत्तहाद की खिदमत अब भी करता रहूँगा, लेकिन अब से यह सच्ची खिदमत होगी, खुदगर्जी रो पाक। इसका सबाब खुदा बाबू प्रेमशंकर को अदा करेगा।

थोड़ी देर अपील के विषय में परामर्श करने के बाद ज्वालासिंह मिर्जासाहब को साथ ले कर हाजीपुर चले। डॉक्टर साहब भी साथ हो लिये।

ज्यों ही दशहरे की छुट्टियों के बाद हाईकोर्ट खुला, अपील दायर हो गयी और समाचार पत्रों के कॉलम उसकी कार्यवाही से भरे जाने लगे। समस्या बड़ी जटिल थी। दंड प्राप्तों में उन साक्षियों को फिर पेश किये जाने की प्रार्थना की थी जिनके आधार पर उन्हें दंड दिये गये थे। सरकारी वकील ने इस प्रार्थना का घोर विरोध किया; किन्तु इर्फानअली ने अपने दावे को ऐसी सबल युक्तियों से पुष्ट किया और दण्ड-भोगियों पर हुई निर्दयता को ऐसे करुणा-भाव से व्यक्त किया कि जजों ने मुकदमे की दुबारा जाँच किये जाने की अनुमति दे दी।

मातहत अदालत ने विवश हो कर शहादतों को तलब किया। बिसेसर साह, डॉ. प्रियनाथ, दारोगा खुर्शेद आलम, कर्तारसिंह फैज और तहसीलदार साहब कचहरी में हाजिर हुए। बिसेसर साह का बयान तीन दिन तक होता रहा। बयान क्या था, पुलिस के हथकंडो और कूटनीति का विशद और शिक्षाप्रद निरूपण था। अब वह दुर्बल इनकम-टैक्स से डरने वाला, पुलिस के इशारों पर नाचने वाला बिसेसर साह न था। इन दो वर्षों की ग्लानि, पश्चात्ताप और दैविक व्याधियों ने सम्पूर्णतः उसकी काया पलट दी थी। एक तो उसका बयान यों ही भंडाफोड़ था, दूसरे इर्फानअली की जिरहों ने रहा-सहा पर्दा भी खोल दिया। सरकारी वकील ने पहले तो बिसेसर को अपने पिछले बयान से फिर जाने पर धमकाया, जज ने भी डाँट बतलायी पर बिसेसर जरा भी न डगमगाया। इर्फानअली ने बड़ी नम्रता से कहा, गवाह का यों फिर जाना बेशक सजा के काबिल है, पर इस मुकदमे की हालत निराली है। यह सारा तूफान पुलिस का खड़ा किया हुआ है। इतने बेगुनाहों की जिन्दगी का ख्याल करके अदालत को शहादत के कानून की इतनी सख्ती से पाबन्दी न करनी चाहिए। इन विनीत शब्दों ने जज साहब को शान्त कर दिया। पुराना जज तबदील हो गया था, उसकी जगह नये साहब आये थे।

सरकारी वकील ने भी अपने पत्र के अनुकूल खूब जिरह की, सिद्ध करना चाहा कि गाँववालों की धमकी, प्रेमशंकर के आग्रह या इसी प्रकार के अन्य सम्भावित कारणों ने गवाहों

को विचलित कर दिया; पर बिसेसर किसी तरह फन्दे में न आया। अँगरेजी और जातीय पत्रों ने इस घटना की आलोचना करनी शुरू की। अँगरेजी पत्रों का अनुमान था कि गवाह का यह रूपान्तर राष्ट्रवादियों के दुराग्रह का फल है। उन्होंने पुलिस को नीचा दिखाने के लिए यह चाल खेली है। अदालत ने इस बयान को स्वीकार करने में बड़ी भूल की है। मुखबिर को यथोचित दंड मिलना चाहिए। हिन्दुस्तानी पत्रों को पुलिस पर छींटे उड़ाने का अवसर मिला। अदालत में मुकदमा पेश ही था, मगर पत्रों ने आग्रह करना शुरू किया कि पुलिस के कर्मचारियों से जवाब तलब करना चाहिए। एक मनचले पत्र ने लिखा, यह घटना इस बात का उज्ज्वल प्रमाण है कि हिन्दुस्तान की पुलिस प्रजा-रक्षण के लिए नहीं वरन् भक्षण के लिए स्थापित की गयी है। अगर खोज की जाय तो पूर्णतः सिद्ध हो जायगा कि यहाँ की 87 सैकड़े दुर्घटनाओं का उत्तरदायित्व पुलिस के सिर है। बाज पत्रों को पुलिस की आड़ में जमींदारों के अत्याचार का भयंकर रूप दिखायी देता था। उन्हें जमींदारों के न्याय पर जहर उगलने का अवसर मिला। कतिपय पत्रों ने जमींदारों की दुरवस्था पर आँसू बहाने शुरू किये। यह आन्दोलन होने लगा कि सरकार की ओर से जमींदारों को ऐसे अधिकार मिलने चाहिए कि वह अपने असामियों को काबू में रख सकें, नहीं तो बहुत सम्भव है कि उच्छृंखलता का यह प्रचंड झोंका सामाजिक संगठन को जड़ से हिला दे।

बिसेसर साह के बाद डॉ. प्रियनाथ की शहादत हुई। पुलिस अधिकारियों को उन पर पूरा विश्वास था, पर जब उनका बयान सुना तो हाथों के तोते उड़ गये। उनके कुतूहल का पारावार न था, मानो किसी नये जगत् की सृष्टि हो गयी। वह पुरुष जो पुलिस का दाहिना हाथ बना हुआ था, जो पुलिस के हाथों की कठपुतली था, जिसने पुलिस की बदौलत हजारों कमाये वह आज यों दगा दे जाये, नीति को इतनी निर्दयता से पैरों तले कुचले।

डॉक्टर साहब ने स्पष्ट कह दिया कि पिछला बयान शास्त्रोक्त न था, लाश के हृदय और यकृती की दशा देख कर मैंने जो धारणा की थी वह शास्त्रानुकूल नहीं थी। बयान देने के पहले मुझे पुस्तकों को देखने का अवसर न मिला था। वह स्थलों में खून का रहना सिद्ध करता है कि उसकी क्रिया आकस्मिक रीति पर बन्द हो गई। यन्त्राघात के पहले गला घोंटने से यह क्रियाक्रम से बन्द होती और इतनी मात्रा में रक्त का जमना सम्भव न था। अपनी युक्ति के समर्थन में उन्होंने कई प्रसिद्ध डॉक्टरों की सम्मति का भी उल्लेख किया। डॉ. इर्फान अली ने भी इस विषय पर कई प्रामाणिक ग्रंथों का अवलोकन किया था। उनकी जिरहों ने प्रियनाथ की धारणा को और भी पुष्ट कर दिया। तीसरे दिन सरकारी वकील की जिरह शुरू हुई। उन्होंने जब वैद्यक प्रश्नों से प्रियनाथ को काबू में आते न देखा तब उनकी नीयत पर आक्षेप करने लगे।

वकील–क्या यह सत्य है कि पहले जिस दिन अभियोग का फैसला सुनाया गया था उस दिन उपद्रवकारियों ने आपके बँगले पर जाकर आपको घेर लिया था?

प्रिय–जी हाँ।

वकील–उस समय बाबू प्रेमशंकर ने आपको मार-पीट से बचाया था?

प्रिय–जी हाँ, वह न आते तो शायद मेरी जान न बचती।

वकील–यह भी सत्य है कि आपको बचाने में यह स्वयं जख्मी हो गये थे?

प्रिय—जी हाँ, उन्हें बहुत चोट आयी थी। कन्धे की हड्डी टूट गयी थी।

वकील—आप यह भी स्वीकार करेंगे कि वह दयालु प्रकृति के मनुष्य हैं और अभियुक्तों से उन्हें सहानुभूति है।

प्रिय—जी हाँ, ऐसा ही है।

वकील—ऐसी दशा में यह स्वाभाविक है कि उन्होंने आपको अभियुक्तों की रक्षा करने पर प्रेरित किया हो?

प्रिय—मेरे और उनके बीच में इस विषय पर कभी बातचीत भी नहीं हुई।

वकील—क्या सम्भव नहीं है कि उनके एहसान ने आपको ज्ञात रूप से बाधित किया हो।

प्रिय—मैं अपने व्यक्तिगत भावों को अपने कर्तव्य से अलग रखता हूँ। यदि ऐसा होता तो बसे पहले बाबू प्रेमशंकर ही अवहेलना करते।

वकील साहब एक पहलू से दूसरे पहलू पर आते थे, पर प्रियनाथ चालाक मछली की तरह चारा कुतर कर निकल जाते थे। दो दिन तक जिरह करने के बाद अन्त में हार कर बैठ रहे।

दारोगा खुर्शेद आलम का बयान शुरू हुआ। यह उनके पहले बयान की पुनरावृत्ति थी, पर दूसरे दिन इर्फान अली की जिरहों ने उनको बिलकुल उखाड़ दिया। बेचारे बहुत तड़फड़ाये पर जिरह जाल से न निकल सके।

इर्फान अली को अब अपनी सफलता का विश्वास हो गया। वह आज अदालत से निकले तो बाँछें खिली जाती थीं। इसके पहले भी बड़े-बड़े मुकदमों की पैरवी कर चुके थे और दोनों जेब नोटों से भर हुए घर चले थे, पर चित्त कभी इतना प्रफुल्लित न हुआ था। प्रेमशंकर तो ऐसे खुश थे मानो लड़के का विवाह हो रहा हो।

इसके बाद तहसीलदार साहब का बयान हुआ। वह घंटों तक लखनपुर वालों की उद्दंडता और दुर्जनता का आल्हा गाते रहे, लेकिन इर्फान अली ने दस ही मिनट में उसका सारा ताना-बाना उधेड़ कर रख दिया।

इर्फान—आप यह तसलीम करते हैं कि यह सब मुलजिम लखनपुर के खास आदमियों में हैं?

तहसीलदार—हो सकते हैं, लेकिन जात के अहीर, जुलाहे और कुर्मी हैं।

इर्फान—अगर कोई चमार लखपती हो जाय तो आप उससे अपनी जूती गँठवाने का काम लेते हुए हिचकेंगे या नहीं?

तहसीलदार—उन आदमियों में कोई लखपती नहीं है।

इर्फान—मगर सब काश्तकार हैं, मजदूर नहीं। उनसे आपको घास छिलवाने का क्या मजाल था?

तहसीलदार—सरकारी जरूरत।

इर्फान—क्या यह सरकारी जरूरत मजदूरों को मजदूरी दे कर काम कराने से पूरी न हो सकती थी?

तहसीलदार—मजदूरों की तायदाद उस गाँव में ज्यादा नहीं है।

इर्फान—आपके चपरासियों में अहीर, कुर्मी या जुलाहे न थे? आपने उनसे यह काम क्यों न लिया?

तहसीलदार—उनका यह काम नहीं है।

इर्फान—और काश्तकारों का यह काम है?

तहसीलदार—जब जरूरत पड़ती है तो उनसे भी यह काम लिये जाते हैं।

इर्फान—आप जानते हैं जमीन लीपना किसका काम है?

तहसीलदार—यह किसी खास जात का काम नहीं है।

इर्फान—मगर आपको इससे तो इन्कार नहीं हो सकता कि आम तौर पर अहीर और ठाकुर यह नहीं करते?

तहसीलदार—जरूरत पड़ने पर कर सकते हैं।

इर्फान—जरूरत पड़ने पर क्या आप अपने घोड़े के आगे घास नहीं डाल देते? इस लिहाज से आप अपने को साईस कहलाना पसन्द करेंगे?

तहसीलदार—मेरी हालत का उन काश्ताकारों से मुकाबला नहीं हो सकता।

इर्फान—बहरहाल यह आपको मानना पड़ेगा कि जो लोग जिस क़ाम के आदी नहीं हैं वह उसे करना अपनी जिल्लत समझते हैं, उनसे यह काम लेना बेइन्साफी है। कोई बरहमन खुशी से आपके बर्तन धोयेगा। अगर आप उससे जबरन यह काम लें तो वह चाहे खौफ से करे पर उसका दिल जख्मी हो जायेगा। वह मौका पायेगा तो आपकी शिकायत करेगा।

तहसीलदार—हाँ, आपका यह फरमाना वजा है, लेकिन कभी-कभी अफसरों को मजबूर हो कर सभी कुछ करना पड़ता है।

इर्फान—तो आपको ऐसी हालतों में नामुलायम बातें सुनने के लिए भी तैयार रहना चाहिए। फिर लखनपुर वालों पर इलजाम रखते हैं, यह इनसानी फिकरत का कसूर है। अब तो आप तसलीम करेंगे कि काश्तकारों से जो बेअदबी हुई वह आपकी ज्यादती का नतीजा था।

तहसीलदार—अफसरों की आसाइश के लिए.......

तहसीलदार साहब का आशय समझ कर जज ने उन्हें रोक दिया।

इर्फान अली जब संध्या समय घर पहुँचे तब उन्हें बाबू ज्ञानशंकर का अर्जेंट तार मिला। उन्होंने एक जरूरी मुकदमे की पैरवी करने के लिए बुलाया था। एक हजार रुपये रोजाना मेहनताना का वादा था। डॉक्टर साहब ने तार फाड़ कर फेंक दिया और तत्क्षण तार से जवाब दिया—खेद है मुझे फुर्सत नहीं है। मैं लखनपुर के मामले की पैरवी कर रहा हूँ।

गायत्री की दशा इस समय पथिक की सी थी जो साधु भेषधारी डाकुओं के कौशल जाल में पड़ कर लुट गया हो। वह उस पथिक की भाँति पछताती थी कि मैं कुसमय चली क्यों? मैंने चलती सड़क क्यों छोड़ दी? मैंने भेष बदले हुए साधुओं पर विश्वास क्यों किया और उनको अपने रुपयों की थैली क्यों दिखायी? उसी पथिक की भाँति अब वह प्रत्येक बटोही को आशंकित नेत्रों से देखती थी। यह विडम्बना उसके लिए सहस्रों उपदेशों से अधिक शिक्षाप्रद

और सजगकारी थी। अब उसे याद आया था कि एक साधु ने मुझे प्रसाद खिलाया था। जरा दूर चलकर मुझे प्यास लगी तो उसने मुझे शर्बत पिलाया, जो तृषित होने के कारण मैंने पेट भर पिया। अब उसे यह भी ज्ञात हो रहा था कि वह प्यास उसी प्रसाद का फल था। ज्यों-ज्यों वह उस घटना पर विचार करती थी, उसके सभी रहस्य, कारण और कार्य सूत्र में बँधे हुए मालूम होते थे। गायत्री ने अपने आभूषण तो बनारस में ही उतार कर श्रद्धा को सौंप दिये थे, अब उसने रंगीन कपड़े भी त्याग दिये। पान खाने का उसे शौक था। उसे भी छोड़ा। आईने और कंघी को त्रिवेणी में डाल दिया। रुचिकर भोजन को तिलांजलि दी। उसे अनुभव हो रहा था कि इन्हीं व्यसनों में मेरे मन को चंचल बना दिया। मैं अपने सतीत्व के गर्व में विलास-प्रेम को निर्विकार समझती थी। मुझे वह न सूझता था कि वासना केवल इन्द्रियों पर विजय प्राप्त करके सन्तुष्ट नहीं होती, वह शनैः-शनैः मन को भी अपना आज्ञाकारी बना लेती है। अब वह केवल एक उजली साड़ी पहनती थी, नंगे पाँव चलती थी और रूखा-सूखा भोजन करती थी। इच्छाओं का दमन कर रही थी, उन्हें कुचल डालना चाहती थी। शीशा ज्यों-ज्यों साफ दिखायी दे रही थीं। कभी-कभी क्षोभ और ग्लानि के उद्वेग में उसका जी चाहता कि प्राणाघात कर लूँ। उसे अब स्वप्न में अक्सर अपने पति के दर्शन होते। उसकी मर्मभेदी बातें कलेजे के पार हो जातीं, उनकी तीव्र दृष्टि हृदय को छेद डालती।

बनारस से वह प्रयाग आयी और कई दिनों तक झूसी की एक धर्मशाला में ठहरी रही। यहाँ उसे कई महात्माओं के दर्शन हुए, लेकिन उसे उपदेशों से शान्ति न मिली। वे सब दुनिया के बन्दे थे। पहले तो उससे बात तक न की; पर ज्यों ही मालूम हुआ कि यह रानी गायत्री है त्यों ही सब ज्ञान और वैराग्य के पुतले बन गये। गायत्री को विदित हो गया कि उनका त्याग केवल उद्योगहीनता है और उनका भेष केवल सरल हृदय भक्तों के लिए मायाजाल। वह निराश हो कर चौथे दिन हरिद्वार जा पहुँची; पर यहाँ धर्म का आडम्बर तो बहुत देखा, भाव कम यात्रीगण दूर-दूर से आये हुए थे, पर तीर्थ करने के लिए नहीं, केवल विहार करने के लिए। आठों पहर गंगा तट पर विलास और आभूषण की बहार रहती थी। गायत्री खिन्न हो कर तीसरे ही दिन यहाँ से हृषीकेश चली गयी। वहाँ उसने किसी को अपना परिचय न दिया। नित्य पहर रात रहे उठती और गंगा स्नान करके दो-तीन घंटे गीता का पाठ किया करती। शेष समय धर्म ग्रन्थों के पढ़ने में काटती। सन्ध्या को साधु-महात्माओं के ज्ञानोपदेश सुना करती। यद्यपि वहाँ दो-एक त्यागी आत्माओं के दर्शन हुए, पर कोई ऐसा तत्त्वज्ञानी न मिला जो उसके चित्त को विरक्त कर दे। इतना संयम और इन्द्रियनिग्रह करने पर भी सांसारिक चिन्ताएँ उसे सताया करती थीं। मालूम नहीं घर पर क्या हो रहा है? न जाने सदाव्रत चलता है या ज्ञानशंकर ने बन्द कर दिया? फर्श आदि की न जाने क्या दशा होगी? नौकर-चाकर चारों ओर लूट मचा रहे होंगे। मेरे दीवान-खाने में मनों गर्द जम रही होगी। अबकी अच्छी तरह मरम्मत न हुई होगी तो छतें कई जगह से कट गयी होंगी। मोटरें और बग्घियाँ रोज माँगी जाती होंगी। जो ही आकर दो-चार लल्लो-चप्पो की बातें करता होगा, लाला जी दे देते होंगे समझते होंगे। अब तो मैं मालिक हूँ। बगीचा बिलकुल जंगल हो गया होगा। ईश्वर जाने कोई चिड़ियों और जानवरों की सुध लेता है या नहीं। बेचारे भूखों मर गये। होंगे। दोनों पहाड़ी मैंने कितनी दौड़-धूप करने से

मिले थे। अब या तो मर गये होंगे या कोई माँग ले गया होगा। सन्दूकों की कुन्जियाँ तो श्रद्धा को दे आयी हूँ, पर ज्ञानशंकर जैसे दुष्ट चरित्र आदमी से कोई बात बाहर नहीं। बहुधा धर्म ग्रन्थों के पढ़ने या मन्त्र जाप करते समय दुश्चिन्ताएँ उसे आ घेरती थीं। जैसे टूटे हुए बर्तन में एक ओर से पानी भरो और दूसरी ओर से टपक जाता है। उसी तरह गायत्री एक ओर तो आत्म-शुद्धि की क्रियाओं में तत्पर हो रही थी, पर दूसरी ओर चिन्ता-व्याधि उसे घेरे रहती थी। वह शान्ति, वह एकाग्रता न प्राप्त होती थी जो आत्मोत्कर्ष का मूल मन्त्र है। आश्चर्य तो यह है कि वह विघ्न-बाधाओं का स्वागत करती थी और उन्हें प्यार से हृदयागार में बैठाती थी। वह बनारस से यह ठान कर चली थी कि अब संसार से कोई नाता न रखूँगी, लेकिन अब उसे ज्ञात होता था कि आत्मज्ञान प्राप्त करने के लिए वैराग्य की जरूरत नहीं है। मैं अपने घर रह कर रियासत की देख-रेख करते हुए क्या निर्लिप्त नहीं रह सकती; पर इस विचार से उसका जी झुंझला पड़ता था। वह अपने को समझाती, अब उसे रियासत से क्या प्रयोजन है? बहुत भोग कर चुकी। मुझे मोक्ष मार्ग पर चलना चाहिए, यह जन्म तो बिगड़ ही गया, दूसरा जन्म क्यों बिगाड़ूँ?

इस तर्क-वितर्क में गायत्री बद्रीनाथ की यात्रा पर आरूढ़ न हो सकी। हृषीकेश में पड़े-पड़े तीन महीने गुजर गये और हेमन्त सिर पर आ पहुँचा, यात्रा दुस्साध्य हो गयी।

पौष मास था, पहाड़ों पर बर्फ गिरने लगी थी। प्रातःकाल की सुनहरी किरणों में तुषार-मंडित पर्वत श्रेणियों की शोभा अकथनीय थी। एक दिन गायत्री ने सुना कि चित्रकूट में कहीं से ऐसे महात्मा आये हैं जिनके दर्शन-मात्र से ही आत्मा तृप्त हो जाती है। वह उपदेश बहुत कम करते हैं, लेकिन उनका दृष्टिपात उपदेशों से भी ज्यादा सुधावर्षी होता है। उनके मुख मुण्डल पर ऐसी कान्ति है मानो तपाया हुआ कुन्दन हो। दूध ही उनका आहार है और वह भी एक छटाँक से अधिक नहीं, पर डीलडौल और तेजबल ऐसा है कि ऊँची से ऊँची पहाड़ियों पर खटाखट चढ़ते चले जाते हैं, न दम फूलता है, न पैर काँपते हैं, न पसीना आता है। उनका पराक्रम देखकर अच्छे-अच्छे योगी भी दंग रह जाते हैं। पसूनी के गलते हुए पानी में पहर रात से ही खड़े हो कर दो-तीन घंटे तक तप किया करते हैं। उनकी आँखों में कुछ ऐसा आकर्षण है कि वन के जीवधारी भी उनके इशारों पर चलने लगते हैं। गायत्री ने उनकी सिद्धि का यह वृत्तांत सुना तो उसे उनके दर्शनों की प्रबल उत्कंठा हुई। उसने दूसरे ही दिन चित्रकूट ही राह ली और चौथे दिन पसूनी के तट पर एक धर्मशाला में बैठी हुई थी।

यहाँ जिसे देखिये वही स्वामी जी का कीर्तिगान कर रहा था, भक्त जन दूर-दूर से आये हुए थे। कोई कहता था यह त्रिकालदर्शी हैं, कोई उन्हें आत्मज्ञानी बतलाता था। गायत्री उनकी सिद्धि की कथाएँ सुन कर इतनी विह्वल हुई कि इसी दम जा कर उनके चरणों पर सिर रख दे, लेकिन रात से मजबूर थी। वह सारी रात करवटें बदलती और सोचती रही कि मैं मुँह अँधेरे जा कर महात्मा जी के पैरों पर गिर पड़ूँगी कि महाराज, मैं अभागिनी हूँ, आप आत्मज्ञानी हैं, आप सर्वज्ञ हैं, मेरा हाल आपसे छिपा हुआ नहीं है, मैं अथाह जल में डूबी जाती हूँ, अब आप ही मुझे उबार सकते हैं। मुझे ऐसा उपदेश दीजिए और मेरी निर्बल आत्मा को इतनी शक्ति प्रदान कीजिए कि वह माया-मोह के बन्धनों से मुक्त हो

जाय। मेरे हृदय-स्थल में अन्धकार छाया हुआ है, उसे आप अपनी व्यापक ज्योति से आलोकित कर दीजिए। इस दीन कल्पना से गद्गद हो कर घंटों रोती रही। उसकी कल्पना इतनी सजग हो गयी कि स्वामी जी के आश्वासन शब्द भी उसके कानों में गूँजने लगे। ज्यों ही उनके चरणों पर गिरूँगी वह प्रेम से मेरे सिर पर हाथ रख कर कहेंगे, बेटी, तुझ पर बड़ी विपत्ति पड़ी है, ईश्वर तेरा कल्याण करेंगे। जाड़े की लम्बी रात किसी भाँति कटती ही न थी। यह बार-बार उठ कर देखती तड़का तो नहीं हो गया है, लेकिन आकाश में जगमगाते हुए तारों को देख कर निराश हो जाती थी। पाँचवीं बार जब उठी तो पौ फट रही थी। तारागण किसी मधुर गान के अन्तिम स्वरों की भाँति लुप्त हो जाते थे। आकाश एक पीतवस्त्रधारी योगी की भाँति था जिसका मुखकमल आत्मोल्लास से खिला हुआ हो और पृथ्वी एक माया-रहस्य थी, ओर के नीले पर्दे में छिपी हुई गायत्री ने तुरन्त पसूनी में स्नान किया और स्वामी जी के दर्शन करने चली।

स्वामी जी की कुटी एक ऊँची पहाड़ी पर थी। वहाँ एक वृक्ष के नीचे बैठे हुए थे। वहीं चट्टानों के फर्श पर भक्तजन आ-आकर बैठते जाते थे। चढ़ाई कठिन थी, पर श्रद्धा लोगों को ऊपर खींचे लिए जाती थी। असक्तता और निर्बलता ने भी सदनुराग के सामने सिर झुका दिया था। नीचे से ऊपर तक आदमियों का ताँता लगा हुआ था। गायत्री ने पहाड़ी पर चढ़ना शुरू किया। थोड़ी दूर चल कर उसका दम फूल गया। पैर मन-मन भर के हो गये, उठाये न उठते थे, लेकिन वह दम ले-लेकर हाथों और घुटनों के बल चट्टानों पर चढ़ती ऊपर जा पहुँची। उसकी सारी देह पसीने से तर थी और आँखों के सामने अँधेरा छा रहा था, लेकिन ऊपर पहुँचते ही उसका चित्त ऐसा प्रफुल्लित हुआ जैसे किसी प्यासे को पानी मिल जाय। गायत्री की छाती में धड़कन सी होने लगी। ग्लानि की ऐसी विषम, ऐसी भीषण पीड़ा उसे कभी न हुई थी। इस ज्ञान ज्योति को कौन सा मुँह दिखाऊँ! उसे स्वामी जी की ओर ताकने का साहस न हुआ जैसे कोई आदमी सर्राफ के हाथ में खोटा सिक्का देता हुआ डरे। बस इसी हैस-बैस में थी कि सहसा उसके कानों में आवाज आयी गायत्री, मैं बहुत देर से तेरी बाट जोह रहा हूँ। यह राय कमलानन्द की आवाज थी, करुणा और स्नेह में डूबी हुई। गायत्री ने चौंक कर सामने देखा स्वामी जी उसकी ओर चले आ रहे थे। उनके तेजोमय मुखारविन्द पर करुणा झलक रही थी और आँखें झुक गयीं। ऐसा जान पड़ा मानो मैं तेज तरंगों में बही जाती हूँ। हाँ! मैं इस विशाल आत्मा की पुत्री हूँ। ग्लानि ने कहा, हा पतिता! लज्जा ने कहा, हाँ, कुलकलंकिनी! निराशा बोली, हाँ, अभागिनी! शोक ने कहा, तुझ पर धिक्कार! तू इस योग्य नहीं कि संसार को अपना मुँह दिखाये। अधःपतन अब क्या शेष है जिसके लिए जीवन की अभिलाशा! विधाता ने तेरे भाग्य में ज्ञान और वैराग्य नहीं लिखा। इन दुष्कल्पनाओं ने गायत्री को इतना मर्माहत किया कि पश्चात्ताप, आत्मोद्धार और परमार्थ की सारी सदिच्छाएँ लुप्त हो गयीं। उसने उन्मत्त नेत्रों से नीचे की ओर देखा और तब जैसे कोई चोट खाया हुआ दोनों डैना फैला वृक्ष से गिरता है वह दोनों हाथ फैलाये शिखर पर से गिर पड़ी। नीचे एक गहरा कुण्ड था। उसने उसकी अस्थियों को संसार के निर्दय कटाक्षों से बचाने के लिए अपने अन्तस्थल के अपार अन्धकार में छिपा लिया।

''लाला प्रभाशंकर ने भविष्य-चिन्ता का पाठ न पढ़ा था। 'कल' की चिन्ता उन्हें कभी न सताती थी। उनका समस्त जीवन विलास और कुल मर्यादा की रक्षा में व्यतीत हुआ था। खिलाना, खाना और नाम के लिए मर जाना—यही उनके जीवन के ध्येय थे। उन्होंने सदैव इसी त्रिमूर्ति की आराधना की थी और अपनी वंशगत सम्पत्ति का अधिकांश बर्बाद कर चुकने पर भी वह अपने व्यावहारिक नियमों में संशोधन करने की जरूरत नहीं समझते थे, या समझते थे तो अब किसी नये मार्ग पर चलना उनके लिए असाध्य था। वह एक उदार, गौरवशील पुरुष थे। सम्पत्ति उनकी दृष्टि में मर्यादा पालन का एक साधन मात्रा थी। इससे श्री-वृद्धि भी हो सकती है, धन की उन्नति भी हो सकती है, यह उनके ध्यान में भी नहीं आया था। चिन्ताओं को वह तुच्छ समझते थे, शायद इसीलिए कि उनका निवारण करने के लिए ज्यादा से ज्यादा अपने महाजन के द्वार तक जाना पड़ता था, उनका जो समय और धन मेहमानों के आदर-सत्कार में लगता था उसी को वह श्रेयस्कर समझते थे। दान-दक्षिण में शुभ अवसर आते ही उनकी हिम्मत आसमान पर जा पहुँचती थी। उस नशे में उन्हें इसकी सुध न रहती थी कि फिर क्या होगा, और काम कैसे चलेंगे? यह बड़ी बहू का ही काम था कि इस चढ़ी हुई नदी को थामे। वह रुपये को उनकी आँखों से इस तरह बचाती थी जैसे दीपक को हवा से बचाते हैं। वह बेधड़क कह देती थी, अब यहाँ कुछ नहीं है। लाला जी उसे धिक्कारने लगते, दुष्टा, अभागिनी, तुच्छ हृदया, जो कुछ मुँह में आता कहते; पर वह टस से मस न होती थी। अगर वह सदैव इस नीति पर चल सकती तो अब तक जायदाद बची रहती, पर लाला साहब ऐसे अवसरों पर कौशल से काम लेते। वह विनय के महत्त्व से अनभिज्ञ नहीं थे। बड़ी बहू उनके कोप का सामना कर सकती थी, पर उनके मृदु वचनों से हार जाती।

प्रेमशंकर की जमानत के अवसर पर लाला प्रभाशंकर ने जो रुपये कर्ज लिए थे, उसका अधिकांश उसके पास बच रहा था। वह रुपये उन्होंने महाजन को लौटा कर न दिये। शायद ऋण-धन को वह अपनी कमाई समझते थे। धन-प्रप्ति का कोई अन्य उपाय उन्हें ज्ञात ही न था। बहुत दिनों के बाद इतने रुपये एक मुश्त उन्हें मिले थे—मानो भाग्य का सूर्य उदय हो गया। आत्मीय जनों और मित्रों के यहाँ तोहफे और सौगात जाने लगे, मित्रों की दावतें होने लगीं। लाला जी पाक-कला में सिद्धहस्त थे। उनका निज रचित एक ग्रन्थ था जिसमें नाना प्रकार के व्यंजनों के बनाने की विधि लिखी हुई थी। वह विद्या उन्होंने बहुत खर्च करके हलवाइयों और बावर्चियों से प्राप्त की थी। वह निमकौड़ियों की ऐसी स्वादिष्ट खीर पका सकते थे कि बादाम को धोखा हो। लाल विषाक्त मिर्चा का ऐसा हलवा बना सकते थे कि मोहनभोग का भ्रम हो। आम की गुठलियों का कबाब बना कर उन्होंने अपने कितने ही रसज्ञ मित्रों को धोखा दे दिया था। उनका लिसोढ़ा का मुरब्बा अंगूर से भी बाजी मार ले जाता था यद्यपि इन पदार्थों को तैयार करने में धन का अपव्यय होता था, सिरमगजन भी बहुत करना पड़ता था और नक्ल नक्ल ही रहती थी, लेकिन लाला जी इस विषय मे पूरे कवि थे जिनके लिए सुहृदजनों की प्रशंसा ही सबसे बड़ा पुरस्कार है। अबकी कई साल के बाद उन्होंने अपने बड़े भाई की जयन्ती हौसले के साथ की। भोज और दावत की हफ्तों तक धूम रही। शहर में एक से एक गण्यमान्य सज्जन पड़े हुए थे, पर कोई उनसे टक्कर

लेने का साहस न कर सकता था।

बड़ी बहू जानती थी कि जब तक घर में रुपये रहेंगे इनका हाथ न रुकेगा, साल-आध साल में सारी रकम खा-पी कर बराबर कर देंगे, इसलिए जब घर में आग ही लगाई है तो क्यों न हाथ सेंक लें। अवसर पाते ही उसने दोनों कन्याओं के विवाह की बातचीत छेड़ दी। यद्यपि लड़कियाँ अभी विवाह के योग्य न थीं, पर मसहलत यही थी कि चलते हाथ-पैर भार से उऋण हो जायँ। जिस दिन ज्वालासिंह अपील दायर करने चले उसी दिल लाला प्रभाशंकर ने फलदान चढ़ाये। दूसरे ही दिन से वह बारातियों के आदर सत्कार की तैयारियों में व्यस्त हो गये ऐसे सुलभ कार्यों में वह किफायत को दूषित ही नहीं, अक्षम्य समझते थे। उनके इरादे तो बहुत बड़े थे, लेकिन कुशल यह थी कि आजकल प्रेमशंकर प्रायः नित्य उनकी मदद करने के लिए आ जाते। प्रभाशंकर दिल से उनका आदर करते थे, इसलिए उनकी सलाहें सर्वथा निरर्थक न होतीं। विवाह की तिथि अगहन में पड़ती थी। वे डेढ़-दो महीने तैयारियों में ही कटे। प्रेमशंकर अक्सर संध्या को यहीं भोजन भी करते और कुछ देर तक गपशप करके हाजीपुर चले जाते। आश्चर्य यह था कि अब महाशय ज्ञानशंकर भी चचा से प्रसन्न मालूम होते थे। उन्होंने गोरखपुर से कई बोरे चावल, शक्कर और कई कुप्पे घी भेजे। विवाह के एक दिन पहले वह स्वयं आये और बड़े ठाट-बाट से आये। कई सशस्त्र सिपाही साथ थे। फर्श-कालीनें, दरियाँ तो इतनी लाये थे कि उनसे कई बारातें सज जातीं। दोनों वरों को सोने की एक-एक घड़ी और एक-एक मोहनमाला दी। बारातियों को भोजन करते समय एक-एक असर्फी भेंट दी। दोनों भतीजियों के लिए सोने के हार बनवा लाये थे और दोनों समधियों को एक-एक सजी हुई पालकी भेंट की। बारात के नौकरों, कहारों और नाइयों को पाँच-पाँच रुपये विदाई दी। उनकी इस असाधारण उदारता पर सारा घर चकित हो रहा था और प्रभाशंकर तो उनके ऐसे भक्त हो गये मानो वह कोई देवता थे। सारे शहर में वाह-वाह होने लगी। लोग कहते थे—मरा हाथी तो भी नौ लाख का बिगड़ गये लेकिन फिर भी हौसला और शान वही है। यह पुराने रईसों का ही गुर्दा है! दूसरे क्या खा कर इनकी बराबरी करेंगे? घर में लाखों भरे हों, कौन देखता है? यही हौसला अमीरी की पहचान है। लेकिन यह किसे मालूम था कि लाला साहब ने किन दामों यह नामवरी खरीदी है।

विवाह के बाद कुछ दिन तो बची-खुची सामग्रियों से लाला प्रभाशंकर की रसना तृप्त होती रही, लेकिन शनैः-शनैः यह द्वार भी बन्द हुआ और रूखे फीके भोजन पर कटने लगे। उस वर्षा के बाद यह सूखा बहुत अखरता था। स्वादिष्ट पदार्थों के बिना उन्हें तृप्ति न होती थी। रूखा भोजन कंठ से नीचे उतरता ही न था। बहुधा चौके पर से मुँह जूठा करके उठ आते; पर सारे दिन जी ललचाया करता। अपनी किताब खोल कर उसके पन्ने उलटते कि कौन सी चीज आसानी से बन सकती है; पर वहाँ ऐसी कोई चीज न मिलती। बेचारे निराश हो कर किताब बन्द कर देते और मन को बहलाने के लिए बरामदे में टहलने लगते। बार-बार घर में जाते, आलमारियों और ताखों की ओर उत्कंठित नेत्रों से देखते कि शायद कोई चीज निकल आए। अभी तक थोड़ी सी नवरत्न चटनी बची हुई थी। कुछ और न मिलता तो सबकी नजर बचा उसमें से एक चम्मच निकाल कर चाट जाते। विडम्बना यह

थी कि इस दुःख में कोई उनका साथी, कोई हमदर्द न था। बड़ी बहू से अगर कभी डरते-डरते अच्छी चीजें बनाने का कहते तो वह या तो टाल जाती या झुँझला कर कह बैठती—तुम्हारी जीभ भी लड़कों की तरह चटोरी है जब देखो खाने की ही फिक्र। सारी जायदाद हलुवे और पुलाव की भेंट कर दी और अब तक तस्कीन न हुई। अब क्या रखा है? बेचारे लाला साहब यह झिड़कियाँ सुनकर लज्जित हो जाते। प्रेमियों को प्रेमिका की चर्चा से शान्ति प्राप्त होती है; किन्तु खेद यह था कि यहाँ कोई वह चर्चा सुनानेवाला भी न था।

अन्त को यहाँ तक नौबत पहुँची कि वह खोंमचेवालों को बुलाते और उनसे चाट-के दोने लेकर घर के किसी कोने में जा बैठते और चुपचाप मजे ले-ले कर खाते। पहले चाट की ओर वह आँख उठा कर ताकते भी न थे, पर अब वह शान न थी। डेढ़-दो महीने तक उनका यही ढंग रहा, पर टुटपुंजिये खोंमचेवाले वादों पर कब तक रहते! उनके तकाजे होने लगे। लाला जी पहले तो उनकी विचित्र पुकार पर कान लगाये रहते थे, अब उनकी आवाज सुनते ही छिपने के लिए बिल ढूँढ़ने लगते। उनके वादे अब सुनिश्चित न होते थे, उनमें विनय और अविश्वास की मात्रा अधिक होती थी। मालूम नहीं इन तकाजों से उन्हें कब तक मुँह छिपाना पड़ता, लेकिन संयोग से उनके पूरे करने की एक विधि उपस्थित हो गयी। श्रद्धा ने एक दिन उन्हें बाजार से दो जोड़ी साड़ियाँ उधार लाये और रुपये खोंमचेवालों को देकर गला छुड़ाया। बजाज की ओर से ऐसे दुराग्रह पूर्ण और निन्दास्पद तकाजों की आशंका न थी। उसे बरसों वादों पर टाला जा सकता था, मगर उस दिन से चाटवालों ने उनके द्वार पर आना ही छोड़ दिया।

लेकिन चाट बुरी लत है। अच्छे दिनों में वह गले की जंजीर है, किन्तु बुरे दिनों में तो यह पैनी छुरी हो जाती है जो आत्म-सम्मान और लज्जा का तसमा भी नहीं छोड़ती। माघ का महीना, सर्दी का यह हाल था कि नाड़ियों में रक्त जमा जाता था। लाला प्रभाशंकर नित्य वायु सेवन के बहाने प्रेमशंकर के पास जा पहुँचते और देश-काल के समाचार सुनते। मौका पाते ही किसी न किसी स्वादिष्ट पदार्थ की चर्चा छेड़ देते, उस समय की कथा कहने लगते जब वह चीज खायी थी, मित्रों ने उस पर क्या-क्या टिप्पणियाँ की थीं। प्रेमशंकर उनका इशारा समझ जाते और शीलमणि से वह पदार्थ बनवा कर लाते, लेकिन प्रभाशंकर की स्वाद लिप्सा कितनी दारुण थी इसका उन्हें ज्ञान न था। अतः कभी-कभी लाला जी का मनोरथ यहाँ भी पूरा न होता। तब घर आते समय वह सीधी राह से न आते। स्वाद तृष्णा उन्हें नानबाइयों के मुहल्ले में ले जाती। प्यार और मसालों की सुगन्ध से उनकी लोलुप आत्मा तृप्त होती थी। कितना करुणाजनक दृश्य था! सत्तर साल का बूढ़ा, उच्च कुल मर्यादा पर जान देनेवाला पुरुष, गन्ध से रस का आनन्द उठाने के लिए घंटों नानबाइयों की गली में चक्कर लगाया करता, लज्जा से मुँह छिपाये हुए कि कोई देख न ले! ताजे कबाब की सुगन्ध से उनके मुँह में पानी भर आता, यहाँ तक कि खाद्याखाद्य का विचार भी न रहता। उस समय केवल एक अव्यक्त शंका, एक मिथ्या संकोच उनके सिलते हुए पैरों को सँभाल लिया करता था।

एक दिन लाला जी प्रेमशंकर के पास गये तो उन्होंने अपील का फैसला सुनाया। प्रभाशंकर प्रसन्न हो कर बोले—यह बहुत अच्छा हुआ। ईश्वर ने तुम्हारा उद्योग सफल किया।

बेचारे लिरपराध किसान जेल में पड़े सड़ रहे थे। ईश्वर बड़ा दयालु है। इस आनन्दोत्सव में एक दावत होनी चाहिए।

माया बोला—जी हाँ, यही तो अभी मैं कह रहा था। मैं तो अपने स्कूल के सब लड़कों को नेवता दूँगा।

प्रेमशंकर—पहले बेचारे आ तो जायें। अभी तो उनके आने में महीनों की देर है, कोई किसी जेल में है, कोई किसी में। जज ने तो पुलिस का पक्ष करना चाहा था, पर डॉक्टर इर्फान अली ने उसकी एक न चलने दी।

प्रभा—इन जजों का यही हाल है। उनका अभीष्ट सरकार का रोब जमाना होता है, न्याय करना नहीं। इस मुकदमे में तुमने इतनी दौड़-धूप न की होती तो उन बेचारों की कौन सुनता? ऐसे कितने निरपराधी केवल पुलिस के कौशल तथा वकीलों की दुर्जनता के कारण दण्ड भोगा करते हैं। मैं तो जब वकीलों को बहस करते देखता हूँ तो ऐसा मालूम होता है मानो भाट कवित्ता पढ़ रहे हों। न्याय पर किसी पक्ष की दृष्टि नहीं होती। दोनों मौखिक बल से एक दूसरे को परास्त करना चाहते हैं। जो वाक्य-चतुर है उसी की जीत होती है। आदमियों के जीवन-मरण का निर्णय सत्य और न्याय के बल पर नहीं, न्याय को धोखा देने के बल पर होता है।

प्रेम—जब तक मुद्दई और मुद्दालेह अपने-अपने वकील अदालत में लायेंगे तब तक इस दिशा में सुधार नहीं हो सकता; क्योंकि वकील तो अपने मुवक्किल का मुख-पात्र होता है। उसे सत्यासत्य निर्णय से कोई प्रयोजन नहीं, उसका कर्तव्य केवल अपने मुवक्किल के दावे को सिद्ध करना है। सच्चे न्याय की आशा तो तभी हो सकती है जब वकीलों को अदालत स्वयं नियुक्त करे और अदालत भी राजनीतिक भावों और अन्य दुस्संस्कारों से मुक्त हो। मेरे विचार में गवर्नमेन्ट को पुलिस में सुयोग्य, सच्चरित्र आदमी छाँट-छाँट कर रखने चाहिए। अभी तक इस विभाग में सच्चरित्रता पर जरा भी ध्यान नहीं दिया गया। वही लोग भर्ती किये जाते हैं जो जनता को दबा सकें, उन पर रोब जमा सकें। न्याय का विचार नहीं किया जाता।

प्रभा—जरा फैसला तो सुनाओ, देखूँ क्या लिखा है?

प्रेम—हाँ सुनिये, मैं अनुवाद करता हूँ। देखिए, पुलिस की कैसी तीव्र आलोचना की है। यह अभियोग पुलिस के कार्यक्रम का एक उज्ज्वल उदाहरण है। किसी विषय का सत्यासत्य निर्णय करने के लिए आवश्यक है, साक्षियों पर निष्पक्ष भाव से विचार किया जाय और उनके आधार पर कोई धारणा स्थिर की जाय; लेकिन पुलिस के अधिकारी वर्ग ठीक उल्टे चलते हैं, ये पहले एक धारणा स्थिर कर लेते हैं और तब उसको सिद्ध करने के लिए साक्षियों और प्रमाणों की तलाश करते हैं। स्पष्ट है कि ऐसी दशा में वह कार्य से कारण की ओर चलते हैं और अपनी मनोनीत धारणा में कोई संशोधन करने के बदले प्रमाणों को ही तोड़-मरोड़ कर अपनी कल्पनाओं के साँचे में ढाल देते हैं। यह उल्टी चाल क्यों चली जाती है? इसका अनुमान करना कठिन है; पर प्रस्तुत अभियोग में कठिन नहीं। एक समूह जितना भार सँभाल सकता है उतना एक व्यक्ति के लिए असाध्य है।

जब से गायत्री ने मायाशंकर को गोद लिया था, ईर्ष्या और स्वार्थ से दोनों जल रहे थे। यह दाह एक क्षण के लिए भी न शान्त होता। जो लड़का अभी कल तक उनके साथ का खिलाड़ी था वह सहसा इतने ऊँचे पद पर पहुँच जाय! दोनों यही सोचा करते कि कोई ऐसी सिद्धि प्राप्त करनी चाहिए कि जिसके सामने धन और वैभव की कोई हस्ती न रहे, जिसके प्रभाव से वे मायाशंकर को नीचा दिखा सकें। अन्त में बहुत सोच-विचार के पश्चात् उन्होंने भैरव-मन्त्र जगाने का निश्चय किया। एक तन्त्र ग्रन्थ ढूँढ़ निकाला। जिसमें इस क्रिया की विधियाँ विस्तार से लिखी हुई थीं। दोनों ने कई दिनों तक मन्त्र को कंठ किया। उसके मुखाग्र हो जाने पर यह सलाह होने लगी, इसे जगाने का आरम्भ कब से किया जाय? तेजशंकर ने कहा—चलो आज से ही श्रीगणेश कर दें।

पद्म—जब कहो तब। बस, अस्सी घाट की ओर चलें।

तेज—चालीस किसी तरह पूरा हो जाय फिर तो हम अमर हो जाएँगे। बन्दूक, तलवार, तोप का हम पर कुछ असर ही न होगा।

पद्म—यार; बड़ा मजा आएगा। सैकड़ों बरस तक जीते रहेंगे।

तेज—सैकड़ों! अभी हजारों क्यों नहीं कहते? हिमालय की गुफाओं में ऐसे-ऐसे साधु पड़े हैं जिनकी अवस्थाएँ चार-चार सौ साल से अधिक हैं। उन्होंने भी यही मन्त्र जगाया होगा। मौत का उन पर कोई वश नहीं चलता।

पद्म—माया बड़ी शेखी मारा करते हैं। बच्चा एक दिन मर जाएँगे, सब यहीं रखा रह जायेगा। यहाँ कौन चिन्ता है? तोप से भी न डरेंगे।

तेज—लेकिन मन्त्र जगाना सहज नहीं है। डरे और काम तमाम हुआ, जरा चौंके और वहीं ढेर हो गये। तुमने तो किताब में पढ़ा ही है, कैसी-कैसी भयंकर सूरतें दिखायी देती है। कैसी-कैसी डरावनी आवाजें सुनायी देती हैं। भूत, प्रेत, पिशाच नंगी तलवार लिए मारने दौड़ते हैं। उस वक्त जरा भी शंका न करनी चाहिए।

पद्म—मैं जरा भी न डरूँगा, वह कोई सचमुच के भूत-प्रेत थोड़े न होंगे। देवता लोग परीक्षा के लिए डराते होंगे।

तेज—हाँ और क्या! सब भ्रम है। अपना कलेजा मजबूत किये रहना।

पद्म—और जो कहीं तुम डर जाओ?

तेजशंकर के गर्व से हँसकर कहा—मैंने डर को भून कर खा लिया है। वह मेरे पास नहीं फटक सकता। मैं तो सचमुच प्रेतों से न डरूँ, शंकाओं की कौन चलाये।

पद्म—तो हम लोग अमर हो जायेंगे।

तेज अवश्य, इसमें भी कुछ सन्देह है?

दोनों ने इस भाँति निश्चय करके मन्त्र जगाना शुरू किया। जब घर के सब लोग, सो जाते तो दोनों चुपके से निकल जाते और अस्सी घाट पर गंगा के किनारे बैठ कर मन्त्र जाप करते। इस प्रकार उन्तालीस दिनों तक दोनों ने अभ्यास किया। इस विकट परीक्षा में वे कैसे पूरे उतरें इसकी व्याख्या करने के लिए एक पोथी अलग चाहिए। उन्हें वह सब विकराल सूरतें दिखायी दीं, वे सब रोमांचकारी शब्द सुनायी दिये, जिनका उस पुस्तक में जिक्र था। कभी मालूम होता था आकाश फटा पड़ता है, कभी आग की एक लहर सामने आती, कहीं

कोई भयंकर राक्षस मुँह से अग्नि की ज्वाला निकालता हुआ उन्हें निगलने को लपकता, लेकिन भय की पराकाष्ठा का नाम साहस है। दोनों लड़के आँखें बन्द किये, नीरव, निश्चल, निस्तब्ध, मूर्ति के समान बैठे रहते। जाप का तो केवल नाम था, सारी मानसिक शक्तियाँ इन शंकाओं को दूर रखने में ही केन्द्रीभूत हो जाती थीं। यह भय कि जरा भी चौंके, झिझके या विचलित हुए तो तत्क्षण प्राणान्त हो जायेगा उन्हें अपनी जगह पर बाँधे रहता था। मेरा भाई समीप ही बैठा है, यह विश्वास उनकी दृढ़ता का एक मुख्य कारण था, हालाँकि इस विश्वास से तेजशंकर को उतना ढाँढ़स न होता था जितना पद्मशंकर को। उसे (तेजशंकर को) पद्म पर वह भरोसा न था जो पद्म को उस पर था। अतएव तेजशंकर के लिए यह परीक्षा ज्यादा दुस्साध्य थी, पर यह भय कि मैं जरा भी हिला तो पद्म की जान पर बन जायगी, उस विश्वास की थोड़ी सी कसर पूरी कर देता था। इन दिनों दोनों बहुत दुर्बल हो गये थे, मुख पीले, आँखें चंचल ओंठ सूखे हुए। दोनों सारे दिन संज्ञा-हीन से पड़े रहते, खेल-कूद, सैर-सपाटे, आमोद-विनोद में उन्हें जरा भी रुचि न थी, आठों पहर मन उचटा रहता था, यहाँ तक कि भोजन भी अच्छा न लगता। इस तरह उन्तालीस दिन बीत गये। चालीसवाँ दिन आ पहुँचा। आज भोर से ही उनके चित्त उद्विग्न होने लगे, शंकाओं ने उग्र रूप धारण किया, आशाएँ भी प्रबल हुईं। दोनों आशा और भय की दशा में बैठे हुए कभी अमरत्व की कल्पना से प्रफुल्लित हो जाते, कभी आज की कठिनतम परीक्षाओं के भय से काँपते; पर आशाएँ भय के ऊपर थीं। सारे शहर में हलचल मच जायेगी, हम लोग जलती हुई आग में कूद पड़ेंगे और बेदाग निकल जायेंगे, आँच तक न आयेगी। उस मुँडेर पर से निश्शंक नीचे कूद पड़ेंगे, जरा भी चोट न लगेगी। लोग देखकर दंग हो जायेंगे। दिन भर दोनों ने कुछ नहीं खाया। कभी नीचे जाते, कभी ऊपर जाते, कभी हँसते, कभी रोते, कभी नचाते। कोई दूसरा आदमी उनकी यह दशा देख कर समझता कि पागल हो गये हैं।

सहसा तेजशंकर उठ खड़ा हुआ और बोला—जय भैरव की।

दोनों के नेत्रों में एक अलौकिक प्रकाश था, दोनों के मुखों पर एक अद्‌भुत प्रतिभा झलक रही थी।

तेजशंकर—तलवार हाथ में लो, मैं सिर झुकाये हुए हूँ।

पद्म—नहीं, पहले तुम चलाओ मैं सिर झुकाती हूँ।

तेज—क्या अब भी डरते हो? हमने मौत को कुचल दिया काल को जीत लिया, अब हम अमर हैं।

पद्म—क्या, पहले तुम ही श्रीगणेश करो। ऐसा हाथ चलाना कि एक ही वार में गर्दन अलग जा गिरे। मगर यह तो बताओ दर्द तो न होगा?

तेज—कैसा दर्द? ऐसा जान पड़ेगा जैसे किसी ने फूल से मारा हो। इसी से तो कहता हूँ कि पहले तुम शुरू करो।

पद्म—नहीं, पहले मैं सिर झुकाता हूँ।

तेजशंकर ने तलवार हाथ में ली उसे तौला, दो-तीन बार पैंतरे बदले और तब 'जय भैरव की' कह कर पद्मशंकर की गर्दन पर तलवार चलायी। हाथ भरपूर पड़ा; तलवार तेज थी, सिर धड़ से अलग जा गिरा; रक्त का फौवारा छूटने लगा। तेजशंकर खड़ा मुस्कुरा रहा

था, मानो कोई फुलझड़ी छूट रही हो। उसके चेहरे पर तेजोमय शान्ति छायी हुई थी। कोई शिकारी भी पक्षी को भूमि पर तड़पते देखकर इतना अविचलित न रहता होगा। कोई अभ्यस्त बधिक भी पशु की गर्दन पर तलवार चला कर इतना स्थिर-चित्त न रह सकता होगा। वह ऐसे सुदृढ़ विश्वास के भाव से खड़ा था जैसे कोई कबूतरबाज अपने कबूतर को उड़ा कर उसके लौट आने की राह देख रहा हो।

लाश कुछ देर तक तड़पती रही। इसके बाद शिथिल हो गयी। खून के छींटे बन्द हो गये, केवल एक-एक बूँद टपक रही थी जैसे पानी बरसने के बाद ओरी टपकती है; किन्तु पुनरुज्जीवन के संसार का कोई लक्षण न दिखायी दिया। एक मिनट और गुजरा। तेजशंकर को कुछ भ्रम हुआ, पर विश्वास ने उसे शान्त कर दिया। उसने गंगाजल चुल्लू में लेकर भैरव मन्त्र पढ़ा और उस पर एक फूँक मार कर उसे लाश पर छिड़क दिया; किन्तु यह क्रिया भी असफल हुई। उस कटे हुए सिर में कोई गति न हुई उस मृत देह में स्फूर्ति का कोई चिह्न न दिखायी दिया। मन्त्र की जीवन-संचारिणी शक्ति का कुछ असर न हुआ।

स्पष्ट लिखा था कि सिर गर्दन से अलग होते ही तुरन्त उसमें चिमट जाता है और यदि इस क्रिया में कुछ विलम्ब हो तो भैरव मन्त्र से फूँके हुए पानी का एक जुल्लू काफी है। यहाँ इतनी देर हो गयी और अभी तक कुछ भी असर न हुआ। यह बात क्या है? मगर यह असम्भव है कि मन्त्र निष्फल हो। कितने लोगों ने इस मन्त्र को सिद्ध किया है। नहीं, घबराने की कोई बात नहीं, अभी जान आयी जाती है।

उसने तीन-चार मिनट तक और इन्तजार किया; पर लाश ज्यों की त्यों शान्त शिथिल पड़ी हुई थी। तब उसने फिर गंगाजल छिड़का, फिर मन्त्र पढ़ा, किन्तु लाश न उठी। उसने चिल्लाकर कहा—हा ईश्वर! अब क्या करूँ? विश्वास का दीपक बुझ गया। उसने निराश भाव से नदी की ओर देखा। लहरें दहाढ़ें मार-मार कर रोती हुई जान पड़ीं। वृक्ष शोक से सिर धुनते हुए मालूम हुए। उसके कण्ठ से बलात् क्रन्दन ध्वनि निकल आयी, वह चीख मार कर रोने लगा। अब उसे ज्ञान हुआ कि मैंने कैसा घोर अनर्थ किया। अनन्त जीवन की सिद्धि कितनी उद्‌भ्रांत, कितनी मिथ्या थी। हा! मैं कितना अन्धा, कितना मन्द बुद्धि, कितना उद्दण्ड हूँ। हा! प्राणों से प्यारे पद्म, मैंने मिथ्या भक्ति की धुन में अपने ही हाथों से, इन्हीं निर्दय हाथों से, तुम्हारी गर्दन पर तलवार चलायी। हा! मैंने तुम्हारे प्राण लिये! मुझ सा पापी और अभागा कौन होगा? अब कौन सा मुँह लेकर घर जाऊँ? कौन सा मुँह दुनिया को दिखाऊँ? अब जीवन वृथा है। तुम मुझे प्राणों से भी प्यारे थे। अब तुम्हें कैसे देखूँगा, तुम्हें कैसे पाऊँगा?

तेजशंकर कई मिनट तक इन्हीं शोकमय विचारों से विह्वल हो कर खड़ा रोता रहा। अभी एक क्षण पहले उसके दिल में क्या-क्या इरादे थे, कैसी-कैसी अभिलाषाएँ थीं? वह सब इरादे मिट्टी में मिल गये? आह? जिस धूर्त पापी ने यह किताब लिखी है उसे पाता तो इसी तलवार से उसकी गर्दन काट लेता, उसके भ्रमजाल में पड़ कर मैंने अपना सर्वनाश किया!

हाय! अभी तक लाश में जान नहीं आयी। उसे उसकी ओर ताकते हुए अब भय होता था।

नैराश्य-व्यथा, शोकाघात, परिणाम-भय, प्रेमोद्गार, ग्लानि—इन सभी भावों ने उसके हृदय को कुचल दिया!

तिस पर भी अभी तक उसकी आशाओं का प्राणान्त न हुआ था। उसने एक बार डरते-डरते कनखियों से लाश को देखा, पर अब भी उसमें प्राण-प्रवेश का चिह्न न दिखायी दिया तो आशाओं का अन्तिम सूत्र भी टूट गया, धैर्य ने साथ छोड़ दिया।

उसने एक बार निराश होकर आकाश की ओर देखा। भाई की लाश पर अन्तिम दृष्टि डाली तब सँभल कर बैठ गया और वही तलवार अपने गले पर फेर दी। रक्त की फुवारें छुटीं, शरीर तड़पने लगा, पुतलियाँ फैल गयीं। बलिदान पूरा हो गया। मिथ्या विश्वास ने दो लहलहाते हुए जीव-पुष्पों को पैर से मसल दिया!

सूर्य देव अपने आरक्त नेत्रों से यह विषम माया लीला देख रहे थे। उनकी नीरव, पीत किरणें उन दोनों मन्त्राहत बालकों पर इस भाँति पड़ रही थीं मानो कोई शोक-विह्वल प्राणी से लिपट कर रो रहा हो!

इस शोकाघात ने लाला प्रभाशंकर को संज्ञा-विहीन कर दिया। दो सप्ताह बीत चुके थे, पर अभी तक घर से बाहर न निकले थे। दिन के दिन चारपाई पर पड़े छत की ओर देखा करते, राते करवटें में कट जातीं। उन्हें अपना जीवन अब शून्य सा मालूम पड़ता था। आदमियों की सूरत से अरुचि थी, अगर कोई सांत्वना देने के लिए भी आता तो मुँह फेर लेते। केवल प्रेमशंकर ही ऐसे प्राणी थी जिसका आना उन्हें नागवार न मालूम होता था, इसलिए कि वह समवेदना का एक शब्द भी मुँह से न निकालते। सच्ची समवेदना मौन हुआ करती है।

एक दिन प्रेमशंकर आ कर बैठे तो लाला जी को कपड़े पहनते देखा, द्वार पर एक्का भी खड़ा था जैसे कहीं जाने की तैयारी हो। पूछा, कहीं जाने का इरादा है क्या।

प्रभाशंकर ने दीवार की ओर मुँह फेर कर कहा—हाँ, जाता हूँ उसी निर्दयी दयाशंकर के पास, उसी की चिरौरी-विनती करके घर लाऊँगा। कोई यहाँ रहने वाला भी तो चाहिए। मुझसे गृहस्थी का बोझ नहीं सँभाला जाता। कमर टूट गयी, बलहीन हो गया। प्रतिज्ञा भी तो की थी कि जीते जी उसका मुँह न देखूँगा, लेकिन परमात्मा को मेरी प्रतिज्ञा निबाहनी मन्जूर न थी, उसके पैरों पर गिरना पड़ा। वंश का अन्त हुआ जाता है। कोई नामलेवा तो रहे, मरने के बाद चुल्लू भर पानी को तो न रोना पड़े। मेरे बाद दीपक तो न बुझ जाय। अब दयाशंकर के सिवाय और दूसरा कौन है, उसी से अनुनय-विनय करूँगा, मनाऊँगा, आ कर घर आबाद करे। लड़कों के बिना घर भूतों का डेरा हो रहा है। दोनों लड़कियाँ ससुराल ही चली गयीं, दोनों लड़के भैरव की भेंट हुए। अब किसका देखकर जी को समझाऊँ मैं तो चाहे कलेजे पर पत्थर की सिल रख कर बैठ भी रहता, पर तुम्हारी चाची को कैसे समझाऊँ? आज दो हफ्ते से ऊपर हुए उन्होंने दाने की ओर ताका तक नहीं। रात-दिन रोया करती हैं। बेटा, सच पूछो तो मैं ही दोनों लड़कों का घातक हूँ। वे जैसे चाहते थे, जहाँ चाहते थे। मैंने उन्हें कभी अच्छे रास्ते पर लगाने की चेष्टा न की। सन्तान का पालन कैसे करना चाहिए इसकी कभी मैंने चिन्ता न की!

प्रेमशंकर ने करुणार्द्र हो कर कहा–एक्के का सफर है, आपको कष्ट होगा। कहिए तो मैं चला जाऊँ, कल तक आ जाऊँगा।

प्रभा–वह यों न आयेगा, उसे खींच कर लाना होगा। वह कठोर नहीं, केवल लज्जा के मारे नहीं आता। वहाँ पड़ा रोता होगा। भाइयों को बहुत प्यार करता था।

प्रेम–मैं उन्हें जबरदस्ती खींच लाऊँगा।

प्रभाशंकर राजी हो गये। प्रेमशंकर उसी दम चल खड़े हुए। थाना यहाँ से बारह मील पर था। नौ बजते-बजते पहुँच गये। थाने में सन्नाटा था। केवल मुंशी जी फर्श पर बैठे लिख रहे थे। प्रेमशंकर ने उनसे कहा–आपको तकलीफ तो होगी, पर जरा दारोगाजी को इत्तला कर दीजिए कि एक आदमी आप से मिलने आया है। मुंशी जी ने प्रेमशंकर को सिर से पाँव तक देखा, तब लपक कर उठे, उनके लिए एक कुर्सी निकाल कर रख दी और पूछा, जनाब का नाम बाबू प्रेमशंकर तो नहीं है?

प्रेमशंकर–जी हाँ, मेरा ही नाम है।

मुंशी–आप खूब आये। दारोगा जी अभी आपका ही जिक्र कर रहे थे। आपका अक्सर जिक्र किया करते हैं। चलिए मैं आपके साथ चलता हूँ। कानिस्टेबिल सब उन्हीं की खिदमत में हाजिर हैं। कई दिन से बहुत बीमार है।

प्रेम–बीमार हैं? क्या शिकायत है?

मुंशी–जाहिर में तो बुखार है, पर अन्दर का हाल कौन जाने? हालत बहुत बदतर हो रही है। जिस दिन से दोनों छोटे भाइयों की नावक्त मौत की खबर सुनी उसी दिन से बुखार आया। उस दिन से फिर थाने नहीं आये। घर से बाहर निकलने की नौबत न आयी। पहले भी थाने में बहुत कम आते थे, नशे में डूबे पड़े रहते थे, ज्यादा नहीं तो तीन-चार बोतल रोजाना शुरू पी जाते होंगे लेकिन इन प्रन्द्रह दिनों से एक घूँट भी नहीं पी। खाने की तरफ ताकते ही नहीं। या तो बुखार में बेहोश पड़े रहते हैं या तबियत जरा हल्की हुई तो रोया करते हैं। ऐसा मालूम होता है कि फालिज गिर गयी है, करवट तक नहीं बदल सकते। डॉक्टरों का ताँता लगा हुआ है, मगर कोई फायदा नहीं होता। सुना आप कुछ हिकमत करते हैं। देखिए शायद आपकी दवा कारगार हो जाय। बड़ा अनमोल आदमी था। हम लोगों को ऐसा सदमा हो रहा है जैसे कोई अपना अजीज उठा जाता हो। पैसे की मुहब्बत छू तक नहीं गयी थी। हजारों रुपये माहवार लाते थे और सब का सब अमलों के हाथों में रख देते थे। रोजाना शराब मिलती जाय बस, और कोई हवस न थी। किसी मातहत से गलती हो जाय, पर कभी शिकायत न करते थे, बल्कि सारा इलजाम अपने सर ले लेते थे। क्या मजाल कि कोई हाकिम उनके मातहतों को तिर्छी निगाह से भी देख सके, सीना-सीपर हो जाते थे। मातहतों की शादी और गमी में इस तरह शरीक होते थे, जैसे कोई अपना अजीज हो। कई कानिस्टेबिलों की लड़की की शादियाँ अपने खर्च से करा दीं, उनके लड़कों की तालीम की फीस अपने पास से देते थे, अपनी सख्ती के लिए सारे इलाके बदनाम थे। सारा इलाका उनका दुश्मन था, मगर थानेवाले चैन करते थे। हम गरीबों को ऐसा गरीब-परवर और हमदर्द अफसर न मिलेगा।

मुंशी जी ने ऐसे अनुरक्त भाव से यश गान किया कि प्रेमशंकर गद्‌गद हो गए। वह

दयाशंकर को लोभी, कुटिल, स्वार्थी समझते थे कि जिसके अत्याचारों से इलाके में हाहाकार मचा हुआ था। जो कुल का द्रोही, कुपुत्र और व्यभिचारी था, जिसने अपनी विलासिता और विषयवासना और धुन में माता पिता, भाई-बहन यहाँ तक कि अपनी पत्नी से मुँह फेर लिया था। उनकी दृष्टि में वह एक बेशर्म, पतित हृदय शून्य आदमी था। यह गुणानुवाद सुन कर उन्हें अपनी संकीर्णता पर बहुत खेद हुआ। वह मन में अपना तिरस्कार करने लगे। उन्हें फिर आत्मिक यन्त्रणा मिली—हा! मुझमें कितना अहंकार है। मैं कितनी जल्द भूल जाता हूँ कि यह विराट् जगत् अनन्त ज्योति से प्रकाशमय हो रहा है। इसका एक-एक परमाणु उसी ज्योति से आलोकित है। यहाँ किसी मनुष्य को नीचा या पतित समझना ऐसा पाप है जिसका प्रायश्चित नहीं। मुंशी जी से पूछा—डॉक्टरों ने कुछ तशखीस नहीं की?

मुंशी जी ने उपेक्षा भाव से कहा—डॉक्टरों की कुछ न पूछिए, कोई कुछ बताता है, कोई कुछ। या तो उन्हें खुद ही इल्म नहीं या गौर से देखते ही नहीं उन्हें तो अपनी फीस से काम है। आइये, अन्दर चले आइये, यही मकान है।

प्रेमशंकर अन्दर गये तो कानिस्टेबिलों को भीड़ लगी हुई थी। कोई रो रहा था, कोई उदास, कोई मलिन-मुख खड़ा था, कोई पंखा झलता था। कमरे में सन्नाटा था। प्रेमशंकर को देखते ही सभी ने सलाम किया और कातर नेत्रों से उनकी ओर देखने लगे। दयाशंकर चारपाई पर पड़े हुए थे, चेहरा पीला हो गया था और शरीर सूखकर काँटा हो गया था। मानो किसी हरे-भरे खेत को टिड्डियों ने चर लिया हो। आँखें बन्द थीं, माथे पर पसीने की बूँदें पड़ी हुई थीं और श्वास-क्रिया में एक चिन्ताजनक शिथिलता थी। प्रेमशंकर यह शोकमय दृश्य देखकर तड़प उठे, चारपाई के निकट जा कर दयाशंकर के माथे पर हाथ रखा और बोले—भैया?

दयाशंकर ने आँखें खोलीं और प्रेमशंकर को गौर से देखा, मानो किसी भूली हुई सूरत को याद करने की चेष्टा कर रहे हैं। तब बड़े शान्तिभाव से बोले—तुम हो प्रेमशंकर? खूब आये। तुम्हें देखने की बड़ी इच्छा थी। कई बार तुमसे मिलने का इरादा किया, पर शर्म के मारे हिम्मत न पड़ी। लाला जी तो नहीं आये? उनसे भी एक बार भेंट हो जाती तो अच्छा होता, न जाने फिर दर्शन हों या न हों।

प्रेम—वह आने को तैयार थे, पर मैंने ही उन्हें रोक दिया। मुझे तुम्हारी हालत मालूम न थी।

दया—अच्छा किया। इतनी दूर एक्के पर आने में उन्हें कष्ट होता। वह मेरा मुँह न देखें यही अच्छा है। मुझे देख कर कौन उनकी छाती हुलसेगी?

यह कह कर वह चुप हो गये, ज्यादा बोलने की शक्ति न थी, दम ले कर बोले—क्यों प्रेम, संसार से मुझसा अभागा और भी कोई होगा? यह सब मेरे ही कर्मों का फल है। मैं ही वंश का द्रोही हूँ। मैं क्या जानता था कि पापी के पापों का दण्ड इतना बड़ा होता है। मुझे अगर किसी की कुछ मुहब्बत थी तो दोनों लड़कों की। मेरे पापों का भैरव बन कर उन...

उनकी आँखों में आँसू बहने लगे। मूर्च्छा सी आ गयी। आध घंटे तक इतनी अचेत दशा में पड़े रहे। साँस प्रतिक्षण धीमी होती जाती थी। प्रेमशंकर पछता रहे थे, यह हाल

मुझे पहले न मालूम हुआ, नहीं तो डॉ. प्रियनाथ को साथ लेता आता। यहाँ तार घर तो है। क्यों न उन्हें तार दे दूँ। वह इसे मेरा काम समझ कर फीस न लेंगे, यही अड़चन है। यही सही, पर उनको बुलाना जरूर चाहिए।

यह सोच कर उन्होंने तार लिखना शुरू किया कि सहसा डॉ. प्रियनाथ ने कमरे में कदम रखा। प्रेमशंकर ने चकित होकर एक बार उनकी ओर देखा और तब उनके गले से लिपट गये और कुंठित स्वर में बोले—आइए, भाई साहब, अब मुझे विश्वास हो गया कि ईश्वर दीनों की विनय सुनता है। आपके पास यह तार भेज रहा था। इसकी जान बचाइए।

प्रियनाथ ने अश्वासन देते हुए कहा—आप घबड़ाइए नहीं, मैं अभी देखता हूँ। क्या करूँ, मुझे पहले किसी ने खबर न दी। इस इलाके में बुखार का जोर है। मैं कई गाँवों का चक्कर लगाता हुआ थाने के सामने से गुजरा तो मुंशी जी ने मुझे यह हाल बतलाया।

यह कह कर डॉक्टर साहब ने हैंडबैग से एक यंत्र निकाल कर दयाशंकर की छाती में लगाया और खूब ध्यान से निरीक्षण कर के बोले—फेफड़ों पर बलगम आ गया है, लेकिन चिन्ता की कोई बात नहीं। मैं दवा देता हूँ। ईश्वर ने चाहा तो शाम तक जरूर असर होगा।

डॉक्टर साहब ने दवा पिलायी और वहीं कुर्सी पर बैठ गये। प्रेमशंकर ने कहा—मैं शाम तक आपको न छोड़ूँगा।

प्रियनाथ ने मुस्करा कर कहा—आप मुझे भगायें भी तो न जाऊँगा। यह मेरे पुराने दोस्त हैं। इनकी बदौलत मैंने हजारों रुपये उड़ाये हैं।

एक वृद्ध चौकीदार ने कहा—हुजूर, इनका अच्छा कर देव। और तो नहीं, मुदा हम सब जने आपन एक-एक तलब आपके नजर कर देहैं।

प्रियनाथ हँस कर बोले—मैं तुम लोगों को इतने सस्ते न छोड़ूँगा। तुम्हें वचन देना पड़ेगा कि अब किसी गरीब को न सतायेंगे, किसी से जबरदस्ती बेगार न लेंगे और जिसका सौदा लेंगे उसको उचित दाम देंगे।

चौकीदार—भला सरकार, हमारा गुजर-बसर कैसे होगा? हमारे भी तो बाल-बच्चे हैं, दस-पन्द्रह रुपयों में क्या होता है?

प्रिय—तो अपने हाकिमों से तरक्की करने के लिए क्यों नहीं कहते? सब लोग मिल कर जाओ और अर्ज-मारुज करो। तुम लोग प्रजा की रक्षा के लिए नौकर हो, उन्हें सताने के लिए नहीं। अवकाश के समय कोई दूसरा काम किया करो, जिससे आमदनी बढ़े। रोज दो-तीन घंटे कोई कर लिया करो तो। 10-12 रुपये की मजदूरी हो सकती है।

चौकीदार—भला ऐसा कौन काम है हुजूर?

प्रिय—काम बहुत है, हाँ शर्म छोड़नी पड़ेगी। इस भाव को दिल से निकाल देना पड़ेगा कि हम कानिस्टेबिल हैं तो अपने हाथों से मिहनत कैसे करें? सच्ची मिहनत की कमाई में अन्याय और जुल्म की कमाई से कहीं ज्यादा बरकत होती है।

मुंशी जी बोले—हुजूर, इस बारे में सरकारी कायदे बड़े सख्त हैं। पुलिस के मुलाजिम को कोई दूसरा काम करने का मजाल नहीं है। अगर हम लोग कोई काम करने लगें तो निकाल दिये जायें।

प्रिय—यह आपकी गलती है। आपको फुर्सत के वक्त कपड़े बनने या सूत कातने

या कपड़े सीने से कोई नहीं रोक सकता। हाँ, सरकारी काम में हर्ज न होना चाहिए। आप लोगों को अपनी हालत हाकिमों से कहनी चाहिए।

मुंशी–हुजूर, कोई सुनने वाला भी तो हो? हमारा रिआया को लूटना हुक्काम की निगाह में इतना बड़ा जुर्म है, जितना कुछ अर्ज-मारुज करना फौरन साजिश और गरोह-बन्दी का इलजाम लग जाय।

प्रिय–इससे तो यह कहीं अच्छा होता कि आप लोग कोई हुनर सीख कर आजादी से रोजी कमाते। मामूली कारीगर भी आप लोगों से ज्यादा कमा लेता है।

मुंशी–हुजूर, यह तकदीर का मुआमला है। जिसके मुकद्दर में गुलामी लिखी हो, वह आजाद कैसे हो सकता है।

दोपहर हो गयी थी, प्रियनाथ ने दूसरी खुराक दवा दी। इतने में महाराज ने आ कर कहा–सरकार, रसोई तैयार है, भोजन कर लीजिए। प्रेमशंकर वहाँ से उठना न चाहते थे, लेकिन प्रियनाथ ने उन्हें इत्मीनान दिला कर कहा–चाहे अभी जाहिर न हो, पर पहली खुराक का कुछ न कुछ असर हुआ है। आप देख लीजिएगा शाम तक यह होश-हवास की बातें करने लगेंगे।

दोनों आदमी भोजन करने गये। महाराज ने खूब मसालेदार भोजन बनाया था। दयाशंकर चटपटे भोजन की आदी थे। सब चीजें इतनी कड़वी थीं कि प्रेमशंकर दो-चार कौर से अधिक न खा सके। आँख और नाक से पानी बहने लगा। प्रियनाथ ने हँसकर कहा–आपकी तो खूब दावत हो गयी। महाराज ने तो मदरासियी को भी मात कर दिया। यह उत्तेजक मसाले पाचन-शक्ति को निर्बल कर देते हैं। देखो महाराज, जब तक दारोगाजी अच्छे न हो जायँ ऐसी चीजें उन्हें न खिलाना, मसाले बिलकुल न डालना।

महाराज–हुजूर, मैंने तो आज बहुत कम मसाले दिये हैं। दारोगी जी के सामने यह भोजन जाता तो कहते यह क्या फीकी पोच पकाई है।

प्रेमशंकर ने रूखे चावल खाये, मगर प्रियनाथ ने मिरचा की परवाह नहीं की। दोनों आदमी भोजन करके फिर दयाशंकर के पास जा बैठे। तीन बजे प्रियनाथ ने अपने हाथों से उसकी छाती में एक अर्क की मालिश की और शाम तक दो बार और दवा दी। दयाशंकर अभी तक चुपचाप पड़े हुए थे, पर मूर्च्छा नहीं, नींद थी। उनकी श्वास-क्रिया स्वाभाविक होती जाती थी और मुख की विवर्णता मिटती जाती थी। जब अँधेरा हुआ तो प्रियनाथ ने कहा, अब मुझे आज्ञा दीजिए। ईश्वर ने चाहा तो रात भर में इनकी दशा बहुत अच्छी हो जायगी। अब भय की कोई बात नहीं है। मैं कल आठ बजे तक फिर आऊंगा। सहसा दयाशंकर जागे, उनकी आँखों, में अब वह चंचलता न थी। प्रियनाथ ने पूछा, अब कैसी तबयित है?

दया–ऐसा जान पड़ता है कि किसी ने जलती हुई रेत से उठाकर वृक्ष की छाँह में लिटा दिया हो।

प्रिय–कुछ भूख मालूम होती है?

दया–जी नहीं, प्यास लगी है।

प्रिय–तो आप थोड़ा सा गर्म दूध पी लें। मैं इस वक्त जाता हूँ। कल आठ बजे तक आ जाऊँगा।

दया शंकर ने मुंशी जी की तरफ देख कर कहा—मेरा सन्दूक खोलिए और उसमें से जो कुछ हो ला कर डॉक्टर साहब के पैरों पर रख दीजिए। बाबू जी यह रकम कुछ नहीं है, पर आप इस कबूल करें।

प्रिय—अभी आप चंगे तो हो जायँ, मेरा हिसाब फिर हो जायगा।

दया—मैं चंगा हो गया, मौत के मुँह से निकल आया। कल तक मरने का ही जी चाहता था, लेकिन अब जीने की इच्छा है। यह फीस नहीं। मैं आपको फीस देने के लायक नहीं हूँ। दैहिक रोग-निवृत्ति की फीस हो सकती है, लेकिन मुझे ज्ञात हो रहा है कि आपने आत्मिक उद्धार कर दिया है। इसकी फीस वह एहसान है, जो जीवन-पर्यन्त मेरे सिर पर रहेगा और ईश्वर ने चाहा तो आपको इस पापी जीवन को मौत के पंजे से बचा लेने का दुःख न होगा।

प्रियनाथ ने फीस न ली, चले गये। प्रेमशंकर थोड़ी देर बैठे रहे। जब दयाशंकर दूध पी कर फिर सो गये तब वह बाहर निकल कर टहलने लगे। अकस्मात् उन्हें लाला प्रभाशंकर एक्के पर आते हुए दिखाई दिये। निकट आते ही वह एक्के से उतर और कम्पित स्वर से बोले—बेटा, बताओ दयाशंकर की क्या हालत है? तुम्हारे चले आने के बाद यहाँ से एक चौकीदार मेरे पास पहुँचा। उसने कुछ ऐसी बुरी खबर सुनाई कि होश उड़ गये, उसी वक्त चल खड़ा हुआ। घर में हाहाकर मचा हुआ है। सच-सच बताओ, बेटा क्या हाल है!

प्रेम—अब तो तबियत बहुत कुछ सँभल गयी है। कोई चिन्ता की बात नहीं है, पर जब मैं आया था तो वास्तव में हालत खराब थी। खैरियत यह हो गयी कि डाक्टर प्रियनाथ आ गये। उनकी दवा ने जादू का सा असर किया। अब सो रहे हैं।

प्रभा—बेटा, चलो, जरा देख लूँ, चित्त बहुत व्याकुल है।

प्रेम—आपको देख कर शायद वह रोने लगे।

प्रभाशंकर ने बड़ी नम्रता से कहा—बेटा, मैं जरा भी न बोलूंगा, बस, एक आँख देख कर चला जाऊँगा। जी बहुत घबराया हुआ है।

प्रेम—आइए, मगर चित्त को शांत रखिएगा। अगर उन्हें जरा भी आहट मिल गयी तो दिन भर की मेहनत निष्फल हो जायगी।

प्रभा—भैया, कसम खाता हूँ, जरा भी न बोलूंगा, बस, दूर से एक आँख देख कर चला जाऊँगा।

प्रेमशंकर मजबूर हो गये। लाला जी को लिये हुए दयाशंकर के कमरे में गये। प्रभाशंकर ने चौखट से ही इस तरह डरते-डरते भीतर झाँका जैसे कोई बालक घटा की ओर देखता है कि कहीं बिजली न चमक जाय। पर दयाशंकर की दशा देखते ही प्रेमोद्गार से विवश हो कर वह जोर से चिल्ला उठे और बेटा! कह कर उनकी छाती से चिमट गये।

प्रेमशंकर ने तुरन्त उपेक्षा भाव से उनका हाथ पकड़ा और खींच कर कमरे के बाहर लाये।

दयाशंकर ने चौंक कर पूछा, कौन था? दादा जी आये हैं क्या?

प्रेमशंकर—आप आराम से लेटें। इस वक्त बातचीत करने से बेचैनी बढ़ जायगी।

दया—नहीं, मुझे एक क्षण के लिए उठा कर बिठा दो। मैं उनके चरणों पर सिर रखना

चाहता हूँ।

प्रेम—इस वक्त नहीं। कल इतमीनान से मिलिएगा।

यह कह कर प्रेमशंकर बाहर चले आये। प्रभाशंकर बरामदे में खड़े रो रहे थे। बोले—बेटा, नाराज न हो, मैंने बहुत रोका, पर दिल काबू में न रहा। इस समय मेरी दशा उस टूटी नाव पर बैठे हुए मुसाफिर की सी है जिसके लिए हवा का एक झोंका भी मौत के थप्पड़ के समान है। सच-सच बताओ, डॉक्टर साहब क्या कहते थे?

प्रेम—उनके विचार में अब कोई चिन्ता की बात नहीं है। लक्षणों से भी यही प्रकट होता है।

प्रभा—ईश्वर उनका कल्याण करें, पर मुझे तो तब ही इतमीनान होगा जब यह उठ बैठेंगे। यह इनके ग्रह का साल है।

दोनों आदमी बाहर आकर सायबान पर बैठे। दोनों अपने विचारों में मग्न थे। थोड़ी देर के बाद प्रभाशंकर बोले—हमारा यह कितना बड़ा अन्याय है कि अपनी सन्तान में उन्हीं कुसंस्कारों को देखकर जो हममें स्वयं मौजूद हैं उनके दुश्मन हो जाते हैं! दयाशंकर से मेरा केवल इसी बात पर मनमुटाव था कि वह घर की खबर क्यों नहीं लेता? दुर्व्यसनों में क्यों अपनी कमाई उड़ा देता है? मेरी मदद क्यों नहीं करता? किन्तु मुझसे पूछो की तुमने अपनी जिन्दगी में क्या किया? मेरी इतनी उम्र भोग-विलास में ही गुजरी है। इसने अगर लुटाई तो अपनी कमाई लुटाई, बरबाद की तो अपनी कमाई बरबाद की। मैंने तो पुरखों की जायदाद का सफाया कर दिया। मुझे इससे बिगड़ने का कोई अधिकार न था।

थाने के कई अमले और चौकीदार आ कर बैठ गये और दयाशंकर की सहृदयता और सज्जनता की सराहना करने लगे। प्रभाशंकर उनकी बातें सुनकर गर्व से फूले जाते थे।

आठ बजे प्रेमशंकर ने जाकर फिर दवा पिलायी और वहीं रात भर एक आराम कुर्सी पर लेटे रहे। पलक को झपकने भी न दिया।

सबेरे प्रियनाथ आये और दयाशंकर को देखा तो प्रसन्न हो कर बोले—अब जरा भी चिन्ता नहीं है, इनकी हालत बहुत अच्छी है। एक सप्ताह में यह अपना काम करने लगेंगे। दवा से ज्यादा बाबू प्रेमशंकर की सुश्रूषा का असर है। शायद आप रात को बिलकुल न सोये?

प्रेमशंकर—सोया क्यों नहीं? हाँ, घोड़े बेच कर नहीं सोया।

प्रभाशंकर—डॉक्टर साहब, मैं गवाही देता हूँ कि रात भर इनकी आंखें नहीं झपकीं। मैं कई बार झाँकने आया तो इन्हें बैठे या कुछ पढ़ते पाया।

दयाशंकर ने श्रद्धामय भाव से कहा—जीता बचा तो बाकी उम्र इनकी खिदमत में काटूँगा। इनके साथ रह कर मेरा जीवन सुधर जायगा।

इस भाँति एक हफ्ता गुजर गया। डॉक्टर प्रियनाथ रोज आते और घंटे भर ठहर कर देहातों की ओर चले जाते। प्रभाशंकर तो दूसरे ही दिन घर चले गये, लेकिन प्रेमशंकर एक दिन के लिए भी न हिले। आठवें दिन दयाशंकर पालकी में बैठकर घर जाने के योग्य हो गये। उनकी छुट्टी मंजूर हो गयी थी।

प्रातःकाल था। दयाशंकर थाने से चले। यद्यपि वह केवल तीन महीने की छुट्टी पर जा रहे थे, पर थाने के कर्मचारियों को ऐसा मालूम हो रहा कि अब इनसे सदा के लिए साथ छूट रहा है। सारा थाना मील भर तक उनकी पालकी के साथ दौड़ता हुआ आया। लोग किसी तरह लौटते ही न थे। अन्त में प्रेमशंकर के बहुत दिलासा देने पर लोग विदा हुए। सब के सब फूट-फूट कर रो रहे थे।

प्रेमशंकर मन में पछता रहे थे कि ऐसे सर्वप्रिय श्रद्धेय मनुष्य से मैं इतने दिनों तक घृणा करता रहा। दुनिया में ऐसे सज्जन, ऐसे दयालु, ऐसे विनयशील पुरुष कितने हैं, जिनकी मुट्ठी में इतने आदमियों के हृदय हों, जिनके वियोग से लोगों को इतना दुःख हो।

होली का दिन था। शहर में चारों तरफ अबीर और गुलाल उड़ रही थी, फाग और चौताल की धूम थी, लेकिन लाला प्रभाशंकर के घर पर मातम छाया हुआ था। श्रद्धा अपने कमरे में बैठी हुई गायत्री देवी के गहने और कपड़े सहेज रही थी कि अबकी ज्ञानशंकर आये तो यह अमानत सौंप दूँ। विद्या के देहान्त और गायत्री के चले जाने के बाद से उसकी तबीयत अकेले बहुत घबराया करती थी। अक्सर दिन के दिन बड़ी बहू के पास बैठी रहती, पर जब से दोनों लड़कों की मृत्यु हुई उसका जी और भी उचटा रहता था। हाँ, कभी-कभी शीलमणि के आ जाने से जरा देर के लिए जी बहल जाता था। गायत्री के मरने की खबर यहाँ कल ही आयी थी। श्रद्धा उसे याद करके सारी रात रोती रही। इस वक्त भी गायत्री उसकी आँखों में फिर रही थी, उसकी मृदु, सरल, निष्कपट बातें याद आ रही थीं, कितनी उदार, कितनी नम्र, कितनी प्रेममयी रमणी थी। जरा भी अभिमान नहीं, पर हा शोक! कितना भीषण अंत हुआ। इसी शोकावस्थ में दोनों लड़कों की ओर ध्यान जा पहुँचा। हा! दोनों कैसे हँसमुख, कैसे होनहार, कैसे सुन्दर बालक थे! जिन्दगी का कोई भरोसा नहीं, आदमी कैसे-कैसे इरादे करता है, कैसे-कैसे मनसूबे बाँधता है, किन्तु यमराज के आगे किसी की नहीं चलती। वह आन की आन में सारे मंसूबों को धूल में मिला देता है। तीन महीने के अन्दर पाँच प्राणी चल दिये। इस तरह एक दिन मैं भी चल बसँगी और मन की मन में रह जाएगी। आठ साल से हम दोनों अपनी-अपनी टेक पर अड़े हैं, न वह झुकते हैं, न मैं दबती हूँ। जब इतने दिनों तक उन्होंने प्रायश्चित नहीं किया तब अब कदापि न करेंगे। उनकी आत्मा अपने पुण्य कार्यों से सन्तुष्ट है, न इसकी जरूरत समझती है न महत्त्व, अब मुझ को दबना पड़ेगा। अब मैं ही किसी विद्वान् पंडित से पूछूँ कि मेरे किसी अनुष्ठान से उनका प्रायश्चित हो सकता है या नहीं? क्या मेरी इतने दिनों की तपस्या, गंगा-स्नान, पूजा-पाठ, व्रत और नियम अकारथ हो। जायेंगें? माना, उन्होंने विदेश में कितने ही काम अपने धर्म के विरुद्ध किये, लेकिन जब से यहाँ आए हैं तब से तो बराबर सत्कार्य ही कर रहे हैं। दीनों की सेवा और पतितों के उद्धार में दत्तचित्त रहते हैं। अपनी जान की भी परवाह नहीं करते। कोई बड़ा से बड़ा धर्मात्मा भी परोपकार में इतना व्यस्त न रहता होगा। उन्होंने अपने को बिलकुल मिटा दिया है। धर्म के जितने लक्षण ग्रन्थों में लिखे हुए हैं वे उनमें मौजूद हैं। जिस पुरुष ने अपने मन को, अपनी इन्द्रियों को, अपनी वासना को ज्ञान-बल से जीत लिया हो क्या उनके लिए भी प्रायश्चित की जरूरत है? क्या कर्मयोग का मूल्य प्रायश्चित के बराबर नहीं? कोई पुस्तक नहीं मिलती जिसमें इस तपस्या की साफ-साफ व्यवस्था की

गई हो। कोई ऐसा विद्वान् नहीं दिखाई देता जो मेरी शंकाओं का समाधान करे। भगवान्, मैं क्या करूँ? इन्हीं दुविधाओं में पड़ी एक दिन मर जाऊँगी और उनकी सेवा करने की अभिलाषा मन में ही रह जायेगी। उनके साथ रह कर मेरा जीवन सार्थक हो जाता, नहीं तो इस चहारदीवारी में पड़े जीवन वृथा गँवा रही हूँ।

श्रद्धा इन्हीं विचारों में मग्न थी कि अचानक उसे द्वार पर हलचल-सी सुनायी दी। खिड़की से झाँका तो नीचे सैकड़ों आदमियों की भीड़ दिखायी दी। इतने में महरी ने आकर कहा, बहू जी लखनपुर के जितने आदमी कैद हुए थे वह सब छूट आये हैं और द्वार पर खड़े बाबू जी को आशीर्वाद दे रहे हैं। जरा सुनो, वह बुड्ढा दाढ़ी वाला कह रहा है, अल्लाह! बाबू प्रेमशंकर को कयामत तक सलामत रख! इनके साथ एक बूढ़ा साधु भी है। सुखदास नाम है। वह बाजार से यहाँ तक रुपये-पैसे लुटाता आया है। जान पड़ता है कोई बड़ा धनी आदमी है।

इतने में मायाशंकर लपका हुआ आया और बोला—बड़ी अम्माँ, लखनपुर के सब आदमी छूट आये हैं। बाजार में उनका जुलूस निकला था। डॉ. इर्फान अली, बाबू ज्वालासिंह, डॉ. प्रियनाथ, चाचा साहब, चाचा दयाशंकर और शहर के और सैकड़ों छोटे-बड़े आदमी जुलूस के साथ थे। लाओ, दीवानखाने की कुंजी दे दो। कमरा खोल कर सबको बैठाऊँ।

श्रद्धा ने कुंजी निकाल कर दे दी और सोचने लगी, इन लोगों का क्या सत्कार करूँ कि इतने में जय-जयकार का गगन-व्यापी नाद सुनाई दिया—बाबू प्रेमशंकर की जय। लाला दयाशंकर की जय। लाला प्रभाशंकर की जय!

मायाशंकर फिर दौड़ा हुआ आया और बोला—बड़ी अम्माँ, जरा ढोल-मजीरा निकलवा दो, बाबा सुखदास भजन गायेंगे। वह देखो, वह दाढ़ीवाला बुड्ढा, वही कादिर खाँ है। वह जो लम्बा-तगड़ा आदमी है, वही बलराज है। इसी के बाप ने गौस खाँ को मारा था।

श्रद्धा का चेहरा आत्मोल्लास से चमक रहा था। हृदय ऐसा पुलकित हो रहा था मानो द्वार पर बारात आयी हो। मन में भाँति-भाँति की उमंगें उठ रही थीं। इन लोगों को आज यहीं ठहरा लूँ, सबकी दावत करूँ, खूब धूमधाम से सत्यनारायण की कथा हो। प्रेमशंकर के प्रति श्रद्धा का ऐसा प्रबल आवेग हो रहा था कि इसी दम जा कर उनके चरणों में लिपट जाऊँ। तुरन्त ही ढोल और मजीरे निकाल कर मायाशंकर को दिये।

सुखदास ने ढोल गले में डाला औरों ने मजीरे लिये, मंडल बाँध कर खड़े हो गये और यह भजन गाने लगे—

'सतगुरु ने मोरी गह लई बाँह नहीं रे मैं तो जात बहा।'

माया खुशी के मारे फूला न समाता था। आ कर बोला—कादिर मियाँ खूब गाते हैं।

श्रद्धा—इन लोगों की कुछ आव-भगत करनी चाहिए।

माया—मेरा तो जी चाहता है कि सब की दावत हो। तुम अपनी तरफ से कहला दो। जो सामान चाहिए वह मुझे लिखवा दो। जा कर आदमियों को लाने के लिए भेज दूँ। यह सब बेचारे इतने सीधे, गरीब हैं कि मुझे तो विश्वास नहीं आता कि इन्होंने गौस खाँ को मारा होगा। बलराज है तो पूरा पहलवान, लेकिन वह भी बहुत ही सीधा मालूम होता है।

श्रद्धा—दावत में बड़ी देर लगेगी। बाजार से चीजें आयेंगी, बनाते-बनाते तीसरा पहर हो जायेगा। इस वक्त एक बीस रुपये की मिठाई मँगाकर जलपान करा दो। रुपये हैं या दूँ?

माया—रुपये बहुत हैं। क्या कहूँ, मुझे पहले यह बात न सूझी।

दोपहर तक भजन होता रहा। शहर के हजारों आदमी इस आनन्दोत्सव में शरीक थे। प्रेमशंकर ने सबको आदर से बिठाया। इतने में बाजार से मिठाइयाँ आ गयीं, लोगों ने नाश्ता किया और प्रेमशंकर का यश-गान करते हुए विदा हुए लेकिन लखनपुर वालों को छुट्टी न मिली। श्रद्धा ने कहला भेजा कि खा-पी कर शाम को जाना। यद्यपि सब के-सब घर पहुँचने के लिए उत्सुक हो रहे थे, पर यह निमन्त्रण कैसे अस्वीकार करते। लाला प्रभाशंकर भोजन बनवाने लगे। अब तक उन्होंने केवल बड़े आदमियों को ही व्यंजन-कला से मुग्ध किया था। आज देहातियों को भी यह सौभाग्य प्राप्त हुआ। लाला ऐसा स्वादयुक्त भोजन देना चाहते थे जो उन्हें तृप्त कर दे, जिसको वह सदैव याद करते रहें। भाँति-भाँति के पकवान बनने लगे। बहुत जल्दी की गयी, फिर भी खाते-खाते आठ बज गये। प्रियनाथ और इर्फानअली ने अपनी सवारियाँ भेज दी थीं। उस पर बैठ कर लोग लखनपुर चले। सब ने मुक्त कंठ से आशीर्वाद दिये। अभी घर वाले बाकी थे। उनके खाने में दस बज गये। प्रेमशंकर हाजीपुर जाने को प्रस्तुत हुए तो महरी ने आकर धीरे से कहा, बहू जी कहती हैं कि आज यहीं सो रहिए रात बहुत हो गयी है। इस असाधारण कृपा-दृष्टि ने प्रेमशंकर को चकित कर दिया। वह इसका मर्म न समझ सके।

ज्वालासिंह ने महरी से हँसी की—हम लोग भी रहें य चले जाएँ?

महरी सतर्क थी। बोली—नहीं सरकार, आप भी रहें, माया भैया भी रहें, यहाँ किस चीज की कमी है?

ज्वाला—चल, बातें बनाती है!

महरी चली गयी तो वह प्रेमशंकर से बोले—आज मालूम होता है आपके नक्षत्र बलवान हैं। अभी और विजय प्राप्त होने वाली है।

प्रेमशंकर ने विरक्त भाव से कहा—कोई नया उपदेश सुनना पड़ेगा और क्या?

ज्वाला—जी नहीं, मेरा मन कहता है कि आज देवी आपको वरदान देगी। आपकी तपस्या सफल हो गयी।

प्रेम—मेरी देवी इतनी भक्तवत्सला नहीं है।

ज्वाला—अच्छा, कल आप ही ज्ञात हो जाएगा। हमें आज्ञा दीजिए।

प्रेम—क्यों, यहीं न सो रहिए।

ज्वाला—मेरी देवी और भी जल्द रूठती है।

यह कह कर वह मायाशंकर के साथ चले गये।

महरी ने प्रेमशंकर के लिए पलँग बिछा दिया था। वह लेटे तो अनिवार्यतः मन में जिज्ञासा होने लगी कि श्रद्धा आज क्यों मुझ पर इतनी सदय हुई है। कहीं यह महरी का कौशल तो नहीं है। नहीं, महरी ऐसी हँसोड़ तो नहीं जान पड़ती। कहीं वास्तव में उसने दिल्लगी की हो तो व्यर्थ लज्जित होना पड़े। श्रद्धा न जाने अपने मन में क्या सोचे। अन्त

में इन शंकाओं को शांत करने के लिए उन्होंने ज्ञानशंकर की आलमारी में से एक पुस्तक निकाली और उसे पढ़ने लगे।

ज्वालासिंह की भविष्यवाणी सत्य निकली। आज वास्तव में उनकी तपस्या पूरी हो गयी थी। उनकी सुकीर्ति ने श्रद्धा को वशीभूत कर लिया था। आज जब से उसने सैकड़ों आदमियों को द्वार पर खड़े प्रेमशंकर की जय-जयकार करते देखा था तभी से उसके मन में यह समस्या उठ रही थी—क्या इतने अन्तःकरण से निकली हुई शुभेच्छाओं का महत्त्व प्रायश्चित से कम है? कदापि नहीं। परोपकार की महिमा प्राशचित से किसी तरह कम नहीं हो सकती, बल्कि सच्चा प्रायश्चित तो परोपकार ही है। इतनी आशीषें किसी महान् पापी का भी उद्धार कर सकती है। कोरे प्रायश्चित का इनके सामने क्या महत्त्व हो सकता है? और इन आशीषों का आज ही थोड़े ही अन्त हो गया। जब यह सब घर पहुँचेंगे तो इनके घरवाले और भी आशीष देंगे। जब तक दम-में-दम रहेगा, उनके हृदय से नित्य यह सादिच्छाएँ निकलती रहेंगी। ऐसे यशस्वी, ऐसे श्रद्धेय पुरुष को प्रायश्चित की कोई जरूरत नहीं। इस सुधा-वृष्टि ने उसे पवित्र कर दिया है।

ग्यारह बजे थे। श्रद्धा ऊपर से उतरी और सकुचाती हुई आ कर दीवानखाने के द्वार पर खड़ी हो गयी। लैम्प जल रहा था, प्रेमशंकर किताब देख रहे थे। श्रद्धा को उनके मुखमंडल पर आत्मगौरव की एक दिव्य ज्योति झलकती हुई दिखायी दी। उसका हृदय बाँसों उछल रहा था और आंखें आनन्द के अश्रु-बिन्दुओं से भरी हई्ु थीं। आज चौदह वर्ष के बाद उसे अपने प्राणपति की सेवा का सौभाग्य प्राप्त हुआ था। अब विरहिणी श्रद्धा न थी जिसकी सारी आकांक्षाएँ मिट चुकी हों। इस समय उसका हृदय अभिलाषाओं से आन्दोलित हो रहा था; किन्तु उसके नेत्रों में तृष्णा न थी, उसके अधरों पर मृदु मुस्कान न थी। वह इस तरह नहीं आयी थी जैसे कोई नववधू अपने पति के पास आती है, वह इस तरह आई थी जैसे कोई उपासिका अपने इष्टदेव के सामने आती है, श्रद्धा और अनुराग में डूबी हुई।

वह क्षण भर द्वार पर खड़ी रही। तब जा कर प्रेमशंकर के चरणों में गिर पड़ी।

मानव-चरित्र न बिलकुल होता है न बिलकुल श्वेत। उसमें दोनों ही रंगों का विचित्र सम्मिश्रण होता है। स्थिति अनुकूल हुई तो वह ऋषितुल्य हो जाता है, प्रतिकूल हुई तो नराधम। वह अपनी परिस्थितियों का खिलौना मात्र है। बाबू ज्ञानशंकर अगर अब तक स्वार्थी, लोभी और संकीर्ण हृदय थे तो वह परिस्थितियों का फल था। भूखा आदमी उस समय तक कुत्ते को कौर नहीं देता जब तक वह स्वयं सन्तुष्ट न हो जायें। अप्रसन्नता ने उनकी श्यामलता को और भी उज्ज्वल कर दिया था। उन्होंने ऐसे घर में जन्म लिया था। जिसने कुल-मर्यादा की रक्षा में अपनी श्री का अन्त कर दिया था। ऐसी अवस्था में उन्हें सन्तोष से ही शान्ति मिल सकती थी, पर उनकी उच्च शिक्षा ने उन्हें जीवन को एक बृहत् संग्राम-क्षेत्र समझना सिखाया था। उनके सामने जिन महान् पुरुषों के आदर्श रखे गये थे उन्होंने भी संघर्ष-नीति का आश्रय ले कर सफलता प्राप्त की थी। इसमें सन्देह नहीं कि शिक्षा ने उन्हें लेख और वाणी में प्रवीण, तर्क में कुशल, व्यवहार में चतुर बना दिया था, पर उसके साथ ही उन्हें स्वार्थ और स्वहित का दास बना दिया था। यह वह शिक्षा न थी जो अपने झोंपड़े का द्वार खुला रखने का अनुरोध करती है, जो दूसरों को खिला कर आप खाने की नीति सिखाती

है। ज्ञानशंकर किसी को आश्रय देने की कल्पना भी न कर सकते थे जब तक अपना प्रासाद न बना लें; वह किसी को मुट्ठी भी अन्न भर न दे सकते थे, ज़ब तक अपनी धान्यशाला को भर न लें।

सौभाग्य से उनका प्रासाद निर्मित हो चुका था। अब वह दूसरों को आश्रय देने पर तैयार थे, उनकी धान्यशाला परिपूर्ण हो चुकी थी। अब उन्हें भिक्षुओं से घृणा न थी। सम्पत्तिशाली हो कर वह उदार, दयालु, दीनवत्सल और कर्तव्यपरायण हो गये थे। लाला प्रभाशंकर की पुत्रियों के विवाह में उन्होंने खासी मदद की थी और पुत्रों के मातम में शरीक होने के लिए भी गोरखपुर से आये थे। प्रेमशंकर के प्रति भी भ्रातृ-प्रेम जाग्रत हो गया था, यहाँ तक कि लखनपुर वालों के मुक्त हो जाने पर उन्हें बधाई दी थी। गायत्री की मृत्यु का शोक समाचार मिला तो उन्होंने उसका संस्कार बड़ी धूमधाम से किया और कई हजार रुपये खर्च किए। उसकी यादगार में एक पक्का तालाब खुदवा दिया। जब तक वह फूस के झोंपड़े में रहते थे, आग की चिनगारियों से डरते थे। अब उनका पक्का महल था फुलझड़ियों का तमाशा सावधानी से देख सकते थे।

ज्ञानशंकर अब ख्याति और सुकीर्ति के लिए लालायित रहते थे। लखनऊ के मान्यगण उन्हें अनधिकारी समझ कर उनसे कुछ खिंचे रहते थे। और यद्यपि गोरखपुर से पहले ही उन्होने सम्मानपद प्राप्त कर लिया था, पर इस नयी हैसियत में देख कर अक्सर लोग उनसे जलते थे। ज्ञानशंकर ने दोनों शहरों के रईसों से मेल-जोल बढ़ाना शुरू किया। पहले वह राय साहब के अव्यवस्थित व्यय को घटाना परमावश्यक समझते थे। कई घोड़े, एक मोटर, कई सवारी गाड़ियाँ निकाल देना चाहते थे। लेकिन अब उन्हें अपनी सम्मान रक्षा के लिए उस ठाट-बाट को निबाहना ही नहीं, उसे और बढ़ाना जरूरी मालूम होता था, जिसमें लोग उनकी हँसी न उड़ायें। वह उन लोगों की बार-बार दावतें करते, छोटे-बड़े सबसे नम्रता और विनय का व्यवहार करते और सत्कार्यों के लिए दिल खोल कर चन्दे देते। पत्र-सम्पादकों से उनका परिचय पहले ही से था अब और भी घनिष्ठ हो गया। अखबारों में उनकी उदारता और सज्जनता की प्रशंसा होने लगी। यहाँ तक कि साल भी न बीतने पाया था कि वह लखनऊ की ताल्लुकेदार सभा के मंत्री चुन लिये गये। राज्याधिकारियों में भी उनका सम्मान होने लगा। वह वाणी में कुशल थे ही, प्रायः जातीय-सम्मेलनों में ओजस्विनी वक्तृता देते। पत्रों में वाह-वाह होने लगती। अतएव इधर तो जाति के नेताओं में गिने जाने लगे, उधर अधिकारियों में भी मान-प्रतिष्ठा होने लगी।

किन्तु अपनी मूक, दीन प्रजा के साथ उनका बर्ताव इतना सदय न था। उन वृक्षों में काँटे न थे, इसलिए उनके फल तोड़ने में कोई बाधा न थी। असामियों पर अखराज, बकाया और इजाफे की नालिशें धूम से हो रही थीं, उनके पट्टे बदले जा रहे थे और नजराने बड़ी कठोरता से वसूल किये जा रहे थे। राय साहब ने रियासत पर पाँच लाख का ऋण छोड़ा था। उस पर लगभग 25 हजार वार्षिक ब्याज होता था। ज्ञानशंकर ने इन प्रयत्नों से सूद की पूर्ति कर ली। इतने अत्याचार पर भी प्रजा उनसे असन्तुष्ट न थी। वह कड़वी दवाएँ मीठी करके पिलाते थे। गायत्री की बरसी में उन्होंने असामियों को एक हजार कम्बल बाँटे और ब्राह्मणों को भोज दिया। इसी तरह राय साहब के इलाके में होली के दिल जलसे

कराये और भोले-भाले असामियों को भर पेट भंग पिला कर मुग्ध कर दिया। कई जगह मंडियाँ लगवा दीं जिससे कृषकों को अपनी जिन्सें बेचने में सुविधा हो गयी और सियासत को भी अच्छा लाभ होने लगा। ,

इस तरह दो साल गुजर गये। ज्ञानशंकर का सौभाग्य-सूर्य अब मध्याह्न पर था। राय साहब के ऋण से वह बहुत कुछ मुक्त हो चुके थे। हाकिमों में मान था, रईसों में प्रतिष्ठा थी, विद्वज्जनों में आदर था, मर्मज्ञ लेखक थे, कुशल वक्ता थे। सुख-भोग की सब सामग्रियाँ प्राप्त थीं। जीवन की महत्त्वाकांक्षाएँ पूरी हो गयी थीं। वह जब कभी अवकाश के समय अपनी गत अवस्था पर विचार करते तब अपनी सफलता पर आश्चर्य होता था। मैं क्या से क्या हो गया? अभी तीन ही साल पहले मैं एक हजार सालाना नफे के लिए सारे गाँव को फाँसी पर चढ़वा देना चाहता था। तब मेरी दृष्टि कितनी संकीर्ण थी। एक तुच्छ बात के लिए चचा से अलग हो गया, यहाँ तक कि अपने सगे भाई का भी अहित सोचता था। उन्हें फँसाने में कोई बात उठा नहीं रखी। पर अब ऐसी कितनी रकमें दान कर देता हूँ। कहाँ एक ताँगा रखने की सामर्थ्य न थी, कहाँ अब मोटरें मँगनी दिया करता हूँ। निस्सन्देह इस सफलता के लिए मुझे स्वाँग भरने पड़े, हाथ रँगने पड़े, पाप, छल, कपट सब कुछ करने पड़े, किन्तु अँधेरे में खोह में उतरे बिना अनमोल रत्न कहाँ मिलते हैं? लेकिन इसे अपने ही कृत्यों का फल समझना मेरी नितान्त भूल है। ईश्वरीय व्यवस्था न होती तो मेरी चाल कभी सीधी न पड़ती! उस समय तो ऐसा जान पड़ता था, कि पाँसा पट पड़ा। वार खाली गया, लेकिन सौभाग्य से उन्हीं खाली वारों ने, उल्टी चालों ने बाजी जिता दी।

ज्ञानशंकर दूसरे-तीसरे महीने बनारस अवश्य जाते और प्रेमशंकर के पास रह कर सरल जीवन का आनन्द उठाते। उन्होंने प्रेमशंकर से कितनी ही बार साग्रह कहा कि अब आपको इस उजाड़ में झोंपड़ा बना कर रहने की क्या जरूरत है? चल कर घर पर रहिए और ईश्वर की दी हुई संपत्ति भोगिए। यह मंजूर न हो तो मेरे साथ चलिए। हजार-दो हजार बीघे चक दे दूँ, वहाँ दिल खोल कर कृषक जीवन का आनन्द उठाइए, लेकिन प्रेमशंकर कहते, मेरे लिए इतना ही काफी है, ज्यादा की जरूरत नहीं। हाँ, इस अनुरोध का इतना फल अवश्य हुआ कि वह अपनी जोत को बढ़ाने पर राजी हो गये। उनके डाँड़ से मिली हुई पचास बीघे जमीन एक दूसरे जमींदार की थी। उन्होंने उसका पट्टा लिखा लिया और फूस के झोंपड़े की जगह खपरैल के मकान बनवा लिए। ज्ञानशंकर उनसे यह सब प्रस्ताव करते थे, पर उनके संतोषमय, सरल, निर्विरोध जीवन के महत्त्व से अनभिज्ञ थे। नाना प्रकार की चिंताओं और बाधाओं में ग्रस्त रहने के बाद वहां के शान्तिमय, निर्विघ्न विश्राम से उनका चित्त प्रफुल्लित हो जाता था। यहाँ से जाने को जी न चाहता था। यह स्थान अब पहले की तरह न था, जहाँ केवल एक आदमी साधुओं की भाँति अपनी कुटी में पड़ा रहता हो। अब वह एक छोटी सी गुलजार बस्ती थी, जहाँ नित्य राजनीतिक और सामाजिक विषयों पर सम्वाद होते थे और जीवन-मरण के गूढ़, जटिल प्रश्नों की मीमांसा की जाती थी! यह विद्वज्जनों की एक छोटी सी संगत थी; विद्वानों के पक्षपात और अहंकार से मुक्त। वास्तव में यह सारल्य, संतोष और सुविचार की तपोभूमि थी। यहाँ न ईर्ष्या का सन्ताप था, न लोभ का उन्माद, न तृष्णा का प्रकोप। यहाँ धन की पूजा न होती थी और न दीनता पैरों तले कुचली जाती

थी। यहाँ न एक गद्दी लगा कर बैठता था और न दूसरा अपराधियों की भाँति उनके सामने हाथ बाँध कर खड़ा होता था। यहाँ स्वामी की घुड़कियाँ न थीं न सेवक की दीन ठकुरसोहातियाँ। यहाँ सब एक दूसरे के सेवक, एक दूसरे के मित्र और हितैषी थे। एक तरफ डॉक्टर इर्फान अली का सुन्दर बँगला था फूलों और लताओं से सजा हुआ। डॉक्टर साहब अब केवल वही मुकदमे लेते थे जिनके बच्चे होने का उन्हें विश्वास होता था और उतना ही पारिश्रमिक लेते थे जितना खर्च के लिए आवश्यक हो। संचय और संग्रह की चिंताओं से निवृत्त हो गये थे। शाम-सवेरे वह प्रेमशंकर के साथ बागवानी करते थे, जिसका उन्हें पहले से ही शौक था। पहले गमलों में लगे हुए पौधों को देखकर खुश होते थे, काम माली करता था। अब सारा काम अपने ही हाथों करते थे। उनके बँगले से मिला हुआ डॉक्टर प्रियनाथ का मकान था। मकान के सामने एक औषधालय था। अब वे प्रायः देहातों में घूम-घूम कर रोगियों का कष्ट निवारण करते थे नौकरी छोड़ दी थी। जीविका के लिए एक गौशाला खोल ली थी जिसमें कई पछाहीं गायें-भैंसे थी। दूध-मक्खन बिकने के लिए शहर चला आता था। रोगियों से कुछ फीस न लेते थे। बाबू ज्वालासिंह और प्रेमशंकर एक ही मकान में रहते थे। श्रद्धा और शीलमणि में खूब बनती थी। घर के कामों से फुरसत पाते ही दोनों चरखे पर बैठ जाती थीं। या मोजे बुनने लगती थीं। प्रेमशंकर नियमानुसार खेत में काम करते थे और ज्वालासिंह नये प्रकार के करघों पर आप कपड़े बुनते थे और हाजीपुर के कई युवकों को बुनना सिखाते थे। इस कला में वह बहुत निपुण हो गये थे। सैयद ईजाद हुसेन ने भी यहीं अड्डा जमाया। उनका परिवार अब भी शहर में ही रहता था; पर यह यतीमखाना यहीं उठ आया था। उसमें अब नकली नहीं, सच्चे यतीमों का पालन-पोषण होता था। सैयद साहब अपना 'इत्तहाद' अब भी निकालते थे और 'इत्तहाद' पर व्याख्यान देते थे, लेकिन चन्दे न वसूल करते थे और न स्वाँग भरते थे। वह अब हिन्दू-मुसलिम एकता के सच्चे प्रचारक थे। यतीमखाने के समीप ही मायाशंकर का मित्र भवन था। यह एक छोटा सा छात्रालय था। इसमें इर्फान अली के दो लड़के, प्रियनाथ के तीनों लड़के, दुर्गा माली का एक लड़का और मस्ता का एक छोटा भाई साथ-साथ रहते थे। सब साथ-साथ पाठशाला को जाते और साथ-साथ भोजन करते। उनका सब खर्च मायाशंकर अपने वजीफे से देता था। भोजन श्रद्धा पकाती थी। ज्ञानशंकर ने कई बार चाहा कि माया को ले जाकर लखनऊ के ताल्लुकेदार स्कूल में दाखिल करा दें लेकिन वह राजी न होता था।

एक बार ज्ञानशंकर लखनऊ से आये तो माया के वास्ते एक बहुत सुन्दर रेशमी सूट मिला लाये; लेकिन माया ने उसको उस वक्त तक न पहना जब तक मित्र-भवन के और छात्रों के लिए वैसे ही सूट न तैयार हो गये। ज्ञानशंकर मन में बहुत लज्जित हुए और बहुत जब्त करने पर भी उनके मुँह से इतना निकल ही गया, भाई साहब, मैं इस साम्य-सिद्धान्त पर आपसे सहमत नहीं हूँ। यह एक अस्वाभाविक सिद्धान्त है। सिद्धान्त रूप से हम चाहे इसकी कितनी प्रशंसा करें पर इसका व्यवहार में लाना असंभव है। मैं यूरोप के कितने ही साम्यवादियों को जानता हूँ जो अमीरों की भाँति रहते हैं, मोटरों पर सैर करते हैं और साल में छह महीने इटली या फ्रांस में विहार किया करते हैं। जब वह अपने को साम्यवादी कह सकते हैं तो कोई कारण नहीं है कि हम इस अस्वाभाविक नीति पर जान दें।

प्रेमशंकर ने विनीत भाव से कहा—यहाँ साम्यवाद की तो कभी चर्चा नहीं हुई है।

ज्ञान—तो फिर यहाँ के जलवायु में यह असर होगा। यद्यपि मुझे इस विषय में आपसे कुछ कहने का अधिकार नहीं है पर पिता के नाते मैं। इतना कहने की क्षमा चाहता हूँ कि ऐसी शिक्षा का फल माया के लिए हितकर न होगा।

प्रेम—अगर तुम चाहों और माया की इच्छा हो तो उसे लखनऊ ले जाओ, मुझे कोई आपत्ति नहीं है। यहाँ के जलवायु को बदलना मेरे वश की बात नहीं।

ज्ञान—यह तो आप जानते हैं कि माया और उसके साथियों की स्थिति में कितना अन्तर है।

प्रेमशंकर ने गम्भीतरता से कहा—हाँ, खूब जानता हूँ; पर यह नहीं जानता कि इस अन्तर को प्रदर्शित क्यों किया जाए। मायाशंकर थोड़े दिनों में एक बड़ा इलाकेदार होगा, यह सब लड़कों को मालूम है। क्या यह बात उन्हें अपने दुर्भाग्य पर रूलाने के लिए काफी नहीं है कि इस विभिन्नता का स्वाँग दिखा कर उन्हें और भी चोट पहुँचायी जाये? तुम्हें मालूम न होगा, पर मैं यह विश्वस्त रूप से कहता हूँ कि तेजू और पद्मू का बलिदान माया के गोद लिए जाने के ही कारण हुआ। माया को अचानक इस रूप में देखकर सिद्धि प्राप्त करने की प्रेरणा हुई। माया डींगें मार-मार कर उनकी लालसा को और भी उत्तेजित करता रहा और उसका यह भयंकर परिणाम हुआ...

इतने में माया और गया और प्रेमशंकर को अपनी बात अधूरी ही छोड़नी पड़ी। ज्ञानशंकर भी अन्यमनस्क हो कर वहां से उठ गये।

गायत्री के आदेशानुसार ज्ञानशंकर 2000 रुपये महीना मायाशंकर के खर्च के लिए देते जाते थे। प्रेमशंकर की इच्छा थी कि कई अध्यापक रखे जायें, सैर करने के लिए गाड़ियाँ रखी जायँ, कई नौकर सेवा-टहल के लिए लगाये जायँ, पर मायाशंकर अपने ऊपर इतना खर्च करने को राजी न हुआ। प्रेमशंकर को मजबूर हो कर उसकी बात माननी पड़ी। केवल दो अध्यापक उसे पढ़ाने आते थे। फारसी पढ़ाने के लिए ईजाद हुसेन और संस्कृत पढ़ाने के लिए एक पंडित। सवारी के लिए एक घोड़ा भी था। अंग्रेजी प्रेमशंकर स्वयं पढ़ाते थे। गणित ज्वालासिंह के जिम्मे था, डॉक्टर प्रियनाथ सप्ताह में दो दिन गाने की शिक्षा देते थे, जिसमें यह निपुण थे और दो दिन आरोग्य शास्त्र पढ़ाते थे। डॉक्टर इर्फान अली अर्थशास्त्र के ज्ञाता थे। सप्ताह में दो दिन कानून सिखाते और दो दिन अर्थशास्त्र की व्याख्या करते। कॉलेज के कई विद्यार्थी शहर से इन व्याख्यानों को सुनने के लिए आ जाते थे और प्रियनाथ का संगीत समाज तो सारे शहर में प्रसिद्ध था। इधर की बचत मित्र-भवन, इत्तहादी अनाथालय और प्रियनाथ के चिकित्सालय के संचालन में खर्च होती थी। विद्यावती के नाम से बीस-बीस रुपये की दस छात्रवृत्तियाँ भी दी जाती थीं। इतना सब खर्च करने पर भी महीने में खासी बचत हो जाती थी। इन तीन वर्षों में कोई 25 हजार रुपये जमा हो गये थे। प्रेमशंकर चाहते थे कि ज्ञानशंकर की सम्मति ले कर माया को कुछ दिनों के लिए यूरोप, अमेरिका आदि देशों में भ्रमण करने के लिए भेज दिया जाए। इस धन का इससे अच्छा उपयोग न हो

सकता था। पर मायाशंकर की कुछ और ही इच्छा थी। वह यात्रा करने के लिए तो उत्सुक था, पर एक हजार रुपये महीने से ज्यादा खर्च न करना चाहता था। इन धन के सदुपयोग की उसने दूसरी ही विधि सोची थी, पर प्रेमशंकर से यह प्रकट करते हुए सकुचाता था। संयोग से इसी बीच में उसे इसका अच्छा अवसर मिल गया।

लाला प्रभाशंकर ने प्रेमशंकर को लखनपुर के मुकदमे से बचाने के लिए जो रुपये उधार लिए थे उसकी अवधि तीन साल थी। यह मियाद पूरी हो गयी थी, पर रुपये का सूद तक न अदा हुआ था। पहले प्रेमशंकर को इस मामले की जरा भी खबर न थी; पर जब महाजन ने अदालत में नालिश की तो उन्हें खबर हुई। रुपये क्यों उधार लिए गये, यह बात शीघ्र ही मालूम हो गयी। तब से यह घोर चिन्ता में पड़े हुए थे यह रुपये कैसे दिये जायें? यद्यपि मुकदमें में रुपये का एक ही भाग खर्च हुआ था, अधिकांश खाने-खिलाने, शादी-ब्याह में उड़ था, पर यह हिसाब-किताब करने का समय न था। प्रेमशंकर ऋण का पूरा भार लेना चाहते थे। लेकिन रुपये कहाँ से आयें? वे कई दिन इसी चिन्ता में विकल रहे। कभी सोचते ज्ञानशंकर से माँगू, कभी प्रियनाथ से माँगने का विचार करते, पर संकोचवश किसी से कहते न बनता था।

एक दिन वह इसी उधेड़-बुन में पड़े हुए थे कि भोला आ कर खड़ा हो गया और उन्हें चिन्तित देख बोला। बाबूजी आज-कल आप बहुत उदास रहते हैं, क्या बात है? हमारे लायक कोई काम हो तो बताइए, भरसक उसे पूरा करेंगे।

प्रेमशंकर को भोला से बहुत स्नेह था। इनके सत्संग से उसकी शराब और जुए की आदत छूट गयी थी। वह इनको अपना मुक्तिदाता समझता था और इन पर असीम श्रद्धा रखता था। प्रेमशकर भी उस पर विश्वास करते थे। बोले—कुछ ऐसी ही चिन्ता है, मगर तुम सुन कर क्या करोगे?

भोला—और तो क्या करूँगा? हाँ, जान लड़ा दूँगा।

प्रेम—जान लड़ाने से मेरी चिन्ता दूर न होगी, उसका कोई और ही उपाय करना पड़ेगा।

भोला—कहिए वह करने को तैयार हूँ। जब तक आप न बतायेंगे पिण्ड न छोड़ूँगा।

अन्त में विवश हो कर प्रेमशंकर ने कहा—मुझे कुछ रुपयों की जरूरत है और समझ में नहीं आता कि कौन सा उपाय करूँ।

भोला—हजार दो हजार से कम चले तो मेरे पास हैं, ले लीजिए। ज्यादा की जरूरत हो तो कोई और उपाय करूँ।

प्रेम—हजार दो हजार का तुम क्या प्रबन्ध करोगे? तुम्हारे पास तो है नहीं, किसी से लेने ही पड़ेंगे।

भोला—नहीं बाबूजी, आपकी दुआ से अब इतने फटेहाल नहीं हैं। हजार से कुछ ऊपर तो अपने ही हैं। एक हजार मस्ता ने रखने को दिये हैं। दुर्गा और दमड़ी भी कुछ रूपये रखने को देते थे, पर मैंने नहीं लिए। पराये रूपये घर में रख कर कौन जंजाल पाले? कहीं कुछ हो जाय तो लोग समझेंगे इसने खा लिए होंगे।

प्रेम—तुम लोगों के पास इतने रुपये कहाँ से आ गये?

भोला—आप ही ने दिये हैं, और कहाँ से आये? जवानी की कसम खा कर कहता

हूँ कि इधर तीन साल से एक दिन भी कौड़ी हाथ से छुई हो या दारू मुँह से लगायी हो। आप लोगों जैसे भले आदमियों के साथ रह कर ऐसे कुकर्म करता तो कौन मुँह दिखाता? मस्ता के बारे में भी कह सकता हूँ कि इधर दो-ढाई साल से किसी के माल की तरफ आँख उठा कर नहीं देखा। अभी थोड़े ही दिनों की बात है, भवानी सिंह की अंटी से पाँच गिन्नियाँ गिर गयी थीं। मस्ता ने खेत में पड़ी पायीं और उसी दिन जा कर उन्हें दे आया। पहले इस बगीचे से फल-फलारी तोड़ कर बेच लिया करता था, पर अब यह सारी आदतें छूट गयीं। दुर्गा और दमड़ी गाँजा-चरस तो पीते हैं, लेकिन बहुत कम और मैंने उन्हें कोई कुचाल चलते नहीं देखा हम अभी रोटी, दाल, तरकारी खा कर दो-तीन सौ रूपये बचा लेते हैं। तो कहिए, जितने रूपये मेरे पास हैं वह लाऊँ?

प्रेम—यह सुन कर मुझे बड़ी खुशी हुई कि तुम लोग भी चार पैसे के आदमी हो गये। यह सब तुम्हारे सुविचार का फल है। लेकिन मेरा काम इतने रूपये में न चलेगा। मुझे पच्चीस हजार की जरूरत है।

सहसा मायाशंकर आ कर खड़ा हो गया। उसकी आँखें डबडबायी हुई थीं और मुँह पर करुण उत्सुकता झलक रही थी। प्रेमशंकर ने भोला को आँखों के इशारे से हटा दिया तब माया से बोले—आँखें क्यों भरी हुई हैं? बैठो।

माया—जी, कुछ नहीं। अभी तेजू और पद्मू की याद आ यहीं थी। दोनों अब तक होते तो उन्हें यहीं बुला कर रखता। उस समय मैं बड़ा निर्दयी था। बेचारों को अपना ठाट दिखा कर जलाना चाहता था। मेरी शेखी की बातें सुन-सुन वे भी कहा करते थे, हम वह मन्त्र जगायेंगे कि कोई मार ही न सके। ऐसे-ऐसे मन्त्रों को अपने वश में कर लेंगे कि घर बैठे संसार की जो वस्तु चाहें मँगा लेंगे! उस वक्त मेरी समझ में वे बातें न आती थीं, दिल्लगी समझता था, पर अब तो उन बातों को याद करता हूँ तो ऐसा मालूम होता है कि मैं उनका घातक हूँ। चित्त व्याकुल हो जाता है और अपने ऊपर ऐसा क्रोध आता है कि क्या कहूँ! अभी बाबा से मिलने गया था। बहुत दुःखी थे। किसी महाजन ने उन पर नालिश भी कर दी। है, इससे और भी चिन्तित थे। अगर यह मुसीबत न आती तो शायद वह इतने दुःखी न होते। विपत्ति में शोक और भी दुस्सह हो जाता है। शोक का घाव भरना तो असम्भव है, पर इस नयी विपत्ति का निवारण हो सकता है। आपसे कहते हुए संकोच होता है, पर इस समय मुझे क्षमा कीजिए। चाचा दयाशंकर तो बाबा से कह रहे थे, हमें जमीन की परवाह नहीं है, निकल जाने दीजिए। आपको अब क्या करना है? मेरे सिर पर जो पड़ेगी, देख लूँगा, लेकिन बाबा की इच्छा यह थी कि महाजन से कुछ दिनों की मुहलत जी जाये। अगर आपकी आज्ञा हो तो मैं जा कर बातचीत करूँ मुझसे वह कुछ दबेगा भी।

प्रेमशंकर—रुपयों की फिक्र तो मैं कर रहा हूँ, पर मालूम नहीं उन्हें कितने रुपयों की जरूरत है। उन्होंने मुझसे कभी यह जिक्र नहीं किया।

माया—बातचीत से मालूम होता था कि पन्द्रह-बीस हजार का मुआमला है।

प्रेम—यही मेरा अनुमान है। दो-चार दिन में कुछ न कुछ उपाय निकल ही आयेगा। या तो महाजन को समझा-बुझा दूँगा या दो-चार हजार दे कर कुछ दिन की मुहलत ले लूँगा।

माया—मैं चाहता हूँ कि बाबा को मालूम भी न होने पाये और महाजन के सब रुपये

पहुँच जायें जिसमें यह झंझट न रहे। जब हमारे पास रुपये हैं तो फिर महाजन की खुशामद क्यों की जाय?

प्रेम—वह रुपये अमानत हैं। उन्हें छूने का अधिकार नहीं है। उन्हें मैंने तुम्हारी यूरोप-यात्रा के लिए अलग कर दिया है।

माया—मेरी यूरोप यात्रा इतनी आवश्यक नहीं है कि घरवालों को संकट में छोड़ कर चला जाऊँ।

प्रेम—जिस काम के लिए वह रुपये दिये गये हैं उसी काम में खर्च होने चाहिए।

माया मन में खिन्न हो कर चला गया, पर श्रद्धा से ढीठ हो गया था। उसके पास जा कर बोला—अगर चाचा साहब बाबा को रुपये न देंगे तो मैं यूरोप कदापि न जाऊँगा। तीस हजार ले कर मैं वहाँ क्या करूँगा? मेरे लिए चलते समय पाँच हजार काफी हैं। चाचा साहब से पचीस हजार दिला दो।

प्रेमशंकर ने श्रद्धा से भी वही बातें कहीं। श्रद्धा ने माया का पक्ष लिया। बहस होने लगी। कुछ निश्चय न हो सका। दूसरे दिन श्रद्धा ने फिर वही प्रश्न उठाया। आखिर जब उसने देखा कि यह दलीलों से हार जाने पर भी रुपये नहीं देना चाहते तो जरा गर्म हो कर बोली—अगर तुमने दादाजी को रुपये न दिये तो माया कभी यूरोप न जायेगा।

प्रेम—वह मेरी बात को कभी नहीं टाल सकता है।

श्रद्धा—और बातों को नहीं टाल सकता। पर इस बात को हरगिज न मानेगा।

प्रेम—तुमने यह शिक्षा दी होगी।

श्रद्धा ने कुछ जवाब न दिया। यह बात उसे लग गयी। एक क्षण तक चुपचाप बैठी रही। तब जाने के लिए उठी। प्रेमशंकर के मुँह से बात तो निकल गयी थी, पर अपनी कठोरता पर लज्जित थे। बोले—अगर ज्ञानशंकर कुछ आपत्ति करें तो?

श्रद्धा ने तिनक कर कहा—तो साफ-साफ क्यों नहीं कहते कि ज्ञानशंकर के डर से नहीं देता। अधिकार, कर्त्तव्य और अमानत का आश्रय क्यों लेते हो?

प्रेमशंकर ने असमंजस में पड़ कर कहा—डर की बात नहीं है। रुपयों के विषय में मुझे पूरा अधिकार है, लेकिन ज्ञानशंकर की अनुमति के बिना मैं उसे इस तरह खर्च नहीं करना चाहता।

श्रद्धा—तो एक चिट्ठी लिख कर पूछ लो। मुझे तो पूरा विश्वास है कि उन्हें कोई आपत्ति न होगी। अब वह ज्ञानशंकर नहीं हैं जो पैसे-पैसे पर जान देते थे।

प्रेमशंकर बाहर आ कर ज्ञानशंकर को पत्र लिखने बैठे। लेकिन फिर ख्याल आया कि उन्होंने अनुमति दे दी तो अनुमति देने में उनकी क्या हानि है? तब मुझे विवश हो कर रुपये देने पड़ेंगे। यह रुपये न मेरे हैं, न माया के हैं, न ज्ञानशंकर के हैं। यह माया की शिक्षावृत्ति है। पत्र न लिखा। ज्वालासिंह के सामने यह समस्या पेश की। उन्होंने भी कुछ निश्चय न किया। डॉक्टर इर्फानअली से परामर्श लेने की ठहरी। डॉक्टर साहब ने फैसला किया कि यह रकम माया की शिक्षा के सिवा और किसी काम में नहीं खर्च की जा सकती।

मायाशंकर ने यह फैसला सुना तो झुँझला उठा। जी में आया कि चलकर डॉक्टर साहब से खूब बहस करूँ पर डरा कि कहीं वह इसे बेअदबी न समझें। क्यों न महाजन

के पास जा कर वह सब रुपयें माँग लूँ? अभी नाबालिग हूँ, शायद उसे कुछ आपत्ति हो, लेकिन एक के दो देने पर तैयार हो गया तो मुंह से तो चाहे कुछ न कहें, पर मन में बहुत नाराज होंगे। बेचारा इन्हीं दुश्चिन्ताओं में डूबा हुआ मलीन, उदास जा कर लेट रहा। सन्ध्या हो गयी पर कमरे से न निकाला। डॉ. इर्फान अली ने पढ़ने के लिए बुलाया। कहला भेजा, मेरे सिर में दर्द है। भोजन का समय आया। मित्र-भवन के और सब छात्र भोजन करने लगे। माया ने कहला भेजा, मेरे सिर में दर्द है। श्रद्धा बुलाने आयी। उसे देखते ही माया रो पड़ा।

श्रद्धा ने प्रेम से आँसू पोंछते हुए कहा—बेटा, चल कर थोड़ा सा खाना खा लो। सवेरे मैं फिर उनसे कहूँगी। डॉ. इर्फानअली ने बात बिगाड़ दी, नहीं तो मैंने तो राजी कर लिया था।

माया—चाची, मेरी खाने की बिलकुल इच्छा नहीं है। (रो कर) तेजू और पद्मू के प्राण मैंने लिए और अब मैं बाबा की कुछ मदद भी नहीं कर सकता। ऐसे जीने पर धिक्कार है।

श्रद्धा भी करूणावेग से विवश हो गयी। अंचल से माया के आँसू पोंछती थी और स्वयं रोती थी।

माया ने कहा—चाची, तुम नाहक हलाकान होती हो, मैं अभागा हूँ, मुझे रोने दो।

श्रद्धा—तुम चल कर कुछ खा लो। मैं आज ही रात को यह बात छेड़ूँगी।

माया का चित्त बहुत खिन्न था, पर श्रद्धा की बात न टाल सका। दो-चार कौर खाये, पर ऐसा मालूम होता था कि कौर मुँह से निकला पड़ता है। हाथ-मुँह धो कर फिर अपने कमरे में लेट रहा।

सारी रात श्रद्धा यही सोचती रही कि इन्हें कैसे समझाऊँ। शीलमणि से भी सलाह ली, पर कोई युक्ति न सूझी।

प्रातः काल बुधिया किसी काम से आयी। बातों-बातों में कहने लगी—बहूजी, पैसा सब कोई देखता है, मेहनत कोई नहीं देखता। मर्द दिन भर में एक-दो रुपया कमा लाता है तो मिजाज ही नहीं मिलता, और बेचारी रात-दिन चूल्हे-चक्की में जुटी रहे, फिर भी वह निकम्मी ही समझी जाती है।

श्रद्धा सहसा उछल पड़ी। जैसे सुलगती हुई आग हवा पा कर भभक उठती है। उसी भाँति इन बातों ने उसे एक युक्ति सुझा दी। भटकते हुए पथिक को रास्ता मिल गया। कोई चीज जिसे घंटों से तलाश करते-करते थक गयी थी, अचानक मिल गयी। ज्यों ही बुधिया गयी, वह प्रेमशंकर के पास आ कर बोली—चाचाजी को रुपये देने के बारे में क्या निश्चय किया?

प्रेम—फिक्र में हूँ। दो-चार दिन में कोई सूरत निकल ही आयेगी।

श्रद्धा—रुपये तो रखे ही हैं।

प्रेम—मुझे खर्च करने का अधिकार नहीं है।

श्रद्धा—यह किसके रुपये हैं?

प्रेम—(विस्मित होकर) माया के शिक्षार्थ दिये गये हैं।

श्रद्धा—तो क्या 2000 रुपये महीने खर्च नहीं होते हैं?

प्रेम—क्या तुम जानती नहीं? लगभग 800 रुपये खर्च होते हैं, बाकी 1200 रुपये बचे रहते हैं।

श्रद्धा—यह क्यों बचे रहते हैं? क्या यह तुम्हारी समझ में नहीं आता? डॉक्टर इर्फान अली को पढ़ने के लिए कितना वेतन मिलना चाहिए? डॉ. प्रियनाथ और बाबू ज्वालासिंह को भी नौकर रखते तो कुछ न कुछ देना पड़ता। तुम्हारी मजूरी भी कुछ न कुछ होनी ही चाहिए। तुम्हारे विचार में इर्फानअली का वेतन कुछ होता ही नहीं? उनका एक दिन का मेहनताना 500 रुपये न दोगे? प्रियनाथ की आमदनी 100 रुपये प्रति दिन से कम नहीं थी। पहले तो वह किसी के घर पढ़ाने जायें ही नहीं, जायें तो 500 रुपये महीने से कम न लें। बाबू ज्वालासिंह भी 100 रुपये पर महँगे नहीं हैं। रहे तुम तुम्हारा भतीजा है, उसे शौक से प्रेम से पढ़ाते हो, पर दूसरों को क्या पड़ी है। कि वह सेंत में अपनी सिरपच्ची करें। इन रुपयों को तुम बचत समझते हो, यह सर्वथा अन्याय है। इसे चाहे अपनी सज्जनता का पुरस्कार समझो या उनके एहसान का मूल्य, इस धन के खर्च करने का उन्हें अधिकार है।

प्रेमशंकर ने सन्दिग्ध भाव से कहा—माया और तुम बिना रुपये दिलाये न मानोगे, जैसी तुम्हारी इच्छा। तुम्हारी युक्ति में न्याय है, इसे मैं मानता हूँ, पर आत्मा सन्तुष्ट नहीं होती। मैं इस वक्त दिये देता हूँ पर इसे ऋण समझ कर सदैव अदा करने की चेष्टा करता रहूँगा।

लाला प्रभाशंकर को रुपये मिले तो वह रोये। गाँव तो बच गया, पर उसे कौन बिलसेगा? दयाशंकर का चित्त फिर घर से उचाट हो चला था। साधु-सन्तों के सत्संग के प्रेमी हो गये थे। दिन-दिन वैराग्य में रह होते जाते थे।

इधर मायाशंकर की यूरोप-यात्रा पर ज्ञानशंकर राजी न हुए। उनके विचारों में अभी यात्रा से माया को यथेष्ट लाभ न पहुँच सकता था। उससे यह कहीं उत्तम था कि वह अपने इलाकों का दौरा करे। उसके बाद हिन्दुस्तान के मुख्य-मुख्य स्थानों को देखे, अतएव चैत के महीने में मायाशंकर गोरखपुर चला गया और दो महीने तक अपने इलाके की सैर करने के बाद लखनऊ जा पहुँचा। दो महीने तक वहां भी अपने गाँवों का दौरा करता रहा। प्रतिदिन जो कुछ देखता अपनी डायरी में लिख लेता। कृषकों की दशा का खूब अध्ययन किया। दोनों इलाकों के किसान उसके प्रजा-प्रेम, विनय और शिष्टता पर मुग्ध हो गये। उसने उनके दिलों में घर कर लिया। भय की जगह प्रेम का विकास हो गया। लोग उसे अपना उच्च हितैषी समझने लगे। उसके पास आ कर अपनी विपत्ति-कथा सुनाते। उसे उनकी वास्तविक दशा का ऐसा परिचय किसी अन्य रीति से न मिल सकता था। चारों तरफ तबाही छायी हुई थी। ऐसा विरला ही कोई घर था जिसमें धातु के बर्तन दिखाई पड़ते हों। कितने घरों में लोहे के तवे तक न थे। मिट्टी के बर्तनों को छोड़ कर झोंपड़े में और कुछ दिखायी न देता था। न ओढ़ना, न बिछौना, यहाँ तक कि बहुत से घरों में खाटें तक न थीं और वह घर ही क्या थे। एक-एक, दो-दो छोओी कोठरियाँ थीं। एक मनुष्यों के लिए, एक पशुओं

के लिए। उसी एक कोठरी में खाना, सोना, बैठना—सब कुछ होता था। बस्तियाँ इतनी घनी थीं कि गाँव में खुली हुई जगह दिखायी ही नहीं देती थी। किसी के द्वार पर सहन नहीं, हवा और आकाश का शहरों की घनी बस्तियों में भी इतना अभाव न होगा। जो किसान बहुत सम्पन्न समझे जाते थे उनके बदन पर साबित कपड़े न थे, उन्हें भी एक जून चबेना पर ही काटना पड़ता था। वह भी ऋण के बोझ से दबे हुए थे। अच्छे जानवरों के रखने को आँखें तरस जाती थीं। जहाँ देखो छोटे-छोटे मरियल, दुर्बल बैल दिखायी देते और खेत में रेंगते और चरनियों पर औंधाते थे। कितने ही ऐसे गाँव थे जहाँ दूध तक न मयस्सर होता था। इस व्यापक दरिद्रता और दीनता को देख कर माया का कोमल हृदय तड़प जाता था। वह स्वभाव से ही भावुक था—बहुत नम्र उदार और सहृदय। शिक्षा और संगीत ने इन भावों को और भी चमका दिया था। प्रेमाश्रय में नित्य सेवा और प्रजा-हित की चर्चा रहती थी। माया का सरल हृदय उसी रंग में रंगा गया। वह इन दृश्यों से दुःखित हो कर प्रेमशंकर को बार-बार पत्र लिखता, अपनी अनुभूत घटनाओं का उल्लेख करता और इस कष्ट को निवारण करने का उपाय पूछता, किन्तु प्रेमशंकर या तो उनका कुछ उत्तर ही न देते या किसानों की मूर्खता, आलस्य आदि दुःस्वभावों की गाथा ले बैठते।

माया तो अपने इलाकों की सैर कर रहा था, इधर स्थानीय राजसभा के सदस्यों का चुनाव होने लगा। ज्ञानशंकर इस सम्मान्य पद के पुराने अभिलाषी थे बड़े उत्साह से मैदान में उतरे, यद्यपि ताल्लुकेदार सभा के मन्त्री थे, पर ताल्लुकेदारों की सहायता पर उन्हें भरोसा न था। कई बड़े-बड़े ताल्लुकेदार अपने के गाँव प्रतिनिधि बनने के लिए तत्पर थे। उनके सामने ज्ञानशंकर को अपनी सफलता की कोई आशा न थी। इसलिए उन्होंने गोरखपुर के किसानों की ओर से खड़ा होने का निश्चय किया। वहाँ संग्राम इतना भीषण न था। उनके गोइन्दे देहातों में घूम-घूम कर उनका गुणगान करने लगे। बाबू साहब कितने दयालु, ईश्वरभक्त हैं, उन्हें चुन कर तुम कृतार्थ हो जाओगे। वह राजसभा में तुम्हारी उन्नति और उपकार के लिए जान लड़ा देंगे, लगान घटवाएँगे, प्रत्येक गाँव में गोचर भूमि की व्यवस्था करेंगे, नजराने उठवा देंगे, इजाफा लगान का विरोध करेंगे और इखराज को समूल उखाड़ दंगे। सारे प्रान्त में धूम मची हुई थी। जैसे सहागल के दिनों में ढोल और नगाड़ों का नाद गूँजाने लगता है उसी भाँति इस समय जिधर देखिए जाति प्रेम की चर्चा सुनायी देती थी। डाक्टर इर्फानअली बनारस महाविद्यालय की तरफ से खड़े हुए। बाबू प्रियनाथ ने बनारस म्युनिसिपैलिटी का दामन पकड़ा। ज्वालासिंह इटावे के रईस थे, उन्होंने इटावे के कृषकों का आश्रय लिया। सैयद ईजाद हुसेन को भी जोश आया। वह मुसलिम स्वत्व की रक्षा के लिए उठ खड़े हुए। प्रेमशंकर इस क्षेत्र में न आना चाहते थे; पर भवानीसिंह, बलराज और कादिर खाँ ने बनारस के कृषकों पर उनका मन्त्र चलाना शुरू किया। तीन-चार महीनों तक बाजार खूब गर्म रहा, छापेखाने को ट्रैक्टों के छापने से सिर उठाने का अवकाश न मिलता था। कहीं दावतें होती थीं, कहीं नाटक दिखाये जाते थे। प्रत्येक उम्मीदवार अपनी-अपनी ढोल पीट रहा था। मानो संसार के कल्याण का उसी ने बीड़ा उठाया है।

अन्त में चुनाव का दिन आ पहुँचा। उस दिन नेताओं का सदुत्साह, उनकी तत्परता, उनकी शीलता और विनय दर्शनीय थी और राय देनेवालों का तो मानों सौभाग्य-सूर्य उदय

हो गया था। मोहनभोग तथा मेवे खाते थे। और मोटरों पर सैर करते थे। सुबह के पहर रात तक रायों की चिट्ठियां पढ़ी जाती रहीं।

इसके बात के सात दिन बड़ी बेचैनी के दिन थे। ज्यों-त्यों करके कटे। आठवें दिन राजपत्र में नतीजे निकल गये। आज कितने ही घरों में घी के चिराग जले, कितनों ने मातम मनाया। ज्ञानशंकर ने मैदान मार लिया; लेकिन प्रेमाश्रय निवासियों को जो सफलता प्राप्त हुई वह आश्चर्यजनक थी, इस अखाड़े के सभी योद्धा विजय-पताका फहराते हुए निकले। सबसे बड़ी फतह प्रेमशंकर की थी। वह बिना उद्योग और इच्छा के इस उच्चासन पर पहुँच गये थे। ज्ञानशंकर ने यह खबर सुनी तो उनका उत्साह भंग हो गया। राजसभा में बैठने का उतना शौक न रहा। बहुधा वृक्षपुंजों में सन्ध्या समय पक्षियों के कलरव से कान पड़ी आवाज नहीं सुनायी देती लेकिन ज्यों ही अन्धेरा हो जाता है और चिड़ियाँ अपने-अपने घोंसलों में जा बैठती हैं वहां नीरवता छा जाती हैं, उसी भाँति जाति के प्रतिनिधि गण राजसभा के सुसज्जित सुविशाल भवन में पहुँच कर शान्ति में मग्न हो गये। वे लम्बे-चौड़े वादे, वे बड़ी-बड़ी बात सब भूल गयीं। कोई मुवक्किलों के सेवा-सत्कार में लिप्त हुआ; कोई अपने बही-खाते की देख-भाल में, कोई अपने सैर और शिकार में जाति-हित की वह उमंग शांत हो गयी। लोग मनोविनोद की रीति से राजसभा में आते और कुछ निरर्थक प्रश्न पूछ कर या अपने वाक्य नैपुण्य का परिचय दे कर विदा हो जाते। वह कौन-सी प्रेरक शक्तियाँ थीं। जिन्होंने लोगों को इस अधिकार पर आसक्त कर रखा था। इसका निर्णय करना कठिन है, पर उनमें सेवाभाव का जरा भी लगाव न था—यह निर्भ्रान्त है। कारण और कार्य, साधन और फल दोनों उसी अधिकार में विलीन हो गये।

किन्तु प्रेमाश्रय में वह शिथिलता न थी। यहाँ लोग पहले से ही सेवाधर्म के अनुगामी थे। अब उन्हें अपने कार्यक्षेत्र को और विस्तृत करने का सुअवसर मिला। ये लोग-नये-नये सुधार के प्रस्ताव सोचते, राजकीय प्रस्तावों के गुण-दोष की मीमांसा करते, सरकारी रिपोर्टों का निरीक्षण करते। प्रश्नों द्वारा अधिकारियों के अत्याचारों का पता देते, जहाँ कहीं न्याय का खुन होते देखते, तुरंत सभा का ध्यान उसकी ओर आकर्षित करते और ये लोग केवल प्रश्नों से ही सन्तुष्ट न हो जाते थे, वरन् प्रस्तुत विषयों के मर्म तक पहुँचने की चेष्टा करते। विरोध के लिए विरोध न करते बल्कि शोध के लिए। इस सदुद्योग और कर्तव्यपरायणता ने शीघ्र ही राजसभा में इस मित्र-मंडल का सिक्का जमा दिया। उनकी शंकाएँ, उनके प्रस्ताव, उनके प्रतिवाद आदर की दृष्टि से देखे जाते थे। अधिकारी-वर्ग उनकी बातों को चुटकियों में न उड़ा सकते थे। यद्यपि डॉ. इर्फानअली इस मंडल के मुखपात्र थे, पर खुला हुआ भेद था कि प्रेमशंकर ही उसके कर्णधार हैं।

इस तरह दो साल बीत गये और यद्यपि मित्र-मंडल ने सभा को मुग्ध कर लिया था, पर अभी तक प्रेमशंकर को अपना वह प्रस्ताव सभा में प्रेश करने का साहस न हुआ जो बहुत दिनों से उनके मन में समाया हुआ था और जिसका उद्देश्य यह था कि जमींदारों से असामियों को बेदखल करने का अधिकर ले लिया जाये। वह स्वयं जमींदार घराने के थे, माया जिसे वह पुत्रवत् प्यार करते थे एक बड़ा ताल्लुकेदार हो गया था। ज्वालासिंह भी जमींदार थे। लाला प्रभाशंकर जिनको वह पिता तुल्य समझते थे अपने अधिकारों में जौ

भर की कमी भी न सह सकते थे, इन कारणों से वह प्रस्ताव को सभा के सम्मुख लाते हुए सकुचाते थे। यद्यपि सभा में भूपतियों की संख्या काफी थी और संख्या के देखते दबाव और भी ज्यादा था, पर प्रेमशंकर को सभा का इतना भय न था जितना अपने सम्बन्धियों का, इसके साथ ही अपने कर्त्तव्य-मार्ग से विचलित होते हुए उनकी आत्मा को दुःख होता था।

एक दिन वह इसी दुविधा में बैठे हुए थे कि मायाशंकर एक पत्र लिये हुए आया और बोला—देखिए, बाबू दीपक सिंह सभा में कितना घोर अनर्थ करने का प्रयत्न कर रहे हैं? वह सभा में इस आशय का प्रस्ताव लाने वाले हैं कि जमींदारों को असामियों से लगान वसूल करने के लिए ऐसे अधिकार मिलने चाहिए कि वह अपनी इच्छा से जिस असामी को चाहें बेदखल कर दें। उनके विचार में जमींदारों को यह अधिकार मिलने से रुपये वसूल करने में बड़ी सुविधा हो जायेगी। प्रेमशंकर ने उदासीन भाव से कहा—मैं यह पत्र देख चुका हूँ।

माया—पर आपने इसका कुछ उत्तर नहीं दिया?

प्रेमशंकर ने आकाश की ओर ताकते हुए कहा—अभी तो नहीं दिया।

माया—आप समझते हैं कि सभा में प्रस्ताव स्वीकृत हो जायगा?

प्रेम—हाँ, सम्भव है।

माया—तब तो जमींदार लोग असामियों को कुचल ही डालेंगे।

प्रेम—हाँ, और क्या?

माया—अभी से इस आन्दोलन की जड़ काट देनी चाहिए। आप इस पत्र का जवाब दे दें तो बाबू दीपकसिंह को अपना प्रस्ताव सभा में पेश करने का साहस न हो।

प्रेम—ज्ञानशंकर क्या कहेंगे?

माया—मैं जहाँ तब समझता हूँ, वह इस प्रस्ताव का सर्मथन न करेंगे।

प्रेम—हां, मुझे भी ऐसी आशा है।

मायाशंकर चचा की बातों से उनकी चित्त-वृत्ति को ताड़ गये।

वह जब से अपने इलाके का दौरा करके लौटा था, अक्सर कृषकों की सुदशा के उपाय सोचा करता था। इस विषय की कई किताबें पढ़ी थीं और डॉक्टर इर्फानअली से भी जिज्ञासा करता रहता था। प्रेमशंकर को असमंजस में देख कर उसे बहुत खेद हुआ। वह उनसे तो और कुछ न कह सका, पर उस पत्र का प्रतिवाद करने के लिए उसका मन अधीर हो गया। आज तक उसने कभी समाचार-पत्रों के लिए कोई लेख न लिखा था। डरता था, लिखते बने या न बने; सम्पादक छापें या न छापें। दो-तीन दिन वह इसी आगा-पीछा में पड़ा रहा। अन्त में उसने उत्तर लिखा और सकुचाते, कुछ डरते डॉक्टर इर्फानअली को दिखाने ले गया। डॉक्टर महोदय ने लेख पढ़ा तो, चकित हो कर पूछा—यह सब तुम्हीं ने लिखा है?

माया—जी हाँ, लिखा तो है, पर बना नहीं।

इर्फान—वाह! इससे अच्छा तो मैं भी नहीं लिख सकता। यह सिफत तुम्हें बाबू ज्ञानशंकर से बिरासत में मिली है।

माया—तो भेज दूँ, जायगा?

इर्फान—छपेगा क्यों नहीं? मैं खुद भेज देता हूँ।

प्रेमशंकर रोज पत्रों को ध्यान से देखते कि दीपकसिंह के पत्र का किसी ने उत्तर दिया या नहीं, पर आठ-दस दिन बीत गये और आशा न पूरी हुई। कई बार उनकी इच्छा हुई कि कल्पित हुई कि कल्पित नाम से इस लेख का उत्तर दूँ। लेकिन कुछ तो अवकाश न मिला, कुछ चित्त की दशा अनिश्चित रही, न लिख सके। बारहवें दिन उन्होंने पत्र खोला तो मायाशंकर का लेख नजर आया। आद्योपान्त पढ़ गये। हृदय में एक गौरवपूर्ण उल्लास का आवेग हुआ। तुरन्त श्रद्धा के पास गये और लेख पढ़ सुनाया। फिर इर्फानअली के पास गये। उन्होंने पूछा—कोई खबर है क्या?

प्रेम—आपने देखा नहीं, माया ने दीपकसिंह के पत्र का कैसा युक्तिपूर्ण उत्तर दिया है?

इर्फान—जी हाँ, देखा। मैं तो आपसे पूछने आ रहा था। कि यह माया ने ही लिखा है या आपने कुछ मदद की है?

प्रेम—मुझे तो खबर भी नहीं, उसी ने लिखा होगा।

इर्फान—तो उसको मुबारकबाद देनी चाहिए, बुलाऊँ!

प्रेम—जी नहीं! उसके इस जोश को दबाने की जरूरत है। ज्ञानशंकर यह लेख देखकर रोयेंगे। सारा इलजाम मेरे ऊपर आयेगा। कहेंगे कि आपने लड़के को बहका दिया; पर मैं आपको यकीन दिलाता हूँ कि मैंने उसे यह पत्र लिखने के लिए इशारा तक नहीं किया। इसी बदनामी के डर से मैंने खुद नहीं लिखा।

इर्फान—आप यह इलजाम मेरे सिर पर रखा दीजिएगा। मैं बड़ी खुशी से इसे ले लूँगा।

प्रेम—कल उनका कोप-पत्र आ जायगा। माया ने मेरे साथ अच्छा सलूक नहीं किया!

इर्फान—भाभी साहिबा का क्या ख्याल है?

प्रेम—उनकी कुछ न पूछिए। वह तो इस खुशी में दावत करना चाहती है। प्रेमशंकर का अनुमान अक्षरशः सत्य निकला। तीसरे दिन ज्ञानशंकर का कोप पत्र आ पहुँचा। आशय भी यही था—मुझे आपसे ऐसी आशा न थी। साम्यवाद के पाठ पढ़ा कर आपने सरल बालक पर घोर अत्याचार किया है। उसका अठारहवाँ वर्ष पूरा हो रहा है। उसे शीघ्र ही अपने इलाके का शासनाधिकार मिलने वाला है। मैं इस महीने के अन्त तक इन्हीं तैयारियों के लिए आने वाला हूँ। हिज ऐक्स-लेन्सी गवर्नर महोदय स्वयं राज्यतिलक देने के लिए पधारने वाले हैं। उस मृदु संगीत को इस बेसुरे राग ने चौपट कर दिया। आपको अपने प्रजावाद का बीज किसी और खेत में बोना चाहिए था। आपने अपने शिक्षाधिकार का खेदजनक दुरुपयोग किया है। अब मुझ पर दया कर माया को मेरे पास भेज दीजिए। मैं नहीं चाहता कि अब वह एक क्षण भी वहां और रहे। अभिषेक तक मैं उसे अपने साथ रखूँगा। मुझे भय है कि वहाँ रह कर वह कोई और उपद्रव न कर बैठे...अस्तु।

सन्ध्या की गाड़ी से मायाशंकर ने लखनऊ को प्रस्थान किया।

महाशय ज्ञानशंकर का भवन आज किसी कवि-कल्पना की भाँति अलंकृत हो रहा है। आज वह दिन आ गया है जिसके इन्तजार में एक युग बीत गया। प्रभुत्व और ऐश्वर्य का मनोहर स्वप्न पूरा हो गया है। मायाशंकर के तिलकोत्सव का शुभमूहूर्त आ पहुँचा है। बँगले के सामने

एक विशान, प्रशस्त मंडप तना हुआ है। उसकी सजावट के लिए लखनऊ के चतुर फर्राश बुलाये गये हैं। मंचा गंगा-जमुनी कुर्सियों से जगमगा रहा है। चारों तरफ अनुपम शोभा है। गोरखपुर, लखनऊ और बनारस के मान्य पुरूष उपस्थित हैं। दीवानखाना, मकान, बँगला सब मेहमानों से भरा हुआ है। एक ओर फौजी बाजा है, दूसरी ओर बनारस के कुशल शहनाई वाले बैठे हैं। एक दूसरे शामियाने में नाटक खेलने की तैयारियाँ हो रही हैं। मित्र-भवन के छात्र अपना अभिनय कौशल दिखायेंगे। डॉक्टर प्रियनाथ का संगीत समाज अपने जौहर दिखायेगा। लाला-प्रभाशंकर मेहमानों के आदर-सत्कार में प्रवृत्त हैं। दोनों रियासतों के देहातों से सैकड़ों नम्बरदार और मुखिया आये हुए हैं। लखनपुर ने भी अपने प्रतिनिधि भेजे हैं। ये सब ग्रामीण सज्जन प्रेमशंकर के मेहमान हैं। कादिर खाँ, दुखरन भगत, डपटसिंह सब आज केशरिया बाना धारण कि हुए हैं। वे आज अपने कारावास जीवन पर नकल करेंगे। सैयद ईजाद हुसेन ने एक जोरदार कसीदा लिखा है। इत्तहादी यतीमखाने के लड़के हरी-हरी झंडियाँ लिए मायाशंकर को स्वागत करने के लिए खड़े हैं। अँगरेज मेहमानों का स्थान अलग है। वे भी एक-एक करके आते-जाते हैं। उनके सेवा-सत्कार का भार डॉ. इर्फानअली ने लिया है। उन लोगों के लिए प्रोफेसर रिचर्डसन कलकत्ते से बुलाये गये हैं जिनका गान विद्या में कोई नहीं है। बाबू ज्ञानशंकर गवर्नर महोदय के स्वागत की तैयारियों में मग्न हैं।

सन्ध्या का समय था। बसन्त की शुभ्र, सुखदा समीर चल रही थी। लोग गर्वनर का स्वागत करने के लिए स्टेशन की तरफ चले। ज्ञानशंकर का हाथी सबसे आगे था। पीछे-पीछे बैंड बजता जा रहा था। स्टेशन पर पहले से ही फूलों का ढेर लगा दिया गया था। ज्यों ही गवर्नर की स्पेशल आयी और वह गाड़ी से उतरे, उन पर फूलों की वर्षा हुई। उन्हें एक सुसज्जित फिटन पर बिठाया गया। जुलूस चला। आगे-आगे हाथियों की माला थी। उनके पीछे राजपूतों की एक रेजीमेंट थी। फौज के बाद गर्वनर महोदय की फिटन थी जिस पर कारचोबी का छत्र लगा हुआ था। फिटन के पीछे शहर के रईसों की सवारियाँ थीं। उनके बाद पुलिस के सवारों की एक टोली थी। सबसे पीछे बाजे थे। यह जलूस नगर की मुख्य सड़कों पर होता हुआ, चिराग जलते-जलते ज्ञानशंकर के मकान पर आ पहुँचा। हिज एक्सेलेन्सी महाराज गुरुदत्त राय चौधरी फिटन से उतरे और मंच पर आ कर अपनी निर्दिष्ट कुर्सी पर विराजमान हो गये। विद्युत् के उज्ज्वल प्रकाश में उनकी विशाल प्रतिभासम्पन्न मूर्ति, गंभीर, तेजमय ऐसी मालूम होती थी मानो स्वर्ग से कोई दिव्य आत्मा आयी हो। केसरिया साफा और सादे श्वेत, वस्त्र उनकी प्रतिभा की और भी चमकाते थे। रईस लोग कुर्सियों पर बैठे। देहाती मेहमानों के लिए एक तरफ उज्ज्वल फर्श बिछा हुआ था। प्रेमशंकर ने उन्हें वहाँ पहले से ही बिठा रखा था। सब लोगों के यथास्थान पर बैठ जाने के बाद मायाशंकर, रेशम और रत्नों से चमकता हुआ दीवानखाने से निकला और मित्र भवन के छात्रों के साथ पंडाल में आया। बन्दूकों की सलामी हुई, ब्राह्मण-समाज ने मंगलाचरण गान शुरू किया। सब लोगों ने खड़े हो कर उसका अभिवादन किया। महाराज गुरुदत्त राय ने नीचे उतर कर उसे आलिंगन किया और उसे ला कर उसके सिंहासन पर बैठा दिया। मायाशंकर के मुख-मंडल पर इस समय हर्ष या उल्लास का कोई चिह्न न था। चिंता और विचार में डूबा हुआ नजर आता था। विवाह के समय मंडप के नीचे वर की जो दशा होती है वही दशा इस समय उसकी

थी। उसके ऊपर कितना उत्तरदायित्त्व का भार रखा जाता था! आज से उसे कितने प्राणियों के पालन का, कल्याण का, रक्षा का कर्त्तव्य पालन करना पड़ेगा, सोते-जागते, उठते-बैठते न्याय और धर्म पर निगाह रखनी पड़ेगी, उसके कर्मचारी प्रजा पर जो-जो अत्याचार करेंगे उन सबका दोष उसके सिर पर होगा। दीनों की हाय और दुर्बलों के आँसुओं से उसे कितना सशंक रहना पड़ेगा। इन आन्तरिक भावों के अतिरिक्त ऐसी भद्र मंडली के सामने खड़े होने और हजारों नेत्रों के केन्द्र बनने का संकोच कुछ कम अशान्तिकारक न था। ज्ञानशंकर उठे और अपना प्रभावशाली अभिनंदन-पत्र पढ़ सुनाया। उसकी भाषा और भाव दोनों ही निर्दोष थे। डॉ. इर्फानअली ने हिन्दुस्तानी भाषा में उसका अनुवाद किया। तब महाराज साहब उसका उत्तर देने के लिए खड़े हुए। उन्होंने पहले ज्ञानशंकर और अन्य रईसों को धन्यवाद दिया, दो-चार मार्मिक वाक्यों में ज्ञानशंकर की कार्यपटुता और योग्यता की प्रशंसा की, राय कमलानंद और रानी गायत्री के सुयश और सुकीर्ति, प्रजारंजन और आत्मोत्सर्ग का उल्लेख किया। तब मायाशंकर को सम्बोधित करके उसके सौभाग्य पर हर्ष प्रकट किया। वक्तृता के शेष भाग में मायाशंकर को कर्तव्य और सुनीति का उपदेश दिया, अंत में आशा प्रकट की कि वह अपने देश, जाति और राज्य का भक्त और समाज का भूषण बनेगा।

तब मायाशंकर उत्तर देने के लिए उठा। उसके पैर काँप रहे थे और छाती में जोर से धड़कन हो रही थी। उसे भय होता था कि कहीं मैं घबरा कर बैठ न जाऊँ उसका दिल बैठा जाता था। ज्ञानशंकर ने पहले से ही उसे तैयार कर रखा था। उत्तर लिख कर याद करा दिया था; पर मायाशंकर के मन में कुछ और ही भाव थे। उसने अपने विचारों का जो क्रम स्थिर कर रखा था वह छिन्न-भिन्न हो गया था। एक क्षण तक वह हतबुद्धि बना अपने विचारों को सँभालता रहा, कैसे शुरू करूँ, क्या कहूँ? प्रेमशंकर सामने बैठे हुए उसके संकट पर अधीर हो रहे थे। सहसा मायाशंकर की निगाह उन पर पड़ गयी। इस निगाह ने उस पर वही काम किया जो रुकी हुई गाड़ी पर ललकार करती है। उसकी वाणी जाग्रत हो गयी। ईश्वर-प्रार्थना और उपस्थित महानुभावों को धन्यवाद देने के बाद बोला–

महाराज साहब, मैं उन अमूल्य उपदेशों के लिए अन्तःकरण से आपका अनुगृहीत हूँ जो आपने मेरे आने वाले कर्तव्यों के विषय में प्रदान किये हैं। और आपको विश्वास दिलाता हूँ कि मैं यथासाध्य उन्हें कार्य में परिणत करूँगा। महोदय ने कहा है कि ताल्लुकेदार अपनी प्रजा का मित्र, गुरु और सहायक है। मैं बड़ी विनय के साथ निवेदन करूँगा कि वह इतना ही नहीं, कुछ और भी है, वह अपने प्रजा का सेवक भी है। यही उसके अस्तित्व का उद्देश्य और हेतु है अन्यथा संसार में उसकी कोई जरूरत न थी, उसके बिना समाज के संगठन में कोई बाधा न पड़ती। वह इसीलिए नहीं है कि प्रजा के पसीने की कमाई को विलास और विषय-भोग में उड़ाये, उनके टूटे-फूटे झोंपड़ों के सामने अपना ऊँचा महल खड़ा करे, उनकी नम्रता को अपने रत्नजटित वस्त्रों से अपमानित करे, उनकी संतोषमय सरलता को अपने पार्थिव वैभव से लज्जित करे, अपनी स्वाद-लिप्सा से उनकी क्षुधा-पीड़ा का उपहार करे। अपने स्वत्वों पर जान देता हो; पर अपने कर्तव्य से अनभिज्ञ हो ऐसे निरंकुश प्राणियों से प्रजा की जितनी जल्द मुक्ति हो, उनका भार प्रजा के सिर से जितनी जल्द दूर हो उतना ही अच्छा हो।

विज्ञ सज्जनो, मुझे यह मिथ्याभिमान नहीं है कि मैं इन इलाकों का मालिक हूँ। पूर्व संस्कार और सौभाग्य ने मुझे ऐसे पवित्र, उन्नत, दिव्य आत्माओं की सत्संगति से उपकृत होने का अवसर दिया है कि अगर यह भ्रम का महत्त्व एक क्षण के लिए मेरे मन में आता तो मैं अपने को अधम और अक्षम्य समझता। भूमि या तो ईश्वर की है जिसने इसकी सृष्टि की या किसान की जो ईश्वरीय इच्छा के अनुसार इसका उपयोग करता है। राजा देश की रक्षा करता है इसलिए उसे किसानों से कर लेने का अधिकार है, चाहे प्रतयक्ष रूप में ले या कोई इससे कम आपत्तिजनक व्यवस्था करे। अगर किसी अन्य वर्ग या श्रेणी को मीरास, मिल्कियत जायदाद, अधिकार के नाम पर किसानों को अपना भोग्य-पदार्थ बनाने की स्वच्छन्दता दी जाती है तो इस प्रथा को वर्तमान समाज-व्यवस्था का कलंक चिह्न समझना चाहिए।

ज्ञानशंकर के मुँह पर हवाइयाँ उड़ने लगीं। गवर्नर साहब ने अनिच्छा भाव से पहलू बदला, रईसों में इशारे होने लगे। लोग चकित थे कि इन बातों का अभिप्राय क्या है? प्रेमशंकर तो मारे शर्म के गड़े जाते थे। हाँ, डॉ. इर्फानअली और ज्वालासिंह के चेहरे खिले पड़ते थे!

मायाशंकर ने जरा दम लेकर फिर कहा–

मुझे भय है कि मेरी बातें कहीं तो अनुपयुक्त और समय विरुद्ध और कहीं क्रान्तिकारी और विद्रोहमय समझी जायेंगी; लेकिन यह भय मुझे उन विचारों के प्रकट करने से रोक नहीं सकता जो मेरे अनुभव के फल हैं और जिन्हें कार्य रूप में लाने का मुझे सुअवसर मिला है। मेरी धारणा है कि मुझे किसानों की गरदन पर अपना जुआ रखने का कोई अधिकार नहीं है। यह मेरी नैतिक दुर्बलता और भीरुता होगी, अगर मैं अपने सिद्धान्त का भोग-लिप्सा पर बलिदान कर दूँ। अपनी ही दृष्टि में पतिता हो कर कौन जीना पसन्द करेगा? मैं आप सब सज्जनों के सम्मुख उन अधिकारों और स्वत्वों का त्याग करता हूँ जो प्रथा, नियम और समाजव्यवस्था ने मुझे दिये हैं। मैं अपनी प्रजा को अपने अधिकारों के बन्धन से मुक्त करता हूँ। वह न मेरे असामी हैं, और न मैं उनका ताल्लुकेदार हूँ। वह सब सज्जन मेरे मित्र हैं। मेरे भाई हैं, आज से वह अपनी जोत के स्वयं जमींदार हैं। अब उन्हें मेरे कारिन्दों के अन्याय और मेरी स्वार्थ भक्ति की यान्त्रणाएँ न सहनी पड़ेंगी। वह इजाफे, एखराज, बेगार की विडम्बनाओं से निवृत हो गये। यह न समझिए कि मैंने किसी आवेग के वशीभूत हो कर यह निश्चय किया है। नहीं, मैंने उसी समय यह संकल्प किया जब अपने इलाकों का दौरा पूरा कर चुका। आपको मुक्त करके मैं स्वयं मुक्त हो गया। अब मैं अपना स्वामी हूँ, मेरी आत्मा स्वच्छन्द है। अब मुझे किसी के सामने घुटने टेकने की जरूरत नहीं। इस दलाली की बदौलत मुझे अपनी आत्मा पर कितने अन्याय करने पड़ते, इसका मुझे कुछ थोड़ा अनुभव हो चुका है, मैं ईश्वर को धन्यवाद देता हूँ कि उसने मुझे इस आत्म-पतन से बचा लिया। मेरा अपने समस्त भाइयों से निवेदन है कि वह एक महीने के अन्दर मेरे मुख़तार के पास जाकर अपने-अपने हिस्से का सरकारी लगान पूछ ले और वह रकम खजाने में जमा कर दें। मैं श्रद्धेय डॉ. इर्फानअली से प्रार्थना करता हूँ कि वह इस विषय में मेरी सहायता करें और जाब्ते और कानून की जटिल समस्याओं को तय करने की व्यवस्था करें। मुझे आशा है कि मेरा समस्त भ्रातृवर्ग आपस में प्रेम से रहेगा और जरा-जरा सी बातों के लिए अदालत

की शरण न लेंगे। परमात्मा आपके हृदय में सहिष्णता, सद्भाव और सुविचार उत्पन्न करे और आपको अपने नये कर्तव्यों का पालन करने की क्षमता प्रदान करे। हाँ मैं यह जता देना चाहता हूँ कि आप अपनी जमीन असामियों को नफे पर न उठा सकेंगे। यदि आप ऐसा करेंगे तो मेरे साथ घोर अन्याय होगा क्योंकि जिन बुराइयों को मिटाना चाहता हूँ, आप उन्हीं का प्रचार करेंगे। आपको प्रतिज्ञा करनी पड़ेगी कि आप किसी दशा में भी इस व्यवहार से लाभ न उठायेंगे, असामियों से नफा लेना हराम समझेंगे।

मायाशंकर ज्यों ही अपना कथन समाप्त कर के अपनी जगह बैठा कि हजारों आदमी चारों तरफ से आ-आ कर उसके इर्द-गिर्द जमा हो गये। कोई उसके पैरों पर गिरा पड़ता था, कोई रोता था, कोई दुआएँ देता था, कोई आनन्द से विह्वल हो करके उछल रहा था। आज उन्हें अमूल्य वस्तु मिल गयी थी जिसकी वह स्वप्न में भी कल्पना न कर सकते थे। दीन किसान को जमींदार बनने का हौसला कहाँ? सैकड़ों आदमी गर्वनर महोदय के पैरों पर गिर पड़े, कितने ही लोग बाबा ज्ञानशंकर के पैरों से लिपट गये। शामियाने में हलचल मच गयी। लोग आपसे में एक दूसरे से गले मिलते थे और अपने भाग्य को सराहते थे। प्रेमशंकर सिर झुकाये खड़े थे, मानो किसी विचार में डूबे हुए हों; लेकिन उनके अन्य मित्र खुशी के फले न समाते थे। उनकी सगर्व आँखें कह रही थीं कि यह हमारी संगति और शिक्षा का फल है, हमको भी इसका कुछ श्रेय मिलना चाहिए, रईसों के प्राण संकट में पड़े हुए थे। आश्चर्य से एक दूसरे का मुँह ताकते थे, मानो अपने कानों और आँखों पर विश्वास न आता हो। कई विद्वान इस प्रश्न पर अपने विचार प्रकट करने के लिए आतुर हो रहे थे, पर यहाँ उसका अवसर न था।

गवर्नर महोदय बड़े असमंजस में पड़े हुए थे इस कथन का किन शब्दों में उत्तर दूँ? वह दिल में मायाशंकर के महान् त्याग की प्रशंसा कर रहे थे, पर उसे प्रकट करते हुए उन्हें भय होता था कि अन्य ताल्लुकेदारों और रईसों को बुरा न लगे। इसके साथ ही चुप रहना मायाशंकर के इस महान् यज्ञ का अपमान करना था। उन्हें मायाशंकर में यह प्रेममय श्रद्धा हो गयी थी, जो पुनीत आत्माओं का भाग है। खड़े हो कर मृदु स्वर में बोले—

मायाशंकर! यद्यपि हममें से अधिकांश सज्जन उन सिद्धान्तों के कायल न होंगे। उसे प्रेरित होकर आपने यह अलौकिक संतोष व्रत धारण किया है; पर जो पुरुष सर्वथा हृदय-शून्य नहीं है वह अवश्य आपको देवतुल्य समझेगा। सम्भव है कि जीवन-पर्यन्त सुख भोगने के बाद किसी को वैराग्य हो जाय; किन्तु जिस युवक ने अभी प्रभुत्व और वैभव के मनोहर, सुखद उपवन में प्रवेश किया उसका यह त्याग आश्चर्यजनक है। पर यदि बाबू साहब को बुरा न लगे तो मैं कहूँगा कि समाज की कोई व्यवस्था केवल सिद्धान्तों के आधार पर निर्दोष नहीं हो सकती, चाहे वे सिद्धान्त कितने ही उच्च और पवित्र हों। उसकी उन्नति मानव चरित्र के अधीन है। एकधिपतियों में देवता हो गये हैं और प्रजावादियों में भयंकर राक्षस। आप जैसे उदार, विवेकशील, दयालु स्वामी की जात से प्रजा का कितना उपकार हो सकता था। आप उनके पथदर्शक बन सकते थे। अब वह प्रजा हितसाधनों से वंचित हो जायगी; लेकिन मैं इन कुत्सित विचारों से आपको भ्रम में नहीं डालना चाहता। शुभ कार्य सदैव ईश्वर की ओर से होते हैं। यह भी ईश्वरीय इच्छा है और हमें आशा करनी चाहिए कि इसका

फल अनुकूल होगा। मैं परमात्मा से प्रार्थना करता हूँ कि वह इन नये जमींदारों का कल्याण करे और आपकी कीर्ति अमर हो।

इधर तो मित्र-भवन की मंडली नाटक खेल रही थी, मस्ताने की तानें और प्रियनाथ की सरोद-ध्वनि रंग-भवन में गूँज रही थी, उधर बाबू ज्ञानशंकर नैराश्य के उन्मत्त आवेश में गंगातट की ओर लपके चले जाते थे जैसे कोई टूटी हुई नौका जल-तरंगों में बहती चली जाती हो। आज प्रारब्ध ने उन्हें परास्त कर दिया। अब तक उन्होंने सदैव प्रारब्ध पर विजय पाई थी। आज पाँसा पलट गया और ऐसा पलटा कि सँभलने की कोई आशा न थी। अभी एक क्षण पहले उनका भाग्य-भवन जगमगाते हुए दीपकों से प्रदीप्त हो रहा था; पर वायु के एक प्रचण्ड झोंके ने उन दीपकों को बुझा दिया। अब उनके चारों तरफ गहरा, घना, भयावह अँधेरा था जहाँ कुछ न सूझता था।

वह सोचते चले जाते थे, क्या इसी उद्देश्य के लिए मैंने अपना जीवन समर्पण किया? क्या अपनी नाव इसीलिए बोझी थी कि वह जलमग्न हो जाय?

हा वैभव लालसा! तेरी बलिवेदी पर मैंने क्या नहीं चढ़ाया? अपना धर्म, अपनी आत्मा तक भेंट कर दी। हा! तेरे भाड़ में मैंने क्या नहीं झोंका? अपना मन, वचन, कर्म सब कुछ आहुति कर दी। क्या इसीलिए कि कालिमा के सिवा और कुछ हाथ न लगे।

मायाशंकर का कसूर नहीं, प्रेमशंकर का दोष नहीं, यह सब मेरे प्रारब्ध की कूटलीला है। मैं समझता था मैं स्वयं अपना विधाता हूँ। विद्वानों ने भी ऐसा कहा है; पर आज मालूम हुआ कि मैं इसके हाथों का खिलौना था। उसके इशारों पर नाचने वाली कठपुतली था। जैसे बिल्ली चूहे को खिलाती है, जैसे मछुआ मछली को खेलाता है उसी भाँति इसमें मुझे अभी तक खेलाया। कभी पंजे से पकड़ लेता था, कभी छोड़ देता था।

वह एक अचेत, शून्य दशा में उठे और गंगा में कूद पड़े। शीतल जल ने हृदय को शान्त कर दिया।

दो साल हो गये हैं। सन्ध्या का समय है। बाबू मायाशंकर घोड़े पर सवार लखनपुर में दाखिल हुए। उन्हें वहाँ रौनक और सफाई दिखायी दी। प्रायः सभी द्वारों पर सायबान थे। उनमें बड़े-बड़े तख्ते बिछे हुए थे। अधिकांश घरों पर सुफेदी हो गयी थी। फूल के झोंपड़े गायब हो गये थे। अब सब घरों पर खपरैल थे। द्वारों पर बैलों के लिए पक्की चरनियाँ बनी हुई थी और कई द्वारों पर घोड़े बँधे हुए नजर आते थे। पुराने चौपाल में पाठशाला थी और उसके सामने एक पक्का कुआँ और धर्मशाला थी। मायाशंकर को देखते ही लोग अपने-अपने काम छोड़कर दौड़े और एक क्षण में सैकड़ों आदमी जमा हो गये। मायाशंकर सुक्खू चौधरी के मन्दिर पर रुके। वहाँ इस वक्त बड़ी बहार थी। मन्दिर के सामने सहन में भाँति-भाँति के फूल खिले हुए थे। चबूतरे पर चौधरी बैठे हुए रामायण पढ़ रहे थे और कई स्त्रियाँ बैठी हुई सुन रही थीं। मायाशंकर घोड़े से उतर कर चबूतरे पर जा बैठे।

सुखदास हड़बड़ा कर खड़े हो गये और पूछा—सब कुशल है न? क्या अभी चले आ रहे हैं?

माया—हाँ, मैंने कहा चलूं तुम लोगों से भेंट-भाँट करता आऊँ।

सुख—बड़ी कृपा की। हमारे धन्य-भाग कि घर बैठे स्वामी के दर्शन होते हैं। यह कह कर वह लपके हुए घर में गये, एक ऊनी कालीन ला कर बिछा दी, कल्से में पानी खींचा और शरबत घोलने लगे। मायाशंकर ने मुँह-हाथ धोया, शरबत पिया, घोड़े की लगाम उतार रहे थे कि कादिर खाँ ने आ कर सलाम किया। माया ने कहा, कहिए खाँ साहब, मिजाज तो अच्छा है?

कादिर—सब अल्लाताला का फजल है। तुम्हारे जान-माल की खैर मनाया करते हैं। आज तो रहना होगा न?

माया—यही इरादा करके तो चला हूँ।

थोड़ी देर में वहाँ गाँव के सब छोटे-बड़े आ पहुँचे। इधर-उधर की बातें होने लगीं। कादिर ने पूछा—बेटा, आजकल कौंसिल में क्या हो रहा है? असामियों पर कुछ निगाह होने की आशा है या नहीं?

माया—हाँ, है! चचा साहब और उनके मित्र लोग बड़ा जोर लगा रहे हैं। आशा है कि जल्दी ही कुछ न कुछ नतीजा निकलेगा।

कादिर—अल्लाह उनकी मेहनत सफल करे। और क्या दुआ दें? रोयें-रोयें से तो दुआ निकल रही है। काश्तकारों की दशा बहुत कुछ सुधरी है। बेटा, मुझी को देखो। पहले बीस बीघे का काश्तकार था, 100 रुपये लगान देना पड़ता था। दस-बीस रुपये साल नजराने में निकल जाते थे। अब जुमला 20 रुपये लगान है। आपके चपरासी-कारिन्दे वहीं गला दबा कर तुलवा लेते थे। अब अनाज घर में भरते हैं और सुभीते से बेचते हैं। दो साल में कुछ नहीं तो तीन-चार सौ बचे होंगे। डेढ़ सौ की एक जोड़ी बैल लाये, घर की मरम्मत करायी, सायबान डाला हाँड़ियों की जगह ताँबे और पीतल के बर्तन लिये और सबसे बड़ी बात यह है कि अब किसी की धौंस नहीं। मालगुजारी दाखिल करके चुपके घर चले आते हैं। नहीं तो हरदम जान सूली पर चढ़ी रहती थी। अब अल्लाह की इबादत में भी जी लगता है, नहीं तो नमाज की बोझ मालूम होती थी।

माया—तुम्हारा क्या हाल है दुखरन भगत?

दुखरन—भैया, अब तुम्हारे अकबाल से सब कुशल है। अब जान पड़ता है कि हम भी आदमी हैं, नहीं तो पहले बैलों से भी गये-बीते थे। बैल तो हर से आता है तो आराम से भोजन करके सो जाता है। यहाँ हर से आकर बैल की फिकिर करनी पड़ती थी। उससे छुट्टी मिले तो कारिन्दे साहब की खुशामद करने जाते। वहाँ से दस-ग्यारह बजे लौटते तो भोजन मिलता। 15 बीघे का काश्तकार था। 10 बीघे मौरूसी थे। उसके 50 रुपये लगान देता था। 5 बीघे सिकमी जोतते थे। उनके 60 रुपये देने पड़ते थे। अब 15 बीघे के कुल 30 रुपये देने पड़ते हैं। हरी-बेगारी, गजर-नियाज सबसे गला छूटा। दो साल में तीन-चार सौ हाथ में हो गये। 100 रुपये की एक पछाहीं भैंस लाया हूँ। कुछ करजा था, चुका दिया।

सुखदास —और तबला-हारमोनियम लिया है, वह क्यों नहीं कहते? एक पक्क कुआँ बनवाया है उसे क्यों छिपाते हो? भैया यह पहले ठाकुर जी के बड़े भगत थे। एक बार बेगार में पकड़े गये तो आकर ठाकुर जी पर क्रोध उतारा। उनकी प्रतिमा को तोड़-ताड़ कर

फेंक दिया। अब फिर ठाकुर जी के चरणों में इनकी श्रद्धा हुई है! भजन-कीर्तन का सब सामान इन्होंने मँगवाया है!

दुखरन—छिपाऊँ क्यों? मालिक से कान परदा? यह सब उन्हीं का अकबाल तो है।

माया—यह बातें चचा जी सुनते, तो फूले न समाते।

कल्लू—भैया, जो सच पूछो तो चाँदी मेरी है। रंक से राजा हो गया। पहले 6 बीघे का असामी था, सब सिकमी, 72 रुपये लगान के देने पड़ते थे, उस पर हरदम गौस मियाँ की चिरौरी किया करता था कि कहीं खेत न छीन लें। 50 रुपये खाली नजराना लगता था। पियादों की पूजा अलग करनी पड़ती थी। अब कुल 9 रुपये लगान देता हूँ। दो साल में आदमी बन गया। फूस के झोंपड़े में रहता था, अबकी मकान लिया है। पहले हरदम धड़का लगा रहता था कि कोई कारिन्दे से मेरी चुगली न कर आया हो। अब आनन्द से मीठी नींद सोता हूँ और तुम्हारा जस गाता हूँ।

माया—(सुक्खू चौधरी से) तुम्हारी खेती तो सब मजदूरों से ही होती होगी? तुम्हें भजन-भाव से कहाँ छुट्टी?

सुक्खू—(हंस कर) भैया, मुझे अब खेती-बारी करके क्या करना है। अब तो यही अभिलाषा है कि भगवत-भजन करते-करते यहाँ से सिधार जाऊँ। मैंने अपने चालीसों बीघे उन बेचारों को दे दिये हैं जिनके हिस्से में कुछ न पड़ा था। इस तरह सात-आठ घर जो पहले मजूरी करते थे और बेगार के मारे मजूरी भी न करने पाते थे, अब भले आदमी हो गये। मेरा अपना निर्वाह भिक्षा से हो जाता है। हाँ, इच्छापूर्ण भिक्षा यहीं मिल जाती है, किसी दूसरे गाँव में पेट के लिए नहीं जाना पड़ता। दो-चार साधु-संत नित्य ही आते रहते हैं। उसी भिक्षा में उनका सत्कार भी हो जाता है।

माया—आज बिसेसर साह नहीं दिखायी देते।

सुक्खू—किसी काम से गये होंगे। वह भी अब पहले से मजे में हैं। दूकान बहुत बढ़ा दी है, लेन-देन कम करते हैं। पहले रुपये में आने से कम ब्याज न लेते थे और करते क्या? कितने ही असामियों से कौड़ी वसूल न होती थी। रुपये मारे पड़ते थे। उसकी कसर ब्याज से निकालते थे। अब रुपये सैकड़े ब्याज देते हैं। किसी के यहाँ रुपये डूबने का डर नहीं है। दुकान भी अच्छी चलती है। लश्करों में पहले दिवाला निकल जाता था। अब एक तो गाँव का बल है, कोई रोब नहीं जमा सकता और जो कुछ थोड़ा बहुत घाटा हुआ भी तो गाँववाले पूरा कर देते हैं।

इतने में बलराज रेशमी साफा बाँधे, मिर्जई पहने, घोड़े पर सवार आता दिखायी दिया। मायाशंकर को देखते ही बेधड़क घोड़े पर से कूद पड़ा और उनके चरण स्पर्श किये। वह अब जिला-सभा का सदस्य था। उसी के जल्से से लौटा आ रहा था।

माया ने मुस्करा कर पूछा—कहिए मेम्बर साहब, क्या खबर है?

बलराज—हुजूर की दुआ से अच्छी तरह हूँ। आप तो मजे में हैं? बोर्ड के जल्से में गया था। बहस छिड़ गयी, वहीं चिराग जल गया।

माया—आज बोर्ड में क्या था।

बलराज—वही बेगार का प्रश्न छिड़ा हुआ था। खूब गर्मागर्म बहस हुई। मेरा प्रस्ताव

था कि जिले का कोई हाकिम देहात में जा कर गाँववालों से किसी तरह की खिदमत का काम न लें, जैसे पानी भरना, घास छीलना, झाड़ू लगाना। जो रसद दरकार हो वह गाँव के मुखिया से कह दी जाय और बाजार भाव से उसी दम दाम चुका दिया जाय। इस पर दोनों तहसीलदार और कई हुक्काम बहुत भन्नाये। कहने लगे, इससे सरकारी काम में बड़ा हर्ज होगा। मैंने भी जी खोल कर जो कुछ कहते बना, कहा। सरकारी काम प्रजा को कष्ट दे कर और उनका अपमान करके नहीं होना चाहिए। हर्ज होता है तो हो। दिल्लगी यह है कि कई जमींदार भी हुक्काम के पक्ष में थे। मैंने उन लोगों की खूब खबर ली। अन्त में मेरा प्रस्ताव स्वीकृत हुआ। देखें जिलाधीश क्या फैसला करते हैं। मेरा एक प्रस्ताव यह भी था कि निर्खनामा लिखने के लिए एक सब-कमेटी बनायी जाय जिसमें अधिकांश व्यापारी लोग हों। यह नहीं कि तहसीलदार ने कलम उठाया और मनमाना निर्ख लिख कर चलता किया। वह प्रस्ताव भी मंजूर हुआ।

माया—मैं इन सफलताओं पर तुम्हें बधाई देता हूँ।

बलराज—यह सब आपका अकबाल है। यहाँ पहले कोई अखबार का नाम भी न जानता था। अब कई अच्छे-अच्छे पत्र भी आते हैं। सवेरे आपको अपना वाचनालय दिखलाऊँगा। गाँव के लोग यथायोग्य 1 रुपये, 2 रुपये मासिक चन्दा देते हैं, नहीं तो पहले हम लोग मिल कर पत्र माँगते थे तो सारा गांव बिदकता था। जब कोई अफसर दौरे पर आता, कारिन्दा साहब चट उससे मेरी शिकायत करते। अब आपकी दया से गाँव में रामराज है। आपको किसी दूसरे गाँव में पूसा और मुजफ्फरपुर का गेहूँ न दिखायी देगा। हम लोगों ने अबकी मिल कर दोनों ठिकानों से बीज मँगवाये और डेवढ़ी पैदावार होने की पूरी आशा है। पहले यहाँ डर के मारे कोई कपास बोता ही न था। मैंने अबकी मालवा और नागपुर से बीच मँगवाये और गाँव में बाँट दिये। खूब कपास हुई। यह सब काम गरीब असामियों के मान के नहीं हैं जिनको पेट भर भोजन तक नहीं मिलता, सारी पैदावार लगान और महाजन के भेंट हो जाती है।

सहसा बलराज ने कहा—बाबू जी, आपने सुना नहीं? मियाँ फैजुल्ला पर जो मुकदमा चल रहा था, उसका आज फैसला सुना दिया गया। अपनी पड़ोसिन बुढ़िया के घर में घुस कर चोरी की थी। तीन साल की सजा हो गयी।

डपटसिंह ने कहा—बहुत अच्छा। सौ बेंत पड़ जाते तो और भी अच्छा होता। यह हम लोगों की आह पड़ी है।

माया—बिन्दा महाराज और कर्तारसिंह का भी कहीं पता है?

बलराज—जी हाँ, बिन्दा महाराज, तो यहीं रहते हैं। उनके निर्वाह के लिए हम लोगों ने उन्हें यहाँ का वया बना दिया है। कर्तार पुलिस में भरती हो गये।

दस बजते-बजते लोग विदा हुए। मायाशंकर ऐसे प्रसन्न थे माने स्वर्ग में बैठे हुए हैं।

स्वार्थ-सेवी, माया के फन्दों में फँसे हुए मनुष्यों को यह शान्ति, यह सुख, यह आनन्द, यह आत्मोल्लास कहाँ नसीब!

□□□